安徽師範大學中國詩學研究中心學術專刊

安徽師範大學文學院高峰學科建設經費資助項目

李商隱文編年校注

（四）

劉學鍇文集

第二卷

安徽師范大学出版社
ANHUI NORMAL UNIVERSITY PRESS
·蕪湖·

爲湖南座主隴西公賀馬相公登庸啓〔一〕

伏見某月日恩制，相公登庸〔二〕。凡在藩方，莫不稱慶。相公恢宏廣度〔三〕，疏越正聲〔四〕。君子卷舒〔五〕，不違於仁義〔六〕；丈夫憂樂〔七〕，唯繫於邦家。吴漢之不離公門〔八〕，袁安之每念王室〔九〕。今果明臺納諫〔一〇〕，武帳陳謨〔一一〕，寧勞夢卜之資〔一二〕，自契鹽梅之望〔一三〕。况聖上儲精垂思〔一四〕，保大定功〔一五〕，推軒后師臣之規〔一六〕，得周成畏相之道〔一七〕，三古之英華未遠〔一八〕，百王之損益可知〔一九〕。仗乎元臣〔二〇〕，佇啓休運，以不愆不忘貞百度〔二一〕，以無偏無黨定九流〔二二〕。仁遠乎哉〔二三〕？古猶今也〔二四〕。斯固祖宗降意，華夏同誠。

某早忝恩光，今當譴責〔二五〕。念昔時之叨位〔二六〕，愧汗仍流；賀今日之登賢〔二七〕，歡心莫寄。矧復系通屬籍〔二八〕，任處藩條，至於馳誠，實倍常品。伏惟鑒察。

校注

〔一〕本篇原載清編《全唐文》卷七七六第一九頁、《樊南文集補編》卷七。〔錢箋〕湖南座主，李回也。見《上座主李相公狀》注〔一〕及《爲滎陽公上馬侍郎啓》注〔一〕。《新唐書·宗室世系表》：李氏出自嬴姓。曇字貴遠，趙柏人侯，入秦爲御史大夫，生四子：崇、辨、昭、璣。崇爲隴西房。馬相公，植也。《舊唐書·馬植傳》：宣宗即位，行刑部侍郎，轉户部侍郎，俄以本官同平章事。《書·堯典》：帝曰：疇咨若時登庸。〔張箋〕（大中二年）五月，户部侍郎鹽鐵轉運使馬植本官同平章事。《舊·紀》書三月己酉由禮部尚書登庸，《表》書在正月乙卯，均誤。《補編·爲滎陽公上馬植啓》，事在二月，尚稱侍郎，未入相也。〔按〕《新唐書·宣宗紀》大中二年書：五月己未朔，日有食之。崔元式罷。兵部侍郎、判度支周墀，刑部侍郎、諸道鹽鐵轉運使馬植，同中書門下平章事。《通鑑》同。張氏據《新·紀》定馬植任宰相在五月，是。商隱約是年三月啓程北返，五月端陽時已在潭州，有《楚宫》（湘波如淚色漻漻）、《潭州》詩。馬植五月廿一爲相（詳下篇注〔一〕），制書至潭州，約半月左右（長安至潭州二四四五里），此賀啓當作於大中二年六月上旬左右。《舊·紀》書三月己酉由禮部尚書登庸，然是年三月辛酉朔，無己酉，亦可證『三月』之誤。

〔二〕〔錢注〕按《舊唐書·宣宗紀》，事在大中二年三月己酉。〔按〕《舊·紀》誤，詳注〔一〕。

〔三〕〔錢注〕孔安國《尚書序》：所以恢弘至道。傅毅《舞賦》：舒恢炱之廣度兮。

〔四〕〔補注〕《禮記·樂記》：『清廟之樂，朱絃而疏越，壹唱而三歎，有遺音者矣。』《荀子·樂論》：『正聲感人而順氣應之。』

〔五〕〔補注〕卷舒，猶屈伸、進退、隱顯。《論語·衛靈公》：『君子哉蘧伯玉，邦有道，則仕；邦無道，則可卷而懷之。』

〔六〕〔補注〕《論語·里仁》：『君子無終食之間違仁，造次必於是，顛沛必於是。』

〔七〕〔錢注〕趙至《與嵇茂齊書》：豈能與吾同大丈夫之憂樂者哉？

〔八〕〔錢注〕《東觀漢記》：吴漢爲人，質厚少文，鄧禹及諸將多相薦舉，再三召見，其後勤勤不離公門。

〔九〕〔錢注〕《東觀漢記》：袁安爲司徒，每朝會，憂念王室，未嘗不流涕。

〔一〇〕〔錢注〕《管子》：黄帝立明臺之議者，上觀於賢也。〔補注〕明臺，傳爲黄帝聽政之所。《文選·王融〈永明十一年策秀才文〉》：『思政明臺，訪道宣室。』張詵注：『明臺，明堂也，天子布政之宫。』此泛指帝王議政之所。

〔一一〕〔錢注〕《史記·汲黯傳》：上嘗坐武帳中，黯前奏事，上不冠，望見黯，避帳中，使人可其奏。其見敬禮如此。〔補注〕武帳，置有兵器之帷帳，帝王或大臣所用。《漢書》顔師古注引孟康曰：『今御武帳，置兵闌五兵於帳中也。』王先謙補注引沈欽韓曰：『帳置五兵，蓋以蘭錡圍四垂，天子御殿之制如此。』或説，係織有武士像之帷帳。

〔一二〕見《爲濮陽公上楊相公狀》注〔九〕〔一〇〕。

〔一三〕〔補注〕《書·説命下》：『若作和羹，爾惟鹽梅。』此以鹽梅喻指調和鼎鼐之宰相。契，合。

〔一四〕〔錢注〕《漢書·揚雄傳》：《甘泉賦》：惟夫所以儲精垂思，感動天地，逆釐三神者。

〔一五〕〔補注〕《左傳·宣公十二年》：『夫武，禁暴、戢兵、保大、定功、安民、和衆、豐財者也。』保大，安居高位。定功，建立功業。

〔一六〕〔錢注〕《帝王世紀》：黄帝以風后配上台，天老配中台，五聖配下台，謂之三公。其餘知天規，紀地典。力牧、常先、封胡、孔甲等，或以爲師，或以爲將。《後漢書·陳元傳》：臣聞師臣者帝，賓臣者霸。

〔一七〕〔補注〕《書·酒誥》：『成王畏相，惟御事厥棐有恭，不敢自暇自逸。』孔傳：『猶保成其王道，畏敬輔相之臣，不敢爲非。』據孔傳，成王係保成王道之意，非指周成王。

〔一八〕〔錢注〕《漢書·藝文志》：人更三聖，世歷三古。〔補注〕三古，指上古、中古、下古，所指時限諸説不一。英華，言花木之美，以喻帝王之德化，見《文選·揚雄〈長楊賦〉》『英華沉浮』李善注。

〔一九〕〔補注〕《論語·爲政》：『子張問：「十世可知也？」子曰：「殷因於夏禮，所損益，可知也；周因於殷禮，所損益，可知也。其或繼周者，雖百世，可知也。」』

〔二〇〕〔錢注〕《晉書·劉寔傳》：古之哲王，莫不師其元臣。〔補注〕元臣，重臣。

〔二一〕〔補注〕《詩·大雅·假樂》：『不愆不忘，率由舊章。』不愆，無過失。《書·旅獒》：『不役耳目，百度惟貞。』貞，定；百度，百事，各種制度。

〔二二〕〔補注〕《書·洪範》：『無偏無陂，遵王之義。』孔傳：『偏，不平；陂，不正。』九流，指九品官人法所評定之九品人物，見《爲滎陽公上西川李相公狀》『九流萬國』注。

〔二三〕〔補注〕《論語·述而》：『子曰：仁遠乎哉！我欲仁，仁斯至矣。』

〔二四〕〔錢注〕《莊子》：冉求問於仲尼曰：『未有天地可知邪？』仲尼曰：『可，古猶今也。』

〔二五〕〔錢注〕謂吴湘之獄，見《爲滎陽公上馬侍郎啓》注〔一〕。《漢書·嚴延年傳》：事下御史中丞，譴責延年。又，錢氏謂『某』字下疑脱『昔』字，《全唐文》『某』字下有『早』字，不脱文。

〔二六〕〔錢注〕《南齊書·王儉傳》：臣逢其時，而叨其位。

〔二七〕〔錢注〕《宋書·周朗傳》：若以賢未登，則今日之登賢若此。

〔二八〕〔錢注〕《史記·商君傳》：宗室非有軍功論，不得爲屬籍。〔補注〕屬籍，指宗室譜籍。李回係唐宗室，故云，參注〔一〕。《新唐書·李回傳》：『李回字昭度，新興王德良六世孫。』

賀相國汝南公啓〔一〕

某啓：日者慶屬中興〔二〕，運推《常武》〔三〕，仰窺金版〔四〕，遐考瑶圖〔五〕。順祖之孝思，丹青曾閟〔六〕；憲皇之武烈，刀机彭、韋〔七〕。聖上初九潛泉〔八〕，登三佩契〔九〕，以后稷岐嶷爲小慧〔一〇〕，故人莫得知；以漢皇雲物爲下祥〔一一〕，故神無所豫〔一二〕。洎陟元后〔一三〕，洪惟長君〔一四〕。固必降非常之人〔一五〕，輔維新之政。

伏惟閤下昭回降彩〔一六〕，沆瀣融精〔一七〕，往執靈鈃〔一八〕，正星辰之分野〔一九〕；今調鏤鼎〔二〇〕，猶日月之得天〔二一〕。昔軒后師臣〔二二〕，成王畏相〔二三〕，殷奉伊尹，則謂之元聖〔二四〕；周事吕尚，則命爲太公〔二五〕。此王者之所以尊賢傑而不以爲疑也。至於姬旦《金縢》，不與燕召同列〔二六〕；仲尼麟史，不令游、夏措辭〔二七〕。甘盤尊舊學之名〔二八〕，夷吾居仲父之位〔二九〕，此又賢傑之所以自負其道而不以爲讓也。上下交感，人祇協從。是我后夷姦秉哲之辰〔三〇〕，實閤下宰物匡時之日〔三一〕。清廟係心〔三二〕，蒼生延首〔三三〕，允也無間，樂哉惟時。

某早奉輝光〔三四〕，常蒙咳唾〔三五〕。牛心致譽〔三六〕，麈尾交談〔三七〕。而契闊十年〔三八〕，流離萬里〔三九〕，《扶風歌》則劉琨抱膝〔四〇〕，《白頭吟》則鮑昭撫膺〔四一〕。重至門闌〔四二〕，空餘皮骨〔四三〕。方從初服〔四四〕，無補大鈞〔四五〕。穿履敝衣〔四六〕，正同東郭〔四七〕；槁項黄馘，乃類曹商〔四八〕。未知伏謁之期〔四九〕，徒切太平之賀〔五〇〕。下情無任抃舞踴躍之至〔五一〕。謹啓。

〔一〕本篇原載《文苑英華》卷六五二第七頁、清編《全唐文》卷七七八第三頁、《樊南文集詳註》卷三。〔徐箋〕《舊書·宣宗紀》：大中二（原作『三』，據《舊書·紀》改）年三月己酉，兵部侍郎判度支周墀本官同平章事。《周墀傳》：大中初，汝南男，食邑三百户。〔馮箋〕《舊書·紀》：大中元年六月，以義成軍節度使周墀爲兵部侍郎、判度支。二年三月，周墀本官平章事。三年三月，中書侍郎、同平章事、汝南縣開國子周墀檢校刑部尚書、充東川節度使。按：杜牧作《墓誌》云：『二年五月，以本官平章事。後一月，正位中書侍郎。』此啓當在二年秋所寄賀，非遲至三年春初也。〔張箋〕案《樊川集·周墀墓誌》：「今天子即位二年五月，以本官平章事。」《新·紀》同，《舊·紀》則在三月。考牧之内召在大中二年，而《上周相公啓》有「伏奉三月八日敕，除司勳員外郎、史館修撰」語，其時已稱相公，則《墓誌》「五月」，疑係「正月」之誤。《文集·賀相國汝南公啓》云：「契闊十年，流離萬里。重至門闌，空餘皮骨。方從初服，無補大鈞。未知伏謁之期，徒切太平之賀。」玩語氣是二月桂州府罷留滯未歸時作，可以互參，故今從《新·表》（按《新·表》書：正月己卯，兵部侍郎、判度支周墀同中書門下平章事）。〔岑仲勉曰〕余按牧《上周相公啓》：「不意相公拔自污泥，昇於霄漢。」則牧轉官斷在墀拜相後。墀相，《新·紀》及《通鑑》均不著日，是（牧）啓之三月八日，亦得爲正月八日訛，所誤在彼不在此也。（《新·表》書正月，「己卯」上當奪「五月」字。）況《樊川集》三《除官歸京睦州雨霽詩》：「秋半吴天霽……時節到重陽。」如果三月下詔，何至八、九月始離睦任，「三」爲舛文，可無疑矣。（《玉谿生年譜會箋平質》戊錯會十四《周墀入相月》條）〔按〕張箋辨周墀入相在大中二年正月，所據者一爲《新書·宰相表》，一爲杜牧《上周相公啓》「伏奉三月八日勅，除尚書司勳員外郎、史館修撰」之文。然《新·表》所載，與《新·紀》即顯然抵牾，且《表》於「正月丙寅，敏中兼刑部尚書、元式兼户部尚書、琮兼禮部尚書」之後，係另行書「己卯，刑部侍郎、諸道鹽鐵轉運使馬植同中書門下平章事，元式罷爲刑部尚書。兵部侍郎、判度支周墀同中書門下平章事。」於「己卯」二字上空兩格，未頂格書，岑氏謂「己卯」上當奪「五月」字，甚是。《舊·紀》雖書周墀拜相於大中二年三月，然亦與馬植拜相並書。植之拜相，證之《爲榮陽公上馬侍郎啓》（上於大中二年二月），斷不在二年正月；亦不可能在三月（三月無己酉）；而商隱五月端陽已在潭州，又有《爲湖南座主隴西公賀馬相公登庸啓》，則必爲五月己卯（廿一）拜相無疑。再證以杜牧《周墀墓誌銘》及《通鑑》，馬植、周墀於大中二年五月己卯（廿一）同拜相，殆可定論。至於張氏舉出杜牧《上周相公啓》「伏奉三月八日敕，除司勳員外郎、史館修撰」之文，以證墀正月拜相之是，岑仲勉已舉牧《除官歸京睦州雨霽》詩以駁之。牧之蓋二年八月奉詔，九月自睦啓程歸京，則「三月八日」或當爲「八月八日」之誤也。周墀既與馬植同於大中二年五月己卯（廿一）拜相，則此啓之作時亦當與《爲湖南座主隴西公賀馬相公登庸啓》同時，即大中二年六月上旬。啓云『契闊十年，流離萬里……重至門闌，空餘皮骨……未知伏謁之期，徒切太平之賀』，亦顯爲罷桂幕北歸途次口吻。

〔二〕〔馮注〕《詩序》：《烝民》，尹吉甫美宣王也。任賢使能，周室中興焉。〔徐注〕《漢書·宣帝紀贊》曰：功光祖宗，業垂後嗣，可謂中興，侔德殷宗、周宣矣。

〔三〕〔徐注〕《詩序》：《常武》，召穆公美宣王也。有常德以立武事，因以爲戒然。

〔四〕〔徐注〕《太公金匱》：武王曰：請著金版。〔馮注〕《莊子·徐無鬼》：《金板》《六弢》。按：金版、金匱，習用語，見《代僕射濮陽公遺表》『鏤金垂烈』句注。〔補注〕金版，亦作『金板』，天子祭告上帝鏤刻告詞之金屬板，亦用以銘記大事，使不磨滅，與用指兵書之《金版》不同。《周禮·秋官·職金》：『旅于上帝，則共其金板。』

〔五〕見《爲汝南公賀元日御正殿受朝賀表》『光耀瑶圖』句注。

〔六〕〔徐注〕《揚子》：炳若丹青。《晋書·羊祜傳》：主上天縱至孝，有曾、閔之性。箋：史臣韓愈以順宗居儲位二十年，天下陰受其賜。〔馮注〕《莊子·外物篇》：孝未必愛，故曾參悲。陸氏《音義》曰：曾參至孝，爲父所憎，嘗見絶糧而後蘇。《後漢書·陰興傳》：詔曰：興在家仁孝，有曾、閔之行。《舊書·李泌傳》：順宗在春宫，妃蕭氏母郜國公主交通外人，德宗疑其有他，連坐貶黜者數人，皇儲亦危。泌百端奏説，上意方解。《通鑑》：太子遣人謝泌曰：『若必不可救，欲先自仰藥。』泌曰：『必非此慮，願太子起敬起孝。』間一日，上獨召泌，流涕曰：『皆如卿言，太子仁孝，實無它也。』〔補注〕閔，指閔損，字子騫。《論語·先進》：『子曰：孝哉閔子騫，人不間於其父母昆弟之言。』蔡邕《陳留太守胡公碑》：『孝于二親，養色寧意，蒸蒸雍雍，雖曾、閔、顔、萊，無以尚也。』丹青，增輝。謂順宗之孝，較曾、閔更加增輝。

〔七〕武，《全文》作『功』，據《英華》改。烈，《英華》作『力』，非。〔馮注〕《史記·項羽本紀》：如今人方爲刀俎，我爲魚肉。〔徐注〕《魏志》：文帝詔曰：孫權如几上肉。《鄭語》：史伯曰：『彭姓，彭祖、豕韋、諸稽，則商滅之矣。』注：彭祖，大彭也。豕韋、諸稽，其後別封也。大彭、豕韋爲商伯，其後世失道，殷復興而滅之。徐陵《九錫文》：驅馭於韋、彭。箋：《舊書》：史臣蔣係曰：憲宗果能翦削亂階，誅除羣盗，睿謀英斷，近古罕儔。唐室中興，章武而已。〔馮注〕《鄭語》：史伯曰：『大彭、豕韋爲商伯矣。』宣宗爲順宗之孫，憲宗之第十三子，故特叙之。〔補注〕刀杌彭、韋，謂斬除藩鎮割據勢力。

〔八〕〔徐注〕泉，讀若淵。《易·乾》：初九，潛龍勿用。〔補注〕《周易》李鼎祚集解引馬融曰：『物莫大於龍，故借龍以喻天子之陽氣也。初九，建子之月，陽氣始動於黄泉，既未萌芽，猶是潛伏，故曰潛龍也。』此以『初九潛泉』喻宣宗未居帝位，隱而未顯。

〔九〕〔馮注〕按《老子》云：『聖人執左契。』『有德司契。』故後世用爲帝王受命之符。『登三』雖本相如《難蜀父老》（『上減五，下登三』），然不專主三王之解。如《舊書·音樂志》『登三處大，得一居貞』，蓋《老子》云：『域中有四大，而王居其一焉。道大、天大、地大，王亦大。』此所謂『登三』者，謂帝王與道、天、地三者並尊也。乃合用《老子》語，非用『咸五登三』。〔按〕登三，超越三王之上。

〔一〇〕〔徐注〕《詩》：克岐克嶷，以就口食。〔補注〕《詩·大雅·生民序》：『《生民》，尊祖也。后稷生於姜嫄，文、武之功，起於后稷，故推以配天焉。』『克岐』二句，係形容后稷生而聰慧之狀。

〔一一〕〔徐注〕《左傳》：凡分、至啓閉，必書雲物。〔馮注〕《史記·高祖本紀》：高祖隱芒碭山澤巖石之間，吕后與人俱求，常得之。吕后曰：『季所居，上常有雲氣。』〔補注〕雲物，雲之色彩。《周禮·春官·保章氏》：『以五雲之物，辨吉凶、水旱降豐荒之祲象。』鄭玄注：『物，色也。視日旁雲氣之色……鄭司農云：以二至二分觀雲色，青爲蟲，白爲喪，赤爲兵荒，黑爲水，黄爲豐。』本指觀雲色而辨吉凶。此處『雲物』猶所謂祥雲瑞氣。

〔一二〕〔馮注〕《舊書·宣宗紀》：長慶元年，封光王。會昌六年三月一日，武宗疾篤，遺詔立爲皇太叔。翌日，即帝位，時年三十七。帝外晦而内明，嚴重寡言，幼時，宫中以爲不慧。十餘歲時，遇重疾沈綴，忽有光輝燭身，蹶然而興。歷大和、會昌朝，愈事韜晦，羣居游處，未嘗有言。文宗、武宗幸十六宅宴集，强誘其言以爲戲劇，謂之『光叔』。〔補注〕豫，預告、預示。

〔一三〕〔徐注〕《書》：帝曰：『來，禹，汝終陟元后。』〔補注〕元后，天子。

〔一四〕〔徐注〕《左傳》：晉襄公卒，靈公少，晉人以難故，欲立長君。〔馮注〕又：陳僖子曰：『少君不可以訪，是以求長君。』〔補注〕洪惟，句首語助詞。《書·多方》：『洪惟圖天之命，弗永寅念於祀。』

〔一五〕〔徐注〕《漢書·武帝紀》：詔曰：蓋有非常之功，必待非常之人。

〔一六〕〔徐注〕《詩》：倬彼雲漢，昭回于天。〔補注〕昭回，此指日月。

〔一七〕〔徐注〕《楚辭·遠遊》：餐六氣而飲沆瀣。注：沆瀣，夜半氣也。〔馮注〕賈誼《惜誓》：攀北極而一息兮，吸沆瀣以充虛。〔補注〕沆瀣，露水，傳爲仙人所飲。

〔一八〕〔徐注〕《左傳》：公卜使王黑以靈姑銔率，吉。請斷三尺而用之。注：靈姑銔，公旗也。〔補注〕孔穎達疏：『靈姑銔者，齊侯旌旗之名……《禮》，諸侯當建交龍之旂，此靈姑銔蓋是交龍之旂，當時爲之名，其義不可知也。』

〔一九〕〔徐注〕《周禮》：保章氏以星土辨九州之地所封，封域皆有分星，以觀妖祥。《左傳》：伯瑕對晉侯曰：日月之會，是謂辰。《周語》：伶州鳩曰：『歲之所在，則我有周之分野也。』《初學記》：《周官》：天星皆有州國分野。角、亢、氐，兗州；房、心，豫州；尾、箕，幽州；斗、牽牛、婺女，揚州；虚、危，青州；營室、東壁，并州；奎、婁、胃，徐州；昴、畢，冀州；觜觿、參，益州；東井、鬼，雍州；柳、星、張，三河；翼、軫，荆州。〔馮注〕《周禮》：馮相氏掌十有二辰二十有八星之位，以會天位。杜牧作《周墀墓誌》：由華州刺史遷江西觀察使，遷鄭滑觀察使。期歲，入拜兵部侍郎兼户部。

〔二〇〕〔徐注〕《吴都賦》：形鏤於夏鼎。王屮《頭陀寺碑》：既鏤文於鐘鼎。〔補注〕《史記·殷本紀》：『阿衡欲干湯而無由，乃爲有莘氏媵臣，負鼎俎，以滋味説湯，致于王道。』《韓詩外傳》卷七：『伊尹，故有莘氏僮也，負鼎俎調五味，而立爲相，其遇湯也。』調鼎，喻任宰相治國。

〔二一〕得，徐本、馮本一作「行」。〔徐注〕《易》：日月得天而能久照。

〔二二〕〔徐注〕《後漢書·張衡傳》注：《春秋内事》曰：黄帝師於風后。《漢紀》：陳元疏曰：師臣者帝，賓臣者王。〔馮注〕《帝王世紀》：黄帝以風后配上台，天老配中台，五聖配下台，謂之三公。其餘知天、規紀、地典、力牧、常先、封胡、孔甲等，或以爲師，或以爲將。《晋書·王導傳論》：軒轅，聖人也，杖師臣而授圖。

〔二三〕成，《英華》注：集作「商」。〔徐注〕《書》：自成湯咸至于帝乙，成王畏相。傳：從湯至帝乙，中間之王，猶保成其王道，畏敬輔相之臣，不敢爲非。〔馮曰〕「成」自當作「商」，下文又用「殷」，無礙也。數句内「殷」「周」皆複見。〔按〕《爲湖南座主隴西公賀馬相公登庸啓》作於同時，亦云「推軒后師臣之規，得周成畏相之道」，可證商隱即將「成王」誤解爲周成王。亦可證字本作「成」。

〔二四〕〔徐注〕《書》：聿求元聖，與之戮力。〔補注〕孔傳：「大聖、陳力，謂伊尹。」

〔二五〕〔徐注〕《史記·齊世家》：吕尚以漁釣干周西伯。西伯出獵，遇太公于渭之陽，與語，大悦，曰：「自我先君太公曰：『當有聖人適周，周以興。』子真是邪？吾太公望之久矣。」故號之曰「太公望」，載與俱歸。

〔二六〕〔徐注〕《書》：王有疾，弗豫。二公曰：「我其爲王穆卜。」周公曰：「未可以戚我先王。」公乃自以爲功。史乃册祝曰：「以旦代某之身。」乃納册於金縢之匱中，王翼日乃瘳。《史記·燕召公世家》：召公奭，與周同姓，姓姬氏。周武王滅紂，封召公於北燕。〔馮曰〕數典乃及《金縢》，唐人無避忌若此。《金縢》中之二公，召公、太公也，此作「燕召」，小誤。

〔二七〕〔馮注〕《春秋》：哀公十有四年春，西狩獲麟。注曰：仲尼因魯史而修中興之教，絶筆於「獲麟」之一句。《史記·孔子世家》：狩大野，獲獸，仲尼視之，曰：「麟也，吾道窮矣。」乃因史記作《春秋》，筆則筆，削則削，子夏之徒，不能贊一辭。〔補注〕《論語·先進》：「子曰：『從我於陳、蔡者，皆不及門也。』……文學：子游、子夏。」曹植《與楊德祖書》：「昔尼父之文辭，與人通流。至於制《春秋》，游、夏之徒乃不能措一辭。」

〔二八〕〔徐注〕《書》：台小子，舊學于甘盤。〔補注〕孔傳：學先王之道。甘盤，殷賢臣有道德者。

〔二九〕〔徐注〕《韓子》：齊桓公之時，晉客至，有司請禮，桓公曰『告仲父』者三。而優笑曰：『易哉爲君，一曰仲父，二曰仲父。』〔馮注〕《戰國策》：昔者齊公得管仲時，以爲仲父。詳見《管子》。〔補注〕《荀子·仲尼》：『（齊桓公）倓然見管仲之能足以託國也……遂立以爲仲父。』楊倞注：『仲者，夷吾之字；父者，事之如父。』

〔三〇〕〔徐注〕《書》：在昔殷先哲王，迪畏天，顯小民，經德秉哲。〔補注〕夷，鏟除、誅滅。秉哲，持有才智。

〔三一〕匡，《英華》作『康』，避宋太祖諱改。日，《英華》作『夕』，非。〔徐注〕《南史》：劉湛弱年便有宰物情，常自比管、樂。《晉書·文六王傳》：齊王攸曰：『吾無匡時之用。』

〔三二〕《英華》『心』字下有『矣』字。〔徐注〕《詩》：於穆清廟。《晉書·慕容廆傳》：係心京師。〔補注〕清廟，帝王之宗廟。此借指朝廷。

〔三三〕《英華》『首』字下有『矣』字。〔徐注〕《書》：帝光天之下，至於海隅蒼生。《晉書·謝安傳》：安石不出，如蒼生何！曹植誄：延首歎息。〔馮注〕延首，猶延頸。《列子》：孔丘、墨翟，天下丈夫女子莫不延頸舉踵而願安利之。

〔三四〕〔徐注〕《易》：君子以剛健篤實輝光。

〔三五〕〔徐注〕《莊子》孔子遊乎緇帷之林，有漁父者下船而來，孔子曰：『幸聞咳唾之音。』〔馮注〕趙壹《嫉邪賦》：勢家多所宜，咳唾自成珠。夏侯湛《抵疑》：咳唾成珠玉，揮袂出風雲。〔補注〕《莊子·漁父》：『竊待於下風，幸聞咳唾之音以卒相丘也。』又《秋水》：『子不見夫唾者乎？噴者大者如珠，小者如霧。』此以『咳唾』喻蒙對方言語稱譽。

〔三六〕〔徐注〕《語林》：王右軍年十一，周顗異之。時絶重牛心炙，坐客來，未啖，先割啖右軍，乃知名。

〔三七〕〔馮注〕《晉書·孫盛傳》：殷浩擅名一時，與抗論者惟盛而已。盛嘗詣浩談論對食，奮擲麈尾，毛悉落飯中。〔徐注〕《世説補》：何次道往丞相，許丞相以麈尾指坐，曰：『來，來，此是君坐。』

〔三八〕〔徐注〕《詩》：死生契闊。〔補注〕契闊，此指久别。與《詩·邶風·擊鼓》『死生契闊』指勤苦者義别。《後漢書·獨行傳·范冉》：『行路倉卒，非陳契闊之所，可共到前亭宿息，以叙分隔。』

〔三九〕〔徐注〕《詩》：流離之子。〔馮曰〕會昌元、二年，代周墀賀表，至此方七年，而約舉成數也。時自桂管歸，故曰『萬里』。

〔四〇〕抱，《英華》一作『跪』，誤。〔徐注〕劉琨《扶風歌》：抱膝獨摧藏。〔按〕《扶風歌》爲劉琨赴并州刺史任途中作，有『朝發』『暮宿』等語，聲情慷慨悲壯，切合作者北歸途次情景。

〔四一〕〔徐注〕鮑昭（照）《白頭吟》：古來共如此，非君獨撫膺。

〔四二〕〔徐注〕班固《答賓戲》：皆及時君之門闈。〔馮曰〕謂將重至墀門。而下云『方從初服』『未知伏謁之期』，則必先還故鄉，未至京師也。此二句虚擬之詞。餘詳年譜。〔按〕馮謂『重至門闈』爲『將重至墀門』，二句係虚擬之詞，誠是。然謂此行先返故鄉，未至京師則非。張氏《會箋》三大中二年及岑氏《平質》均已辨之。此不具引。『方從初服』『未知伏謁之期』見下注。

〔四三〕〔徐注〕杜甫詩：三年奔走空皮骨，信有人間行路難。

〔四四〕〔補注〕屈原《離騷》：『悔相道之不察兮，延佇乎吾將反。回朕車以復路兮，及行迷之未遠。步余馬于蘭皋兮，馳椒丘且焉止息。進不入以離尤兮，退將復修吾初服。』初服，未入仕時之服。古時官吏退職稱復返初服。潘岳《西征賦》：『甄大義以明責，反初服於私門。』此句謂己罷幕北歸，重修昔時未仕之服，故下句云『無補大鈞』。

〔四五〕〔徐注〕《漢書·賈誼傳》：大鈞播物。〔補注〕《文選·賈誼〈鵩鳥賦〉》李善注：『如淳曰：陶者作器於鈞上。此以造化爲大鈞。』此以『大鈞』喻宰相治國。

〔四六〕〔馮注〕《莊子》衣弊履穿，貧也。

〔四七〕東，《全文》《英華》均作『北』。〔徐校〕北，當作『東』。《史記》：東郭先生久待詔公車，貧困飢寒，衣弊履不完，行雪中，履有上無下，足盡踐地。〔按〕徐校是，兹據改。

〔四八〕乃，《英華》注：集作『仍』。〔馮注〕《莊子》：宋人有曹商者，見莊子曰：『夫處窮閭阸巷，困窘織屨，槁項黄馘者，商之所短也。』〔補注〕槁項黄馘，猶面黄肌瘦。

〔四九〕〔馮注〕《史記·張耳傳》：李良道逢趙王姊，從百餘騎，良望見，以爲王，伏謁道旁。〔按〕時商隱方在歸京途次，且在潭州滯留，未知何時抵京拜謁，故云。與返故鄉無涉。

〔五〇〕〔馮注〕謂立相得人，太平可慶。如《後漢書》班固薦謝夷吾曰：『堯登稷、契，政隆太平；舜用皐陶，政致雍熙。』〔徐注〕《漢書·食貨志》：餘三年食進業曰登，再登曰平，三登曰泰平。

〔五一〕舞，《英華》作『賀』。

上度支歸侍郎狀〔一〕

不知近日尊體何如？伏計不失調護。昔周以冢宰治國用〔二〕，漢以丞相領軍儲〔三〕，典故具存〔四〕，選倚爲重。侍郎自膺新寵，益副僉諧〔五〕。竊計旬時，便歸樞務〔六〕。某幸因科第，受遇門墻。辱累已來〔七〕，孤殘僅在。殘封曠絶，歲序淹遐。棄席遺簪〔八〕，託誠無地。伏計亦賜哀察〔九〕。至冬初赴選，方遂起居未間〔一〇〕。下情不任攀戀。

〔一〕本篇原載清編《全唐文》卷七七五第一〇頁、《樊南文集補編》卷六。〔錢箋〕度支，見《爲滎陽公與度支周侍郎狀》注〔一〕。歸侍郎，未詳。〔張箋〕《舊·紀》本年（指大中二年）六月有『户部侍郎兼御史大夫判度支崔龜從奏』云云，則龜從判度支確在是年，蓋代周墀也。《補編·上度支歸侍郎狀》云：『某幸因科第，受遇門墻，辱累已來，孤殘僅在。』又云：『至冬初赴選，方遂起居（未間）。』義山是年桂府罷歸，留滯巴楚，冬至京，選爲盩厔尉，皆與狀語合。狀當是年（指大中二年）五月間作。惟考大中初無歸姓其人判度支者，蓋崔龜從之誤，因歸、龜聲近而訛也。開成元年，義山曾上書龜從求舉，狀中有『幸因科第』二語，即指是耳。〔按〕張説大體可信。惟謂『歸』『龜』聲近致訛，則解釋有未盡處。蓋題不可能取其名中一字而題爲《上度支龜侍郎》也。如必曰聲近致訛，初亦非傳鈔翻刻過程中産生之訛誤，而係作者當年撰稿或編集時本應書『崔侍郎』而意中有『崔龜從』之名，遂誤姓爲名，書爲『龜侍郎』也，而『歸侍郎』則又可能爲傳鈔翻刻時疑『龜』爲『歸』之音誤而改。輾轉致訛，遂迷本來面目。據《新唐書·宣宗紀》及《通鑑》，大中二年五月，以兵部侍郎、判度支周墀及刑部侍郎、鹽鐵轉運使馬植并同平章事，崔龜從之代墀判度支當在同時。茲依張説繫大中二年。作時當與上二啓同在六月。題内『歸』字則仍其舊。

〔二〕〔補注〕《禮記·王制》：『冢宰制國用，必於歲之杪，五穀皆入，然後制國用。』孔穎達疏：『制國用，如今度支經用。』《書·周官》：『冢宰掌邦治，統百官，均四海。』冢宰爲六卿之首、衆長之長，相當於後世之宰相。

〔三〕〔錢注〕《史記·張丞相傳》：張蒼封爲北平侯，遷爲計相一月，更以列侯爲主計四歲。蒼善用算律曆，故令蒼以列侯居相府，領主郡國上計事。〔按〕張蒼無以丞相領軍儲事，錢注疑誤。此當用蕭相國事。《史記·蕭相國世家》：『漢王引兵東定三秦，何以丞相留收巴蜀，填撫諭告，使給軍食……關中事：計户口轉漕給軍……上以此專屬任何關中事。』此即所謂『漢以丞相領軍儲』也。又：『關内侯鄂君進曰……夫漢與楚相守滎陽數年，軍無見糧，蕭何轉漕關中，給食不乏。』亦此意。

〔四〕〔錢注〕《後漢書·胡廣傳》：祖宗典故，未嘗有也。〔補注〕典故，典制成例。

〔五〕〔補注〕《書·舜典》記舜徵詢意見以任命臣工之事，多有『僉曰』『汝諧』之語，後遂以『僉諧』指遴選、任命重臣。

〔六〕樞務，見《爲濮陽公上楊相公狀》注〔四〕。此指朝廷中樞之政務，即宰相之職務。〔按〕據《舊唐書·宣宗紀》，大中二年十一月，崔龜從同平章事。

〔七〕〔錢注〕《晋書·范弘之傳》：實懼辱累清流。

〔八〕〔錢注〕棄席，見《爲濮陽公上賓客李相公狀二》（按：查該文，無『棄席』注）。《韓詩外傳》：孔子出游少源之野，有婦人中澤而哭。孔子使弟子問焉，婦人曰：『鄉者刈著薪，亡吾著簪，吾是以哀也。非傷亡簪，蓋不忘故也。』〔補注〕《淮南子·説山訓》：『文公棄荏席，後黴黑，咎犯辭歸。』事又見《韓非子·外儲説左上》。後以『棄席』喻被拋棄之功臣。此借以自傷淪棄。

〔九〕計，《全文》作『許』，據錢校改。

〔一〇〕〔補注〕起居未間，謂起居不隔，常能面謁。蓋作狀時商隱猶在北歸長安途中，故云。或以『未間』屬下句，非。

獻襄陽盧尚書啓〔一〕

伏蒙仁恩，賜及前件衣服、疋段、漆器等〔二〕。謹依榮示捧領訖。衣雜綵繒〔三〕，重輝婁褐〔四〕；器兼丹漆〔五〕，載耀顔瓢〔六〕。悚戴之誠〔七〕，不任陳謝。昨日伏奉榮示，猥以拙製〔八〕，形於重言〔九〕。夫廣野之氣，或成宫闕〔一〇〕；擊轅之音，有中風雅〔一一〕。蓋其偶會，豈曰必然。又安足介竈、慎之仰占〔一二〕，動夔、牙之傾聽〔一三〕？三兄尚書，早貞文律〔一四〕，久味道腴〔一五〕，永惟一字之褒〔一六〕，便是百生之慶。昨晚又伏蒙遠遣軍吏〔一七〕，重降手筆，揄揚轉極，撫納滋深〔一八〕。

某爰自弱齡，叨從名輩〔一九〕，邅迴二紀，慶弔一空〔二〇〕。詞苑招魂〔二一〕，文場出涕。重膺疊翮〔二二〕，零落無遺；高幹修條〔二三〕，凋摧略盡。乘風匪順〔二四〕，無水憂沉〔二五〕。豈謂窮塗〔二六〕，再逢哲匠〔二七〕！昇堂辱顧，披卷交談〔二八〕，不獨垂之空言〔二九〕，屬又存之真蹟〔三〇〕。爰增懦氣〔三一〕，載動初心。庶或武陵之溪，微接桃源之境〔三二〕；平昌之井，暗通荆水之津〔三三〕。况異物以達誠〔三四〕，弭中阿而攀德〔三五〕。南鄉旌旆，實所知歸。

〔一〕本篇原載清編《全唐文》卷七七八第五頁、《樊南文集補編》卷八。〔錢箋〕（襄陽盧尚書）盧簡辭也。詳

《上漢南盧尚書狀》注〔一〕。《新唐書・地理志》：襄州襄陽郡。〔張箋〕案此啓桂管巴蜀歸途時作，故有『窮途』『哲匠』語。（繫大中二年秋）〔按〕商隱大中二年桂管歸途於九月抵達商於之東，有《九月於東逢雪》可證。襄陽離商州約九百里，計其里程時日，抵襄陽約在八月下旬。此啓爲離襄陽後致謝之作，故有『南嚮旌旆』語。

〔二〕〔錢注〕《新唐書・地理志》：襄州土貢漆器。

〔三〕〔錢注〕《漢書・賈誼傳》：漢歲致金絮采繒以奉之。

〔四〕〔錢注〕《史記・劉敬傳》：（婁）敬過洛陽，高帝在焉，脱輓輅，衣其羊裘，見齊人虞將軍曰：『臣願見上言便事。』虞將軍欲與之鮮衣，敬曰：『臣衣帛，衣帛見；衣褐，衣褐見，終不敢易衣。』〔補注〕婁褐，貧士黔婁之褐衣。據《列女傳・魯黔婁妻》載：黔婁死，曾子往弔，見其以布被覆尸，覆頭則足見，覆足則頭見。『婁褐』與『顔瓢』皆言其貧，而婁敬未言其貧，疑用黔婁事。

〔五〕〔補注〕《左傳・宣公二年》：『役人曰：從有其皮，丹漆若何！』

〔六〕〔補注〕《論語・雍也》：『賢哉，回也！一簞食，一瓢飲，在陋巷，人不堪其憂，回也不改其樂。』

〔七〕戴，《全文》作『載』，錢校據胡本改正，兹從之。〔錢注〕江總《謝宫爲製讓詹事表啓》：紙罄蘭臺，未書悚戴。

〔八〕〔補注〕拙製，謙稱己之詩作。商隱當有詩投獻盧簡辭。

〔九〕〔補注〕《莊子・寓言》：『寓言十九，重言十七。』陸德明釋文：『謂爲人所重者之言也。』

〔一〇〕〔錢注〕《史記・天官書》：海旁蜃氣象樓臺，廣野氣成宫闕。

〔一一〕〔錢注〕曹植《與楊德祖書》：夫街談巷説，必有可采；擊轅之歌，有應風雅。

〔一二〕〔錢注〕（竈、慎）裨竈、梓慎，並見《左傳》。張衡《思玄賦》：慎、竈顯以言天兮，占水火而妄訊。〔補注〕《左傳・昭公二十四年》：『夏五月，乙未朔，日有食之。梓慎曰：「將水。」昭子曰：「旱也。日過分，而陽猶不克，克必甚，能無旱乎？」……秋八月，大雩，旱也。』又《昭公十八年》：『夏五月，火始昏見。丙子，風。梓慎曰：「是謂融風，火之始也。七日，其火作乎？」戊寅，風甚；壬午，大甚，宋、衛、陳、鄭皆火，梓慎登大庭氏之庫以望之，曰：「宋、衛、陳、鄭也，數日皆來告火。」裨竈曰：「不用吾言，鄭又將火。」鄭人請用之，子產不可……亦不復火。」

〔一三〕〔錢注〕《漢書·揚雄傳》：《甘泉賦》：若夔、牙之調琴。注：夔，舜典樂也。牙，伯牙也。

〔一四〕〔錢注〕陸機《文賦》：普辭條與文律。〔補注〕《文心雕龍·通變》：『文律運用，日新其業。』按：句中『文律』指文章寫作規律。

〔一五〕〔錢注〕《荀子》：味道之腴。〔補注〕道腴，道之精髓。

〔一六〕〔錢注〕《穀梁傳集解序》：一字之褒，寵踰華衮之贈。

〔一七〕伏，《全文》作『復』，錢校據胡本改正，兹從之。〔補注〕《周禮·夏官·大司馬》：『諸侯載旂，軍吏載旗。』此指軍中佐吏。

〔一八〕滋，《全文》作『兹』，據錢校改。〔錢注〕《魏志·田疇傳》：疇悉撫納。

〔一九〕〔錢注〕《晉書·蔡謨傳》：名輩不同，階級殊懸。〔按〕句中『名輩』即『名流』之義，與錢引『名輩』義爲名望行輩者不同。『弱齡』即弱冠；『名輩』殆指令狐楚，參下注。

〔二〇〕〔補注〕邅迴，困頓，不順利。慶弔，慶賀與弔慰。按：商隱自文宗大和三年初謁令狐楚於東都，至作啓時，已歷二十年，仕途困頓，故云『邅迴二紀』，係舉成數。慶弔一空，殆指交親或亡或疏。

〔二一〕〔錢注〕王逸《楚辭序》：《招魂》者，宋玉之所作也。〔按〕此殆承上句謂知遇謝世，屢作《招魂》式之弔祭詩文也。

〔二二〕〔錢注〕潘岳《射雉賦》：前剡重膺，傍截疊翮。

〔二三〕〔錢注〕左思《蜀都賦》：擢修幹，竦長條。

〔二四〕〔錢注〕《宋書·宗慤傳》：願乘長風破萬里浪。

〔二五〕〔錢注〕《莊子》：與世違，而心不屑與之俱，是陸沉者也。注：人中隱者，譬無水而沈，曰陸沈。〔按〕此與上句『乘風匪順』皆就己之遭遇處境言，蓋謂無所憑藉依託也。

〔二六〕〔錢注〕《吴越春秋》：遇一窮途君子，而輒飯之。〔補注〕《晋書·阮籍傳》：『時率意獨駕，不由徑路，車迹所窮，輒慟哭而反。』顔延之《五君詠·阮步兵》：『物故不可論，途窮能無慟。』

〔二七〕〔錢注〕殷仲文《南州桓公九井作》：哲匠感蕭晨。〔補注〕哲匠，此指明達而富才能之大臣。商隱大中元年南赴桂林途經襄陽時，曾逢盧簡辭，有《上漢南盧尚書狀》；此次北歸再經襄陽，故云『再逢』。

〔二八〕〔錢注〕《魏書·崔鴻傳》：披卷則人人而是。

〔二九〕〔錢注〕《史記·太史公自序》：我欲載之空言，不如見之於行事之深切著明也。〔補注〕空言，指褒貶是非之言。

〔三〇〕〔錢注〕《梁書·王僧辯傳》：令以真跡上呈。〔補注〕屬，續；真蹟，指盧之手書，即上文『榮示』。

〔三一〕〔錢注〕袁宏《三國名臣序贊》：懦夫增氣。

〔三二〕〔錢注〕陶潛《桃花源記》：晋太元中，武陵人，捕魚爲業，緣溪行，忘路之遠近，忽逢桃花林。

〔三三〕〔錢注〕《水經注》：濰水又北逕平昌縣故城東，荆水注之。城之東南有臺，臺下有井，與荆水通。物墜於井，則取之荆水。〔按〕據『庶或武陵之溪』二句，似商隱有希企盧簡辭援其入幕或薦引其入幕之意。

〔三四〕〔錢注〕《南齊書·張融傳》：融年弱冠，道士同郡陸修静以白鷺羽麈尾扇遺融，曰：『此既異物，以奉異人。』〔補注〕異物，珍奇之物。

〔三五〕〔錢注〕顔延之《秋胡詩》：弭節停中阿。〔補注〕中阿，丘陵之中，山灣中。《詩·小雅·菁菁者莪》：『菁菁者莪，在彼中阿。』

謝鄧州周舍人啓〔一〕

伏蒙榮示，兼賜及腰褥靴裁具酒筒盞杓匙筯等，捧戴感激，不知所爲〔二〕。伏念仰辱恩光，嘗多違遠〔三〕，風波結懇〔四〕，皋壤銜誠〔五〕。始邂逅於江津〔六〕，又差池於門宇〔七〕。遞蒙厚賜，以重離憂。文革錦茵〔八〕，終成虛飾；杯杓匕筯〔九〕，誰與爲歡〔一〇〕！孤燭扁舟〔一一〕，寒更永夜〔一二〕，迴腸延首〔一三〕，書不盡言〔一四〕。伏計亦賜信察。

〔一〕本篇原載清編《全唐文》卷七七八第一四頁、《樊南文集補編》卷八。〔錢注〕《新唐書·地理志》：鄧州屬山南東道。《舊唐書·職官志》：中書舍人六員，正五品上。〔張箋〕案周舍人未詳。義山大中元年隨鄭亞赴桂管，《上度支盧侍郎狀》有『某行已及鄧州』語；二年自巴蜀歸，《陸發荆南始至商洛》詩有『鄧橘未全黄』語。一正春夏之交，一在秋，皆與此啓『孤燭扁舟，寒更永夜』寫景不符，則當是開成五年湖湘歸途作矣。是時義山方赴嗣復幕，至則嗣復已貶，失意而歸，所謂『始邂逅於江津，又差池於門宇』也。惟黄陵相别，乃係春雪之時，而文中所叙，又似冬令，要無庸泥看矣（張箋繫會昌元年春）。〔岑仲勉曰〕『鄧橘』一句是《歸墅》詩，非《陸發荆南》詩，張引誤。橘至仲冬始全黄，不限於秋景，集有《九月於東逢雪》，於、鄧相近，『寒更』句亦不定表冬深。啓冠鄧州，是周當官州刺。舍人者，稱其前此之内官要職也。考《翰學壁記》，周敬復會昌二年九月守中書舍人出院，大中四年十二月自華州刺史授江西觀察，中間七年歷官不詳，余信此周舍人必即敬復。蓋自西掖出歷數州刺史。邂逅江津，即追溯李與周相識之始，與烏有之赴幕無關。循此推之，啓作於大中二年歸途，可無疑也。江鄉南游，本是杜撰，何怪寫景不符。〔按〕張鑿會昌元年春初，顯誤。開成五年秋至會昌元年春初之所謂『江鄉之遊』，純屬子虛烏有，已另有辨，詳《李商隱開成末南遊江鄉説再辨正》（《文學遺産》八〇年三期）及《李商隱開成末南遊江鄉説再辨正補證》（《文史》四十輯）。會昌元年春初，商隱正寓周墀華州幕，有《爲汝南公華州賀赦表》可證。此啓開篇『伏蒙榮示，兼及腰褥靴裁具酒筒盞杓匙筯等』，與大中二年秋桂管歸途所作《獻襄陽盧尚書啓》開篇『伏蒙仁恩，賜及前件衣服疋段漆器等』相類，當同爲歸途經襄、鄧時感謝方鎮州刺餽贈之書啓。『孤燭扁舟，寒更永夜』之景象，亦與桂管歸途所作《夢令狐學士》『山驛荒凉白竹扉，殘燈向曉夢清暉。右銀臺路雪三尺，鳳詔裁成當直歸』之景象相類。其爲大中二年秋桂管歸途經鄧州時所上無疑，約八月下旬或九月上旬。至於周舍人，其爲鄧州刺史固無疑，是否即周敬復，則尚待進一步考定。

〔二〕〔補注〕《左傳·宣公十二年》：『桓子不知所爲。』

〔三〕〔錢校〕嘗，疑當作『常』。

〔四〕〔錢注〕李陵《與蘇武書》：風波一失所，各在天一隅。

〔五〕〔錢注〕《南齊書·謝朓傳》：朓歷隨王文學。子隆好辭賦，朓以文才，尤被賞愛。世祖敕朓還朝，遷新安王中軍記室。朓箋辭子隆曰：『皐壤摇落，對之惆悵。歧路東西，或以嗚邑。』

〔六〕〔錢注〕郭璞《江賦》：躋江津而起漲。〔補注〕《詩·鄭風·野有蔓草》：『邂逅相遇，適我願兮。』〔岑仲勉曰〕『邂逅江津』，即追溯李與周相識之始。

〔七〕〔補注〕《詩·邶風·燕燕》：『燕燕于飛，差池其羽。』差池門宇，似謂登門造訪錯失未遇，當指自京赴桂途經鄧州時。

〔八〕〔錢注〕《漢書·東方朔傳》注：革，生皮也。《説文》：茵，車重席。〔補注〕文革，指靴；錦茵，即腰褥。

〔九〕〔錢注〕《宋書·沈慶之傳》：太祖妃上世祖金鏤匕筯及杅杓，上以賜慶之，曰：『卿辛勤匪殊，歡宴宜等。』

〔一〇〕〔錢注〕李陵《答蘇武書》：舉目言笑，誰與爲歡？

〔一一〕〔錢注〕江淹《銅爵妓》詩：孤燭映蘭幕。

〔一二〕〔錢注〕梁元帝《燕歌行》：遥遥夜夜聽寒更。謝靈運《擬太子鄴中集詩》：永夜繫白日。

〔一三〕〔錢注〕宋玉《神女賦》：徊腸傷氣。曹植《王仲宣誄》：延首歎息。

〔一四〕〔補注〕《易·繫辭上》：『書不盡言，言不盡意。』

謝座主魏相公啓〔一〕

羲叟啓：伏奉前月二十八日敕旨，授祕書省校書郎、知宗正表疏〔二〕，續奉今月五日敕，改授河南府參軍，依前充職者〔三〕。小宗伯之取士〔四〕，早辱搜揚〔五〕；大宗正之薦賢〔六〕，又蒙抽擢。未淹旬日，再授班資〔七〕。任重本枝〔八〕，職齊載筆〔九〕。方殊王逸，惟注《楚辭》〔一〇〕；有異郝隆，但攻蠻語〔一一〕。此皆相公，事均卵翼〔一二〕，勢作風雲〔一三〕，特於汩没之中〔一四〕，俯借扶摇之便〔一五〕。孔龜效印，未議於酬恩〔一六〕；楊雀銜環，徒聞於報惠〔一七〕。感忭之至，罔知所裁。謹啓。

校注

〔一〕本篇原載《文苑英華》卷六五三第二頁、清編《全唐文》卷七七七第一三頁、《樊南文集詳注》卷三。題下自注：爲弟作。〔徐箋〕《舊書·宣宗紀》：大中三年四月，魏扶同中書門下平章事。六月卒。（按：據《新唐書·宰相表》，魏扶係大中四年六月戊申卒）《新書·世系表》：扶字相之。（商隱）本傳：弟羲叟，亦以進士及第，累爲賓佐。〔馮箋〕羲叟元年得第，此則三年筮仕。（馮譜、張箋均繫大中三年）〔按〕據《新唐書·宰相表》，魏扶四月乙酉（初二）拜相，啓云『伏奉前月二十八日敕旨，授祕書省校書郎、知宗正表疏；續奉今月五日敕，改授河南府參軍，依前充職者……未淹旬日，再授班資』，可證此狀最早當上於大中三年五月五日之後，最晚在五月末。

〔二〕〔馮注〕《舊書·志》：宗正寺，卿一人，少卿二人。〔補注〕宗正寺，掌天子族親屬籍，以別昭、穆。有知宗子表疏官一人。羲叟蓋以祕書省校書郎而兼知宗正表疏者。

〔三〕授，《英華》作『换』，注：集作『授』。〔馮注〕《舊書·志》：祕書省，有校書郎，正九品上階。河南府參軍，正八品下階。〔張箋〕《謝宗卿啓》曰：『曲蒙題目，猥被薦聞』，『即以今月某日發赴所職。』此宗正卿當是由宗卿出尹河南者，羲叟前已知其表疏，故今又辟奏府僚也。〔按〕出尹河南説可疑，詳下篇注〔一〕。

〔四〕〔徐注〕《周禮·春官》：小宗伯，中大夫二人。〔補注〕宗伯，周代六卿之一，掌宗廟祭祀，即後世禮部職責之一部分。因稱禮部尚書爲大宗伯、禮部侍郎爲少宗伯。大中元年，魏扶爲禮部侍郎主貢舉，奏所放進士三十三人，羲叟於是年登進士第，見《舊唐書·宣宗紀》《唐會要》卷七六。商隱有《獻侍郎鉅鹿公啓》。

〔五〕〔徐注〕桓温《薦譙秀表》：訪諸故老，搜揚潛逸。〔補注〕曹植《文帝誄》：『搜揚側陋，舉湯代禹。』搜揚，搜求舉拔。

〔六〕〔馮注〕按：大宗正，謂宗（正）卿也。《通典》：後魏有宗正卿、少卿，北齊亦然。《北史》傳文中，大宗正屢見。唐時幕府辟署奏充，習云『薦賢』，下篇『猥被薦聞』是也。徐刊本作『（大）中正』，而引魏、晉州郡大小中正，誤矣。〔按〕大宗正之薦賢，即《謝宗卿啓》『曲蒙題目，猥被薦聞』，指蒙宗正卿李某之稱譽薦舉，得以再次受到遷擢，改授河南府參軍。非謂宗正卿遷河南尹，辟署爲河南府參軍。

〔七〕〔補注〕班資，官階與資格。

〔八〕〔徐注〕《詩》：本支百世。〔補注〕任重本支，切『知宗正表疏』之『宗正』。

〔九〕〔徐注〕《禮記》：史載筆。〔補注〕《梁書·任昉傳》：『昉雅善屬文，尤長載筆。』職齊載筆，謂職掌草擬表疏。

〔一〇〕《英華》『注』字下有『於』字。〔馮注〕《後漢書·文苑傳》：王逸，字叔師，元初中，舉上計吏，爲校書郎。順帝時爲侍中，著《楚辭章句》。

〔一一〕《英華》『攻』字下有『於』字。〔徐注〕《世説》：郝隆爲桓公南蠻參軍，作詩一句云：『娵隅躍清池。』蠻名魚爲『娵隅』。公問何爲作蠻語，隆曰：『千里投公，始得蠻府參軍，那得不作蠻語！』

〔一二〕〔徐注〕《左傳》：子西曰：『勝如卵，予翼而長之。』

〔一三〕作，《英華》作『借』，蓋涉下『俯借扶摇之便』而誤。〔徐注〕潘岳誄：跨騰風雲。

〔一四〕〔徐注〕杜甫詩：世儒多汩没。〔補注〕汩没，埋没、沉淪。

〔一五〕〔馮注〕《莊子》：北冥有魚，其名爲鯤；化而爲鳥，其名爲鵬，怒而飛，其翼若垂天之雲。鵬之徙於南冥也，水擊三千里，摶扶摇而上者九萬里。〔補注〕扶摇，盤旋而上之暴風。此謂憑藉扶摇之風而直上青雲。

〔一六〕〔馮注〕《晉書·孔愉傳》：愉字敬康，會稽山陰人，以討華軼功封餘不亭侯。愉嘗行經餘不亭，見籠龜於路者，愉買而放於溪中。龜中流左顧者數四。及是鑄侯印，而印龜左顧，三鑄如初。印工以告，愉悟，遂佩焉。

〔一七〕〔馮注〕《續齊諧記》：弘農楊寶，字文淵。年九歲，至華陰山北，見一黃雀爲鴟梟所搏，墜於樹下，爲螻蟻所困。寶取歸，置諸梁上，爲蚊所嚙。乃移置巾箱中，啖以黄花。百日毛羽成，朝去暮還，宿巾箱中。積年，忽與羣雀俱來，哀鳴遶堂，數日乃去。爾夕三更，寶讀書未卧，有黄衣童子拜曰：『我西王母使臣，昔使蓬萊，不慎爲鴟鳥所搏，蒙君仁愛見救，今當受賜南海，不得奉侍。』以白玉環四枚與之，曰：『令君子孫絜白，且位登三事，當如此環矣。』寶之孝大聞天下，名位日隆。子震，震生秉，秉生賜，賜生彪。四世名公，爲東京盛族。蔡邕《論》曰：昔黄雀報恩而至。

謝宗卿啓〔一〕

羲叟啓：伏蒙奏署知表疏官〔二〕。伏奉前月二十八日敕旨，授祕書省校書郎；續奉今月五日敕，改授河南府參軍者。某少實艱屯，長無才術〔三〕，徒以與周同姓〔四〕，從魯諸儒〔五〕，託阮籍之竹林〔六〕，攀郄詵之桂樹〔七〕，曲蒙題目〔八〕，猥被薦聞。惟我大朝〔九〕，克崇宗祐〔一〇〕，叙文昭武穆之位〔一一〕，敦紹堯纘禹之親〔一二〕，豈以斯文，失於能者！況一蒙旌録〔一三〕，再忝恩榮，班資將厠於郄超〔一四〕，職業幾踰於孫楚〔一五〕，感結所至，死生以之〔一六〕。即以今月某日，發赴所職。登門在近〔一七〕，縮地是思〔一八〕。惟勒肺肝〔一九〕，恨無毛羽〔二〇〕。伏惟特賜恩督〔二一〕，謹啓。

〔一〕本篇原載《文苑英華》卷六五三第二頁、清編《全唐文》卷七七七第二四頁、《樊南文集詳注》卷三。題下自注：爲弟作。〔馮箋〕宗卿，即宗正卿，當兼尹河南。〔按〕宗卿，不詳其人。《唐會要》卷六五宗正寺：『開元二十年七月七日詔：宗正寺官員，悉以宗子爲之。』『二十五年七月勅：其宗正卿、丞及主簿，擇宗室中才行者補授。』是宗正卿當爲李姓宗室。然查《唐刺史考》，孫穀，大中二年十二月二十四日除河南尹兼御史大夫，見《重修承旨學士壁記》。而《舊唐書·柳仲郢傳》：『（周墀）罷知政事，同列有疑仲郢與墀善，左授祕書監。數月，復出爲河南尹。』周墀罷相在大中三年四月，見《新書·宣宗紀》及《宰相表》。如柳仲郢於四五月間左授祕書監，則其復出爲河南尹之時間約在大中三年秋。據《金石補正》卷七五《再建圓覺塔志》：『大中庚午歲八月十五日，詔河南尹河東公再建斯塔。』知大中四年柳仲郢在河南尹任。直至五年七月，方調任東川節度使。然則，大中三年秋至五年秋，柳仲郢一直在河南尹任上。孫穀與柳仲郢，均非李唐宗族，按例均不能擔任宗正卿。其爲河南尹前之官職，孫爲户部侍郎知制誥，柳爲祕書監，均與宗正寺無關。故無論如馮氏所云宗卿係兼尹河南，或如張氏所云係出尹河南，皆與實際情況不符。然據『登門在近，縮地是思』二句，作啓時此宗卿確在洛陽，或其家在洛臨時回洛也。作啓時間則在大中三年五月五日以後，參上篇注〔一〕。

〔二〕蒙，《英華》作『奉』，注：集作『蒙』。

〔三〕術，《英華》注：集作『運』。〔徐注〕《晉書·杜預傳》：高操之士，有此艱屯。

〔四〕〔馮注〕《史記》：召公奭與周同姓。〔按〕商隱、羲叟爲李唐王室遠支，屬李氏姑臧大房，見《新唐書·宰相世系表》及商隱《請盧尚書撰李氏仲姊河東裴氏夫人誌文狀》，故云『與周同姓』。

〔五〕〔馮注〕《史記・儒林傳》：魯中諸儒，講誦習禮樂，絃歌之音不絶。〔徐注〕《漢書・叔孫通傳》：臣願徵魯諸生與臣弟子共起朝儀。

〔六〕〔徐注〕《晉書》：阮籍、嵇康、山濤、向秀、劉伶、王戎、阮咸，共爲竹林之遊。

〔七〕〔徐注〕《晉書》：郄詵對曰：『臣舉賢良對策，爲天下第一，猶桂林之一枝，崑山之片玉。』〔按〕此言登第。

〔八〕〔馮注〕《晉書》：山濤再居選職，所奏甄拔人物，各爲題目，時稱『山公啓事』。〔補注〕題目，品評。《世説新語・政事》：『山司徒（濤）前後選，殆周遍百官，舉無失才。凡所題目，皆如其言。』

〔九〕〔徐注〕王粲詩：晝日處大朝。

〔一〇〕〔徐注〕《左傳》：原繁對曰：『先君桓公，命我先人，典司宗祏。』〔補注〕宗祏，宗廟中藏神主之石室。此指宗廟、宗室。

〔一一〕〔徐注〕《左傳》：富辰曰：『管、蔡、郕、霍、魯、衛、毛、聃、郜、雍、曹、滕、畢、原、豐、郇，文之昭也；邘、晉、應、韓，武之穆也。』〔補注〕古代宗法制度，宗廟或宗廟中神主之排列次序，始祖居中，以下父子（祖、父）遞爲昭穆，左爲昭，右爲穆。

〔一二〕〔徐注〕《書》：纘禹舊服。班彪《王命論》：唐據火德而漢紹之。

〔一三〕〔馮注〕《魏志・高貴鄉公紀》注：太尉華歆表曰：故漢大司農鄭，爲世儒宗。文皇帝旌録先賢，拜適（嫡）孫小同爲郎中。〔補注〕旌録，表彰叙録。

〔一四〕〔徐注〕《晉書・郄超傳》：超字嘉賓，桓温辟爲征西大將軍掾。温遷大司馬，又轉爲參軍，府中語曰：『髯參軍，短主簿，能令公喜，能令公怒。』超髯珣短故也。〔按〕此切『河南府參軍』。

〔一五〕〔馮注〕《晉書・孫楚傳》：楚字子荆，才藻卓絶，爽邁不羣，多所陵傲。年四十餘，始參鎮東軍事。後復參石苞驃騎軍事。楚侮易於苞，初至，長揖曰：『天子命我參卿軍事。』〔按〕此兼切『參軍』『知表疏』。

〔一六〕〔徐注〕《左傳》：苟利社稷，死生以之。

〔一七〕〔馮注〕《後漢書》：李膺字元禮，以聲名自高，士有被其容接者，名爲登龍門。〔按〕據『登門在近』句，宗卿其時當在洛陽。或家居於洛也。

〔一八〕〔馮注〕《神仙傳》：費長房能縮地脈，千里存在目前宛然，放之復舒如舊。

〔一九〕勒，《英華》作『動』，徐注本同。〔馮校〕勒，《英華》作『勤』，徐刊本作『動』，必刊刻之誤，故竟改定。〔按〕殘宋本《英華》作『動』不作『勤』。馮校是，《全唐文》正作『勒』。

〔二〇〕〔徐注〕即不能奮飛之意。

〔二一〕詧，《英華》作『察』。

上尚書范陽公啓〔一〕

某啓：仰蒙仁恩，俯賜手筆，將虚右席〔二〕，以召下材〔三〕。承命恐惶〔四〕，不知所措。某幸承舊族，蚤預儒林。鄴下詞人〔五〕，夙蒙推奬〔六〕；洛陽才子〔七〕，濫被交遊。而時亨命屯，道泰身否〔八〕。成名踰于一紀，旅宦過于十年〔九〕。恩舊雕零，路歧悽愴〔一〇〕。薦禰衡之表，空出人間〔一一〕；嘲揚子之書〔一二〕，僅盈天下〔一三〕。

去年遠從桂海〔一四〕，來返玉京〔一五〕。無文通半頃之田〔一六〕，乏元亮數間之屋〔一七〕。隘傭蝸舍〔一八〕，危託燕巢〔一九〕。春畹將遊，則蕙蘭絶徑〔二〇〕；秋庭欲掃，則霜露霑衣〔二一〕。勉調天官，獲昇甸壤〔二二〕。歸惟却掃〔二三〕，出則卑趨。仰燕路以長懷〔二四〕，望梁園而結慮〔二五〕。

尚書道光士範〔二六〕，德冠民宗〔二七〕。愷悌之化既流〔二八〕，鎮静之功方懋〔二九〕。竊思上國投刺〔三〇〕，東都及門〔三一〕，惟交抵掌之談〔三二〕，遂辱知心之契〔三三〕。載惟浮泛〔三四〕，頻涉光陰〔三五〕。豈期咫尺之書〔三六〕，終訪蓬蒿之宅〔三七〕。感義增氣〔三八〕，懷仁識歸〔三九〕。便當焚遊趙之簦〔四〇〕，毁入秦之屩〔四一〕。束書投筆〔四二〕，仰副嘉招〔四三〕。謁謝未間，下情無任感戀之至。謹啓。

〔一〕本篇原載《文苑英華》卷六五四第六頁、清編《全唐文》卷七七八第一一頁、《樊南文集詳注》卷四。《英華》連下二篇合題《上尚書范陽公啓三首》，此爲第一首。徐本、馮本從之。此依清編《全唐文》三首分標。〔徐箋〕《舊書》：盧簡辭，范陽人，弟弘正，大中三年檢校户部尚書，出爲徐州刺史、武寧軍節度使、徐泗濠觀察等使。（商隱）本傳：弘正鎮徐州，又從爲掌書記。〔馮箋〕弘正三年出鎮，四年十月始奏義山入幕爲判官，詳《年譜》。〔張箋〕（大中三年）十月，盧弘正鎮徐州，奏（商隱）爲判官，得侍御史。案《乙集序》：『二月府貶，選爲盩厔尉。與班縣令武公劉官人同見尹，尹即留假參軍事，專章奏。屬天子事邊，康季榮首得七關……聯爲章賀……是歲葬牛太尉，天下設祭者百數……』，觀《序》述收復河湟事，則留假參軍在是年（按：指大中三年）……又案《舊書》本傳：『三年入朝，京兆尹盧弘正奏署掾曹（按：京尹非弘止，馮譜已糾之）。明年，令狐綯作相，商隱屢啓陳情，綯不之省。弘正鎮徐州，又從爲掌書記。』馮譜信之，因列徐辟於四年。然《乙集序》明言：『十月，尚書范陽公以徐戎凶悍，節度闕判官，奏入幕。』則固在是年（按：指大中三年）也。且係奏爲判官，非掌書記，時初得侍御史……薛逢《重送徐州李從事商隱》『蓮府望高秦御史』可證。……《序》言『屬天子事邊』及『是歲葬牛太尉』『十月，尚書范陽公……奏入幕』者，『是歲』蓋指大中三年，而十月即是歲之十月，不蒙上『明年』言也。由是推之，義山之入徐幕，實在大中三年。〔岑仲勉曰〕（張）箋三作弘正，云：『《新·傳》弘正皆作弘止，《世系表》仍作正。』按：《郎官石柱題名》吏中、金中均弘止，作『正』誤。〔按〕《通鑑·大中三年》：『五月，徐州軍亂，逐節度使李廓……以義成節度使盧弘止爲武寧節度使。』是弘止之遷鎮徐州，在大中三年五月徐州軍亂之後。而因『徐戎凶悍，節度闕判官』，而於是年閏十月奏辟商隱爲節度判官。然是年閏十一月商隱撰《刑部尚書致仕贈尚書右僕射太原白公墓碑銘并序》時，猶在長安（詳該文注〔一〕）。復據《偶成轉韻七十二句贈四同舍》『臘月大雪過大梁』之句，商隱離長安赴徐幕約在閏十一月末。而本篇及下篇，自當作於『奏入幕』之時，即大中三年十月。

〔二〕〔馮注〕古稱僚幕中之重者爲右職，義山時爲判官，故曰右席。〔補注〕筆，指手書。《後漢書·趙壹傳》：『仁君忽一匹夫，於德何損，而遠辱手筆，追路相尋，誠足愧也。』古以右爲尊，故以右席稱重要職位。

〔三〕〔徐注〕《漢書·儒林傳》：其不事學若下材及不能通一藝，輒罷之。〔馮注〕《漢書·王嘉傳》：吏或居官數月而退。中材苟容求全，下材懷危内顧。按：《通典·選舉叙》：漢博士弟子，其不事學若下材及不能通一藝，輒罷之。今《史》《漢》儒林傳皆作『不材』，而《通考》則承《通典》作『下材』。〔按〕《史記·儒林傳》《漢書·儒林傳》均作『下材』，馮氏所據者誤文耳。

〔四〕惶，徐本作『懼』。

〔五〕〔馮注〕《魏志》：始，文帝爲五官將，及平原侯植，皆好文學，王粲與徐幹、陳琳、阮瑀、應瑒、劉楨並見友善。餘互見《爲柳珪上京兆公謝辟啓》『望鄴中之七子』注。詞人非七子可盡，詳《魏志》。

〔六〕獎，《英華》作『與』。

〔七〕〔馮注〕潘岳《西征賦》：賈生洛陽之才子。此亦汎言，如駱賓王啓有云：洛陽才子，潘、左爲先覺。〔按〕商隱諸狀、啓常言『洛下名生』（《爲安平公兖州奏杜勝等四人充判官狀》《爲滎陽公桂州舉人自代狀》），所指均爲賈誼，詳二篇注。

〔八〕〔補注〕《易·坤》：『品物咸亨。』亨，通達順利。《易·屯》：『彖曰：屯，剛柔始交而難生。』屯，艱難。泰，通；否，失利。《泰》《否》，均《易》卦名。

〔九〕〔徐箋〕開成二年丁巳，商隱登進士第，至大中三年己巳應徐州辟，凡十三載。〔馮箋〕開成二年，登進士第；四年，爲校書郎，調弘農尉，至是則或踰一紀，或過十年。

〔一〇〕〔補注〕恩舊雕零，指對自己有恩誼之世交親戚（如令狐楚、崔戎、王茂元）均已亡故。《淮南子·説林訓》：『楊子見逵路而哭之，爲其可以南，可以北。』阮籍《詠懷》：『楊朱泣歧路，墨子悲素絲。』

〔一一〕〔馮注〕《後漢書·文苑·禰衡傳》：孔融上疏薦之曰：『使衡立朝，必有可觀。若衡等輩，不可多得。』〔按〕二句蓋謂雖有薦己之表疏，而不見用。

〔一二〕〔馮注〕《漢書·揚雄傳》：雄方草《太玄》，泊如也。或嘲雄以玄尚白，而雄解之，號曰《解嘲》。

〔一三〕〔補注〕僅，幾乎，接近。〔蔣士銓云〕僅字唐以前作足字義。不似近人作得半之義也。（《評選四六法海》卷三）

〔一四〕〔徐注〕謂桂州。江淹《雜體詩》：文軫薄桂海。

〔一五〕〔徐注〕《靈寶本玄經》：自玄都玉京以下，有三十六天。《雲笈七籤》：《三洞經》曰：玄都上有九曲崚嶒，鳳臺瓊房玉室處於九天之上，玉京之陽。李白詩：手把芙蓉朝玉京。儲光羲詩：余亦翱翔歸玉京。〔馮注〕（玉京）以喻帝京，詩家習用。

〔一六〕〔徐注〕江淹《與交友論隱書》：望在五畝之宅，半頃之田。鳥赴簷上，水匝階下。則請從此隱。《梁書》：淹字文通。

〔一七〕〔徐注〕陶潛《歸園田居詩》：方宅十餘畝，草屋八九間。《晉書》：潛字元亮。

〔一八〕〔徐注〕《魏志》注：臣松之案《魏略》云：焦先及楊沛並作瓜牛廬，止其中。以爲『瓜』當作『蝸』。蝸牛，螺蟲之有角者也，俗或呼爲黄犢。先等作圜舍，形如蝸牛蔽，故謂之蝸牛廬。《莊子》：有國於蝸之左角者曰觸氏，國於右角者曰蠻氏。時與相争地而戰，伏尸數萬，逐北旬有五日而反。謂此物也。〔馮注〕《古今注》：蝸牛，陵螺也。野人結圓舍如其殼，故曰蝸牛之舍。〔按〕商隱《自喜》詩云：『自喜蝸牛舍，兼容燕子巢。緑筠遺粉籜，紅藥綻香苞。虎過遥知穽，魚來且佐庖。慢行成酩酊，鄰壁有松醪。』馮、張均繫永樂閒居時。然與『隘傭蝸舍，危託燕巢』二句相參，頗疑詩亦同時作。蓋商隱自桂管歸後爲京兆掾曹時賃蝸舍於京郊鄉間也。是時生活之拮據於此可見。

〔一九〕〔徐注〕《左傳》：吴公子札宿於戚，聞鐘聲焉，曰：『夫子之在此也，猶燕之巢於幕上。』〔補注〕杜預注：『言至危。』此以巢幕闗合爲京兆府掾曹，專章奏。此京兆尹馮浩以爲當是牛黨，疑爲韋博。岑仲勉則認爲李拭、韋博之間尚有一人任京兆尹。分見馮譜、岑氏《平質》。或因京尹傾向牛黨，故商隱自感處境艱危也。

〔二〇〕〔徐注〕《離騷》：余既滋蘭之九畹兮，又樹蕙之百畝。

〔二一〕〔徐注〕《漢書·伍被傳》：今臣亦將見宫中生荆棘，露沾衣也。謝莊《月賦》：佳期可以還，微霜霑人衣。〔補注〕《善哉行》：『谿谷多風，霜露沾衣。』

〔二二〕勉，《全文》作『免』，據《英華》改。〔徐曰〕謂京兆奏署掾曹。〔馮曰〕謂爲京縣尉，京兆奏署掾曹。此京尹非弘正，弘正於三年五月出鎮矣。下云『仰望長懷』，即詩（《偶成轉韻七十二句贈四同舍》）『此時聞有燕昭臺』之意。詳《年譜》。〔補注〕調，調補官職。天官，指吏部。甸壤，指盩厔。《樊南乙集序》：『二月府貶，選爲盩厔尉，與班縣令、武功劉官人同見尹，尹即留假參軍事，專章奏。』

〔二三〕〔徐注〕《後漢書·馮衍傳》：衍字敬通，京兆杜陵人。爲司隸從事，西歸故郡，閉門自保，不敢復與親故通。江淹《恨賦》：敬通見抵，罷歸田里，閉關却掃，塞門不仕。〔補注〕却掃，不再掃徑迎客。

〔二四〕〔馮注〕孔融《論盛孝章書》：嚮使郭隗倒懸，而王不解，則士亦將高翔遠引，莫有北首燕路者矣。〔補注〕燕路，通往燕昭王招賢台之路，此借指徐州盧弘止幕。《史記·燕召公世家》：『郭隗曰：「王必欲致士，先從隗始。況賢于隗者，豈遠千里哉！」於是昭王爲隗改築宫而師事之。樂毅自魏往，鄒衍自齊往，劇辛自趙往，士争趨燕。』

〔二五〕〔徐注〕《西京雜記》：梁孝王好宮室苑囿之樂，築兔園，園有雁池，池間有鶴洲、鳧渚。謝惠連《雪賦》：梁王不悦，遊於兔園，迺置旨酒，命賓友，召諸生，延枚叟，相如末至，居客之右。〔按〕此以『梁園』喻指盧幕。

〔二六〕〔馮注〕蔡伯喈《陳太丘碑文》：謚曰文範先生，文爲德表，範爲士則，存誨没號，不亦宜乎？〔徐注〕《魏志・鄧艾傳》：讀故太丘長陳寔碑文，言文爲世範，行爲士則，艾遂自名範，字士則。〔補注〕《世説新語・德行》：『陳仲舉言爲士則，行爲士範。』

〔二七〕〔馮注〕任彦昇《王文憲集序》：既道在廊廟，則理擅民宗。〔補注〕民宗，百姓之宗仰，民之宗師。

〔二八〕〔徐注〕《詩》：豈弟君子，遐不作人。〔馮注〕班固《西都賦》：流大漢之愷悌。《舊書・盧弘正傳》：大中初，户部侍郎充鹽鐵轉運使。安邑、解縣兩池積弊，課入不充。弘正特立新法，課入加倍，至今賴之。似此句兼指之。〔補注〕《禮記・表記》：『《詩》云：「凱弟君子，民之父母。」凱以强教之，弟以説（悦）安之。』愷悌之化，指其治民和順平易。

〔二九〕〔徐注〕《晋書・劉毅傳》：疏曰：欲敦風俗，鎮静百姓。〔馮箋〕弘正初至徐，定銀刀都之亂，見史書。此言其定亂後，綏和鎮静。〔按〕事具見兩《唐書》及《通鑑》。《舊唐書・盧弘正傳》：『徐方自智興之後，軍士驕怠，有銀刀都尤勞姑息，前後屢逐主帥。弘正在鎮期年，皆去其首惡，喻之忠義，訖於受代，軍旅無譁。』鎮静，鎮之使静，指平息銀刀都之驕縱作亂。懋，盛大貌。《書・皋陶謨》：『政事懋哉懋哉！』

〔三〇〕刺，《英華》作『技』，誤。注：集作『刺』。〔補注〕投刺，投名刺求見。見《爲白從事上陳許李尚書啓》『未伸投刺之誠』句注。

〔三一〕〔補注〕《論語・先進》：『從我於陳、蔡者，皆不及門也。』及門，登門受業、登門求教。

〔三二〕〔徐注〕《戰國策》：蘇秦與李兑抵掌而談。《説文》：抵，側擊也。〔馮注〕《戰國策》：蘇秦説秦王於華屋之下，抵掌而談。

〔三三〕〔馮注〕李陵《答蘇武書》：人之相知，貴相知心。〔補注〕二句蓋謂己與弘止雖僅作抵掌之快談，遂蒙弘止以知心相交契。

〔三四〕〔補注〕浮泛，漂泊。《詩·小雅·菁菁者莪》：『汎汎揚舟，載沉載浮。』此以『浮泛』指己飄泊寄幕。

〔三五〕頰，《英華》注：集作『頗』。〔按〕二句即『徂遷歲律，浮汎軍裝』（《爲滎陽公桂州謝上表》）意。

〔三六〕〔徐注〕《史記》：廣武君曰：奉一介咫尺之書。〔馮注〕《戰國策》：范座遺信陵君書曰：趙王以咫尺之書來，而魏王輕爲之殺無罪之座。『座』，一本作『痤』。《漢書·韓信傳》：發一乘之使，奉咫尺之書。師古曰：八寸曰咫。言或長咫，或長尺，喻輕率也。〔按〕古代用作信札之木簡長僅盈尺，故稱書信爲咫尺之書。

〔三七〕〔馮注〕《三輔決録》：張仲蔚，平陵人，隱身不仕，所居蓬蒿没人，博物好屬詩賦。

〔三八〕〔徐注〕袁宏《三國名臣贊序》：懦夫增氣。

〔三九〕〔徐注〕《禮記》：君子有禮，故物無不懷仁。

〔四〇〕〔徐注〕《史記·平原君列傳》：虞卿躡蹻擔簦，説趙孝成王。〔補注〕簦，有長柄之笠，類今之傘。

〔四一〕〔徐注〕《戰國策》：蘇秦去秦而歸，羸縢履蹻。〔補注〕屩，同『蹻』，以麻，草編成之履。

〔四二〕〔馮曰〕爲判官，非書記，故曰『束書投筆』。〔補注〕《後漢書·班超傳》：『家貧，常爲官傭書以供養。久勞苦，嘗輟業投筆歎曰：「大丈夫無它志略，猶當效傅介子、張騫立功異域，以取封侯，安能久事筆研間乎？」』

〔四三〕〔馮注〕潘岳詩：弱冠忝嘉招。

〔蔣士銓曰〕稍有氣概，便自出群。（《評選四六法海》卷三）

上尚書范陽公第二啓〔一〕

某啓：某猥以謏聞〔二〕，仰承嘉命〔三〕。處囊引喻，未施下客之能〔四〕；在握稱珍，遂忝上卿之列〔五〕。循揣斯久〔六〕，兢惶不任。況尚書學總百家〔七〕，術窮《三略》〔八〕。文鋒筆力，抉揚、馬之懸門〔九〕；劍氣弓聲〔一〇〕，割韓、彭之右地〔一一〕。永言賓畫，宜在民宗〔一二〕。豈意非才，旋蒙過聽。未至居右，既乏相如之譽〔一三〕；後來在上，終興汲黯之嗟〔一四〕。手足分榮〔一五〕，里閭交慶。行吟花幕〔一六〕，臥想金臺〔一七〕。未離紫陌之塵〔一八〕，已夢清淮之月〔一九〕。依仁佩德〔二〇〕，白首知歸〔二一〕。伏惟俯賜恩察。謹啓。

〔一〕本篇原載《文苑英華》卷六五四第六頁、清編《全唐文》卷七七八第一二頁、《樊南文集詳注》卷四。《英華》連上篇及下篇合題《上尚書范陽公啓三首》，徐本、馮本從之。此依《全唐文》分題。〔按〕上篇云『仰蒙仁恩，俯賜手筆，將虛右席，以召下材』，此篇云『未離紫陌之塵，已夢清淮之月』，雖同爲赴幕前之謝啓，上篇似是初接弘止辟聘書啓時之答啓，此篇則似專爲辟爲判官而致謝，當在稍後。無從細考具體月日，約在大中三年十月至十一月間。

〔二〕〔徐注〕《禮記》：足以謏聞，不足以動衆。謏，思了反。〔補注〕謏，小。謏聞，小有聲名。

〔三〕〔馮注〕《後漢書·周燮等傳序》曰：司徒侯霸辟閔仲叔云云。仲叔恨曰：『始聞嘉命，且喜且懼。』

〔四〕處囊引喻，見《爲鹽州刺史奏舉李孚判官狀》『錐處平原之囊，必將穎脱』句注。〔馮注〕《列士傳》：孟嘗君上客食肉，中客食魚，下客食菜。〔按〕未施下客之能，疑用《史記・孟嘗君列傳》馮諼客孟嘗君，爲其焚券市義，助其復相位事。又見《戰國策・齊策》。又《孟嘗君列傳》載，客之最下坐者有能爲狗盜、雞鳴者，助其脱秦難事。亦所謂『施下客之能』也。

〔五〕〔徐注〕《禮記》：儒有席上之珍以待聘。〔馮注〕《後漢書・孟嘗傳》：南海多珍，掌握之内，價盈兼金。劉琨《重贈盧諶詩》：『握中有懸璧，本自荆山璆。』璧以喻諶，諶爲琨之故吏。春秋列國有上卿，故以比己爲判官。判官於幕職中稍高。

〔六〕〔補注〕循揣，尋思。

〔七〕〔徐注〕《淮南子》：百家異説，各有所出。〔馮注〕《後漢書》注：諸子百六十九家。言百家，舉全數也。

〔八〕〔徐注〕李康《運命論》：張良受黄石之符，受《三略》之説。〔馮注〕《隋書・經籍志》：《黄石三略》三卷。注曰：下邳神人撰。

〔九〕〔徐注〕庾信詩：四照起文鋒。《南史・杜子偉傳》：徐勉嘗見其文，重其有筆力。《左傳》：偪陽人啓門，諸侯之士門焉。縣門發，郰人紇抉之以出門者。縣與懸同。《文心雕龍》：陳思稱揚、馬之作趣幽旨深。〔馮注〕文鋒，猶詞鋒。《論衡》：『谷子雲、唐子高章奏百上，筆有餘力。』字皆屢見。〔補注〕懸門，城門所設之門閘。平時掛起，有警時放下。揚、馬，揚雄、司馬相如。

〔一〇〕〔徐注〕任昉《宣德皇后令》：劍氣凌雲，而屈跡於萬夫之下。《隋書・長孫晟傳》：突厥大畏之，聞其弓聲，謂爲霹靂。〔馮曰〕字皆習見，不拘此二事。『劍氣』，用斗、牛間紫氣事。

〔一一〕〔徐注〕《漢書・匈奴傳》：郅支單于引其衆西，欲攻定右地。〔馮注〕《漢書・陳湯傳》：郅支以爲呼韓邪破弱降漢，不能自還，即西收右地。《老子》：『君子居則貴左，用兵則貴右。』此當與《詩集》中『尚書文與武』及

『武威將軍使中俠』數句相證。《漢書·魏相傳》：欲因匈奴衰弱，出兵擊其右地，使不敢復擾西域。〔補注〕韓、彭，韓信、彭越。右地，猶要地。

〔一二〕〔徐注〕任昉《王儉集序》：莫不北面人宗。〔補注〕賓晝，協助謀劃，指幕賓。民宗見上篇注〔一七〕。

〔一三〕見上篇注〔二五〕。謂己雖如司馬相如之後至而忝居右席（指辟署判官），然實乏相如之才名。

〔一四〕〔徐注〕《漢書·汲黯傳》：見上言曰：『陛下用羣臣，如積薪耳，後來者居上。』〔馮曰〕盧已在鎮年餘（按：方數月。馮謂商隱大中四年十月至盧幕，故云『年餘』），今見辟爲判官，故措語云爾。

〔一五〕〔馮注〕《儀禮》：昆弟，四體也。《漢書·武五子傳》：昭帝賜燕王璽書：『王骨肉至親，敵吾一體。』《後漢書·袁譚傳》：王修曰：『兄弟者，左右手也。』按：弟羲叟爲盧氏之婿，故云。〔按〕羲叟爲盧氏婿，見《詩集·寄太原盧司空三十韻》『羲之當妙選』句自注：『小弟羲叟早蒙眷以嘉姻。』

〔一六〕〔徐注〕〔花幕〕即蓮幕。

〔一七〕〔徐注〕《寰宇記》：燕昭王金臺，在易州易縣東南三十里。〔馮注〕《白帖》：燕昭王置千金於臺上，以延天下士，謂之黄金臺。《太平御覽》引《史記》與此同。

〔一八〕〔徐注〕《水經注》：漳水北徑祭陌西，田融以爲紫陌。趙建武十一年，造紫陌浮橋於水上，即此處。案：紫陌謂長安之道路，如賈至《早朝》亦曰『銀燭朝天紫陌長』。蓋借用其事，非必泥鄴中。〔按〕此謂未離京城。

〔一九〕〔徐注〕《書》：海、岱及淮惟徐州。李頎詩：清淮奉使千餘里。〔馮注〕梁何遜詩：月映清淮流。

〔二〇〕〔補注〕《論語·述而》：『子曰：志於道，據於德，依於仁，遊於藝。』依仁，以仁爲依循之標準。

〔二一〕〔徐注〕潘岳《金谷集詩》：投分寄石友，白首同所歸。

上尚書范陽公第三啓〔一〕

某啓：絹若干，右特蒙仁恩，賜備行李，謹依數捧領訖。嘉命猥臨，厚賚仍及。捉襟見肘，免類於前哲〔二〕；裂裳裹踵，無取於昔人〔三〕。感佩私恩〔四〕，不知所喻。謹啓。

〔一〕本篇原載《文苑英華》卷六五四第七頁、清編《全唐文》卷七七八第一二頁、《樊南文集詳注》卷四。《英華》連上二篇合題《上尚書范陽公啓三首》，今仍依《全唐文》分題。〔按〕啓云『嘉命猥臨，厚賚仍及』，此啓當在前二啓稍後，專爲謝聘絹而上。

〔二〕〔馮注〕《莊子》：曾子居衛，正冠而纓絶，捉襟而肘見，納履而踵決。

〔三〕〔馮注〕《吴越春秋》：申包胥之秦求救楚，晝馳夜趨，足踵蹠劈，裂裳裹膝。《墨子》：公輸欲以楚攻宋，墨子聞之，自魯往，裂裳裹足，十日至郢。〔徐注〕《淮南子》：楚將攻宋，墨子聞之，自宋趨而往。一日一夜，足重繭而不休息，裂裳裹足，至郢見楚王。

〔四〕私恩，《英華》作『恩私』。〔補注〕《韓非子·飾邪》：『必明於公私之分，明法制，去私恩。』

與白秀才狀〔一〕

杜秀才翶至，奉傳旨意〔二〕，以遠追先德〔三〕，思耀來昆〔四〕，欲俾虛蕪〔五〕，用備刊勒〔六〕。承命揣己，悲惶莫任。伏思大和之初，便獲通刺〔七〕，昇堂辱顧，前席交談〔八〕。陳、蔡及門，功稱文學〔九〕；江、黄預會，尋列《春秋》〔一〇〕。雖迹有合離，時多遷易，而永懷高唱〔一一〕，嘗託餘暉〔一二〕。遂積分陰〔一三〕，俄踰一紀〔一四〕。今弟克承堂構〔一五〕，允紹家聲，將欲署道表阡〔一六〕，繼志述事，必在博求雄筆〔一七〕，鴻生〔一八〕。豈謂愛忘〔一九〕，忽兹謀及〔二〇〕！悚怍且久，辛酸不勝，欲遂固辭〔二一〕，慮乖莫逆〔二二〕。表嚴平於蜀郡，誰不願爲〔二三〕？叙郭泰於介休，亦惟無愧〔二四〕。庶磨鉛鈍〔二五〕，聊慰松扃〔二六〕。伏紙向風，悲憤交積。

〔一〕本篇原載清編《全唐文》卷七七五第二三頁、《樊南文集補編》卷七。〔錢箋〕本集《太原白公墓碑》云：子景受，大中三年自潁陽尉典治集賢御書，來京師，乃件右功世，以命其客取文刻碑。是秀才即景受也。考《舊唐書·白居易傳》：無子，以其姪孫嗣。《新唐書·宰相世系表》：景受，孟、懷觀察支使，以從子繼。至公自撰《醉吟先生墓志》云：有三姪：長味道，次景回，次晦之。又云：樂天無子，以姪孫阿新爲之後。則與《舊書》合，而與《新書》不合。故汪立名《香山年譜》疑其復以從子承祧，而遂更其名。馮氏據義山所撰碑銘，謂公存時，已名景受。又引《文粹·殤子辭》，謂公没後，阿新亦殤，又以景受爲繼。蓋《新書》世系乃據後追録，不嫌與《舊書》歧出也。《國史補》：進士通稱謂之秀才。〔按〕與白秀才二狀及白公墓碑銘并序係先後同時作。據《樊南乙集序》：『（大中三年）十月，尚書范陽公以徐戎凶悍，節度闕判官，奏入幕。』《偶成轉韻七十二句》：『臘月大雪過大梁。』商隱離京赴徐州約在大中三年閏十一月末。又據《刑部尚書致仕贈尚書右僕射太原白公墓碑銘并序》：『子景受，大中三年，自潁陽尉典治集賢御書，侍太夫人弘農郡君來京師……乃件右功世，以命其客取文刻碑……今右僕射平章事敏中，果相天子，復憲宗所欲得開七關，城守四州，以集巨伐，仲冬南至，備宰相儀物，擎跪齋栗，給事寡嫂。』可證《墓碑銘》當完成於大中三年冬至（閏十一月初四）日之後。二狀之寫作則稍在前。

〔二〕〔錢注〕《史記·陳涉世家》：卜者知其指意。

〔三〕〔錢注〕《晉書·桓玄傳》：皆仰憑先德遺愛之利，玄何功焉！

〔四〕〔錢注〕《爾雅》：玄孫之子爲來孫，來孫之子爲昆孫。

〔五〕〔補注〕虛蕪，謙稱文辭浮淺蕪雜。

〔六〕〔補注〕謂撰寫碑銘以備刻石立碑。

〔七〕〔錢注〕《釋名》：書姓字於奏上曰書刺，作再拜起居字，皆使書盡邊下。官刺曰常刺，書中央一行。又曰爵里刺，書其官爵及郡縣鄉里也。〔按〕通刺，出示名刺以求延見。大和三年三月，白居易罷刑部侍郎，以太子賓客分司東都。四月至洛陽，居履道里第。是年三月，令狐楚爲東都留守。商隱於是年以所業文干楚於洛陽，年方弱冠。其通刺於白居易，亦當在是年。

〔八〕〔錢注〕《史記·商君傳》：鞅見，孝公與語，不自知膝之前於席也。〔補注〕《論語·先進》：『子曰：由也升堂矣，未入於室也。』此以入門弟子自喻。前席，事又見《史記·賈生列傳》。

〔九〕〔補注〕《論語·先進》：『從我于陳、蔡者，皆不及門也。』及門，指受業弟子。《論語·先進》：『文學：子游、子夏。』文學，孔門四科之一，指文章博學。

〔一〇〕〔補注〕《春秋·僖公二年》：『秋，九月，齊侯、宋公、江人、黄人盟于貫。』江、黄，春秋時小國名。

劉向《新序・善謀上》：『齊桓公時，江國、黄國，小國也。在江、淮之間，近楚。』此以江、黄小國預大國之會謙稱己曾參預當時白居易等著名文士之盛會。

〔一一〕〔錢注〕陸機《演連珠》：臣聞絶節高唱，非凡耳所悲。〔按〕錢本脱句首『而』字。

〔一二〕〔錢注〕《史記・甘茂傳》：臣聞貧人女與富人女會績，貧人女曰：『我無以買燭，而子之燭光幸有餘，子可分我餘光，無損子明，而得一斯便焉。』

〔一三〕〔錢注〕《晋書・陶侃傳》：至於衆人，當惜分陰。

〔一四〕〔補注〕自大和三年（八二九）至大中三年（八四九），首尾二十一年，謂『踰一紀』，約略言之耳。

〔一五〕〔補注〕《書・大誥》：『若考作室，既厎法，厥子乃弗肯堂，矧肯構？』堂構，喻繼承祖先遺業。弟，指白敏中，時任宰相。

〔一六〕〔錢注〕《漢書・原涉傳》：涉自以先人墳墓儉約，非孝也，乃大治起冢舍，周閣重門。初，武帝時京兆尹曹氏葬茂陵，民謂其道爲京兆阡。涉慕之，乃買地開道立表，署曰南陽阡，人不肯從，謂之原氏阡。〔補注〕阡，墳塚。表，墓碑。道，墓前甬道。

〔一七〕〔錢校〕此處疑脱二字。

〔一八〕〔錢注〕揚雄《羽獵賦》：於兹乎鴻生鉅儒，俄軒冕，雜衣裳。

〔一九〕〔錢注〕《晋書・劉曜載記》：且陛下若愛忘其醜，以臣微堪指使，亦當能輔導義光，仰遵聖軌。

〔二〇〕〔補注〕《書・洪範》：『汝則有大疑，謀及乃心，謀及卿士，謀及庶人，謀及卜筮。』此似取義於『謀及庶人』。

〔二一〕〔補注〕《書・大禹謨》：『禹拜稽首固辭。』

〔二二〕〔錢注〕《莊子》：子桑户、孟子反、子琴張相與語曰：『孰能相與於無相與，相爲於無相爲？』三人相視而笑，莫逆於心，遂相與爲友。

〔二三〕〔錢注〕《蜀志·許靖傳》注：《益部耆舊傳》曰：王商爲蜀郡太守，與嚴君平、李弘立祠作銘，以旌先賢。

〔二四〕〔錢注〕《後漢書·郭太傳》：太字林宗，太原界休人也。卒時，四方之士千餘人，皆來會葬。同志者乃共刻石立碑。蔡邕爲文，既而謂涿郡盧植曰：『吾爲碑多矣，皆有慚德，惟郭有道無愧色耳。』

〔二五〕〔錢注〕班固《答賓戲》：搦朽磨鈍，鉛刀皆能一斷。

〔二六〕松，《全文》作『招』，據錢校改。〔錢注〕《説文》：扃，外閉之關也。〔補注〕松扃，指植松樹之墳墓。墓地多植松，故稱。

與白秀才第二狀〔一〕

前狀中啓述事，比者與杜秀才商量，只謂卜於下邽，克從先次〔二〕。所以須待相國意緒〔三〕，方敢遠應指揮。今狀，聞便龍門〔四〕，仰遵遺令〔五〕，事同踴塔〔六〕，兆異佳城〔七〕。敢於不朽之文〔八〕，須演重宣之義〔九〕，則不敢更稽誠意，俟命强宗〔一〇〕。敬惟照亮。

〔一〕本篇原載清編《全唐文》卷七七五第二四頁、《樊南文集補編》卷七。〔按〕作於大中三年十一月，當在前

狀稍後，參前狀注〔一〕。

〔二〕〔錢注〕《舊唐書·白居易傳》：居易太原人，北齊五兵尚書建之仍孫。建立功高齊，賜田韓城，子孫家焉。遂移籍同州。至建曾孫温，徙於下邽，今爲下邽人焉。《新唐書·地理志》：下邽縣屬關内道華州。〔補注〕卜，占卜選擇墓地。先次，先人墓旁。

〔三〕〔錢注〕《舊唐書·白居易傳》：敏中，居易從父弟也。會昌末，同平章事。宣宗即位，加右僕射。五年罷相。十一年二月，檢校司徒、平章事、江陵尹、荆南節度使。〔按〕據《新唐書·宣宗紀》，會昌六年五月乙巳，大赦，翰林學士承旨、兵部侍郎白敏中同中書門下平章事。《舊唐書·宣宗紀》載敏中爲相在是年四月。均在宣宗即位之後。《舊·傳》微誤。意緒，猶意思、心意。下句遠應指揮亦指應相國之指揮。

〔四〕〔錢注〕《新唐書·地理志》：龍門縣屬河東道河中府。〔按〕錢注誤。白居易葬龍門，即洛陽西南之伊闕口（俗名龍門）。《新唐書·地理志》：河南縣：『龍門山，東抵天津，有伊水石堰。』與河東道之龍門縣無涉。參下注。

〔五〕〔錢注〕《舊唐書·白居易傳》：會昌中，以刑部尚書致仕。與香山僧如滿結香火社，每肩輿往來，白衣鳩杖，自稱香山居士。大中元年（按：應從《新唐書·白居易傳》及商隱《白公墓碑銘》作會昌六年）卒。遺命不歸下邽，可葬於香山如滿師塔之側，家人從命而葬焉。

〔六〕〔錢注〕《顔氏家訓》：千里寶幢，百由旬座，化爲淨土，踴出妙塔。〔補注〕踴塔，指多寶塔之湧現。據説古代東方寶浄國有佛曰多寶如來，曾作大誓願云：滅度之後，十方國有説《法華經》處，彼之塔廟必湧現其前，以爲證明。事見《法華經·見寶塔品》。

〔七〕〔錢注〕張華《博物志》：漢滕公薨，求葬東都門外，公卿送喪，駟馬不行，跼地悲鳴，跑蹄下地，得石，有銘曰：『佳城鬱鬱，三千年，見白日。吁嗟滕公居此室。』遂葬焉。

〔八〕文，錢注本作『言』，未出校。〔補注〕《左傳·襄公二十四年》：『大上有立德，其次有立功，其次有立言，雖久不廢，此之謂不朽。』

〔九〕〔錢注〕劉孝綽《栖隱寺碑》：敢宣重説，敬勒雕鎸。〔補注〕重宣，佛教語。謂教主説法告一段落，以偈頌重複概括精義。

〔一〇〕〔錢注〕《後漢書·郭伋傳》：强宗名姓，各擁衆保營。〔按〕强宗，此指白敏中。

刑部尚書致仕贈尚書右僕射太原白公墓碑銘并序〔一〕

公以致仕刑部尚書，年七十五，會昌六年八月薨東都〔二〕，贈右僕射〔三〕。十一月，遂葬龍門〔四〕。子景受〔五〕，大中三年自潁陽尉典治集賢御書〔六〕，侍太夫人弘農郡君楊氏來京師〔七〕，胖胖兢兢〔八〕，奉公之遺，畏不克既，乃件右功世〔九〕，以命其客取文刻碑，文曰：

公字樂天，諱居易，前進士〔一〇〕，避祖諱〔一一〕，選書判拔萃〔一二〕，注秘省校書〔一三〕。元年，對憲宗詔策〔一四〕，語切不得爲諫官，補盩厔尉〔一五〕。明年試進士，取故蕭遂州澣爲第一〔一六〕。事畢，帖集賢校理〔一七〕。一月中，詔由右銀臺門入翰林院〔一八〕，試文五篇〔一九〕。明日，以所試制《加段佑兵部尚書領涇州》〔二〇〕，遂爲學士〔二一〕，右拾遺〔二二〕。滿將擬官，請掾京兆〔二三〕，以助供養〔二四〕，授户曹〔二五〕。

時上受襄陽、荆州入疏獻物在約束外〔二六〕，公密詆二帥，且曰非善良，後雖與宰相，不厭禍〔二七〕。其後禮官竟以多殺不辜謚于頔爲『厲』〔二八〕。李師古襲父事逆〔二九〕，務作項領，以謾儕曹〔三〇〕，上錢六百萬，贖文貞故第以與魏氏〔三一〕。公又言：『文貞第正堂用太宗殿材〔三二〕，魏氏歲臘鋪席〔三三〕，祭其先人。今雖窮，後當有賢。即朝廷覆一瓦，魏氏有分，彼安肯入賊所贖第耶〔三四〕？』上由是賜錢直券〔三五〕，以居其孫。在職三年，每讌見，多前笏留上輦〔三六〕，是否意詔〔三七〕，湔剔抉摩〔三八〕，望及少年〔三九〕，見天下無一事〔四〇〕。五年〔四一〕，會憂，掩坎廬墓〔四二〕。七年，以左贊善大夫著吉〔四三〕。武相遇盜殊絶，賊棄刃天街〔四四〕，日比午，長安中盡知。公以次紙爲疏〔四五〕，言元衡死狀，不得報，即貶江州〔四六〕。移忠州刺史〔四七〕。穆宗用爲司門員外〔四八〕，四月，知制誥，加秩主客，真守中書舍人，叙緋〔四九〕。受旨起田孝公代恒陽〔五〇〕，孝公行，贈錢五百萬，拒不内〔五一〕。燕、趙相殺不已，公又上疏列言河朔畔岸〔五二〕，復不報，又貶杭州〔五三〕。既至，築堤捍江，分殺水孔道，用肥見田〔五四〕。發故鄴侯泌五井〔五五〕，渟儲甘清，以變飲食。循錢塘上下，民迎禱祠神，伴侶歌舞〔五六〕。徙右庶子〔五七〕，出蘇州〔五八〕，授秘書監，换服色〔五九〕。遷刑部侍郎〔六〇〕。乞官分司，得太子賓客，除河南尹，復爲舊官〔六一〕。進階開國〔六二〕。九年除同州，不上〔六三〕。改太子少傅，申百日假〔六四〕。又二歲，得所薨官〔六五〕。

白氏由楚入秦〔六六〕。秦自不直杜郵事〔六七〕，封子仲太原〔六八〕，以有其後。祖某，鞏縣令〔六九〕。考季庚，襄州別駕〔七〇〕，贈太保。一女妻譚氏〔七一〕。始公生七月，能展書指『之』『無』二字，横縱不誤〔七二〕。既長，與弟行簡俱有名〔七三〕。故李刑部建〔七四〕、庾左丞敬休〔七五〕，友最善。家居以户小飲薄酒，朔望輒不肉食〔七六〕。携鄧同、韋楚，白服遊人間〔七七〕。姓名過海，流入雞林、日南有文字國〔七八〕。爲中書舍人三日，如建中詔書〔七九〕，上鄭公覃自代，後爲相，稱質直〔八〇〕。文宗時，文貞公果有孫起使下，數歲，至諫議大夫，賢可任，爲今上御史中丞〔八一〕。他日，景受嘗跪曰：『大人居翰林，六同列五具爲相〔八二〕，獨白氏亡有。』公笑曰：『汝少以待。』其曾祖弟，今右僕射平章事敏中，果相天子〔八三〕，復憲宗所欲得開七關〔八四〕，城守四州〔八五〕，以集巨伐〔八六〕。仲冬南至，備宰相儀物，擎跪齋栗〔八七〕，給事寡嫂〔八八〕。永寧里中有兄弟家，指嚮健慕〔八九〕，以信公知人。集七十五卷，元相爲序〔九〇〕。系曰：

公之先世〔九一〕用談説聞〔九二〕。肅、代代憂〔九三〕，布蹤河南〔九四〕。陰德未校〔九五〕，公有弟昆。本跋不摇〔九六〕，乃果敷舒〔九七〕。匪骼匪臑〔九八〕，噫其醇腴〔九九〕。於鄉洎邦，取用不窮。天子見之，層陛玉堂。徵徵其中〔一〇〇〕，上汰唐、禹〔一〇一〕。帝爲輦留，續緒襞縷〔一〇二〕。歲終當遷，户曹是取。

曄白其華〔一〇三〕，曬不痕緇〔一〇四〕。用從棄遺〔一〇五〕，至道天子。疇誰與伍？率中道止〔一〇六〕。納筆攝麾，綽三郡理〔一〇七〕。既去刑部，倏東其居〔一〇八〕。大尹河南，翦其暴逋〔一〇九〕。君有三輔，臣有田畝〔一一〇〕。臣哀君强，謝不堪守〔一一一〕。

翊翊申申〔一一二〕，君子之文。不僭不怒〔一一三〕，惟君子武〔一一四〕。君子既貞，兩有其矩。孰永厥家？曾祖之弟〔一一五〕。坤柄巽繩〔一一六〕，以就大計。匪哲則知，亦有教詔〔一一七〕。益哀其收〔一一八〕，揠莠而導〔一一九〕。刻詩於碑，以報百世。公老於東，遂葬其地〔一二〇〕。

〔一〕本篇原載《唐文粹》卷五八總四〇五頁、清編《全唐文》卷七八〇第一〇頁、《樊南文集詳注》卷八。《唐文粹》題首有『唐』字。〔徐注〕《舊書·白居易傳》：字樂天，太原人。北齊五兵尚書建之仍孫。建生士通，士通生志善，志善生温，温生鍠，鍠生季庚，季庚生居易。初，建立功於高齊，賜田於韓城，子孫家焉，遂移籍於同州。至温，徙於下邽。今爲下邽人。〔馮注〕《金石録》：唐《醉吟先生傳》并墓碑，注曰：傳，白居易自撰；碑，李商隱撰，譚郊正書，大中五年四月。（馮譜編大中三年）〔張箋〕（大中五年四月）此乃立碑之時，而文實作於三年也。

〔按〕文云：『子景受，大中三年自潁陽尉典治集賢御書，侍太夫人楊氏來京師……以命其客取文刻碑。』又云：

『其曾祖弟，今右僕射平章事敏中，果相天子，復憲宗所欲得開七關，城守四州，以集巨伐。仲冬南至，備宰相儀物，擎跪齋栗，給事寡嫂。』可證碑文之撰成，不早於大中三年仲冬之『南至』（即冬至）日。查是年冬至在閏十一月初四，則文當作成於此日之後。又據《唐會要》卷七九謚法門：『故太子少傅白居易，大中三年十二月，中書侍郎平章事白敏中上疏請行謚典，從之。下太常，謚曰文。』而碑文未稱謚，可見當作於十二月請謚賜謚之前。又本年十二月，商隱已在赴徐州途中，《偶成轉韻七十二句贈四同舍》云『臘月大雪過大梁』。故碑文當作於大中三年閏十一月。

〔二〕〔徐注〕《舊書·白居易傳》：會昌中，請罷太子少傅，以刑部尚書致仕。與香山僧如滿結香火社，每肩輿往來，白衣鳩杖，自稱香山居士。大中元年卒，時年七十六，贈尚書右僕射。遺命不歸下邽，可葬於香山如滿師塔之側，家人從命而葬焉。按：樂天之卒，《新書》與此（碑）同，《舊書》遲一歲，恐誤。當以墓碑爲實。〔馮注〕《新書·傳》：會昌初，以刑部尚書致仕。六年，卒。宋陳直齋《白文公年譜》云：《舊書》卒年非也。《左傳》：使女寬守闕塞。注曰：洛陽西南伊闕口也，俗名龍門。《新書·地理志》：河南縣龍門山，東抵天津，有伊水石堰。按：龍門香山，在伊水上。《白香山詩集》中言之最多，其開龍門八節石灘，尤快心功德也，葬此亦宜。而公自撰墓誌：『葬於下邽縣臨津里北原，祔先塋也。』是則遺命改之矣。又按：自撰墓志云：『大曆六年，生於新鄭縣東郭宅。會昌六年□月，卒於東都履道里私第，春秋七十有五。』此墓碑與墓志合，故陳直齋謂《舊書》卒年非也。

〔三〕〔補注〕《新唐書·百官志》：『尚書省，左右僕射，各一人，從二品，掌統理六官，爲令之貳，令闕則總省事。』唐初，與中書令、侍中同爲宰相。玄宗後，不加同中書門下平章事之左右僕射僅理尚書省事。常作爲榮譽官銜贈與顯宦高官。陳譜作『左僕射』，誤。

〔四〕詳見注〔二〕。

〔五〕〔徐注〕《舊書》：居易無子，以其姪孫嗣。〔馮注〕《新書·表》：景受，孟懷觀察支使，以從子繼。陳直齋曰：『公自喪阿崔，終身無子。自爲墓誌云：「以姪孫阿新爲後。」又云：「三姪曰味道、景回、晦之。」《唐書·世系表》載公「子景受，以從子繼。」碑亦云景受。按：公舍其姪，而以姪孫爲後，既不可解；而所謂阿新者，即景受乎？則昭穆爲失次。不然，則治命終不用耶？』本朝汪立名撰《白香山年譜》：『公自撰《醉吟先生墓志》云：「三姪，長味道，巢縣丞；次景回，淄州司兵參軍；次晦之，舉進士。」並不詳何人子。又云：「樂天無子，以姪孫阿新爲之後。」觀墓碑及史表，則非阿新明矣。公之墓志，預作於會昌初，豈其後復易以從子承祧，而遂更其名乎？《表》有景受生邦翰，司封郎中；邦翰生思齊，鄭州録事參軍；行簡子味道，成都少尹。按景受與景回，爲兄弟行。文中所云，是公存時，已名景受也。公自言姪孫爲後，則阿新、景受似爲二人也。以姪孫爲後，古已有之，如《晋書》之荀顗、阮孚是已。豈阿新又殤，乃又以景受爲後乎？或疑阿新升一輩，以「景」同排，必不然也。』《續資治通鑑長編》：真宗景德四年，以唐刑部尚書致仕白居易孫利用爲河南府助教，常令修奉墳塋影堂。按：《文粹》篇後有《殤子辭》，其下有『弘農楊氏』四字，如作文人名例，辭云『子有令子，儉衣削食，以紀先功，志刊貞石。彼蒼不遺，俾善莫隆。今子建立，痛冤無窮』，此可細思而悟其事也。其云紀功刊石，已即碑序中『件右功世，取文刻碑』之意，然『志刊貞石，彼蒼不遺』，乃有其志而未及爲者，若景受則實取文刻碑矣。余謂阿新越次爲嗣，是白公、楊氏所愛，定於存時者，不意公没後，阿新亦殤。此《殤子辭》，必爲阿新。其曰『令子』，即阿新；其曰『今子』，乃景受。蓋阿新殤後，又以景受爲繼。而郡君痛冤無窮，自以辭志之也。《文粹》必因其附刻碑側，故兼登之，否則何煩旁及哉！據辭追揣，情事宜然。《舊》《新》傳、表之異，可以互通矣。〔陳寅恪曰〕世所謂《醉吟先生墓誌銘》者……乃一僞撰之文（參岑仲勉先生《白集醉吟先生墓誌銘存疑》，載歷史語言研究所集刊第玖本），而陳、汪二氏俱未嘗致疑，遂於論及樂天後嗣時，乃欲調和此僞誌與李碑之衝突，宜其扞格而不能通也……然則樂天後嗣之問題，所可考見者，惟其前立之子先死，後立之子爲景受耳。或以樂天以姪孫爲嗣之事，亦見於《舊唐書》壹陸陸《白居易傳》，似可以信據爲言者。其實《舊·傳》中又有『仍自爲墓志』之説，其『以姪孫爲嗣』之説，是否即得之僞文，殊未可知也。（《元白詩箋證稿·白樂天之先祖及後嗣》）〔按〕顧學頡編纂注釋之《白居易家譜》（中國旅游出版社一九八三年出版）《後記》云：『今據《譜系》確知係其兄幼文之次子景受爲居易嗣，即商請李商隱爲樂天撰墓碑之人，《譜系》與墓碑之説吻合。』

〔六〕〔補注〕典治集賢御書，掌管整理集賢殿御書。《新唐書·百官志》：中書省，集賢殿書院，有校書四人，正九品下；正字二人，從九品上。

〔七〕〔徐注〕《舊書》：居易妻，楊穎士從父妹也。〔馮注〕陳直齋曰：於虞卿、汝士爲從兄弟。〔按〕楊氏爲虢州弘農人，故云。居易妻楊氏封弘農郡君。

〔八〕〔補注〕胖胖，安舒貌。兢兢，戒慎貌。

〔九〕〔補注〕件，分列。功世，功業世系。

〔一〇〕〔馮注〕按《唐摭言》：投刺謂之鄉貢，得第謂之前進士。此三字代及第也。〔按〕登進士第在貞元十六年。

〔一一〕〔馮注〕陳直齋曰：避祖諱者，公祖名鍠，與『宏』同音，言所以不應宏詞也。《摭言》云：『白公試宏詞，賦考落。』誤也。按《摭言》，宏詞賦題《斬白蛇劍》也。

〔一二〕〔馮注〕《舊書·傳》：元稹爲集序曰：『樂天一舉擢上第。明年，中拔萃甲科。由是《性習相近遠》《玄珠》《斬白蛇劍》等賦洎百節判，新進士競相傳於京師。』不云『試宏詞』，而賦題則合矣。又按：若果避『鍠』音，則下文祖諱，自可明書，何乃亦僅云『祖某』耶，是尚可疑。按《文苑英華》載公自爲墓志，高祖志善，曾祖温，王父鍠，先大夫季庚（《舊書·傳》作『庚』），其上云：北齊五兵尚書建之仍孫。建生士通，士通生志善。《傳》云：『太原人。建立功於高齊，賜田韓城，子孫家焉，遂移籍同州。至温徙下邽，今爲下邽人。』此皆不書，其云『避祖諱』者，不可妄揣。陳直齋乃以祖名鍠與宏同音，所以不應宏詞，以釋避諱，并以《摭言》爲誤，未知其何據，似妄斷矣。《廣韻》，鍠在十二庚下，户盲切，《説文》音皇。宏在十三耕下，户萌切。音相近而細别。且禮不諱嫌名也。又《英華》載公祖《故鞏縣令白府君行狀》，諱鍠也；又載公父《襄州别駕白府君狀》，諱季耕，字子申，則作『庚』似誤。又按《唐摭言》云：『白公試宏詞，賦考落。登科之人，賦皆無聞，白公之賦，傳於天下。所謂不捷聲價益振也。』元微之已云『《斬白蛇賦》傳於京師』，則是實試宏詞，雖被黜，而賦自傳誦。公自爲墓志云：『累登進士、拔萃、制策三科。』宏詞不捷，自不言耳。陳直齋避『宏』同『鍠』音之説，雖或當有所據，然下文祖某、考季庚，其亦諱祖，又何説歟？竟難妄揣，或别有意，當闕疑。

〔一三〕〔徐注〕《舊書》：貞元十四年，始以進士就試，禮部侍郎高郢擢昇甲科，吏部判入等，授祕書省校書郎。〔馮注〕自爲墓志云『累登進士、拔萃、制策三科』，亦不云試宏詞，然《摭言》節録《白蛇賦》句，而曰『白公之賦傳天下，登科之人，賦並無聞』，則當以考落故不叙，而賦自傳誦，微之仍叙入，《摭言》當不誤也。〔補注〕銓叙官職。居易中拔萃科，授秘書省校書郎，分别在貞元十八年冬、十九年春。其《養竹記》云：『貞元十九年春，居易以拔萃選及第，授校書郎。』唐代選制以十一月爲期，至次年三月畢。

〔一四〕〔補注〕指應對憲宗主持之制舉考試。是年春與元稹居華陽觀，閉户累月，揣摩時事，撰成《策林》七十五篇。四月，應才識兼茂明於體用科，與元稹等同登第。見《登科記考》一六。參下注。

〔一五〕〔馮注〕《舊書·傳》：元和元年四月，憲宗策試制舉人，應才識兼茂明於體用科，策入第四等，授盩厔縣尉，集賢校理。〔按〕授集賢校理係元和二年。補盩厔尉則在元年四月二十八日。因對策語切直入四等（乙等，唐代制科例無一二等）。

〔一六〕〔馮注〕蕭澣，見《代李玄爲崔京兆祭蕭侍郎文》注〔一〕。按《舊書·紀》《傳》，長慶元年，白居易與賈餗、陳岵同考制策。而此於元和時即試取蕭澣，當如今之爲同考官也。〔徐注〕《舊書》：大和九年，貶刑部侍郎蕭澣爲遂州刺史。〔按〕元和二年秋，自盩厔尉調充進士考官，有《進士策問五道》。蕭澣開成元年卒於遂州貶所，故云『故蕭遂州澣』。

〔一七〕帖，《文粹》作『怗』。〔徐曰〕怗，通作『貼』。〔馮注〕《舊書·志》：集賢院修撰官、校理官無常員，以官人兼之。〔補注〕帖，通『貼』，兼。居易於進士試畢兼集賢校理。

〔一八〕中，《文粹》無此字。〔徐注〕李肇《翰林志》：翰林院在銀臺門北、麟德殿西廂重廊之後，學士院在翰林之南，别户東向，引鈐門外，雖宣事不敢入。

〔一九〕〔補注〕謂爲皇帝試草詔制五篇，今白集有《奉勅試制書詔批答詩等五首》。

〔二〇〕〔補注〕段佑，《舊唐書》卷一五二、《新唐書》卷一七〇有傳。《舊唐書·德宗紀下》：貞元十九年五月，『甲戌，以涇原節度留後段佑爲涇州刺史、兼御史大夫、四鎮北庭行軍、涇原節度使。』白集卷五四有《除段佑檢校兵部尚書右神策大將軍制》，係涇原任内加檢校官。佑任涇原節度使至元和三年三月。

〔二一〕〔馮注〕《舊書·傳》：元和二年十一月，召入翰林爲學士。〔補注〕《通鑑·元和二年》：十一月，『盩厔尉、集賢校理白居易作樂府及詩百餘篇，規諷時事，流聞禁中，上見而悦之，召入翰林爲學士。』白居易《奉勅試制書詔批答詩等五首》題下自注：『元和二年十一月四日，自集賢院召赴銀臺候進旨。五日，召入翰林，奉勅試制詔等五首。翰林院使梁守謙奉宣：宜授翰林學士。數月，除左拾遺。』

〔二二〕〔馮注〕《舊書·傳》：三年五月，拜左拾遺。獻疏曰：蒙恩授臣左拾遺，依前翰林學士。《新書》亦作『左』，此獨作『右』，當誤。〔按〕居易《祭楊夫人文》亦云『維元和三年歲次戊子……將仕郎、守左拾遺、翰林學士太原白居易』，『右』字當誤。拜左拾遺在元和三年四月二十八日，見《初授拾遺獻書》，書亦稱『翰林學士、將仕郎、守左拾遺臣白居易』。

〔二三〕掾，《全文》作『椽』，據《文粹》改。〔補注〕謂左拾遺任職期滿將調任新職，請求在京兆府任掾曹。

〔二四〕〔補注〕謂以助供養母親，詳下注。

〔二五〕〔徐注〕《新書》：左拾遺歲滿，帝以資淺，且家素貧，聽自擇官，詔可。〔馮注〕《舊書·傳》：五年當改官，居易奏曰：『臣聞姜公輔爲内職，求爲京府判司，爲奉親也。臣有老母，乞如公輔例。』於是，除京兆府户曹參軍。〔按〕左拾遺，從八品上。京兆府户曹參軍，正七品下。

〔二六〕受，《文粹》作『愛兵』。〔補注〕謂憲宗接受襄陽、荆州兩地方鎮上疏所獻財物在規定之限額以外。時山南東道節度使（治襄陽）于頔、荆南節度使（治江陵）裴均，即下文之『二帥』。

〔二七〕厭，《文粹》注：入聲。〔補注〕謂以後即使給與于頔、裴均宰相之職銜，亦必爲禍不已。《新唐書·白居易傳》：「是時于頔入朝，悉以歌舞人内禁中，或言普寧公主取以獻，皆頔嬖愛，居易以爲不如歸之，無令頔得歸曲天子。」《通鑑·元和四年》：「山南東道節度使裴均恃有中人之助，於德音後進銀器千五百餘兩。翰林學士李絳、白居易等上言：「均欲以此嘗陛下，願却之。」」《白香山集》卷四一有《論于頔裴均狀》《論于頔所獻歌舞人事宜狀》《論裴均進奉銀器狀》。

〔二八〕〔徐注〕《新書》：于頔拜山南東道節度使，請升襄州爲大都督府。廣募戰士，儲糧械，擱然有專漢南意。卒贈太保。太常謚爲「厲」。次子季友，尚憲宗永昌公主，拜駙馬都尉，求改頔謚，會徐泗節度使李愬亦爲更請，賜謚曰「思」。〔馮注〕二帥，襄爲于頔，荆爲裴均，徐氏以荆南爲嚴綬，誤也。（按：徐此注已删）《舊書·紀》曰：元和三年四月，以荆南節度使裴均爲右僕射、判度支。五月，均請以荆南雜錢萬貫修尚書省，從之。九月，均同平章事、襄州刺史、充山南東道節度使。四年四月，均進銀器一千五百兩，以違敕，付左藏庫。是則均先鎮荆州，後鎮襄陽也。陳直齋《白公年譜》曰：元和三年，有《論裴均進奉狀》。而此亦云荆州，則在均未鎮襄陽前耳。《于頔傳》曰：頔於貞元十四年節度山南東道，聚斂虐殺，專以凌上威下爲務。累遷至左僕射、平章事。憲宗即位，威肅四方，頔稍戒懼，以子季友求尚主，憲宗以長女永昌公主降焉。頔入朝，册拜司空、平章事。内官梁守謙掌樞密，有梁正言者，自言與守謙宗盟情，頔子敏與之遊處。正言取頔財賄，言賂守謙，以求出鎮。久之無效，敏誘正言之僮，支解棄溷中。事發，付臺按問，貶頔爲恩王傅，改授太子賓客。敏流雷州，賜死。元和十年，王師討淮蔡，諸侯貢財助軍，頔進銀七千兩、金五百兩、玉帶二，詔不内，復還之。十三年卒，贈太保，謚曰「厲」。季友訴於穆宗，賜謚曰「思」。《新書·居易傳》：元和四年，天子以旱甚，下詔蠲貸，居易建言，頗采納。是時于頔入朝，悉以歌舞人納禁中，或言公主取以獻，皆頔嬖愛。居易以爲不如歸之，無令頔歸曲天子。蓋頔以從襄陽入朝，故稱「襄陽」。進奉前後皆有，而此所書，則元和三四年間事也。「後雖與宰相，不厭禍」者，言不懼禍而悛也。頔既以使相入爲相，而行賄殺人，均亦以財交權倖，任將相凡十餘年，荒縱無法度，皆所謂「不厭禍」也。王彦威議于頔謚曰：『跋扈立名，滿盈不戒。及入覲後，又子罪官貶，連起國獄。謹按殺戮不辜曰厲，愎狠遂過曰厲，請謚爲厲。』〔按〕王彦威有《贈太保于頔謚議》，見清編《全唐文》卷七二九。

〔二九〕古，徐、馮均曰當作『道』，是。〔馮注〕師古、師道皆李納子，師古先襲，元和初卒。異母弟師道又襲。集中凡值李師道，皆作師古，是不可解。〔按〕李師道元和元年至十四年爲平盧淄青節度使。十三年，朝廷令五鎮之師進討。十四年二月，淄青都知兵馬使劉悟斬李師道請降，事見兩《唐書》本傳及《通鑑》。

〔三〇〕〔馮注〕《漢書》：季布曰：『今噲奈何以十萬衆横行匈奴中，面謾？』師古曰：謾，欺誑也，言嫚。又莫連反。又，『欺謾』字見《宣帝紀》。〔補注〕務作項領，謂力求作（藩鎮）首領。以謾儕曹，以欺誑同列之藩鎮，獵取美譽。

〔三一〕〔馮注〕《舊書·傳》：淄青節度使李師道進絹，爲魏徵子孫贖宅。《新書·傳》作『上私錢』，蓋以絹准錢也。〔補注〕文貞，魏徵謚號。時徵玄孫因家貧，將故宅質於人，故有贖宅之事。

〔三二〕〔馮注〕《舊書·魏徵傳》：徵有疾，稱綿惙。徵宅先無正寢，太宗欲爲小殿，輟其材爲徵營構，五日而成。

〔三三〕〔補注〕歲臘，年終臘祭。鋪席，古喪禮之一，大斂前在尸體下鋪放墊席。後爲祭掃禮儀之一。此指祭祀祖先之儀。

〔三四〕〔徐注〕《新書·白居易傳》：李師道上私錢六百萬爲魏徵孫贖故第，居易言：『徵任宰相，太宗用殿材成其正寢，後嗣不能守，陛下猶宜以賢者子孫贖而賜之。師道人臣，不宜掠美。』帝從之。〔馮注〕《舊書·傳》：居易諫曰：『徵是先朝宰相，太宗賜殿材，成其正室，尤與諸家第宅不同。子弟典貼，自可官中爲之收贖，而令師道掠美，事實非宜。』憲宗深然之。按：韋述《兩京記》有永興坊西門北魏徵宅，太宗幸焉。宋敏求《長安志》：永興坊，開元中，此堂猶在，家人不謹，遺火燒之，子孫哭臨三日，朝士赴弔。後裔孫謩相宣宗，居舊第焉。〔按〕白集卷四一有《論魏徵舊宅狀》。

〔三五〕〔補注〕直，抵。券，指抵押之契據。

〔三六〕〔補注〕前笏，持笏上前，指奏事。上輦，皇帝車駕，此指皇帝。

〔三七〕〔補注〕謂對皇帝之詔旨提出當否之意見。

〔三八〕〔補注〕《新唐書·白居易傳》：『居易被遇憲宗時，事無不言，湔剔抉摩，多見聽可。』湔，洗滌；剔，挑選；抉摩，抉擇切磋。

〔三九〕〔補注〕謂名望聞及少年。

〔四〇〕〔馮曰〕以上皆爲拾遺兼内職時事，《舊·傳》叙於京兆户曹之前。〔補注〕見天下無一事，即《新書·傳》『事無不言』之意。

〔四一〕〔馮注〕《舊書·傳》：六年四月，丁母陳夫人之喪，退居下邽。九年冬，入朝授太子左贊善大夫。汪立名曰：《潁川縣君事狀》云：『元和六年四月三日，殁於長安宣平里第。』元稹《祭文》亦作『六年』，碑作『五年』誤。

〔四二〕〔馮注〕《禮·檀弓》：延陵季子葬長子於嬴、博之間，其坎深不至於泉。既葬而封，廣輪掩坎，其高可隱也。《漢書·劉向傳》：『封墳掩坎，其高可隱。』廬墓事，史文習見。〔補注〕掩坎，掩埋墓穴。

〔四三〕著，《文粹》作『箸』。〔馮注〕著吉，服闋即吉而爲官也。按：『箸』有被服也之義，本通用。

〔四四〕刃，《全文》《文粹》均作『刀』，據徐本、馮本改。〔補注〕《通鑑·元和十年》：『上自李吉甫薨，悉以用兵事委武元衡。李師道所養客説李師道曰：「天子所以鋭意誅蔡者，元衡贊之也，請密往刺之。元衡死，則他相不敢主其謀，争勸天子罷兵矣。」師道以爲然，即資給遣之……六月，癸卯，天未明，元衡入朝，出所居靖安坊東門，有賊自暗中突出射之，從者皆散走。賊執元衡馬行十餘步而殺之，取其顱骨而去。又入通化坊擊裴度，傷其首。』殊絶，指斷首而死。天街，此泛指京城之大街，非專指。

〔四五〕〔馮注〕按公與微之書：僕擢在翰林，身是諫官，月請諫紙。又詩云：月慚諫紙二百張。此云『次紙』，豈急不暇擇，用次等紙乎？俟再考。

〔四六〕〔徐注〕《新書》：是時，盜殺武元衡，京師驚擾。居易首上疏，請亟捕賊，刷朝廷恥，以必得爲期。宰相嫌其出位，不悦，貶江州司馬。〔馮注〕《舊書·志》：江南西道，江州潯陽郡。《舊書·傳》：十年七月，盜殺宰相武元衡，居易首上疏論其冤，急請捕賊，以雪國恥。宰相以宫官非諫職，不當先諫官言事，會有掎摭居易浮華無行，貶授江州司馬。

〔四七〕〔馮注〕《舊書·志》：山南東道，忠州南賓郡。《舊書·傳》：十三年冬，量移忠州刺史。

〔四八〕〔馮注〕《舊書·傳》：十四年冬，召還京師，拜司門員外郎。按：十五年正月，憲宗暴崩。閏月，穆宗即位。陳直齋所定年譜，自忠州召入，在十五年冬。此言『穆宗用爲司門員外』，是。〔按〕據朱金城《白居易年譜》，自忠州召還，在元和十五年夏。陳譜、汪譜、陳寅恪《元白詩箋證稿》均誤繫于元和十五年冬。

〔四九〕〔馮注〕《舊書·傳》，明年，轉主客郎中、知制誥，加朝散大夫、始著緋。〔岑曰〕《舊唐書·穆宗紀》：元和十五年十二月丙申（二十八），以司門員外郎白居易爲主客郎中、知制誥。長慶元年十月壬午（十九），遷中書舍人。《文粹》五八李商隱《白居易碑》：『移忠州刺史。穆宗用爲司門員外，四月知制誥，加秩主客』，與《白氏集》六〇《舉人自代狀》不符（按：狀末云：『長慶元年正月四日，新授朝議郎、守尚書主客郎中、知制誥臣白居易狀奏』），事實上顯有錯誤，同時人及子孫所述亦不可盡信如此。（《郎官石柱題名新考訂·主客郎中》）〔按〕岑氏據《舊書·傳》、白氏《舉人自代狀》糾本篇此處時間之誤，甚是。叙緋，著緋色官服。唐制，四品服深緋，五品服淺緋。中書舍人正五品上。叙，序次，按級别分等次。

〔五〇〕恒，《全文》作『衡』，誤，《文粹》作『恒』，係避宋真宗諱缺末筆，兹據《文粹》改。〔馮注〕《舊書·田布傳》《李愬傳》：長慶元年，鎮州軍亂，害田弘正，都知兵馬使王廷凑爲留後。時李愬由潞州節度遷魏博節度，病不能治軍，無以捍廷凑，朝廷乃急詔起復田布代愬帥魏博。《新書·表》：田布，魏博節度使、檢校工部尚書，字孝公。按：《地志》：魏州，漢魏郡元城縣之地，在恒山之南，故曰『代恒陽』，徐刊本作『衡』，誤甚。

〔五一〕〔馮注〕《新書·傳》：田布拜魏博節度使，命持節宣諭。布遺五百縑，詔使受之，辭曰：『布父讎國恥未雪，人當以物助之。方諭問旁午，若悉有所贈，則賊未殄，布貲竭矣。』詔聽辭餉。此亦以錢准縑。

〔五二〕〔馮注〕（畔岸）背畔傲岸意。〔補注〕燕、趙，指幽州、成德鎮。穆宗長慶元年七月，幽州盧龍軍都知兵馬使朱克融囚其節度使張弘靖以反，成德軍大將王廷凑殺其節度使田弘正以反。事見《新書·紀》。

〔五三〕〔徐注〕《新書》：是時河朔復亂，合諸道兵出討，遷延無功。居易進忠不見聽，乃丐外遷，爲杭州刺史。〔馮注〕《舊書·志》：江南東道，杭州餘杭郡。《舊書·傳》：時制御乖方，河朔復亂，居易累上疏論其事，天子不能用，乃求外任。七月，除杭州刺史。《年譜》：長慶二年七月。

〔五四〕〔徐注〕見，音現。〔補注〕分殺水孔道，開通殺減水勢的支渠。見田，現有之良田。

〔五五〕〔徐注〕《新書》：居易始築堤捍錢塘湖，鍾洩其水，溉田千頃。復浚李泌六井，民賴其汲。《玉海》：六井：相國井、西井、金牛井、方井、白龜池、小方井也。白樂天治湖浚井，刻石湖上。本朝熙寧六年，陳襄修六井。元祐五年，蘇軾復治六井，改作瓦筒。按：六井，此作『五井』，蓋大、小方井合爲一也。〔馮注〕諸書皆言六井，此獨作『五』，似偶誤耳，徐氏以大小方井合爲一，然地不相連也。近刊《杭州府志》，以『六井』爲『五井』，似其時金牛井已就湮廢，故云。〔補注〕《舊唐書·李泌傳》：『會澧州刺史闕，（常）衮盛陳泌理行，以荆南凋瘵，遂輟泌理之……無何，改杭州刺史，以理稱。』其刺杭在建中二年至興元元年之間。白居易《錢塘湖石記》：『其郭中六井，李泌相公典郡日所作。』李泌貞元三年拜中書侍郎、同中書門下平章事，累封鄴縣侯。

〔五六〕〔馮注〕（迎禱祠神）似謂民多往來迎神而禱祠之，見民情之喜樂也。

〔五七〕〔馮注〕《舊書·傳》：秩滿，除太子左庶子，分司東都。按：元相序載《舊·傳》者作『右』，此亦作『右』。二《書》皆作『左庶子』，豈以右召而轉左耶？

〔五八〕〔馮注〕《舊書·傳》：寶曆中，復出爲蘇州刺史。《舊書·志》：江南東道，蘇州吴郡。《年譜》：寶曆元年三月。

〔五九〕〔補注〕秘書監爲從三品，改服紫色官服。

〔六〇〕〔馮注〕《舊書·傳》：文宗即位，徵拜秘書監，賜金紫。大和二年正月，轉刑部侍郎，封晋陽縣男。

〔按〕大和元年二月徵爲秘書監，二年二月遷刑部侍郎。

〔六一〕〔馮曰〕（復爲舊官）謂重授賓客也。公《罷府歸舊居》詩，係重授賓客歸履道宅作。

〔六二〕指進封爲馮翊縣開國侯，參注〔六四〕。

〔六三〕〔補注〕不上，未赴任。凡除官到任謂之上。

〔六四〕〔馮注〕《漢律》：賜告者，病滿三月當免，天子優賜其告，使得印綬將官屬歸家理疾。按：十旬爲長告，《香山集》有《百日假滿少傅官停自喜言懷》之詩。

〔六五〕所，馮本改『病』。〔馮注〕《舊書·傳》：（大和）三年，稱病東歸，求爲分司官，除太子賓客。大和已後，李宗閔、李德裕朋黨事起，天子亦無如之何。楊穎士、楊虞卿與宗閔善，居易愈不自安，懼以黨人見斥，乃求致身散地，冀於遠害。凡所居官，未嘗終秩，率以病免。五年，除河南尹。七年，復授賓客分司。開成元年，除同州刺史，辭疾不拜，授太子少傅，進封馮翊縣開國侯。四年冬，得風疾。餘已見注〔一〕。〔徐注〕《新書》：會昌六年卒，宣宗以詩弔之，遺命薄葬，毋請謚。敏中爲相，請謚，有司謚曰『文』。〔按〕馮本改『得所薨官』爲『得所薨官』，然羌無版本依據。《文粹》《全文》均作『得所薨官』，蓋謂病薨得所贈右僕射之官也。

〔六六〕〔補注〕白居易《故鞏縣令白府君事狀》：『白氏芈姓，楚公族也……楚殺白公，其子奔秦，代爲名將。』

〔六七〕〔徐注〕《戰國策》：白起爲秦將，賜死杜郵。〔馮注〕《史記》：白起曰：『我何罪於天，而至此哉？』良久，曰：『長平之戰，降者數十萬人，我盡坑之，是足以死。』武安君死非其罪，秦人憐之，鄉邑皆祭祀焉。〔補注〕不直，枉也。謂以賜死白起於杜郵之事爲冤枉。

〔六八〕〔馮注〕《新書·表》：始皇思起功，封其子仲於太原，故世爲太原人。

〔六九〕〔徐注〕《舊書》：祖鍠，歷酸棗、鞏二縣令。

〔七〇〕〔馮注〕《舊書·傳》：父季庚，授朝散大夫、大理少卿，賜緋魚袋，徐泗觀察判官。歷衢州、襄州别駕。

〔七一〕〔馮注〕《墓誌》：適監察御史譚宏謩。

〔七二〕公生，《全文》作『生公』，據《文粹》乙。横縱，《全文》作『縱横』，據《文粹》乙。〔馮曰〕見《舊書》公與微之書中。〔補注〕白居易《與元九書》：『僕始生六七月時，乳母抱弄於書屏下，有指「之」字「無」字示僕者，僕口未能言，心已默識。後有問此二字者，雖百十其試而指之不差。』

〔七三〕〔馮注〕《舊書·傳》：行簡子知退，擢進士，累官主客郎中，文筆有兄風，辭賦尤精密。居易友愛過人，兄弟相待如賓客。行簡子龜兒，多自教習，以至成名。當時友悌，無以比焉。

〔七四〕〔徐注〕《新書》：李遜弟建，字杓直，召拜刑部侍郎。〔按〕《舊唐書》卷一五五、《新唐書》卷一六二有傳。

〔七五〕〔徐注〕《新書》：庾敬休，字順之，鄧州新野人。再爲尚書左丞。〔按〕《舊唐書》卷一八七、《新唐書》卷一六一有傳。

〔七六〕〔補注〕户小，酒量小。白居易《久不見韓侍郎戲題四韻以寄之》：『户大嫌甜酒，才高笑小詩。』趙璘《因話録》：『（譚簡）問崔公：「飲酒多少？」崔公曰：「户雖至小，亦可引滿。」』〔馮注〕《舊書·傳》：儒學之外，尤通釋典，常以忘懷處順爲事。在湓城，立隱舍於廬山遺愛寺。《新書·傳》：暮節惑浮屠道尤甚，至經月不食葷，稱香山居士。

〔七七〕〔馮注〕公《薦韋楚狀》：伊闕山平泉處士韋楚，隱居樂道二十餘年。大和六年，河南尹臣白居易狀奏。又，詩題稱『韋徵君拾遺』。又，《醉吟先生傳》：平泉客韋楚爲山水友。〔補注〕白服，白衣。居易《香山居士寫真詩序》自稱『白衣居士』。

〔七八〕〔徐注〕《漢書·地理志》：日南郡，故秦象郡，武帝元鼎六年開。元稹《白氏長慶集序》：雞林賈人求市頗切，自云本國宰相每以一金换一篇，其僞者宰相輒能辨别之。自篇章以來，未有如是流傳之廣者。〔馮注〕《舊唐書·東夷傳》：『新羅國漸有高麗、百濟之地，龍朔三年，詔以其國爲雞林州都督府。』

〔七九〕〔補注〕《舊唐書·德宗紀》：建中元年正月，『辛未，常參官、諸道節度觀察防禦等使、都知兵馬使、刺史、少尹、畿赤令、大理司直評事等授訖，三日内於四方館上表，讓一人以自代。』

〔八〇〕『稱』字《全文》脱，據《文粹》補。〔徐注〕《新書》：鄭覃以父蔭補弘文校書郎。李訓誅，帝召覃視詔禁中，遂拜同中書門下平章事，封滎陽郡公。〔馮注〕《舊書·鄭覃傳》：故相珣瑜之子。文宗大和九年，遷尚書右僕射。訓、注伏誅，召覃入草制敕，以本官同平章事。覃少清苦貞退，位至相國，人皆仰其素風。

〔八一〕〔徐注〕《新書·魏徵傳》：文宗詔訪其後五世孫謩用之，官至宰相。〔馮注〕《舊書·魏謩傳》：楊汝士牧同州，辟爲防禦判官。汝士入朝，薦爲右拾遺。至開成四年累遷諫議大夫。宣宗大中二年爲給事中，遷御史中丞。餘詳《爲先輩獻集賢相公啓》注〔一〕。

〔八二〕具，《文粹》作『且』，誤。〔馮注〕公詩有『同時六學士，五相一漁翁』之句。五相：裴垍、王涯、杜元穎、崔群、李絳。

〔八三〕〔補注〕《新唐書·白敏中傳》：『敏中字用晦，少孤，承學諸兄。長慶初，第進士……武宗雅聞居易名，欲召用之。是時，居易足病廢，宰相李德裕言其衰苶不任事，即薦敏中文詞類其兄而有器識，即日知制誥，召入翰林爲學士。進承旨。宣宗立，以兵部侍郎同中書門下平章事……歷尚書右僕射、門下侍郎，封太原郡公。自員外，凡五年十三遷。』

〔八四〕《文粹》原注：句絶。

〔八五〕七關、四州，見《樊南乙集序》『屬天子事邊，康季榮首得七關，數月，李玭得秦州；月餘，朱叔明又得長樂州；而益丞相又尋取維州，聯爲章賀』一段及注。〔補注〕《新唐書·吐蕃傳下》：『憲宗常覽天下圖，見河湟舊封，赫然思經略之，未暇也。』

〔八六〕〔馮注〕巨伐，猶曰大功也。然白氏宰相惟敏中一人，若謂其世代至此而極大，亦通，故未可定。〔按〕馮云『伐』一作『代』，《文粹》作『代』。然《文粹》明作『伐』，《全文》亦正作『伐』，馮氏所云或誤本。杜牧有《今皇帝下一詔徵兵不日功集河湟諸郡次第歸降臣獲睹聖功輒獻歌詠》及《奉和白相公聖德和平致兹休運歲終功就合詠聖明呈上三相公長句四韻》詩，所詠即收復四州七關之『功』。作『代』者顯非。

〔八七〕〔補注〕南至，即冬至。《逸周書·周月》：『惟一月既南至，昏昴畢見，日短極，基踐長，微陽動於黄泉，陰降慘於萬物。』《左傳·僖公五年》：『春，王正月，辛亥，朔，日南至。』杜預注：『周正月，今十一月。冬至之日，日南極。』據《二十史朔閏表》，大中三年之冬至日當在閏十一月初四。〔馮注〕《莊子》：擎跽曲拳，人臣之禮也。〔補注〕擎跽，拱手跪拜。《書·大禹謨》：『夔夔齋慄。』齋慄，敬慎恐懼貌。

〔八八〕〔補注〕給事，侍奉也。由『供職』義引申而來。《史記·衛將軍驃騎列傳》：『其父鄭季，爲吏，給事平陽侯家。』

〔八九〕〔補注〕指嚮，猶指點；健慕，甚爲羨慕。永寧里，長安街東第三街第四坊，有白敏中宅。《唐兩京城坊考》謂：『蓋白公有楊憑舊宅，敏中所居，即樂天第也。』

〔九〇〕〔徐注〕《舊書》：居易有文集七十五卷，長慶末，浙東觀察使元稹爲之序曰：『樂天自杭州刺史以右庶子召還，予時刺會稽，因得盡徵其文，手自排纘，成五十卷，凡二千二百五十一首。前輩多以前集、中集爲名，予以爲明年陛下當改元，長慶訖於是矣，因號《白氏長慶集》。大凡人之文皆有所長，樂天長可以爲多矣。夫諷諭之詩長於激，閒適之詩長於遣，感傷之詩長於切，五字律詩百言而上長於贍，五字七字百言而下長於情，賦、贊、箴、誡之類長於當，碑記、叙事、制誥長於實，啓奏表狀長於直，書檄、辭册、剖判長於盡。總而言之，不亦多乎哉！』人以爲稹序盡其能事。居易嘗寫其文集送江西東、西二林寺，洛城香山聖善寺等，如佛書雜傳例流行之。按《新書》：元稹字微之，河南人，宫中呼元才子，進同中書門下平章事。〔馮注〕汪立名《白集凡例》曰：《新唐書·

藝文志》曰：《白氏長慶集》七十五卷。考公前集爲《長慶集》，元相勘定。公之殁，去長慶末二十有二年；距微之殁，亦十有五年。今後集具在，奈何以《長慶集》括公之作乎？此誤相承已久，至今莫辨也。按：《舊書·傳》：文集七十五卷、《經史事類》三十卷，並行於世。長慶末，浙東觀察元稹爲序，序全載《傳》中，中云：『長慶四年，樂天自杭州刺史以右庶子召還。予時刺會稽，因得盡徵其文，手自排纘，成五十卷。前輩多以前集、中集爲名，予以爲陛下明年當改元，長慶訖於是矣，因號《白氏長慶集》。』然則《舊書》本全叙其畢生著述，而引元序爲評贊，初非括其生平也。此文云『集七十五卷，元相爲序』，語則稍混，《新書·藝文志》緣此致誤耳。汪氏既糾《新志》之失，何可没《舊·傳》之是哉！《唐語林》：大中末，諫官疏請白居易謚，上曰：『何不讀《醉吟先生墓表》？』卒不賜謚。弟敏中在相位，奏立神道碑，使李商隱爲之。《北夢瑣言》：敏中奏定居易謚曰『文』。《舊書·傳》：元稹字微之，河南人。應才識兼茂明於體用科，登第者十八人，稹第一，除右拾遺。與居易同門生（按：傳無此語）。穆宗時，宫中呼爲元才子，召入翰林，爲中書舍人、承旨學士。長慶二年，拜平章事。（白居易）自撰墓誌：外以儒行修其身，中以釋教治其心，旁以山水風月歌詩琴酒樂其志，前後著文集七十卷，合三千七百三十首。近者《事類集要》三十部，合一千一百三十門，時人目爲《白氏六帖》。死無請謚，無建神道碑，但於墓前立一石，刻吾《醉吟先生傳》一本可矣。語訖，命筆自銘其墓云。宋敏求《春明退朝録》：唐白文公自勒文集，寫本寄藏廬山東林寺，又藏龍門香山寺。高駢鎮淮南，取東林寺（白）集而有之，香山（白）集經亂亦不復存。其後履道宅爲普明僧院，唐明宗子從榮又寫本寘院之經藏，今本是也。《北夢瑣言》：白太傅與元相國友善，以詩道著名，時號『元白』，其輓元詩云云。洎自撰墓誌云：與彭城劉夢得爲詩友，殊不言元公，時人疑其隙終也。汪立名曰：開成三年，先生之齒六十有七，微之殁久矣，《醉吟先生傳》所謂如滿爲空門友，韋楚爲山水友，夢得爲詩友，皇甫朗之爲酒友，皆就當時在洛之人而言，非該舉平生也。公晚年哭微之詩甚多，感悼悽愴，如在初没，隙終之語，豈不大謬耶？按：《舊書·劉禹錫傳》：遷太子賓客分司東都，晚年與少傅白居易友善，唱和往來，居易因集其詩而序之，中有『余與微之唱和頗多，二十年來爲文友詩敵，今垂老，復遇夢得』云云，則晚年詩友，自以元逝劉存專言之。其後哭夢得詩首云『四海齊名白與劉』，結云『應共微之地下遊』，並無存没異情之跡，何可妄逞浮薄，揣誣前哲哉！〔按〕會昌五年夏五月一日居易作《白氏長慶集後序》云：『白氏前著《長慶集》五十卷，元微之爲序。《後集》二十卷，自爲序。今又續《後集》五卷，自爲記。前後七十五卷，詩筆大小凡三千八百四十首。』《後序》作於居易卒前一年，是白氏文集確爲七十五卷，惟元稹作序者爲其《前集》五十卷耳。《新唐書·藝文志》不誤。

〔九一〕先世，《文粹》作『世先』。

〔九二〕〔馮曰〕未詳。〔按〕謂以善談説而聞名。

〔九三〕〔徐注〕下『代』讀曰『世』。〔馮注〕肅、代，肅宗、代宗時也。

〔九四〕〔徐曰〕『南』字非韻，恐誤。〔馮曰〕『南』字叶韻，徐氏疑其誤，非也。

〔九五〕〔徐曰〕『校』，疑是『報』。〔馮注〕《論語》注：校，報也。徐氏疑（校）當作『報』，亦非。

〔九六〕跋，《全文》作『枝』，據《文粹》改。〔馮注〕《禮記》：燭不見跋。注曰：跋，本也。疏曰：本，把處也。此云『本跋』，猶言本根。徐刊本作『本枝』，誤。

〔九七〕〔補注〕謂其果然敷舒繁榮。喻指白敏中果然登相位。

〔九八〕〔徐注〕《説文》：禽獸之骨曰骼。〔馮注〕《禮記·少儀》『臂臑』疏曰：謂肩脚也。《招魂》：肥牛之腱，臑若芳些。〔補注〕臑，動物之前肢。《儀禮·特牲饋食禮》：『尸俎：右肩、臂、臑、肫、胳。』胡培翬正義引《禮經釋例·釋牲》：『肩下謂之臂，臂下謂之臑。』

〔九九〕噫，《文粹》注：烏介反。〔補注〕醇腴，質厚味美。『腄骼』二句言其德澤豐厚。

〔一〇〇〕〔補注〕徵徵，屢屢徵詢。

〔一〇一〕〔補注〕汰，過。唐，指唐堯。

〔一〇二〕〔補注〕續緒襞縷，接續絲緒，折疊布縷，喻爲拾遺補闕之事。

〔一〇三〕曄，《全文》諱改『煜』，據《文粹》回改。〔徐注〕《詩序》：《白華》：孝子之絜白也。〔按〕此言居易潔白光明。非拆用《詩經》篇名，與孝子無涉。

〔一〇四〕緇，《文粹》注：上聲。見《祭長安楊郎中文》「皭然深旨」注。〔補注〕謂皎潔而無緇痕。

〔一〇五〕〔補注〕用從，用之則從；棄遺，棄之則遺去。

〔一〇六〕止，《文粹》誤作「上」，〔補注〕《孟子·盡心上》：「中道而立，能者從之。」

〔一〇七〕〔徐注〕（三郡）謂江、杭、蘇三州。

〔一〇八〕〔補注〕謂辭去刑部侍郎之職，隨即乞官分司東都，在洛陽安居。

〔一〇九〕〔補注〕謂任河南尹期間，翦除暴徒逃犯。

〔一一〇〕田，《全文》作「四」，據《文粹》改。三輔，見《爲尚書渤海公舉人自代狀》「伏以内史故事，例帶銀青」句下注。

〔一一一〕〔徐注〕謂除同州不上。〔馮注〕臣年已衰，君方申嚴吏治，故力不能副也。〔按〕君强，謂君年富力强。

〔一一二〕申申，《文粹》作「伸伸」。〔馮注〕《韓詩外傳》：孔子曰：「《關雎》之事大矣哉，馮馮翊翊。」《漢書·禮樂志》：附而不驕，正心翊翊。餘見《論語》。宋《永至樂》：申申嘉夜，翊翊休朝。〔補注〕翊翊，恭敬貌。申申，和舒貌。《論語·述而》：「子之燕居，申申如也。」

〔一一三〕〔補注〕《左傳·昭公元年》：「不僭不賊，鮮不爲則。」

〔一一四〕〔補注〕武，足跡，此指踵其步武。

〔一一五〕〔馮注〕同曾祖之弟。〔按〕指白敏中。

〔一一六〕〔徐注〕《易》：坤爲柄，巽爲繩直。〔補注〕坤柄巽繩，謂以權柄繩直，以成就大計。

〔一一七〕〔補注〕教詔，教誨。《戰國策·燕策一》：「齊、趙，强國也，今主君幸教詔之，合從以安燕，敬以國從。」《新唐書·白敏中傳》：「少孤，承學諸兄。」「文詞類其兄而有器識。」

〔一一八〕〔補注〕《易・謙》：象曰：「君子以裒多益寡，稱物平施。」裒，削減。

〔一一九〕導，《全文》作「禫」，此從《文粹》。導、禫同。〔補注〕揠秀，拔除莠草。

〔一二〇〕〔馮注〕謂葬龍門也。

爲尚書范陽公賀吏部李相公啓〔一〕

伏見今月某日制書，伏承榮加寵命，伏惟感慰。伏以天垂北斗〔二〕，國有南宮〔三〕，伊法象之所存〔四〕，實根源之是繫。伏惟相公中丘降瑞〔五〕，太昴垂芒〔六〕。列子以謂神全〔七〕，孟子之言性善〔八〕。抑揚今古，秀絕天人。動之則舟檝鹽梅〔九〕，不忘於康濟〔一〇〕；静之則風松霞月，莫究其孤高。擅文武之無雙〔一一〕，處品流之第一。自頃事有消長〔一二〕，時屬往居〔一三〕，未啓金縢〔一四〕，且分竹使〔一五〕。而能用玄元易守之道〔一六〕，體金人不動之微〔一七〕，神明無闕於保持，柯葉罔聞於易置〔一八〕。龍樓入護〔一九〕，虎節出征〔二〇〕。重安四海之心，實慶一人之福〔二一〕。

今又薦承雨露〔二二〕，顯執銓衡〔二三〕。惟彼天官，是稱冢宰〔二四〕。周以太保領〔二五〕，晋以侍中兼〔二六〕。步驟雖殊〔二七〕，考課斯在〔二八〕。固當復持大柄〔二九〕，重上泰階〔三〇〕。未求李重之箴〔三一〕，已作皋陶之誥〔三二〕。伏計仰緣宗社，慎保寢興。

某早奉恩知，又牽事任，支離門下〔三三〕，辛苦兵間〔三四〕。非騏驥盛壯之時〔三五〕，有手足凋零之痛〔三六〕。遐思賀訴，唯動禱祠。戀德依仁，不勝丹赤。

校注

〔一〕本篇原載清編《全唐文》卷七七六第一九頁、《樊南文集補編》卷七。〔錢箋〕范陽公，盧弘正（按：當從《新唐書》作『止』）也。《舊唐書·盧弘正傳》：范陽人。《新唐書》『正』作『止』。卒，贈尚書右僕射。餘詳《爲度支盧侍郎賀畢學士啓》注〔一〕。李相公，珏也。《新唐書·李珏傳》：開成中，同中書門下平章事。始，莊恪太子薨，帝意屬陳王。既而帝崩，中人引宰相議所當立，珏曰：『帝既命陳王矣。』已而武宗即位，終以議所立，貶江西觀察使（按：當爲桂管觀察使），再貶昭州刺史。宣宗立，内徙郴、舒二州，以太子賓客分司東都，遷河陽節度使，以吏部尚書召。〔張箋〕大中四年，李珏召爲吏部尚書。案《舊書·珏傳》：『大中二年崔鉉、白敏中逐李德裕，徵入朝，爲户部尚書。出爲河陽節度使，入爲吏部尚書。累遷淮南節度使。大中七年卒，贈司空。』而召拜吏部尚書，不詳何時。考《舊·紀》，是年河陽節度使已有李拭，則珏之内召，必在三四兩年間也。以《補編》有《爲范陽公賀吏部李相公啓》，姑載是年。〔岑仲勉曰〕余按《方鎮年表》四，河陽，大中三年著珏及拭，説當不誤，但所引《樊南》《樊川》兩文（按：指《爲尚書范陽公賀吏部李相公啓》及杜牧《上河陽李尚書書》），仍非碻證。考《會稽太守題名記》，拭在浙東，三年十月追赴闕，當即代珏。故四年九月拭又自河陽遷太原也（後一節見《舊·紀》一八下）。〔按〕岑説近是。然拭三年十月追赴闕，到京後再任命爲河陽節度使，及李珏之由河陽節度使徵入爲吏部尚書，其間尚有一段時日。商隱大中三年『臘月大雪過大梁』，抵徐州當已在臘月底。故此啓之作時或在大中四年春。

〔二〕〔錢注〕《後漢書·李固傳》：固對策曰：『陛下之有尚書，猶天之有北斗也。』

〔三〕〔錢注〕《後漢書·鄭弘傳》：弘爲尚書令，前後所陳有補益王政者，皆著之南宫，以爲故事。〔補注〕南宫，尚書省之别稱。謂尚書省象列宿之南宫，故稱。唐及以後，尚書省六部統稱南宫。

〔四〕〔補注〕《易·繫辭上》：『是故法象莫大於天地，變通莫大乎四時。』法象，自然界一切事物現象之總稱。

〔五〕〔錢注〕《新唐書·李珏傳》：其先出趙郡，客居淮陰。《漢書·地理志》：常山郡領中丘縣。

〔六〕〔錢注〕《漢書·地理志》：趙地，昴、畢之分野。《史記·蕭相國世家》注：《索隱》曰：《春秋緯》：蕭何感昴精而生，典獄制律。

〔七〕〔錢注〕《列子》：夫醉者之墜於車也，雖疾不死。骨節與人同，而犯害與人異，其神全也。彼得全於酒而猶若是，而況得全於天乎？

〔八〕〔補注〕《孟子·告子上》：『人性之善也，猶水之就下也。人無有不善，水無有不下。』又《滕文公上》：『孟子道性善，言必稱堯舜。』

〔九〕〔補注〕《書·說命上》：『說築傅巖之野，惟肖。爰立作相。王置諸其左右。命之曰：「朝夕納誨，以輔台德。若金，用汝作礪；若濟巨川，用汝作舟楫；若歲大旱，用汝作霖雨。」』又《說命下》：『若作和羹，爾惟鹽梅。』此以渡河之舟楫、調羹之鹽梅喻宰輔之治國。

〔一〇〕〔補注〕《書·蔡仲之命》：『康濟小民，率自中。』康濟，安撫救助（民衆）。

〔一一〕〔錢注〕《魏志·王淩傳》注：《魏氏春秋》曰：淩文武俱擅，當今無雙。

〔一二〕〔錢注〕謂以議立貶外。〔補注〕《易·泰》：『内君子而外小人，君子道長，小人道消也。』

〔一三〕〔補注〕《左傳·僖公九年》：『送往事居，耦俱無猜，貞也。』杜預注：『往，死者；居，生者。』時屬往居，謂時值文宗逝世、武宗初立。

〔一四〕〔補注〕《書·金縢序》：『武王有疾，周公作金縢。』孔穎達疏：『武王有疾，周公作策書告神，請代武王死。事畢，納書於金縢之匱。』《金縢》：『公歸，乃納册于金縢之匱中。王翼日乃瘳。武王既喪，管叔及其羣弟乃流言於國，曰：公將不利於孺子……秋，大熟，未穫，天大雷電以風，禾盡偃，大木斯拔，邦人大恐。王與大夫盡弁，以啓金縢之書，乃得周公所自以爲功代武王之説。』未啓金縢，喻李珏忠貞之品質尚未大白之時。

〔一五〕〔補注〕《漢書·文帝紀》：「初與郡守爲銅虎符、竹使符。」分竹使，謂持竹制信符爲郡守。唐代州刺史持銅魚符，此「竹使」乃泛指州郡長官之符信。李珏在武宗即位後，貶昭州刺史。後内徙郴、舒二州刺史，故云。詳注〔一〕。

〔一六〕〔錢注〕《舊唐書·高宗紀》：乾封元年二月己未，次亳州，幸老君廟，追號曰太上玄元皇帝。《文子》：老子曰：治世之職易守也，其事易爲也，其禮易行也，其責易償也。〔按〕《老子》：「多言數窮，不如守中。」「致虚極，守静篤。」「知其雄，守其雌。」「知其白，守其黑。」「知其榮，守其辱。」

〔一七〕〔錢注〕《後漢書·西域傳》：世傳明帝夢見金人，以問羣臣，或曰：「西方有神名曰佛。」《金剛經》：如如不動。〔補注〕《大乘百法明門論疏》卷下：「第四静慮以上唯有捨受現行，不爲苦樂所動，故名不動。」佛菩薩不爲生死、煩惱所動，稱不動尊。

〔一八〕〔補注〕《禮記·禮器》：「如竹箭之有筠也，如松柏之有心也……故貫四時而不改柯易葉。」

〔一九〕〔錢注〕謂爲太子賓客。龍樓，見《爲濮陽公皇太子薨慰宰相狀》注〔四〕。

〔二〇〕〔錢注〕謂節度河陽。〔補注〕《周禮·地官·掌節》：「凡邦國之節，山國用虎節，土國用人節，澤國用龍節，皆金也。」此「虎節」泛指節度使之符節。

〔二一〕〔補注〕《書·吕刑》：「一人有慶，兆民賴之，其寧惟永。」孔傳：「天子有善，則兆民賴之，其乃安寧之道。」《書·太甲》：「一人元良，萬邦以貞。」孔傳：「一人，天子。」

〔二二〕〔錢注〕《詩·蓼蕭》箋：露者，天所以潤萬物，喻王者恩澤不爲遠國則不及也。

〔二三〕〔錢注〕傅玄《吏部尚書箴》：處喉舌者，患銓衡之無常，不患於不明。〔補注〕銓衡，主管選拔官吏之職位。《新唐書·百官志》：吏部，掌文選、勳封、考課之政，以三銓之法官天下之材。

〔二四〕〔補注〕《周禮·天官·冢宰》：「惟王建國，辨方正位，體國經野，設官分職，以爲民極。乃立天官冢宰，使帥其屬，而掌邦治，以佐王均邦國。」唐武后光宅元年改吏部爲天官，旋復舊。故稱吏部爲天官。

〔二五〕〔錢注〕《書》：乃同召太保奭。傳：冢宰第一，召公領之。

〔二六〕〔錢注〕《通典》：侍中，漢代爲親近之職，魏、晉選用，稍增華重，而大意不異。舊遷列曹尚書，美遷中領護、吏部尚書。

〔二七〕〔錢注〕《説文》：驟，馬疾步也。〔補注〕《後漢書·曹褒傳》：『且三五步驟，優劣殊軌。』又《崔寔傳》：『故聖人執權，遭時定制，步驟之差，各有云設。』步驟，本指緩行與疾走，此指事之程序次第。

〔二八〕〔錢注〕《漢書·京房傳》：房奏考功課吏法。

〔二九〕〔補注〕《禮記·禮運》：『是故禮者，君之大柄也。所以别嫌明微，儐鬼神，别仁義。』句中『大柄』指（宰輔）大權。

〔三〇〕泰階，指相位。見《爲滎陽公上集賢韋相公狀三》注〔三〕。

〔三一〕〔錢注〕《北堂書鈔》：李重爲《吏部尚書箴》序曰：重忝曹郎，銓管九流，品藻清濁，雖祇慎莫知所寄。又，李重《選部尚書箴》云：唯以選曹，尤鍾其劇。三季陵遲，請謁互起。書牘交横，貨題若市，屬請難從，亦不可杜。唯在善察，所簡舉主。

〔三二〕〔補注〕《書》有《皋陶謨》。

〔三三〕〔錢注〕《新唐書·盧弘止傳》：累遷給事中。《舊唐書·職官志》：門下省給事中四員。〔補注〕支離，殘缺不中用。門下，猶門庭之下。錢謂門下省，疑非。

〔三四〕〔錢注〕此似弘止出鎮徐州時語。説見《爲度支盧侍郎賀畢學士啓》注〔二〕。《新唐書·盧弘止傳》：徐自王智興後，吏卒驕沓，銀刀軍尤不法，弘止戮其尤無狀者。終弘止治，不敢譁。《後漢書·隗囂傳》：帝積苦兵間。〔按〕弘止大中三年五月即已調任武寧軍節度，并平銀刀都之亂，所謂『辛苦兵間』，當可包括蒞任徐州以來治軍之事。然『支離門下，辛苦兵間』二句係概叙弘止前此之『事任』，則所謂『辛苦兵間』不僅可包鎮徐之事，且可包括前此鎮滑（義成軍）乃至會昌四年劉稹平後，『爲三州及河北兩鎮宣慰使』之事。

〔三五〕〔錢注〕《戰國策》：燕有田光先生者，其智深，其勇沉，太子避席而請曰：『燕、秦不兩立，願先生留意也。』田光曰：『臣聞騏驥盛壯之時，一日而馳千里；至其衰也，駑馬先之。今太子聞光盛壯之時，不知吾精已消亡矣。』

〔三六〕〔錢曰〕事未詳。〔岑仲勉曰〕應是簡辭卒於三年。此可補《舊》《新》傳之略。〔按〕據《新唐書·盧簡辭傳》：『徙山南東道。坐事貶衢州刺史，卒。』則簡辭係卒於衢州任上。弘止係簡辭之弟。

爲度支盧侍郎賀畢學士啓〔一〕

伏見除書，伏承榮加寵命，伏惟感慰。伏以振域中之綱紀，屬在南臺〔二〕；極河内之文章，歸於西署〔三〕。唯茲出入，不在尋常。郎中學士，吞鳥推華〔四〕，奪袍著美〔五〕，纔端風憲〔六〕，俄上雲衢〔七〕。昨暮繡衣〔八〕，尚遺蒼鷹出使〔九〕；今晨綵筆〔一〇〕，遂令丹鳳銜書〔一一〕。聞仙家勿洩之言〔一二〕，見人世未知之事。便當圖南勢就〔一三〕，拱北功成〔一四〕。擊水摶風〔一五〕，一舉千里〔一六〕。

某常懷曘曩〔一七〕，叨奉眷知。乏仰冰雪之清標，空聞金石之孤韻。敢言投分，自賀知人〔一八〕。今則坎軻藩維〔一九〕，淹留氣律〔二〇〕，兵法雖慚於《金版》〔二一〕，夢魂猶識於銀臺〔二二〕。恨非犯斗之星，暫經寥泬〔二三〕；徒用映淮之月，遠比輝光〔二四〕。抃賀之餘，兼有倚望，伏冀必賜監察〔二五〕。

〔一〕本篇原載清編《全唐文》卷七七六第二〇頁、《樊南文集補編》卷七。〔錢箋〕盧侍郎，弘止也。《新唐書·盧弘止傳》：劉積平，爲三州及河北兩鎮宣慰使，還，拜工部侍郎，以户部領度支。踰年出爲武寧軍節度使。商隱本傳：弘止鎮徐州，表爲掌書記（按：據《樊南乙集序》，當爲節度判官）。前《爲滎陽公與度支盧侍郎狀》《上度支盧侍郎狀》，皆弘止判度支時作。此文有『坎坷藩維』之語，疑與前啓（按：指《爲尚書范陽公賀吏部李相公啓》）並爲徐府所作。而題首仍書『度支』者，意唐人結銜多帶京職，仍題其原官耳。畢學士，諴也。《舊唐書·畢諴傳》：宣宗即位，爲户部員外郎，歷駕部、倉部，改職方郎中，兼侍御史知雜。期年召爲翰林學士。度支，見《爲滎陽公與度支周侍郎狀》注〔一〕引《唐會要》。學士，見《爲濮陽公與丁學士狀》注〔三〕。〔張箋〕畢諴充翰林學士，在大中四年二月十三日，見《重修學士壁記》。此啓有『映淮之月』語，是徐幕作。惟題恐誤。弘正（止）已出鎮，不書范陽公而書其京銜，似未合也。余初疑爲弘正初鎮義成時作，細玩亦非。容再覈。又云：啓有『坎軻藩維』及『徒用映淮之月』語，是義山大中四年徐幕作。……惟盧弘止由度支侍郎，除義成節度使，又徙武寧，而題猶稱其京銜，殊不可解，豈義山追録時臆記之訛歟？〔岑曰〕度支侍郎當尚書之誤，張氏所疑是也。（《翰林學士壁記注補》十一）〔按〕啓爲賀畢諴充翰林學士而作，時間在大中四年二月十三日稍後（畢諴入翰林時間，詳見《翰林學士壁記注補》十一考證）均無疑。時義山在徐幕。惟此前應盧弘止辟聘之三啓及代盧賀李珏任户部尚書之啓，均已稱『尚書范陽公』，而此啓獨稱其從前之京職，其題確有舛誤，或作者編《樊南乙集》時誤題也。

〔二〕南臺，指御史臺。見《爲濮陽公與丁學士狀》注〔二〕。

〔三〕〔錢校〕河，疑當作『海』。〔錢注〕《文獻通考》：至德以後，軍國務殷，其入直者，並以文詞共掌誥敕，自此北翰林院始無學士之名。其後又置東翰林院於金鑾殿之西，隨上所在而遷，取其便穩。〔岑曰〕皆言誠自侍御史知雜入充也。（《翰林學士壁記注補》十一）〔按〕翰林院在大明宫之西側，麟德殿西重廊之後，故稱『西署』。

〔四〕見《爲滎陽公賀白相公加刑部尚書啓》『羅含吞鳳』注。

〔五〕〔錢注〕《舊唐書·文苑傳》：宋之問善五言詩，則天幸洛陽龍門，令從官賦詩，左史東方虬詩先成，則天以錦袍賜之。及之問詩成，則天稱其詞愈高，奪虬錦袍以賞之。

〔六〕風憲，見《爲濮陽公附送官告中使回狀》『顯分霜憲』注。〔按〕古代御史掌糾彈百官、正吏治之職，故以『風憲』稱御史之職。畢諴曾任侍御史知雜事，故云。

〔七〕〔錢注〕《晉書·郗阮華袁傳論》：對揚天問，高步雲衢。〔補注〕《新唐書·百官志》：『開元二十六年，又改翰林供奉爲學士，别置學士院，專掌内命……其後，選用益重，而禮遇益親，至號爲内相，又以爲天子私人』。故以『上雲衢』爲喻。雲衢，天路。

〔八〕〔錢注〕《漢書·百官公卿表》：侍御史有繡衣直指，出討姦猾，治大獄。武帝所置，不常置。

〔九〕〔錢注〕《史記·酷吏傳》：郅都爲中尉，獨先嚴酷，致行法不避貴戚，號曰蒼鷹。

〔一〇〕〔錢注〕潘岳《螢火賦》：援彩筆以爲銘。〔補注〕《南史·江淹傳》：『〔淹〕又嘗宿於冶亭，夢一丈夫自稱郭璞，謂淹曰：「吾有筆在卿處多年，可以見還。」淹乃探懷中得五色筆一以授之。』五色筆，又稱綵筆，喻美富之文才。此切充翰林學士。

〔一一〕〔錢注〕《太平御覽》：《河圖録運法》曰：黄帝坐玄扈閣上，與大司馬容光、左右輔將周昌等百二十人，觀鳳凰銜書。《晉書·石季龍載記》：戲馬觀上安詔書，五色紙在木鳳之口，鹿盧迴轉，狀若飛翔焉。〔補注〕翰林學士『專掌内命，凡拜免將相，號令征伐，皆用白麻。』（《新唐書·百官志》）

〔一二〕〔錢注〕東方朔《十洲記》：瀛洲在東海中，洲上多仙家，風俗似吴人，山川如中國。〔補注〕翰林學士職掌禁密，故云。

〔一三〕圖南，見《爲濮陽公賀牛相公狀》注〔三〕。

〔一四〕〔補注〕拱北，拱北辰。《論語·爲政》：『爲政以德，譬如北辰，居其所，而衆星共（拱）之。』此謂拱衛君主。

〔一五〕見《爲濮陽公賀牛相公狀》注〔三〕。

〔一六〕〔錢注〕《史記·留侯世家》：鴻鵠高飛，一舉千里。

〔一七〕〔錢注〕盧諶《贈劉琨詩》：借日如昨，忽爲疇曩。

〔一八〕〔錢注〕阮瑀《爲武帝與劉備書》：投分寄意。《漢書·馮奉世傳》：宣帝召見韓增曰：『賀將軍所舉得其人。』〔按〕據『自賀知人』句，似盧弘止於畢諴有薦舉汲引之事。宣宗即位後，盧弘止曾任户部侍郎判度支，而畢諴時任户部員外郎，『知人』之事當在此時。

〔一九〕〔錢注〕《揚子》：方輪廣軸，坎軻其輿。〔補注〕此謂困頓不得志於方鎮藩國之外任。

〔二〇〕〔補注〕氣律，本指樂律與節氣相應，此猶言時日、歲月。

〔二一〕〔錢注〕《莊子》：女商曰：『吾所以説吾君者，横説之則以《詩》《書》《禮》《樂》，縱説之則以《金版》《六弢》。』〔按〕《金版》，兵書名。

〔二二〕〔錢注〕《舊唐書·職官志》：翰林院。天子在大明宫。其院在右銀臺門内，待詔之所。

〔二三〕〔錢注〕張華《博物志》：舊説天河與海通。近世有人居海渚者，年年八月，有浮槎去來不失期。乃多齎糧，乘槎而去。忽忽不覺晝夜，奄至一處，有城郭狀，屋舍甚嚴。遥望宫中多織婦，見一丈夫牽牛渚次飲之。人問此是何處，答曰：『君還至蜀，訪嚴君平則知之。』因還如期。後至蜀，問君平，曰：『某年月日，有客星犯牽牛宿。』計年月，正是此人到天河時也。江淹《雜體詩·擬謝臨川靈運遊山》：丹井復寥泬。〔補注〕寥泬，此指廣遠之天空。

〔二四〕〔錢注〕何遜《與胡興安夜别詩》：露濕寒塘草，月映清淮流。〔按〕唐時徐州濱淮水。

〔二五〕〔補注〕監，通『鑒』。他篇均作『鑒察』。

端午日上所知劍啓〔一〕

商隱啓：五金鑄衛形威邪神劍一口，銀裝漆鞘，紫錦囊盛〔二〕，傳自道流〔三〕，頗全古製〔四〕。未遇良工之鑒〔五〕，常爲下客所彈〔六〕。龍藻雖繁〔七〕，鵜膏稍薄〔八〕。敢因五日，仰續千齡〔九〕。厠玉玦於君侯〔一〇〕，擬象環於夫子〔一一〕。所冀更蒙千灌〔一二〕，重許三鄉〔一三〕。使武士讓鋒〔一四〕，佞臣喪魄〔一五〕。無荆王之遇敵，手以麾城〔一六〕；有漢相之策勳，腰而上殿〔一七〕。嘉辰祝願〔一八〕，平日禱祠。伏惟恩憐，特賜容納。謹啓。

校注

〔一〕本篇原載《文苑英華》卷六六五第九頁、清編《全唐文》卷七七八第一六頁、《樊南文集詳注》卷四。〔馮注〕『所知』指府主，唐人常語也。時在何幕則莫辨。〔按〕此篇馮譜、張箋均未編年。商隱所歷諸幕中，兖海幕係五月五日到任，似不可能於乍到之日即上獻寶劍。興元幕、陳許幕、桂管幕均無端午在幕之迹，亦可排除。其餘鄆州幕、太原幕、徐州幕、東川幕則均有可能。此啓與下《端午日上所知衣服啓》當爲同時之作。後啓有云：『伏願永延松壽，常慶蕤賓。遠比趙公，三十四年當國；近同郭令，二十四考中書。』祝府主長壽，並當國爲相。考商隱在徐州盧幕時有《偶成轉韻七十二句贈四同舍》詩，末云：『借酒祝公千萬年，吾徒禮分常周旋。收旗卧鼓相天子，相門出相光青史。』大意與《端午上所知衣服啓》中祝願語相近。此或可備參，然終乏確證。姑附編於徐幕時。

〔二〕〔徐注〕《西京雜記》：高祖斬蛇劍，開囊拔鞘，輒有風氣射人。

〔三〕〔徐注〕孔稚圭《北山移文》：覈玄玄於道流。

〔四〕全，《全文》作『同』，據《英華》改。〔馮曰〕一作『同』，非。

〔五〕〔徐注〕《吴越春秋》：越王允常聘區冶子作名劍五枚。秦客薛燭善相劍，王取純鈞示之。薛燭矍然望之曰：『沈沈如芙蓉始生于湖。』又：楚昭王得湛盧之劍，召風胡子問之，對曰：『區冶子已死，雖有傾城量金，珠玉滿河，猶不可與，况駿馬、萬户之都乎？』〔馮注〕《藝文類聚》諸書所引皆同，而《越絶書》『昔者越王句踐有寶劍五，聞於天下，客有能相劍者名薛燭，王召而示之』，與此略有同異。允常即勾踐父也。

〔六〕常，《英華》作『嘗』。通。〔馮注〕《戰國策》：齊人有馮煖者，貧乏不能自存，使人屬孟嘗君，願寄食門下。孟嘗君曰：『客何能？』曰：『客無能也。』居有頃，倚柱彈其劍，歌曰：『長鋏歸來乎！』

〔七〕〔徐注〕左思《魏都賦》：劍則鼉文龍藻。〔馮注〕曹毗《魏都賦》：劍則流彩之珍，素質之寶，乍虹蔚波映，或鼉文龍藻。〔補注〕龍藻，龍形之紋飾。左思《魏都賦》無『劍則鼉文龍藻』語，徐氏蓋誤以《太平御覽》卷三四四引曹毗《魏都賦》爲左思《魏都賦》也。

〔八〕〔馮注〕《爾雅》：鷉，須鸁。註曰：鷉，鷿鷉，似鳧而小，膏中瑩刀。鷉音梯，鸁音螺。按：馬融《廣成頌》『水禽鷿鵜』註引揚雄《方言》：野鳧也，好没水中，膏可以瑩刀劍。《爾雅注》正同矣。又《爾雅》：鵜，鴮鸅。註曰：今之鵜鶘也，俗呼之爲淘河。此與鷉異。《説文》亦分兩種。而後人每作『鷿鵜』，乃俗通耳。

〔九〕〔補注〕張九齡《奉和聖製登封禮畢洛城酺宴》詩：『運與千齡合，歡將萬國同。』此祝府主長壽。

〔一〇〕見《爲濮陽公論皇太子表》『求玦莫從』注。

〔一一〕〔徐注〕《禮記》：孔子珮象環五寸。

〔一二〕〔徐注〕張協《七命》：乃鍛乃鑠，萬辟千灌。〔補注〕《文選》李善注：辟，謂疊之；灌，謂鑄之。

〔一三〕鄉，《全文》作『卿』，據《英華》改。《英華》注：一作『卿』，非。〔徐注〕張協《七命》：價兼三鄉，聲貴二都。〔馮注〕《文選》注曰：《越絶書》：句踐示薛燭純鈎，曰：『客有買之者，有市之鄉二，駿馬千匹，千户之都二，可乎？』薛燭曰：『雖傾城量金，珠玉滿河，猶不得此一物，何足言焉！』然實二鄉，而云『三』者，避下文也。按：《吴越春秋》則作『有市之鄉三十』，《蜀志·郤正傳》注引《越絶書》作『有市之鄉三』。是『三』字有據，非避下句也。『滿河』，《越絶》刊本作『竭河』。或謂用《後漢》賜三名臣劍事，當作『三卿』，文義必不然也。

〔一四〕〔徐注〕《韓詩外傳》：君子避三端：文士筆端，武士鋒端，辯士舌端。

〔一五〕〔徐注〕《漢書·朱雲傳》：雲曰：臣願賜上方斬馬劍，斬佞臣一人頭以厲其餘。

〔一六〕〔馮注〕《越絶書》：楚王召風胡子而問之曰：『聞吴有干將，越有區冶子，寡人願齎國之重寶奉子，因吴王請此二人作劍。』乃令風胡子之吴，見區冶子、干將，作鐵劍三枚：一曰龍淵，二曰太阿，三曰工市。晉、鄭聞而求之，不得，興師圍楚，三年不解。王引太阿之劍，登城而麾之，三軍破敗，士卒迷惑，流血千里，晉、鄭之頭畢白。按：『工市』，一作『工布』，《越絶書》已然。

〔一七〕〔馮注〕《漢書·蕭何傳》：論功行封，上以何功最盛，先封爲酇侯。列侯畢已受封，奏位次，令何第一，賜帶劍履上殿，入朝不趨。

〔一八〕〔徐注〕《晉書·佛圖澄傳》：乃唱云：衆僧祝願。

端午日上所知衣服啓〔一〕

商隱啓：右件衣服等，弄杼多疏〔二〕，紉鍼未至〔三〕。浼李固之奇表〔四〕，累王衍之神鋒〔五〕。敢恃深恩，竊陳善祝〔六〕。伏願永延松壽〔七〕，常慶蕤賓〔八〕。遠比趙公，三十六年當國〔九〕；近同郭令，二十四考中書〔一〇〕。肝膈所藏〔一一〕，神明是聽〔一二〕。仰塵尊重，實用兢惶。謹啓。

〔一〕本篇原載《文苑英華》卷六六五第九頁、清編《全唐文》卷七七八第一七頁、《樊南文集詳注》卷四。

〔按〕難以定編，詳上篇注〔一〕。姑暫編大中四年端午。

〔二〕〔徐注〕《古詩》：纖纖出素手，札札弄機杼。

〔三〕〔徐注〕《禮記·内則》：衣裳綻裂，紉箴請補綴。〔按〕『弄杼』二句，謂織工、做工均欠精良。

〔四〕〔徐注〕《後漢書·李固傳》：固貌狀有奇表，鼎角匿犀，足履龜文。〔補注〕浼，沾污。

〔五〕〔徐注〕《世説》：王平子目太尉：『阿兄形似道，而神鋒太儁。』〔馮注〕《晋書·王澄傳》：澄嘗謂衍曰：『兄形似道，而神峯太雋。』按：《世説》作『神鋒』。而如梁簡文帝論王規曰：『風韻遒上，神峯標映。』似『峯』字爲是。然作『鋒』亦多，疑通用。〔按〕神峯，謂氣概、風標，有風度峻邁之意。峯、鋒，喻秀拔。《南史·王規傳》：『王威明風韻遒上，神峯標映，千里絶迹，百尺無枝，實俊人也。』

〔六〕〔徐注〕《左傳》：晏子曰：『雖其善祝，豈能勝億兆人之詛！』

〔七〕〔徐注〕《漢書・王吉傳》：心有堯、舜之志，而體有喬、松之壽。〔馮注〕松壽，只取如松柏之壽，舊引《漢書・王吉傳》『體有喬、松之壽』，乃指仙人伯喬及赤松子，非此所用。〔按〕馮注是。

〔八〕見《爲滎陽公端午謝賜物狀》『蕤賓有酬酢之義』注。

〔九〕六，《英華》作『四』；『年』，《英華》作『歲』，注：集作『年』。〔徐注〕《舊書・長孫無忌傳》：貞觀十一年，改封趙國公。按《帝紀》：太宗即位，遷吏部尚書。又進尚書右僕射。又進册司空，知門下、尚書省事。又進位司徒。又爲太子太師，同中書門下三品。高宗即位，進太尉，檢校中書令。顯慶四年，方黔州安置，故云。許敬宗曰：『爲宰相三十年，百姓畏其威。』亦約略言之耳。〔馮注〕蓋無忌於太宗即位之初，已當國矣。貞觀共二十三年，高宗永徽六年，加顯慶四年，則三十四年，作『六』字者，誤也。許敬宗奏言『爲宰相三十年』者，《新書・宰相表》書：『貞觀二年正月罷。』『七年十一月，又爲司空。』核其爲相，實共二十九年。一聯中兩『四』字，無礙。

〔一〇〕〔馮注〕《舊書・郭子儀傳》：史臣裴垍曰：『汾陽王天下以其身爲安危者，殆二十年。校中書令考，二十有四。』《北夢瑣言》：温、李齊名。李義山謂曰：『近得一聯，句云「遠比召公，三十六年宰輔」，未得偶句。』温曰：『何不云「近同郭令，二十四考中書。」』按：『召』字當誤刊也。《全唐詩話》引此，固作『趙公』，要皆不足信。〔按〕温、李聯句事雖未必可信，然可見此聯屬對之工，流傳之廣。從長孫無忌任相首尾年數看，確爲三十四年，然律詩、駢文爲牽就對偶聲律而改數字者，并不罕見。此聯當亦爲求對偶之工而改『四』爲『六』者。

〔一一〕〔徐注〕《吴志・周魴傳》：拳拳輸情，陳露肝膈。

〔一二〕〔徐注〕《詩》：神之聽之。

上時相啓〔一〕

商隱啓：暮春之初，甘澤承降〔二〕，既聞霑足〔三〕，又欲開晴。實關燮和，克致豐阜。繁陰初合，則傅說爲霖〔四〕；媚景將開，則趙衰呈日〔五〕。獲依恩養，定見昇平。絶路左之喘牛，用驚丙吉〔六〕；無廄中之惡馬，以役任安〔七〕。偃仰興居〔八〕，惟有歌詠。瞻仰闈閾〔九〕，不勝肺肝。謹啓。

〔一〕本篇原載《文苑英華》卷六六五第七頁、清編《全唐文》卷七七八第五頁、《樊南文集詳注》卷四。〔馮箋〕時相，未詳何人。玩『獲依恩養』句，或令狐子直乎？〔張箋〕入不編年文。〔按〕馮箋近是。商隱所歷文、武、宣三朝宰相中，與之有『恩養』之誼者，惟令狐綯一人（啓中『恩養』雙關時相、時雨之恩澤滋養）。故雖無其他顯證，據『獲依恩養』定其爲上令狐綯之啓，大體可信。《英華》此文緊承《上兵部相公啓》之後，或即同時之作。啓有『暮春之初』句，則或大中五年暮春所上。時令狐綯拜相僅半載，商隱或有希其汲引之意，故有此啓。

〔二〕承，《英華》作『仍』。〔按〕承，接續。字不誤。

〔三〕〔徐注〕《詩》：既霑且足，生我百穀。

〔四〕〔徐注〕《書·說命》：若歲大旱，用汝作霖雨。

〔五〕〔馮注〕《左傳》：趙衰，冬日之日也；趙盾，夏日之日也。註：冬日可愛，夏日可畏。《禮記》：煖之以日月。

〔六〕〔馮注〕《漢書·丙吉傳》：行逢人逐牛，牛喘吐舌。吉止駐，使騎吏問逐牛行幾里矣。掾史或以譏吉。吉曰：『方春少陽用事，未可太熱，恐牛近行用暑故喘。此時氣失節，三公典調和陰陽，職所當憂，是以問之。』

〔七〕〔馮注〕《史記·田叔傳》褚先生曰：『田仁故與任安相善，俱爲衛將軍舍人，居門下，家貧，無錢用以事將軍家監，家監使養惡齧馬。兩人同牀卧，仁竊言曰：「不知人哉，家監也！」任安曰：「將軍尚不知人，何乃家監也！」』

〔八〕〔徐注〕《詩》：或棲遲偃仰。〔補注〕偃仰，此係『俯仰』義，與『棲遲偃仰』之爲安居、游樂之義有别。

〔九〕仰《英華》作『望』，注：集作『仰』。

〔蔣士銓曰〕未極縱横，稍能熨貼。（《評選四六法海》卷三。按：《法海》題作《上宰相啓》，不知何據。）

上兵部相公啓〔一〕

商隱啓：伏奉指命，令書元和中太清宫寄張相公舊詩上石者〔二〕，昨一日書訖。伏以賦曠代之清詞，宣當時之重德〔三〕，昔以道均稷、契，始染江毫〔四〕；今幸慶襲韋、平〔五〕，仍鐫宋石〔六〕。依於檜井〔七〕，陷彼椒墻〔八〕。扶持固在於神明〔九〕，悠久必同於天地〔一〇〕。況惟菲陋〔一一〕，早預生徒，仰夫子之文章〔一二〕，曾無具體〔一三〕；辱郎君之謙下〔一四〕，尚遺濡翰〔一五〕。空塵寡和之音〔一六〕，素乏入神之妙〔一七〕。恩長感集，格鈍慚深。但恐涕洟〔一八〕，終斑琬琰〔一九〕。下情無任戰汗之至！

〔一〕本篇原載《文苑英華》卷六六五第六頁、清編《全唐文》卷七七八第四頁、《樊南文集詳註》卷四。〔馮箋〕《新書・宰相表》：大中四年十月，翰林學士承旨、兵部侍郎令狐綯守本官、同中書門下平章事。按：《舊書・紀》在十一月。《新書・表》：五年四月，綯爲中書侍郎兼禮部尚書，自後不復兼兵部。此必在赴徐辟之前也。〔張箋〕本集有《上兵部相公啓》，蓋在（大中五年四月乙卯）未兼禮部前，時義山已罷徐幕還京矣。（按張繫大中五年）〔按〕馮氏因誤將商隱赴徐州盧弘止幕之時間定于大中四年，故謂此啓作于赴徐辟之前。然其赴徐幕實在大中三年閏十一月（詳《刑部尚書致仕贈尚書右僕射太原白公墓碑銘并序》注〔一〕及張氏《會箋》大中三年附考）。大中四年商隱在徐幕，約是年夏曾奉使入京（詳《李商隱生平若干問題考辨・徐幕奉使》），然令狐綯爲相在十月，故大中四年不能爲此啓。商隱于大中五年春暮歸京（見《李商隱生平若干問題考辨・王氏逝世時間》），而綯五年四月乙卯（十三）爲中書侍郎兼禮部尚書，故此啓當作于此前，即五年春夏之交，商隱自徐幕歸京之時。

〔二〕〔徐注〕《舊書》：天寶二年三月，改西京玄元廟爲太清宫，東京爲太微宫，天下諸郡爲紫極宫。《新書・宰相表》：元和九年六月，河中節度使張弘靖爲刑部尚書、同中書門下平章事。〔馮注〕《春明退朝録》：唐制：宰相四人：首相爲太清宫使，次三相皆帶館職：弘文館大學士、監修國史、集賢殿大學士。以此爲序。按：補詳之，兼爲前『史館相公』之證。亳州老子廟同京師稱太清宫。唐之宰相有兼太清宫使者，略見《百官志》。宣武節度兼亳州太清宫使，如《宣宗紀》大中十一年鄭涯事，可類推也。張弘靖於元和九年爲相，後至十四年代韓弘鎮汴，而令狐楚是年爲相，則『太清宫寄張相公』詩者，似以兩地皆領太清宫也。張與令狐（楚）傳，皆在所略耳。下文『宋石』『檜井』，緊切亳州，疑上石於彼處。〔張箋〕案《宣和書譜》載李義山正書《月賦》、行書《四六本藁草》，云：

『李商隱佐令狐楚，授以章奏之學，遂得名一時。蓋其爲文瑰邁奇古，不可跂及。觀《四六藁草》，方其刻意致思，排比聲律，筆畫雖真，亦本非用意，然字體妍媚，意氣飛動，亦可尚也。』《澠水燕談録》：『錢塘沈振蓄一琴，名冰清，腹有晋陵子銘。晋陵子，杜牧之道號。篆法類李義山筆。』《玉堂嘉話》：『李陽冰篆二十八字，後有韋處厚、李商隱題。商隱字體絶類《黄庭經》。』是商隱當日以善書稱。《金石録》所載義山所書碑數種，惜皆不傳矣。因啓有『令書元和……舊詩』，附著之。

〔三〕宣，《英華》作『貽』。

〔四〕見《爲山南薛從事謝辟啓》『曾無綵筆』注。

〔五〕見《爲李貽孫上李相公啓》『韋平掩耀』注。〔補注〕謂楚、綯先後拜相。

〔六〕〔馮注〕《後漢書·郡國志》：梁國碭山縣，出文石。《説文》：碭，文石也。《元和郡縣志》：宋州，本周之宋國。碭山縣，以山出文石故名縣。汴宋節度使管汴、宋、亳、潁四州。按：《匡謬正俗》曰：秦始皇《嶧山刻石文》云：『刻兹樂石。』蓋嶧山近泗，故用磬石，他刻石文則無此語也。近代文士，遂總用碑碣之事，失之矣。此固自用『宋石』，或疑訛『樂』爲『宋』者，非也。

〔七〕〔馮注〕《後漢書·志》：陳國苦縣有賴鄉。注云：伏滔《北征記》曰：有老子廟，廟中有九井，水相通。《古史考》曰：有曲仁里，老子里也。《北史·王劭傳》：陳留老子祠有枯柏。《爾雅》：柏葉松身曰檜。按：《太清記》：亳州太清宫有八檜，老子手植，枝幹皆左紐。《雲笈七籤》言九井三檜，宛然常在。武德中，枯檜再生。《舊書·紀》：高宗乾封元年，封禪泰山、社首，還次亳州，幸老君廟，追號曰太上玄元皇帝，創造祠堂，改谷陽縣爲真源縣。其後自明皇以上六聖御容列侍於左右。〔徐注〕《括地志》：苦縣在亳州谷陽縣界，有老子宅及廟，廟中有九井尚存。

〔八〕陷，《全文》作『蹈』，誤，據《英華》改。〔徐注〕謂刻詩於石，陷置壁間也。椒墻，即椒壁。按：唐祖玄元，故其廟飾一如宫禁。《文選》注：向曰：椒房，以椒塗壁，后妃居之。

〔九〕〔徐注〕《魯靈光殿賦序》：自西京未央、建章之殿，皆見隳壞，而靈光巋然獨存，豈非神明依憑支持以保漢室者也？〔馮注〕揚雄《甘泉賦》：神莫莫而扶傾。校：《後漢書·王逸傳》：逸子延壽，字文考，有儁才，少遊魯國，作《靈光殿賦》。《文選》第十一卷宫殿有王文考《魯靈光殿賦》一首並序。

〔一〇〕〔補注〕《禮記·中庸》：『博厚配地，高明配天，悠久無疆。』

〔一一〕菲陋，《英華》作『陋質』，注：集作『菲陋』。〔補注〕鮑照《紹古辭》：『橘生湘水側，菲陋人莫傳。』菲陋，謙言低劣。

〔一二〕〔徐注〕夫子，謂令狐楚。

〔一三〕〔補注〕《孟子·公孫丑上》：『子夏、子遊、子張皆有聖人之一體。冉牛、閔子、顔淵，則具體而微。』

〔一四〕〔徐注〕郎君，謂綯。《文選·應璩〈與滿公琰書〉》：外嘉郎君謙下之德，内幸頑才見誠知己。銑曰：滿炳父寵，爲太尉，璩嘗事之，故呼曰『郎君』。〔馮注〕門生故吏，承其先世恩誼，乃有此稱。《唐摭言》：義山師令狐文公，呼小趙公（按：指令狐綯）爲郎君。

〔一五〕〔徐注〕劉楨詩：叙意於濡翰。〔馮注〕按《淳熙祕閣法帖》第七卷有李商隱書。《萬花谷前集·琴類》冰清琴條下有云『篆法類李義山』，則義山并工篆。

〔一六〕〔徐曰〕謂綯詩。寡和之音，見《獻侍郎鉅鹿公啓》『聞郢中之《白雪》』注。〔按〕寡和之音，當指令狐楚詩，即太清宫寄張相公詩。塵，污也。

〔一七〕〔徐曰〕謂己書。張懷瓘《書斷》：李斯小篆入神，大篆入妙。伯喈八分、飛白入神，大篆、小篆、隸書入妙。〔馮注〕蔡邕《篆勢》：體有六篆，妙巧入神。字習見。

〔一八〕〔徐注〕《易》：齎咨涕洟。〔馮注〕謂感楚之舊恩。

〔一九〕〔徐注〕《書·顧命》：赤刀、大訓、弘璧、琬琰在西序。《周禮·考工記》曰：琬圭、琰圭，皆九寸。〔馮注〕《周禮·典瑞》：琬圭以治德，琰圭以易行。《汲冢竹書》曰：桀伐岷山，得女二人，曰琬曰琰。斲其名於苕華之玉，苕是琬，華是琰。故後之碑版皆用之，如蔡邕《胡公碑》：『銘諸琬琰。』唐明皇《孝經序》：『寫之琬琰。』而貞琰、翠琰、貞珉、翠珉、豐琰、豐碑，並習用。又按：義山工書，頗有碑碣，今皆湮佚矣。略見《詩集》箋中。〔按〕琰，《全文》避嘉慶諱作『炎』，今回改。《英華》作琰。

爲同州任侍御上崔相國啓〔一〕

憲啓：憲質異楚材〔二〕，寶同燕石〔三〕。重以羈丱〔四〕，即丁憫凶〔五〕。瞻遺構以闕然〔六〕，不堪多難〔七〕；奉成書而未就〔八〕，無處求生〔九〕。藐是流離〔一〇〕，屢經寒暑〔一一〕。逮於既冠〔一二〕，猶恤無家〔一三〕。叨承師友之規，獲忝簪纓之列。此皆相公推孔、李之素分〔一四〕，念國、高之舊家〔一五〕，鎪朴雕頑〔一六〕，披聾抉瞶〔一七〕，沐膏雨以令植〔一八〕，假順風而使飛〔一九〕。不然，則安得獲驪龍之珠〔二〇〕，假獬豸之角〔二一〕？榮皆過望，感豈勝言！而猶悵望下風〔二二〕，徘徊高義，望賀燕以難去〔二三〕，撫棲烏而不寧者〔二四〕，蓋以相公以伊、臯之事業佐大君〔二五〕，以揚、馬之文章輔昌運〔二六〕，一登宣室〔二七〕，遂借前籌〔二八〕。以有征無戰之方〔二九〕，彰明下武〔三〇〕；以永逸暫勞之勢〔三一〕，恢拓中華。不舞梯幢〔三二〕，不鳴金鼓〔三三〕，復數千里之沃野〔三四〕，刷十五聖之包羞〔三五〕。彼圜轂而轂人不知〔三六〕，入鄭而鄭陴皆哭〔三七〕。方兹決勝〔三八〕，彼有多慚。

今百職聿修，九功咸叙〔三九〕。萬國佇登封之禮〔四〇〕，五山傾望幸之祥〔四一〕。鰈至鶼來〔四二〕，茅歸楛入〔四三〕，馳湯驟夏，轢漢陵周〔四四〕。若憲者雖不能行舞舜戈〔四五〕，坐耕堯壤〔四六〕，至於獻千載河清之序〔四七〕，裁二王助祭之詩〔四八〕，歌詠相庭，發揮帝載〔四九〕，則其志願，亦或庶幾。伏希孫閤時開〔五〇〕，丙茵多恕〔五一〕，克懋山公之德〔五二〕，終全趙氏之孤〔五三〕。擁篲瞻門〔五四〕，封函即路〔五五〕。苑沙宫樹，雖吟左輔之風煙〔五六〕；良夜慶霄〔五七〕，唯望中台之晷度〔五八〕。感恩撫己，誓志投誠。仰惟輝光，終賜埏埴〔五九〕。下情無任感激攀倚惶戀之至〔六〇〕！

校注

〔一〕本篇原載《文苑英華》卷六六一第一〇頁、清編《全唐文》卷七七六第二一頁、《樊南文集詳注》卷三。題内『任侍御』下，徐、馮注本均旁注小字『憲』字。〔徐箋〕考《新書·宰相世系表》：任憲，字亞司，高宗相雅相來孫也。崔鄲、崔珙相文宗，崔鉉相武宗，崔龜從、崔慎由相宣宗。自開成以至大中，作相者有五崔焉，此崔相國者不知謂誰。據啓云：『彰明下武……恢拓中華。不舞梯幢，不鳴金鼓，復數千里之沃野，刷十五聖之包羞。』則此崔相國謂龜從也。《舊書·宣宗紀》：大中二年十一月，以户部侍郎判度支崔龜從本官同平章事。三年春正月，涇原節度使康季榮奏：吐蕃宰相論恐熱以秦、原、安樂三州及石門等七關之兵民歸國，詔靈武、邠寧各出本道兵馬應接其來。七月，三州七關軍人百姓皆河隴遺黎數千人見於闕下，上御延喜門撫慰，令其解辮，賜之冠帶。八月下制曰：『左衽輸款，邊壘連降，刷恥建功，所謀必尅，實樞衡妙算，將帥雄稜，副玄元不争之文，絶漢武遠征之悔。』與此啓所謂『不舞梯幢，不鳴金鼓』意正相合。又唐與吐蕃和親，自高祖至武宗，凡十五帝，至宣宗而吐蕃始弱，來歸故地。《會昌一品集序》云：『唐葉十五帝謚昭肅。』昭肅者，武宗也，故曰『刷十五聖之包羞』，其爲龜從無疑矣。《舊書·龜從傳》云『大中四年同平章事』，非也，《新書》亦承其誤。以此啓證之，《宣紀》爲是。〔馮箋〕《舊書·良吏·任迪簡傳》：京兆萬年人，節度易定，除工部侍郎。按：（崔龜從爲相）《舊》《新書》傳、表皆作『四年』，文云『一登宣室，遂借前箸』者，謂未爲相時，已參謀議，下文乃以恢復河、隴之功歸之，此致頌之法，必非《宣紀》獨是也。《傳》云龜從於開成三年自華州入爲户部侍郎，四年權判吏部尚書銓事，大中四年爲相。而會昌年間之官職失載，未及詳考。〔張箋〕大中二年十一月，以户部侍郎判度支崔龜從本官同平章事。（下引徐氏箋）案啓叙『一登宣室，遂借前箸』於收復河、湟前，徐説極確。此啓必大中三年義山在京代作者，至四年則赴徐幕矣。〔按〕馮辨崔龜從爲相在大中四年，雖有理而乏確證。查《唐大詔令集》卷四九《崔龜從平章事制》，末注『大中四年六月』，與兩《唐書·崔龜從傳》《新書·宣宗紀》《新書·宰相表》均合，當以《唐大詔令集》所載爲準。義山大中四年固在徐幕，然五年春夏之交，即已罷徐幕歸京，並任太學博士，至秋冬間方赴蜀辟。而崔龜從大中五年十一月始罷爲宣武節度使。故此啓當爲大中五年夏秋間作。

〔二〕〔馮注〕《左傳》：聲子曰：『如杞梓皮革，自楚往也。惟楚有材，晋實用之。』

〔三〕〔馮注〕《荀子》：宋之愚人得燕石於梧臺之東，藏之以爲大寶。周客觀之，掩口而笑曰：『其於瓦甓不差。』主人大怒曰：『商賈之言，豎匠之口。』藏之愈固，守之彌謹。按：《闕子》作『藏以華櫝十重，緹巾一襲。客掩口胡盧而笑。』又《水經注》：『聖水東逕玉石山，謂之玉石口，山多珉玉燕石，故以名之。』則燕石自珉類也。

〔四〕〔徐注〕《詩》：總角丱兮。《穀梁傳》：羈貫成童，不就師傅，父之罪也。『貫』與『丱』通。〔補注〕羈丱，猶羈角。羈，束也；丱，兒童髮髻之樣式。羈丱，指童年。

〔五〕丁，《全文》誤作『定』，據《英華》改。〔補注〕丁，當，遭逢。憫凶，指父母之喪。袁宏《後漢紀·獻帝紀下》：『天子策命曹操爲公曰：朕以不德，少遭憫凶。』

〔六〕見《爲懷州李中丞謝上表》『瞻父堂而益懼』注。

〔七〕〔馮注〕《詩》：未堪家多難。

〔八〕見《爲白從事上陳許李尚書啓》『奉成書而未遂』注。

〔九〕〔徐注〕庾信《哀江南賦》：傅燮之但悲身世，無處求生。

〔一〇〕是，《全文》誤作『視』，據《英華》改。〔徐注〕庾信賦：藐是流離，至於暮齒。

〔一一〕〔徐注〕《詩》：載離寒暑。

〔一二〕於，《英華》注：集作『乎』。〔徐注〕《禮記》：男子二十而冠。

〔一三〕見《爲鹽州刺史奏舉李孚判官狀》『雖何恤於無家』注。

〔一四〕〔徐注〕《後漢書》：孔融字文舉，孔子二十世孫也。年十歲，隨父詣京師。時河南尹李膺。融造膺門，語門者曰：『我是李君通家子弟。』門者言之。膺請融問曰：『高明祖、父，常與僕有恩舊乎？』融曰：『然。先君孔子與君先人李老君同德比義而相師友，則融與君累世通家。』衆坐莫不歎息。

〔一五〕國高，《全文》作『高國』，據《英華》乙。此處下字宜平。〔徐注〕《左傳》：齊侯伐晋夷儀，敝無存之父將室之，辭，以與其弟曰：『此役也，不死，反必娶於高、國。』〔馮注〕高氏、國氏，齊之貴族，屢見《左傳》。

〔一六〕〔徐注〕《魏都賦》：木無雕鎪。

〔一七〕〔馮注〕枚乘《七發》：伸傴起躄，發瞽披聾，而觀望之也。

〔一八〕〔徐注〕《詩》：芃芃黍苗，陰雨膏之。

〔一九〕〔馮注〕王褒《聖主得賢臣頌》：翼乎如鴻毛遇順風。

〔二〇〕〔馮注〕《莊子》：河上有家貧恃緯蕭而食者，其子没於淵，得千金之珠。其父曰：『夫千金之珠，必在九重之淵而驪龍頷下，子能得珠者，必遭其睡也。』獲珠，喻及第。

〔二一〕〔馮注〕《漢官儀》：侍御史，周官也，爲柱下史。冠法冠，一名柱後，以鐵爲柱，言其審固不撓，或言以獬豸角形爲冠。餘見《爲汝南公賀元日御正殿受朝賀表》『儼神羊而莫動』注。〔徐注〕《新書》：法冠者，御史大夫、中丞、御史之服也。一名獬豸冠。

〔二二〕〔徐注〕《左傳》：晋大夫三拜稽首曰：『羣臣敢在下風。』

〔二三〕〔徐注〕《淮南子》：大厦成而燕雀來賀。

〔二四〕寧，《全文》作『安』，據《英華》改。〔徐注〕魏武帝樂府：『月明星稀，烏鵲南飛。繞樹三帀，何枝可依。』

〔二五〕〔補注〕《易·師》：『大君有命，開國承家。』大君，天子。伊皋，伊尹、皋陶。

〔二六〕〔馮注〕〔揚馬〕揚雄、司馬相如。

〔二七〕〔徐注〕《漢書·賈誼傳》：文帝思誼，徵之，及入見，上方受釐坐宣室。〔補注〕《史記·屈原賈生列傳》：『後歲餘，賈生徵見。孝文帝方受釐，坐宣室。上因感鬼神事，而問鬼神之本。賈生因具道所以然之狀。至夜半，文帝前席，既罷，曰：「吾久不見賈生，自以爲過之，今不及也。」』宣室，漢未央殿前正室。

〔二八〕見《爲濮陽公陳許奏韓琮等四人充判官狀》『委以前籌』注。

〔二九〕〔馮注〕《漢書·嚴助傳》：淮南王安上書曰：臣聞天子之兵，有征而無戰，言莫敢校也。《文選》陳孔璋書：王者之師，有征無戰。

〔三〇〕〔補注〕《詩·大雅·下武》：『下武維周，世有哲王。』下武，謂有聖德能繼先王功業。

〔三一〕〔徐注〕揚雄《諫不受單于朝書》：不一勞者不久佚，不暫費者不永寧。

〔三二〕〔馮注〕《詩》：以爾鈎援，與爾臨衝。傳曰：鈎，鈎梯也，所以鈎引上城者。臨，臨車；衝，衝車。箋曰：墨子稱公輸般作雲梯以攻宋，即鈎梯也。餘詳《爲濮陽公與劉稹書》『駭樓上之梯衝』注。〔補注〕幢，即『衝』，衝城陷陣之戰車。《詩·大雅·皇矣》『與爾臨衝』陸德明釋文：『衝，昌容反。《説文》作幢，幢陣車也。』

〔三三〕〔徐注〕《左傳》：金鼓以聲氣也。

〔三四〕〔徐注〕《漢書·張良傳》：關中左殽、函，右隴、蜀，沃野千里。〔馮注〕此謂三州七關之地。

〔三五〕〔徐注〕《易·否》：『六三，包羞。』案：吐蕃和親自貞觀始，高祖尚未與之通。太宗至武宗實十四聖也。〔馮注〕如前云『雪高廟稱臣之羞』。雖夷種不一，而同爲外夷也，故曰十五聖。徐氏謂吐蕃和親，實始貞觀，至武宗止十四帝，非也。〔按〕『十五聖』自從高祖算起，此概言歷朝，不必强分也。包羞，孔疏云：『位不當所包承之事，惟羞辱已。』猶含羞忍耻也。

〔三六〕〔徐曰〕圍，疑作『違』。《左傳》：齊陳成子救鄭及留舒，違穀七里，穀人不知。〔馮注〕《左傳》註曰：言其整也。按文義似當作『違』，或者義山偶誤記耳。〔按〕違，距離。杜預注：『違，去也。』義山當誤記『違』爲『圍』，故云『彼圍穀而穀人不知』。

〔三七〕〔徐注〕《左傳》：宣公十二年，春，楚子圍鄭旬有七日。鄭人卜行成，不吉，卜臨於大宮，且巷出車，吉。國人大臨，守陴者皆哭。〔補注〕鄭陴，鄭之守城者。

〔三八〕〔補注〕《史記·高祖本紀》：『夫運籌帷幄之中，決勝千里之外，吾不如子房。』

〔三九〕九功，《英華》作『五工』，注：集作『九功』。〔徐注〕《書》：九功惟叙。〔補注〕《漢書·百官公卿表》：『自周衰，官失而百職亂。』百職，各種職位與事務。

〔四〇〕見《爲安平公兖州謝上表》『備萬乘登封之所』注。

〔四一〕〔徐注〕《史記·封禪書》：天下名山八，而三在蠻夷，五在中國。華山、首山、太室、太山、東萊，此五山，黄帝之所常遊，與神會。《漢書·郊祀志》：『郡國各除道，繕治宫館、名山、神祠所，以望幸也。』五山，謂五嶽也。〔馮注〕《爾雅·釋山》：河南華，河西嶽，河東岱，河北恒，江南衡。疏曰：篇首載此五山者，以爲中國名山也。又：泰山爲東嶽，華山爲西嶽，霍山爲南嶽，恒山爲北嶽，嵩山爲中嶽。疏曰：羣書言五嶽，皆數嵩高不數嶽，而鄭注大司樂，嶽在雍州，蓋鄭有所據，更見異意也。其正名五嶽，必取嵩高爲定解。按：《周禮》註疏或刊作『嵩在雍州』者，誤。

〔四二〕〔徐注〕《封禪書》：東海致比目之魚，西海致比翼之鳥。韋昭曰：各有一目，不比不行，其名曰鰈。各有一翼，不比不飛，其名曰鶼鶼。

〔四三〕〔徐注〕《書》：荆州貢包匭菁茅。《魯語》：武王克商，肅慎氏貢楛矢石砮。〔補注〕菁茅，香草，祭祀時用以縮酒。或説，菁與茅爲二物。《書》孔傳：『菁以爲菹，茅以縮酒。』楛矢，楛木作桿之箭。

〔四四〕〔徐注〕班固《典引》：孕虞育夏，甄殷陶周。〔馮注〕用帝驟王馳之意，見《爲濮陽公論皇太子表》『步驟雖殊』注。句法本班固《典引》『孕虞育夏，甄殷陶周』。〔補注〕謂可步趨夏商，超越周漢。

〔四五〕憲，徐本、馮本作『某』。〔徐曰〕『戈』當作『干』。《書》：帝乃誕敷文德，舞干羽于兩階，七旬有苗格。

〔四六〕〔馮注〕《列子》：帝堯時《擊壤歌》曰：日出而作，日入而息，耕田而食，鑿井而飲，帝力何有於我哉！

〔四七〕〔馮注〕《文選》注：京房《易傳》：河千年一清。《宋書·臨川王傳》：元嘉中，河、濟俱清，鮑照爲《河清頌》，其序甚工。〔徐注〕《拾遺記》：丹丘千年一燒，黄河千年一清。皆至聖之君，以爲大瑞。

〔四八〕〔馮注〕《詩序》：《振鷺》，二王之後，來助祭也。正義曰：周公、成王之時，已致太平，諸侯助祭，二王之後，亦在其中，故詩人述其事而爲此歌焉。此二句言歌詠太平也。《舊書·職官志》：隋、周二王之後，酅公、介公。

〔四九〕〔補注〕帝載，帝王之事業。《書·舜典》：『咨四岳，有能奮庸熙帝之載，使宅百官揆，亮采惠疇。』孔傳：『載，事也。』

〔五〇〕見《爲絳郡公上崔相公啓》『望孫弘之東閤』注。

〔五一〕丙，《英華》作『邴』。〔徐注〕《漢書·丙吉傳》：馭吏耆酒，常從吉出，醉歐（嘔）丞相車上。西曹主吏白欲斥之，吉曰：『此不過汙丞相車茵耳。』遂不去也。〔馮注〕丙，姓，古通作『邴』。《漢書·丙吉傳》《後漢書·班固傳》《西都賦》及《文選》皆作『邴』。

〔五二〕〔徐注〕《晋書·忠義傳》：嵇紹字延祖，魏中散大夫康之子也。十歲而孤，事母孝謹。以父得罪，靖居私門。山濤領選，啓武帝詔徵之，起家爲祕書丞。

〔五三〕見《爲張周封上楊相公啓》『存趙氏之孤』注。

〔五四〕〔馮注〕用《史記》『魏勃欲見齊相曹參，乃早夜掃齊相舍人門。舍人得勃，見之參，因以爲舍人。參言之齊王，拜爲内史』，非用燕昭事鄒衍、魏文侯事子夏也。〔補注〕篲，掃帚。商隱《酬别令狐補闕》『彈冠如不問，又到掃門時』，亦用魏勃掃門典。

〔五五〕〔徐注〕《南史·朱齡石傳》：爲元帥伐蜀，帝别有函封付齡石，署曰：至白帝乃開。〔按〕未必有事典。

〔五六〕〔馮注〕《元和郡縣志》：沙苑宜六畜，置沙苑監，在同州馮翊縣。興德宫在馮翊縣。同州，漢左馮翊地，唐人習稱『左馮』。《後漢書·光武帝紀》注：三輔，謂京兆、左馮翊、右扶風，皆在長安中，分領諸縣。〔徐注〕謝朓詩：風煙四時犯。

〔五七〕〔徐注〕謝瞻詩：慶霄薄汾陽。注：即慶雲也。〔馮注〕顧愷之《風賦》：惠風飈以送融，慶霄霏以將雨。按：此猶言雲霄。

〔五八〕〔徐注〕《玉海》：《事始》曰：黄帝以風后配上台，天老配中台，五聖配下台，爲三公也。餘見《爲李貽孫上李相公啓》『六符斯柄』注。〔補注〕晷度，在日晷儀上投射之日影長短之度數。古人據日晷度數變化測定時序時間，認爲晷度變化與人事變化相應，與吉凶休咎相聯。

〔五九〕〔馮注〕《老子》：埏埴以爲器。河上公曰：埏，和也；埴，土也。和土爲器也。

〔六〇〕倚，徐本一作『荷』，非。

〔蔣士銓曰〕亦未盡致。（《評選四六法海》卷三）

上河東公謝辟啓〔一〕

商隱啓：伏奉手筆，猥賜奏署。某少而孱薾〔二〕，長則艱屯。有志爲文，無資就學〔三〕。雖雜賦八首，或庶于馬遷〔四〕；而讀書五車，遠慚于惠子〔五〕。契闊湖嶺〔六〕，淒涼路歧〔七〕，罕遇心知〔八〕，多逢皮相〔九〕。昔魯人以仲尼爲佞〔一〇〕，淮陰以韓信爲怯〔一一〕。聖哲且猶如此，尋常安能免乎〔一二〕？是以艮背却行〔一三〕，求心自處〔一四〕。羅含蘭菊〔一五〕，仲蔚蓬蒿〔一六〕，見芳草則怨王孫之不歸〔一七〕，撫高松則歎大夫之虚位〔一八〕。不可終否〔一九〕，屬於高明〔二〇〕。

伏惟尚書春日同和，秋霜共冽〔二一〕。叔子則九代清德〔二二〕，稚春則七葉素儒〔二三〕。君子立言，永爲周禮〔二四〕；正人得位，長作歲星〔二五〕。今者初陟將壇〔二六〕，始敷賓席〔二七〕。射江奥壤〔二八〕，潼水名都〔二九〕，俗擅繁華〔三〇〕，地多材儁〔三一〕，指巴西則民皆譙秀〔三二〕，訪臨邛則客有相如〔三三〕。舉纖繳以下冥鴻〔三四〕，執定鏡而求西子〔三五〕。惟所指命，便爲丹青〔三六〕。若某者，又安可炫露短材〔三七〕，叨塵記室？鹽車款段，徒逢伯樂而鳴〔三八〕；土鼓迂疏，恐致文侯之卧〔三九〕。承命知忝，撫懷自驚。終無喻蜀之能〔四〇〕，但誓依劉之願〔四一〕。未獲謁謝，下情無任感激攀戀之至。謹啓。

〔一〕本篇原載《文苑英華》卷六五四第五頁、清編《全唐文》卷七七八第九頁、《樊南文集詳註》卷四。《英華》連下篇合題《獻河東公啓二首》，徐本、馮本從之。〔徐箋〕《舊書·文苑傳》：商隱爲徐州掌書記（按：當爲節度判官），府罷入朝，復以文章干令狐綯，乃補太學博士。會河南尹柳仲郢鎮東蜀，辟爲節度判官、檢校工部郎中。大中末……商隱廢罷還鄭州，未幾病卒。〔馮箋〕《舊書·傳》：柳仲郢，京兆華原人，尚書公綽子。元和十三年進士擢第，大中六年自河南尹爲梓州刺史、東川節度使（按：《舊唐書·柳仲郢傳》僅言『大中年轉梓州刺史、劍南東川節度使』，未言『六年』，此馮氏爲就己説而擅加）。仲郢辟商隱爲判官，詳《年譜》。河東，柳氏郡望也。仲郢後至咸通初封河東男。《文苑英華·授仲郢東川節度使制》云：『大宗伯、大司憲，兼而寵之，以表殊奬。』則是兼禮部尚書、御史大夫也。（按：馮譜編此啓與下啓於大中六年）〔張箋〕大中五年七月，河南尹柳仲郢爲梓州刺史、東川節度使。《補編·四證堂碑銘》述仲郢事曰：『（大中）五年夏，以梁山蟻聚，充國鴟張，命馬援以南征，委鍾繇以西事。大張鄰援，尋覆賊巢。既而軍壘無喧，郡齋多暇』云云。『蟻聚』『鴟張』，指大中五年蓬、果賊擾三川事。是則仲郢之除東川，在是年夏秋間矣……仲郢當於六月拜東川之命，其赴鎮不妨稍遲。今據《樊南乙集序》書於七月，則情事兩得矣。〔按〕張箋是。據《樊南乙集序》：『七月，尚書河東公守蜀東川，奏爲記室。十月得見吴郡張黯見代，改判上軍。』是仲郢初辟商隱爲記室，後乃改判官。本篇當上於大中五年七月。末云『未獲謁謝』，則商隱作啓時或猶在長安也。然據《七月二十八日夜與王鄭二秀才聽雨後夢作》《七月二十九日崇讓宅讌作》，七月末商隱已在洛陽，《崇讓宅東亭醉後沔然有作》亦稱『新秋仍酒困』，則商隱應辟後即回洛陽矣。

〔二〕薾，《英華》作『懦』，注：集作『苶』。〔補注〕孱，瘦弱；薾，羸弱。

〔三〕資，徐本作『時』，誤。〔馮注〕袁宏《漢紀》：郭泰年二十，爲縣小吏。乃言於母，欲就師問。母曰：『無資，奈何？』林宗（泰字）曰：『無用資爲。』遂辭母而行。至城皋屈伯彦精廬，三年之後，藝兼游、夏。《魏志》注：邴原家貧早孤，鄰有書舍，原過其旁而泣。師曰：『欲書可耳。』答曰：『無錢資師。』曰：『不求資也。』於是遂就書。

〔四〕〔徐注〕《漢書·藝文志》：司馬遷賦八篇。

〔五〕〔徐注〕《莊子》：惠施多方，其書五車。

〔六〕〔徐注〕湖，謂洞庭；嶺，謂五嶺也。商隱佐鄭亞幕於桂州。及亞坐李德裕黨貶循州刺史，商隱仍隨亞在嶺表，故云。〔馮注〕湖嶺，謂從事桂管。路歧，似泛指徐方。〔按〕徐氏據兩《唐書》誤載，故云商隱隨亞在循州。馮譜、張箋已正之。亞貶循，商隱北歸。

〔七〕〔補注〕《淮南子·説林訓》：『楊子見逵路而哭之，爲其可以南，可以北。』阮籍《詠懷》：『楊朱泣岐路，墨子悲染絲。』凄涼路歧，承上句仍指桂管之行，非指在徐州幕。商隱桂管之行諸詩，頗多路歧之歎。如《離席》：『楊朱不用勸，只是更沾巾。』《荆門西下》：『洞庭浪闊蛟龍惡，却羡楊朱泣路歧。』而在徐幕，則『心事稍樂』（馮浩評語）。

〔八〕〔徐注〕李陵《答蘇武書》：人之相知，貴相知心。

〔九〕〔徐注〕《論衡》：延陵季子出遊，路有遺金，呼薪者曰：『取彼地金來。』薪者曰：『子皮相之士也。』〔馮注〕《御覽》引《吴越春秋》：季札去徐，歸道逢男子，五月披裘採薪。道旁有委金一器，季札顧謂薪者曰：『取此金。』薪者曰：『五月披裘採薪，寧是拾金者乎？』札下車禮之，曰：『子姓爲何？』薪者曰：『子皮相之士，何足以告姓字乎？』《韓詩外傳》所云略同。《史記》：酈生入，揖沛公曰：『以目皮相，恐失天下之士。』

〔一〇〕〔補注〕《論語·憲問》：『微生畝謂孔子曰：「丘何爲是栖栖者與？無乃爲佞乎？」孔子曰：「非敢爲佞也，疾固也。」』

〔一一〕〔馮注〕《史記·淮陰侯傳》：淮陰屠中少年有侮信者，曰：『若雖長大，帶刀劍，中情怯耳。能死，刺我；不能死，出我袴下。』信孰視之，俛出袴下，蒲伏。一市人皆笑信，以爲怯。徐廣曰：袴，一作『胯』，股也。《漢書》作『跨』，同。

〔一二〕乎，《英華》作『矣』，注：集作『乎』。

〔一三〕〔徐注〕《易》：艮其背，不獲其身；行其庭，不見其人。〔補注〕艮，止；背，相背而不見。艮背，謂不動物欲之念。

〔一四〕求，《全文》作『冰』，徐本同，據《英華》改。〔馮曰〕徐刊本作『冰』，非。承上文，謂自求其心無外慕，不尤人也。

〔一五〕〔徐注〕《晉書·羅含傳》：含致仕還家，階庭忽蘭菊叢生，以爲德行之感。

〔一六〕〔馮注〕《三輔決録》：張仲蔚，平陵人，隱身不仕，所居蓬蒿没人，博物好屬詩賦。

〔一七〕歸，《英華》注：集作『遊』，馮本從之。〔徐注〕劉安《招隱士》：王孫遊兮不歸，春草生兮萋萋。〔馮注〕孔稚圭《北山移文》：或嘆幽人長往，或怨王孫不游。文意則謂不出仕。

〔一八〕〔徐注〕《漢官儀》：秦始皇上封泰山，風雨暴至，休於松下，因封其下爲五大夫。《漢書》注：五大夫，秦第九爵名。〔補注〕《史記·秦始皇本紀》：『二十八年……議封禪望祭山川之事。乃遂上泰山，立石，封，祠祀。下，風雨暴至，休于樹下，因封其樹爲五大夫。』此事之首見。

〔一九〕〔徐注〕《易》：物不可以終否。

〔二〇〕〔馮注〕按：此『高明』，暗謂所天也。宋孔平仲《雜説》謂明公閤下之類，亦可謂之高明，而引李膺稱孔融高明。夫融之謁膺，時年十歲，高明之稱，以後進待之也。絶非此義，何其疏誤哉！〔補注〕高明，此謂顯貴者，以指柳仲郢。《書·洪範》：『無虐煢獨，而畏高明。』孔傳：『單獨者不侵虐之，寵貴者不枉法畏之。』《文選·揚雄〈解嘲〉》：『高明之家，鬼瞰其室。』劉良注：『高明富貴之家，鬼神窺望其室，將害其滿盈之志矣。』

屬，托。

〔二一〕洌，《全文》作『烈』，徐本同，據《英華》改。〔徐注〕孫楚書：志厲秋霜。

〔二二〕〔徐注〕《晉書·羊祜傳》：祜字叔子，泰山南城人，世吏二千石，至祜九世，並以清德聞。

〔二三〕〔徐注〕《晉書·儒林·氾毓傳》：毓字稚春，濟北盧人也。奕世儒素，敦睦九族。客居青州，逮毓七世。時人號其家『兒無常父，衣無常主。』箋：《舊書》：柳公綽理家甚嚴，子弟克禀誠訓，言家法者，世稱柳氏。仲郢有父風，動修禮法。牛僧孺歎曰：『非積習名教，安能及此！』〔馮注〕（柳）玭有《誡子弟書》，蓋家法相承也。

〔二四〕〔徐注〕《左傳》：韓宣子觀書於太史氏，見《易·象》與《魯春秋》，曰：『周禮盡在魯矣。』〔馮箋〕《新書·志》：柳仲郢《柳氏自備》三十卷，集二十卷。

〔二五〕〔馮注〕《漢書·天文志》：歲星曰東方春木，於人五常仁也。歲星所在，國不可伐。《晉書·天文志》：歲星所居久，其國有德厚，五穀豐昌。又曰：進退有度，姦邪息。又曰：歲星精降於地爲貴臣。按：立言則爲周禮，在位則如歲星。非用東方朔爲歲星事。〔按〕徐注引《漢書·東方朔傳》：正諫似直。又引《東方朔別傳》：朔嘗言：能知朔者惟太王公耳。朔卒後，武帝召太王公問之，曰：『爾知東方朔乎？』曰：『不知。』『公何所能？』曰：『頗善星曆。』帝問『諸星具在否？』曰：『具在。獨不見歲星十八年，今復見耳。』帝歎曰：『東方朔在朕旁十八年，而不知是歲星哉！』慘然不樂。東方朔佯狂避世於朝廷，與柳氏之世代謹修禮法迥然有別，當非所用。馮注是。

〔二六〕陟，《英華》作『涉』，誤。〔補注〕謂柳仲郢初任劍南東川節度使。

〔二七〕〔補注〕謂開幕府延賓僚。《儀禮·大射》：『小臣設公席于阼階上，西鄉；司宮設賓席于户西，南面。』此以『賓席』指幕僚。

〔二八〕江，《全文》作『洪』，據《英華》改。奥，《英華》作『澳』，誤，注：集作『奥』。注詳下。

〔二九〕〔徐注〕《新書・地理志》：劍南道梓州梓潼郡。治射洪縣。案：東川節度治梓州，兼領刺史。《明一統志》：梓潼水在潼川鹽亭縣南，源出劍州陰平縣竇圌山，流經綿州入縣界下白馬河，入涪江。《舊書・地理志》：婁纏灘東六里有射江，語訛爲『洪』。〔馮注〕《舊書・志》：梓州梓潼郡，以梓潼水爲名。郡治郪縣。又：魏分置射洪縣。《元和郡縣志》：射洪縣梓潼水，其急如箭，奔射涪江。

〔三〇〕〔徐注〕《西都賦》：窈窕繁華。〔馮注〕蜀地最爲繁麗。《華陽國志》曰：漢家食貨，以爲稱首。〔補注〕繁華，猶奢華。與通常指繁榮美盛義有別。

〔三一〕〔徐注〕《晋書・慕容廆傳》：以文章才雋任居樞要。〔馮注〕左思《蜀都賦》：『江、漢炳靈，世載其英。考四海而爲雋，當中葉而擅名。』謂相如、君平、王褒、揚雄之流。

〔三二〕〔徐注〕桓温《薦譙元彦表》：『巴西譙秀，植操貞固。抱德肥遯，杜門絶迹，不面僞庭。』善曰：孫盛《晋陽秋》云：『譙秀字元彦，巴西人，譙周孫。性清静不交於俗。李雄盜蜀，安車徵秀，秀不應，躬耕山藪。』〔按〕商隱詩《梓潼望長卿山至巴西復懷譙秀》云：『梓潼不見馬相如，更欲南行問酒壚。行到巴西覓譙秀，巴西唯是有寒蕪。』意與此正相反。參下句。

〔三三〕〔馮注〕《史記・司馬相如傳》：素與臨邛令王吉相善，吉曰：『長卿久宦遊不遂，而來過我。』於是相如往，舍都亭。臨邛令繆爲恭敬。富人卓王孫、程鄭乃相謂曰：『令有貴客，爲具召之。并召令。』

〔三四〕〔徐注〕《列子》：蒲且子之弋，弱弓纖繳，乘風振之，連雙鶬於青雲之際。《史記・楚世家》云：楚人有好以弱弓微繳加歸鴈之上者。揚雄《法言》：鴻飛冥冥，弋人何篡焉。〔馮注〕《抱朴子》：飛高繳以下輕鴻。〔補注〕纖繳，繫細生絲繩之箭矢。

〔三五〕〔馮注〕《韓非子》：摇鏡則不得爲明。劉晝《新論》：鏡形如杯，以照西施。鏡縱則面長，鏡横則面廣，非西施貌易，所照變也。按：舊刻別解及馬氏《繹史微言》註中有劉晝《新論》。晝字孔昭，北齊時人。隋、唐史志，皆無此書名。

〔三六〕〔補注〕丹青色艷而不易泯滅，故以喻始終不渝。《後漢書·公孫述傳》：『陳言禍福，以明丹青之信。』

〔三七〕炫，《全文》誤『眩』，據《英華》改。〔徐注〕陸機《豪士賦》：運短才而易聖哲所難。

〔三八〕〔徐注〕《戰國策》：驥伏鹽車而上太行，負轅不能上。伯樂遭之，下車攀而哭之。於是仰而鳴，欣伯樂之知己也。《後漢書·馬援傳》：乘下澤車，御款段馬。注：款，猶緩也，言形段遲緩也。

〔三九〕〔徐注〕《禮記·禮運》曰：禮之初，蕢桴而土鼓。《樂記》：魏文侯曰：『吾端冕而聽古樂，則惟恐卧。』

〔四〇〕能，《英華》注：集作『心』，非。〔馮注〕《史記·司馬相如傳》：唐蒙使略通夜郎西僰中，發巴蜀吏卒千人。郡又多爲發轉漕萬餘人，用興法誅其渠帥，蜀民大驚恐。上聞之，乃使相如責唐蒙，因諭告巴蜀民以非上意。按：兼寓不屑爲書記之意。詩集『曾逐東風』之《柳》詩可證。

〔四一〕〔徐注〕《魏志》：王粲字仲宣，山陽高平人。獻帝西遷，粲徙長安。以西京擾亂，乃之荆州依劉表。

〔蔣士銓曰〕筆致尚清，故無雜響。（《評選四六法海》卷三）

上河東公謝聘錢啓〔一〕

某啓：伏蒙示及賜錢三十五萬以備行李，謹依榮示捧領訖。伏以古求良材，必有禮幣。一束芻皆堪貺美〔二〕，五羖皮未曰輕齎〔三〕。況某跡忝諸生，名非前哲〔四〕。尚遥玉帳〔五〕，已賚金錢〔六〕。訪蜀郡之卜人，懸之莫竭〔七〕；遇河間之姹女，數且難窮〔八〕。未草檄以愈風〔九〕，不執鞭而獲富〔一〇〕。敢將潤屋〔一一〕，且以騰裝〔一二〕。戴荷之誠，寄喻無地〔一三〕。

〔一〕本篇原載《文苑英華》卷六五四第六頁、清編《全唐文》卷七七八第一〇頁、《樊南文集詳注》卷四。《英華》連上篇合題《獻河東公啓二首》，此爲其二。徐本、馮本從之。〔按〕此篇當上於大中五年七月，較上篇稍後。詳上篇注〔一〕。

〔二〕〔徐注〕《詩》：生芻一束，其人如玉。〔馮注〕《詩》箋曰：女行所舍，主人之餼雖薄，要就賢人，其德如玉然。按：謂主人賢，則薄餼亦當就。〔補注〕生芻，鮮草。陳奂傳疏：『芻所以萎白駒，託言禮所以養賢人。』故用作敬禮賢者之典。

〔三〕見《爲滎陽公謝除盧副使等官狀》『懼羖皮之廢禮』注。

〔四〕〔徐注〕《左傳》：賴前哲以免也。

〔五〕〔徐注〕《抱朴子》：兵在太乙玉帳之中，不可攻也。《漢書·藝文志》：兵家，有《玉帳經》一卷。〔補注〕玉帳，此指主帥所居營帳，取如玉之堅意。

〔六〕〔馮注〕《史記·平準書》：農工商交易之路通，而龜貝金錢刀布之幣興焉。

〔七〕〔徐注〕《漢書·王貢兩龔傳》：蜀有嚴君平，卜筮於成都市，裁日閲數人，得百錢，足自養，則閉肆下簾而授《老子》。

〔八〕〔徐注〕《後漢書·五行志》：桓帝初，京師童謡曰：河間姹女工數錢，以錢爲室，金爲堂。〔補注〕姹女，少女，美女。

〔九〕見《爲濮陽公陳情表》『掌檄陳琳』二句注。

〔一〇〕〔補注〕《論語·述而》：『富而可求也，雖執鞭之士，吾亦爲之。』

〔一一〕〔徐注〕《禮記·大學》曰：富潤屋。〔補注〕潤屋，使居室華麗生輝。

〔一二〕〔補注〕枚乘《七發》：『其波涌而雲亂，擾擾兮如三軍之騰裝。』騰裝，整理行裝。

〔一三〕〔馮箋〕按上篇云『叨塵記室』，蓋初辟爲書記。尋改判官，辨詳《年譜》矣。義山文字，雖多遺逸，然在徐在梓，竟無一首表狀，亦可悟非書記也。在梓仍多代草者，蓋資其才藻以應辟應舉，非書記之例。詩所以有《柳下暗記》之作也。在徐之移檄牒刺，竟全闕矣。〔按〕《樊南乙集序》：『（大中五年）七月，尚書河東公守蜀東川，奏爲記室。十月得見吴郡張黯見代，改判上軍。時公始陳兵新教作場，閱數軍實，判官務檢舉條理，不暇筆硯。明年，記室請如京師，復攝其事。自桂林至是，所爲已五六百篇，其間可取者，四百而已。』則大中五年七月柳仲郢初辟商隱爲記室，十月改判官。六年又攝記室，直至大中七年楊籌爲東川幕僚時仍代書記之職也。馮氏謂在梓無一首表狀，僅據《文苑英華》所載言之，不免以偏概全，義山在梓所爲表狀，蓋亦遺佚多矣。

爲東川崔從事謝辟啓〔一〕

福啓：伏奉公牒，伏蒙辟署觀察巡官。某早辱梯媒，獲沾科第〔二〕。吴公之薦賈誼，未塞前叨〔三〕；竇融之舉班彪，仍當後忝〔四〕。仰觀蓮幕〔五〕，俯度桂科〔六〕。卵翼不自他門〔七〕，頂踵實非己物〔八〕。但齎灰粉〔九〕，遠逐旌幢〔一〇〕。雖有命以酬，實無言可謝。伏惟俯賜鑒諒〔一一〕。

〔一〕本篇原載《文苑英華》卷六五四第一頁、清編《全唐文》卷七七七第九頁、《樊南文集詳註》卷四。《英華》連下篇合題《爲東川崔從事謝辟并聘錢啓二首》，徐本、馮本從之，作《爲東川崔從事福謝辟并聘錢啓二首》。馮譜繫大中六年，誤；張箋繫大中五年，是。〔徐注〕《舊書·地理志》：劍南東川節度使治梓州，管梓、綿、劍、普、榮、遂、合、渝、瀘等州。《新書·世系表》：崔福字昌遠，員外郎。〔馮箋〕按《舊書·崔戎傳》不及其子，《新書》止雍一人。而《舊·紀》懿宗咸通十年，賜和州刺史崔雍死，雍之親黨原、福、朗、庚、序皆貶。時福以比部員外郎貶昭州司户。《通鑑》書曰『兄弟五人』。今合之《宰相世系表》，庚，《表》作『庾』，與序皆爲戣子。原，《表》作『厚』，與雍、福、裕皆爲戎子。朗爲戢子。但未知《表》皆可據否？福於乾符三（原作『二』，據《舊·紀》改）年由主客郎中爲汾州刺史，見《舊書·紀》。程午橋（夢星）箋（商隱）詩，以福爲崔八，其何據哉？又按：東川，即柳（仲郢）幕也。〔岑仲勉曰〕仲郢還東川約大中五年，在李頻詩（《漢上逢同年崔八》）崔八登第之前（李頻及此崔八爲大中八年進士），則與福無可牽合，況《啓》又云『某早辱梯媒，獲沾科第』乎？惟商隱既代福爲文，友情儘非落漠，以擬《早梅有贈》之崔八，亦非毫無理由者。（《唐人行第録》一〇三頁）〔按〕此啓及下啓均當作於大中五年七月柳仲郢由河南尹遷東川節度使後。商隱之辟署記室當稍在前。此崔福或即崔戎之子崔福。

〔二〕〔馮注〕福當因其挈維得第。〔補注〕梯媒，薦引。

〔三〕〔徐注〕《漢書·賈誼傳》：河南守吴公聞其秀材，召置門下。文帝聞河南守吴公治平爲天下第一，徵爲廷尉。廷尉乃言誼年少，頗通諸家之書，文帝召以爲博士。《南史·王微傳》：微歎曰：『我兄無事而屏廢，我何得叨忝踰分？』《齊書·高帝諸子傳》：嶷曰：上蕃首僚，於茲再忝；河南雌伏，自此重叨。〔補注〕塞，報答。叨，猶忝。

〔四〕〔徐注〕《後漢書·班彪傳》：彪避地河西，大將軍竇融以爲從事，深敬待之，接以師友之道。及融徵還京師，光武問曰：『所上章奏，誰與參之？』融對曰：『皆從事班彪所爲。』帝雅聞彪材，因召入見，舉司隸茂才，拜徐令。

〔五〕見《爲山南薛從事謝辟啓》『遽塵蓮府』注。

〔六〕〔馮注〕唐人以得第爲折桂，習用語。

〔七〕《英華》『自』字下有『於』字，馮本從之。卵翼，見《謝座主魏相公啓》『此皆相公事均卵翼』注。

〔八〕《英華》『非』字下有『其』字，馮本從之。〔馮注〕言願舍身以報。〔補注〕《孟子·盡心上》：『墨子兼愛，摩頂放踵利天下，爲之。』句謂一身皆柳所賜。

〔九〕齎，《英華》作『賫』，音義同。皆持、抱義。疑當作『齏』，碎也。〔馮注〕不惜灰粉此身。〔徐注〕《南史·茹法亮傳》：灰盡粉滅，匪朝伊夕。

〔一〇〕〔補注〕旌幢，指賜節度使之雙旌。

〔一一〕諒，《英華》作『亮』。

爲東川崔從事謝聘錢啓〔一〕

福啓：錢若干，伏蒙賜備行李。竊以白馬從軍〔二〕，青鳧受聘〔三〕。磨文難滅〔四〕，校貫知多〔五〕。陸賈方驗於火花〔六〕，郭況莫矜於金穴〔七〕。感戴之至，不任下情。謹啓。

〔一〕本篇原載《文苑英華》卷六五四第二頁、清編《全唐文》卷七七七第九頁、《樊南文集詳註》卷四。《英華》與上篇合題《爲東川崔從事謝辟并聘錢啓二首》，此爲其二。徐、馮本從之，「崔從事」下旁注小字「福」。〔按〕作於大中五年七月後，較上篇稍後。

〔二〕〔馮注〕《後漢書·李憲傳》：陳衆爲揚州牧歐陽歙從事，乘單車，駕白馬，説憲餘黨而降之，號「白馬陳從事」云。《英雄記》：公孫瓚常乘白馬。又：白馬數十疋，選騎射之士，號爲「白馬義從」，以爲左右翼。胡甚畏之，相告曰：「當避白馬長史。」〔徐注〕《魏志·龐德傳》：德親與關帥交戰，常乘白馬，軍中謂之「白馬將軍」，皆憚之。〔按〕以馮注引《後漢書·李憲傳》陳衆「白馬陳從事」之事爲切。從軍，特指爲軍幕從事。商隱詩《赴東蜀辟至散關遇雪》：「劍外從軍遠。」

〔三〕〔馮注〕《搜神記》：南方有蟲，其形若蠶而大，其子著草葉如蠶種。殺其母以塗錢，以其子塗貫，用錢貨市，旋則自還，名曰「青蚨」。後世如《酉陽雜俎》則作「青蚨」。

〔四〕〔徐注〕《魏志·周宣傳》：文帝夢磨錢文，欲令滅而更明。周宣占之曰：「此陛下家事。」

〔五〕校，徐本作「枝」，校曰：「『枝』當作『校』。」〔徐注〕《史記·平準書》：京師之錢，累百鉅萬，貫朽而不可校。〔補注〕校，計數、查點。

〔六〕〔馮注〕《西京雜記》：陸賈曰：「目瞤得酒食，燈火華得錢財。故目瞤則咒之，火華則拜之。」

〔七〕〔馮注〕《後漢書·郭皇后紀》：后弟陽安侯況，遷大鴻臚。帝數幸其第，賞賜金錢縑帛，豐盛莫比，京師號況家爲「金穴」。

爲舉人獻韓郎中琮啓〔一〕

某啓：某少承嚴訓，早學古文。非聖之書，未嘗關慮〔二〕；《論都》之賦〔三〕，頗亦留神。徒以不授彩毫〔四〕，未吞瑞鳥〔五〕，馳名江左，陸機莫及於才多〔六〕；擅譽鄴中，王粲終聞於體弱〔七〕。上下羣士，差池累年〔八〕。頃者輒露疏蕪〔九〕，不思狂簡〔一〇〕，捧爝火以干日御，動已光銷〔一一〕；抱布鼓以詣雷門，忽然聲寢〔一二〕。不謂郎中搜材路廣〔一三〕，登客門寬〔一四〕。望犬附書〔一五〕，冀雞談《易》〔一六〕，特垂題目〔一七〕，曲賜丹青〔一八〕。旋屬榮皤從行〔一九〕，神州視膳〔二〇〕，同孟陽之覲蜀〔二一〕，比孝若之歸齊〔二二〕。雖佩恩私，竟乖陳謝。光陰荏苒，誠抱勤拳。今此秋期〔二三〕，遂有天幸〔二四〕。更奉禰衡之刺〔二五〕，敢無嚴蔑之言〔二六〕。

某在京多時，自夏有疾。失外郡薦名之限〔二七〕，俯神皋試士之期〔二八〕。物情既集於宗師〔二九〕，公選果歸於令季〔三〇〕。懷材者皆云道泰，抱器者自謂時來〔三一〕。以卞和爲玉人，無不收之瓊玖〔三二〕；得蹇修爲媒氏，無不嫁之娉婷〔三三〕。是以願託一拳〔三四〕，潛布百兩〔三五〕，顧方流而有記〔三六〕，慮良會之猶睽〔三七〕。伏惟郎中與先輩賢弟〔三八〕，價重兩劉〔三九〕，譽高二陸〔四〇〕，比李膺則仙舟對棹〔四一〕，方馬融則絳帳雙褰〔四二〕。

若某者，雖陋若左思〔四三〕，瘦同沈約〔四四〕，無庾信之腰腹〔四五〕，乏崔琰之鬚眉〔四六〕。然至於感分識歸，銜誠議報，將酬楊寶，則就雀求環〔四七〕；欲答孔愉，則從龜覓印〔四八〕。推其異類，不後他人。謹復軸新文〔四九〕，重干清鑒〔五〇〕。馬卿室邇〔五一〕，孔子墻高〔五二〕，遲面莫由，瀝肝無所〔五三〕。任重道遠〔五四〕，方懷驥坂之長鳴〔五五〕；一日三秋〔五六〕，空詠《馬嵬》之清什〔五七〕。知深可恃〔五八〕，言切成煩〔五九〕。幽谷未見於鶯喬〔六〇〕，曲沼空勤於鳧藻〔六一〕。仰瞻几閣〔六二〕，伏待簡書。謹啓。

〔一〕本篇原載《文苑英華》卷六五七第六頁、清編《全唐文》卷七七七第二二頁、《樊南文集詳註》卷三。〔馮箋〕韓琮，見前《爲濮陽公陳許奏韓琮等四人充判官狀》注〔二〕。又《東觀奏記》曰：『大中中，韓琮嘗爲中書舍人。』則當由郎中遷也。按：此代柳仲郢子璧作。然在大中六年赴東川幕之前也。《舊書·柳仲郢傳》：爲京兆尹，改右散騎常侍。宣宗即位，出爲鄭州刺史。周墀入輔政，遷爲河南尹。踰月，召拜户部侍郎。居無何，墀罷相，仲郢左授祕書監。數月，復出爲河南尹。考墀於二年五月爲相，三年四月罷。此『滎嶓』『神州』，謂（璧）隨仲郢於鄭、洛。下云『光陰荏苒』，又云『今此秋期』，約在三、四年間也。《舊·傳》云：璧，大中九年登進士第。此篇定爲代璧者，以『馬嵬』句爲證也。尤袤《全唐詩話》：宣宗因白樂天詩，命取永豐柳兩枝植禁中。白感上知爲詩，洛下文士，無不繼作。韓常侍琮時爲留守，亦和。按：《白香山集》附東都留守韓琮、河南尹盧貞和作，是會昌末年事。然六年三月，武宗崩，宣宗已即位矣。〔張箋〕案文有『一日三秋，空詠《馬嵬》之清什』語，《舊書·柳仲郢子璧傳》：『文格高雅，嘗爲《馬嵬》詩，詩人韓琮、李商隱嘉之。』馮氏據此定爲代璧作，似之，附此（按：張箋附編大中五年）。璧大中九年登進士第，見《傳》。又案：《馬嵬》詩當是録於行卷以爲贄者，琮賞之，故以爲言。嘗檢程大昌《演繁露》：『唐人舉進士必行卷者，爲緘軸其所著文，以獻主司。其式見《李義山集·新書序》，曰：「治紙工率一幅，以墨爲邊準，用十六行式，率一行不過十一字。」』此可考唐時行卷程式。《新書序》當是義山佚篇，《演繁露》於下注『卷七二』字，今《樊南》全集已亡，無從詳考其次第矣。〔按〕馮譜編大中四年。然大中四年商隱在徐州盧弘止幕，雖其間有奉使入闕之行，然僅行程中途經洛陽，似無緣代柳璧作此啓。題稱韓郎中琮，當先考知琮任户部郎中之時間。按勞格、趙鉞《郎官石柱題名考》卷六引《東觀奏記》中語云：『《廣州節度使紇干皋貶慶王府長史分司東都制》，舍人韓琮之詞。』紇干皋貶慶王府長史在大中八年（見吴廷燮《唐方鎮年表》），時韓琮任中書舍人。其爲户部郎中當在此前，約大中五年前後。故岑仲勉《郎官石柱題名新考訂》云：『商隱《獻韓郎中啓》在大中五年。』岑氏之繫年，較馮氏更爲合理。大中五年七月，柳仲郢由河南尹遷東川節度使，奏商隱爲記室（見《樊南乙集序》），商隱曾至東都洛陽，有《崇讓宅東亭醉後沔然有作》《七月二十八日夜與王鄭二秀才聽雨後夢作》《七月二十九日崇讓宅讌作》等詩。時柳璧隨侍仲郢在東都，正準備參加京兆府試，故有此代作。兹編大中五年七月。

〔二〕〔馮注〕《漢書·揚雄傳》：非聖哲之書不好也。

〔三〕〔馮注〕《後漢書·文苑·杜篤傳》：光武時，篤以關中表裏山河，先帝舊京，不宜改營洛邑，乃上奏《論都賦》。《舊書·柳公綽傳》：家甚貧，有書千卷，不讀非聖之書，爲文不尚浮靡。

〔四〕授，《英華》注：集作『受』，非。見《爲山南薛從事謝辟啓》注〔三〕。

〔五〕〔徐注〕《幽明録》：桂陽羅君章晝寢，夢得一鳥，五色雜耀，不似人間物。夢中因取吞之，遂勤學讀《九經》，以清才稱。〔馮注〕《藝文類聚》：《羅含傳》曰：含少時晝卧，忽夢一鳥文色異常，飛來入口。含因驚起，心胸間如吞物，意甚怪之。叔母謂曰：『鳥有文章，汝後必有文章，此吉祥也。』含於是才藻日新。按：瑞鳥謂鳳。梁昭明十二月啓：吞羅含之彩鳳，辯囿日新。

〔六〕才，《英華》作『材』，注：集作『才』。〔徐注〕《晉書》：陸機天才秀逸，辭藻宏麗。張華嘗謂之曰：『人之爲文，常恨才少，而子更患其多。』

〔七〕〔徐注〕魏文帝《與吴質書》：仲宣獨自善於辭賦，惜其體弱，不足起其文。至於所善，古人無以遠過。〔補注〕鄴中，指魏都城鄴。王粲、陳琳、徐幹、阮瑀、應瑒、劉楨及孔融以文學齊名，同居鄴中，稱鄴中七子（即建安七子）。宋謝靈運有《擬魏太子鄴中集詩·王粲》。

〔八〕〔徐注〕《詩》：燕燕于飛，差池其羽。箋：謂張舒其尾翼。〔馮注〕《左傳》：譬之草木，吾臭味也，而何敢差池。〔補注〕差池，錯失。表示事情乖迕，不如人意，與『參差』義近。

〔九〕〔補注〕疏蕪，謙稱己淺陋蕪雜。

〔一〇〕〔補注〕狂簡，志向高遠而處事疏闊。《論語·公冶長》：『吾黨之小子狂簡，斐然成章，不知所以裁之。』

〔一一〕〔徐注〕《莊子》：堯讓天下於許由曰：『日月出矣，而爝火不息，其於光也，不亦難乎！』《廣雅》：日御曰羲和。

〔一二〕〔徐注〕《漢書·王尊傳》：尊曰：『毋持布鼓過雷門。』注：師古曰：會稽城門有大鼓，越擊此鼓，聲聞洛陽。〔馮注〕《漢書》師古注：布鼓，以布爲鼓，故無聲。

〔一三〕搜，《全文》作『授』，據《英華》改。〔徐注〕《南史·謝莊傳》：於時搜材路狹。

〔一四〕〔補注〕登客門寬，暗用《後漢書·黨錮傳·李膺》『膺獨持風裁，以聲名自高，士有被其容接者，名爲登龍門』，而反其意。

〔一五〕〔馮注〕《述異記》：陸機有快犬曰黄耳，常將自隨。機羈旅京師，久無家問，戲語犬曰：『汝能賫書馳取消息否？』因試爲書，盛以竹筒，繫之犬頸。犬出驛路，走向吴。到家，既得答，仍馳還洛，往還裁半月。

〔一六〕〔馮注〕《幽明録》：晉兖州刺史沛國宋處宗，常愛一長鳴雞，爲置窗間。後雞作人語，與處宗論，極有玄旨，終日不輟。處宗由此玄功大進。按：《顔氏家訓》：《莊》《老》《周易》，總謂三玄。〔徐注〕魏、晉諸人以《老》《易》並稱，皆謂之玄。玄即《易》也。〔按〕此亦以雞犬之通靈自喻也。

〔一七〕見《謝宗卿啓》『曲蒙題目』注。

〔一八〕〔補注〕丹青，猶顔色。

〔一九〕〔徐注〕《書》：豫州，滎波既豬。本作『滎播』，或作『滎皤』，即滎澤也。〔馮注〕〔滎皤〕謂鄭州也。

按：《禹貢》『滎波既豬』疏曰：馬、鄭、王本皆作『滎播』。《史記》：『滎播既都。』《藝文類聚》引揚雄《豫州箴》曰：滎播枲漆。《水經注》引闞駰曰：滎波，嶓澤名也。吕忱云：嶓水在滎陽。則知『播』『嶓』古通用，不可云誤。

〔二〇〕〔徐注〕《史記·鄒衍傳》：中國名赤縣神州。《左傳》：太子朝夕視君膳。〔馮注〕按：京都稱神州，如《北史·柳彧傳》稱雍州爲神州，此則謂洛州河南府也。晋左思《詠史詩》：皓天舒白日，靈景曜神州。列宅紫宫裏，飛宇若雲浮。峨峨高門内，藹藹皆王侯。《晋書·桓温傳》：眺矚中原，慨然曰：『遂使神州陸沉。』雖通指淪没之十二州，而首重洛陽之陷也。《舊書·紀》：則天皇后光宅元年，改東都爲神都。《魏元忠傳》：儀鳳中，元忠赴洛陽，上封事云：『神州化首，萬國共尊。』

〔二一〕〔馮注〕《晋書》：張載字孟陽，父收，蜀郡太守。載博學有文章。太康初，至蜀省父，經劍閣。載以蜀人恃險好亂，因著銘以作誡。

〔二二〕〔徐注〕《晋書》：夏侯湛，字孝若，譙國譙人也。祖威，魏兖州刺史。父莊，淮南太守。湛幼有盛才，文章最富，善構新詞。案：湛《東方朔畫贊序》：朔，平原厭次人。建安中，分厭次以爲樂陵，故又爲郡人。大人來守此國，僕自京都言歸定省。睹先生之縣邑，想先生之高風。注：此國，謂樂陵也。父爲樂陵太守，史傳不載。《漢書·地理志》：平原郡屬青州。故曰『歸齊』也。〔按〕『同孟陽之覲蜀，比孝若之歸齊』二句承上『滎嶓從行，神州視膳』用覲父典，非謂柳璧覲柳仲郢於東川，如孟陽之覲父於蜀也。如謂覲仲郢於東川，則與下文『光陰荏苒』不合。

〔二三〕〔徐注〕《詩》：秋以爲期。〔馮注〕《唐音癸籤》：每秋七月，士子從府州覓解，故有『槐花黄，舉子忙』之諺。

〔二四〕〔馮注〕《漢書·霍去病傳》：去病敢深入，常先其大軍，軍亦有天幸，未嘗困絶。

〔二五〕〔馮注〕《禰衡别傳》：衡初遊許下，乃懷一刺，既到而無所之適，至於刺字漫滅。

〔二六〕〔馮注〕《左傳》：昔叔向適鄭，鬷蔑惡，欲觀叔向，從使之收器者而往，立於堂下，一言而善。叔向將飲酒，聞之，曰：『必鬷明也。』下執其手以上，曰：『子少不颺，子若無言，吾幾失子矣。』

〔二七〕〔補注〕唐制，鄉貢進士例於十月二十五日集户部，生徒亦以十月送尚書省。《新唐書·選舉志上》：『唐制，取士之科，多因隋舊，然其大要有三：由學館者曰生徒，由州縣者曰鄉貢，皆升於有司而進退之……其天子自詔者曰制舉。』《唐摭言·統序科第》：『自武德辛巳歲四月一日，敕諸州學士及早有明經、秀才、俊士、進士明於理體、爲鄉里所稱者，委本縣考試，州長重覆，取其合格，每年十月隨物入貢。』此謂已因自夏有疾而未參加地方爲推選貢士而舉行之秋試，失去外郡貢舉士子之期。

〔二八〕〔徐注〕《西京賦》：實惟地之奥區神皋。〔按〕徐氏引張衡《西京賦》之『神皋』，意指神明所聚之地，非此句之義。此句『神皋』指京畿。《文選·任昉〈齊竟陵文宣王行狀〉》：『公内樹寬明，外施簡惠。神皋載穆，轂下以清。』李周翰注：『神皋，謂都畿之内。』俯，臨近。

〔二九〕〔徐注〕《漢書·藝文志》：儒家者流，宗師仲尼，以重其言。注：宗，尊也。〔補注〕宗師，爲衆所崇仰，堪稱師表者。此指韓郎中。

〔三〇〕〔馮注〕《漢書·董仲舒傳》：制曰：廣延四方之豪俊，郡國諸侯公選賢良修絜博習之士。以上謂外郡薦送已後期矣，而京兆正當試期。韓之弟試京兆而入選。〔按〕似謂韓琮之弟爲考官，故下云『以下和爲玉人』。

〔三一〕〔補注〕《易·繫辭下》：『君子藏器於身，待時而動，何不利之有？』

〔三二〕〔徐注〕《詩》：報之以瓊玖。卞和，見《爲渤海公舉人自代狀》『荆岑挺價』注。〔補注〕玉人，玉工。以下和爲玉人，喻以識良材者爲考官，故云『無不收之瓊玖』。此指韓琮之弟爲考官者。

〔三三〕婷，《英華》作『娗』，注：集作『婷』。〔徐注〕《離騷》：吾令豐隆乘雲兮，求宓妃之所在。解佩纕以結言兮，吾令蹇修以爲理。注：蹇修，人名。《周禮》：媒氏，掌萬民之判。辛延年詩：不意金吾子，娉婷過吾廬。杜甫詩：唤人看腰裹，不惜嫁娉婷。〔馮注〕此則男女通用，而後人皆以謂婦女，字本從女也。〔按〕蹇修爲媒，指韓郎中琮爲之薦引。

〔三四〕〔補注〕一拳，指己之拳拳之心。司馬遷《報任安書》：『拳拳之忠，終不能自列。』繁欽《定情詩》：『何以致拳拳，綰臂雙金環。』

〔三五〕〔徐注〕《詩》：之子于歸，百兩御之。〔馮注〕《左傳》：高齮以錦示子猶曰：『魯人買之，百兩一布。』〔按〕百兩，百輛車，特指結婚時所用之車輛。

〔三六〕記，《全文》《英華》均誤作『託』，據馮校改。〔徐注〕顔延之詩：玉水記方流，璿源載圓折。〔馮曰〕舊作『有託』，必誤，今爲改正。《淮南子》：水圓折者有珠，方折者有玉。

〔三七〕〔馮注〕《古詩》：今日良宴會，歡樂難具陳。

〔三八〕〔馮注〕按《唐摭言·進士篇》：互相推敬謂之先輩，俱捷謂之同年。則韓之弟亦尚在應舉中。其曰『公選』者，似此時當入選也。韓郎中兄弟，能爲人薦助者，故以『玉人』『媒氏』比之。〔按〕稱『先輩賢弟』，則其時琮弟已登進士第無疑，馮謂『尚在應舉中』，殆誤。至謂琮兄弟能爲人薦助，故以玉人、媒氏比之，則是。然玉人琢玉成器，比考官之舉拔賢才，似更切。『公選』謂其主持考選也。

〔三九〕〔徐注〕《晉書》：劉琨，字越石；兄輿，字慶孫，並名著當時。京都爲之語曰：『洛中奕奕，慶孫越石。』劉峻《辨命論》：近世有沛國劉瓛，瓛弟璡，並一時秀士也。〔馮注〕《南史》：劉瓛好學，博通儒業，冠於當時。士子貴游，莫不下席受業，以比古之曹、鄭。弟璡，儒雅不及瓛，而文采過之。

〔四〇〕〔徐注〕《晉書》：陸雲少與兄機齊名，雖文章不及機，而持論過之，號曰『二陸』。

〔四一〕見《爲山南薛從事謝辟啓》『豈望便上仙舟』注。

〔四二〕〔馮注〕《後漢書·馬融傳》：融爲世通儒，教養諸生，常有千數。常坐高堂，施絳紗帳，前授生徒，後列女樂，弟子以次相傳，鮮有入其室者。

〔四三〕〔徐注〕《世説》：潘岳妙有姿容，少時挾彈出洛陽道，婦人遇者莫不連手共縈之。左太沖絶醜，亦復挾彈遨遊，於是羣嫗齊共亂唾之，委頓而返。

〔四四〕〔徐注〕《南史》：沈約有志台司，梁武帝不用，以書陳情於徐勉，言己老病，革帶常應移孔。

〔四五〕〔徐注〕《周書·庾信傳》：身長八尺，腰帶十圍，容止頽然，有過人者。

〔四六〕見《爲山南薛從事謝辟啓》『崔琰之鬚眉』注。

〔四七〕見《謝座主魏相公啓》『楊雀銜環』注。

〔四八〕見《謝座主魏相公啓》『孔龜效印』二句注。

〔四九〕軸，《英華》作『陳』，注：集作『袖』。〔按〕作『軸』是，用作動詞。參下注。

〔五〇〕〔馮注〕軸文重干，唐人所謂『温卷』也。柳子厚有《上權補闕温卷啓》。凡舉人獻文，必以卷軸。《國史補》：京兆府考而升者，謂之等第。外府不試而貢者，謂之拔解。然亦須預託人爲詞賦，非謂白薦。造請權要，謂之關節。激揚聲價，謂之還往。《唐摭言》：叙京兆府解送曰『神州解送』。自開元、天寶之際，率以在上十人，謂之等第，必求名實相副，以滋教化之源。小宗伯倚而選之，或至渾化。不然，十得其七八。暨咸通、乾符，則爲形勢吞嚼，臨制近同及第，得之者互相誇詫，貞實之士不復齒，所以廢置不常。又曰：得之者搏躍雲衢，梯階蘭省，即六月冲霄之漸也。今所傳者，始於元和景戌歲，次叙名氏，目曰《神州等第録》。《萬花谷後集》有《神州等第録》一條。又曰：大中七年，韋澳爲京兆尹，牓曰：近日以來，互争强弱，多務奔馳，曾非考核，盡繫經營。奥學雄文，例舍於貞方寒素；增年矯貌，盡取於朋比羣强。雖中選者曾不足云，而争名者益熾其事。今年並以納策試前後爲定，不更分等第之限。按：韋澳爲京兆尹，《通鑑》書於十年，似《摭言》七年誤。其他每年多置等第，此聲氣之總也。韓之弟必高第，或爲首解，而試事尚可薦送。韓兄弟必有氣燄，能提挈科第，故贊美祈請若此。舉場風氣，即禮法之家，亦不免乎！〔按〕琮弟疑爲考官，故贊美祈請若此。

〔五一〕〔馮注〕『室邇』用《詩經》。『馬卿』，用相如家居茂陵。此當以文章言之。且韓若爲京兆萬年人，尤可相比，非用病免閑居也。〔補注〕《詩·鄭風·東門之墠》：『東門之墠，茹藘在阪。其室則邇，其人甚遠。』此以司馬相如之能文喻琮，『室邇』者，謂其人則遠，故下云『遲面莫由』。

〔五二〕〔補注〕《論語·子張》：『夫子之墻數仞，不得其門而入，不見宗廟之美，百官之富。』此以『門墻』喻指師門，其爲指琮弟爲考官之意更顯。蓋以門墻桃李自期。

〔五三〕〔徐注〕《漢書·蒯通傳》：臣願披心腹，瀝肝膽。

〔五四〕〔補注〕《論語·泰伯》：『曾子曰：士不可以不弘毅，任重而道遠。』

〔五五〕見《爲張周封上楊相公啓》『然或顧逢伯樂，但伏鹽車』注。

〔五六〕〔徐注〕《詩》：一日不見，如三秋兮。

〔五七〕〔徐注〕《舊書·肅宗紀》：楊國忠諷玄宗幸蜀，至馬嵬頓，六軍不進。大將軍陳玄禮請誅楊氏，於是誅國忠，賜貴妃自盡。《陝西通志》：馬嵬坡在西安府興平縣西二十五里。案：義山有《馬嵬》詩二首，或琮亦賦之也。〔馮注〕《舊書·柳仲郢子璧傳》：『文格高雅，嘗爲《馬嵬》詩，詩人韓琮、李商隱嘉之。』意是諸人唱和之作也。〔按〕此云『空詠《馬嵬》之清什』，當指韓琮之《馬嵬》詩。王茂元鎮涇原時，琮已在幕，與商隱同在涇幕。韓、李之《馬嵬》唱和詩，或即涇幕時所賦，而流傳當時，故啓有此句。韓《馬嵬》詩已佚。璧詩亦不存。

〔五八〕〔徐注〕謝靈運詩：知深覺命輕。

〔五九〕〔徐注〕《左傳》：嘖有煩言。

〔六〇〕〔徐注〕《詩》：伐木丁丁，鳥鳴嚶嚶。出自幽谷，遷于喬木。〔補注〕謂己尚未登科第，如鶯之自幽谷遷于喬木。

〔六一〕〔馮注〕《後漢書·杜詩傳》：將帥和睦，士卒鳧藻。注曰：言其和睦歡悦，如鳧之戲於水藻也。《述異記》：梁孝王築平臺，有蒹葭洲、鳧藻洲。〔徐注〕《魏志·文帝紀》注：臣妾遠近，莫不鳧藻。

〔六二〕〔徐注〕《漢書·刑法志》：文書盈於几閣。〔補注〕几閣，橱架。韋應物《燕居即事》詩：『几閣積羣書，時來北窗閲。』此似以『几閣』指几案。

〔蔣士銓曰〕漸開庸俗之派，喜其尚有清氣。（《評選四六法海》卷三）

爲故鄜坊李尚書夫人王錬師黄籙齋文〔一〕

以妾某所佩圖籙〔二〕，先經遺墜〔三〕，今復尋獲，乞恩歸罪。據辭上詣虛無自然元始天尊、太上大道君、太上老君〔四〕、太上丈人〔五〕、三十六部尊經、玄中大法師〔六〕、所佩籙中靈官將吏〔七〕、三界官屬、一切靈化〔八〕、嵩洛名山衆真高隱〔九〕。妾運從往業，慶及今生，獲以愚蒙，早佩經法〔一〇〕。而注念不謹〔一一〕，修奉多違〔一二〕，殃與時增，善隨日削。莫忘塵累，備極艱虞。兒息凋零〔一三〕，孫姪孤藐〔一四〕。一辭西雍〔一五〕，久寓東周〔一六〕。五遷家居，十變年序。

昨者以所授寶籙，盛以雕奩〔一七〕，既忘誨盜之資〔一八〕，果有擔囊之酷〔一九〕。遂使金科玉篆〔二〇〕，見辱於宵人〔二一〕；神將靈官〔二二〕，久凌於暴客〔二三〕。尋求未獲，披露無因〔二四〕。分已名繫幽官，位標黑籍〔二五〕，萬劫永沉於狴犴，九玄同役於河源〔二六〕。而罪重憂深，誠專感達，始聞尋索，旋得蹤由。爰以吉辰，迎歸静曲〔二七〕，修存香火，拂拭塵埃。瑶緘錯落以如新〔二八〕，錦帙爛斑而若舊〔二九〕。永懷釁戾，不敢遑安〔三〇〕。

今輒請高真〔三一〕，仰陳薄具〔三二〕，負荆泥首〔三三〕，引劍投軀〔三四〕。伏乞太上三尊、十方衆聖〔三五〕，曲流殊渥，旁敕玄司〔三六〕，録其歸咎之誠〔三七〕，許以自新之路〔三八〕。使良緣漸固，真路稍通。既勤肉血之餘，長奉靈仙之戒〔三九〕。苟其重渝今誓，猶涉初心，請候真科，以從冥考〔四〇〕。

校注

〔一〕本篇原載清編《全唐文》卷七八〇第三〇頁、《樊南文集補編》卷一一。題内『鄜』字，《全文》作『麟』，據錢校改。〔錢箋〕《舊唐書·地理志》：麟州、坊州並屬關内道。《新唐書·方鎮表》有鄜坊節度使，而無麟坊。然麟、坊並稱亦見史文，或嘗别設使耶？抑『麟』即『鄜』字之訛耶？李尚書，未詳。《唐六典》：德高思精謂之鍊師。〔張箋〕入不編年文。〔按〕錢疑『麟』即『鄜』之訛，甚是。麟州係開元十二年析勝州之連谷、銀城置，十四年州廢；天寶元年復置，其年改爲新秦郡。乾元元年復爲麟州。州治在今神木附近，與坊州（州治在今陝西黄陵）遠不相及，必無以麟、坊設使之理。而鄜、坊二州則緊相連接，自上元以來即設節度，必『鄜』訛作『麟』也。查《唐方鎮年表》，與商隱時代相近曾任鄜坊節度使而帶尚書銜者，唯李昌元一人。昌元開成五年至會昌三年任鄜坊節度使。《金石萃編》有《李光顔碑》，碑開成五年八月十四日建。碑文云：『嗣子昌元，鄜坊丹延等州觀察處置等使。檢校户部尚書、兼御史大夫。』或即其人。文有『一辭西雍，久寓東周。五遷家居，十變年序』之語，如自會昌三年下推，則此文約作於大中五年商隱赴東川前短期居洛時。酌編此待進一步考證。

〔二〕見《上鄭州李舍人狀二》注〔三〕。

〔三〕〔錢注〕《辯正論》：自黄、老風澆，容服亦變，若失符籙，則倒銜手版，逆風掃地，楊枝百束，自斫自負。

〔四〕見《爲馬懿公郡夫人王氏黄籙齋文》注〔一四〕〔一五〕〔一六〕。

〔五〕〔錢注〕《雲笈七籤》：《清虚真人王君内傳》云：西城真人乃將君觀玄洲，須臾而至，四面大海，懸濤千丈，洲上宫闕，朱閣、樓觀、瓊室、瑶房，不可稱記。西城真人曰：『此仙都之府，太上丈人處之。』乃將君入紫桂宫，見丈人著流霞羽袍，冠芙蓉之冠，腰帶神光，手把火鈴，侍女數百，龍虎衛階。太上丈人與西城真人相禮而已，相攜共坐，君時侍側焉。

〔六〕見《爲馬懿公郡夫人王氏黄籙齋文》注〔一八〕〔一九〕。

〔七〕靈官，見《爲馬懿公郡夫人王氏黄籙齋第二文》注〔八〕。

〔八〕見《爲馬懿公郡夫人王氏黄籙齋文》『三界官屬』注及『洞天林谷一切棲隱諸靈仙』注。靈化，即靈仙。

〔九〕〔錢注〕《雲笈七籤》：十大洞天：第一王屋山洞，周迴萬里，號曰小有清虚之天，在洛陽、河陽兩界，去王屋縣六十里，屬西城王君治之。三十六小洞天：第六中嶽嵩山洞，周迴三千里，名曰司馬洞天，在東都登封縣，仙人鄧靈山治之。又：是衆真之所經，神仙之所歷，學者之所由也。

〔一〇〕〔錢注〕《雲笈七籤》：不依法而受經，虧損俯仰之格，徒勞於神，無益於求仙也。

〔一一〕〔錢注〕《雲笈七籤》：若其注念不散，專炁致和，由朴之至也，得一之速也。

〔一二〕見《上鄭州李舍人狀四》『加領真階』注。〔補注〕修奉，修行供奉。

〔一三〕〔補注〕息，兒子。

〔一四〕〔補注〕《左傳·僖公九年》：『以是藐諸孤辱在大夫，其若之何？』孤藐，幼年喪父，失去依靠。

〔一五〕〔錢注〕《新唐書·地理志》：京兆府本雍州，開元元年爲府。〔按〕雍爲古九州之一，今陝西、甘肅大部地區均屬之。《周禮·夏官·職方氏》：『乃辨九州之國……正西曰雍州。』此句『西雍』恐非指唐之京兆府，而係指古雍州，實指鄜、坊之地。

〔一六〕〔錢注〕《舊唐書·地理志》：東都，周之王城，平王東遷所都也。〔按〕東周，此指洛陽。

〔一七〕〔錢注〕《説文》：籢，鏡籢也。臣鍇曰：今俗作『匳』。

〔一八〕〔補注〕《易·繫辭上》：『慢藏誨盗，冶容誨淫。』

〔一九〕〔錢注〕《莊子》：將爲胠篋探囊發匱之盗而爲守備，則必攝緘縢，固扃鐍，此世俗之所謂知也。然而巨盗至，則負匱揭篋擔囊而趨，惟恐緘縢扃鐍之不固也。〔補注〕酷，灾禍。

〔二〇〕〔錢注〕《周書・武帝紀》：金科玉篆，祕賾玄文，可以濟養黎元，扶成教義。〔補注〕金科玉篆，本指貴重之法令與古文字，此指道教之律令符籙，亦即王鍊師所佩圖籙。

〔二一〕〔錢注〕《莊子》：宵人之離外刑者，金木訊之。〔補注〕宵人，小人。

〔二二〕〔錢注〕《史記・封禪書》：八神將，自古而有之。

〔二三〕〔補注〕《易・繫辭下》：『重門擊柝，以待暴客。』

〔二四〕〔錢注〕《後漢書・蔡邕傳》：宜披露失得。〔補注〕披露，顯露、暴露。錢引《後漢書・蔡邕傳》『披露失得』係陳述義，非本句所用。

〔二五〕〔錢注〕《酉陽雜俎》：罪簿有黑緣白簿，赤丹編簡。〔補注〕幽官，陰官；黑籍，陰間之名籍。

〔二六〕〔錢注〕《黄庭内景經》：違盟負約，七祖受考於暘谷、河源，身爲下鬼，考於風刀。揚子《法言》：劍客論曰：劍可以愛身。曰：狴犴使人多禮乎？〔補注〕狴犴，指牢獄。九玄，猶九幽、九冥、九泉，指陰間幽冥之地。《楚辭・招魂》所謂『幽都』。

〔二七〕〔補注〕静曲，僻静之處。

〔二八〕〔錢注〕《説文》：緘，束篋也。〔補注〕瑶緘，藏書之玉篋，此指藏圖籙之玉篋。錯落，閃耀、閃爍。

〔二九〕〔錢注〕《説文》：帙，書衣也。〔按〕錦帙，此指包裹圖籙之錦緞。

〔三〇〕〔補注〕《詩・小雅・四牡》：『王事靡盬，不遑啓處。』束皙《補亡詩・南陔》：『眷戀庭闈，心不遑安。』遑安，安逸。

〔三一〕〔錢注〕《雲笈七籤》：了達則上聖可登，曉悟則高真可陟。〔補注〕高真，得道成仙者，此指道士。

〔三二〕〔錢注〕司馬相如《長門賦》：修薄具而自設兮。〔補注〕薄具，不豐盛之肴饌。

〔三三〕〔錢注〕《史記・廉頗藺相如傳》：廉頗肉袒負荆，因賓客至藺相如門謝罪。《通鑑・晋武帝紀》注：泥頭者，以泥塗其頭也。

〔三四〕〔錢注〕《史記·白起傳》：武安君引劍將自剄。鮑照《出自薊北門行》：投軀報明主。〔補注〕投軀，置身。謂引劍而加諸身，非「獻身」之義。

〔三五〕見《爲滎陽公黄籙齋文》「伏乞太上三尊，十方衆聖」注。

〔三六〕見《爲相國隴西公黄籙齋文》「積愆咎於玄司」注。

〔三七〕〔補注〕《左傳·桓公十八年》：「禮成而不反，無所歸咎。」咎，罪責。

〔三八〕〔錢注〕《史記·孝文紀》：雖復欲改過自新，其道無由也。

〔三九〕〔補注〕太清境九仙之八爲靈仙，見《雲笈七籤》。又泛指神仙。

〔四〇〕見《爲馬懿公郡夫人王氏黄籙齋文》「冀當冥考」注。〔補注〕真科，仙家之律條。

陳寧攝公井令牒〔一〕

聞寧前爲公井令，疲羸之甿，戴之如父母〔二〕；囊橐之盜〔三〕，畏之猶神明〔四〕。所謂伊人〔五〕，何臻此術？還臨舊部〔六〕，勉繼前修〔七〕。

校注

〔一〕本篇原載清編《全唐文》卷七七九第四頁、《樊南文集補編》卷九。〔錢箋〕《新唐書·方鎮表》：榮州、昌州，皆東川節度所領。以下二牒（指本篇及下篇）皆當爲柳仲郢作。《新唐書·地理志》：公井縣，中下，屬劍南道榮州。《舊唐書·職官志》：諸州中下縣，令一人，從七品上。　張箋繫大中五年至九年商隱在東川柳仲郢幕期間，謂不能詳其何年。〔按〕文云『聞寧前爲公井令』，當是柳仲郢節度東川前，陳寧已爲公井令，到任後聞其政績命其仍臨舊部。故今繫本篇於大中五年冬。題上應有『爲河東公』四字，下篇同此。

〔二〕見《獻華州周大夫十三丈啓》注〔二〕。

〔三〕見《上河南盧給事狀》『而囊橐盡露』注。〔補注〕《莊子·胠篋》：『將爲胠篋探囊發匱之盜而爲守備，則必攝緘縢，固扃鐍，此世俗之所謂知也。然而巨盜至，則負匱揭篋擔囊而趨，唯恐緘縢扃鐍之不固也。』囊橐之盜，疑兼用此，謂巨盜也。

〔四〕〔錢注〕《韓非子》：周主亡玉簪，令吏求之三日，不能得也。周主令人求，而得之家人之屋間。周主曰：『吾知吏之不事事也，求簪三日不得之。吾令人求之，不移日而得之。』於是吏皆聳懼，以爲君神明也。

〔五〕〔補注〕《詩·秦風·蒹葭》：『所謂伊人，在水一方。』

〔六〕〔補注〕舊部，此指公井縣。

〔七〕〔補注〕《楚辭·離騷》：『謇吾法夫前修兮，非世俗之所服。』前修，前賢，此指前代循吏。

周宇爲大足令牒〔一〕

宇，君子人也，詩家者流〔二〕。常亦觀光〔三〕，厄於時命〔四〕。噫！有卓、魯之政事〔五〕，與顔、謝之篇章〔六〕，較其爲名，不相上下。無謂大足小而辭之。

〔一〕本篇原載清編《全唐文》卷七七九第四頁、《樊南文集補編》卷九。〔錢箋〕《新唐書·地理志》：大足縣，下，屬劍南道昌州。《舊唐書·職官志》：諸州下縣，令一人，從七品下。〔按〕當與前牒同作於大中五年冬。參前牒注〔一〕。

〔二〕〔錢注〕《漢書·藝文志》：右歌詩二十八家。〔按〕周宇當以能詩稱，觀下文『顔、謝之文章』可知。

〔三〕〔補注〕《易·觀》：『觀國之光，利用賓于王。』觀光，觀覽國之盛德光輝。此指至國都考察國情，參加科舉考試。

〔四〕〔補注〕嚴忌《哀時命》：『哀時命之不及古人兮，夫何予生之不遘時。』時命，命運。厄於時命，指科舉考試失利。

〔五〕〔錢注〕《後漢書·卓茂魯恭傳贊》：卓、魯款款，情愨德滿。仁感昆蟲，愛及胎卵。〔按〕卓、魯皆以循吏見稱，詳傳。

〔六〕〔錢注〕《南史·顔延之傳》：延之與陳郡謝靈運俱以辭采齊名，自潘岳、陸機之後，文士莫及。江右稱「潘陸」，江左稱「顔謝」焉。

上河東公啓〔一〕

商隱啓：兩日前於張評事處伏睹手筆〔二〕，兼評事傳指意，於樂籍中賜一人以備紉補〔三〕。某悼傷以來，光陰未幾。梧桐半死〔四〕，方有述哀〔五〕；靈光獨存〔六〕，且兼多病。眷言息胤，不暇提攜。或小於叔夜之男〔七〕，或幼於伯喈之女〔八〕。檢庾信荀娘之啓〔九〕，常有酸辛〔一〇〕；詠陶潛通子之詩〔一一〕，每嗟漂泊〔一二〕。

所賴因依德宇〔一三〕，馳驟府庭〔一四〕，方思效命旌旄〔一五〕，不敢載懷鄉土。錦茵象榻〔一六〕，石館金臺〔一七〕，入則陪奉光塵〔一八〕，出則揣摩鉛鈍〔一九〕。兼之早歲，志在玄門〔二〇〕；及到此都，更敦夙契〔二一〕。自安衰薄〔二二〕，微得端倪〔二三〕。至於南國妖姬〔二四〕，叢臺妙妓〔二五〕，雖有涉於篇什，實不接於風流。

況張懿仙本自無雙〔二六〕，曾來獨立〔二七〕。既從上將，又託英僚。汲縣勒銘，方依崔瑗〔二八〕；漢庭曳履，猶憶鄭崇〔二九〕。寧復河裏飛星〔三〇〕，雲間墮月〔三一〕，窺西家之宋玉〔三二〕，恨東舍之王昌〔三三〕？誠出恩私，非所宜稱。伏惟克從至願，賜寢前言，使國人盡保展禽〔三四〕，酒肆不疑阮籍〔三五〕。則恩優之理〔三六〕，何以加焉。干冒尊嚴，伏用惶灼。謹啓。

〔一〕本篇原載《文苑英華》卷六六五第七頁、清編《全唐文》卷七七八第六頁、《樊南文集詳注》卷四。《英華》題作《上河東公啓三首》，此爲第一首。徐本同。馮譜編大中七年。〔張箋〕編大中五年。附案云：《補編·獻相國京兆公啓》亦云：『……期既迫於從公，力遂乖於携幼。安仁揮涕，奉倩傷神。男小於嵇康之男，女幼於蔡邕之女。』蓋妻喪未除，故餘哀見之楮墨也。若在六年，則悼亡已閲年餘，縱使伉儷情深，豈宜輕形尺牘，瀆人尊聽哉！〔按〕馮氏繫年顯然過晚。商隱妻王氏卒於大中五年暮春。啓云『某悼傷以來，光陰未幾』，離王氏之卒必爲時未久。且啓中『眷言息胤，不暇提携，或小於叔夜之男，或幼於伯喈之女』等句，與作於大中五年冬之《獻相國京兆公啓》『期既迫於從公』六句，《五言述德抒情詩一首四十韻獻上杜七兄僕射相公》『悼傷潘岳重』之句，辭、意均類似，其爲同時之作明顯，當從張氏《會箋》繫大中五年冬。

〔二〕〔補箋〕《爲河東公謝相國京兆公啓》：『伏候簡書，來至敝邑，則專請張覲評事奉啓狀申陳。』此句之『張評事』當即張覲。或謂係《爲同州張評事潛謝辟啓》之張潛，非。評事，大理評事，爲張覲所帶憲銜。手筆，指柳仲郢親筆所寫書信或諭示。

〔三〕〔徐注〕崔令欽《教坊記》：西京右教坊在光宅坊，左教坊在延慶坊。右多善歌，左多工舞。東京兩教坊俱在明義坊，而右在南，左在北也。按：凡妓女隸教坊籍。《禮記·内則》：衣裳綻裂，紉箴請補綴。〔馮注〕諸州皆有樂籍。〔補注〕樂籍，樂户之名籍。古時官妓屬樂部。此『樂籍』亦即商隱詩《病中聞河東公樂營置酒口占寄上》之『樂營』。備紉補，謂爲侍妾。

〔四〕〔徐注〕枚乘《七發》：龍門之桐，高百尺而無枝，其根半死半生。〔補注〕此喻妻死已存。

〔五〕方，徐本一作『才』，馮本作『才』。〔徐注〕（《文選》）江淹《雜體詩》有潘黄門岳《述哀》。良曰：謂悼婦詩。〔按〕即潘岳之《悼亡詩》三首。此指己所賦悼亡諸詩。

〔六〕獨，馮本一作『猶』。見《上兵部相公啓》『扶持固在於神明』注。〔補注〕此喻唯己獨存。

〔七〕〔馮注〕《晉書・嵇康傳》：康字叔夜。又：男年八歲，未及成人。〔按〕商隱子衮師生於會昌六年，此時僅六歲，故云『小於叔夜之男』。

〔八〕〔馮注〕《後漢書》：蔡邕字伯喈。《蔡琰別傳》：琰字文姬，邕之女，少聰慧秀異。年六歲，邕鼓琴絃絶，琰曰：『第二絃。』邕故斷一絃，琰曰：『第四絃。』〔按〕商隱《驕兒詩》中言及其驕兒衮師之『阿姊』，此時其年當已在七歲以上，而啓云『幼於伯喈之女』，當是衮師之下更有幼女，此時年尚不足六歲。

〔九〕〔徐注〕庾信集有《謝趙王賚息荀娘絲布啓》。〔按〕庾信有子庾立，見《北史・庾信傳》，倪璠疑『荀娘』或即庾立之小字。

〔一〇〕〔徐注〕杜甫詩：鏤骨抱酸辛。

〔一一〕〔徐注〕陶潛《責子詩》：通子年九齡，但覓梨與栗。

〔一二〕〔徐注〕許靖《與曹公書》：漂薄風波。薄、泊同。

〔一三〕〔馮注〕《國語》：寺人勃鞮曰：『今君之德宇，何不寬裕也？』《晉書・陸玩傳》：搢紳之徒，廕其德宇。〔徐注〕《魏志・王粲等傳》：評曰：然其沖虚德宇，未若徐幹之粹也。〔補注〕德宇，本指德澤恩惠之庇廕。此猶頌稱有德者之門宇。

〔一四〕〔徐注〕《南史・謝朓傳》：榮立府庭，恩加顔色。〔補注〕馳驟，奔走。

〔一五〕〔補注〕旌旄，指節度使之旌旗旄節。

〔一六〕〔徐注〕潘岳《寡婦賦》：易錦茵以苫席。《戰國策》：孟嘗君之楚，獻象牀，其直千金。〔補注〕象牀，象牙裝飾之坐卧用具。

〔一七〕〔補注〕石館，碣石館；金臺，黄金臺。均爲燕昭王用以招納賢才之臺館。喻指柳仲郢幕府。

〔一八〕光塵，見《爲張周封上楊相公啓》『誓奉光塵』注。此敬稱柳仲郢之風采。

〔一九〕〔馮注〕《戰國策》：蘇秦得《陰符》之謀，伏而讀之，簡練以爲揣摩。〔徐注〕《史記·蘇秦傳》：得周書《陰符》，伏而讀之，期年以出，揣摩曰：『此可以説當世之君矣。』鉛鈍，見《爲安平公謝除兖海觀察使表》『鉛刀淬一割之用』注。〔補注〕揣摩鉛鈍，謙稱自己雖如鉛刀之鈍，然摩練之尚有一割之用。

〔二〇〕〔馮注〕《老子》：玄之又玄，衆妙之門。〔按〕玄門一般指道教，然亦可指稱佛教。如慧遠《三報論》：『推此以觀，則知有方外之賓，服膺妙法，洗心玄門。』唐劉孝孫《遊靈山寺》：『永懷筌了義，寂念啓玄門。』商隱早歲曾在玉陽山學道，此『志在玄門』自當指道教。然至東川後則躭於禪悦佛理，下云『及到此都，更敦夙契』，當指躭於佛教。

〔二一〕〔徐注〕徐陵《爲貞陽侯書》：親鄰之道，夙契逾深。〔補注〕敦，崇尚、篤信。夙契，平素之投合。

〔二二〕〔徐注〕禰衡《鸚鵡賦》：嗟禄命之衰薄。

〔二三〕〔補注〕《莊子·大宗師》：『反覆終始，不知端倪。』端倪，頭緒。謂對佛理稍解頭緒。

〔二四〕〔徐注〕《古詩》：美人出南國，灼灼芙蓉姿。〔馮注〕陳思王（曹植）《雜詩》：南國有佳人，容華若桃李。又《名都篇》：名都多妖女，京洛出少年。

〔二五〕〔徐注〕《漢書·地理志》：藂臺在邯鄲，趙武靈王築。《古詩》：燕趙多佳人，美者顔如玉。曹植《七啓》：才人妙妓，遺世絶俗。〔馮注〕張平子（衡）《東京賦》：趙建叢臺於後。薛綜曰：《史記》：趙武靈王起叢臺，太子圍之三月。按：《太平御覽》引《史記》亦云。而今所刊《史記·趙世家》云『沙丘異宫』，不云『叢臺』。《後漢書·志》：趙國邯鄲縣有叢臺。《漢書·志》：趙地倡優，女子彈絃跕躧，游媚富貴，徧諸侯之後宫。《後漢書·梁冀傳》：發取妓女御者。明北監刊本附劉攽曰：案古無『妙女』，當作『妓』。按：此則舊本作『妙女御者』刊時改之耳，似可爲此『妙』字之據。

〔二六〕自，《全文》作『是』，誤，據《英華》改。〔徐注〕《古詩·爲焦仲卿妻作》：精妙世無雙。

〔二七〕〔馮注〕《漢書·外戚傳》：李延年歌曰：北方有佳人，絶世而獨立。一顧傾人城，再顧傾人國。

〔二八〕〔馮注〕《後漢書·崔瑗傳》：遷汲令，開稻田數百頃，百姓歌之，遷濟北相。《崔氏家傳》：瑗爲汲令，開渠造稻田，長老歌之曰：『天降神明君，錫我慈仁父。臨民布德澤，恩惠施以序。穿溝廣灌溉，決渠作甘雨。』遷濟北率，官吏男女號泣，共壘石作壇，立碑頌德祠之。文用斯事，非謂瑗自善銘頌。〔按〕二句即『方依汲縣勒銘之崔瑗』之意。

〔二九〕〔徐注〕《漢書》：鄭崇字子游，擢尚書僕射，數諫諍，每見，曳革履。上曰：『我識鄭尚書履聲。』〔馮注〕『汲縣』頂『英僚』，『漢庭』頂『上將』，皆以喻其所歡。〔按〕二句即『猶憶漢庭曳履之鄭崇』之意。『既從』六句，蓋謂張懿仙既與『上將』（當指某一節度使）相伴，又曾依托於節度使幕中某一僚屬。方依、猶憶，言其爲時未久。

〔三〇〕〔馮注〕用織女渡河。非用女人星浴於渭，乳長七尺之事（事見《陳留耆舊傳》，徐注引之，今删）。〔補注〕《荆楚歲時記》：『天河之東有織女，天帝之子也。年年織機杼勞役，織成雲錦天衣。天帝憐其獨處，許嫁河西牽牛郎，嫁後遂廢織紝。天帝怒，責令歸河東，惟每年七月七日夜，渡河一會。』《文選·洛神賦》注引曹植《九詠》注：『牽牛爲夫，織女爲婦。牽牛織女之星各處一旁，七月七日乃得一會。』

〔三一〕墮，《英華》作『墜』，注：集作『墮』。〔徐注〕謝靈運詩：『可憐誰家郎，緣流乘素舸。但問情若爲，月就雲間墮。』〔補注〕謝靈運《東陽溪中贈答詩》共二首，徐注僅引後一首，意藴未顯。前首云：『可憐誰家婦，緣流洒素足。明月在雲間，迢迢不可得。』

〔三二〕〔徐注〕宋玉《登徒子好色賦》：臣東家之子，嫣然一笑，惑陽城，迷下蔡。然此女登墻窺臣三年，至今未許也。

〔三三〕〔徐注〕《襄陽耆舊傳》：王昌字公伯，爲東平相、散騎常侍。早卒。婦，任城王子文女也。樂府：人生富貴何所望，恨不早嫁東家王。〔馮曰〕辨詳《詩集·代應》《水天閑話舊事》。〔按〕王昌爲唐代豔情詩中常出現之人物，如崔顥《古意》：『十五嫁王昌，盈盈出畫堂。』商隱詩中更多所提及，如馮氏所云《代應》《水天閑話舊事》，其人當爲一風流少年，惜出處已無考。

〔三四〕〔徐注〕《家語》：魯人有獨處室者，鄰之嫠婦室壞，趨而託焉。魯人閉户不納。婦人曰：『子何不如柳下惠然？嫗不逮門之女，國人不稱其亂。』魯人曰：『柳下惠則可，我固不可。』注：以體覆之曰嫗。〔補注〕春秋魯大夫展獲，字季，又字禽，曾爲士師官，食邑柳下，謚惠，故稱柳下惠。《荀子·大略》：『柳下惠與後門者同衣而不見疑。』後門者，即無宿處之女。

〔三五〕〔徐注〕《世説》：阮公鄰家婦有美色，當壚沽酒。阮與王安豐常從婦飲酒。阮醉，便眠其婦側。夫始殊疑之，伺察終無他意。

〔三六〕優，《英華》作『憂』，誤。

〔蔣士銓曰〕唐調之善者。（《評選四六法海》卷三）

爲河東公上西川相國京兆公書〔一〕

姚熊頃時鬭毆，偶在坤維〔二〕。阿安未容決平〔三〕，遽詣風憲〔四〕。當道頻奉臺牒〔五〕，令差從事往推〔六〕。去就之間，殊爲未適。顧惟敝府，託近貴藩，雖蒙與國之恩〔七〕，猶在附庸之列〔八〕。仰遵教指，尚懼尤違〔九〕。敢遣賓僚，往專刑獄？自奉臺牒，夙夜兢惶。今謹差節度判官李商隱侍御往〔一〇〕。以今月十八日離此。某素無材效，早沐恩憐，獲接仁風〔一一〕，實爲天幸。頗希終始，以奉恩光。事大之心〔一二〕，朝暾是誓〔一三〕。其他並附李侍御口述，伏惟照察〔一四〕。

校注

〔一〕本篇原載清編《全唐文》卷七七六第一頁、《樊南文集詳注》卷八。徐注本無此篇，馮注本據《成都文類》收入。〔馮箋〕此見《成都文類》，宋慶元五年，建安袁説友爲四川安撫制置使兼知成都府事，集成刊行者，當必可據。合之《述德抒情詩》『歸期過舊歲』，則至東川幕，即有西川之役，大中六年冬也。若因此而謂蜀中諸詩，皆此一時所作，則必不然。辨詳《年譜》及各篇下矣。余多病，不能再訂，後之能誦玉谿詩者，其細辨之。〔張箋〕此爲義山差赴西川推獄之迹，馮譜列於（大中）六年，余意亦當在是年（按：指大中五年）之冬。〔按〕書載《全唐文》，本之《永樂大典》，又載南宋人所編之《成都文類》，證之商隱其他詩文（《獻相國京兆公啓》《五言述德抒情詩一首四十韻獻上杜七兄僕射相公》），又均符合，其爲商隱之作固無疑。馮因定商隱赴東蜀辟在大中六年，故云此篇大中六年冬作，當依張箋，改繫大中五年冬。文有『今月十八日』，此『今月』殆爲十二月。東、西川密邇，路程不過數日，此行又專爲推獄而往，必不可能延滯月餘（如十一月十八日赴西川，翌年初方返，則延滯太久）。商隱詩《今月二日不自量度輒以詩一首四十韻干瀆尊嚴》，説明《五言述德抒情詩》係『今月二日』獻上杜悰，此『今月』應爲大中六年正月，與『歸期過舊歲』合。故此書應作於大中五年十二月十八日前夕。相國京兆公，指杜悰。

〔二〕〔補注〕坤維，指蜀地，此指成都。《易·坤》：『西南得朋。』《文選·張協〈雜詩〉之二》：『大火流坤維。』李善注：『《淮南子》曰：坤維在西南。』

〔三〕〔補注〕決平，公平斷案。《禮記·月令》：『（孟秋之月）審斷決，獄訟必端平。』

〔四〕〔補注〕風憲，此指御史臺。

〔五〕〔補注〕臺牒，御史臺之公文。

〔六〕〔馮注〕因阿安人控御史臺，故牒下東川，令遣官赴西川會讞也。《舊書·紀》：大中四年，魏謩奏：『諸道州府百姓詣臺訴事，多差御史，恐煩勞州縣，請令諸道觀察使幕中判官帶憲銜者委令推劾。如累推有勞，能雪冤滯，御史臺闕官，便奏用。』從之。《北夢瑣言》：杜悰凡蒞藩鎮，未嘗斷獄，繫囚死而不問。在鳳翔洎西川繫囚，無輕無重，任其殍殕。人有從劍門拾得裹漆器文書，乃成都具獄案牘，略不垂愍。

〔七〕〔補注〕與國，友邦、盟國。《管子·八觀》：『與國不恃其親，而敵國不畏其彊。』東、西川爲親鄰，故稱『與國』。

〔八〕〔補注〕《詩·魯頌·閟宮》：『錫之山川，土田附庸。』言東川之於西川，實同附屬於大國之小國。

〔九〕〔馮注〕《書》：弗永遠念天威，曰吾民罔尤違。〔補注〕尤違，過失。

〔一〇〕〔馮注〕本傳：檢校工部郎中。此專言『侍御』，是舉憲銜稱。〔按〕檢校工部郎中，見《舊書》本傳，《新書》則謂『檢校工部員外郎』。此檢校銜是否確有，頗可疑。《劍州重陽亭銘并序》末署『太學博士河內李商隱撰』，宋本義山詩集亦題『太學博士李商隱撰』，均未及所謂『檢校工部郎中』或『檢校工部員外郎』。頗疑修史者據商隱詩集《杜工部蜀中離席》題內『杜』或作『辟』而附會其曾辟『檢校工部郎中』或『檢校工部員外郎』也。至『侍御』銜，則在徐州盧弘止幕時已得。

〔一一〕仁風，馮注本作『仁封』。

〔一二〕〔補注〕事大，小國侍奉大國。《周禮·夏官·司馬》：『比小事大，以和邦國。』鄭玄注：『比猶親。使大國親小國，小國事大國，相合和也。』

〔一三〕〔補注〕《詩·王風·大車》：『謂予不信，有如皦日。』暾，日初出貌。朝暾，早上的太陽。

〔一四〕惟，《全文》作『爲』，據馮本改（馮本係據《成都文類》所載）。〔馮曰〕公移率筆，本不足存，後人拾遺得之，則又不欲棄置也。

獻相國京兆公啓一〔一〕

某啓：人稟五行之秀〔二〕，備七情之動〔三〕，必有詠歎，以通性靈〔四〕。故陰慘陽舒〔五〕，其塗不一；安樂哀思〔六〕，厥源數千。遠則鄘、邶、曹、齊〔七〕，以揚領袖〔八〕；近則蘇、李、顔、謝，用極菁華〔九〕。嘈囋而鐘鼓在懸〔一〇〕，焕爛而錦繡入翫〔一一〕。刺時見志，各有取焉。

某爰自弱齡〔一二〕，側聞古義。留連薄宦〔一三〕，感念離羣〔一四〕。東至泰山，空吟《梁父》〔一五〕；南游郢澤，徒和《陽春》〔一六〕。游於自得之場〔一七〕，實竊德音之選〔一八〕。伏惟相公，既康大政〔一九〕，復振斯文〔二〇〕。論風雨則秋栟芬華〔二一〕，語霜霰則春條零落〔二二〕。發軔於風、力〔二三〕，解鞍於伊、咎〔二四〕。宫商資正始之音〔二五〕，寒暑協中和之序〔二六〕。是故贊其纓拾〔二七〕，俟彼斧斤〔二八〕，神氣雖怯於大巫〔二九〕，名字願聞於下客〔三〇〕。

舊詩一百首，謹封如別。延之設問，希鮑昭之一言〔三一〕；何遜著名，繫沈約之三讀〔三二〕。干冒嚴重，延望恩輝，進退之間，若據泉谷〔三三〕。伏惟俯賜容納。謹啓〔三四〕。

〔一〕本篇原載《文苑英華》卷六五七第八頁、清編《全唐文》卷七七八第一頁、《樊南文集詳注》卷三。〔馮箋〕京兆公亦非杜悰也。玩《詩集·述德抒情》二篇『早歲乖投刺，今晨幸發蒙』，與此情境迥别。《舊書·紀》：大中元年七月，尚書户部侍郎、知制誥、翰林學士承旨韋琮以本官同中書門下平章事。《新書·表》作三月。二年十一月，琮罷爲太子詹事、分司東都，《新書·表》同。《新書·傳》云：世顯仕，琮進士及第。叙歷官甚略。《舊書》無傳。而《紀》云：元年三月，魏扶奏放進士，其封彦卿、崔琢、鄭延休三人，實有詞藝，以父兄見居重位，不得令中選。詔韋琮重考覆，勅放及第。帝雅好儒士，留心貢舉之得失。每山池曲宴，學士詩什屬和。則韋在當時，文采大著，故有『大政』『斯文』之語也。彼『禿角犀』（按：指杜悰）焉能與於此？〔張箋〕京兆公，徐氏以爲杜悰是也。此蓋推獄西川時獻詩爲贄，而先之以啓，故有『纓拾』『斧斤』語。《補編》有與此同題者（按：指『某啓：昔師曠薦音』一篇），大可參證。馮氏妄疑韋琮，無據。又案：余近得馮氏《文注》初稿，亦定此篇京兆公爲杜悰，惟繫之會昌四年悰拜相時，誤。〔按〕此京兆公指杜悰，生平仕歷詳《獻相國京兆公啓》『昔師曠薦音』校注〔一〕。《爲河東公上西川相國京兆公書》云：『今謹差節度判官李商隱侍御往，以今月十八日離此。』《獻相國京兆公啓》（昔師曠薦音）云：『去前月二十四日，誤干英眄，輒露微才。八十首之寓懷，幽情罕備；三十篇之擬古，商較全疏……伏恐本府已有追符，即日徑須上路。』《詩集·五言述德抒情詩一首獻上杜七兄僕射相公》云：『檻危春水暖，樓迥雪峰晴……歸期過舊歲，旅夢繞殘更。』《今月二日不自量度輒以詩一首四十韻干瀆尊嚴》云：『巒嶺晴留雪，巴江晚帶楓。』據此二啓二詩，商隱赴西川推獄之活動日程及與杜悰之交往可考知如下：大中五年十二月十八日離梓州，約二十二、三日抵成都。二十四日上本啓及舊詩一百首獻杜悰。大中六年正月初二獻《五言述德抒情詩》四十韻於杜悰，受到悰之獎譽，繼又獻上《今月二日不自量度》一首四十韻。以本啓與《五言述德抒情詩一首四十韻獻上杜七兄僕射相公》對照，『自昔流王澤，由來仗國禎』一節，即啓所謂『既康大政』；『故事留臺閣，前驅且旆旌』一節，即啓所謂『復振斯文』。『雅宴初無倦，長歌底有情』，『誰知杜武庫，只見謝宣城』，於其詩酒風流之美贊頌備至。其爲同時之作無疑。

〔二〕〔徐注〕《禮記》：人者，五行之秀氣也。

〔三〕〔徐注〕《禮記》：何謂人情？喜、怒、哀、懼、愛、惡、欲，七者弗學而能。

〔四〕〔徐注〕《詩序》：情動於中而形於言，言之不足故嗟歎之，嗟歎之不足故詠歌之。鍾嶸《詩評》：嗣宗《詠懷》之作，可以陶性靈，發幽思。〔補注〕《晉書·樂志》：『夫性靈之表，不知所以發于詠歌。』

〔五〕〔徐注〕《西京賦》：夫人在陽時則舒，在陰時則慘，此牽乎天者也。

〔六〕〔徐注〕《禮記》：治世之音安以樂，其政和；亂世之音怨以怒，其政乖；亡國之音哀以思，其民困。

〔七〕〔徐注〕《詩》疏：邶、鄘、衛三國，三監故地也，紂都焉。武王分朝歌而北謂之邶，南謂之鄘，東謂之衛，以封諸侯。衛後并得邶、鄘之地。《邶》《鄘》之詩皆爲衛事，而猶繫故國之名者，不與衛之滅國也。曹者，兖州陶丘之北地名，武王以封弟振鐸，其封域在雷夏、菏澤之野，昭公好奢而任小人，曹之變風始作。齊，太師吕望封於齊，都營丘，通工商之業，便魚鹽之利，民多歸之。後五世，哀公政衰，荒淫怠慢，紀侯譖之於周懿王，使烹焉，齊之變風始作。〔馮注〕皆《國風》。

〔八〕〔徐注〕梁簡文帝《與湘東王書》：文章未墜，必有英絶領袖之者。〔馮注〕《晉書·裴秀傳》：時人語曰：『後進領袖有裴秀。』字習見。〔補注〕揚領袖，猶作表率、揭規範。

〔九〕蘇李，《英華》作『李蘇』。〔馮注〕漢蘇武、李陵爲五言之祖。《文選》有蘇、李贈答詩。〔徐注〕鍾嶸《詩評序》：謝客爲元嘉之雄，顔延年爲輔。《竹書紀年》：帝載歌曰：『鼚乎鼓之，軒乎舞之，菁華已竭，褰裳去之。』〔補注〕謂蘇、李、顔、謝之詩，發展到華采大備之程度。菁，華也。

〔一〇〕鐘鼓，《英華》作『鼓鐘』。〔徐注〕陸機《文賦》：務嘈嚽而妖冶。濟曰：嘈嚽，浮豔聲。〔補注〕謂聲音喧鬧如鐘鼓在懸而齊奏。形容詩之宫商聲律日趨複雜。

〔一一〕見《爲同州張評事謝辟啓》『文乖綺繡，學乏縑緗』注。〔補注〕焕爛，文彩斑爛。此謂詩之文彩如錦繡之斑爛在目，殊堪玩賞。

〔一二〕〔補注〕弱齡，弱冠之年。《禮記·曲禮上》：『二十曰弱，冠。』任昉《王文憲集序》：『時司徒袁粲，有高世之度，脱落塵俗。見公弱齡，便望風推服……時粲位亞台司，公年始弱冠。』

〔一三〕〔徐注〕任昉表：薄宦東朝，謝病下邑。〔補注〕留連，滯留。薄宦，卑微之官職。陶潛《尚長禽慶贊》：『尚子昔薄宦，妻孥共早晚。』

〔一四〕〔徐注〕《禮記》：子夏曰：『吾離羣而索居，亦已久矣。』

〔一五〕〔徐注〕《蜀志》：諸葛亮，瑯琊人。父珪，泰山郡丞。亮早孤，躬耕隴畝，好爲《梁父吟》，自比管仲、樂毅。〔馮箋〕此謂昔在崔兖海幕。〔補注〕東至泰山，與短期在崔戎兖海觀察使幕之宦游經歷有關，空吟《梁父》，慨己之志向抱負不能實現。當亦與崔戎遽逝，知己不存有關。即《安平公詩》所慨『古人常歎知己少，況我淪賤艱虞多』之意。

〔一六〕陽春，見《獻侍郎鉅鹿公啓》『聞郢中之白雪』句注。〔馮箋〕似謂開成、會昌間江鄉之遊，詳《年譜》。〔按〕開成五年秋至會昌元年春，商隱絶不可能有所謂『江鄉之遊』，見著者《李商隱開成末南遊江鄉説再辨正》（《文學遺産》八〇年三期）、《李商隱開成末南遊江鄉説再辨正補證》（《文史》四〇輯）、本書《爲濮陽公陳許謝上表》注〔一〕及商隱代王茂元撰擬之陳許諸表狀啓牒。此句『南遊郢澤』當指大中元、二年桂幕往返途經江陵、潭州一帶。徒和《陽春》，或指與鄭亞、李回等徒有唱和，而鄭、李旋貶。而『空吟』『徒和』，正見知音不在，切上文『感念離羣』。

〔一七〕〔馮注〕郭象注《逍遥遊》曰：小大雖殊，而放於自得之場，逍遥一也。意謂詩學自有心得。〔補注〕

《禮記・中庸》：『君子無入而不自得焉。』《孟子・離婁下》：『君子深造之以道，欲其自得之也。自得之則居之安，居之安則資之深，資之深則取之左右逢其原，故君子欲其自得之也。』自得，自有心得。

〔一八〕〔徐注〕《禮記》：天下大定，然後正六律、和五聲，弦歌詩頌，此之謂德音。

〔一九〕康，《英華》作『秉』，注：集作『康』。〔補注〕康，安也。《書・益稷》：『〔臯陶〕乃賡載歌曰：「元首明哉，股肱良哉，庶事康哉！」』

〔二〇〕〔補注〕《論語・子罕》：『天之將喪斯文也，後死者不得與於斯文也。』斯文，指禮樂教化、典章制度。此指詩文。

〔二一〕枿，《英華》作『卉』，馮本從之。〔馮注〕《詩・小雅》『秋日淒淒，百卉俱腓』，故反言『秋卉芬華』。若『枿』，《爾雅》，餘也。注：『伐餘木也。』何獨秋哉！〔按〕枿，亦指樹木砍伐後新芽萌生，並可泛指花木新芽萌生。

〔二二〕〔徐注〕劉峻《廣絶交論》：叙温燠則寒谷成暄，論嚴若則春藂零葉。〔按〕二句蓋贊其詩文之妙於形容，謂論風雨之滋潤則秋天之枯枿亦可發芽開花，狀霜霰之摧抑則春天之枝條亦因之零落凋殘。

〔二三〕〔徐注〕風、力，風后、力牧。詳《爲某先輩獻集賢相公啓》注〔三〕。《楚辭》：朝發軔兮天津。〔按〕應上文『既康大政』。

〔二四〕〔徐注〕《後漢書・班固傳》：奏記曰：詳唐、殷之舉，察伊、臯之薦。〔補注〕解鞍，猶息駕。伊，伊尹；臯，臯陶。二句蓋即《五言述德抒情詩》『故事留臺閣，前驅且旆旌』之意，言其建伊、臯之事業後旋調外任。

〔二五〕〔徐注〕《詩序》：《周南》《召南》，正始之道，王化之基。〔馮注〕按《宋書・樂志》《通典》引魏侍中繆襲奏《周禮注》云：漢《安世歌》，猶周《房中》之樂也。往昔議者，以《房中》歌后妃之德以風天下、正夫婦，宜改《安世》之名曰《正始之樂》。此指文帝改《安世》爲《正始》言之。襲此奏，固在明帝太和初矣。《魏志》文帝黄初四年註引《魏書》曰：有司奏改漢氏宗廟《安世樂》曰《正世樂》，乃刊本或誤『始』爲『世』也。此云『正始之音』，自用《詩》義。若《晉書》衛玠與王敦、謝鯤言語彌日，敦謂鯤曰：『不意永嘉之末，復聞正始之音。』正始，魏齊王芳年號。時何晏、王弼善談《老》《易》，爲清言之祖，故云然也。註家每誤引。

〔二六〕〔徐注〕《漢書·地理志》：混同天下，壹之乎中和，然後王教成也。〔馮注〕即燮理陰陽之意。《周禮》保章氏，以十有二風察天地之和。亦其義也。

〔二七〕〔徐注〕《禮記》：野外軍中無贄，以纓、拾、矢可也。〔馮注〕《禮記》注曰：非爲禮之處，用時物相禮而已。纓，馬繁纓也。拾謂射韝。〔補注〕贄，見面禮。纓，套馬之革帶；拾，射箭用之皮製護袖。

〔二八〕〔馮注〕求其裁成也。

〔二九〕〔馮注〕《吴志》注：《吴書》曰：張紘見陳琳作《武庫賦》《應機論》，與琳書，深歎美之。琳答曰：僕在河北，此間率少於文章，易爲雄伯。今景興在此，足下與子布在彼，所謂小巫見大巫，神氣盡矣。

〔三〇〕〔徐注〕《列士傳》：孟嘗君上客食肉，中客食魚，下客食菜。〔馮注〕按《史記·平原君傳》：平原君謂毛遂曰：『先生處勝門下，三年於此矣。左右未有所稱誦，勝未有所聞。』及定從（縱），自楚而歸，遂以爲上客。然則其始固下客也。『願聞』二字用此，蓋獻詩猶自薦也。

〔三一〕〔徐注〕《南史·顔延之傳》：延之嘗問鮑照，已與靈運優劣。照曰：『謝五言詩如初發芙蓉，自然可愛；君詩若鋪錦列繡，亦雕繢滿眼。』〔馮注〕唐人每以鮑照爲『昭』，避武后嫌名也。

〔三二〕〔徐注〕《南史·何遜傳》：沈約嘗謂遜曰：『吾每讀卿詩，一日三復，猶不能已。』

〔三三〕〔徐注〕《詩》：進退維谷。〔馮注〕言如臨淵俯谷，中心恐懼。〔按〕泉，淵也，避唐高祖諱改。

〔三四〕〔馮曰〕專論風雅，不及政事。使韋正居相位，必不應爾。當是韋分司東都，而義山途次相遇，玩『纓拾』句可悟，在三年還京時之前無疑也。〔按〕以京兆公爲韋琮之誤，已見前注〔一〕。而謂此京兆公非『正居相位』，則是。

獻相國京兆公啓二〔一〕

某啓：昔師曠薦音〔二〕，玄鶴下舞；后夔作樂，丹鳳來儀〔三〕。是則師曠之絲桐〔四〕，以玄鶴知妙；后夔之金石〔五〕，以丹鳳彰能。然而師曠之前，撫徽軫者不少〔六〕；后夔之後，諧律吕者至多。曾不聞玄鶴每來，丹鳳常至。豈鳴皋藻質〔七〕，或有所私；巢閣靈心〔八〕，不能無黨？以今慮古，愚竊疑焉。

伏惟相公正始敦風〔九〕，中和執德〔一〇〕。衛玠談道，當海内之風流〔一一〕；張華聚書，見天下之奇祕〔一二〕。自頃出持戎律，入踐台司〔一三〕，暗合孫、吴，乃山濤餘力〔一四〕；自比管、樂，亦孔明戲言〔一五〕。斯皆盡紀朝經，全操樂職〔一六〕。雖魯庭更僕〔一七〕，魏館易衣〔一八〕，欲盡揄揚〔一九〕，終成漏略。而復調元氣之暇〔二〇〕，居外相之餘〔二一〕，偃仰縑緗〔二二〕，留連章句，亦師曠之玄鶴，后夔之丹鳳不疑矣。

若某者，幼常刻苦，長實流離〔二三〕。鄉舉三年〔二四〕，纔霑下第〔二五〕；宦遊十載〔二六〕，未過上農〔二七〕。顧筐篋以生塵〔二八〕，念機關而將蠹〔二九〕。其或綺霞牽思〔三〇〕，珪月當情〔三一〕，烏鵲繞枝〔三二〕，芙蓉出水〔三三〕，平子《四愁》之日〔三四〕，休文《八詠》之辰〔三五〕，縱時有斐然〔三六〕，終乖作者〔三七〕。去前月二十四日，誤干英眄〔三八〕，輒露微才〔三九〕。八十首之寓懷〔四〇〕，幽情罕備〔四一〕；三十篇之擬古〔四二〕，商較全疏〔四三〕。過豐隆以操槌〔四四〕，對西子以窺鏡〔四五〕。比其闊略〔四六〕，仍未等倫。然猶斧藻是思〔四七〕，丹青不足〔四八〕，亟揮柔翰〔四九〕，屢贊神鋒〔五〇〕。詎成褒德之詞，自是抒情之日〔五一〕。言無萬一〔五二〕，讀有再三〔五三〕。不謂恕以蕭稂〔五四〕，加之金臒〔五五〕，頻開莊驛〔五六〕，累泛融尊〔五七〕。揖西園之上賓〔五八〕，必稱佳句〔五九〕；携東山之妙妓〔六〇〕，或配新聲〔六一〕。是以疑玄鶴之有私，意丹鳳之猶黨者，蓋在此也。

始榮攀奉〔六二〕，俄歎艱屯〔六三〕。以樂廣之清羸〔六四〕，披揚雄之瘨眩〔六五〕。遥煩攻療〔六六〕，旋曠趨承。遊梁苑以無期〔六七〕，寢漳濱而有日〔六八〕。矧以游丁鰥孑，不忍羈孤〔六九〕，期既迫於從公〔七〇〕，力遂乖於携幼〔七一〕。安仁揮涕〔七二〕，奉倩傷神〔七三〕。男小於嵇康之男〔七四〕，女幼於蔡邕之女〔七五〕。每蒙顧問，必降咨嗟〔七六〕。撫身世以知歸，望門墻而益戀。

當今允推常武〔七七〕，將慶休辰。軒后之憶先、鴻〔七八〕，殷帝之思盤、説〔七九〕。詳觀天意，取在坤維〔八〇〕。弼光宅之功〔八一〕，議置器之所〔八二〕。載求列辟〔八三〕，誰敢抗衡〔八四〕？愚此際儻必辨杯蛇〔八五〕，不驚牀蟻〔八六〕，尚冀從下執事〔八七〕，爲太平民，望謝傅之蒲葵〔八八〕，詠召公之棠樹〔八九〕。恭惟慎調寢膳，克副人祇〔九〇〕。

伏恐本府已有追符〔九一〕，即日徑須上路，倚大夏之節杖〔九二〕，入彭澤之籃輿〔九三〕。不復拾級賓階〔九四〕，致辭公府〔九五〕。故欲仰青田之叙感〔九六〕，瞻丹穴以興懷〔九七〕。禿逸少之鹿毛〔九八〕，書情莫竭；盡休明之繭紙〔九九〕，寫戀難窮。企望旌幢〔一〇〇〕，無任隕涙感激之至。謹啓。

〔一〕本篇原載清編《全唐文》卷七七八第一頁、《樊南文集補編》卷八。〔錢箋〕本集有《獻相國京兆公啓》，徐氏以爲杜悰，馮氏以爲韋琮（原作悰，今正）。今核之是啓，而知其必爲杜悰也。考悰於會昌四年由淮南入相，文中『出持戎律，入踐台司』，當指其事。若韋琮，固未嘗出鎮也。又云『詳觀天意，取在坤維』，則尤爲節度西川之確證。義山於大中六年（按：此沿馮譜之誤，當依張箋作五年）奉河東公命往西川推獄，故本集有《爲河東公上西川相國京兆公書》。是篇云『伏恐本府已有追符，即日徑須上路』，知爲臨行投獻之作。若文中『玄鶴』『丹鳳』，之喻，與本集啓内『大（當作復）振斯文』等語，則文人獻諛，例多溢美。馮氏必以『禿角犀』爲疑，則詩集《述德抒情詩》，何又以爲杜悰耶？餘詳《爲河東公謝相國京兆公第三啓》注〔一〕。〔張箋〕案《五言述德抒情詩》曰：『歸期過舊歲，旅夢繞殘更。』《補編·獻相國京兆公啓》云：『伏恐本府追符，即日徑須上路。』『不復拾級賓階，致辭公府……企望旌幢，無任隕淚。』則由西川返梓，當在春初矣。〔按〕錢氏考定兩篇《獻相國京兆公啓》之京兆公均爲杜悰，張氏繫本篇於大中六年春，均確。以大中六年春初所作之《五言述德抒情詩一首四十韻獻上杜七兄僕射相公》《今月二日不自量度輒以詩一首四十韻干瀆尊嚴伏蒙仁恩俯賜披覽獎踰其實情溢於辭顧惟疏蕪曷用酬戴輒復五言四十韻一章獻上亦詩人詠歎不足之義也》二詩與二《獻相國京兆公啓》對照，語意多有相似者，其爲同時投獻杜悰之詩、文無疑。《五言述德抒情詩》云：『故事留臺閣，前驅且旆旌。』此啓云：『而復調元氣之暇，居外相之餘。』同指其由宰相而出鎮東、西川。《述德抒情詩》云：『有客趨高義，於今滯下卿。』此啓云：『幼常刻苦，長實流離。鄉舉三年，纔霑下第；宦遊十載，未過上農。』《述德抒情詩》云：『悼傷潘岳重。』此啓云：『安仁揮涕，奉倩傷神。』同抒其流滯之慨、悼傷之情。而啓所謂『詎成褒德之詞，自是抒情之日』，即詩題所云『述德抒情』。前後二啓辭意亦有相似者，前啓云：『宫商資正始之音，寒暑協中和之序。』後啓云：『相公正始敦風，中和執德。』前啓云：『何遜著名，繫沈約之三讀。』後啓云：『言無萬一，讀有再三。』前啓云：『神氣雖怯於大巫。』後啓云：『過豐隆以操槌，對西子以窺鏡。』可證前後二詩二啓均爲上同一對象杜悰。

〔二〕〔錢注〕《韓非子》：平公問師曠曰：『清商固最悲乎？』師曠曰：『不如清徵。』師曠援琴而鼓。一奏之，有玄鶴二八道南方來，集於郎門之垝；再奏之而列；三奏之延頸而鳴，舒翼而舞，音中宫商之聲，聲聞於天。謝超宗《齊北郊樂歌》：禮獻物，樂薦音。〔補注〕薦，進獻。

〔三〕〔補注〕《書·益稷》：『夔曰：戛擊鳴球，搏拊琴瑟以詠，祖考來格。虞賓在位，羣后德讓，下管鼗鼓，合止柷敔。笙鏞以間，鳥獸蹌蹌。《簫韶》九成，鳳皇來儀。夔曰：於，予擊石拊石，百獸率舞，庶尹允諧。』夔，舜時主管音樂之官。

〔四〕〔錢注〕《初學記》：桓譚《新論》曰：神農氏繼宓犧而王天下，於是始削桐爲琴，繩絲爲弦。

〔五〕〔補注〕金石，指鐘磬一類樂器。《國語·楚語》：『而以金石匏竹之昌大、囂庶爲樂。』韋昭注：『金，鍾也；石，磬也。』

〔六〕〔錢注〕《太平御覽》：《琴書》曰：上圓而斂，象天也；下方而平，法地。十三徽配十二律，餘一象閏也。中翅八寸，象八風。腰廣四寸，象四時。軫圓，象陽轉而不窮也。〔補注〕徽，琴徽，繫琴弦之繩。後亦以指七弦琴琴面十三個指示音節之標識。徽軫，琴腹下轉動琴弦之軸。撫徽軫，即撫琴。

〔七〕〔錢注〕鮑照《舞鶴賦》：鍾浮曠之藻質。〔補注〕《詩·小雅·鶴鳴》：『鶴鳴于九皋，聲聞于天。』藻質，華美之體質。或云鶴以藻爲食，故稱鶴爲藻質。

〔八〕〔錢注〕《尚書中侯》：『黄帝時，天氣休通，五得期化，鳳凰巢阿閣，歡于樹。』〔補注〕阿閣，四面有檐霤之樓閣。巢閣靈心，指鳳凰。

〔九〕見上篇注〔二五〕。

〔一〇〕〔補注〕《禮記·中庸》：『喜怒哀樂之未發謂之中，發而皆中節謂之和。中和者，天下之大本也，和也者，天下之達道也。致中和，天地位焉，萬物育焉。』餘參見上篇注〔二六〕。

〔一一〕〔錢注〕《晉書·衛玠傳》：玠風神秀異，好言玄理。瑯琊王澄有高名，少所推服，每聞玠言，輒歎息絶倒。故時人語曰：『衛玠談道，平子絶倒。』永嘉六年卒。丞相王導教曰：『此君風流名士，海内所瞻，可修薄祭，以敦舊好。』

〔一二〕〔錢注〕《晉書·張華傳》：華雅愛書籍，天下奇祕，世所希有者，悉在華所。

〔一三〕〔錢注〕《後漢書·陳蕃傳》：臣位列台司。〔補注〕出持戎律，謂外歷方鎮；入踐台司，謂入爲宰輔。參注〔一〕錢箋。

〔一四〕〔錢注〕《晋書·山濤傳》：吴平之後，帝詔天下罷軍役。濤論用兵之本，以爲不宜去州郡武備，其論甚精。于時咸以爲不學孫、吴而暗與之合。

〔一五〕〔錢注〕《蜀志·諸葛亮傳》：亮字孔明，躬耕隴畝，每自比於管仲、樂毅。

〔一六〕〔錢注〕《漢書·王襃傳》：神爵、五鳳之間，天下殷富，數有嘉應。上頗作歌詩，欲興協律之事。於是益州刺史王襄欲宣風化於衆庶。聞王襃有俊才，使作《中和》《樂職》《宣布》詩，選好事者令依《鹿鳴》之聲，習而效之。〔補注〕朝經，朝廷之典章制度。王襃《四子講德論》：『浮遊先生陳丘子曰：所謂《中和》《樂職》《宣布》之詩，益州刺史之所作也。刺史見太上聖明，股肱竭力，德澤洪茂，黎庶和睦，天人並應，屢降瑞福，故作三篇之詩，以歌詠之也。』後用爲稱頌太守之詞。此處用典，兼切杜悰鎮西川。

〔一七〕〔補注〕《禮記·儒行》：魯哀公曰：『敢問儒行。』孔子對曰：『遽數之不能終其物，悉數之乃留，更僕未可終也。』陳澔集説：『卒遽而數之，則不能終言其事；詳悉數之，非久留不可。僕，臣之擯相者。久則疲倦，雖更代其僕，亦未可得盡言之也。』魯庭，魯之朝廷。更僕，更僕難數，極言其未可得盡言之，即下『終成漏略』意。

〔一八〕〔錢注〕《魏志·荀彧傳》注：張衡《文士傳》曰：孔融數薦衡于太祖，太祖聞其名，圖欲辱之，乃録爲鼓史。後至八月朝，大宴，賓客並會。時鼓史擊鼓過，皆當脱其故服，易著新衣。次衡，衡擊爲《漁陽參撾》，容態不常，音節殊妙。坐上賓客聽之，莫不慷慨。過不易衣，吏呵之，乃當太祖前，以次脱衣，裸身而立，徐徐乃著褌帽畢，復擊鼓参撾，而顔色不怍。

〔一九〕〔錢注〕班固《西都賦序》：雍容揄揚。

〔二〇〕〔錢注〕班固《東都賦》：降烟煴，調元氣。〔補注〕調元氣，即調和陰陽，執掌大政，指任宰相。

〔二一〕〔錢注〕《晋書·羊祜傳論》：超居外相，宏總上流。〔補注〕外相，在地方上主政者，此指節鎮。《舊唐書·武宗紀》：會昌五年，五月，杜悰罷知政事，出爲劍南東川節度使。又《宣宗紀》：大中二年，二月，東川節度使杜悰徙西川節度使。

〔一二二〕縑緗，見《上令狐相公狀二》『置彼縑緗』注。本指書寫書卷之淺黄色細絹，此指書卷。

〔一二三〕〔補注〕流離，流轉離散。《漢書·劉向傳》：『死者恨於下，生者愁於上，怨氣感動陰陽，因之以饑饉，物故流離以十萬數。』錢注謂『流離』出《詩》，按《詩·邶風·旄丘》『瑣兮尾兮，流離之子』之『流離』係梟之别名，非此句『流離』之義。

〔一二四〕〔錢注〕《後漢書·章帝紀》：夫鄉舉里選，必累功勞。〔補注〕鄉舉，即鄉貢。《新唐書·選舉志》：『每歲仲冬，州、縣、館、監舉其成者送之尚書省；而舉選不由館、學者，謂之鄉貢，皆懷牒自列于州、縣，試已……既至省，皆疏名列到。』韓愈《贈張童子序》：『始自縣考試定其可舉者，然後升於州若府，其不能中科者，不與是數焉。州若府總其屬之所升，又考試之如縣，加察詳焉。定其可舉者，然後貢於天子而升之有司，其不能中科者，不與是數焉。謂之鄉貢。』據岑仲勉《玉谿生年譜會箋平質》，商隱於大和七年、九年及開成二年三次被鄉貢，參加進士試。商隱《上崔華州書》亦云：『始爲故賈相國所憎，明年病不試，又明年復爲今崔宣州所不取。』至開成二年方登進士第。然大和七年前實已參加進士試，見《上崔華州書》『凡爲進士者五年』編著者按。

〔一二五〕〔錢注〕《後漢書·皇甫規傳》：以規爲下第。〔按〕下第，指登進士第之等第。進士有甲、乙兩科。名次亦有先後。

〔一二六〕〔錢注〕《漢書·司馬相如傳》：長卿久宦遊不遂，而困來過我。〔補注〕商隱開成四年（八三九）釋褐爲祕書省校書郎，至作此啓之大中五年（八五一）首尾十三年。此言『宦遊十年』蓋約舉成數。

〔一二七〕〔錢注〕顔延之《陶徵士誄》：禄等上農。已上四語，事詳馮訂年譜。〔補注〕上農，指種植條件較好、收益較多之上等農民。《管子·揆度》：『上農挾五，中農挾四，下農挾三。』《孟子·萬章下》：『上農夫食九人。』趙岐注：『其所得穀，足以食九口。』

〔一二八〕〔錢注〕《宋書·建平宣簡王宏傳》：兩宫所遺珍玩，塵於笥篋。〔補注〕笥篋，竹編狹長形箱子。笥篋生塵，謂家貧無所儲藏。

〔二九〕〔錢注〕《漢書·藝文志》：技巧者，習手足，便器械，積機關，以立攻守之勝者也。《子華子》：户樞之不蠹，以其運故也。〔補注〕機關將蠹，謂閉户不出，與外界很少來往。

〔三〇〕〔錢注〕謝朓《晚登三山還望京邑》詩：餘霞散成綺。〔補注〕商隱詩《謝先輩防記念拙詩甚多異日偶有此寄》『曉用雲添句』，即此意。

〔三一〕〔錢注〕江淹《别賦》：秋月如珪。〔補注〕當，值。珪月當情，亦謂未圓之秋月正引離思。

〔三二〕〔錢注〕魏武帝《短歌行》：月明星稀，烏鵲南飛。繞樹三匝，何枝可依。

〔三三〕〔錢注〕鍾嶸《詩品》：湯惠休曰：謝詩如芙蓉出水。〔補注〕曹植《洛神賦》：『遠而望之，皎若太陽升朝霞；迫而察之，灼若芙蓉出渌波。』

〔三四〕〔錢注〕《後漢書·張衡傳》：衡字平子。張衡《四愁詩序》：張衡不樂久處機密，陽嘉中出爲河間相，鬱鬱不得志，爲《四愁詩》。

〔三五〕〔錢注〕《梁書·沈約傳》：約字休文。《金華志》：《八詠詩》，南齊隆昌元年太守沈約所作，題於玄暢樓，時號絶唱，後人因更『玄暢』爲『八詠』樓云。《八詠詩》：一、《登臺望秋月》；二、《會圃臨春風》；三、《歲暮愍衰草》；四、《霜來怨落桐》；五、《夕行聞夜鶴》；六、《晨征聽曉鴻》；七、《解佩去朝市》；八、《被褐守山東》。

〔三六〕〔補注〕《論語·公冶長》：『子在陳，曰：「歸與！歸與！吾黨之小子狂簡，斐然成章，不知所以裁之。」』斐然，富有文采，文章可觀。此謂已雖有文采斐然之詩作。

〔三七〕〔補注〕作者，專指從事文章撰述或藝術創作者。吴質《答東阿王書》：『實賦頌之宗，作者之師也。』此謂終有異於真正之作者。

〔三八〕〔錢注〕謝朓《和伏武昌登孫權故城》詩：俯仰流英眄。〔補注〕英眄，奕奕有神之目光。干，冒犯。

〔三九〕〔錢注〕王逸《楚辭章句序》：班固謂之露才揚己。

〔四〇〕〔錢注〕《晋書·阮籍傳》：作《詠懷詩》八十餘篇，爲時所重。

〔四一〕〔補注〕《詩品》卷上：『晋步兵阮籍……《詠懷》之作，可以陶性靈，發幽思，言在耳目之内，情寄八荒之表……厥旨淵放，歸趣難求。』二句謂己之詩作，無阮籍《詠懷詩》之幽深情思旨趣。

〔四二〕〔錢注〕江淹《雜體詩序》：今作三十首詩，效其文體。〔補注〕江淹《雜體詩三十首》，分擬古離別、李都尉從軍、班婕妤詠扇至休上人怨别共三十體，故謂之『擬古』。《詩品》卷中：『文通詩體總雜，善於摹擬。』

〔四三〕〔補注〕商較，研究比較。《晋書·文苑傳》：『試商較而論之。』此謂己之擬古諸作，在仔細研究比較前人之作方面，不如江淹之《雜體詩》。疏，疏略。

〔四四〕〔錢注〕《淮南子》：季春三月，豐隆乃出，以將其雨。注：豐隆，雷也。王充《論衡》：圖畫之工，圖雷之狀，纍纍如連鼓之形。又圖一人若力士之容，使之左手引連鼓，右手推椎，若擊之狀。

〔四五〕〔錢注〕楊修《答臨淄侯牋》：見西施之容，歸憎其貌者也。〔補注〕謂面對西施而照鏡，不自知美醜妍媸之懸絶。

〔四六〕〔補注〕闊略，粗疏。

〔四七〕〔錢注〕揚子《法言》：吾未見好斧藻其德，若斧藻其楶者歟？〔補注〕斧藻，文飾，修飾。

〔四八〕〔補注〕丹青，絢麗之色彩。謂修飾詞采使更絢麗。

〔四九〕〔錢注〕左思《詠史詩》：弱冠弄柔翰。〔補注〕柔翰，毛筆。

〔五〇〕〔錢注〕《晋書·王澄傳》：嘗謂衍曰：『兄形似道，而神峰太雋。』〔補注〕神峰，又作『神鋒』。謂氣概、風標，有風度俊邁之意。峰，喻秀拔。《世説新語·賞譽》作『神鋒』。

〔五一〕〔補注〕二句切《五言述德抒情詩一首四十韻獻上杜七兄僕射相公》詩題『述德抒情』而言，謂己之詩褒揚杜悰功德方面多有欠缺，僅抒一己之情而已。

〔五二〕〔錢注〕《後漢書·曹世叔妻傳》：敢不披肝露膽，以效萬一。〔補注〕謂己詩在褒揚悰之功德方面尚不及其萬分之一。

〔五三〕〔錢校〕『讀』當作『瀆』，見《易》。〔按〕錢校非。《易·蒙》：『初筮告，再三瀆，瀆則不告。』瀆係褻瀆、輕慢之意。然此句『讀有再三』即本集《獻相國京兆公啓》『何遜著名，繫沈約之三讀』之意，用《南史·何遜傳》沈約謂何遜曰『吾每讀卿詩，一日三復，猶不得已』，形容杜悰對己獻詩之稱賞，與《易·蒙》『再三瀆』無涉。

〔五四〕〔補注〕《詩·王風·采葛》：『彼采蕭兮。』《曹風·下泉》：『浸彼苞稂。』蕭，艾蒿；稂，莠草。

〔五五〕〔錢注〕江淹《雜體詩·擬陳思王贈友》：辭義麗金雘。〔補注〕金雘，鏤金塗青，引申指雕飾。二句謂未料想到杜悰不僅原諒自己詩作之粗陋，而且加以夸飾獎譽。

〔五六〕〔錢注〕《史記·鄭當時傳》：當時字莊。常置驛馬長安諸郊，請謝賓客，夜以繼日。

〔五七〕〔錢注〕《後漢書·孔融傳》：融字文舉，好士，喜誘益後進，賓客日盈其門，常歎曰：『坐上客恒滿，尊中酒不空，吾無憂矣。』〔補注〕二句謂悰頻開客館，設宴招待。

〔五八〕〔錢注〕曹植《公讌詩》：公子敬愛客，終宴不知疲。清夜遊西園，飛蓋相追隨。

〔五九〕〔錢注〕《世説》：孫興公作《天台賦》成，以示范榮期，每至佳句，皆輒云：『應是我輩語。』

〔六〇〕〔錢注〕《晉書·謝安傳》：安雖放情丘壑，然每游賞，必以妓女從，累違朝旨，高卧東山。〔按〕謝安早年辭官隱居會稽之東山。後又遊憩於金陵之東山。

〔六一〕〔錢注〕《國語》：平公説新聲。〔補注〕新聲，新製之樂曲。此謂悰携妓遊宴時，將商隱所獻詩配上新曲歌唱。

〔六二〕〔錢注〕《陳書·姚察傳》：特以東朝攀奉，恩紀繆加。〔補注〕攀奉，陪奉。

〔六三〕〔補注〕艱屯，指境遇艱難。

〔六四〕〔錢注〕似係衛玠，因臆記而誤。《晉書·衛玠傳》：年五歲，風神秀異。其後多病，體羸。妻父樂廣有海内重名，議者以爲婦公冰清，女婿玉潤。

〔六五〕〔錢注〕揚雄《劇秦美新》：臣嘗有顛眴病。李善注：賈逵《國語注》曰：眩，惑也。『眴』與『眩』古字通。〔補注〕瘨眩、顛眴，即俗之所謂羊癇風。披，犯也。

〔六六〕〔錢注〕《孔叢子》：梁丘據遇虺毒，三旬而後瘳，朝齊君。齊君會大夫衆賓而慶焉，大夫衆賓並復獻攻療之方。

〔六七〕〔錢注〕《史記·梁孝王世家》：孝王築東苑，方三百餘里，招延四方豪傑，自山以東遊説之士，莫不畢至。〔按〕此以『梁苑』喻指杜悰幕府。

〔六八〕〔錢注〕劉楨《贈五官中郎將》詩：余嬰沉痼疾，竄身清漳濱。〔按〕此以『漳濱』喻指東川幕府。商隱《病中聞河東公樂營置酒口占寄上》：『可憐漳浦卧，愁緒獨如麻。』《梓州罷吟寄同舍》：『漳濱多病竟無憀。』均可證。

〔六九〕〔錢注〕謝莊《月賦》：羈孤遞進。〔補注〕游丁，猶游子。鰥孑，指己喪妻鰥居獨處。羈孤，羈旅孤獨。

〔七〇〕〔補注〕《詩·魯頌·泮水》：『無小無大，從公于邁。』按：『期既迫於從公』，謂因佐梓州幕追隨柳仲郢，行期迫促。或指幕府事有程期，時間緊迫。

〔七一〕〔錢注〕《戰國策》：孟嘗君就國於薛，未至百里，民扶老携幼，迎君道中終日。〔按〕商隱係隻身赴東川幕，其子衮師及女兒寄養於長安，詩集有《楊本勝説於長安見小男阿衮》。

〔七二〕〔錢注〕潘岳《悼亡詩》：撫衿長歎息，不覺涕霑胸。〔按〕安仁，潘岳字。此即《五言述德抒情詩》『悼傷潘岳重』之意。

〔七三〕〔錢注〕《魏志·荀彧傳》注：《晉陽秋》曰：荀粲字奉倩，婦病亡未殯，傅嘏往唁粲，粲不哭而神傷。

〔七四〕〔錢注〕嵇康《與山巨源絶交書》：男年八歲，未及成人。〔按〕衮師生於會昌六年，至大中六年爲七歲，故云。

〔七五〕〔錢注〕《後漢書·陳留董祀妻傳》：同郡蔡邕之女也，名琰，字文姬。注：劉昭《幼童傳》曰：邕夜鼓琴，絃絶，琰曰：『第二絃。』邕曰：『偶得之耳。』故斷一絃問之，琰曰：『第四絃。』並不差謬。〔按〕《藝文類聚》卷四四樂部四『琴』引《蔡琰别傳》亦載其事，謂其時琰『年六歲』。商隱《驕兒詩》有『階前逢阿姊，六甲頗輸失』之語，此『阿姊』長於衮師。如大中六年有尚幼於伯喈之女者，則爲衮師之妹矣。而《上河東公啓》亦云：『眷言息胤，不暇提携，或小於叔夜之男，或幼於伯喈之女。』

〔七六〕〔錢箋〕本集《樊南乙集序》，爲大中七年所作，中云『三年以來，喪失家道』，故馮譜定其喪妻在大中五年。又詩集有《悼傷後赴東蜀辟至散關遇雪》詩，則爲大中六年作。本集《上河東公啓》有云：『悼傷以來，光陰未幾。』《述德抒情詩》亦有『悼傷潘岳重』之語，知其悼亡未久，餘哀未忘也。〔按〕張采田《會箋》四大中五年附考云：『案馮氏年譜之繆，莫甚於以王氏之卒繫諸五年，而以蜀辟繫諸六年也。』錢氏沿馮譜之誤，故謂《悼傷後赴東蜀辟至散關遇雪》作於大中六年。然謂作此啓時『餘哀未忘』，則是。『每蒙』二句謂杜悰對商隱喪妻别子之境遇深表同情。

〔七七〕〔錢注〕《詩序》：《常武》，召穆公美宣王也。〔補注〕此以周宣王伐叛中興喻指唐宣宗使唐室中興。

〔七八〕〔錢注〕《史記·五帝紀》：黄帝者，姓公孫，名曰軒轅，舉風后、力牧、常先、大鴻以治民。〔補注〕憶，思也。

〔七九〕〔補注〕《書》有《盤庚》《説命》。《盤庚序》：『盤庚五遷，將治亳殷，民咨胥怨，作《盤庚》三篇。』《史記·殷本紀》：『盤庚渡河南，復居成湯之故居，乃五遷……治亳，行湯之政。然後百姓由寧，殷道復興，諸侯來朝，以其遵成湯之德也……帝小辛立，殷復衰。百姓思盤庚，乃作《盤庚》三篇。』《書·説命》：『王（殷高宗武丁）庸作書以誥曰：以台正于四方，惟恐德弗類，兹故弗言。恭默思道，夢帝賚予良弼，其代予言。乃審厥象，俾以形旁求于天下。説築傅巖之野，惟肖，爰立作相。』盤庚爲殷之中興君主，傅説爲佐武丁中興之賢臣。此句謂『殷帝之思盤、説』，如分指盤庚、傅説，則義不可通，當是偶疏。

〔八〇〕坤維，指西南，此指西川。典出《易·坤》，屢見。

〔八一〕〔錢注〕《書序》：昔在帝堯，聰明文思，光宅天下。〔補注〕弼，輔佐。光宅，廣有天下。

〔八二〕〔錢注〕《漢書·賈誼傳》：誼上疏陳政事曰：今人之置器，置諸安處則安，置諸危處則危。天下之情，與器亡以異，在天子之所置之。

〔八三〕〔補注〕列辟，指諸侯。此指各地方鎮。

〔八四〕敢，《全文》作『取』，誤。據錢校改。

〔八五〕見《上河南盧給事狀》『曾疑樂廣之弓』注。〔補注〕應劭《風俗通·怪神·世間多有見怪驚怖以自傷者》：『予之祖父郴爲汲令，（賜）主簿杜宣酒。時北壁上有懸赤弩，照於杯，形如蛇。宣畏惡之，然不敢不飲，其日便得胸腹痛切。郴還聽事，顧見懸弩。使宣於故處設酒，杯中故復有蛇，宣遂解。』

〔八六〕〔錢注〕《晉書·殷仲堪傳》：仲堪父師嘗患耳聰，聞牀下蟻動，謂之牛鬬。〔按〕『必辨杯蛇』『不驚牀蟻』，謂不妄自猜疑，神經過敏。

〔八七〕〔補注〕《左傳·僖公二十六年》：『寡君聞君親舉玉趾，將辱於敝邑，使下臣犒下執事。』下執事，手下具體辦事人員。不直言對方，而謙言下執事。此指杜悰。

〔八八〕見《爲濮陽公賀楊相公送土物狀》『謝安敦素，猶取於蒲葵』注。

〔八九〕〔補注〕《詩·召南·甘棠》：『蔽芾甘棠，勿剪勿伐，召伯所茇。』《史記·燕召公世家》：『召公巡行鄉邑，有棠樹，決獄政事其下……召公卒，而民人思召公之政，懷棠樹不敢伐，哥（歌）詠之，作《甘棠》之詩。』

〔九〇〕〔補注〕人祇，民之敬望。

〔九一〕〔補注〕本府，指東川節度使府。追符，催還之公文。

〔九二〕〔錢注〕《史記·大宛傳》：張騫曰：『臣在大夏時，見邛竹杖，問曰：「安得此？」大夏國人曰：「吾賈人往市之身毒。」』

〔九三〕〔錢注〕《晉書·陶潛傳》：潛素有脚疾，乘籃輿，令一門生、二兒共舉之。〔補注〕潛曾爲彭澤令。籃輿，轎子。二句謂已扶杖乘轎而回。

〔九四〕〔補注〕《禮記·曲禮上》：『拾級聚足，連步以上。』拾級，逐級登階。《書·顧命》：『大輅在賓階面，綴輅在阼階面。』賓階，西階，古時賓主相見，賓自西階上。

〔九五〕〔錢注〕《漢書·陳遵傳》：並入公府。

〔九六〕〔錢注〕《初學記》：《永嘉郡記》曰：有洡沐溪，去青田九里，此中有一雙白鶴，年年生子，長大便去，只惟餘父母一雙在耳。精白可愛，多云神仙所養。

〔九七〕〔錢注〕《山海經》：丹穴之山，有鳥如雞，五采而文，名曰鳳凰。

〔九八〕〔錢注〕《晉書·王羲之傳》：羲之字逸少。崔豹《古今注》：牛亭問曰：『世稱蒙恬造筆，何也？』答曰：『蒙恬始造秦筆耳，以枯木爲管，鹿毛爲柱，羊毛爲披。』

〔九九〕〔錢注〕《吴志·趙達傳》注：《吴録》曰：皇象字休明，幼工書。《世説》：王羲之書《蘭亭序》，用蠶繭紙。

〔一〇〇〕〔補注〕旌幢，猶旌旗，指節度使之雙旌。

爲河東公謝相國京兆公啓〔一〕

某啓：今月某日，得當道萬安驛狀報〔二〕，伏承遣兵馬使陳朗賫幣帛鞍馬辟召小男者〔三〕。未敢尋盟〔四〕，遽兹聞喜〔五〕。遐瞻閶闔〔六〕，恨乏羽毛。伏以自有搢紳〔七〕，誰無交結〔八〕。朋友不全素諾，在古殊多；父子同受深知，當今罕見〔九〕。豈期令德，圖於所難。男珪曾未成人，纔沾下第〔一〇〕。辨仲謀之菽麥，雖則有餘〔一一〕；況安石之芝蘭，竊將不可〔一二〕。忽依大府〔一三〕，便厠英僚〔一四〕。東吳之哈〔一五〕，恐自此始；西園之譏〔一六〕，未知如何。此皆相公以某謬接藩維〔一七〕，久依繩墨，克降由衷之信〔一八〕，將酬事大之心〔一九〕。不然，則安得拔童子於舞雩〔二〇〕，禮諸生於白社〔二一〕！身枝獲慶〔二二〕，城府知歸〔二三〕。感激恩光，丁寧教誡。永言銘鏤，尚昧端倪〔二四〕。伏候簡書〔二五〕，來至敝邑，則專請張覿評事奉啓狀申陳。慕義無窮〔二六〕，措辭莫盡。攀附惶戢〔二七〕，不能究陳。謹啓。

校注

〔一〕本篇原載《文苑英華》卷六五四第二頁、清編《全唐文》卷七七六第一四頁、《樊南文集詳注》卷四。《文苑英華》連下篇題作《爲河東公謝相國京兆公啓二首》，徐本、馮本從之。〔徐箋〕《舊書·柳公綽傳》：公綽字起之，京兆華原人。子仲郢，字諭蒙，元和十三年進士擢第。咸通初以兵部尚書加金紫光禄大夫、河東男，食邑三百户。俄出爲興元尹、山南西道節度使。杜悰辟其子，正在此時，故曰『謬接藩維，久依繩墨』。《杜悰傳》：悰京兆萬年人。大中初出鎮西川，俄復入相。〔馮箋〕《舊書·白敏中傳》：大中七年，爲西川節度。蓋代杜悰也。悰於大中二年二月節度西川，七年移淮南，仲郢於六年鎮東川，故（柳）珪得被其辟。《舊書·宣宗紀》書六年四月白敏中調鎮西川，悰本傳云『俄復入相』，皆誤。備詳《年譜》及《詩集注》。徐氏疑爲悰再鎮西川，而以仲郢鎮興元合之，尤謬。又按：袁説友《成都文類》失載此數篇，豈以題無『西川』字不細檢點歟？他詩文亦有失載者。〔按〕馮箋糾徐氏之誤誠是，然柳仲郢乃大中五年七月移鎮東川，杜悰則於大中六年四月移鎮淮南，白敏中代之。《舊書·宣宗紀》所載白敏中移鎮西川之年月不誤。詳見張采田《會箋》四大中五、六兩年有關考證，此不具引。此啓及下啓乃代柳仲郢謝杜悰辟其子柳珪爲幕僚而作。據《舊書·柳仲郢傳》，柳珪大中五年登進士第。而《爲柳珪上京兆公謝衣絹啓》云：『去春成名，首秋歸覲。』則受杜悰辟聘在大中六年。《新書·柳珪傳》載：『杜悰表在幕府，久乃至。會悰徙淮南，歸其積俸，珪不納。』則珪之被辟，下距悰之徙鎮淮南（大中六年四月）應有一段時間，故此啓及下啓之寫作時間約在大中六年三月之初。詳參見《爲柳珪上京兆公謝辟啓》注〔一〕。

〔二〕〔補注〕萬安驛，在綿州。本萬安縣，天寶元年更名羅江。有白馬關。由萬安驛乘舟順内江而下可至梓州。唐時由成都至梓州，當多取此道。東川節度使管梓、綿、劍、普、榮、遂、合、渝、瀘等州，故云『當道萬安驛』。

〔三〕〔補注〕小男，指柳仲郢子柳珪。

〔四〕〔徐注〕《左傳》：諸侯討貳，則有尋盟。〔馮注〕《左傳》：晉人將尋盟。字屢見。又：《成三年》：晉荀庚來聘，且尋盟。衛孫良夫來聘，且尋盟。〔補注〕尋盟，重温前盟。《左傳·哀公十二年》：『今吾子曰：必尋盟。若可尋也，亦可寒也。』杜預注：『尋，重也；寒，歇也。』孔疏：『諸言尋盟者，皆以前盟已寒，更温之使熱。』

〔五〕〔徐注〕《漢書·武帝紀》：（元鼎六年冬）將幸緱氏，至左邑桐鄉，聞南越破，以爲聞喜縣。〔按〕句意蓋謂忽聞此辟召小男之喜訊。

〔六〕闇，《英華》作『闢』，馮本從之。徐本作『閽』。〔按〕闇闥、闢闥，皆門户之義。《文選·左思〈吴都賦〉》：『闇闥譎詭，異出奇名。』李周翰注：『言門户譎詭而奇異也。』

〔七〕〔馮注〕《史記》：薦紳先生難言之。徐廣曰：薦紳，即搢紳也。古字假借。〔徐注〕《漢書》：縉紳先生之徒。〔補注〕縉紳、搢紳，插笏於紳帶間。借指士大夫。

〔八〕〔徐注〕《吴志·孫皈傳》：善於交結。

〔九〕罕，《英華》注：集作『未』。

〔一〇〕〔徐箋〕《舊書》：仲郢三子：珪、璧、玭。珪字鎮方，大中五年登進士第。累辟使府，早卒。

〔一一〕辨，《全文》誤作『辦』，據《英華》改。〔徐注〕《吴志》：孫權字仲謀。陳琳檄吴文：孫權小子，未辨菽麥。《左傳》：周子有兄而無慧，不能辨菽麥。

〔一二〕〔徐注〕《晉書·謝安傳》：安謂兄子玄曰：『子弟亦何豫人事，而欲使其佳？』玄曰：『譬之芝蘭玉樹，欲使其生於庭階耳。』

〔一三〕〔徐注〕《漢書·郅都傳》：旁十餘郡守，畏都如大府。〔按〕大府，本指丞相府。此似指成都府。

〔一四〕〔徐注〕任昉表：英俊下僚，不可限於位貌。

〔一五〕〔徐注〕左思《吴都賦》：東吴王孫，囅然而咍。善曰：楚人謂相笑爲咍。

〔一六〕〔馮注〕曹植《公讌詩》：公子敬愛客，終宴不知疲。清夜遊西園，飛蓋相追隨。此聯（按：指『東吴』『西園』一聯）用《蜀都賦》，又以『西園』寓西川。

〔一七〕〔徐曰〕謂興元與劍南接壤。〔按〕指東、西川鄰接。

〔一八〕衷，馮本作『中』。〔徐注〕《左傳》：信不由中，質無益也。

〔一九〕見《爲河東公上西川相國京兆公書》注〔一一〕。

〔二〇〕拔，《英華》作『按』，注：集作『拔』。〔補注〕《論語·先進》：『子路、曾晳、冉有、公西華侍坐……（晳）曰：「莫春者，春服既成，冠者五六人，童子六七人，浴乎沂，風乎舞雩，詠而歸。」夫子喟然歎曰：「吾與點（晳）也！」』

〔二一〕〔馮注〕《晉書·隱逸傳》：董京與隴西計吏俱至洛陽，被髪而行，逍遥吟詠，常宿白社中。孫楚數就社中與語。

〔二二〕〔徐注〕《禮記》：身也者，親之枝也。

〔二三〕〔馮注〕《國語》：衆心成城。又：心爲丹府。故『城府』以喻心。如《晉書·愍帝紀論》『干寳有言曰「昔高祖宣皇帝性深阻，有若城府，而能寬裕以容納」』之類。

〔二四〕〔徐注〕《莊子》反覆終始，不知端倪。

〔二五〕候，《英華》作『侯』。

〔二六〕〔徐注〕鄒陽《上梁王書》：行合於志，而慕義無窮也。

〔二七〕戢，《英華》作『戰』。

爲河東公謝相國京兆公第二啓〔一〕

某啓：伏奉榮示，伏蒙辟署某第二子前鄉貢進士珪充攝劍南西川安撫巡官并賜公牒舉者〔二〕。某去月得楊侍御書題〔三〕，微傳風旨〔四〕。初如吉夢〔五〕，終謂戲談〔六〕。非不尋思〔七〕，莫得端緒〔八〕。今乃竟詢仲胤，果降嘉招〔九〕。伸紙發緘〔一〇〕，悸魂流汗〔一一〕。何者？某頃居班列〔一二〕，已奉陶甄。口裏雌黄〔一三〕，屢加雕煥〔一四〕；胸中雲夢〔一五〕，過沐涵濡〔一六〕。掀之以順風〔一七〕，暖之以愛日〔一八〕。兹辰議報，不在他門。一昨叨裂土田〔一九〕，謬分旗蓋〔二〇〕，適當東道〔二一〕，獲事西鄰〔二二〕。豈望信在言前〔二三〕，榮流意外。坤維接畛〔二四〕，何酬上相之知〔二五〕；《坎》卦成占〔二六〕，遂報中男之喜〔二七〕。且渠譽乖郄桂〔二八〕，名愧謝蘭〔二九〕，未學《周南》《召南》〔三〇〕，纔得一科一第。縱解問絹〔三一〕，不能負薪〔三二〕。將何以與先生並行，從大夫之後〔三三〕，仰塵帷幄，佇雜簪纓〔三四〕？

況襟帶禺同〔三五〕，咽喉巴濮〔三六〕，求於安撫〔三七〕，必也機謀。深慮異時，莫副虛佇〔三八〕。然竊尋史傳所載，語父子之間，雖石苞獨異石崇〔三九〕，而山濤不知山簡〔四〇〕。亦豈敢保其孱陋〔四一〕，遽遣退藏〔四二〕？

但當授以一經〔四三〕，訓之大杖〔四四〕，庶將寡過，以謝明恩。

染翰銜情〔四五〕，封牋寫抱。小人多事，拜台席以猶賒；童子何知〔四六〕，上賓階而在即。瞻望閫〔四七〕，死生以之。伏惟深賜鑒信。謹啓。

〔一〕本篇原載《文苑英華》卷六五四第三頁、清編《全唐文》卷七七六第一五頁、《樊南文集詳注》卷四。《英華》連上篇合題《爲河東公謝相國京兆公啓》二首，此爲其二。徐本、馮本從之。〔按〕此篇當作於大中六年三月六日。詳見《爲柳珪上京兆公謝辟啓》注〔一〕。

〔二〕〔馮注〕按《舊書·仲郢傳》：子珪、璧、玭。《新書·傳》：子璞、珪、璧、玭。據此云『第二子』，則璞果爲兄也。《唐摭言》：投刺謂之鄉貢，得第謂之前進士。此謂由鄉貢而得第者。《册府元龜·幕府部》：其辟署未有官者，皆謂之攝。

〔三〕御，徐本一作『郎』，誤。〔馮箋〕楊侍御，楊收也，時爲西川幕官。見《舊書·傳》。〔按〕《舊唐書·楊收傳》：『悰移鎮西川，復管記室……收即密達意於西蜀杜公，願復爲參佐，悰即表爲節度判官……乃辟（楊）嚴爲觀察判官。兄弟同幕，爲兩使判官，時人榮之。』又見《新唐書》卷一八四《楊收傳》。

〔四〕〔徐注〕《漢書·嚴助傳》：令助諭意風旨於南越。

〔五〕〔馮注〕《周禮·春官》：占夢以日月星辰占六夢之吉凶。季冬，聘王夢，獻吉夢于王，王拜而受之。

〔六〕〔徐注〕《詩》：不敢戲談。

〔七〕〔徐注〕傅亮表：臣伏尋思。

〔八〕〔徐注〕《漢書・宣元六王傳》：既開端緒，願卒成之。

〔九〕〔徐注〕潘岳詩：弱冠忝嘉招。〔補注〕仲胤，次子，即柳珪。

〔一〇〕〔徐注〕吴質《答東阿王書》：發函伸紙，是何文采之巨麗，而慰諭之綢繆乎！

〔一一〕〔馮注〕《漢書・田延年傳》：大將軍（霍光）曰：『當發大議時，震動朝廷，光因舉手自撫心曰：使我至今病悸。』悸音揆。〔徐注〕師古曰：悸，心動也。《漢書・楊敞傳》：敞驚懼不知所言，汗出洽背。

〔一二〕〔徐注〕《蜀志・費詩傳》：論其班列。〔馮注〕潘岳《夏侯常侍誄》：從班列也。任昉《求立太宰碑表》：亦從班列。〔補注〕班列，朝班之行列。會昌四年七月至五年五月，杜悰任宰相期間，柳仲郢任諫議大夫、京兆尹。然仲郢遷京尹，乃李德裕所薦。

〔一三〕〔徐注〕劉峻《廣絶交論》：雌黄出其唇吻。《晋陽秋》：王衍能言，於意有所不安者，輒更易之，號『口中雌黄』。〔按〕事又見《晋書・王衍傳》。口裏雌黄，此猶口頭評論。

〔一四〕〔馮注〕謝惠連詩：丹青暫雕焕。〔補注〕雕焕，光采鮮麗。此謂口頭表揚，屢使增光添采。

〔一五〕〔馮注〕司馬相如《子虚賦》：秋田乎青丘，傍偟乎海外，吞若雲夢者八九，其於胸中，曾不蔕芥。

〔一六〕〔補注〕涵濡，滋潤。

〔一七〕〔徐注〕《荀子》：吾嘗順風而呼，聲非加疾，而聞者彰，君子生非異也，善假於物也。〔馮注〕王褒《聖主得賢臣頌》：翼乎如鴻毛遇順風。

〔一八〕〔徐注〕《左傳》：賈季曰：『趙衰，冬日之日也；趙盾，夏日之日也。』注：冬日可愛，夏日可畏。〔馮注〕《禮記》：煖之以日月。

〔一九〕一，徐本無此字。裂，《全文》作『列』，據《英華》改。〔徐注〕《左傳》：分之土田倍敦。〔馮注〕《詩・魯頌》曰：錫之山川，土田附庸。《漢書・諸侯王表》：剖裂疆土。《陳湯傳》：裂土受爵。按『一昨』字及『頃居班列』，當是仲郢初鎮東川，珪即被辟。〔按〕仲郢初鎮東川在大中五年七月，而柳珪被辟在大中六年三月，已見上篇注〔一〕。『頃居班列』二句指仲郢會昌年間任諫議大夫、京兆尹時得到杜悰之培養教育，與柳珪被辟事無涉。

〔二〇〕〔徐注〕《吴志》：陳紀曰：舊紀黄旗紫蓋，運在東南。〔補注〕旗蓋，本指黄旗紫蓋狀之雲氣，古以爲出天子之祥瑞。此借指節度使之旌旗車仗。上句『裂土田』亦以裂土封侯指出爲節鎮。

〔二一〕〔補注〕《左傳·成公十三年》：『東道之不通，則是康公絶我之好也。』又《僖公三十年》：『若舍鄭以爲東道主，行李之往來，共其乏困，君亦無所害。』因東川在西川之東，故云『適當東道』。

〔二二〕〔徐注〕《易》：東鄰殺牛，不如西鄰之禴祭。〔馮注〕《左傳》：西鄰責言，不可償也。〔按〕此以『西鄰』指西川。『事』用小國事大國之義。

〔二三〕〔馮注〕《後漢書·王良傳》：同言而信，則信在言前。

〔二四〕〔馮注〕《淮南子》：坤維在西南。揚雄《蜀都賦》：下按地紀，則坤宫奠位。〔徐注〕張協詩：大火流坤維。〔補注〕謂東西川同處西南蜀地而接壤。

〔二五〕〔馮注〕《周禮·大宗伯》：朝覲會同，則爲上相。《史記》：陸賈謂陳平曰：『足下位爲上相。』〔徐注〕《晋書·宣五王傳》：占曰：不利上相。〔按〕杜悰會昌四年七月爲相，五年五月罷。見《新唐書·宰相表》。

〔二六〕占，《全文》作『名』，據《英華》改。參見下注。

〔二七〕〔徐注〕《易·説卦》：坎再索而得男，故謂之中男。〔按〕中男，此謂次子。

〔二八〕見《謝宗卿啓》『攀郄詵之桂樹』注。此謂柳珪雖登進士第，然其譽殊遜對策第一之郄詵。

〔二九〕謝藺，見上篇注〔一二〕。

〔三〇〕〔補注〕《論語·陽貨》：『子謂伯魚曰：「女爲《周南》《召南》矣乎？人而不爲《周南》《召南》，其猶正墻面而立也與！」』

〔三一〕〔馮注〕《晋陽秋》：胡威父質爲荆州，威自京都省之。告歸臨辭，質賜絹一疋。威跪曰：『大人清高，不審於何得此？』質曰：『是吾俸禄之餘，故以爲汝糧耳。』威受而去。

〔三二〕〔徐注〕《禮記》：問庶人之子幼，曰：未能負薪也。

〔三三〕〔補注〕《論語・憲問》：『陳成子弒簡公。孔子沐浴而朝，告於哀公曰：「陳恒弒其君，請討之。」公曰：「告夫三子。」孔子曰：「以吾從大夫之後，不敢不告也。君曰告夫三子者！」之三子告，不可。孔子曰：「以吾從大夫之後，不敢不告也。」』

〔三四〕〔徐注〕徐陵《爲貞陽侯書》：朝服簪纓。

〔三五〕〔徐注〕李尤《函谷山銘》：函谷險要，襟帶咽喉。《漢書・地理志》：越雋郡青蛉縣禺同山有金馬、碧雞。〔補注〕襟帶，山川屏障環繞，如襟似帶。形容形勢險要。青蛉爲漢縣，以地有青蛉水出西而東入江而得名，治所在今雲南大姚縣。

〔三六〕〔徐注〕《左傳》：巴、濮、楚、鄧，吾南土也。〔馮注〕《尚書・牧誓》傳：叟、髳、微在巴蜀，庸、濮在江、漢之南。互詳《爲柳珪謝京兆公啓》『控三巴百濮之雄』句注。

〔三七〕〔徐注〕《隋書・衛立傳》：詔立安撫關中。〔按〕杜悰辟署柳珪爲劍南西川安撫巡官，故云。

〔三八〕〔補注〕虛佇，虛心期待。謂珪之才能不能稱杜悰之深切期望。

〔三九〕〔徐注〕《晉書・石崇傳》：父苞臨終，分財物與諸子，獨不與崇。其母以爲言。苞曰：『此兒雖小，後自能得。』

〔四〇〕〔徐注〕《晉書・山簡傳》：簡性温雅有父風，年二十餘，濤不之知也。簡歎曰：『吾年幾三十，而不爲家公所知。』

〔四一〕豈，《英華》注：集作『安』。

〔四二〕〔徐注〕《易》：退藏於密。〔補注〕退藏，謂隱退避藏，不露形迹。

〔四三〕〔馮注〕《漢書・韋賢傳》：鄒、魯諺曰：『遺子黄金滿籯，不如一經。』

〔四四〕〔馮注〕《家語》：曾子耘瓜，誤斬其根。曾皙怒，建大杖擊其背。孔子曰：『舜事瞽瞍，小棰則待過，大杖則逃走。』〔徐注〕《帝王世紀》：舜能和諧，大杖則避，小杖則受。

〔四五〕〔徐注〕謝惠連詩：朋來當染翰。

〔四六〕〔徐注〕《左傳》：范文子曰：『國之存亡，天也，童子何知焉。』

〔四七〕見前啓注〔六〕。

爲柳珪上京兆公謝辟啓〔一〕

某啓：散兵馬使陳朗至，伏奉榮示，兼奉公牒，伏蒙召署攝成都府參軍充安撫巡官者。師襄鼓缶〔二〕，或近翫人〔三〕；和氏搜珉〔四〕，能無驚物〔五〕？跪受高命，莫知所裁。某藏豹不堅〔六〕，雕龍未巧〔七〕，徒承庭訓〔八〕，遂厠人曹。比衛家之一兒〔九〕，天懸鵬鷃〔一〇〕；望鄴中之七子〔一一〕，風逸馬牛〔一二〕。已忝決科〔一三〕，敢思筮仕〔一四〕。

伏惟相公，以仁義禮智信爲基構〔一五〕，用温良恭儉讓爲藩籬〔一六〕。堯時則業貫夔、龍〔一七〕，殷代則道符尹、説〔一八〕。入秉文教〔一九〕，出曜兵權〔二〇〕。揮神鋒而劍合陰陽〔二一〕，述雅誥而筆開造化〔二二〕。況天有井絡〔二三〕，地稱坤維〔二四〕，控三巴百濮之雄〔二五〕，帶南詔西山之險〔二六〕。人稱奥府〔二七〕，帝謂殊藩〔二八〕。固已廣集英豪，用資參佐〔二九〕。玳簪珠履〔三〇〕，緑水紅蓮〔三一〕，成籍籍於淮山〔三二〕，致幢幢於燕路〔三三〕。

若某者，徒將慕藺〔三四〕，何足望回〔三五〕？又安敢拂其塵埃〔三六〕，加以冠履〔三七〕？伏思相公，直以大人頃居班列，獲奉恩私〔三八〕。羅照乘於驪淵〔三九〕，覬歸昌於鳳穴〔四〇〕，未見其可，處之不疑。曾不念木朽石頑〔四一〕，雕鎸莫就〔四二〕；榆瞑豆重〔四三〕，性分難移。古人所以有以榮爲憂〔四四〕，受恩如敵〔四五〕，斯言之作，珪也有焉。

今月六日辰時，輒奉辟書，具聞晨省〔四六〕，仰承嚴旨〔四七〕，便定行期。而又内奮弟兄，外誘交友，傅翼類虎〔四八〕，生角如麟〔四九〕。事誠實於顯榮，勢莫知其報效。但須旬日，方拜旌旄〔五〇〕。惟當洗心爲齋〔五一〕，延頸以望〔五二〕。持千乘之建木〔五三〕，想像瓌姿〔五四〕；周萬頃之澄波〔五五〕，比量曠度〔五六〕。戴恩揣己，投命依仁〔五七〕。神之聽之〔五八〕，百生如一。謹啓。

〔一〕本篇原載《文苑英華》卷六五四第四頁、清編《全唐文》卷七七七第一四頁、《樊南文集詳注》卷四。《英華》連下二啓合題《爲柳珪謝京兆公啓三首》，徐本、馮本從之。〔馮箋〕《東觀奏記》有云：珪居家不禀於義方，奉國豈盡於忠節？刑部尚書柳仲郢上表稱屈，太子少師柳公權又訟侵毁之枉，上令免珪官，在家修省。按：此《新書》所采，疑未足憑。〔按〕此啓當與《爲河東公謝相國京兆公第二啓》同時作。蓋《爲河東公謝相國京兆公啓》（即第一啓）乃得萬安驛狀報，知杜悰已遣兵馬使陳朗賫幣帛鞍馬辟召柳珪時所上，第二啓及此啓則陳朗既抵東川携杜悰信件及公牒到府時所上，前後相差約數日間。本篇云：『今月六日辰時，輒奉辟書，具聞晨省，仰承嚴旨，便定行期……但須旬日，方拜旌旄。』杜悰大中六年四月移鎮淮南，五月端陽啓程（《爲河東公復相國京兆公第二啓》云：『伏承鳳詔已頒，鷁舟期艤，日臨端午，路止半千。』）假定此啓作於三月六日，則原定旬日之後『方拜旌旄』，應在三月中旬赴召至西川。而《新書·珪傳》：『杜悰表在幕府，久乃至。會悰徙淮南，歸其積俸，悰舉故事爲言，卒辭之。』悰徙淮南既在四月，則珪之到幕應在悰奉詔移鎮稍前。假設悰四月下旬奉詔，則珪之實際到幕時間約在四月中旬，較原定時間約遲一整月，謂之『久乃至』，並『歸其積俸』，大體相合。如二月六日奉辟書，原定二月中旬赴西川，而遲至四月中旬方到幕，雖亦可謂『久乃至』，然揆之情理，無乃太久，與諸啓所抒寫之感激之情有所不合。故今定此啓與《爲河東公謝相國京兆公第二啓》作於大中六年三月六日，而《爲河東公謝相國京兆公啓》則作於三月六日前數日内。

〔二〕〔徐注〕《論語》：擊磬襄。《家語》：孔子學琴於師襄子，襄子曰：吾雖擊磬爲官，然能於琴。《易》：不鼓缶而歌。〔馮注〕《史記·李斯傳》：擊甕叩缻。《淮南子》：窮鄉之社，扣瓮鼓缶，相和而歌。

〔三〕〔徐注〕《書》：玩人喪德。〔補注〕翫，戲弄。《書》孔傳：『以人爲戲弄則喪其德。』蔡沈集傳：『玩人，即上文狎侮君子之事。』此處蓋以善擊磬之師襄喻杜悰，以缶自喻，謂悰辟己爲錯愛。詳注〔五〕。

〔四〕〔徐注〕《韓子》：楚人卞和得玉璞於荆山，獻厲王，王使人相之，曰：『石也。』刖右足。及武王即位，獻之，刖左足。文王即位，和乃抱其璞而哭於荆山。王使玉人治之，得寶玉，名曰『和氏之璧』。〔馮注〕《禮記》：君子貴玉而賤碈（珉，似玉之石）。

〔五〕〔徐箋〕師襄、和氏，以比杜悰。言師襄善磬，乃降而擊缶；和氏辨玉，乃混取珉石。喻辟己非其人也。《淮南子》云：『窮鄉之社，扣瓮鼓缶，自以爲樂，試爲之擊建鼓，撞巨鐘，始知瓮缶之足羞也。』珉，石之美者，似玉而非。〔補注〕驚物，使人吃驚、驚世駭俗。

〔六〕〔徐注〕劉向《列女傳》：陶荅子妻曰：『妾聞南山有玄豹，霧雨七日，不下食者，何也？欲以澤其衣毛，而成其文章，故藏以遠害。』

〔七〕〔徐注〕《史記》：談天衍、雕龍奭。〔馮注〕《後漢書·崔駰傳贊》曰：崔爲文宗，世擅雕龍。《北史》：魏劉勰撰《文心雕龍》。〔補注〕雕龍，喻善於修飾文辭。

〔八〕〔徐注〕《北史·皇甫績傳》：績歎曰：『我無庭訓，養於外氏。』〔補注〕語本《論語·季氏》：陳亢問於伯魚（孔鯉）曰：『子亦有異聞乎？』對曰：『未也。嘗獨立，鯉趨而過庭。（孔子）曰：「學《詩》乎？」對曰：

「未也。」「不學《詩》，無以言。」鯉退而學《詩》。他日又獨立，鯉趨而過庭。曰：「學《禮》乎？」對曰：「未也。」「不學《禮》，無以立。」鯉退而學《禮》。聞斯二者。』此即所謂『庭訓』。據《新唐書·柳公綽傳》：『幼孝友，性質嚴重，起居皆有禮法。屬文典正，不讀非聖書。』仲郢『有父風矩，僧孺歎曰：「非積習名教，安及此邪？」』

〔九〕〔徐注〕《世説》：衛洗馬天韻標令，論者以爲出王眉子、平子、武子之右。時人爲之語曰：『諸王三子，不如衛家一兒。』〔馮注〕《晋書·衛玠傳》：琅琊王澄及王玄、王濟並有盛名，皆出玠下。世云『王家三子，不如衛家一兒。』

〔一〇〕〔馮注〕《莊子》：鵬背若泰山，翼若垂天之雲，摶扶摇羊角而上者九萬里。斥鷃笑之曰：『我騰躍而上，不過數仞而下，翱翔蓬蒿之間，此亦飛之至也。而彼且奚適也？』此小大之辨也。『鴳』，亦作『鷃』。

〔一一〕〔徐注〕《文選》謝靈運有《擬魏太子鄴中詩》八首。魏文帝《典論》：今之文人，魯國孔融、廣陵陳琳、山陽王粲、北海徐幹、陳留阮瑀、汝南應瑒、東平劉楨。斯七子者，於學無所遺，於辭無所假。〔馮注〕按《魏志·王粲傳》曰：『始文帝爲五官將，及平原侯植，皆好文學。』而王粲叙至劉楨六人，下文云：『自邯鄲淳等亦有文采，而不在此七人之例。』玩其文義，以文帝爲帝，不入此數，而陳思王與王粲等合爲七人，與注中引《典論》兼孔文舉言之者異也。謝靈運《擬鄴中集詩》八首，冠以魏太子，其序云：建安末，余時在鄴宫，朝遊夕讌，究歡愉之極。今昆弟友朋，二三諸彦，共盡之矣。餘則王粲、陳琳、徐幹、劉楨、應瑒、阮瑀、平原侯植七人。此爲『七子』之定目也。若核文舉之被禍，與鄴中不可細合。《小學紺珠》標建安七子，首以孔融，而不及陳思王，似非也。乾隆戊寅四明陳朝輔新刻《建安七子》，序曰：『《陳壽《志》叙陳思王至劉公幹爲建安七子。謝康樂因之作《鄴中集》詩。』按：此説是也。凡去陳思而登孔文舉者，皆承文帝猜疑之誤耳。

〔一二〕〔徐注〕《左傳》：齊侯伐楚，楚子使與師言：『君處北海，寡人處南海，惟是風馬牛不相及也。』注：牛馬風逸，蓋末界之微事。〔馮注〕《書·費誓》：馬牛其風。傳曰：馬牛其有風佚。《左傳》正義曰：風，放也。牝牡相誘謂之風。不相及，取喻不相干也。

〔一三〕〔徐注〕揚雄《法言》：或人啞爾笑曰：『須以發策決科。』〔補注〕決科，謂參加射策，決定科第。後指參加科舉考試。已忝決科，謂已已忝登科第。

〔一四〕〔補注〕《左傳·閔公元年》：『初，畢萬筮仕於晋，遇屯之比。』筮仕，將出仕卜問吉凶。此指初仕、入仕。

〔一五〕〔補注〕董仲舒《賢良策》：『夫仁、義、禮、智、信，五常之道，王者所當修飭也。』

〔一六〕〔補注〕《論語·學而》：『子貢曰：夫子温、良、恭、儉、讓以得之。』何晏集解引鄭玄曰：『言夫子行此五德而得之。』

〔一七〕〔補注〕《書·舜典》：『伯拜稽首，讓于夔、龍。』孔傳：『夔、龍，二臣名。』夔爲樂官，龍爲諫官。喻指輔弼良臣。

〔一八〕〔補注〕尹，伊尹；説，傅説。均殷商賢輔。

〔一九〕〔徐注〕《書》：三百里揆文教，二百里奮武衛。

〔二〇〕〔馮注〕兵權，見《太史公自叙》，此謂掌兵之權。〔補注〕《管子·兵法》：『今代之用兵者不然，不知兵權者也。』指用兵之計謀。與此句『兵權』義異。此指節度使所掌之軍權。

〔二一〕〔馮注〕《吴越春秋》：干將鑄劍二枚，陽曰干將，陰曰莫耶，陽作龜文，陰作漫理。

〔二二〕〔徐注〕李賀詩：筆補造化天無功。〔補注〕《書序》：『至于夏、商、周之書，雖設教不倫，雅誥奥義，其歸一揆。』雅誥，雅正之文告、訓誡。

〔二三〕〔徐注〕《河圖括地象》：岷山之精，上爲井絡，帝以建昌，神以會福。〔按〕見左思《蜀都賦》劉逵注引。劉曰：『言岷山之地，上爲東井（井宿）維絡；岷山之精，上爲天之井星也。』

〔二四〕坤維，見《爲河東公謝相國京兆公第二啓》注〔二四〕。

〔二五〕〔徐注〕常璩《華陽國志》：獻帝初平元年，征東中郎將趙穎建議，分巴爲三郡。穎欲得巴舊名，故白益州牧劉璋以墊江以上爲巴郡，江南龐羲爲太守，治安漢；以江州至臨江爲永寧郡，朐忍至魚腹爲固陵郡。建安六年，魚腹蹇胤白璋争巴名，璋乃改永寧爲巴郡，以固陵爲巴東郡，徙羲爲巴西太守。是謂『三巴』。左思《蜀都賦》：於東則左綿、巴中、百濮所充。劉逵曰：濮，夷也。《傳》云：麇人率百濮。今巴中七姓有濮。〔補注〕百濮，古代稱西南少數民族。《左傳·文公十六年》『麇人率百濮聚於選，將伐楚』孔疏：『濮夷無君長摠統，各以邑落自聚，故稱百濮也。』

〔二六〕〔徐注〕《新書·南蠻傳》：夷語王爲『詔』。其先渠帥有六，自號『六詔』，曰蒙巂詔、越析詔、浪穹詔、邆賧詔、施浪詔、蒙舍詔。兵將不能相君，蜀諸葛亮討定之。蒙舍詔在諸部南，故稱南詔。《高適傳》：西山三城列戍，民疲於役，適上書論之。案：西山即雪山，又名雪嶺，在成都西，正控吐蕃。〔馮注〕《舊書·吐蕃傳》：劍南西山與吐蕃、氐、羌鄰接。按：岷山連嶺而西，不知紀極，皆曰『西山』。備詳《玉谿生詩集注·送從翁從東川弘農尚書幕》『南詔知非敵，西山亦屢驕』二句注。

〔二七〕〔徐注〕焦氏《易林》：江、河、淮、海，天之奥府。〔馮注〕《北史·魏宗室安定王休傳》：竊以馮翊古城，寔惟西藩奥府。《後漢書·崔駰傳》：崔篆《慰志賦》：騁六經之奥府。〔按〕本句『奥府』指物産聚藏之所，言其豐饒。

〔二八〕〔徐注〕《晋書·四夷傳論》曰：高節不羣，亦殊藩之秀也。〔馮注〕唐時西川使府，重於列鎮。

〔二九〕已，《英華》作『以』。英豪，《英華》作『豪英』。〔徐注〕《晋書·王浚傳》：參佐皆内叙。〔補注〕參佐，輔助。唐趙元一《奉天録》卷四：『參佐帷幄，大興王師。』亦指幕僚。

〔三〇〕〔馮注〕《史記·春申君傳》：趙使欲夸楚，爲瑇瑁簪，刀劍室以珠玉飾之。春申君客三千餘人，其上客皆躡珠履，趙使大慚。

〔三一〕見《爲白從事上陳許李尚書啓》『蓮幕含誠』注。

〔三二〕〔徐注〕《漢書・劉屈氂傳》：上怒曰：『事籍籍如此，何謂秘也？』王逸《楚辭序》：漢淮南王安好士，八公之徒分造詩賦，或稱大山、小山。〔馮注〕《漢書・燕刺王旦傳》：骨籍籍兮亡居。注曰：籍籍，縱横貌。《司馬相如傳》：它它籍籍，填阬滿谷。按：此言來遊者交錯也。《漢書・淮南王安傳》：招致賓客方術之士數千人。王逸《楚辭・招隱序》：《招隱士》者，淮南小山之所作也。按：『淮山』用典耳，非悰已移淮南也。〔補注〕籍籍，衆多貌。句謂悰幕府賓客衆多，人材濟濟。

〔三三〕〔徐注〕《易》：憧憧往來，朋從爾思。庾信碑：樂毅羈旅，猶思燕路。〔補注〕燕路，指通往燕昭王招賢之路。《史記・燕召公世家》：『郭隗曰：「王必欲致士，先從隗始。況賢於隗者，豈遠千里哉！」於是昭王爲隗改築宫而師事之。樂毅自魏往，鄒衍自齊往，劇辛自趙往。士争趨燕。』憧憧，往來不絶貌。

〔三四〕〔馮注〕《史記・司馬相如傳》：其親名之曰犬子。既學，慕藺相如之爲人，更名相如。

〔三五〕〔補注〕《論語・公冶長》：『子謂子貢曰：「女與回也孰愈？」對曰：「賜也何敢望回？回也聞一以知十，賜也聞一以知二。」』望，比也。

〔三六〕敢，《英華》注：集作『可』。〔徐注〕《漢書・王吉傳》：朝則冒霧露，晝則披塵埃。〔馮注〕取彈冠之意。〔補注〕《楚辭・漁父》：『吾聞之，新沐者必彈冠，新浴者必振衣。』王逸注：『拂土芥也。』此以彈冠拂塵喻將欲出仕。

〔三七〕履，《英華》作『屨』。〔徐注〕《漢書・匡衡傳》：衡免冠徒跣待罪，天子使謁者詔衡冠履。

〔三八〕〔徐注〕《後漢書・馮異傳》：上書曰：充備行伍，過蒙恩私。〔按〕《爲河東公謝相國京兆公第二啓》『某頃居班列，已奉陶甄』，即此二句意。

〔三九〕〔徐注〕《史記・田敬仲世家》：梁惠王謂齊宣王曰：『寡人有徑寸之珠照車前後各十二乘者十枚。』《莊子》：河上有家貧窮者，其子没淵，得千金之珠。其父曰：『夫珠必在驪龍頷下，子得之，必遭其睡也。』

〔四〇〕〔徐注〕《韓詩外傳》：鳳舉（鳴）曰上翔，集鳴曰歸昌。《山海經》：丹穴之山，有鳥名曰鳳凰。〔馮注〕

按《初學記》引《論語摘衰聖》：鳳行鳴曰歸嬉，止鳴曰提扶，夜鳴曰善哉，晨鳴曰賀世，飛鳴曰郎都。《太平御覽》引《韓詩外傳》：『其鳴也，雄曰節節，雌曰足足，昬鳴曰固常，晨鳴曰發明，晝鳴曰保章，舉鳴曰上翔，集鳴曰歸昌。』他本轉引，每多脱誤。

〔四一〕〔徐注〕韓愈詩：我心安得如石頑。〔補注〕《論語·公冶長》：『宰予晝寢。子曰：朽木不可雕也，糞土之墻不可杇也。』頑，堅也。

〔四二〕〔徐注〕《魏都賦》：木無雕鎪。《史記·龜策傳》：鑴石拌蚌，傳賣於市。〔補注〕承上謂木朽不可雕，石頑不可鑴也。

〔四三〕〔徐注〕嵇康《養生論》：豆令人重，榆令人瞑。

〔四四〕〔徐注〕《晉書·羊祜傳》：夙夜戰慄，以榮爲憂。

〔四五〕〔徐注〕按《左傳》：臾駢曰：前志有之曰：敵惠敵怨，不在後嗣。注：敵，對也。語蓋本此。〔馮注〕《説苑》：受恩者尚必報也。按：受恩如敵，必圖報也。俟再檢所本。

〔四六〕〔徐注〕《禮記》：凡爲人子之禮，冬温而夏凊，昬定而晨省。

〔四七〕〔徐注〕《南史·袁昂傳》：循復嚴旨，若臨萬仞。

〔四八〕〔馮注〕《韓詩外傳》：無爲虎傅翼，將飛入宫，擇人而食。此取義不同。

〔四九〕〔徐注〕《漢書·郊祀志》：郊雍，獲一角獸，若麃然。有司曰：『陛下肅祇郊祀，上帝報享，錫一角獸，蓋麟云。』〔馮注〕《詩》：麟之角。

〔五〇〕〔馮箋〕《新書·珪傳》：杜悰表在幕府，久乃至。會悰徙淮南，歸其積俸，珪不納。悰舉故事爲言，卒辭之。

〔五一〕〔馮注〕《易》：聖人以此洗心。《莊子》：仲尼語顔回曰：『氣也者，虛而待物者也。唯道集虛，虛者，心齋也。』〔按〕洗心，清除私心雜念。

〔五二〕〔徐注〕《荀子》：小人莫不延頸舉踵。

〔五三〕〔馮注〕《海内南經》：有木，其狀如牛，引之有皮，若纓黄蛇，其名曰建木，在窫窳西，弱水上。又《海内經》：有鹽長之國，有木名曰建木，百仞無枝，有九欘，下有九枸，大皞爰過，黄帝所爲。《淮南子》：建木在都廣，衆帝所自上下，日中無景，呼而無響，蓋天地之中也。〔徐注〕《吕氏春秋》：北人之南，建木之下，日中無影，蓋天地之中也。

〔五四〕〔徐注〕宋玉《神女賦》：瓌姿瑋態。

〔五五〕頃，《全文》誤「傾」，據《英華》改。〔徐注〕《後漢書·黄憲傳》：憲字叔度。郭林宗曰：「叔度汪汪若千頃陂，澄之不清，淆之不濁，不可量也。」〔馮注〕《南史·王惠傳》：荀伯子曰：「靈運固自蕭散直上，王郎有如萬頃陂焉。」

〔五六〕〔徐注〕夏侯湛《東方朔畫贊》：遠心曠度。

〔五七〕投，《英華》作「授」，注：集作「投」。〔徐注〕《後漢書·臧洪傳》：書曰：臧洪投命於君親。《論語》：依於仁。集解：依，倚也。仁者功施於人，故可倚。

〔五八〕〔補注〕《詩·小雅·伐木》：「神之聽之，終和且平。」

爲柳珪上京兆公謝衣絹啓〔一〕

某啓：伏蒙榮示，賜及前件衣服段及束絹等，謹依處分捧受訖。伏以大人自處通班〔二〕，彌修儉德〔三〕。田園惟恐蕪没〔四〕，子弟不免飢寒〔五〕。去春成名〔六〕，首秋歸覲〔七〕。雖才非張載，未刊劍閣之銘〔八〕；而志慕胡威，敢問荆州之絹〔九〕。豈意相公〔一〇〕，復以簡書召署，筐篚加恩〔一一〕。古者贖百里奚，纔持五羖〔一二〕；誚程不識，猶惜一錢〔一三〕。況某碌碌無奇〔一四〕，容容自守〔一五〕，敢邀厚幣〔一六〕，來自雄藩？品目難名，珍纖可玩〔一七〕。仰李膺之德，尚未登門〔一八〕；讀戴聖之書〔一九〕，已驚潤屋〔二〇〕。下情無任戴荷悚懼之至。謹啓。

校注

〔一〕本篇原載《文苑英華》卷六五四第四頁、清編《全唐文》卷七七七第一五頁、《樊南文集詳註》卷四。《英華》連上篇及下篇合題《爲柳珪謝京兆公啓三首》，此爲三首之二。徐本、馮本從之。〔按〕《爲河東公謝相國京兆公啓》云：『今月某日，得當道萬安驛狀報，伏承遣兵馬使陳朗賫幣帛鞍馬辟召小男者。』可知辟署之公牒與聘錢、馬係同時送達東川，故本篇及下篇當與上篇同作於大中六年三月六日。詳上篇注〔一〕。

〔二〕〔徐注〕徐陵《讓表》：洪私過誤，寘以通班。〔補注〕通班，通于朝班，指顯要官職。

〔三〕〔補箋〕《新唐書·柳仲郢傳》：『每私居内齋，束帶正色，服用簡素。』《柳玭傳》：『玭常述家訓以戒子孫曰……余幼聞先公僕射（按：指仲郢）言：立己以孝悌爲基，恭默爲本，畏怯爲務，勤儉爲法。』

〔四〕〔徐注〕陶潛《歸去來辭》：歸去來兮，田園將蕪胡不歸？

〔五〕〔徐注〕《南史·蕭惠基傳》：子洽，位南徐州中從事。清身率職，饋遺一無所受，妻子不免飢寒。〔馮注〕《魏志·鄭渾傳》：渾清素在公，妻子不免饑寒。此類事頗多。

〔六〕春，徐本作『歲』。〔徐注〕《易》：善不積不足以成名。〔補注〕成名，此指登進士第。

〔七〕秋，徐本作『春』。〔徐箋〕大中五年，珪登進士第。此云『去歲成名，首春歸覲』，則西川之辟乃六年事也。〔馮箋〕珪於五年登第，仲郢於六年七月拜東川之命。此云『去春』，是五年春；『首秋』，似六年初秋也。故從《英華》本。其被辟約在七年春矣。〔按〕徐箋解釋純正，馮箋則支離矣。總因誤考仲郢移鎮東川在大中六年七月之故。已詳張氏《會箋》大中五年考證仲郢移鎮東川之時間條目。

〔八〕〔馮注〕《晋書》：張載字孟陽。父收，蜀郡太守。載博學有文章。太康初，至蜀省父，經劍閣。載以蜀人恃險好亂，因著銘以作誡。益州刺史張敏見而奇之，乃表上其文。武帝遣使鐫之於劍閣山焉。《舊書・志》：劍州劍門，縣界大劍山，即梁山也。北三十里有小劍山。大劍山有劍閣道，三十里至劍處，張載刻銘。〔徐注〕《明一統志》：大劍山在保寧府劍州北二十五里，峭壁中斷，兩崖相嶔，如門之闢，如劍之植，故又名劍門山。

〔九〕見《爲河東公謝相國京兆公第二啓》注〔三二〕。

〔一〇〕意，《英華》作『謂』，注：集作『意』。

〔一一〕〔補注〕《詩・小雅・鹿鳴序》：『《鹿鳴》，宴羣臣嘉賓也。既飲食之，又實幣帛筐篚，以將其厚意。然後忠臣嘉賓，得盡其心矣。』筐篚，盛物竹器，方曰筐，圓曰篚。

〔一二〕見《爲滎陽公謝除盧副使等官狀》『懼羖皮之廢禮』注。

〔一三〕〔馮注〕《漢書・灌夫傳》：灌夫駡灌賢曰：『平生毀程不識不直一錢，今乃效女曹兒呫囁耳語！』〔按〕事首見於《史記・魏其武安侯列傳》：『（灌）夫無所發怒，乃駡臨汝侯（灌賢，灌嬰之孫）曰：「生平毀程不識不直一錢，今日長者爲壽，乃效女兒呫囁耳語！」』

〔一四〕〔馮注〕《史記・平原君列傳》：毛遂奉銅盤而跪進之楚王曰：『王當歃血而定從，次者吾君，次者遂。』遂定從於殿上。毛遂左手持盤血，而右手招十九人曰：『公相與歃此血於堂下。公等碌碌，所謂因人成事者也。』

〔一五〕容容，徐本一作『庸庸』，馮本作『庸庸』，曰：作『容容』非。〔徐注〕《後漢書・左雄傳》：容容多厚福。〔馮注〕《後漢書》：馮衍《顯志賦》曰：獨慷慨而遠覽兮，非庸庸之所識。〔按〕《英華》殘宋本、《全文》均作『容容』。容容，隨衆附和貌，與『自守』意正合。《史記・張丞相列傳》：『其治容容隨世俗浮沉，而見謂諂巧。』

《漢書·翟方進傳》：『朕誠怪君，何持容容之計，無忠固意，將何以輔朕帥道羣下？』顏師古注：『容容，隨衆上下也。』徐本一作『庸庸』，未知何據。四部叢刊影常熟瞿氏所藏舊鈔本亦作『容容』。

〔一六〕〔徐注〕《漢書·曹參傳》：聞膠西有蓋公，善治黄老言，使人厚幣請之。

〔一七〕〔徐注〕《魏志·陳留王紀》：常道鄉公詔曰：方寶纖珍，歡以效意。〔補注〕珍纖，指幣帛。

〔一八〕〔馮注〕《後漢書》：李膺字元禮，以聲名自高，士有被其容接者，名爲『登龍門』。

〔一九〕書，《英華》注：集作『經』。〔徐注〕《漢書·儒林傳》：后蒼説《禮》數萬言，號曰《后氏曲臺記》，授梁戴德、戴聖、沛慶普。由是《禮》有大、小戴、慶氏之學。〔馮注〕《隋書·經籍志》：初，《禮記》凡五種，合二百十四篇，戴德删其煩重，合爲八十五篇，戴聖又删爲四十六篇。漢末馬融遂傳小戴之學。又足《月令》《明堂位》《樂記》，合四十九篇。

〔二〇〕〔徐注〕《禮記·大學》曰：富潤屋。〔補注〕潤屋，使居室華麗生輝。此猶言潤屋之資，指幣帛。

爲柳珪上京兆公謝馬啓〔一〕

某啓：伏奉榮示，令將前件馬及行官延接者〔二〕。某將仕大藩，苦無遠道〔三〕。特蒙恩禮，曲賜優崇〔四〕。扶以武夫，濟之良馬。經過燕館〔五〕，將耀於嗚騶〔六〕；夢寐梁園〔七〕，只思於飛鞚〔八〕。感佩之至，不任下情，謹啓。

〔一〕本篇原載《文苑英華》卷六五四第五頁、清編《全唐文》卷七七七第一六頁、《樊南文集詳注》卷四。《英華》連上二篇合題爲《爲柳珪謝京兆公啓三首》，此爲其三。徐本、馮本從之。〔按〕與《爲柳珪上京兆公謝辟啓》同時作，詳前二啓注〔一〕。

〔二〕〔補注〕行官，唐代官名，稱受上官差遣，往來四方干辦公事者。韓愈《與孟尚書書》：『行官自南迴，過吉州，得吾兄二十四日手書數番。』《通鑑·廣德二年》『子儀使牙官盧諒至汾州』胡注：『節鎮、州、府皆有牙官、行官……行官使之行役四方。』

〔三〕〔馮注〕《管子》：造父有以感轡策，故遫獸可及，遠道可致。〔補注〕《説苑·尊賢》：『是故游江海者託於船，致遠道者託於乘。』此以『遠道』代指馬。

〔四〕特，《全文》作『得』，據《英華》改。〔徐注〕《北史·袁充傳》：賞賜優崇，儕輩莫之比。

〔五〕〔徐注〕謂碣石宫。《史記》：騶衍如燕，昭王築碣石宫，身親往師之。

〔六〕〔徐注〕孔稚圭《北山移文》：鳴騶入谷。注：言徵車也。〔補注〕鳴騶，隨從顯貴出行、傳呼喝道之騎卒。

〔七〕〔徐注〕《西京雜記》：梁孝王好宫室苑囿之樂，築兔園，園有雁池，池間有鶴洲、鳧渚。謝惠連《雪賦》：梁王不悦，遊於兔園。迺置旨酒，命賓友召諸生，延枚叟。相如末至，居客之右。〔補注〕燕館、梁園，均借指西川幕府。

〔八〕鞚，徐本作『控』。〔徐注〕控與鞚通，馬勒也。鮑照《擬古詩》：飛鞚越平陸。

謝河東公和詩啓〔一〕

商隱啓：某前因假日〔二〕，出次西溪〔三〕，既惜斜陽，聊裁短什〔四〕。蓋以徘徊勝境，顧慕佳辰〔五〕，爲芳草以怨王孫〔六〕，借美人以喻君子〔七〕。思將玳瑁，爲逸少裝書〔八〕；願把珊瑚〔九〕，與徐陵架筆〔一〇〕。斐然而作〔一一〕，曾無足觀。不知誰何，仰達尊重〔一二〕。果煩屬和〔一三〕，彌復兢惶〔一四〕。

某曾讀《隋書》，見楊越公地處親賢〔一五〕，才兼文武〔一六〕，每舒縑錦〔一七〕，必播管絃。當時與之握手言情，披襟得侶者，惟薛道衡一人而已〔一八〕。及觀其唱和，乃數百篇，力均聲同〔一九〕，德鄰義比〔二〇〕：彼若陳葛天氏之舞〔二一〕，此乃引穆天子之歌〔二二〕；彼若言太華三峰〔二三〕，此必曰潯陽九派〔二四〕。神功古跡，皆應物無疲〔二五〕；地理人名，亦争承不闕〔二六〕。後來酬唱，罕繼聲塵。

常以斯風〔二七〕，望於哲匠〔二八〕。豈知今日，屬在所天〔二九〕。坐席行衣〔三〇〕，分爲七覆〔三一〕；煙花魚鳥，置作五衢〔三二〕。詎能狎晋之盟〔三三〕，實見取鄫之易〔三四〕。不以釁鼓〔三五〕，惠莫大焉。恐懼交縈〔三六〕，投措無地〔三七〕。來日專冀謁謝，伏惟鑒察，謹啓。

校注

〔一〕本篇原載《文苑英華》卷六五六第五頁、清編《全唐文》卷七七八第一〇頁、《樊南文集詳注》卷四。馮譜編大中七年，張箋編大中六年。〔按〕柳仲郢所和之商隱詩，係《詩集》中五言排律《西溪》，詩有云：『悵望西溪水，潺湲奈爾何！不驚春物少，只覺夕陽多。』詩當作於春暮。商隱在東川，雖歷經大中六、七、八、九年四春。然此爲柳仲郢首次和詩，時間當較早，張編大中六年春，可從。張箋《西溪》詩云：『龍孫、鳳女，即龍種、鳳雛意，分憶在京之子女……妻喪未除，餘哀猶在，故觸類增悽也。今編是年（大中六年）。』詩作於前，啓則稍後。柳仲郢之和詩今佚。

〔二〕假，徐本一作『暇』，馮本作『暇』。〔徐注〕《離騷》：聊假日以媮樂。晋令，急假者五日一急，一歲中以六十日爲限。〔馮注〕（假日）此謂休假也。《初學記》：漢律，吏五日得一下沐，言休息以洗沐也。《通鑑》注：唐制，十日一休沐，謂之旬休。

〔三〕〔馮注〕西溪在梓州。《四川通志》：西溪在潼川府西門外。〔補注〕次，至也。

〔四〕〔徐注〕義山佐柳仲郢幕，集中西溪詩頗多，仲郢所和，乃『悵望西溪水』六韻。有引放翁《筆記》華州鄭縣之西溪亭者，誤也。

〔五〕〔補注〕顧慕，眷戀思慕。

〔六〕見《上河東公謝辟啓》『見芳草則怨王孫之不歸』注。

〔七〕〔徐注〕《離騷》：恐美人之遲暮。張衡《四愁詩序》：依屈原以美人爲君子。

〔八〕〔徐注〕《漢書》注：瑇瑁如黿，其甲相覆而生若甲然，甲上有斑文。《晋書》：王羲之，字逸少，善隸書，爲古今之冠。〔馮注〕《南州異物志》：瑇瑁如黿，生南方海中，大者如籧篨。背上有鱗，發取其鱗，因見其文。《嶺表録異》：玳瑁惟腹背甲有斑點。《法書要録》：梁虞龢論書表曰：二王縑素書珊瑚軸二帙，紙書金軸二帙，又紙書玳瑁軸五帙。

〔九〕〔徐注〕《本草》：珊瑚似玉紅潤，生海底磐石上，一歲黃，三歲赤。海人先作鐵網沉水底，貫中而生，絞網出之，過時不取則腐。

〔一〇〕架，《英華》作『駕』，一作『架』。〔徐注〕《陳書·徐陵傳》：陵字孝穆。世祖、高宗之世，國家有大手筆，皆陵草之。〔馮曰〕『徐陵架筆』未詳。羅隱詩亦云『徐陵筆硯珊瑚架』。歐陽公集：錢思公有珊瑚筆格，平生尤所珍惜。餘再考。〔補注〕徐陵《玉臺新詠序》：『周王璧臺之上，漢帝金屋之中，玉樹以珊瑚作枝，珠簾以玳瑁爲押……琉璃硯匣，終日隨身；翡翠筆牀，無時離手。』周振甫謂『這裏作珊瑚架筆，當是平仄關係。這是説，這首《西溪》，字寫得不如王羲之，不值得裱起來用珊瑚作軸；詩寫得不如徐陵，不值得用珊瑚作筆架。』可備一解。疑此二句係借逸少、徐陵表達對柳仲郢書法、詩作之贊譽。

〔一一〕〔徐注〕魏文帝《與吴質書》：德璉常斐然有述作之意。〔補注〕《論語·公冶長》：『子在陳，曰：歸與！歸與！吾黨之小子狂簡，斐然成章，不知所以裁之。』此處即取『斐然成章，不知所以裁之』之義，係自謙。

〔一二〕重，徐曰『《文儷》』作『覽』。〔按〕尊重，係對尊貴者之敬稱，『重』字不誤，作『覽』者臆改。杜牧《上李太尉論北邊事啓》：『敢以管見，上干尊重。』

〔一三〕〔徐注〕《宋玉對楚王問》：客有歌於郢中者，其始曰《下里巴人》，國中屬而和者數千人；歌《陽春白雪》，朝日魚離，含商吐角，絶節赴曲，國中唱而和之者不過數人。蓋其曲彌高，其和彌寡。〔按〕通行本《文選·宋玉〈對楚王問〉》作『其爲《陽春白雪》，國中屬而和者不過數十人；引商刻羽，雜以流徵，國中屬而和者，不過數人而已。是其曲彌高，其和彌寡』，與徐注引有異。

〔一四〕兢，《英華》作『驚』，注：集作『兢』。

〔一五〕〔徐注〕《隋書·楊素傳》：素字處道，弘農華陰人。平陳，封越國公。〔馮注〕按素後爲煬帝猜忌，改封楚國。而越國封名久著，故仍稱之。〔補注〕任昉《齊竟陵文宣王行狀》：『地尊禮絶，親賢莫貳。』親賢，指親戚賢臣。楊素與隋王室同姓，位望尊崇，故稱。

〔一六〕〔馮注〕《隋書·楊素傳》：詔曰：上柱國、尚書左僕射、越國公素，懷佐時之略，包經國之才。論文則辭藻縱横，語武則權奇間出。

〔一七〕繡錦，《英華》作『錦繡』。〔補注〕繡錦，喻華美之詩文。

〔一八〕〔徐注〕《隋書·楊素傳》：素善屬文，工草隸，性疏而辯，高下在心。朝臣之内，頗推高熲，敬牛弘，厚接薛道衡，視蘇威蔑如也。嘗以五言詩七百字贈道衡，詞氣宏拔，風韻秀上，爲一時盛作。有集十卷。《薛道衡傳》：道衡字玄卿，河東汾陰人。每至構文，必隱坐空齋，蹋壁而卧，聞户外有人便怒，其沈思如此。高熲、楊素雅相推重，聲名籍甚，無競一時。有集七十卷。

〔一九〕均，《英華》作『鈞』，音義同。

〔二〇〕〔補注〕《論語·里仁》：『子曰：德不孤，必有鄰。』何晏集解：『方以類聚，同志相求，故必有鄰，是以不孤。』比，並也。

〔二一〕〔馮注〕《吕氏春秋》：昔葛天氏之樂，三人摻牛尾，投足以歌八闋：一曰《載民》，二曰《玄鳥》，三曰《遂草木》，四曰《奮五穀》，五曰《敬天常》，六曰《達帝功》，七曰《依地德》，八曰《總萬物之極》。司馬相如《上林賦》：聽葛天氏之歌。〔徐注〕張揖曰：葛天氏，三皇時君號也。

〔二二〕乃，《英華》作『必』。〔徐注〕《穆天子傳》：祭公飲天子酒，乃歌『闕天之詩』，天子命歌『南山有⿱丵毛』，乃紹宴樂。又北風雨雪，有凍人，天子作詩三章以哀民，曰『我徂黄竹』云云。〔馮注〕《穆天子傳》有西王母爲天子謡、天子答謡；又有《黄澤謡》《黄竹詩》三章諸篇。

〔二三〕〔徐注〕《初學記》：《華山記》云：頂上方七里，有三峰直上，晴霽可睹。〔按〕太華三峰，指蓮花、玉女、松檜三峰；或説指芙蓉、玉女、明星三峰；亦有謂指蓮花、仙掌、落雁三峰者。

〔二四〕〔馮注〕《漢書·地理志》：廬江郡尋陽縣。《禹貢》：『九江在南，皆東合爲大江。』又：『九江郡。』應劭曰：『江自尋陽分爲九。』郭璞《江賦》：流九派乎潯陽。

〔二五〕〔徐注〕《隋書·劉曠傳》：每以誠恕應物。〔補注〕應物，猶以恰當事物對之，指詩文中之對偶，徐注引『以誠恕應物』係待人接物之義，非其義。

〔二六〕闕，《英華》作『屈』，義似較長。〔徐注〕《左傳》：子産争承。〔補注〕此『争承』亦争相承應對答之意，均指詩文之偶對。

〔二七〕常，《英華》作『嘗』。

〔二八〕〔徐注〕殷浩詩：哲匠感蕭晨。〔補注〕哲匠，有高超才藝之文人。

〔二九〕〔徐注〕《左傳》：箴尹克黄曰：君，天也。陸機表：不敢上訴所天。善曰：何休《墨守》云：君者，臣之天也。〔馮注〕《蜀志》：郤正《釋譏》云：託身所天。《吴志·孫皎傳》：甘寧曰：『輸效力命，以報所天。』〔補注〕所天，所依靠之人，此指幕主。

〔三〇〕〔徐注〕《史記·滑稽傳》：時坐席中，酒酣。《襄陽記》：荀令君至人家，三日坐席猶香。〔馮注〕徐陵《春日》詩：落花承步履，流澗寫行衣。

〔三一〕〔徐注〕《左傳》：邲之戰，士季使鞏朔、韓穿帥七覆於敖前，故上軍不敗。〔補注〕七覆，七處埋伏，七處伏兵。

〔三二〕衡，《英華》作『衝』，注：集作『衡』。徐本、馮本作『衡』。〔徐注〕案《通典》：太公對武王曰：『可爲四衝陣。』《太平御覽》引諸葛亮《軍令》云：『連衡陣狹而厚。』是『衡』乃陣名也。『五衡』疑即『五陳』。《左傳·昭公元年》：晋中行穆子禦狄於太原……爲五陳以相離。兩於前，伍於後，專爲右角，參爲左角，偏爲前拒，是謂五陳。此聯蓋與『七覆』同用《左傳》事，改『陳』爲『衡』，諧聲病耳。有四衝，則亦可言五衡也。〔馮注〕『五陳』杜注云：皆臨時處置之名。正義曰：布置使相遠也。似此作『置』字亦合。然《唐石經》作『伍陳』，不作『五』。又《左傳》：僖三十一年，晋作五軍以禦敵。謂三軍、上下新軍也。文豈以河東公晋地人，故皆用晋事乎？然未可定指也。《風后握奇經》曰：『天有衡，地有軸，前後有衝。』則衡、衝皆陳名，與五時之陣、五行之陣，皆屢見兵家書，而究無『五衡』明文。衡、衝二字，義每互用，不必改。其用典宜再考。〔補注〕『坐席行衣』四句，謂尋常景物中均設有埋伏、布有陣勢，蓋贊其用典之巧妙。

〔三三〕〔徐注〕《左傳》：楚人曰：『晋、楚狎主諸侯之盟也久矣，豈專在晋？』〔補注〕狎，交替。狎主，交替主持。此謂豈能更迭主盟，取晋而代之。

〔三四〕〔徐注〕《左傳》：取鄫，言易也。莒不撫鄫，鄫叛而來，故曰取。凡克邑不用師徒曰取。〔補注〕取，指容易地征服別國或打敗敵軍。《左傳·襄公十三年》：『師救邿，遂取之。凡書「取」，言易也。』

〔三五〕〔徐注〕《左傳》：吴子使其弟蹶由犒師，楚人執之，將以釁鼓。〔馮注〕《左傳》：君以軍行，祓社釁鼓。又：孟明稽首曰：『君之惠，不以纍臣釁鼓。』〔補注〕釁鼓，戰争時殺人塗血於鼓以祭，亦有殺牲釁鼓者。

〔三六〕交縈，《英華》作『欣榮』。〔徐曰〕一作『欣榮』，非。〔馮曰〕既恐懼，又欣榮也。徐刊本作『交縈』，失其義矣。〔按〕即前『彌復兢惶』意。

〔三七〕措，《英華》作『錯』，字通。〔馮注〕《易》：苟錯諸地而可矣。

〔于在衡、于光華曰〕（『爲芳草以怨王孫』六句）詞致欵深。唐荆川曰：情致纏綿，沁人肺腑。（《古文分類集評》）

爲興元裴從事賀封尚書加官啓〔一〕

伏承天恩，榮加寵秩〔二〕，伏惟感慰。伏以蓬、果兇徒，遂爲逋寇〔三〕，三里霧未能成市〔四〕，五斗米乃欲誘人〔五〕。聯接坤維〔六〕，依憑艮險〔七〕，蹷跳鋒刃〔八〕，冒觸罾罿〔九〕。尚書四丈機在掌中〔一〇〕，兵存堂上〔一一〕，爰擇幕府〔一二〕，俾帥軍行〔一三〕。羊祜理戎，輕裘緩帶〔一四〕；祭遵臨敵，投壺雅歌〔一五〕。一舉而張角師殲〔一六〕，再戰而孫恩黨盡〔一七〕。長清沴氣〔一八〕，永變巫風〔一九〕。雖合勢於三川〔二〇〕，實先鳴於二子〔二一〕。仰惟殊渥，允謂簡勞〔二二〕。當從銓管之榮〔二三〕，便執陶鈞之柄〔二四〕。蒼生之望，孰不喁喁〔二五〕！

某早忝生徒，復叨參佐〔二六〕。漢祖以蕭何爲人傑〔二七〕，晏子以仲尼爲聖相〔二八〕。當今昌運，繫我師門〔二九〕。雞樹鳳池〔三〇〕，不勝心禱。無任抃賀之至。

〔一〕本篇原載清編《全唐文》卷七七七第六頁、《樊南文集補編》卷七。題下原注：裴即封之門生。〔錢箋〕封尚書，封敖也。《新唐書》本傳：大中中，興元節度使。蓬、果賊依雞山寇三川，敖遣副使王贄捕平之，加檢校吏部尚書。裴從事，未詳。興元，見《爲彭陽公興元請尋醫表》注〔一〕。《後漢書·百官志》：將軍有從事中郎二人。〔按〕《舊唐書·封敖傳》：『宣宗即位，遷禮部侍郎。大中二年，典貢部，多擢文士。轉吏部侍郎、渤海男，食邑七百户。四年，出爲興元尹、御史大夫、山南西道節度使。』是其主貢舉及裴從事之登進士第乃大中二年事。《通鑑》載，大中五年十月，『蓬、果羣盜依阻雞山，寇掠三川。以果州刺史王贄弘充三川行營都知兵馬使以討之。』大中六年二月，『王贄弘討雞山賊，平之。』此啓作於大中六年二月鎮壓蓬、果人民反抗鬭争之後，因已聞封敖加官消息，酌編三月。

〔二〕〔補注〕《左傳·昭公八年》：『子旗曰：「子胡然，彼孺子也，吾誨之，猶懼其不濟；吾又寵秩之，其若先人何？」』寵秩，謂寵而加授官秩。

〔三〕〔錢注〕《通鑑》：宣宗大中五年十月，蓬、果羣盜依阻雞山，寇掠三川，以果州刺史王贄弘充三川行營都知兵馬使，六年二月討平之。是時山南西道節度使封敖奏巴南妖賊言辭悖慢，上怒甚。崔鉉曰：『此皆陛下赤子，迫於飢寒，盗弄陛下兵於谿谷間，不足辱大軍，但遣一使者可平矣。』乃遣京兆少尹劉潼詣果州招諭之。賊投弓列拜請降。潼歸館。而王贄弘引兵已至山下，竟擊滅之。《新唐書·地理志》：蓬州、果州並屬山南西道。〔補注〕《通鑑》胡注：雞山在蓬、果二州之界，而羣盗依阻以寇掠三川，則其結根也廣矣。三川，謂東、西川及山南西道也。逋寇，流寇。《通鑑》：『潼上言請不發兵攻討，且曰：「今以日月之明燭愚迷之衆，使之稽顙歸命，其勢甚易。所慮者，武臣耻不戰之功，議者責欲速之效耳。」潼至山下，盗彎弓待之，潼屏左右直前曰：「我面受詔赦汝罪，使汝復爲平人。聞汝木弓射二百步，今我去汝十步，汝真欲反者，可射我！」賊皆投弓列拜，請降。潼歸館，而王贄弘與中使似先義逸引兵已至山下，竟擊滅之。』詳引其事，見所謂『兇徒』『逋寇』者，實飢寒交迫之百姓。

〔四〕〔錢注〕《後漢書·張楷傳》：楷字公超，隱居弘農山中，學者隨之，所居成市。後華陰山南遂有公超市。性好道術，能作五里霧。時裴優亦能爲三里霧，自以不如楷，從學之。楷避不肯見。優行霧作賊事覺，被考，引楷，言從學術，後以事無驗見原。

〔五〕〔錢注〕《後漢書·劉焉傳》：張魯祖父陵，順帝時，客於蜀，學道鶴鳴山中，造作符書，以惑百姓。受其道者，輒出米五斗，故謂之米賊。〔按〕據『三里霧』『五斗米』及所謂『妖賊』，其時蓬、果人民當以道術相號召，聚而起事。

〔六〕〔錢注〕《淮南子》：坤維在西南。

〔七〕〔錢注〕《初學記》：楊文《易卦序論》云：險而止，山也；險而動，泉也。動静皆蒙險，故曰山。〔補注〕《易·説卦》：『艮爲山。』艮險，指雞山險阻。

〔八〕〔錢注〕《説文》：蹷，僵也。一曰：跳也。〔補注〕蹷跳，猶跳躍。

〔九〕罶，《全文》誤作『罶』，據錢注本改。〔錢注〕《國語》：且其狀方上而鋭下，宜觸冒人。郭璞《江賦》：罾罶比船。李善注：罾罶，皆網名也。

〔一〇〕〔錢注〕《史記·滑稽傳補》：東方生曰：『動發舉事，猶如運之掌中。』〔補注〕尚書四丈，指封敖。封敖行四，故稱。

〔一一一〕〔錢注〕張協《雜詩》：何必操干戈，堂上有奇兵。

〔一一二〕〔錢注〕《史記·李牧傳》：市租皆輸入莫府。索隱曰：崔浩云：將帥理無常處，以幕帘爲府署，故曰幕府。當作『幕』。

〔一一三〕〔補注〕《左傳·僖公三十三年》：『以一命命郤缺爲卿，復與之冀，亦未有軍行。』杜預注：『雖有卿位，未有軍列。』軍行（音杭），軍職。此『軍行』指軍隊。

〔一一四〕〔錢注〕《晉書·羊祜傳》：祜在軍中，常輕裘緩帶，身不被甲。治戎，見《左傳》，避諱作『理』。〔補注〕《左傳·成公三年》：『二國治戎，臣不才，不勝其任，以爲俘馘。』治戎，作戰，治軍。

〔一一五〕〔錢注〕《後漢書·祭遵傳》：遵爲將軍，取士皆用儒術，對酒設樂，必雅歌投壺。《書史會要》：封敖屬辭美贍，而字亦美麗。〔補注〕投壺，古代宴會禮制，亦爲文娱活動。賓主依次用矢投向盛酒之壺口，以投中多少決勝負。負者飲酒。詳見《禮記·投壺》。

〔一一六〕〔錢注〕《後漢書·靈帝紀》：中平元年，鉅鹿人張角自稱黄天，其部帥有三十六萬，皆着黄巾，同日反叛。《爾雅》：殲，盡也。〔補注〕《左傳·襄公二十五年》：『九世之卿族，一舉而滅之，可哀也哉！』

〔一一七〕〔錢注〕《晉書·孫恩傳》：世奉五斗米道，叔父泰，師杜子恭，傳其術。扇動百姓，私集徒衆。會稽王道子誅之。恩逃於海，聚合亡命，志欲復仇，旬日之中，衆數十萬。後窮蹙赴海自沈，妖黨及妓妾謂之水仙，投水從死者百數。

〔一一八〕〔錢注〕《漢書·五行志》：氣相傷謂之沴。沴猶臨莅不和意也。〔補注〕沴氣，灾害不祥之氣。

〔一一九〕〔補注〕《書·伊訓》：『敢有恒舞于宫，酣歌于室，時謂巫風。』此指蓬、果起事者以道教巫術相號召之宗教迷信手段。

〔一二〇〕〔錢注〕〔三川〕謂東、西川及山南西道。〔補注〕合勢，指東、西川及山南西道均對蓬、果起事者取合圍進討之勢。

〔二一〕〔補注〕《左傳·襄公二十一年》：『平陰之役，先二子鳴。』二子，當指封敖、王贄（弘）。

〔二二〕〔錢注〕傅亮《爲宋公求加贈劉前軍表》：念功簡勞，義深追遠。〔補注〕簡勞，檢視勞績。

〔二三〕銓，《全文》作『鈐』，從錢校改。〔補注〕銓管，掌管選拔任用官吏。此指正式擔任吏部尚書之職位。

〔二四〕〔錢注〕《漢書·鄒陽傳》注：張晏曰：陶家名模下圜轉者爲鈞。〔補注〕謂即將執掌宰相職位。

〔二五〕〔錢注〕喁喁，衆口向上也。〔補注〕喁喁，仰望期待貌。

〔二六〕〔錢注〕《魏志·王基傳》：歸功參佐。〔補注〕裴爲封敖主貢舉時登進士第之門生，故云『早忝生徒』，參注〔一〕。參佐，指幕僚。

〔二七〕見《爲滎陽公上西川李相公狀》『不如蕭何，見漢祖之高論』注。

〔二八〕〔錢注〕《晏子春秋》：仲尼，聖相也。

〔二九〕〔錢注〕《後漢書·班固傳》：經學稱於師門。

〔三〇〕雞樹，見《爲濮陽公上賓客李相公狀一》『雞樹後生』注。鳳池，見《爲安平公賀皇躬痊復上門下表》『望鳳池而結戀』注。

爲山南薛從事謝辟啓〔一〕

傑遜啓：今月某日，伏蒙辟奏節度掌書記敕下。徒有長裾〔二〕，曾無綵筆〔三〕。初疑誤聽，久乃知歸〔四〕。感激慚惶，不知所喻。某受天和氣，而鮮雄才〔五〕，幸承舊族之華，遂竊名場之價〔六〕。頃者湮淪孤賤〔七〕，綿隔音塵〔八〕；其後從事梓潼〔九〕，經塗天漢〔一〇〕。初筵末席〔一一〕，披霧睹天〔一二〕。自爾以來，懷恩莫極。鄭玄之腰腹，若掛丹青〔一三〕；崔琰之鬚眉，常存夢寐〔一四〕。方思捧持杖屨〔一五〕，厠列生徒〔一六〕；豈望便上仙舟〔一七〕，遽塵蓮府〔一八〕？尚書士林圭臬〔一九〕，翰苑龜龍〔二〇〕，方殿大藩〔二一〕，將求記室。是才子懸心之地〔二二〕，詞人效命之秋〔二三〕。豈伊疏蕪〔二四〕，堪此選擢〔二五〕。思曾、顔之供養〔二六〕，念陳、阮之才華〔二七〕，自公及私，終榮且忝。

伏以家室憂繁初解〔二八〕，山川跋涉未任〔二九〕。須至季秋，方離上國〔三〇〕。撫躬泣下，尚遥郭隗之門〔三一〕；閉目夢遊，已入孔融之座〔三二〕。下情無任攀戀銘鏤之至！

校注

〔一〕本篇原載《文苑英華》卷六五四第二頁、清編《全唐文》卷七七七第一〇頁、《樊南文集詳注》卷三。徐注本、馮注本題内『從事』下有『傑遜』二小字置行側。〔徐注〕案山南有東道、西道。東道理襄州，西道理梁州。表云『從事梓潼，經塗天漢，初筵末席，披霧睹天』，蓋西道也。《新書·方鎮表》：建中元年，升山南西道觀察使爲節度使。興元元年，兼興元尹，增領果、閬二州。《宰相世系表》：薛保遜，字遜之，司農卿。《舊書》：薛廷老，遷給事中，開成三年卒。子保遜，登進士第，位亦至給事中。○『傑』當作『保』無疑。《摭言》載，薛保遜好爲巨編，號『金剛杵』，閹媪以易脂燭，嘗得倍價。其人亦非俊物。〔馮箋〕唐人稱興元直曰『山南』，以西京言之，爲南山也。稱襄州每曰『漢南』矣。此必西道興元府也。又按：傑遜當爲河東舊族，而無可考。徐氏謂必『保遜』之訛……余檢《表》有『（薛）存誠弟子庭傑，右拾遺』，亦見大中十一年九月《紀》文，似『傑』字不應上同，豈果訛

『保』爲『傑』歟？《唐摭言》云：保遜好行巨編，自號『金剛杵』，大中朝以侵侮諸叔，自起居舍人貶洗馬而卒。《北夢瑣言》云：大中年，保遜爲舉場頭角，人皆體倣。又曰：恃才與地，號爲浮薄。後謫授澧州司馬，殞於郡。則與司農卿大異，疑皆有誤。而與此自叙情態，亦殊不類。安知薛氏必無傑遜者？當從闕如。又按：此府主曾職翰林也。細檢翰林諸人：王源中，大和八年辭内職，十一月出鎮，九年十月爲刑部尚書，見《紀》文。鄭瀚（按：岑仲勉謂『瀚』爲『澣』之訛。）開成二年十一月出鎮，四年春卒。王起，會昌四年秋出鎮，大中元年卒。封敖，大中三年正月出鎮，十一年拜太常卿，皆見《紀》《傳》。敖在鎮頗久，詳《詩集·寄興元渤海尚書》。今思王源中似太早。瀚爲宰相餘慶子。餘慶曾鎮山南，瀚來復繼前美。起四典貢舉。此啓中皆無其意。則似封敖無疑也。啓言赴梓中途，得叨宴飲，其後不久被辟。雖未能細定何年，當在大中三、四年間也。按：保遜事見《唐摭言》《北夢瑣言》者，必無『山南從事』之蹟，不可混牽。〔張箋〕《通鑑》於（大中）三年之末，書『山南西道節度使鄭涯奏取扶州』，是則封敖之前，鄭涯實鎮之，而封非於三年春初至興元也。馮説（按：指馮謂此啓所上之山南西道節度使爲封敖）確甚。原譜仍列（封敖出鎮興元）三年，今從《舊·傳》（按：《舊唐書·封敖傳》：『轉吏部侍郎渤海男。四年，出爲御史大夫山南西道節度使。』）〔岑仲勉曰〕余按起以僕射出除，此稱尚書則必非王起。若敖則大中六年蓬果平寇後始加尚書（參《方鎮年表》四及拙著《全唐文札記》），亦難確定其爲敖。澣自刑尚出除，然啓文不頌先德，誠如馮云弗類。源中自禮尚出，於時商隱已歷居令狐、崔戎之幕，徒曰太早，未克袪疑。唯啓有云：『其後從事梓潼，經塗天漢……自爾以後，懷恩莫極。』則府主在任，似總一年已上，源中官山南不足一年，殆非是也。此外曾充翰林而鎮興元者尚有鄭涯，其時期當爲大中元至四年（《方鎮年表》迄三年不確），惜涯以何官除授，未有所知（涯，舊、新《唐書》都無傳，啓祝頌詞少，亦頗相類），封敖之證，猶有存疑也。（《翰林學士壁記注補》十）〔戴偉華曰〕薛傑遜爲興元從事在開成元年至二年（令狐楚鎮山南時），其佐梓潼當太和末。《樊川文集》卷一四《祭故處州李使君（方玄）文》：『復與友人故薛子威，邂逅釋顧，如相爲期，放論劇談，各持是非。』疑薛傑遜即薛子威。（《唐方鎮文職幕僚考》五四八頁。按：李方玄大和九年至開成元年馮宿鎮東川時爲觀察判官。）〔按〕馮譜、張箋均繫此啓於大中四年，以所上對象爲封敖。大中四年夏秋間，封敖確已出鎮興元。《唐文拾遺》卷二五有封敖《修斜谷路奏》，云：『當道先准詔令臣檢討却修置斜谷路者……去七月二十日畢功，通過商旅驛馬擔馱往來，七月二十二日已具聞奏訖。』《唐會要》卷八六載此奏于大中四年八月。七月二十畢功，修置開始必在此前。然大中四年斷不可能作此啓。四年商隱在徐州盧弘止幕，雖其間有奉使入關之行，然在此情況下適遇薛傑遜，又由薛倩其作謝啓，可能性甚小。且薛之被辟，非在府主初出鎮時，而係在鎮已有相當長時間之後，視啓內『從事梓潼，經塗天漢……自爾以來，懷恩莫極……豈望便上仙舟，遽塵蓮府』之文，自『經塗天漢』到『遽塵蓮府』時間必不短，岑謂『府主在任，似總一年以上』，近之。啓又云『尚書士圭臬』，而封敖大中六年二月平蓬、果後方加檢校吏部尚書（商隱有《爲興元裴從事賀封尚書加官啓》），則大中四、五兩年，均不可能作此啓也。然否定四年、五年作此啓並不等於否定此啓所謝對象爲封敖，『尚書士林圭臬』之語，恰可證明此啓上於大中六年二月封敖加檢校吏部尚書之後。又據『伏以家室憂繁初解，山川跋涉未任，須至季秋，方離上國』之語及薛曾『從事梓潼』之事，可推知其過程如下：約大中五年，薛『從事梓潼，經塗天漢』，與封敖見面，旋至梓州，與商隱同幕。後以『家室憂繁』之事回長安。大中六年二月封敖加尚書後，奏辟薛爲掌書記，薛則答以須至『季秋』方能離長安前往興元。因與薛有同在梓幕之誼，代作此謝啓自屬順理成章之事。且六年商隱又有《爲興元裴從事賀封尚書加官啓》，益見代興元從事作啓不獨此一啓也。至於王源中，自亦不排斥有此可能，然因在鎮時間不足一年，與啓內所言情況確有難以吻合之處。戴謂杜牧《李使君祭文》之『薛子威』疑即薛傑遜，已乏實證；謂傑遜所謝之幕主即令狐楚，尤不可合。楚早居相位，開成元年四月，以檢校左僕射出爲山南西道節度使，豈得以『尚書』稱之。其他諸人，皆可排除。茲編大中六年，據封加尚書在二月，文稱『季秋』方離上國，啓當作於是年三至七月間。

〔二〕〔徐注〕鄒陽《上吳王書》：飾固陋之心，則何王之門不可曳長裾乎？〔馮注〕謝朓《辭隨王牋》：長裾日曳，後乘載脂。

〔三〕〔徐注〕《南史》：江淹常夢一丈夫，自稱郭璞，謂淹曰：『我有筆在卿處多年，可見還。』淹乃探懷中，得五色筆一以授之。爾後爲詩絶無美句。

〔四〕〔補注〕知歸，知所歸依。

〔五〕〔徐注〕《後漢書·仲長統傳》：統謂高幹曰：『君有雄志，而無雄才。』〔馮曰〕句疑有脱字。

〔六〕〔徐注〕《南史·張敷傳》：於是名價日重。〔補注〕名場，指科舉考場。竊名場之價，謂登第。

〔七〕〔徐注〕黄香疏：江淮孤賤。〔補注〕湮淪，淪落、埋没。

〔八〕〔徐注〕謝莊《月賦》：美人邁兮音塵闕，隔千里兮共明月。

〔九〕〔徐注〕《元和郡縣志》：梓州射洪縣有梓潼水，與涪江合流。〔馮注〕《舊唐·志》：東川節度治梓州。又：梓州梓潼郡，以梓潼水爲名，郡治郪縣。餘詳《上河東公謝辟啓》『潼水名都』注。〔補注〕從事梓潼，謂爲東川節度使幕府之僚屬。

〔一〇〕〔徐注〕《爾雅》注：箕、斗之間，天漢之津梁。《漢書·蕭何傳》：項羽立沛公爲漢王，何曰：『天漢其稱甚美。』〔馮注〕《通典》：今梁州，秦漢中郡。〔補注〕天漢，此借指山南西道節度使府所在之興元府（漢中郡）。《漢書》顔師古注引孟康曰：『言地之有漢，若天之有河漢，名號休美。』

〔一一〕〔徐注〕《詩》：賓之初筵。〔馮注〕《禮記·鄉飲酒義》：啐酒，於席末。此則謙言居席之末。

〔一二〕〔徐注〕王隱《晉書》：樂廣爲尚書郎，尚書令衛瓘見而奇之，曰：『此人，人之水鏡，見之瑩然若披雲霧而睹青天也。』徐幹《中論》：文王畋於渭水，遇太公釣，召而與之言，載之而歸。文王之識也，灼然若披雲而見日，霍然如開霧而覩天。《野客叢書》：今用披霧睹青天事，多指樂廣。梁孝元詩『還思逢樂廣，能令雲霧褰』，駱賓王詩『情披樂廣天』是也。不知此語已先見徐幹《中論》，晋人蓋引此語以贊美樂廣耳。〔按〕披雲霧睹青天，又見《世説新語·賞譽》衛伯玉（瓘）贊樂廣。

〔一三〕〔馮注〕《後漢書·鄭玄傳》：袁紹總兵冀州，要玄大會，玄至，延升上坐。身長八尺，飲酒一石，秀眉明目，容儀温偉。依方辯對，莫不歎服。

〔一四〕〔徐注〕《魏志》：崔琰聲姿高暢，眉目疏朗，鬚長數尺，甚有威重。朝士瞻望，太祖亦敬憚焉。庾信碑：差有崔琰之鬚眉，非無鄭玄之腰帶。

〔一五〕〔徐注〕《禮記》：侍坐於君子，君子欠伸，撰杖屨。

〔一六〕〔徐注〕《後漢書》：馬融爲世通儒，教養諸生。常坐高堂，施絳紗帳，前授生徒，後列女樂。弟子以次相傳，鮮有入其室者。

〔一七〕〔徐注〕《後漢書》：郭泰字林宗，遊於洛陽。始見河南尹李膺，膺大奇之，由是名震京師。後歸鄉里，衣冠諸儒送至河上，車數千輛。林宗惟與李膺同舟而濟，衆賓望之，以爲神仙。〔馮注〕仙舟，猶言仙路，取登進之義，不拘李、郭。《詩集》『仙舟尚惜乖雙美』，以言科第矣。〔按〕馮解非。『便上仙舟』與下『遽塵蓮府』對文，意亦一貫，謂得尚書之禮遇而遽入幕府也，與科第無涉，上文『竊名場之價』已言登第事。《詩集·奉和太原公送前楊秀才戴兼招楊正字戎》『仙舟尚惜乖雙美』，亦指茂元不能同時羅致楊戴、楊戎兄弟入涇原幕也，非指科第，參《李商隱詩歌集解》第一册該詩著者按語。

〔一八〕〔徐注〕《南史》、王儉用庾杲之爲衛將軍長史。蕭緬與儉書曰：『庾景行（杲之）泛緑水，依芙蓉，何其麗也！』時以儉府爲蓮花池。

〔一九〕〔徐注〕陳琳檄文：士林憤痛。陸倕《石闕銘》：陳圭置臬。善曰：《周禮》：土圭之法，測土深正日影以求地中。又：匠人建國求地中，置槷以懸，視其影。〔馮注〕《周禮·考工記》注曰：槷，古文『臬』。於所平之地中央，樹八尺之臬，以縣正之。眂（視）之以其景，將以正四方也。〔補注〕圭臬，古代測日影、正四時與測度土地之儀器。此喻典範。

〔二〇〕〔徐注〕揚雄《解嘲》：執蝘蜓而笑龜龍。〔馮注〕蔡邕《郭有道碑》：望形表而影附，聆嘉聲而響和者，猶百川之歸巨海，鱗介之宗龜龍。〔補注〕《禮記·禮運》：『何謂四靈？麟鳳龜龍，謂之四靈。』此以『龜龍』喻傑出人物。

〔二一〕〔徐注〕《詩》：殿天子之邦。〔補注〕《詩·小雅·采菽》毛傳：『殿，鎮也。』

〔二二〕〔馮注〕《戰國策》：楚王曰：『心揺揺如懸旌，而無所終薄。』〔徐注〕《晋書·涼武昭王傳》：表曰：四海顒顒，懸心象魏。

〔二三〕〔馮注〕《史記·信陵君傳》：朱亥曰：『此乃臣效命之秋也。』〔徐注〕《後漢書·袁紹傳》：上書曰：此誠愚臣效命之一驗也。

〔二四〕〔徐注〕謝朓詩：邑里向疏蕪。〔按〕此『疏蕪』係自謙淺陋蕪雜，徐注引非其義。

〔二五〕〔馮注〕《漢書·師丹傳》：尚書劾咸、欽：幸得以儒官選擢備腹心。

〔二六〕〔徐注〕《禮記》：曾子曰：『參，直養者也，安能爲孝乎？』《後漢書·清河王慶傳》：慶垂涕曰：『生雖不獲供養，得終奉祭祀，私願足矣。』〔馮注〕《家語》：曾參志存孝道，齊嘗聘欲以爲卿而不就，曰：『吾不忍遠親而爲人役。』後母遇之無恩，而供養不衰。《史記》：曾參，孔子以爲能通孝道，故授之業。作《孝經》。按：曾子之孝習見矣。《家語》孔子説顔回之行，引《詩》『永言孝思，孝思維則』。《後漢書·延篤傳》論仁孝前後曰：仁孝同質而生。純體之者，則互以爲稱，虞舜、顔回是也。若偏而體之，則各有其目，公劉、曾參是也。是可徵顔子之孝。

〔二七〕〔徐注〕《魏志》：太祖並以陳琳、阮瑀爲司空軍謀祭酒，管記室，軍國書檄，多琳、瑀所作也。〔馮注〕又：文帝書與吴質曰：孔璋章表殊健，元瑜書記翩翩，致足樂也。

〔二八〕繁，《英華》作『緐』。〔補注〕憂繁，憂念繁雜之事務。

〔二九〕〔徐注〕《左傳》：文公躬擐甲胄，跋履山川。《詩》：大夫跋涉。

〔三〇〕〔徐注〕《左傳》：巫臣始通吴於上國。〔馮注〕方可出都。〔按〕此『上國』指京都，徐注引非其義。

〔三一〕〔徐注〕《戰國策》：燕昭王將欲報讎，往見郭隗，對曰：『王誠博選國中之賢者而朝其門下，天下之士必趨於燕矣。今王誠欲致士，先從隗始。』

〔三二〕〔徐注〕張璠《漢記》：孔融拜大中大夫，每嘆曰：『座上客常滿，尊中酒不空，吾無憂矣。』〔馮注〕《後漢書·孔融傳》：性寬容少忌，好士，喜誘益後進，賓客日盈其門，常嘆曰：『坐上客常滿，樽中酒不空，吾無憂矣。』

爲河東公謝相國京兆公第三啓〔一〕

伏奉別紙榮示，欲令男珪仰從麾旆〔二〕。感激重顧，寢興失常。相公爰自奥區，將臨巨鎮〔三〕。當求國器〔四〕，以耀戎旃〔五〕。渠書劍無聞〔六〕，癡黠相半〔七〕。昨者謬蒙與國〔八〕，命厠羣僚〔九〕。發遣以來〔一〇〕，憂慚未定，豈可再升上榻〔一一〕，重託後車〔一二〕，混七子之聲塵〔一三〕，列三公之掾屬〔一四〕！所虞辱命，安敢顧私〔一五〕？況古之在三，父生師教〔一六〕。今世既無師道〔一七〕，所奉之主當焉〔一八〕。渠雖甚愚，亦知斯義。倘得永依油幕〔一九〕，長侍絳紗〔二〇〕，雖闕晨昏〔二一〕，乃在霄漢。向垂詢度〔二二〕，伏用兢惶。以渠將遠依投〔二三〕，猶須教督〔二四〕，伏望許乘驛馬〔二五〕，假道弊藩，三五日即遣榜小舟〔二六〕，倍程下水〔二七〕，必令界內，得及軍前。恩紀綢繆〔二八〕，光榮浹洽。雖萬里將遠，實人心不孤。言路情塗〔二九〕，所難申喻。伏紙搦管，死生以之〔三〇〕。

〔一〕本篇原載清編《全唐文》卷七七六第一六頁、《樊南文集補編》卷七。〔錢箋〕本集有《爲河東公謝相國京兆公啓》二首，皆因柳珪被辟而作，時杜悰節度西川也。此啓及下二首，則於悰移鎮淮南時上。考悰自西川遷淮南，《舊唐書》紀、傳皆不載。惟《新唐書·傳》云：會昌初，爲淮南節度使。踰年召同平章事。未幾，以本官罷，出爲劍南東川節度使，徙西川，復鎮淮南，而不詳其年月。詩集《述德抒情詩》，馮氏曰：『二書《悰傳》年月，皆不細。考《宰相表》，悰由淮南入相，在會昌四年閏七月，罷相在五年五月。其移鎮西川則在大中二年二月，見《通鑑考異》。至三年十月，始奏取維州。又《舊書·紀》及《白敏中傳》，李回於大中元年八月節度西川，二年正月左遷湖南觀察。白敏中於五年出鎮邠寧，七年移西川節度。然則悰洵於二年二月由東川移西川，而七年始移淮南。故柳仲郢六年鎮東川，其子柳珪，被悰辟聘也。』考證精確，不能易矣。《新唐書·宰相世系表》：杜氏出自祁姓，成王滅唐，改封唐氏子孫於杜城，京兆杜陵縣是也。〔張箋〕大中六年四月，西川節度使杜悰遷淮南節度使，邠寧節度使白敏中檢校司徒、爲西川節度使。檢《舊·紀》，是年（按：指大中六年）七月丙辰書：『前淮南節度使李珏卒，贈司空。』則悰之遷鎮，蓋代李珏，其在是年無疑。《新書·宰相表》是年又書：『四月甲辰，白敏中檢校司徒平章事西川節度使』，是敏中又代悰鎮西川也。《補編·爲河東公復京兆公第一啓》云：『今月某日，已遣某職鮮于位奉啓狀謁賀新寵。伏承決取峽路，東指廣陵。』《第二啓》云：『今月某日，潘押衙侍御至。伏蒙仁恩，榮賜手筆數幅。伏承鳳詔已頒，鷁舟期艤。日臨端午，路止半千，不獲親祝松年，躬攀檜楫。持百錢而莫追劉寵，聞五鼓而空憶鄧攸。感恩戀德，不知所爲。』敏中既於四月除西川，則悰之離鎮在五月端節明矣……考《樊川集》有《册贈李珏司空制書》：『大中六年五月十六日壬午，皇帝若曰：咨爾淮南節度使李珏』云云，則珏洵於六年春夏之交卒矣……又案

《唐會要・祥瑞門》載：『大中六年九月二日，淮南節度使杜悰奏：海陵、高郵兩縣百姓，於官河洒得聖米』云云，此尤爲悰是年移鎮之確據。馮譜誤列七年，因之又取義山赴蜀及西川推獄，皆列諸六年，仍沿《舊・紀》駁文，宜其分悼亡之年與赴辟之年爲二也。〔按〕張氏考辨杜悰自西川移鎮淮南之年月甚確，當從。啓有『相公爰自奥區，將臨巨鎮』語，是悰初奉移鎮詔命時上，參《爲河東公復相國京兆公第二啓》『日臨端午』之文，本篇約上於大中六年四月下旬。

〔二〕〔錢注〕《舊唐書・柳仲郢傳》：子珪大中五年登進士第，累辟使府，早卒。〔補注〕此『從麾旆』謂隨悰爲淮南使府幕僚。

〔三〕〔補注〕奥區，指西川。巨鎮，指淮南，唐時天下之盛，有『揚一益二』之諺，見洪邁《容齋隨筆・唐揚州之盛》。

〔四〕〔錢注〕《史記・晋世家》：楚成王曰：『晋公子賢，而困於外久，從者皆國器，此天所置，庸可殺乎？』〔補注〕《漢書・韓安國傳》『天子以爲國器』顔師古注：『言其器用重大，可施於國政也。』

〔五〕〔錢注〕謝朓《拜中軍記室辭隨王箋》：契闊戎旃。

〔六〕見《爲濮陽公上陳相公狀二》注〔五〕。

〔七〕見《上華州周侍郎狀》注〔三〕。

〔八〕〔補注〕與國，友邦，此指鄰接之方鎮西川。

〔九〕〔錢注〕本集《爲柳珪上京兆公謝辟啓》：伏蒙召署攝成都府參軍、充安撫巡官者。

〔一〇〕〔補注〕發遣，打發，使離去。錢注引《舊唐書・食貨志》『差長綱發遣』之『發遣』，係發運之意，非本句之義。

〔一一〕見《上鄭州李舍人狀三》注〔五〕。

〔一二〕〔補注〕《詩・小雅・綿蠻》：『命彼後車，謂之載之。』後車，侍從所乘之車。曹丕《與朝歌令吴質書》：『從者鳴笳以啓路，文學託乘於後車。』此以『託後車』指爲幕僚佐吏。

〔一三〕〔錢注〕魏文帝《典論·論文》：今之文人，魯國孔融、廣陵陳琳、山陽王粲、北海徐幹、陳留阮瑀、汝南應瑒、東平劉楨，斯七子者，於學無所遺，於辭無所假。《魏志·王粲傳》：始文帝爲五官將，及平原侯植皆好文學，粲與北海徐幹、廣陵陳琳、陳留阮瑀、汝南應瑒、東平劉楨，並見友善。自邯鄲淳等亦有文采，而不在此七人之例。參《爲柳珪上京兆公謝辟啓》『望鄴中之七子』注。

〔一四〕〔錢注〕崔寔《政論》：三公則天子之股肱，掾屬則三公之喉舌。〔補注〕沈詢《授杜悰淮南節度使制》：『汝爲司空，兼持邦憲。』故云『三公』。

〔一五〕〔錢注〕《史記·蔡澤傳》：盡公而不顧私。

〔一六〕〔錢注〕《國語》：欒共子曰：『人生於三，事之如一：父生之，師教之，君食之。』

〔一七〕〔補注〕韓愈《師説》：『師道之不傳也久矣。』

〔一八〕〔錢注〕潘岳《閑居賦序》：所奉之主，即太宰魯武公其人也。〔補注〕所奉之主，此指所侍奉之幕主。

〔一九〕〔錢注〕《宋書·劉穆之傳》：蕭瑀《與顔竣書》曰：『朱修之三世叛兵，一旦居荆州青油幕下。』〔補注〕油幕，塗油之帳幕，此借指將帥之幕府。

〔二〇〕〔補注〕絳紗，即絳紗帳，借指師門、講席。見《爲山南薛從事謝辟啓》注〔一六〕。

〔二一〕〔補注〕《禮記·曲禮上》：『凡爲人子之禮，冬温而夏凊，昏定而晨省。』

〔二二〕〔補注〕《詩·大雅·板》：『先民有言：詢于芻蕘。』《國語·晋語四》：『及其即位也，詢於八虞而諮於二虢，度於閎夭而謀於南宫。』韋昭注：『度，亦謀也。』詢度，徵求意見、商議。

〔二三〕〔錢注〕《樂府·石城樂》：城中諸少年，出入見依投。〔補注〕遠依投，謂柳珪將遠依杜悰於淮南幕。

〔二四〕〔錢注〕楊惲《報孫會宗書》：賜書教督。

〔二五〕〔錢注〕《舊唐書·職官志》：凡三十里一驛。

〔二六〕〔錢注〕《楚辭·九懷》：榜船兮下流。〔補注〕榜，船槳，此指劃船。

〔二七〕〔錢注〕《水經注》下水五日，上水十日也。

〔二八〕〔錢注〕《蜀志·劉先主傳》：先主至京見權，綢繆恩紀。〔補注〕恩紀，猶恩情；綢繆，情意殷切貌。

〔二九〕〔錢注〕陳琳《爲袁紹檄豫州》：杜絶言路。《梁書·張充傳》：情塗猖隔。〔按〕此『言路』與『情塗』對舉見義，錢引非。

〔三〇〕〔補注〕《左傳·昭公四年》：『子産曰：何害！苟利社稷，死生以之。』

爲河東公復相國京兆公啓〔一〕

今月某日，已遣某職鮮于位，奉啓狀謁賀新寵〔二〕。至某日，復遣脚力某乙奉啓，仰諮行李〔三〕，願就坦夷。今日蒙降專人，且云告别，正書輝握〔四〕，横涕霑襟〔五〕。實影響以疚懷〔六〕，豈平生之易感！伏承決取峽路〔七〕，東指廣陵〔八〕。相公亟歷雄藩〔九〕，惟循儉德〔一〇〕，空持經笥〔一一〕，不事橐裝〔一二〕。固以忠貫波神〔一三〕，仁懷風伯〔一四〕，自然利涉〔一五〕，安有畏途〔一六〕？雖二江雙流〔一七〕，懸蜀土去思之懇〔一八〕；而一日千里〔一九〕，慰揚州來暮之謡〔二〇〕。封域匪遐〔二一〕，藩宣爲累〔二二〕。不獲仰瞻使節〔二三〕，竊止仙舟〔二四〕。感戀之誠，寄喻無所。今遣節度判官李商隱侍御〔二五〕，往渝州及界首已來〔二六〕，備具餼牽〔二七〕，指揮館遞〔二八〕。伏惟俯從祖軷〔二九〕，暫駐征帆。南望煙波，恨無毛羽。下情不任瞻戀感激之至。

〔一〕本篇原載清編《全唐文》卷七七六第一六頁、《樊南文集補編》卷七。錢、張箋均見《爲河東公謝相國京兆公第三啓》注〔一〕。〔按〕文云『今日蒙降專人，且云告别……伏承決取峽路，東指廣陵』，是杜悰已定東下行期路綫，即將啓程時所上。參《爲河東公復相國京兆公第二啓》『日臨端午』之語，本篇約上於大中六年四月末。

〔二〕〔補注〕新寵，指悰新授淮南節度使之寵命。

〔三〕〔補注〕行李，語本《左傳·僖公三十年》：『行李之往來，共其乏困。』本指使者。此指行旅。

〔四〕〔補注〕正書，此指杜悰以正楷書寫之書啓。

〔五〕〔錢注〕《家語》：反袂拭面，涕泣沾衿。

〔六〕〔錢注〕顔延之《秋胡詩》：影響豈不懷？謝莊《月賦》：悄焉疚懷。

〔七〕〔錢注〕峽路。見《爲滎陽公上西川李相公狀》『朝白帝而暮江陵』句注引《水經注》。張協《雜詩》：峽路峭且深。〔按〕自成都赴揚州，有水陸二途：陸路取道長安、洛陽，再經汴渠南下；水路則由成都沿岷江南下至戎州，沿長江經渝州、三峽而東下。據上文『仰諮行李，願就坦夷』之語，仲郢似有希其走相對坦夷之陸路之意，而杜悰則『決取峽路』，故有下文『自然利涉，安有畏途』數語。

〔八〕〔錢注〕《舊唐書·地理志》：揚州，隋江都郡。武德九年，改爲揚州。天寶元年改爲廣陵郡。乾元元年復爲揚州。自後置淮南節度使。

〔九〕〔補注〕亟，屢。悰曾歷鳳翔、忠武、淮南、東川、西川節度使。此次又遷淮南節度使，故云『亟歷雄藩』。

〔一〇〕〔補注〕《書·太甲上》：『慎乃儉德，惟懷永圖。』《易·否》：『君子以儉德辟難。』

〔一一〕〔錢注〕《後漢書·邊韶傳》：腹便便，五經笥。

〔一二〕〔補注〕橐裝，指珠寶財物之聚藏。《漢書·陸賈傳》：『賜賈橐中裝，直千金。』

〔一三〕〔錢注〕《列子》：孔子自衛反魯，息駕於河梁而觀焉。有懸水三千仞，圜流九十里，魚鼈弗能遊，黿鼉弗能居。有一丈夫，方將厲之，遂度而出。孔子問之，對曰：『始吾之入也，先以忠信；及吾之出也，又從以忠信。忠信措吾軀於波流，而吾不敢以用私，所以能入而復出者以此也。』《淮南子》高誘注：陽侯，陵陽國侯也。其國近水，佽水而死。其神能爲大波，有所傷害，因謂之陽侯之波。

〔一四〕〔錢注〕蔡邕《獨斷》：風伯，神，箕星也。其象在天，能興風。〔補注〕懷，歸服。《禮記·禮器》：『君子有禮，則外諧而内無怨，故物無不懷仁。』

〔一五〕〔補注〕《易·需》：『貞吉，利涉大川。』

〔一六〕〔錢注〕《莊子》：畏途者，日殺一人，則父子兄弟相戒。

〔一七〕〔錢注〕左思《蜀都賦》：帶二江之雙流。劉逵注：江水出岷山，分爲二江，經成都南，東流經之，故曰『帶』也。〔補注〕《史記·河渠書》：『蜀守冰鑿離碓，辟沫水之害，穿二江成都之中。』張守節正義引任豫《益州記》：『二江者，郫江、流江也。』

〔一八〕〔錢注〕《漢書·循吏傳》：所居民富，所去見思。

〔一九〕千里，《全文》作『十旦』。〔錢曰〕疑當作『千里』。《荀子》：夫驥一日而千里。〔按〕錢疑『十旦』當作『千里』，甚是，然引《荀子》以證則非。此處當用《水經注·江水》：『有時朝發白帝，暮到江陵，其間千二百里，雖乘奔御風，不以疾也。』今據改。

〔二〇〕來暮之謡，見《爲中丞滎陽公桂州上後上中書門下狀》注〔一六〕引《後漢書·廉范傳》。

〔二一〕〔補注〕《周禮·春官·保章氏》：『以星土辨九州之地所封，封域皆有分星。』東、西川二鎮鄰接，故云

『封域非遐』。

〔二二〕〔補注〕《詩·大雅·崧高》：『四國于蕃，四方于宣。』藩宣，即藩垣，喻衛國之藩鎮重臣。

〔二三〕〔補注〕《周禮·地官·掌節》：『凡邦國之節，山國用虎節，土國用人節，澤國用龍節。』鄭玄注：『使節，使卿大夫聘於天子諸侯，行道所執之信也。』此以『使節』指稱派駐一方之節度使。節度使出使，持雙旌雙節。

〔二四〕〔錢注〕《後漢書·郭太傳》：太字林宗，遊於洛陽，始見河南尹李膺，遂相友善。後歸鄉里，衣冠諸儒送至河上，林宗唯與李膺同舟而濟。衆賓望之，以爲神仙焉。〔補注〕仙舟，此指杜悰所乘之官船。

〔二五〕〔錢注〕《新唐書·百官志》：節度使兼觀察使，又有判官、支使、推官、巡官、衙推各一人。又：至德後，諸道使府參佐，皆以御史爲之，謂之外臺。〔按〕商隱《樊南乙集序》：『（大中五年）七月，尚書河東公守蜀東川，奏爲記室。十月得見吴郡張黯見代，改判上軍……明年，記室請如京師，復攝其事。』作此啓時商隱之正式身份仍爲節度判官，故稱。商隱在徐幕已得『侍御』憲銜，在東川幕仍帶此銜，故稱『李商隱侍御』。

〔二六〕〔錢注〕《新唐書·地理志》：渝州屬劍南道。《後漢書·劉祐傳》：每至界首，輒改易輿服，隱匿財寶。〔按〕杜悰自成都取峽路赴揚州，所經沿江之瀘州屬東川節度使管轄，渝州屬山南西道。此句『界首』似指東、西川接壤之所。

〔二七〕〔補注〕《左傳·僖公三十三年》：『使皇武子辭焉，曰：「吾子淹久於敝邑，唯是脯資餼牽竭矣。」』餼牽，泛指糧、肉等食品。

〔二八〕〔錢注〕《唐會要》：元和五年正月，考功奏：諸道節度使觀察等使，各選清强判官一人，專知郵驛。〔補注〕館遞，驛站所設館舍。

〔二九〕〔錢注〕《詩·烝民》箋：祖者，將行犯軷之祭也。〔按〕出行時祭祀路神稱祖軷。

爲河東公復相國京兆公第二啓〔一〕

今月某日，潘押衙侍御至〔二〕，伏蒙仁恩，榮賜手筆數幅。某獲依大國，竊曰親鄰〔三〕，將欲違離，彌驚顧遇。但當洵涕〔四〕，用對緘封〔五〕。伏承鳳詔已頒〔六〕，鷁舟期艤〔七〕，日臨端午〔八〕，路止半千〔九〕。不獲親祝松年〔一〇〕，躬攀檜楫〔一一〕。持百錢而莫追劉寵〔一二〕，聞五鼓而空憶鄧攸〔一三〕。仰望旌幢，恨非巾履〔一四〕。自覩符竹，乃是網羅〔一五〕。縱詞窮於刀筆之間〔一六〕，終事溢於肺腸之外。感恩戀德，不知所爲。

〔一〕本篇原載清編《全唐文》卷七七六第一七頁、《樊南文集補編》卷七。〔按〕文云『伏承鳳詔已頒，鷁舟期艤，日臨端午，路止半千』，啓當上於大中六年端午前夕。

〔二〕〔錢注〕《通鑑·唐玄宗紀》注：押牙者，盡管節度牙内之事。侍御，已見上篇注〔二五〕。

〔三〕竊，《全文》作『切』，從錢校改。

〔四〕洵，《全文》作『眴』，從錢校改。〔錢注〕《國語》：無瘠色，無洵涕。解：洵音愔，無聲涕出，爲洵涕也。

〔五〕〔補注〕緘封，指書信，亦即上文『手筆』。

〔六〕〔錢注〕《晉書·石季龍載記》：戲馬觀上安詔書，五色紙在木鳳之口，鹿盧迴轉，狀若飛翔焉。〔補注〕謂任命杜悰爲淮南節度之詔書已頒佈。

〔七〕〔錢注〕《淮南子》：龍舟鷁首。高誘注：鷁，大鳥也。畫其象著船首。《漢書·項籍傳》注：如淳曰：南方人謂整船向岸曰艤。〔補注〕《文選·左思〈蜀都賦〉》：『艤輕舟。』劉逵注：『應劭曰：艤，正也。一曰：南方俗謂正船迴濟處爲艤。』此曰『鷁舟期艤』，當指官船待發。

〔八〕〔錢注〕周處《風土記》：仲夏端午。端，初也。俗重五日，與夏至同。

〔九〕〔錢注〕《舊唐書·員半千傳》：半千本名餘慶，少與齊州人何彦先同師事學士王義方；義方嘉重之，嘗謂之曰：『五百年一賢，足下當之矣。』因改名半千。〔按〕路止半千，當是自梓州至成都之大致里程，參下文『不獲親祝松年，躬攀檜楫』自明。

〔一〇〕〔補注〕松年，指長壽。觀此句，似杜悰之生日在五月端陽節。

〔一一〕〔補注〕《詩·衛風·竹竿》：『淇水悠悠，檜楫松舟。』

〔一二〕〔錢注〕《後漢書·劉寵傳》：寵拜會稽太守，郡中大化，徵爲將作大匠。山陰縣有五六老叟，人賫百錢以送寵，寵爲人選一大錢受之。

〔一三〕〔錢注〕《晉書·鄧攸傳》：吴郡闕守，帝以授攸，後稱疾去職。吴人歌之曰：『紞如打五鼓，雞鳴天欲曙。鄧侯拖不留，謝令推不去。』

〔一四〕〔錢注〕《魏志·荀彧傳》注：張衡《文士傳》曰：禰衡著布單衣，疏巾履，坐太祖營門外。〔按〕恨非巾履，謂己不能如隨身佩用之巾履隨杜悰而往也。即陶淵明《閑情賦》『願在衣而爲領』『願在裳而爲帶』『願在絲而爲履』之意。

〔一五〕〔錢注〕《金樓子》：楚國龔舍，隨楚王朝未央宫，見赤蜘蛛大如粟，四面羅網，有蟲觸之，不得出而死。乃歎曰：『仕宦者，人之羅網，豈可久淹歲月耶？』

〔一六〕〔錢注〕《漢書·郅都傳》：臨江王欲得刀筆爲書謝上。注：刀，所以削治書也。古者書於簡牘，故必用刀焉。

爲河東公上西川白司徒相公賀冬啓〔一〕

伏以水謝舊箭〔二〕，灰驚新律〔三〕，乘陰閉陽開之候〔四〕，見詠功祝壽之辰。伏惟相公，便自坤維〔五〕，更承兑澤〔六〕。遽收武節〔七〕，長轉洪鈞〔八〕。昔風后之佐軒皇〔九〕，不爲外相〔一〇〕；傅説之毗殷帝〔一一〕，無敢專征〔一二〕。獲奉恩知，實所欣賴。屬緣戎鎮，闕詣軒庭。數攀戀以誠深，與願望而俱切。

校注

〔一〕本篇原載清編《全唐文》卷七七六第一七頁、《樊南文集補編》卷七。〔錢箋〕（西川白司徒相公）白敏中也。《舊唐書》本傳：大中七（按：當爲六）年，進位特進、劍南西川節度副大使、知節度等事。《新唐書》本傳：檢校司徒，徙劍南西川。西川，見《爲滎陽公上西川李相公狀》注〔一〕。司徒，見《爲彭陽公上鳳翔李司徒狀》注〔一〕。蔡邕《獨斷》：冬至陽氣起，君道長，故賀。張箋編大中六年冬。〔按〕白敏中大中六年四月由邠寧徙鎮西川。此啓有『昔風后之佐軒皇，不爲外相；傅説之毗殷帝，無敢專征』之語，當是敏中移鎮西川後不久，即大中六年冬所上。如爲七、八年所上，則以上數語不免有過時之嫌。且東、西川鄰接，賀冬啓自亦以敏中到西川任之當年即上爲近理。故編大中六年冬至前。

〔二〕〔補注〕《集韻·董韻》：『箭，候管。』水爲仲冬之月羽音之象（見《禮記·月令》『仲冬之月……其音羽』孔疏）。水謝舊箭，猶『辭舊琯』，『灰驚新律』。

〔三〕〔錢注〕《後漢書·律曆志》：候氣之法，以木爲案，每律各一，從其方位，以葭莩灰抑其内端，案曆而候之，氣至灰去。

〔四〕〔錢注〕揚雄《甘泉賦》：帥爾陰閉，霅然陽開。〔補注〕古人以爲每年冬至陰氣盡而陽氣開始復生，謂之『一陽來復』，見《易·復》孔穎達疏。

〔五〕〔補注〕《易·坤》：『西南得朋。』《文選·張協〈雜詩〉之二》：『大火流坤維，白日馳西陸。』李善注：『《淮南子》曰：「坤維在西南。」』此指蜀地。

〔六〕〔補注〕《易·兑》：『《兑》，亨、利、貞。』孔疏：『以《兑》是象澤之卦，故以兑爲名。』兑澤，此指帝王恩澤。

〔七〕〔錢注〕《漢書·武帝紀》：躬秉武節。〔按〕《新唐書·白敏中傳》：『會党項數寇邊，鉉言宜得大臣鎮撫。天子嚮其言，故敏中以司空、平章事兼邠寧節度、招撫制置使……踰年，檢校司徒，徙劍南西川。』敏中招討党項、出鎮邠寧在大中五年三月及五月，八月党項平。六年四月即徙西川。此所謂『遽收武節』。

〔八〕〔補注〕轉洪鈞，喻執掌國家軍政大權。

〔九〕〔錢注〕《史記·五帝紀》：黄帝者，姓公孫，名曰軒轅，舉風后、力牧、常先、大鴻以治民。正義曰：《帝王世紀》云：黄帝夢大風，吹天下之塵垢皆去，又夢人執千鈞之弩，驅羊萬羣。帝寤而歎曰：『風爲號令，執政者也；垢去土，后在也。天下豈有姓風名后者哉？夫千鈞之弩，異力者也；驅羊數萬羣，能牧民爲善者也。天下豈有姓力名牧者哉？』於是依二占以求之，得風后於海隅，登以爲相；得力牧於大澤，進以爲將。

〔一〇〕〔錢注〕《晉書·羊祜傳論》：超居外相，宏總上流。〔補注〕外相，在地方上主政者。唐時常稱帶宰相銜出鎮者，略同於使相。

〔一一〕〔錢注〕《詩·節南山》箋：毗，輔也。〔補注〕《書·説命上》：『説築傅巖之野……爰立作相，王置諸其左右。』殷帝，指殷高宗武丁。

〔一二〕〔錢注〕《竹書紀年》：王命西伯得專征伐。〔按〕《全唐文》卷七六三沈珣（詢）《授白敏中西川節度使制》：『洎羌寇憑陵，殿兹西土，戎醜斂路，栅堡相望。既收功於郇、邠，宜移旆於井絡。』專征，即指平党項事。亦可包鎮西川。

爲河東公上尚書侍郎給事賀冬啓〔一〕

伏以水謝舊箭〔二〕，灰驚新律〔三〕，乘陰閉陽開之候〔四〕，見詠功祝壽之辰。伏惟某官，道以和光〔五〕，謙而受益〔六〕。皇恩三接〔七〕，且聞宣室之言〔八〕；清禁九重〔九〕，續奉台階之寄〔一〇〕。膺時納祜〔一一〕，與國同休。某方守藩維，闕趨門屏〔一二〕。無任結戀之至。

〔一〕本篇原載清編《全唐文》卷七七六第一七頁、《樊南文集補編》卷七。〔錢注〕《舊唐書·職官志》：尚書正三品，侍郎正四品上，給事中正五品上。張箋將本篇及以下三篇賀冬啓統繫於大中五年至九年居東川柳仲郢幕期間，云不能詳其何年。〔按〕本篇與以下三篇賀冬啓及《爲河東公上西川白司徒相公賀冬啓》，分賀宰相、尚書侍郎給事中、翰林學士、方鎮武臣，在《全唐文》中次第緊相承接，且用語、格式均相類，當爲同時有計劃撰擬之一組應酬書啓。撰寫此類書啓，爲幕中掌書記之職責，而商隱大中五年冬初居梓幕時任節度判官，至『明年（大中六年），記室請如京師，復攝其事』（《樊南乙集序》），故大中五年冬商隱不可能作此組書啓。白敏中大中六年四月始由邠寧移鎮西川，故此組書啓只可能作於大中六年之後。大中九年十一月，柳仲郢已内徵，則此組書啓亦不可能作於九年冬至前。然則唯有大中六、七、八三年中之某一年方可能上此組書啓。而本篇前四句與《爲河東公上西川白司徒相公賀冬啓》文字全同，顯爲同時之作，而《爲河東公上西川白司徒相公賀冬啓》以作於大中六年之可能性最大，故此組書啓殆均爲大中六年冬至前所上。

〔二〕〔三〕〔四〕見上篇注〔二〕〔三〕〔四〕。

〔五〕〔錢注〕《老子》：挫其鋭，解其紛，和其光，同其塵。湛兮似或存，吾不知誰之子，象帝之先。〔補注〕和光，謂才華内藴，不露鋒芒。

〔六〕〔補注〕《書·大禹謨》：『滿招損，謙受益。』

〔七〕〔補注〕三接，三度接見。語本《易·晋》：『晋，康侯用錫馬蕃庶，晝日三接。』孔穎達疏：『晝日三接者，言非惟蒙賜蕃多，又被親寵頻數，一晝之間，三度接見也。』

〔八〕〔補注〕《史記·屈原賈生列傳》：『孝文帝方受釐，坐宣室。上因感鬼神事，而問鬼神之本。賈生因具道所以然之狀。至夜半，文帝前席。』宣室，漢未央宫前之正室，即宣室殿。

〔九〕〔錢注〕傅咸《申懷賦》：穆穆清禁。

〔一〇〕〔補注〕謂將繼任宰相之職。

〔一一〕〔補注〕納祜，猶納福。

〔一二〕〔補注〕蔡邕《協和昏賦》：既臻門屏，結軓下車。

爲河東公上四相賀冬啓〔一〕

伏以節在一陽〔二〕，慶歸三壽〔三〕。君子既聞於齋戒〔四〕，小人寧望於禱祈。伏惟相公，芝鶴延年，松龜定命，上毗左契〔五〕，下轉洪鈞。立蒿柱之前〔六〕，長辭舜琯〔七〕；侍土階之側〔八〕，永數堯蓂〔九〕。某方限戎行〔一〇〕，不獲拜賀。攀戀之至，實倍常倫。

〔一〕本篇原載清編《全唐文》卷七七六第一八頁、《樊南文集補編》卷七。〔錢箋〕柳仲郢於大中六年出鎮，核諸《新唐書·宰相表》，是時居相位者，崔鉉、令狐綯、魏謩、裴休諸人，而四相難以確指。《春明退朝録》：唐制：宰相四人，首相爲太清宫使，次三相皆帶館職：弘文館大學士、監修國史、集賢殿大學士，以此爲序。〔按〕本篇與《爲河東公上西川白司徒相公賀冬啓》《爲河東公上尚書侍郎給事賀冬啓》均爲大中六年冬至前所上，詳《爲河東公上尚書侍郎給事賀冬啓》注〔一〕。錢箋沿馮譜，謂仲郢出鎮東川在大中六年雖誤，然所列大中六年四相則正此啓所上者。

〔二〕〔錢注〕曹植《冬至獻韈表》：千載昌期，一陽佳節。〔補注〕《易·復》：『七日來復。』孔疏：『十一月一陽生。』又：『後不省方。』孔疏：『冬至一陽生，是陽動而陰復静也。』參《爲河東公上西川白司徒相公賀冬啓》注〔四〕。

〔三〕〔補注〕《詩・魯頌・閟宫》：『三壽作朋，如岡如陵。』三壽，猶三老。

〔四〕〔補注〕《禮記・祭義》：『宫室既脩，牆屋既設，百物既備，夫婦齋戒，沐浴盛服，奉承而進之。』

〔五〕〔錢注〕《老子》：聖人執左契而不責于人。〔補注〕左契，即左券。古代契約分爲兩片，左片稱左券、左契，由債權人收執，作爲索償之憑證。此句『左契』指執左契之聖人，即君主。毗，輔佐。

〔六〕〔錢注〕《大戴禮記》：周時德澤洽和，蒿茂大，以爲宫柱，名蒿宫也。此天子之路寢也。

〔七〕〔錢校〕辭，疑當作『調』。蓋誤『調』爲『詞』，而又轉作『辭』耳。《大戴禮記》：舜以天德嗣堯，西王母來獻其白琯。〔按〕錢校似可從。

〔八〕〔錢注〕《史記・太史公自序》：墨者亦尚堯舜道，言其德行曰：堂高三尺，土階三等。

〔九〕蓂，《全文》作『萓』，從錢校據胡本改正。〔錢注〕張衡《東京賦》李善注：田俅子曰：『堯爲天子，蓂莢生於庭，爲帝成曆。』〔補注〕堯蓂，傳爲堯階前所生之瑞草。每月初一生一莢，至十五積十五莢。十六日起，日落一莢，月末而盡，小建則餘一莢，萎而不落。見《竹書紀年》卷上。

〔一〇〕〔補注〕《左傳・成公二年》：『下臣不幸，屬當戎行，無所逃隱。』

爲河東公上翰林院學士賀冬啓〔一〕

伏以周正且至〔二〕，魯朔爰來〔三〕。禱祠既集於良辰，戩穀且歸於内署〔四〕。伏惟學士，靈龜薦壽〔五〕，威鳳均祥〔六〕。居石室於西崑〔七〕，自通仙路〔八〕；坐銀臺於東海〔九〕，不接人寰〔一〇〕。豈惟與國同休，兼亦後天而老〔一一〕。某方叨戎律，正遠霄階〔一二〕。拜賀末由〔一三〕，結戀增劇。

校注

〔一〕本篇原載清編《全唐文》卷七七六第一八頁、《樊南文集補編》卷七。翰林學士，見《爲濮陽公與丁學士狀》注〔三〕。〔按〕啓上於大中六年冬至前，詳《爲河東公上尚書侍郎給事賀冬啓》注〔一〕。

〔二〕且，《全文》作『具』，據錢校改。〔補注〕周正，周曆正月，即農曆十一月。《史記·曆書》：『夏正以正月，殷正以十二月，周正以十一月。』冬至通常在夏曆十一月。

〔三〕〔補注〕《左傳·隱公元年》：『春，王周正月。』魯爲周之諸侯國，奉周之正朔。魯朔即周朔。《春秋·隱公元年》『春，王正月』孔疏：『受命之王，必改正朔，繼世之王，奉而行之，每歲頒於諸侯，諸侯受王正朔，故言「春，王正月」。』

〔四〕〔補注〕戩穀，福禄。《詩·小雅·天保》：『天保定爾，俾爾戩穀。』内署，指翰林院，見《爲濮陽公與丁學士狀》注〔三〕。

〔五〕〔錢注〕任昉《述異記》：壽萬年曰靈龜。

〔六〕〔錢注〕《漢書·宣帝紀》：南陽獲白虎、威鳳爲寶。〔補注〕威鳳，瑞鳥。鳳有威儀，故稱。

〔七〕〔錢注〕《史記·太史公自序》：遷爲太史令，紬史記、石室、金匱之書。劉向《列仙傳》：赤松子者，神農時雨師也。至崑崙山上，常上西王母石室中。〔補注〕西崑，指西方崑崙羣玉之山，傳爲古帝王藏書之所。《穆天子傳》卷二：『天子北征，東還，乃循黑水，癸巳，至于羣玉之山……先王之所謂策府。』此借指翰林院。

〔八〕〔錢注〕《水經注》：隱淪仙路，骨謝懷靈。〔補注〕仙路，宫禁中之道路。翰林院之門爲九仙門。

〔九〕〔錢注〕《舊唐書·職官志》：翰林院，天子在大明宫。其院在右銀臺門内，待詔之所。郭璞《遊仙詩》：神仙排雲出，但見金銀臺。〔補注〕《文選·張衡〈思玄賦〉》：『聘王母於銀臺兮，羞玉芝以療飢。』舊注：『銀臺，王母所居。』李肇《翰林志》：『唐興，太宗始於秦王府開文學館，擢房玄齡、杜如晦一十八人，皆以本官兼學士……時人謂之登瀛洲。』《通鑑·武德四年》『士大夫得預其選者，時人謂之登瀛洲』胡三省注：『自來相傳海中有三神山：蓬萊、方丈、瀛洲，人不能至，至則成仙矣，故以爲喻。』

〔一〇〕〔錢注〕鮑照《舞鶴賦》：厭人寰之喧卑。

〔一一〕〔錢注〕王嘉《拾遺記》：闇河之北，有紫桂成林，其實如棗，羣仙餌焉。韓終《采藥》四言詩云：闇河之桂，實大如棗。得而食之，後天而老。

〔一二〕〔錢注〕《茅君九錫玉册文》：使君從容霄階。〔補注〕霄階，猶天階，指朝廷宫禁。

〔一三〕拜，《全文》作『珪』，據錢校改。

爲河東公上方鎮武臣賀冬啓〔一〕

伏惟克隆多福〔二〕，永對休辰。以竹苞松茂之姿〔三〕，奉周扆漢帷之化〔四〕。某方叨藩任，款賀無由。瞻戀之誠，寄喻無所。

校注

〔一〕本篇原載清編《全唐文》卷七七六第一八頁、《樊南文集補編》卷七。〔按〕啓上於大中六年冬至前，見《爲河東公上尚書侍郎給事賀冬啓》注〔一〕。

〔二〕〔補注〕克隆，興隆，昌盛。《南齊書·褚淵、王儉傳贊》：『民譽不爽，家稱克隆。』《北史·周紀下論》：『嗚呼！以文皇之經啓鴻基，武皇之克隆景業，未踰二紀，不祀忽諸。』《詩·大雅·文王》：『永言配命，自求多福。』

〔三〕〔補注〕《詩·小雅·斯干》：『如竹苞矣，如松茂矣。』孔疏：『以竹言苞，而松言茂，明各取一喻，以竹筍叢生而本概，松葉隆冬而不彫，故以爲喻。』竹苞松茂之姿，喻其根基穩固，枝葉繁茂不彫。既頌其節，亦祝其壽。

〔四〕〔錢注〕《家語》：孔子觀於明堂，覩四門之墉，有周公相成王，抱之負斧扆，南面以朝諸侯之圖焉。《漢書·東方朔傳》：孝文皇帝集上書囊以爲殿帷。〔補注〕扆，古代宫殿户、牖之間謂之扆，亦指置於門窗之間之屏風。君主臨朝聽政，負扆（背靠屏風）而坐。《淮南子·氾論訓》：『周公繼文王之業……負扆而朝諸侯。』奉周扆漢帷之化，謂其奉行朝廷之政令教化，忠於皇室。

爲崔從事寄尚書彭城公啓〔一〕

福啓：福聞雀辭楊館，常懷寶篋之恩〔二〕；燕別張巢，永結雕梁之戀〔三〕。推誠況物，某有類焉。始者尚書晞髮丹山〔四〕，騰身紫府〔五〕，曉趨清禁，則瓊樹一枝〔六〕；夜直皇闈〔七〕，則金釭二等〔八〕。人寰莫見，塵路難逢。而某志在諱窮〔九〕，勇於求益〔一〇〕，輒干皁隸〔一一〕，自露菲葑〔一二〕。竇肆迴腸〔一三〕，只期和氏〔一四〕；豎門投足〔一五〕，永念倉公〔一六〕。果蒙愍彼顓愚，溢爲品目〔一七〕。勾萌始達〔一八〕，依周囿以揚翹〔一九〕；滴瀝纔分，託靈光而振響〔二〇〕。輕軒短羽〔二一〕，驟化窮鱗〔二二〕。每欲陶冶肺肝，耕耘筆硯〔二三〕，麤調宮徵，以謝陽秋〔二四〕。而義有多塗，情非一概，辭繁轉野〔二五〕，意密彌睽。雖塗宜如韓遂之書〔二六〕，反覆若葛洪之紙〔二七〕，終無髣髴，可得端倪〔二八〕？

去歲洛陽，獲陪良宴，頻趨絳帳〔二九〕，累坐青氈〔三〇〕。況聞貔拒台階〔三一〕，請從藩屏〔三二〕。舉郄超之幕畫〔三三〕，數阮瑀之軍書〔三四〕，懸以嘉招，形於善謔〔三五〕。何言違阻，復積光陰。潼水千波〔三六〕，巴山萬嶂〔三七〕，接漏天之霧雨〔三八〕，隔嶓冢之煙霜〔三九〕。皓月圓時，樹有何依之鵲〔四〇〕；悲風起處，巖無不斷之猿〔四一〕。煎向義之初心〔四二〕，軫懷仁之勁氣〔四三〕。竊惟秦鏡〔四四〕，當察衛桃〔四五〕。

一昨伏承擁節浚郊〔四六〕，建牙隋岸〔四七〕，將求捧幣申好，裂裳就塗〔四八〕，接枚叟之餘光，奉鄒生之末座〔四九〕。又伏慮旋登殷夢〔五〇〕，俄奉周畋〔五一〕，徵詔已行，拜塵無及〔五二〕。徘徊失措，抑鬱誰聊。必也華榻長懸〔五三〕，簡書無廢，即割任安之席，堪哂無圖〔五四〕；負田叔之鈐，可嗟非據〔五五〕。伏惟慎安寢膳，勉護興居〔五六〕，早秉信圭〔五七〕，速調大鼎〔五八〕。至於禱祝，實倍等倫。半菽思貯於神倉〔五九〕，一勺願投於靈海〔六〇〕。道之云遠，更開殷浩之函〔六一〕；書不盡言，重灑楊朱之淚〔六二〕。攀戀感激，不知所裁。伏惟俯賜鑒照，謹啓。

〔一〕本篇原載《文苑英華》卷六六五第六頁、清編《全唐文》卷七七七第七頁、《樊南文集詳注》卷四。徐、馮注本題内『崔從事』下旁注小字『福』字。〔馮箋〕崔福於咸通十年尚爲比部員外郎，則其從事東川之時，必非甚遠。以時考之，此彭城公者，蓋大中時劉瑑也。《舊書·傳》：瑑，彭城人，開成初進士擢第。會昌末，累遷尚書郎知制誥，正拜中書舍人。大中初，轉刑部侍郎，出爲河南尹。遷檢校工部尚書、汴州刺史、宣武軍節度使。十一年五月，移鎮河東。十二月，拜户部侍郎，尋同平章事。《新書·傳》：瑑，大中初擢翰林學士。時始復關、隴，書詔夜數十，捉筆遽成，辭皆允切。餘與《舊·傳》略同。證之《舊·紀》，則大中五年，瑑爲刑部侍郎。九年十一月，以河南尹充宣武軍節度。而十一年八月，又以鄭涯充宣武節度，則瑑當以是時移太原矣。十二月即入爲户侍。十二年三月以本官同平章事。玩啓中『擁節』以下數聯，當爲瑑在宣武未移太原之時所寄。其云『潼水』『巴山』者，謂己在東川幕也。其云『去歲洛陽』者，謂瑑尹河南時，約在大中六年。則東川必即柳仲郢幕。或意有不合，故寄書宣武，求踐昔約，所謂『割任安之席』也。情事朗然矣。文爲十年所作。余初因詩集中題有訛『彭陽』爲『彭城』者，遂定此爲寄令狐文公，真疏謬矣。〔張箋〕（編大中九年）此啓乃是年瑑初鎮宣武時作。『去歲洛陽，獲陪良宴』『懇拒台階，請從藩屏』云云，當指大中八年。或其時崔因事請如東都，得與瑑相見，及回梓而仲郢適於是年内召矣，故别希就瑑。觀啓中『樹有何依之鵲』『巖無不斷之猿』，可見非意有所不合也。馮説小疏。〔岑仲勉曰〕（張）箋四承《舊·紀》系（河南尹劉瑑遷宣武）大中九年十一月。按瑑遷宣武，《方鎮年表》正爲七年，已無可疑。

《啓》之『去歲洛陽，獲陪良宴』，正洽馮注所謂瑑尹河南約在大中六年。啓又云：『一昨伏承擁節浚郊，建牙隋岸，將求捧幣申好，裂裳就塗。』應是聞宣武命後不久所上，『樹有何依之鵲』，或因室家遠離，故欲改就，不得謂馮説小疏也。〔按〕馮、張二箋繫年均誤。劉瑑移鎮宣武，當在大中七年。吴廷燮《唐方鎮年表·宣武》：『按《舊·紀》，瑑爲宣武在九年十一月，以許渾《中秋夕上大梁劉尚書》詩考之，恐《舊·紀》不可據。又《匋齋藏石記·李書墓誌》：「服除，大梁率劉公八座辟爲掌書記……大中八年，擢授萬年尉。」此劉公即劉瑑鎮宣武在八年前之證。』吴氏考證劉瑑遷宣武在大中八年之前，證據確鑿。證以啓内『去歲洛陽，獲陪良宴』一節，則所謂『去歲』，當指『擁節浚郊，建牙隋岸』之前一年，即大中六年。其時崔福或曾因事至洛陽，曾受到時任河南尹之劉瑑款待，並曾有邀其入幕之意。時隔一年後，崔又有入劉瑑汴州幕之意，故有『半菽思貯於神倉，一勺願投於靈海』之祈望語。然則啓當上於大中七年。唯崔福大中五年七月爲柳仲郢所辟，入東川幕，在幕主柳仲郢尚未調任之情況下又謀他就，或因所署觀察巡官之職在幕僚中地位較低，有所不滿，加以東川路途遥遠，氣候不適應等原因，遂有轉依劉瑑之想。

〔二〕見《謝座主魏相公啓》『楊雀銜環』注。

〔三〕〔徐曰〕『燕别張巢』未聞。或引張建封妾關盼盼燕子樓事以當之。然義山去建封時不遠，未必遂據爲故實也。今按《南史·孝義傳》張景仁下附衛敬瑜妻事云：妻年十六而敬瑜亡，父母舅姑咸欲嫁之。女截耳置盤中爲誓乃止。所住户有燕巢，常雙飛來去。後忽孤飛，女感其偏棲，乃以縷繫脚爲誌。後歲，此燕果復來，猶帶前縷。女爲詩曰：『昔年無偶去，今春猶獨歸。故人恩獨重，不忍復雙飛。』此與『永結雕梁之戀』語意頗合，恐後人誤以爲景仁之事而妄改，未可知也。〔馮曰〕用事未詳。《張氏家傳》：禧字彦祥，除敦煌令。嘗有鶴負矢集禧庭，以甘草湯洗之。傅藥留養十餘日，瘡愈飛去。月餘，啣赤玉珠二枚，置禧廳前。此與『楊雀』同見《太平御覽》報恩類，意相近，而事不符也。若《博物志》：常山張顥爲梁相，有山鵲飛翔近地，令人擿之，化爲圓石，椎破之，得一金印，文曰『忠孝侯印』。顥上之，藏之祕府。《搜神記》：長安有張氏者，鳩自外入，止氏牀，氏披懷祝之，曰：『爲我福也，來入我懷。』鳩遂入懷，以手探之，得一金帶鈎，遂寶之。子孫昌盛，貲財萬倍。皆非此所用。若徐刊本引《南史・孝義傳》張景仁下附載衛敬瑜妻繫縷燕脚之事，尤謬。〔按〕視義山用槐安國事（見《爲李貽孫上李相公啓》『蟻言樹大』句注），此句未必不用燕子樓近事。

〔四〕〔徐注〕《山海經》：丹穴之山，有鳥名曰鳳皇。〔馮注〕屈原《九歌》：與女沐兮咸池，晞女髮兮陽之阿。按：兼用《楚辭》『新沐者必彈冠』，以喻登仕，如陸雲《九愍》云：『朝彈冠以晞髮。』

〔五〕〔徐注〕《雲笈七籤・軒轅本紀》：東到青丘，見紫府先生，受三皇内文大字，以劾召萬神。〔補注〕《抱朴子・地真》：『昔皇帝東到青丘，過風山，見紫府先生，受三皇内文，以劾召萬神。』又《祛惑》：『及至天上，先過紫府，金牀玉几，晃晃昱昱，真貴處也。』此以『紫府』『丹山』借指翰林院。

〔六〕〔馮注〕《楚辭》：折瓊枝以繼佩。《淮南子》：崑崙上有玉樹、珠樹、璇樹、瑶樹。亦即瓊樹之義。〔徐注〕李陵贈蘇武詩：思得瓊樹枝，以解長飢渴。〔補注〕《晉書・王戎傳》：『王衍神姿高徹，如瑶林瓊樹。』

〔七〕皇，馮云『一作黄』，誤。〔馮注〕曹嘉《贈石崇詩》：入侍於皇闈。

〔八〕〔徐注〕何晏《景福殿賦》：落帶金釭，此焉二等。《漢書・外戚傳》：趙昭儀居昭陽舍，壁帶往往爲黄金釭。注：壁帶，壁之横木露出如帶者，以金爲釭，若車釭之形。釭音工。〔補注〕金釭，宫殿壁門横木上之飾物。

〔九〕〔徐注〕《莊子》：孔子曰：『我諱窮久矣，而不免，命也。』

〔一〇〕〔補注〕《論語・憲問》：『闕黨童子將命。或問之曰：「益者與？」子曰：「吾見其居於位也，見其與先生並行也，非求益者也，欲速成者也。」』益，進益、長進。

〔一一〕〔徐注〕《左傳》：皂隸之事，官司之守。

〔一二〕〔徐注〕《詩》：采葑采菲，無以下體。〔補注〕葑菲，謂雖鄙陋而或有一德可取，係謙辭。

〔一三〕〔徐注〕《雲笈七籤》：怳若晨景之暐寶肆。司馬遷《報任少卿書》：腸一日而九迴。

〔一四〕〔馮注〕《宋書・隱逸傳》：劉柳薦周續之曰：『恢燿和肆，必在連城之寶。』餘見《爲尚書渤海公舉人自代狀》『荆岑挺價』注。

〔一五〕〔徐注〕《莊子》：醫門多疾。張衡《應問》：捷徑邪至，吾不忍以投足。

〔一六〕〔馮注〕《史記·倉公傳》：太倉公者，齊太倉長，姓淳于氏，名意。同郡元里公乘陽慶，悉以禁方予之，傳黄帝、扁鵲之脈書，五色診病，知人死生及藥論甚精，爲人治病多驗。

〔一七〕品目，《英華》作『題品』。〔補注〕品目，品評。溢，過分，所謂溢美之評。

〔一八〕〔徐注〕《月令》：勾者畢出，萌者盡達。〔補注〕勾萌，草木嫩芽。

〔一九〕揚，徐、馮注本均一作『陽』，非。〔徐注〕陸機《擬古詩》：譬彼向陽翹。〔馮注〕鄭曼季詩：春草揚翹。〔補注〕揚翹，猶舉葉。翹，指翹起之葉片。

〔二〇〕〔徐注〕王延壽《魯靈光殿賦》：動滴瀝以成響，殷雷應其若驚。善曰：言簷垂滴瀝，纔成小響，室内應之，其聲似雷之驚也。

〔二一〕輕軒，《英華》作『遥輕』，注：集作『徑軒』。均誤。〔徐注〕《晉書·葛洪傳》：大塊禀我以尋常之短羽。〔馮注〕謂使其輕舉而軒翥也。

〔二二〕〔徐注〕劉長卿詩：滄海一窮鱗。〔馮曰〕以上數聯，謂藉其力以筮仕。

〔二三〕〔徐注〕華嶠《後漢書》：班超投筆歎曰：大丈夫安能久事筆耕乎？〔馮曰〕《後漢書·班超傳》，已見《爲安平公兖州謝上表》『昔惟久事筆硯』注。〔按〕此『耕耘筆硯，龘調宫徵』，指撰寫音韻諧和之駢體文章，以答謝劉瑑之厚遇。又《傳》注曰：《續漢書》作『久弄筆硯乎』。

〔二四〕〔徐注〕孫盛著《晉陽秋》，陽秋，即春秋也。避鄭太后諱，故以『春』爲『陽』。〔補注〕陽秋，謂褒貶，此偏義於褒獎，即上『溢爲品目』意。《晉書·褚裒傳》：『譙國桓彝見而目之曰：「季野有皮裏陽秋。」言其外無臧否，而内有所褒貶也。』

〔二五〕繁，《英華》作『煩』。

〔二六〕〔徐注〕《魏志・武帝紀》：馬超與韓遂等叛。超等屯渭南。公與遂書，多所點竄，如遂改定者，超等愈疑遂。案：塗逭，猶塗竄也。

〔二七〕若，《英華》作『類』。注：集作『若』。〔徐注〕《晉書・葛洪傳》：躬自伐薪，以貿紙筆，夜輒寫書誦習，以儒學知名。《藝文類聚》：《抱朴子》曰：洪家貧，常乏紙，每所寫，皆反覆有字，人少能讀。

〔二八〕〔補注〕髣髴，梗概、大略。《莊子・大宗師》：『反覆終始，不知端倪。』端倪，猶頭緒。可，豈也。四句謂反覆塗抹修改，終未能表達己之心緒。

〔二九〕見《爲舉人獻韓郎中啓》『方馬融則絳帳雙褰』注。

〔三〇〕見《爲滎陽公桂州謝上表》『青氈不落於寇偷』注。

〔三一〕〔補注〕謂懇拒宰相之職位。

〔三二〕〔補注〕謂請求出鎮而爲藩屏之臣。

〔三三〕〔徐注〕《世説》：桓宣武與郄超議芟夷朝臣，條牒既定，其夜同宿。明晨起，呼謝安、王坦之入，擲疏示之。郄猶在帳内，謝含笑曰：『郄生可謂入幕賓也。』餘見《爲張周封上楊相公啓》『髯參短簿』注。

〔三四〕〔徐注〕《漢書・息夫躬傳》：軍書交馳而輻輳。餘見《爲山南薛從事謝辟啓》『念陳、阮之才華』注。

〔三五〕〔徐注〕《詩》：善戲謔兮，不爲虐兮。〔馮注〕《梁書・任昉傳》：始，高祖與昉過竟陵王西邸，從容謂昉曰：『我登三府，當以卿爲記室。』昉亦戲曰：『我若登三事，當以卿爲騎兵。』至是引昉，符昔言焉。〔馮注〕又：昉奉箋曰：『昔有清宴，屬有緒言，提挈之旨，形乎善謔。豈謂多幸，斯言不渝。』以上叙曾於洛陽與劉宴飲戲談。〔按〕暗含不渝前言之意。

〔三六〕見《上河東公謝辟啓》『潼水名都』注。

〔三七〕〔馮注〕《元和郡縣志》：巴嶺在南鄭縣南一百九里，東傍臨漢江，與三峽相接。山南即古巴國。〔徐注〕《漢中舊志》：巴山緜亘深遠，冬夏積雪不消，中包孤雲、兩角、米倉諸山，南接四川巴州之小巴山。〔按〕此句『巴山』係泛指巴地之山，曰『萬嶂』可知。

〔三八〕〔馮注〕《漢書·志》：犍爲郡僰道縣，故僰侯國。《元和郡縣志》：戎州管僰道、義賓、開邊、南溪、歸順五縣。開邊縣南大梨山、小梨山。《太平寰宇記》：大梨山、小梨山四時霖霪不絶，俗人呼爲大漏天、小漏天。其諸山自嘉州以來，每峯相接，高低隱伏，奔走三峽。按：凡山水毒瘴蒸爲霧雨，皆可曰『漏天』也。開邊縣宋時廢。唐義賓、歸順縣，本漢郁鄢縣地，唐初尚有郁鄢縣，後乃改析，而《舊書·志》或作『郁鄢』，誤矣。

〔三九〕〔徐注〕《書》：嶓冢導漾，東流爲漢。《唐六典》：山南道名山曰嶓冢。《元和郡縣志》：嶓冢山在興元府金牛縣東二十八里。按：金牛故城在今陜西漢中府寧羌州西北，嶓冢山在州北九十里，漢水出焉。〔馮注〕《通典》：梁州金牛縣嶓冢山。按：俗以嶓冢爲分水嶺。詳《詩集·自南山北歸經分水嶺》題注。

〔四〇〕〔馮注〕魏武帝《短歌行》：月明星稀，烏鵲南飛。繞樹三匝，何枝可依。

〔四一〕〔徐注〕李陵《答蘇武書》：但聞悲風蕭條之聲。《格物論》：猿性急而腸斷，哀鳴則腸俱斷而死。〔馮注〕《搜神記》：人得猿子殺之，猿母自擲而死，破腸視之，寸寸斷裂。

〔四二〕初，《英華》注：集作『孤』，馮本從之。

〔四三〕〔馮注〕《禮記》：君子有禮，故物無不懷仁。

〔四四〕〔徐注〕《西京雜記》：高祖初入咸陽宫，有方鏡，廣四尺，高五尺九寸。表裏有明。人直來照之，影則倒見；以手捫心，則見腸胃五臟。

〔四五〕〔馮注〕《衛風》：投我以木桃，報之以瓊瑶。此取『永以爲好』之義。以上皆謂己在東川相念之忱，公當知之也。

〔四六〕〔徐注〕《詩》：孑孑干旄，在浚之郊。〔馮注〕《通鑑》注：浚郊，謂大梁之郊。大梁有浚水。按：唐人稱汴州節度皆曰浚郊。

〔四七〕〔馮注〕《地理志》：汴州有浚儀縣，本春秋衛地。汴河，隋所增濬，故云隋岸。〔補注〕建牙，本指出師前樹立軍旗，此指武臣出鎮。

〔四八〕〔徐注〕《墨子》：公輸欲以楚攻宋，墨子聞之，自魯往，裂裳裹足，十日之郢。〔馮注〕《吴越春秋》：申包胥之秦求救楚，晝馳夜趨，足踵蹠劈，裂裳裹膝。

〔四九〕〔馮注〕枚乘、鄒陽，皆梁孝王客。詳《漢書》。又謝惠連《雪賦》：梁王不悦，遊於兔園，乃置旨酒，命賓友，召鄒生，延枚叟。

〔五〇〕〔馮注〕《書·説命（篇）》：夢帝賚予良弼，其代予言。説作傅巖之野，惟肖，爰立作相。

〔五一〕見《爲某先輩獻集賢相公啓》『于畋問卜，始載磻谿』注。〔補注〕二句謂又慮朝廷即將徵入爲相。

〔五二〕〔馮注〕《後漢書·趙咨傳》：徵拜議郎，復拜東海相。之官，道經滎陽。令燉煌曹暠，咨之故孝廉也，迎路謁候，咨不爲留，暠送之亭次，望塵不及。《晋書·潘岳傳》：岳與石崇等諂事賈謐，每候其出，輒望塵而拜。此用趙咨事。

〔五三〕〔徐注〕袁宏《漢紀》：陳蕃在豫章，爲徐穉獨設一榻，去則懸之。〔馮注〕《後漢書·徐穉傳》：穉，豫章南昌人。陳蕃爲太守，不接賓客，穉來，特設一榻，去則縣之。

〔五四〕〔馮注〕《史記·田叔傳》：任安與田仁會，俱爲衛將軍舍人。衛將軍從此兩人過平陽主，主家令兩人與奴同食而食，此二子拔刀列斷席別坐。按：謂便當舍他人而來就。

〔五五〕〔徐注〕鈐，當作『鉗』。《史記·田叔傳》：叔爲趙王張敖郎中，漢下詔捕趙王，惟孟舒、田叔等十餘人赭衣自髠鉗，稱王家奴，隨趙王敖之長安。〔馮注〕按《史記·平準書》：釱左趾。索隱曰：釱，脚踏鉗也。音大計反。《説文》：釱，鐵鉗也。從金，大聲。特計切。《爾雅序》『六藝之鈐鍵』疏云：《説文》：鈐，鏁也。又考《集韻》：鈐，釱也。則知釱與鉗與鈐，皆義相通矣。《爾雅》疏所引，今《説文》無之，當是流傳遺脱耳。

〔五六〕〔徐注〕徐陵書：願百年之老，興居多福。

〔五七〕秉，《英華》作『乘』。〔按〕乘，超越。信圭，見《爲濮陽公陳情表》『强委信圭』注。信圭爲侯爵所執，唐之方鎮即相當於古之侯爵。『早乘信圭，連調大鼎』，謂超越列侯之位而任調和鼎鼐之宰相。則似作『乘』是。

〔五八〕見《爲舉人上翰林蕭侍郎啓》『鼎鼐之司』注。

〔五九〕〔馮注〕按《史記·項羽本紀》：歲饑民貧，士卒食芋菽。《漢書》作『半菽』。徐廣曰：半，五升器也。臣瓚曰：士卒食蔬菜，以菽雜半之。索隱曰：芋，蹲鴟也；菽，豆也。王劭曰：半，量器名，容半升也。若劉孝標《廣絶交論》『莫肯廢其半菽，罕有落其一毛』，則直謂『半豆』耳。此句意作量器，尤與『一勺』對。神倉，見《爲舉人上翰林蕭侍郎啓》『增流衍於神倉』注。

〔六〇〕〔徐注〕《禮記》：今夫水一勺之多。木華《海賦》：於廓靈海，長爲委輸。

〔六一〕見《爲張周封上楊相公啓》『寓尺牘而畏達空函』注。

〔六二〕〔馮注〕《列子》：楊子見歧路而泣之，爲其可以南，可以北。

〔蔣士銓曰〕樊南手筆，氣焰雖短，熨貼自平。存爲初學程式，不患於迷途也。（《評選四六法海》卷三）

〔于在衡、于光華曰〕起得超忽。湯臨川曰：娟娟整整，暢所欲言。（《古文分類集評》四集卷三）

梓州道興觀碑銘并序〔一〕

總天下之事，教分爲三〔二〕；處域中之大，道居其一〔三〕。發軔於希夷之境〔四〕，解鞍於寥廓之場〔五〕。覽若士之遊，九垓尚隘〔六〕；稽豎亥之步〔七〕，六合非遐〔八〕。徒欲洞視焦螟〔九〕，遥驅野馬〔一〇〕，折尺棰而求盡〔一一〕，循白環而待窮〔一二〕，則玄籥猶嚴〔一三〕，空筌尚滯〔一四〕。輷擢地盡〔一五〕，莫知象帝之家〔一六〕；蓋朽天穿〔一七〕，未覩谷神之隧〔一八〕。柔皮具紙，折骨疏毫〔一九〕，雖竭慮於九三〔二〇〕，終致迷於萬一〔二一〕。洎飛龜藏義〔二二〕，猛馬垂文〔二三〕，貫王屋之流珠〔二四〕，方擢中冀〔二五〕；封吳宮之合璧〔二六〕，始會塗山〔二七〕。變浩刼之桑田〔二八〕，注羣黎之耳目〔二九〕。聞其大較〔三〇〕，未可殫論。

〔一〕本篇原載清編《全唐文》卷七七九第二二頁、《樊南文集補編》卷九。〔錢注〕《舊唐書·地理志》：劍南東川節度使，治梓州。管梓、綿、劍、普、榮、遂、合、渝、瀘等州。又：梓州，隋新城郡。武德元年，改爲梓州。天寶元年，改爲梓潼郡。乾元元年，復爲梓州。乾元後，分蜀爲東、西川，梓州恒爲東川節度使治所。按：詩集馮注，引宋王象之所考潼川府碑記曰：《道興觀碑》《道士胡君新井碣銘》，並見《李義山集》。張箋編大中七年。〔岑仲勉曰〕按商隱在梓，後先五歲，大中五赴梓幕時有《散關遇雪》詩，則抵梓在秋末冬初，歲底復上西川。若擬爲五年作，其可能性殊少也。（《平質·捌誤》）〔按〕文云：『予也五郡知名，三河負氣……屬以魚車受寵，璧馬從知……謝文學之官之日，岐路東西；陸平原壯室之年，交親零落。』叙及大中五年受柳仲郢辟聘赴東川幕事，岑謂作於五年之可能性甚少，固是，然據此段行文之口吻，作銘時離赴辟亦不可能時間過久（『屬以』云云，係叙近事口吻）。在《全唐文》中，此篇置於《唐梓州慧義精舍南禪院四證堂碑銘并序》之前，而《四證堂碑銘》明標大中七年，則本篇或當作於大中六年或七年。

〔二〕〔錢注〕《隋書·李士謙傳》：客問三教優劣，士謙曰：『佛，日也；道，月也；儒，五星也。』〔補注〕《北史·周本紀下》：『集羣官及沙門道士等。帝升高座，辨釋三教先後。以儒教爲先，道教次之，佛教爲後。』

〔三〕〔錢注〕《老子》：道大、天大、地大，人亦大。域中有四大，而王居其一焉。人法地，地法天，天法道，道法自然。

〔四〕〔錢注〕《楚辭·離騷》：朝發軔於蒼梧兮。《老子》：視之不見名曰夷，聽之不聞名曰希。〔補注〕希夷之境，虚寂玄妙之境。

〔五〕〔錢注〕《史記·李將軍傳》：令曰：『皆下馬解鞍。』《楚辭·遠遊》：下峥嶸而無地兮，上寥廓而無天。〔補注〕《老子》：『有物混成，先天地生，寂兮寥兮，獨立不改。』王弼注：『寥者，空無形。』賈誼《鵩鳥賦》：『寥廓忽荒兮，與道翱翔。』李善注：『寥廓忽荒，元氣未分之貌也。』

〔六〕〔錢注〕《淮南子》：若士者，古之神仙也。燕人盧敖，秦時遊于北海，經于太陰，入于玄闕，至于蒙穀之山，而見若士焉。欣欣然方迎風軒輊而舞。敖曰：『夫子殆可與敖爲友乎？』若士曰：『吾與汗漫期于九垓之外，不可以久住。』乃舉臂竦身，遂入雲中。〔補注〕九垓，九層，指天。

〔七〕〔錢注〕《淮南子》：禹使大章步自東極，至于西極，二億三萬三千五百里七十五步。使豎亥步自北極，至于南極，二億三萬三千五百里七十五步。

〔八〕遐，錢本作『遥』，未出校。〔錢注〕《莊子》：六合之外，聖人存而不論；六合之内，聖人論而不議。〔補注〕六合，天地四方。

〔九〕〔錢校〕洞，胡本作『見』。〔錢注〕《列子》：江浦之間生麽蟲，其名曰焦螟，羣飛而集於蚊睫，弗相觸也。棲宿去來，蚊弗覺也。黄帝與容成子居空桐之上，同齋三月，心死形廢。徐以神視，塊然見之，若嵩山之阿；徐以氣聽，砰然聞之，若雷霆之聲。

〔一〇〕〔錢注〕《莊子》：野馬也，塵埃也，生物之以息相吹也。〔補注〕郭象注：『野馬者，游氣也。』成玄英疏：『此言青春之時，陽氣發動，遥望藪澤之中，猶如奔馬，故謂之野馬也。』或説，野馬即塵埃。

〔一一〕〔錢注〕《莊子》：一尺之棰，日取其半，萬世不竭。〔補注〕棰，杖，棍棒。

〔一二〕〔錢注〕《竹書紀年》：帝舜九年，西王母來朝，獻白環玉玦。〔補注〕《孫子·勢》：『奇正相生，如循環之無端，孰能窮之？』

〔一三〕〔錢注〕《小爾雅》：鍵謂之籥。〔補注〕籥，通『鑰』，鎖鑰。玄籥，猶玄關，喻入道之法門。

〔一四〕〔錢注〕謝靈運《入華子岡詩》：羽人絶彷佛，丹丘徒空筌。〔補注〕《莊子·外物》：『筌者所以在魚，得魚而忘筌。』

〔一五〕摧，《全文》作『推』，從錢校據胡本改正。〔錢注〕宋玉《大言賦》：方地爲輿，圓天爲蓋。〔補注〕輈，車轅，此指車，即『方地爲輿』之『輿』。

〔一六〕〔錢注〕《老子》：挫其鋭，解其紛，和其光，同其塵。湛兮似或存，吾不知誰之子，象帝之先。〔補注〕河上公注：『道自在天帝之前，此言道乃先天地生也。』象帝，天帝。

〔一七〕〔補注〕《淮南子·原道訓》：『以天爲蓋，以地爲輿。』參注〔一五〕引宋玉《大言賦》。

〔一八〕〔錢注〕《老子》：谷神不死，是謂玄牝。玄牝之門，是謂天地根。綿綿若存，用之不勤。〔按〕谷神，諸家解歧異，或説指空虚無形、變化莫測、永恒不滅之道；或説指生養之神，亦即『道』；或説指保養五臟之神。

〔一九〕〔錢注〕《智度論》：釋迦文佛爲菩薩時，有魔語：『我有佛所説一偈，汝能以皮爲紙，以骨爲筆，以血爲墨，書寫此偈，當以與汝。』

〔二〇〕〔錢注〕《抱朴子》：道經有《九三經》。

〔二一〕〔錢注〕《後漢書·曹世叔妻傳》：敢不披露肝膽，以效萬一。〔補注〕《文子·下德》：『老子曰：欲治之主不世出，可與治之臣不萬一。以不世出求不萬一，此至治所以千歲不一也。』

〔二二〕〔錢注〕《抱朴子》：《靈寶經》有《正機》《平衡》《飛龜授袟》凡三篇，皆仙術也。

〔二三〕〔錢注〕《藝文類聚》：《尚書中候》曰：帝堯即政，榮光出河，休氣四塞，龍馬銜甲，赤文緑色，甲似龜背，五色，有列星之文、斗政之度、帝王録紀、興亡之數。詩集《驕兒詩》：猛馬氣佶傈。

〔二四〕流，《全文》作『深』。〔錢校〕深，當作『流』。《抱朴子》：昔黄帝生而能言，役使百靈，可謂天授自然之體者也。猶不能端坐而得道，故陟王屋而授丹經，到鼎湖而飛流珠。〔按〕《爲滎陽公黄籙齋文》亦作『吴宫合石，王屋流珠』，錢校是，兹據改。

〔二五〕〔錢注〕《逸周書·嘗麥解》：黄帝執蚩尤，殺之於中冀。

〔二六〕〔錢注〕《抱朴子》：吴王伐石以治宫室，而於合石之中得紫文金簡之書，使使者以問仲尼，而欺仲尼曰：『吴王閑居，有赤雀銜書，以置殿上，不知其義。』仲尼曰：『此乃靈寶之方，長生之法，禹之所服，隱在水邦，年齊天地，朝於紫庭者也。禹將仙化，封之名山石函之中，乃今赤雀銜之，殆天授也。』

〔二七〕〔補注〕《左傳·哀公七年》：『禹合諸侯於塗山，執玉帛者萬國。』杜預注：『塗山在壽春東北。』

〔二八〕〔錢注〕《度人經》：惟有元始浩刼之家，部制我界。葛洪《神仙傳》：王遠字方平，至蔡經家，因遣人召麻姑相問。麻姑來，自説『接侍以來，已見東海三爲桑田。向到蓬萊，水又淺於往昔會時略半也，豈將復還爲陵陸乎？』方平笑曰：『聖人皆言海中行復揚塵也。』

〔二九〕〔錢注〕《老子》：百姓皆注其耳目。

〔三〇〕〔補注〕《史記·貨殖列傳》：『此其大較也。』司馬貞索隱：『大較猶大略也。』

及夫祕篆抽奇〔三一〕，隱書詮奥〔三二〕，摧藏鳥跡〔三三〕，鬱勃龍光〔三四〕。太上七言〔三五〕，掞靈才之縹緑〔三六〕；玄中九錫〔三七〕，賁神物之便蕃〔三八〕。則固可促軫求音〔三九〕，援柯搴秀〔四〇〕。存之則總槖籥於虚空〔四一〕，遣之則喪輜重於修塗〔四二〕。故泣辜痺坐之君〔四三〕，挺紀握圖之主〔四四〕，何嘗不留連於太一〔四五〕，怊悵於上元〔四六〕。考名都爲望幸之宫〔四七〕，因爽塏爲集靈之地〔四八〕。一言以蔽〔四九〕，百代可知〔五〇〕。

〔三一〕〔錢注〕《雲笈七籤》：八顯者，一曰天書，八會是也；二曰神書，雲篆是也；三曰地書，龍鳳之象是也；四曰内書，龜、龍、魚、鳥所吐者也；五曰外書，鱗、甲、毛、羽所載也；六曰鬼書，雜體微昧，非人所解者也；七曰中夏書，草藝、雲篆是也；八曰戎夷書，類於蜫蟲者也。〔補注〕祕篆，用類似篆書之形體書寫之道教祕籍。抽奇，抽繹奇義。

〔三二〕〔錢注〕《漢武内傳》：王母又告夫人曰：『吾嘗憶與夫人共登玄隴朔野及曜真之山，視王子童、王子立就吾求請太上隱書。』

〔三三〕〔錢注〕成公綏《嘯賦》李善注：摧藏，自抑挫之貌。《魏書·釋老志》：上師李君手筆有數篇，其餘皆正真書。曹、趙、道覆所書古文、鳥迹、篆隸、雜體，辭義約辨，婉而成章。〔補注〕鳥跡，鳥篆。蔡邕《隸勢》：『鳥跡之變，乃惟佐隸。蠲彼繁文，崇此簡易。』《後漢書·酷吏傳·陽球》『或鳥篆楹簡』李賢注：『八體書有鳥篆，象形以爲字也。』

〔三四〕〔錢注〕《漢武内傳》：帝於尋真堂七月七日夜，見西王母乘紫雲輦來，雲彩鬱勃，盡爲香氣。《杜陽雜編》：武帝好神仙術，修隆真室，内設玳瑁之帳，火齊之牀，焚龍光之香，薦無憂之酒。

〔三五〕〔錢注〕《黄庭内景經》：太上大道玉晨君閑居蕊珠，作七言。

〔三六〕〔錢注〕《舊唐書·經籍志》：其集賢院御書，經庫皆鈿白牙軸，黄縹帶，紅牙籤；史書庫鈿青牙軸，縹帶，緑牙籤；子庫皆雕紫檀軸，紫帶，碧牙籤；集庫皆緑牙軸，朱帶，白牙籤，以别之。〔補注〕掞，照耀。

〔三七〕〔錢注〕《廬山諸道人遊石門詩》：端坐運虛輪，轉彼玄中經，劉向《列仙傳》：茅濛，成陽南關人也。師鬼谷先生，授長生術，白日昇天。其孫盈得道於金陵句曲山，受金匱九錫之命，爲司命真君。

〔三八〕〔補注〕賁，文飾。《左傳·襄公十一年》：『樂只君子，福禄攸同。便蕃左右，亦是師從。』杜預注：『便蕃，數也。』便蕃，猶頻繁。

〔三九〕〔錢注〕《古詩》：絃急知柱促。〔補注〕軫，絃樂器上繫絃之小柱。

〔四〇〕〔錢注〕顔延年《秋胡詩》：窈窕援高柯。〔補注〕秀，此指花。

〔四一〕〔錢校〕空，疑當作『室』。《老子》：天地之間，其猶橐籥乎？虚而不屈，動而愈出。《莊子》：虚室生白，吉祥止止。〔補注〕橐籥，冶鑄所以吹風熾火之器。此喻造化、自然。

〔四二〕〔錢注〕《老子》：重爲輕根，静爲躁君，是以聖人終日行不離輜重。

〔四三〕〔錢注〕《説苑》：禹出，見罪人，下車問而泣之。《韓非子》：平公腓痛足痺，而不敢壞坐。

〔四四〕〔錢注〕張衡《東京賦》：虙妃攸館，神用挺紀。《初學記》：《尚書考靈曜》曰：四千五百六十歲，精反切，握命几，起河圖，聖受思。〔補注〕《文選》李善注：『傳曰：成王遷九鼎於洛邑，卜年七百，卜世三十，後皆如其言。故云神所挺紀，謂告年紀之處也。』握圖，猶握符，謂膺天命而有天下。符，指帝王受命於天之符命。

〔四五〕〔錢注〕《史記·封禪書》：天神貴者太一，太一佐者五帝。〔按〕此『太一』非天神太一，而係指『道』。《莊子·天下》：『建之以常無有，主之以太一。』成玄英疏：『太者廣大之名，一以不二爲稱。言大道曠蕩，無不制圍，括囊萬有，通而爲一，故謂之太一也。』《吕氏春秋·大樂》：『道也者，至精也。不可爲形，不可爲名，彊爲之（名），謂之太一。』

〔四六〕〔錢注〕宋玉《高唐賦》：怊悵自失。《漢武内傳》：上元夫人，三元上元之官，統領十萬玉女名籙者。〔按〕此『上元』疑指上天。

〔四七〕〔錢注〕《史記·封禪書》：於是郡國各除道，繕治宫觀名山神祠，所以望幸也。蔡邕《獨斷》：天子車駕所至，見令長、三老官屬，親臨軒作樂，賜以食帛，民爵有級，或賜田租，故謂之幸。

〔四八〕〔錢注〕《三輔黄圖》：集靈宫在華陰縣界，武帝宫名也。〔補注〕《左傳·昭公三年》：『子之宅近市，湫隘囂塵，不可以居，請更諸爽塏者。』杜預注：『爽，明；塏，燥。』

〔四九〕〔補注〕《論語·爲政》：『《詩三百》，一言以蔽之，曰：思無邪。』

〔五〇〕〔補注〕《論語·爲政》：『子曰：殷因於夏禮，所損益，可知也；周因於殷禮，所損益，可知也；其或繼周者，雖百世，可知也。』唐諱『世』，故作『代』。

梓州道興觀者，五帝盤遊〔五一〕，九仙卜築〔五二〕。銅梁對軫〔五三〕，還疑鑄鼎之山〔五四〕；錦浦均流〔五五〕，未怯乘槎之水〔五六〕。天彭割壤〔五七〕，井絡分躔〔五八〕，挺夏后之靈妃〔五九〕，滯《震》漦之遊女〔六〇〕。乃知君王化鳥，資是思歸〔六一〕；力士挽牛，非將適遠〔六二〕。往者大夫遺行，著文自貶於巴歌〔六三〕；中聞協律設官〔六四〕，作樂豈遺於渝舞〔六五〕？照以火井〔六六〕，潤之蜜房〔六七〕。五色九苞，鎮飛神鳳〔六八〕；三毛孫孔，屢集文犀〔六九〕。雖膏雨常霑〔七〇〕，使星時入〔七一〕，而君平至死不出靈關〔七二〕，元彦平生未離嚴道〔七三〕。亦中州之藩服〔七四〕，上古之名區〔七五〕。

校注

〔五一〕〔錢注〕葛洪《枕中書》：太昊氏爲青帝，治岱宗山；顓頊氏爲黑帝，治太恒山；祝融氏爲赤帝，治衡霍山；軒轅氏爲黄帝，治嵩高山；金天氏爲白帝，治華陰山。〔補注〕盤遊，遊樂。《書·五子之歌》：『（太康）乃盤遊無度，畋于有洛之表，十旬弗反。』

〔五二〕〔錢校〕卜，胡本作『下』。〔錢注〕《雲笈七籤》：太清境有九仙：第一上仙，二高仙，三大仙，四元仙，五天仙，六真仙，七神仙，八靈仙，九至仙。《史記·周紀》：成王在豐，使召公復營洛邑，如武王之意。周公復卜，申視，卒營築，居九鼎焉。

〔五三〕〔錢注〕左思《蜀都賦》：外負銅梁於宕渠。劉逵注：銅梁，山名，在巴東。〔補注〕軫，盛多湊集貌。

〔五四〕〔錢注〕《史記·封禪書》：黄帝采首山銅，鑄鼎於荆山下。鼎既成，有龍垂胡髯下迎黄帝。

〔五五〕〔錢注〕《華陽國志》：蜀郡道西城，故錦官也。錦江，織錦濯其中則鮮明，濯他江則不如，故命曰錦里也。

〔五六〕見《爲度支盧侍郎賀畢學士啓》『恨非犯斗之星，暫經寥泬』注。

〔五七〕〔錢注〕《華陽國志》：秦孝文王以李冰爲蜀守，冰能知天文地理，謂汶山爲天彭門。乃至湔氐縣，見兩山對如闕，因號天彭闕。

〔五八〕躔，《全文》誤作『纏』，從錢校據胡本改正。〔錢注〕《華陽國志》：華陽之壤，梁、岷之域，其國則巴、蜀矣，其分野輿鬼、東井。左思《蜀都賦》劉逵注：《河圖括地象》曰：岷山之地，上爲井絡，帝以會昌，神以建福。《方言》：躔，曆行也。日運爲躔，月運爲逡。〔補注〕劉逵注：『言岷山之地，上爲東井維絡。』躔，日月星辰在黄道上運行及其軌迹。

〔五九〕〔錢注〕《華陽國志》：禹娶於塗山，辛、壬、癸、甲而去。生子啓，呱呱啼，不及視。三過其門而不入，務在救時。今江州塗山是也。〔補注〕挺，生也。

〔六〇〕漦，《全文》作『蒙』，據錢校改。〔錢注〕《漢書·叙傳》：《幽通賦》：《震》鱗漦于夏廷兮，帀三正而滅姬。注：應劭曰：《易》《震》爲龍，鱗蟲之長也。漦，沫也。《國語》：夏之衰也，二龍止于夏庭，而曰：『余，褒之二君。』夏帝請其漦而藏之，三代莫發。至厲王之末，發而觀之，漦流于庭，化爲玄黿，入王後宮，童妾既齔而遭之，既笄而孕，無夫而生子。王懼而棄之。宣王之時，童謡曰：『檿弧箕服，實亡周國。』有夫婦賣是器者，見後宫童妾所棄妖子，哀而收之。夫婦亡奔褒。褒人有罪，請入所棄女，是爲褒姒。《水經注》：褒水又南逕褒縣故城東，褒中縣也，本褒國矣。

〔六一〕〔錢注〕左思《蜀都賦》：鳥生杜宇之魄。劉逵注：《蜀記》曰：昔有人姓杜名宇，王蜀，號曰望帝。宇死，俗説云：宇化爲子規。子規，鳥名也。蜀人聞子規鳴，皆曰望帝也。

〔六二〕〔錢注〕《華陽國志》：秦惠王作石牛五頭，朝瀉金其後，曰牛便金。蜀人悦之，使使請石牛，惠王許之。乃遣五丁迎石牛，既不便金，怒遣還之。

〔六三〕見《上令狐相公狀二》『《白雪》懷羞』注。

〔六四〕〔錢注〕《漢書·禮樂志》：武帝定郊祀之禮，乃立樂府，采詩夜誦，有趙、代、秦、楚之謳。以李延年爲協律都尉。

〔六五〕〔錢注〕《後漢書·南蠻傳》：閬中有渝水，其人多居水左右，天性勁勇。初，爲漢前鋒，數陷陣。俗喜歌舞，高祖觀之曰：『此武王伐紂之歌也。』乃命樂人習之，所謂《巴渝舞》也。

〔六六〕〔錢注〕左思《蜀都賦》：火井沈熒於幽泉，高焰飛煽於天垂。劉逵注：蜀郡有火井，在臨邛縣西南。火井，鹽井也。欲出其火，先以家火投之，須臾許，隆隆如雷聲，焰出通天，光輝十里。以筩盛之，接其光而無炭也。〔按〕此『火井』非鹽井，乃今所謂天然氣井也。

〔六七〕蜜，《全文》作『密』，據錢校改。〔錢注〕左思《蜀都賦》：蜜房郁毓被其阜。

〔六八〕〔錢注〕《山海經》：丹穴之山，有鳥如雞，五采而文，名曰鳳凰。《初學記》：《論語摘衰聖》：鳳有六象九苞。〔補注〕九苞，指鳳凰之九種特徵。《初學記》卷三〇引《論語摘衰聖》：『九苞者，一曰口包命，二曰心合度，三曰耳聽達，四曰舌詘伸，五曰彩色光，六曰冠距州，七曰距鋭鉤，八曰音激揚，九曰腹文户。』鎮，長久，常。

〔六九〕孫，原注：疑。〔錢校〕當作『一』。〔錢注〕《酉陽雜俎》：犀三毛一孔。〔按〕孫，細小。字或不誤。

〔七〇〕〔錢注〕《太平寰宇記》：大黎山、小黎山四時霖霪不絶，俗呼爲大漏天、小漏天。

〔七一〕〔錢注〕《後漢書·李郃傳》：郃署幕門候吏。和帝即位，分遣使者，皆微服單行，各至州縣，觀采風謡。使者二人，當到益部投郃候舍，時夏夕露坐，郃因仰觀問曰：『二君發京師時，寧知朝廷遣二使耶？』二人驚相視，問何以知之，郃指星示云：『有二使星向益州分野，故知之耳。』

〔七二〕〔錢注〕《漢書·王貢兩龔鮑傳序》：蜀有嚴君平，修身自保，卜筮于成都市。左思《蜀都賦》：廓靈關以爲門。劉逵注：靈關，山名也，在成都西南漢壽界。

〔七三〕〔錢注〕《晉書·譙秀傳》：秀字元彦，巴西人也。少而静默，不交於世。李雄據蜀，具束帛安車徵之，不應。桓温滅蜀，上疏薦之。朝廷以秀年在篤老，兼道遠，故不遣徵使，敕所在四時存問。《漢書·地理志》：蜀郡領嚴道縣。

〔七四〕〔錢注〕《漢書·司馬相如傳》注：中州，中國也。〔補注〕古代分王畿以外之地爲九服，其封國區域離王畿最遠者稱藩服，詳《周禮·夏官·職方氏》。

〔七五〕〔錢注〕左思《蜀都賦》：夫蜀都者，蓋兆基於上世，開國於中古。劉逵注：揚雄《蜀王本紀》曰：蜀王之先名蠶叢、柏濩、魚鳧、蒲澤、開明。是時人萌，椎髻左右，不曉文字，未有禮樂。從開明上到蠶叢，積三萬四千歲。

昔隋室以緑字騰芳〔七六〕，赤符宣慶〔七七〕。尋思馬湩〔七八〕，悦閬苑之遐遊〔七九〕；顧慕龍鱗〔八〇〕，羡喬山之僞葬〔八一〕。爰依翠阜〔八二〕，式寫丹丘〔八三〕。其始也漢苑澄泉〔八四〕，華陰移土〔八五〕。林中夸父，即貢宏材〔八六〕；橋畔秦皇，仍分怪石〔八七〕。取方中於絳闕〔八八〕，摹《大壯》於玄都〔八九〕。臺實九層〔九〇〕，觀惟一柱〔九一〕。瑶房疊葺〔九二〕，陽樹攢融〔九三〕。俄以九縣告哀〔九四〕，三靈改物〔九五〕，五芝八桂〔九六〕，芻蕘者往焉〔九七〕；四户三階〔九八〕，椎埋者至矣〔九九〕。祝融有醉〔一〇〇〕，回禄無厭〔一〇一〕。始爝火以興端〔一〇二〕，終櫄煙而合氣〔一〇三〕。五明之扇〔一〇四〕，將劫燒以争飛〔一〇五〕；十絶之幡〔一〇六〕，逐崑熛而亂墜〔一〇七〕。既災巢鼿〔一〇八〕，亦斃池魚〔一〇九〕。悲哀欲甚於戊辰〔一一〇〕，厭勝不聞於壬癸〔一一一〕。旋爲散地〔一一二〕，便接蕪城〔一一三〕。田鼠誰燻〔一一四〕，封狼莫射〔一一五〕。梧雕碧甃〔一一六〕，光風驟失於孫枝〔一一七〕；草没彤闈〔一一八〕，浩露空溥於弟蔓〔一一九〕。我國家克將威命〔一二〇〕，允富貞期〔一二一〕。李出伊墟，洪惟命氏〔一二二〕；檜生陳郡，藹有昇仙〔一二三〕。誓牧野之辰〔一二四〕，則盤古與天皇秉鉞〔一二五〕；入咸陽之後〔一二六〕，則尊盧與栗陸輦車〔一二七〕。納萬國於堂皇〔一二八〕，攜九州於掌握〔一二九〕。彼獨夫之所廢〔一三〇〕，俟明辟以攸興〔一三一〕。斯觀復建蜺旌，還張翠蓋〔一三二〕。不勞置臬〔一三三〕，而鶡閣飛來〔一三四〕；無待直繩〔一三五〕，而虬堂化出〔一三六〕。三宫主籙〔一三七〕，八治威魔〔一三八〕。羅郁倘遊，遽分條脱〔一三九〕；安妃乍至，或送交梨〔一四〇〕。

校注

〔七六〕緑字，見注〔一二三〕。〔按〕指河圖上之緑色文字。此即指河圖。

〔七七〕〔錢注〕《後漢書·光武紀》：光武先在長安時，同舍生彊華自關中奉赤伏符曰：『劉秀發兵捕不道，四夷雲集龍鬭野，四七之際火爲王。』

〔七八〕〔錢注〕《穆天子傳》：至于巨蒐之人𤞤奴，乃獻白鵠之血，以飲天子；因具牛羊之湩，以洗天子之足。注：湩，乳也。

〔七九〕〔錢注〕《淮南子》：崑崙之上，是謂閬風。《太平御覽》：《集仙録》曰：王母者，龜山金母也。所居實在春山崑崙之圃，閬風之苑。

〔八〇〕〔錢曰〕見《爲濮陽公上淮南李相公狀二》『時逼藏弓』注。〔按〕錢氏謂此句用《史記·封禪書》黄帝鑄鼎成騎龍上天，小臣持龍髯而髯拔之事。然彼言『龍髯』，而非『龍鱗』。疑此『龍鱗』係喻指皇帝之衮衣龍袍。杜甫《秋興八首》之五：『雲移雉尾開宫扇，日繞龍鱗識聖顔。』仇兆鰲注：『龍鱗，謂衮衣之龍章。』參下注。

〔八一〕〔錢注〕《史記·封禪書》：上北巡朔方，還祭黄帝冢橋山。上曰：『吾聞黄帝不死，今有冢，何也？』或對曰：『黄帝已仙，上天，羣臣葬其衣冠。』

〔八二〕〔錢注〕張協《七命》：登翠阜，臨丹谷。

〔八三〕〔錢注〕《楚辭·遠遊》：仰羽人於丹丘兮，留不死之舊鄉。〔補注〕寫，仿效，摹仿。

〔八四〕〔錢注〕《三輔黄圖》：甘泉苑，武帝置。

〔八五〕〔錢注〕《晋書·張華傳》：初，吴之未滅也，斗、牛之間常有紫氣，平吴之後，紫氣愈明。華聞豫章人雷焕妙達緯象，乃要焕宿，因登樓仰觀。華曰：『是何祥也？』焕曰：『寶劍之精，上徹於天耳。』華曰：『在何郡？』焕曰：『在豫章豐城。』華即補焕爲豐城令。焕到縣，掘獄屋基，得一石函，中有雙劍，並刻題，一曰龍泉，一曰太阿。其夕斗、牛間氣不復見焉。焕以南昌西山北巖下土以拭劍，光芒豔發。遣送一劍并土與華，留一自佩。華得劍，寶愛之。以南昌土不如華陰赤土，報焕書曰：『詳觀劍文，乃干將也。莫邪何復不至？雖然，天生神物，終當合耳。』因以華陰土一斤致焕，焕更以拭劍，倍益精明。華誅，失劍所在。焕卒，子華爲州從事，持劍行經延平津，劍忽於腰間躍出，墮水。使人没水取之，不見劍，但見兩龍各長數丈，蟠縈有文章，没者懼而反。

〔八六〕〔錢注〕《山海經》：夸父與日逐走，入日，渴，欲得飲。飲於河、渭，河、渭不足，北飲大澤，未至，道渴而死。棄其杖，化爲鄧林。

〔八七〕〔錢注〕任昉《述異記》：秦始皇作石橋於海上，欲過海觀日出處。有神人驅石去，不速，神人鞭之，皆流血。今石橋其色猶赤。〔補注〕《書·禹貢》：『岱畎，絲、枲、鈆、松、怪石。』孔傳：『怪異好石似玉者。』按：

句中之『怪石』泛指怪異之石。

〔八八〕〔錢注〕《雲笈七籤》：絳闕排廣霄，披丹登景房。〔補注〕《詩・鄘風・定之方中》：『定之方中，作于楚宫。揆之以日，作于楚室。』按：定星每年十月黄昏時出現于南方天空正中，古人于此時始營建房屋。

〔八九〕〔錢注〕左思《魏都賦》：思重爻，摹《大壯》。《玉京經》：玄都在玉京山，有七寶城，太上無極大道虛皇君之所治也。〔補注〕《大壯》，《易》六十四卦之一。卦形䷡，即乾下震上，爲陽剛盛長之象。《易・繫辭下》：『上古穴居而野處，後世聖人易之以宫室，上棟下宇，以待風雨，蓋取諸《大壯》。』按《大壯》之卦象爲上有雷雨，下有御雨之圓蓋，故云創建宫室以避風雨係取象于《大壯》。

〔九〇〕〔錢注〕《老子》：九層之臺，起於累土。

〔九一〕〔錢注〕《渚宫故事》：宋臨川王義慶鎮江陵，於羅公洲立觀，甚大而惟一柱，號一柱觀。

〔九二〕〔錢注〕東方朔《十洲記》：崑崙山上有積石瑶房、流精之闕、瓊華之室，西王母所治也。〔補注〕茸，重疊、累積。疊茸，即重疊。

〔九三〕〔錢校〕融，疑當作『榮』。〔錢注〕謝莊《侍東耕詩》：陰臺承寒彩，陽樹迎初熏。〔按〕融有暖和之義。陽樹攢融，謂朝陽之樹已攢聚融和晴暖之氣。

〔九四〕〔錢注〕《後漢書・光武紀贊》：九縣飇回。注：九縣，九州也。〔補注〕《詩・小雅・四月》：『君子作歌，維以告哀。』按：九縣告哀，謂隋文帝逝世，舉國告哀。

〔九五〕〔錢注〕《春秋元命苞》：造起天地，鑄演人君，通三靈之貺，交錯同端。〔補注〕三靈，指天、地、人。改物，改變前朝之文物制度，語本《左傳・昭公九年》：『文之伯也，豈能改物？』杜預注：『言文公雖霸，未能改正朔，易服色。』

〔九六〕〔錢注〕孫綽《遊天台山賦》：八桂森挺以凌霜，五芝含秀而晨敷。

〔九七〕〔補注〕芻蕘，割草采薪。《孟子·梁惠王下》：『文王之囿方七十里，芻蕘者往焉，雉兔者往焉，與民同之。』此反用之，謂觀中珍奇樹木花草，遭到割草采薪者破壞。

〔九八〕〔錢注〕《大戴禮記》：明堂四方八牖。班固《西都賦》：重軒三階。

〔九九〕〔錢注〕《漢書·趙敬肅王彭祖傳》注：椎殺人而埋之，故曰椎埋。〔補注〕二句謂觀内窗户臺階，遭人偷盗。

〔一〇〇〕〔補注〕《吕氏春秋·孟夏》：『其神祝融。』高誘注：『祝融，顓頊氏後，老童之子，吴回也，爲高辛氏火正，死爲火官之神。』

〔一〇一〕〔補注〕回禄，傳説中火神。《左傳·昭公十八年》：『郊人助祝史除於國北，禳火於玄冥、回禄。』杜預注：『回禄，火神。』

〔一〇二〕〔錢注〕《莊子》：日月出矣，而爝火不息。〔補注〕成玄英疏：『爝火，猶炬火也，亦小火也。』

〔一〇三〕〔補注〕《周禮·春官·大宗伯》：『以槱燎祀司中、司命、飌師、雨師。』槱，聚集木柴燃燒。

〔一〇四〕〔錢注〕崔豹《古今注》：舜既受堯禪，廣開視聽，求賢人以自輔，故作五明扇焉。〔補注〕五明扇，儀仗中所用之一種掌扇，神宫中亦有之。陸游《老學庵筆記》卷九：『天下神霄，皆賜威儀，設於殿帳座外面南東壁，從東第一架六物：曰錦繖、曰絳節、曰寶蓋、曰珠幢、曰五明扇。』此即指道觀中之儀仗五明扇。

〔一〇五〕〔錢注〕《初學記》：曹毗《志怪》曰：漢武鑿昆明池極深，悉是灰塵，無復土。以問東方朔，朔曰：『臣愚不足以知之，可試問西域胡。』帝以朔不知，難以核問。至後漢明帝時，外國道人來，入洛陽。時有憶朔言者，乃試以武帝時灰墨問之。胡人曰：『《經》云：天地大劫將盡則劫燒。此劫燒之餘。』乃知朔言有旨。

〔一〇六〕〔錢注〕《太平御覽》：《列仙傳》曰：東卿大臣見降，侍從七人，一人執華幡，一名十絶靈幡。

〔一〇七〕〔錢注〕用《書》『火炎崑崗』意。《説文》：熛，火飛也。〔按〕《書·胤征》：『火炎崐岡，玉石俱焚。』『五明』四句，謂觀内之幡扇儀仗亦同焚于大火。

〔一〇八〕〔錢注〕《越絶書》：吴東宫周一里二百七十步路，西宫在長秋，周一里二十六步。秦始皇十一年，守宫者照燕，失火燒之。〔補注〕鳦，燕。《詩·邶風·燕燕》『燕燕于飛』毛傳：『燕燕，鳦也。』

〔一〇九〕〔錢注〕《藝文類聚》：《風俗通》曰：城門失火，禍及池中魚。舊説池中魚人姓李，居近城，城門失火，延及其家，仲災燒死。于謹《百家書》曰：宋城門失火，因汲池水以沃灌之，池中空竭，魚悉露死。喻惡之滋，并中傷良謹也。

〔一一〇〕〔錢注〕庾信《哀江南賦序》：粤以戊辰之年。又：唯以悲哀爲主。〔按〕梁武帝太清二年，歲在戊辰。是年八月戊戌，侯景舉兵反。《梁書·侯景傳》：『景於是百道攻城，持火炬燒大司馬、東西華諸門……又燒城西馬廄、士林館、太府寺……又燒南岸民居營寺，莫不咸盡……城中積屍不暇埋瘗，又有已死而未斂，或將死而未絶，景悉聚而燒之，臭氣聞十餘里。』兵火之酷如此，故云『悲哀欲甚於戊辰』。

〔一一一〕〔錢注〕《魏志·董卓傳》注：《獻帝起居注》曰：李傕喜鬼怪左道之術，常有道人及女巫，歌謳擊鼓下神，祠祭六丁，符劾厭勝之具，無所不爲。《雲笈七籤》：《黄庭遁甲緣身經》：若欲辟火者，書六壬六癸符，并呼其神，又呼甲子神姓名字，云與我同行，即不被燒熱。〔補注〕厭勝，古代巫術，謂能以詛咒制勝、壓服人或物。

〔一一二〕旋，《全文》作『旅』，據錢校改。〔錢注〕《史記·黥布傳》：兵法，諸侯戰，其地爲散地。〔補注〕散地，語本《孫子·九地》：『諸侯自戰其地，爲散地。』《史記》裴駰集解引《漢書音義》曰：『謂散滅之地。』按：此處與『蕪城』對舉，意即荒蕪殘破之地。

〔一一三〕〔錢注〕鮑照《蕪城賦》李善注：李武帝時，臨海王子頊鎮荆州，明遠爲其下參軍，隨至廣陵。子頊叛逆，照見廣陵故城荒蕪，乃漢吴王濞所都，亦叛逆爲漢所滅，感爲此賦以諷之。

〔一一四〕〔補注〕《詩·豳風·七月》：『穹室熏鼠，塞向墐户。』《禮記·月令》：『（季春之月）桐始華，田鼠化爲鴽。』

〔一一五〕〔錢注〕張衡《思玄賦》：彎威弧之拔刺兮，射嶓冢之封狼。〔按〕張賦之『封狼』指天狼星。

〔一一六〕〔錢校〕雕，疑當作『彫』。〔按〕雕、彫字通。〔錢注〕魏武帝《猛虎行》：雙桐生井上，枝葉自相加。《説文》：甃，井壁也。

〔一一七〕驟，《全文》作『聚』，據錢校改。〔錢注〕《楚辭·招魂》：光風轉蕙，氾崇蘭些。傅毅《琴賦》：乃弁伐其孫枝。〔補注〕光風，雨止日出時之和風。孫枝，樹幹上長出之新枝。

〔一一八〕〔錢注〕謝朓《酬王晋安詩》：日旰坐彤闈。〔補注〕彤闈，朱漆之宫門。

〔一一九〕溥，《全文》作『溥』，據錢本改。〔錢注〕陸雲《九愍》：挹浩露於蘭林。〔補注〕《詩·鄭風·野有蔓草》：『野有蔓草，零露溥兮。』《左傳·隱公元年》：『（祭仲）對曰：姜氏何厭之有？不如早爲之所，無使滋蔓。蔓，難圖也。蔓草猶不可除，況君之寵弟乎！』

〔一二〇〕〔補注〕《書·胤征》：『爾衆士同力王室，尚弼予欽承天子威命。』

〔一二一〕〔錢注〕《後漢書·周王徐姜申屠傳贊》：貞期難對。〔補注〕貞期，政治清明之世。

〔一二二〕〔錢注〕《新唐書·宗室世系表》：李氏出自嬴姓，皋陶爲堯大理，歷虞、夏、商世爲大理，以官命族爲理氏。至紂之時，理徵以直道不容於紂，得罪而死。其妻陳國契和氏與子利貞逃難於伊侯之墟，食木子得全，遂改理爲李氏。〔補注〕洪，大也。命氏，指李氏。

〔一二三〕〔錢注〕《太清記》：亳州太清宫有八檜，老子手植，根株枝幹皆左細。李唐之盛，一枝再生。《史記·老子傳》：老子者，楚苦縣厲鄉曲仁里人也。注：《地理志》：苦縣屬陳國。〔補注〕《太平廣記》卷一引葛洪《神仙傳》：『老子之母，適至李樹下而生老子，生而能言，指李樹曰：以此爲我姓。』李唐皇室自言爲老子之後，故云『仙李蟠根』，此『昇仙』亦同。

〔一二四〕〔補注〕《書·牧誓》：『甲子昧爽，王朝至于商郊牧野乃誓。』

〔一二五〕〔錢注〕《路史》：天地之初，有渾敦氏出爲之治。注：即代所謂盤古氏者，神靈一日九變，蓋元混之初，陶融造化之主也。《六韜·大明》云：召公對文王曰：『天道淨清，地德生成，人事安寧。戒之勿忘，忘者不祥。盤古之宗，不可動也，動者必凶。』又《史》：繼之以天皇氏、地皇氏、人皇氏。〔補注〕《詩・商頌・長發》：
『武王載旆，有虔秉鉞。』秉鉞，持斧。此謂武王伐紂，盤古及天皇均持斧相助。此喻唐之興。

〔一二六〕〔錢注〕《史記・高帝紀》：漢元年，沛公兵先諸侯至灞上，秦王子嬰降軹道旁，遂西入咸陽。

〔一二七〕〔錢注〕司馬貞《補三皇本紀》：大庭氏、柏皇氏、中央氏、卷須氏、栗陸氏、驪連氏、赫胥氏、尊盧氏、渾沌氏、昊英氏、有巢氏、朱襄氏、葛天氏、陰康氏、無懷氏，斯蓋三皇以來，有天下者之號。

〔一二八〕〔錢注〕《漢書・胡建傳》：列坐堂皇上。注：堂無四壁曰皇。〔補注〕此即萬方來朝之意。

〔一二九〕〔錢注〕《史記・陸賈傳》：爲社稷計，在兩君掌握耳。〔補注〕此即天下一統之意。

〔一三〇〕〔補注〕《書・泰誓》：『獨夫受，洪惟作威，乃汝世讎。』按：此借指隋煬帝。

〔一三一〕〔補注〕《書・洛誥》：『朕復子明辟。』明辟，明君。此指唐天子。

〔一三二〕〔錢注〕宋玉《高唐賦》：蜺爲旌，翠爲蓋。〔補注〕蜺旌，彩飾之旗。《文選・司馬相如〈上林賦〉》『拖蜺旌』李善注引張揖曰：『析羽毛，染以五采，綴以縷爲旌，有似虹蜺之氣也。』翠蓋，飾以翠羽之車蓋。

〔一三三〕〔補注〕《周禮・考工記・匠人》：『置槷以縣，眡以景。』鄭玄注：『槷，古文臬，假借字。於所平之地中央樹八尺之臬，以縣正之，眡之以其景。』置臬，設置測量之表柱。

〔一三四〕〔錢注〕《全唐詩話》：徐彦伯爲文，多變易求新，以鳳閣爲鵷閣，龍門爲虬户。

〔一三五〕〔補注〕《書・説命上》：『惟木從繩則正，后從諫則聖。』《荀子・勸學》：『木直中繩。』

〔一三六〕〔錢注〕《楚辭・九歌》：魚鱗屋兮龍堂。

〔一三七〕〔錢注〕葛洪《枕中書》：玄都玉京七寶山週圍九萬里，在大羅之上。城上七寶宫，宫内七寶臺，有上中下三宫如一宫。上宫是盤古真人、元始天王、太元聖母所治；中宫太上真人、金闕老君所治；下宫九天真皇、三天真王所治。

〔一三八〕〔錢注〕《雲笈七籤》：《玄都律》第十六云：治者，性命、魂之所屬也。《五嶽名山圖》云：陽平治、鹿堂治、鶴鳴治、漓沅治、葛璝治、庚除治、秦中治、真多治，右八治是上品，並是後漢漢安元年太上老君所立。昌利治、隸上治、湧泉治、稠稉治、北平治、本竹治、蒙秦治、平蓋治，右八治是中品，置如前云。雲臺治、濜口治、後城治、公慕治、平岡治、主簿治、玉局治、北邙治，右八治是下品，置如前云。又：威魔滅試，迴轉五星。

〔一三九〕〔錢注〕《真誥》：萼緑華者，九疑山得道女羅郁也。年可二十許，上下青衣，顔色絶整。晉升平中，降羊權家，贈權詩一篇，并火澣布手巾一條，金玉條脱各一枝。條脱似指環而大，異常精好。謂權曰：『慎無泄我下降之事。』授權尸解藥，亦化形而去。〔補注〕條脱，一種螺旋形臂飾，一副二枚。

〔一四〇〕〔錢注〕《真誥》：晉興寧三年，衆真降楊羲家，紫微王夫人與一神女俱來，年可十三四許。紫微夫人曰：『此太虛元君金臺李夫人之少女也。詣龜山學道成，署爲紫清上宫九華真妃，於是賜姓安，名鬱嬪，字靈簫。』真妃手握三棗，一枚見與，一枚與紫微夫人，自留一枚，各食之。葛洪《神仙傳》：許穆得道，紫微夫人與之金漿、交梨、火棗，此飛騰藥也。

開元十七年，太守張公重構石臺，并投火齊〔一四一〕。九枝散影〔一四二〕，二等分光〔一四三〕。且異金華，送江南之夜讌〔一四四〕；寧同蠟炬，佐洛下之晨炊〔一四五〕。號爲殊庭〔一四六〕，多歷年所。元和中，妖興益部，釁稔坤維〔一四七〕。鍾會之窺覦〔一四八〕，劉璋之闇懦〔一四九〕。梁横宋矢〔一五〇〕，樓舞袁幢〔一五一〕。將禾麥於親鄰〔一五二〕，欲丘樊於福地〔一五三〕。遂使嵇瓜斷蒂〔一五四〕，董杏分株〔一五五〕。瓊蘇入燃腹之間〔一五六〕，飿飯在抽腸之裏〔一五七〕。黄昏望斷〔一五八〕，不見青牛〔一五九〕；昧旦晨興〔一六〇〕，唯逢白馬〔一六一〕。殆逾二紀，闕校二官〔一六二〕。

〔一四一〕〔錢注〕班固《西都賦》李善注：《韻集》曰：玫瑰，火齊珠也。〔補注〕《梁書·諸夷傳·中天竺國》：『火齊狀如雲母，色如紫金，有光耀。别之，則薄如蟬翼；積之，則如紗縠之重沓也。』其形狀顯非所謂寶珠。按《太平御覽》卷八〇八引晋吕静《韻集》：『琉璃，火齊珠也。』則火齊似琉璃之别名。聯繫下文『九枝散影，二等分光』，此『火齊』當是如玻璃一類可以製作燈之材料，而非圓轉之珠。投，贈。

〔一四二〕〔錢注〕《西京雜記》：高祖入咸陽宫，周行府庫，有青玉九枝燈。〔補注〕九枝燈，一幹九枝之燈。

〔一四三〕〔錢注〕何晏《景福殿賦》：落帶金釭，此焉二等。

〔一四四〕〔錢注〕《梁書·羊侃傳》：魏使陽斐與侃在北嘗同學，有詔令侃延斐同宴，至夕侍婢百餘人，俱執金花燭。

〔一四五〕〔錢注〕《晋書·石崇傳》：崇財産豐積，與貴戚王愷、羊琇之徒以奢靡相向。愷以粭沃釜，崇以蠟代薪。

〔一四六〕〔錢注〕《史記·封禪書》：上親禪高里，祠后土，臨渤海，將以望祠蓬萊之屬，冀至殊庭焉。注：殊庭，蓬萊中仙人庭也。〔補注〕《書·君奭》：『故殷禮陟配天，多歷年所。』年所，年數。

〔一四七〕〔錢注〕《舊唐書·劉闢傳》：闢，貞元中進士，韋皋辟爲從事。永貞元年，韋皋卒，闢自爲西川節度留後，表請降節鉞，朝廷不許。除給事，便令赴闕。闢不奉詔。時憲宗初即位，以無事息人爲務，遂授闢劍南西川節度使。闢益兇悖，遂舉兵圍梓州，於是令高崇文將神策兵討之。元和元年正月，崇文出師，三月收復東川，九月收成都府，擒闢檻送京師，戮於子城西南隅。《後漢書·公孫述傳》：由是威震益部。〔補注〕釁，禍亂。稔，醖釀成熟。任昉《奏彈劉整》：『惡積釁稔，親舊側目。』坤維，指西南蜀地。

〔一四八〕〔錢注〕《魏志·鍾會傳》：司馬文王欲大舉圖蜀，會亦以爲蜀可取。景元三年，以會爲鎮西將軍。四年，會統十餘萬衆，進軍向成都，劉禪降。會内有異志，獨統大衆，威震西土。加猛將鋭卒皆在己手，遂謀反。矯太后遺詔，使會起兵廢文王。諸軍鼓譟，争赴殺會。《後漢書·河間孝王開傳》：窺覦神器。

〔一四九〕〔錢注〕《後漢書·劉焉傳》：張魯以璋暗懦，不復承順。《蜀志·劉二牧傳》：劉焉卒，州大吏趙韙等貪璋温仁，共上璋爲益州刺史。璋遣法正連好先主，敕所主供奉。先主入境如歸，是歲建安十六年也。明年，先主還兵南向。十九年，進圍成都，璋開城出降。〔按〕此以劉璋闇弱喻指其時鎮東川之李康。

〔一五〇〕〔錢注〕《闕子》：宋景公使弓工爲弓，九年來見，曰：『臣之精盡于弓矣。』獻弓而歸，三日而死。公張弓東向而射，矢踰西霜之山，集彭城之東，其餘力逸勁，飲羽于石梁。

〔一五一〕〔錢注〕《後漢書·公孫瓚傳》：袁紹大攻瓚，瓚使行人齎書告子續曰：『袁氏之攻，狀若鬼神，梯衝舞吾樓上，鼓角鳴于地中。』〔補注〕幢，古代衝城陷陣之戰車，即所謂『梯衝』。

〔一五二〕〔補注〕《左傳·哀公十七年》：『楚白公之亂，陳人恃其聚而侵楚，楚既寧，將取陳麥。楚人問帥於大師子穀與葉公諸梁，子穀曰：「右領差車與左史老，皆相令尹、司馬以伐陳，其可使也。」子高曰：「率賤，民慢之，懼不用命焉。」子穀曰：「觀丁父，鄀俘也，武王以爲軍率，是以克州蓼，服隨唐，大啓羣蠻；彭仲爽，申俘也，文王以爲令尹，實縣申、息，朝陳、蔡，封畛於汝。唯其任也，何賤之有？」……王卜之，武城尹吉。使帥師取陳麥。陳人御之，敗，遂圍陳。秋，七月己卯，楚公孫朝帥師滅陳。』

〔一五三〕丘樊，見《上鄭州蕭給事狀》注〔三〕。〔錢注〕伊世珍《嫏環記》：張華遊於洞宫，别是天地，宫室嵯峨，每室各有奇書。華問地名，對曰：『嫏環福地。』

〔一五四〕〔錢注〕嵇含《瓜賦》：世云三芝，瓜則處全焉。

〔一五五〕〔錢注〕葛洪《神仙傳》：董奉居山，日爲人治病，亦不取錢。重病愈者，使栽杏五株，輕者一株。如此數年，計得十萬餘株，鬱然成林。

〔一五六〕〔錢注〕《南嶽夫人傳》：夫人在王屋山，王子喬等降，夫人設瓊蘇綠酒。《後漢書·董卓傳》：呂布持矛刺卓，乃尸卓於市。守尸吏然火置卓臍中，光明達曙。

〔一五七〕〔錢注〕《太平御覽》：《登真隱訣》曰：太極真人青精䭀飯方。按：《彭祖傳》云：大宛有青精先生，能一日九食，亦能終歲不飢。即是此矣。《通鑑·梁元帝紀》：承聖元年，侯瑱追及侯景於松江，擒彭儁。瑱生剖儁腹，抽其腸，猶不死，手自收之。乃斬之。

〔一五八〕〔錢注〕《楚辭·九章》：昔君與我成言兮，曰黃昏以爲期。

〔一五九〕〔錢注〕劉向《列仙傳》：老子爲周柱下史。後周德衰，乃乘青牛車去，入大秦，過函關。關令尹喜待而迎之，知真人也，乃强使著書，作《道德上下經》二卷。

〔一六〇〕〔補注〕《詩·鄭風·雞鳴》：『女曰雞鳴，士曰昧旦。』

〔一六一〕〔錢注〕葛洪《神仙傳》：蘇仙公，桂陽人也。仙去，見白馬常在嶺上，改牛脾山爲白馬嶺。〔按〕此『白馬』用《南史·賊臣傳·侯景》：『先是大同中童謡曰：「青絲白馬壽陽來。」景渦陽之敗，求錦朝廷，所給青布，及是皆用爲袍，采色尚青。景乘白馬，青絲爲轡，欲以應謡。』後因稱侯景爲『白馬小兒』。此處借指叛臣劉闢之士兵將領。錢注誤。

〔一六二〕見《上鄭州李舍人狀二》注〔二〕。

開成元年，連帥馮公擁蓋巴西，揚麾左蜀〔一六三〕。永惟愛女〔一六四〕，名列通仙〔一六五〕。許長史之全家，皆推道氣〔一六六〕；茅東卿之繼世，並有靈風〔一六七〕。乃夢寐遐規〔一六八〕，丹青往制〔一六九〕。既分趙璧〔一七〇〕，兼施魏珠〔一七一〕。擬聳闕於天台〔一七二〕，狀重樓於句曲〔一七三〕。頓還舊觀〔一七四〕，且介通莊〔一七五〕。嗟乎！欻駕方留〔一七六〕，化機潛迫，削墨則公輸復去〔一七七〕，飛梯則宋翟還歸〔一七八〕。或沙版仍虛〔一七九〕，或芝寮未豁〔一八〇〕，或菡萏闕垂於倒井〔一八一〕，或椒聊罕遍於周垣〔一八二〕。圖石室於西崑，猶資粉墨〔一八三〕；畫銀臺於東海，尚渴鉛黃〔一八四〕。仙家寧有廢興〔一八五〕，人世自多休戚。

〔一六三〕〔錢注〕《舊唐書·馮宿傳》：大和九年，出爲劍南東川節度使。開成元年十二月卒。《華陽國志》：漢獻帝初平元年，征東中郎將趙穎建議白益州牧劉璋，以墊江以上爲巴郡。龐羲爲太守。江州至臨江爲永寧郡，朐忍至魚腹爲固陵郡。巴遂分矣。建安六年，璋改永寧爲巴郡，以固陵爲巴東，徙羲爲巴西太守。是謂『三巴』。〔補注〕《禮記·王制》：『十國以爲連，連有帥。』古稱十國諸侯之長爲連帥，唐常指節度使、觀察使。巴西、左蜀，均指東川。商隱《獻河東公啓》：『射江奥壤，潼水名都，俗擅繁華，地多材儁。指巴西則民皆譙秀，訪臨邛則客有相如。』譙秀爲巴西西充國人，唐時其地爲果州之西充，與梓州鄰接。故此處以巴西指梓州。又唐綿州有巴西縣，與此同名而異指。左蜀，猶東蜀。

〔一六四〕〔錢注〕《晏子》：景公有愛女，請嫁於晏子。

〔一六五〕〔錢注〕孫綽《遊天台山賦》：肆覲天宗，爰集通仙。〔補注〕通仙，衆仙。

〔一六六〕〔錢注〕《晉書·許邁傳》：邁一名映，句容人也。徧遊名山，後入臨安西山，改名玄，字遠遊，莫測所終，皆謂羽化矣。《上清源流經目注序》：許邁之第五弟謐，真位爲上清佐卿。謐之第三子玉斧，長名翽，字道翔，郡舉上計掾，不赴，後爲上清仙公。《詩集》馮氏曰：穆即謐也。道書玉斧稱許掾。玉斧子黄民，黄民子豫之，皆得仙。《真誥》言登升者三人：先生邁、長史謐、掾玉斧也。度世者五人：玉斧兄虎牙，玉斧子黃民，黃民長子榮，黃民二女道育、瓊輝也。又玉斧之姑適黃家，曰黃娥，本名娥皇，亦得度世。徐陵《天台山館徐則法師碑》：蕭然道氣。

〔一六七〕〔錢注〕《洞仙傳》：茅濛字初成，東卿司命君盈之高祖也。《太平御覽》：《太玄真經茅盈內紀》曰：秦始皇三十年九月庚子，盈曾祖於華山之中乘雲駕龍，白日升天。是時，其邑謡歌曰：神仙得者茅初成，駕龍上昇入泰清。時下九州戲赤城，繼世而往在我盈，帝若學之臘嘉平。始皇聞謡歌乃有尋仙之志，因改臘曰嘉平。《魏志·管輅傳》注：《輅别傳》曰：靈風可懼。

〔一六八〕遐，《全文》作『假』，據錢校改。夢寐，想象。

〔一六九〕〔錢注〕《後漢書》注補志序：儀祀得於往制。〔補注〕丹青，本指繪畫，此猶摹寫、規摹之意。

〔一七〇〕〔錢注〕《史記·藺相如傳》：趙惠文王時得楚和氏璧。

〔一七一〕〔錢注〕《史記·田完世家》：威王與魏王會田於郊，魏王問曰：『王亦有寶乎？』威王曰：『無有。』梁王曰：『若寡人國小也，尚有徑寸之珠照車前後各十二乘者十枚，奈何以萬乘之國而無寶乎？』

〔一七二〕〔錢注〕孫綽《遊天台山賦》：雙闕雲竦以夾路。

〔一七三〕〔錢注〕《梁書·陶弘景傳》：弘景除朝奉請，永明十年上表辭禄，止於句容之勾曲山。中山立館，更築三層樓，弘景處其上，弟子居其中，賓客至其下。

〔一七四〕〔錢注〕《晉書·王羲之傳》：庾翼與羲之書云：『吾昔有伯英章草十紙，過江顛狽亡失，嘗歎妙迹永絶。』忽見足下答家兄書，焕若神明，頓還舊觀。

〔一七五〕〔錢注〕王屮《頭陀寺碑》：通莊九析。〔補注〕謂馮宿重建之道興觀處於大路旁。

〔一七六〕〔錢注〕《楚辭·九歌》：龍駕兮帝服，聊翱遊兮周章。靈皇皇兮既降，猋遠舉兮雲中。〔補注〕猋，迅疾、忽然。欻駕方留，謂馮宿之車駕方留東蜀。下句『化機潛迫』謂大化之期已經暗自迫近，指馮宿於開成元年十二月旋卒。

〔一七七〕〔錢注〕王褒《聖主得賢臣頌》：使離婁督繩，公輸削墨。〔補注〕削墨，正其繩墨，猶規劃。

〔一七八〕〔錢注〕《墨子》：公輸爲楚造雲梯之械，成，將以攻宋。子墨子聞之，見公輸盤曰：『聞子爲梯將以攻宋，宋何罪之有？』公輸盤服。〔補注〕宋翟，宋之墨翟。

〔一七九〕〔錢注〕《楚辭·招魂》：紅壁沙版，玄玉之梁些。王逸注：沙，丹沙也。言堂上四壁皆堊之令紅白，又以丹沙畫飾軒版。

〔一八〇〕〔錢注〕張衡《西京賦》李善注：《蒼頡篇》曰：寮，小窗也。〔補注〕豁，開。

〔一八一〕〔錢注〕王延壽《魯靈光殿賦》：圓淵方井，反植荷蕖。發秀吐榮，菡萏披敷。綠房紫菂，窋咤垂珠。〔補注〕倒井，指藻井，傳統建築中天花板上之裝飾，其上往往畫有荷花圖案。闕垂於倒井，謂藻井上之圖案未繪。

〔一八二〕〔補注〕《詩·唐風·椒聊》：『椒聊之實，蕃衍盈升。』椒聊，即椒。古代宫室以椒和泥塗壁。此謂四周之牆壁尚未以椒和泥塗飾。

〔一八三〕〔補注〕劉向《列仙傳》：『赤松子者，神農時雨師也……數往崑崙山中，常止西王母石室中。』石室，謂神仙洞府。此謂西方崑崙山上神仙洞府之圖畫，尚未畫成。

〔一八四〕〔錢注〕江淹《扇上綵畫賦》：空青生峨嵋之陽，雌黃出嶓冢之陰，丹石發王屋之岫，碧髓挺青峻之岑。粉則南陽鉛澤，墨則上黨松心。郭璞《遊仙詩》：神仙排雲出，但見金銀臺。〔補注〕郭璞《遊仙詩》李善注：『齊威宣、燕昭使人入海，求蓬萊、方丈、瀛洲。此三神山者，仙人及不死之藥皆在焉，而黄金白銀爲宫闕。』此謂東海中蓬萊仙山之宫闕，亦未繪成。

〔一八五〕〔錢注〕東方朔《十洲記》：瀛洲在東海中，洲上多仙家，風俗似吴人，山川如中國。

今皇帝騈闐靈貺〔一八六〕，合沓真符〔一八七〕。爰顧寶臣〔一八八〕，來頒瑞節〔一八九〕。尚書河東公〔一九〇〕，華嵩衡霍〔一九一〕，麟鳳龜龍〔一九二〕。霈膏雨於豐年〔一九三〕，燿福星於分野〔一九四〕。加以融徽妙闡〔一九五〕，棲照玄津〔一九六〕，書聖琴言〔一九七〕，《論衡》《棋品》〔一九八〕。徵君虛幌〔一九九〕，未遠軍牙〔二〇〇〕；都講曲檽〔二〇一〕，更聯賓閣〔二〇二〕。周柱史之論上士〔二〇三〕，張河間所謂仙夫〔二〇四〕。有猷而九牧具瞻〔二〇五〕，無待而三元共獎〔二〇六〕。女道士長樂馮行真〔二〇七〕、廬江何真靖等〔二〇八〕，並下元受事〔二〇九〕，《大洞》刊名〔二一〇〕。積雪通襟〔二一一〕，高霞映抱〔二一二〕。錬氣則殼仙留訣〔二一三〕，迴顔則桂父陳方〔二一四〕。華嶽洗頭〔二一五〕，豈肯秦臺吹管〔二一六〕？陽城掉臂〔二一七〕，安能魯殿窺窗〔二一八〕？永念洪紛〔二一九〕，每勤玄貺〔二二〇〕。義行於得衆，事集於和光〔二二一〕。郡人焦太元等若干人〔二二二〕，卓、鄭遥源〔二二三〕，嚴、枚遠胄〔二二四〕。懸情紫簡〔二二五〕，禀化朱陵〔二二六〕。爭攜莫逆之交〔二二七〕，共就列真之宇〔二二八〕。靈姿載穆〔二二九〕，景從多儀〔二三〇〕，嶽瀆奔趨〔二三一〕，人天雜集〔二三二〕。十洲儻見〔二三三〕，三島如昇〔二三四〕。氣轉金樞〔二三五〕，則雲歸鴛瓦〔二三六〕；漏移銅史〔二三七〕，則星入鰕簾〔二三八〕。焕冰碧以交輝〔二三九〕，儼環玭而迭映〔二四〇〕。縱時更溟涬〔二四一〕，代變鴻濛〔二四二〕，於玄黄未判之中〔二四三〕，存轇轕無垠之狀〔二四四〕。

〔一八六〕〔錢注〕《晉書·夏統傳》：士女駢闐。《後漢書·光武紀贊》：世祖誕命，靈貺自甄。〔補注〕駢闐，多貌。靈貺，神靈賜福。句即「靈貺駢闐」意。

〔一八七〕〔錢注〕王褒《洞簫賦》：薄索合沓。《舊唐書·玄宗紀》：初，太白山人李渾言太白山金星洞有帝福壽玉版石記，求得之，乃封太白山爲神應公，金星洞爲嘉祥公，所管華陽縣爲貞符縣。按：《舊唐書·宣宗紀》，宣宗初立，誅道士劉玄静等十二人，以其説惑武宗，排毁釋氏故也。至大中十一年，訪聞羅浮山處士軒轅集善能攝生，延齡益壽，乃遣使迎之。《通鑑》則會昌六年四月，聽政，杖殺道士趙歸真等數人，流羅浮山人軒轅集於嶺南。是年十月，即受三洞法籙於衡山道士劉玄静。是亦宣宗奉道之證也。

〔一八八〕〔錢注〕《漢書·杜周傳》：誠國家雄俊之寶臣也。〔補注〕寶臣，可器重信賴之臣。劉向《説苑·至公》：『老君在前而不踰，少君在後而不豫，是國之寶臣也。』

〔一八九〕〔補注〕瑞節，古代朝聘時用作憑信之玉製符節。《周禮·地官·調人》：『弗辟則與之瑞節，而以執之。』此云『來頒瑞節』，當指頒賜道觀之絳節一類儀仗。

〔一九〇〕〔錢注〕《新唐書·宰相世系表》：秦并天下，柳氏遷於河東。《舊唐書·柳仲郢傳》：大中六（當作『五』）年，轉梓州刺史、劍南東川節度使。

〔一九一〕〔錢注〕《爾雅》：河南華、河西嶽、河東岱、河北恒、江南衡。又：泰山爲東嶽，華山爲西嶽，霍山爲南嶽，恒山爲北嶽，嵩高爲中嶽。

〔一九二〕〔補注〕《禮記·禮運》：『何謂四靈？麟、鳳、龜、龍謂之四靈。』二句謂柳仲郢爲山中之華嵩衡霍，人中之麟鳳龜龍。

〔一九三〕〔補注〕《詩·小雅·黍苗》：『芃芃黍麥，陰雨膏之。』

〔一九四〕〔錢注〕《史記·天官書》：察日月之行，以揆歲星順逆。《正義》曰：《天官》云：歲星所居國，人主有福。《國語》：伶州鳩曰：『歲之所在，則我有周之分野。』〔補注〕此以『福星』指柳仲郢；分野，謂蜀之分野。

〔一九五〕〔錢注〕《禮·曲禮》注：梱，門限也。〔補注〕徽，善；妙閫，猶妙門，佛、道指領悟精微教理之門徑。語本《老子》：『玄之又玄，衆妙之門。』

〔一九六〕〔錢注〕王少《頭陀寺碑》：玄津重枻。〔補注〕棲照，凝神觀照。玄津，此指道教之法門津梁。

〔一九七〕〔錢注〕《梁書·王志傳》：志善草隸，當時以爲楷法。徐希秀亦號能書，常謂志爲書聖。王褒《洞簫賦》：師襄、嚴春不敢竄其巧令兮。李善注：《七略》有莊春言琴。〔補注〕此謂仲郢工書善琴。

〔一九八〕〔錢注〕《後漢書·王充傳》：充好論説，始若詭異，終有理實。以爲俗儒守文，多失其真，乃閉門潛思，著《論衡》八十五篇，二十餘萬言。釋物類同異，正時俗嫌疑。《南史·梁簡文紀》：所著《棋品》五卷。又《柳惲傳》：梁武帝好弈棋，使惲品定棋譜，登格者二百七十八人，第其優劣，爲《棋品》三卷，惲爲第二焉。《舊唐書·柳仲郢傳》：仲郢退公，布卷不捨晝夜，《九經》《三史》一鈔，魏、晉以來《南》《北史》再鈔，分門三十卷，號《柳氏自備》。《新唐書·藝文志》：《柳仲郢集》二十卷。

〔一九九〕〔錢注〕江淹《雜體詩·擬王徵君微〈養疾〉》：鍊藥矚虛幌，汎瑟卧遥帷。〔補注〕虛幌，透光之窗簾帷幔。

〔二〇〇〕〔錢注〕封演《聞見記》：近人通謂府廷爲公衙，即古之公朝也。字本作『牙』。《詩》云：『祈父！予王之爪牙。』故軍前大旗謂之牙旗，軍中號令，必至其下。近代尚武，是以通呼公府爲公牙，府門爲牙門，變轉而爲衙也。〔補注〕謂仲郢雖吟徵君虛幌之詩，而未遠節度使之軍府。

〔二〇一〕〔錢注〕《世説》：支道林、許掾諸人共在會稽王齋頭，支爲法師，許爲都講。江淹《雜體詩·擬許徵君〈自序〉》：『曲櫺激鮮飈，石室有幽響。』李善注：《晉中興書》曰：高陽許詢字玄度，寓居會稽，司徒蔡謨辟不起。詢有才藻，善屬文，時人士皆欽愛之。

〔二〇二〕〔補注〕《漢書·公孫弘傳》：『數年至宰相封侯。於是起客館，開東閤以延賢人。』按：閤，小門。通『閣』。錢注本作『榻』。此謂更開幕府延賓客。

〔二〇三〕〔錢注〕劉向《列仙傳》：老子爲周柱下史。《老子》：上士聞之，勤而行之。

〔二〇四〕〔錢注〕《後漢書·張衡傳》：《思玄賦》：天不可階仙夫希，柏舟悄悄吝不飛。又：永和初，出爲河間相。

〔二〇五〕〔補注〕猷，謀略。九牧，九州之長。《周禮・秋官・掌交》：『九牧之維。』鄭玄注：『每一州之中，天子選諸侯之賢者以爲之牧也。』具瞻，爲衆人所瞻望。語本《詩・小雅・節南山》：『赫赫師尹，民具爾瞻。』

〔二〇六〕〔錢注〕《關尹子》：天非自天，有爲天者；地非自地，有爲地者。譬如屋宇、舟車，待人而成。彼不自成，知彼有待，知此無待，上不見天，下不見地，內不見我，外不見人。《魏書・釋老志》：道家之原出於老子，有三元、九府、百十二官，一切諸神，咸所統攝。〔補注〕《莊子・逍遥遊》：『夫列子御風而行，泠然善也，旬有五日而後反。彼於致福者，未數數然也。此雖免乎行，猶有所待者也。若乎乘天地之正，而御六氣之辯，以遊於無窮者，彼且惡乎待哉？』《雲笈七籤》卷五六：『夫混沌分後，有天地水三元之氣，生成人倫，長養萬物。』此句『三元』指道教信奉之天官、地官、水官三神。

〔二〇七〕〔錢注〕《新唐書・地理志》：隴右道臨州、江南道福州，並有長樂縣。

〔二〇八〕〔錢注〕《新唐書・地理志》：廬江縣屬淮南道廬州。

〔二〇九〕〔錢注〕《雲笈七籤》：臍下三寸號命門丹田宮，下元嬰兒居其宮，四方各一寸，白氣衝天外，映照七萬里，變化大小，飛形恍惚，在意存之。下元嬰兒諱胎精字元陽，位爲黄庭元王。其右有寶鎮弼卿一人，是津氣、津液之神結煙昇化也，入在丹田宮。弼卿諱弼明字谷玄。此二人共治丹田下元宮，並著黄繡羅衣，貌如嬰孩始生之狀。黄庭元王左手把太白星君，右手執《玉晨金真經》，弼卿執《太上素靈經》九庭生景符，坐俱向外，或相向也。內以鎮守四胎津血腸胃膀胱之府，外以消災散禍，辟却萬邪。三魂七魄一日三來朝，而受事於主焉。〔按〕此『下元』似指道教之下元節。受事，謂接受道觀中之職事或職務。

〔二一〇〕〔錢注〕《黄庭內景經》：即受《隱芝大洞經》。〔按〕道教經典分洞真、洞玄、洞神三部，合稱『三洞』。洞真爲上乘，洞玄爲中乘，洞神爲下乘。後亦借指道教之名山洞府。

〔二一一〕〔錢注〕《楚辭・九歌》：斲冰兮積雪。〔補注〕《莊子・逍遥遊》：『藐姑射之山有神人居焉，肌膚若冰雪，綽約若處子。』

〔二一二〕〔錢注〕孔稚珪《北山移文》：使我高霞孤映。

〔二一三〕〔錢注〕《吕氏春秋》：沈尹筮曰：『餐霞鍊氣，我不如子。』《漢書·郊祀志》：王莽興神仙事，起八風臺，作樂其上。順風作液湯，又種五粱禾於殿中，各順色置其方面。先煮鶴髓、毒冒、犀玉二十餘物漬種，言此黄帝穀仙之術也。〔補注〕鍊氣，道家吐納導引之長生術。穀仙，古代方士謂種穀求金之術。

〔二一四〕〔錢注〕《黄庭内景經》：可以迴顔填血腦。劉向《列仙傳》：桂父者，象林人也。色黑而時白時黄時赤，常服桂及葵，以龜腦和之。〔補注〕迴顔，返老還童。

〔二一五〕〔錢注〕《太平廣記》：《集仙録》：明星玉女者，居華山，服玉漿，白日昇天。玉女祠前有五石臼，號曰玉女洗頭盆。

〔二一六〕〔錢注〕劉向《列仙傳》：蕭史，秦穆公時人也。善吹簫，能致孔雀、白鶴於庭。公女弄玉好之，公遂以女妻焉。日教弄玉作鳳鳴。居數年，吹似鳳聲，鳳皇來止其屋。公爲作鳳臺，夫婦止其上，不下數年，一旦皆隨鳳皇飛去。〔補注〕謂其無神仙伴侣之事。

〔二一七〕〔錢注〕宋玉《登徒子好色賦》：嫣然一笑，惑陽城，迷下蔡。〔補注〕《史記·孟嘗君列傳》：『日暮之後，過市朝者掉臂而不顧。』

〔二一八〕〔錢注〕王延壽《魯靈光殿賦》：神仙岳岳於棟間，玉女窺窗而下視。〔補注〕言彼等雖美豔，而於人間情愛則掉臂不顧，安有玉女窺窗之事。

〔二一九〕〔錢注〕揚雄《甘泉賦》：上洪紛而相錯。〔補注〕《文選》劉良注：其上廣大光彩交錯也。

〔二二〇〕〔錢注〕沈約《爲齊竟陵王解講疏》：玄貺悠邈。〔補注〕玄貺，上天之賜。

〔二二一〕和光，見《爲河東公上尚書侍郎給事賀冬啓》注〔五〕。

〔二二二〕〔錢校〕太，胡本作『大』。

〔二二三〕〔錢注〕《史記·貨殖傳》：蜀卓氏之先，趙人也，用鐵冶富。秦破趙，遷卓氏，乃求遷致之臨邛，即鐵山鼓鑄，富至僮千人。程鄭，山東遷虜也，亦冶鑄賈，椎髻之民，富埒卓氏，俱居臨邛。

〔二二四〕〔錢注〕《史記·司馬相如列傳》：梁孝王來朝，從遊説之士齊人鄒陽、淮陰枚乘、吴莊忌夫子之徒，相如見而悦之。〔按〕嚴，嚴忌，即莊忌。忌本姓莊，避明帝諱，改姓嚴，《漢書·司馬相如傳》作嚴忌。

〔二二五〕〔錢注〕《雲笈七籤》：《太上太真科》云：玉牒金書七寶爲簡文，名紫簡。〔補注〕紫簡，泛指道經。

〔二二六〕〔錢注〕《初學記》：故南嶽衡山，朱陵之靈臺，太虚之寶洞，上承冥宿，銓德萬物。〔補注〕朱陵，即朱陵洞天，道家所稱三十六洞天之一。

〔二二七〕〔錢注〕《莊子》：子桑户、孟子反、子琴張相與語曰：『孰能相與於無相與，相爲於無相爲？』三人相視而笑，莫逆於心，遂相與爲友。

〔二二八〕〔錢注〕左思《吴都賦》：增岡重阻，列真之宇。〔按〕列真之宇，當指女道士馮行真、何真靖之居。

〔二二九〕〔錢注〕蔡邕《光武濟陽宫碑》：誕育靈姿。

〔二三〇〕〔錢注〕賈誼《過秦論》：贏糧而景從。〔補注〕景從，狀趨從之盛。

〔二三一〕嶽，見注〔一九二〕。〔錢注〕《釋名》：天下大水四，謂之四瀆，江、淮、河、濟也。

〔二三二〕〔錢注〕《蓮社高賢僧叡傳》：羅什翻《法華經》，以竺法護本云『天見人，人見天』，什曰：『以此言過質耳。』叡曰：『將非人天兩接，兩得相見。』什喜，遂用其文。〔補注〕此『人天』猶言人間與天上，即凡與仙。

〔二三三〕洲，《全文》作『州』，據錢校改。〔錢注〕東方朔《十洲記》：漢武帝聞王母説：巨海之中，有祖洲、瀛洲、玄洲、炎洲、長洲、元洲、流洲、生洲、鳳鱗洲、聚窟洲。有此十洲，乃人迹所稀絶處。

〔二三四〕如，《全文》作『加』，據錢校改。〔錢注〕葛洪《神仙傳》：海上有三神山，曰蓬萊，曰方丈，曰瀛洲，謂之三島。

〔二三五〕〔錢注〕木華《海賦》：大明摭轡於金樞之穴。〔補注〕《宋書·順帝紀》：『朕襲運金樞，纂靈瑶極。』金樞，指北斗第一星天樞星。錢注引《海賦》之『金樞』指月没之西方，似非所用。以下數句謂時間推移。

〔二三六〕〔錢注〕《白帖》：鴛鴦甑瓦。

〔二三七〕〔錢注〕陸倕《新刻漏銘》：銅史司刻，金徒抱箭。〔補注〕銅史，指漏刻儀上之銅製仙人像。《文選》李善注：『張衡《漏水轉渾天儀制》曰：蓋上又鑄金銅仙人，居左壺；爲胥徒，居右壺：皆以左手抱箭，右手指刻，以別天時早晚。』

〔二三八〕〔錢注〕楊慎《丹鉛録》：《爾雅》以鰝爲大鰕出海中者，長二三丈，遊行則豎其鬚，高於水面，鬚長數尺，可爲簾。

〔二三九〕〔錢注〕《三輔黄圖》：董偃以玉晶爲盤，貯冰於膝前，玉晶與冰相潔。

〔二四〇〕〔錢注〕何晏《景福殿賦》：垂環玭之琳琅。李善注：《爾雅》曰：肉好若一謂之環。《説文》：玭，珠也。

〔二四一〕涬，《全文》作『滓』，據錢校改。〔錢注〕《莊子》：大同乎涬溟。注：自然氣也。

〔二四二〕〔錢注〕《子華子》：渾淪鴻濛，道之所以爲宗也。〔補注〕《太平御覽》卷一引《三五歷紀》：『未有天地之時，混沌狀如雞子，溟涬始牙，濛鴻滋萌，歲在攝提，元氣肇始。』溟涬、鴻濛，均狀宇宙未形成前自然之氣混沌之貌。

〔二四三〕〔錢注〕揚雄《劇秦美新》：玄黄剖判，上下相嘔。〔補注〕玄黄，天地。

〔二四四〕〔錢注〕王延壽《魯靈光殿賦》：洞轇轕乎其無垠也。李善注：郭璞曰：言曠遠深邈貌。

行真等因標石闕〔二四五〕，來訪銀書〔二四六〕。予也五郡知名，三河負氣〔二四七〕。顔延年之縱誕，未能斟酌當時〔二四八〕；王子敬之寒温，徒欲保全舊物〔二四九〕。屬以魚車受寵〔二五〇〕，璧馬從知〔二五一〕，《子虚賦》既恨別時〔二五二〕，《樂職詩》空勞動思〔二五三〕。況乎無仲祖之韶潤〔二五四〕，有彦輔之清羸〔二五五〕，髮短於孟嘉〔二五六〕，齒危於許隱〔二五七〕。謝文學之官之日，岐路東西〔二五八〕；陸平原壯室之年，交親零落〔二五九〕。方欲春臺寫望〔二六〇〕，秋水凝情〔二六一〕，問句漏之丹砂〔二六二〕，餌華陽之白蜜〔二六三〕。惠而好我〔二六四〕，式契初心。聊復攀逸軌以裁襟〔二六五〕，撫空懷而選義〔二六六〕。揚子雲醬瓿之説〔二六七〕，蔡伯喈齏臼之言〔二六八〕。斯文儻繫於汙隆〔二六九〕，後世何妨於知罪〔二七〇〕。稽首歸命〔二七一〕，乃爲銘曰：

〔二四五〕〔錢注〕陸倕《石闕銘》李善注：劉璠《梁典》：詔使爲《漏刻》《石闕》二銘，冠絶當世。〔補注〕標，樹立，建立。

〔二四六〕〔錢注〕陸倕《新刻漏銘》：金字不傳，銀書未勒。〔補注〕銀書，猶銀字，以銀粉書寫之文字。此指銘文及序。訪，尋求。

〔二四七〕〔錢注〕《後漢書·竇融傳》：是時酒泉太守梁統、金城太守厙鈞、張掖都尉史苞、酒泉都尉竺曾、敦煌都尉辛肜，融皆與厚善。及更始敗，融與梁統議曰：『天下擾亂，未知何歸。河西斗絶在羌胡中，當推一人爲大將軍，共全五郡。』乃推融行河西五郡大將軍事。《史記·高帝紀》：悉發關内兵收三河士，南浮江漢以下，願從諸侯王擊楚之殺義帝者。注：河南、河東、河内。〔補注〕負氣，憑恃意氣，不肯屈居人下。義山祖籍河内，故云。『五郡』則泛指。

〔二四八〕〔錢注〕《宋書·顔延之傳》：延之字延年，好酒疏誕，不能斟酌當時。

〔二四九〕〔錢注〕《晋書·王獻之傳》：獻之字子敬，嘗與兄徽之、操之俱詣謝安。二兄多言俗事，獻之寒温而已。又：夜臥齋中，有偷人入其室，盜物都盡。獻之徐曰：『偷兒！青氈我家舊物，可特置之。』

〔二五〇〕〔錢注〕《戰國策》：齊人有馮煖者，使人屬孟嘗君，願寄食門下。孟嘗君笑而受之。左右以君賤之也，食以草具。居有頃，倚柱彈其劍，歌曰：『長鋏歸來乎，食無魚。』左右以告，孟嘗君曰：『食之。』居有頃，復彈其鋏，歌曰：『長鋏歸來乎，出無車。』左右以告，孟嘗君曰：『爲之駕。』於是乘其車，揭其劍，過其友曰：『孟嘗君客我。』〔按〕此謂自己受到幕主柳仲郢之禮聘厚遇。

〔二五一〕〔錢注〕《戰國策》：齊欲伐魏，魏使人謂淳于髡曰：『能解魏患，唯先生也。敝邑有寶璧二雙、文馬二駟，請致之先生。』〔補注〕從知，追隨所知者（幕主）。

〔二五二〕〔錢注〕《史記·司馬相如傳》：客遊梁，著《子虛》之賦，上讀而善之，曰：『朕獨不得與此人同時哉！』〔補注〕別時，異時，不同時。指不逢賞識之明主。

〔二五三〕樂職詩，見《獻相國京兆公啓》（昔師曠薦音）『斯皆盡紀朝經，全操樂職』注。

〔二五四〕〔錢注〕《晉書·阮裕傳》：裕骨氣不及逸少，簡秀不如真長，韶潤不如仲祖，思致不如殷浩，而兼有諸人之美。又《王濛傳》：濛字仲祖。

〔二五五〕〔錢曰〕似誤衛玠爲樂廣。注見《獻相國京兆公啓》（昔師曠薦音）『以樂廣之清羸』注。〔按〕樂廣字彦輔，《晉書》本傳僅言其『神姿朗徹』。

〔二五六〕〔錢注〕《晉書·孟嘉傳》：嘉爲征西桓温參軍。温宴龍山，寮佐畢集，有風至，吹嘉帽墮落，嘉不之覺。

〔二五七〕〔錢注〕《酉陽雜俎》：仙人鄭思遠常騎虎，故人許隱齒痛求治，鄭曰：『唯得虎鬚，及熱插齒間即愈。』鄭爲拔數莖與之，因知虎鬚治齒也。

〔二五八〕〔錢注〕《南齊書·謝朓傳》：朓歷隨王文學。子隆好辭賦，朓以文才，尤被賞愛。世祖敕朓還朝，遷新安王中軍記室。朓箋辭子隆曰：『皋壤搖落，對之惆悵，歧路東西，或以嗚邑。』《列子》：『楊子見歧路而泣之，爲其可以南，可以北。』

〔二五九〕〔錢注〕《晋書·陸機傳》：爲平原内史。陸機《歎逝賦序》：余年方四十，而懿親戚屬，亡多存寡；昵交密友，亦不半在。〔張箋〕時義山正四十矣……唯『壯室』當作『强仕』，或係筆誤歟？〔按〕張箋是。陸賦明言『余年方四十』，則作『壯室』必誤，當作『强仕』。《禮記·曲禮上》：『三十曰壯，有室。』『四十曰强，而仕。』交親零落，當指其妻子王氏於是年（大中五年）逝世及前此親故零落之情事。唯此『壯室』或義山偶然筆誤。參《爲濮陽公與劉稹書》『纔加壯室之年』注。

〔二六〇〕〔錢注〕《老子》：衆人熙熙，如享太牢，如登春臺。

〔二六一〕〔錢注〕《莊子》：秋水時至，百川灌河。〔按〕似用《詩·秦風·蒹葭》『蒹葭蒼蒼，白露爲霜。所謂伊人，在水一方』之意。

〔二六二〕〔錢注〕《晋書·葛洪傳》：洪好神仙導養之法，以年老，欲煉丹以祈遐壽，聞交阯出丹砂，求爲句漏令。

〔二六三〕〔錢注〕《南史·陶弘景傳》：弘景上表辭禄，詔許之，敕所在月給茯苓五斤，白蜜二升，以供服餌。又：弘景上表辭禄，止於句容之句曲山，恒曰：『此山下是第八洞宫，名金陵華陽之天。』乃中山立館，自號華陽隱居。

〔二六四〕〔補注〕《詩·邶風·北風》：『惠而好我，攜手同行。』

〔二六五〕〔錢注〕《吴志·虞翻傳》注：《會稽典録》曰：潁川有巢、許之逸軌。

〔二六六〕〔錢注〕陸機《文賦》：故時撫空懷而自惋。又：然後選義按部。

〔二六七〕〔錢注〕《漢書·揚雄傳》：雄字子雲，草《太玄》，劉歆嘗觀之，謂雄曰：『空自苦。今學者有禄利，然尚不能明《易》，又如《玄》何！吾恐後人用覆醬瓿也。』

〔二六八〕〔錢注〕《後漢書·蔡邕傳》：邕字伯喈。又《孝女曹娥傳》注：《會稽典録》曰：邯鄲淳作曹娥碑文，蔡邕題曰：『黄絹幼婦，外孫齏臼。』餘見《上李舍人狀三》『文詞所得，妙非幼婦之碑』注。

〔二六九〕〔補注〕《禮記・樂記》：『是故治世之音安以樂，其政和；亂世之音怨以怒，其政乖；亡國之音哀以思，其民困。聲音之道，與政通矣。』劉知幾《史通・載文》：『國有否泰，世有汚隆。』汙，通『汚』，衰落。

〔二七〇〕〔補注〕《孟子・滕文公下》：『《春秋》天子之事也。是故孔子曰：「知我者，其惟《春秋》乎！罪我者，其惟《春秋》乎！」』知罪，謂人對己之毀譽。

〔二七一〕〔錢注〕《雲笈七籤・朝真儀》云：正一盟威弟子某甲稽首歸身、歸命、歸神。

道實彊名，先天地生〔二七二〕。淵默未眹〔二七三〕，寂寥無聲〔二七四〕。中黄立極，元陽降精〔二七五〕。隱軫金闕〔二七六〕，開華玉京〔二七七〕。

於穆猶龍，誕予靈族，尼山設問，函關著録〔二七八〕。開以九籥〔二七九〕，轉之一轂〔二八〇〕。乃命雲孫〔二八一〕，納于大麓〔二八二〕。

雲孫有慶，開國於唐〔二八三〕。允文允武，宜君宜王〔二八四〕。充庭疊瑞〔二八五〕，罄宇儲祥〔二八六〕，連珠合璧〔二八七〕，氣紫雲黄〔二八八〕。

大澤斬蛇〔二八九〕，新野得馬〔二九〇〕。泗水亭長〔二九一〕，邯鄲使者〔二九二〕。《乾》在地上〔二九三〕，《豐》照天下〔二九四〕。仁及隱微，謙稱孤寡〔二九五〕。

載鼇五緯〔二九六〕，肆覲三尊〔二九七〕。虔恭真質，偃曝靈恩〔二九八〕。彌縫宇宙〔二九九〕，把握乾坤。邐迤邃宇〔三〇〇〕，參差妙門〔三〇一〕。

惟此左川〔三〇二〕，西南奥壤。古有經始〔三〇三〕，今存顯敞〔三〇四〕。瑶林瓊樹〔三〇五〕，銅池寶網〔三〇六〕。玉女雲衣〔三〇七〕，仙人露掌〔三〇八〕。

吴宫火熸〔三〇九〕，僰道兵來〔三一〇〕。聊於一氣，示有三災〔三一一〕。壞因化往〔三一二〕，成由運開。太顛寶貝〔三一三〕，聲伯瓊瑰〔三一四〕。

長樂肇端，廬江纘美〔三一五〕。英蕤秀萼〔三一六〕，旋綱步紀〔三一七〕。克蹈前武〔三一八〕，能新舊址〔三一九〕。媚此綺都〔三二〇〕，鄰於錦里〔三二一〕。

我之刊嶽，帝與令封〔三二二〕。青雲干吕〔三二三〕，白日高春〔三二四〕。道心結課〔三二五〕，天爵疇庸〔三二六〕。沈研勝韻〔三二七〕，款至玄蹤〔三二八〕。

載念弱齡，恭聞隱語〔三二九〕。蕙纕蘭佩〔三三〇〕，鴻儔鵠侶〔三三一〕。願騰華藻〔三三二〕，請事充舉〔三三三〕。如曰不然，吾將誰與〔三三四〕！

校注

〔二七二〕〔錢注〕《老子》：有物混成，先天地生。寂兮寥兮，獨立而不改，周行而不殆，可以爲天下母。吾不知其名，故彊字曰道。〔按〕通行本『吾不知其名』下作『字之曰道，强爲之名曰大』。

〔二七三〕〔錢注〕《莊子》：尸居而龍見，淵默而雷聲。〔補注〕淵默，深沉静默。朕，朕兆。《莊子·齊物論》：『必有真宰，而特不得其眹。』

〔二七四〕〔錢注〕司馬相如《上林賦》：悠遠長懷，寂寥無聲。〔補注〕《老子》：『聽之不聞，名曰希。』又：『大音希聲。』餘參注〔二七二〕。

〔二七五〕〔錢注〕《抱朴子》：道經有《中黄經》《元陽子經》。《列子》：天地亦物也，物有不足，故昔者女媧氏鍊五色石，以補其闕，斷鼇之足，以立四極。《漢楊震碑》：乃台吐曜，乃嶽降精。〔補注〕中黄，疑指中央之神黄帝。《禮記·月令》：『中央土，其日戊己，其帝黄帝，其神后土。』

〔二七六〕〔錢注〕揚雄《蜀都賦》：隱軫幽輵。葛洪《枕中書》：吾復千年之間，當招子登太上金闕，朝宴玉京也。〔補注〕隱軫，衆盛貌。

〔二七七〕原注：其一。〔錢注〕葛洪《枕中書》：元始天王在天中心之上，名曰玉京山。

〔二七八〕〔錢注〕《史記·老子傳》：老子姓李氏，名耳，周守藏室之史也。孔子適周，將問禮於老子，老子曰：『子所言者，其人與骨皆已朽矣，獨其言在耳。吾聞之，良賈深藏若虚，君子盛德，容貌若愚。去子之驕氣與多欲，態色與淫志，是皆無益於子之身。吾所以告子若是而已。』孔子去，謂弟子曰：『吾今日見老子，其猶龍耶！』老子見周之衰，乃遂去，至關，關令尹喜曰：『子將隱矣，彊爲我著書。』於是老子乃著書上下篇，言道德之意五千餘言而去。陸機《前緩聲歌》：遊仙聚靈族。《後漢書·牟長傳》：著録前後萬言。〔補注〕於穆，對美好事物贊歎之辭。《詩·周頌·維天之命》：『維天之命，於穆不已。』

〔二七九〕〔錢注〕鮑照《升天行》：五圖發金記，九籥隱丹經。鄭玄《易緯》注曰：『齊、魯之間，名門户及藏器之管曰籥，以藏經。而丹有九轉，故曰九籥也。』〔補注〕《雲笈七籤》卷七九：『黄帝九籥玉匱内真玄文，此書是三天太上撰次所出，曾聞之於先達也。』則九籥爲道家藏經之器具。

〔二八〇〕〔錢注〕《老子》：三十輻，共一轂。當其無，有車之用。

〔二八一〕〔錢注〕《爾雅》：仍孫之子爲雲孫。

〔二八二〕原注：其二。〔補注〕《書·舜典》：『納于大麓，烈風雷雨弗迷。』孔傳：『麓，録也，納舜使大録萬機之政。』大麓，猶總領，謂領録天子之事。

〔二八三〕〔補注〕《易·師》：『上六，大君有命，開國承家，小人勿用。』

〔二八四〕〔補注〕《詩·魯頌·泮水》：『允文允武，昭假烈祖。』又《大雅·假樂》：『干禄百福，子孫千億。穆穆皇皇，宜君宜王。』

〔二八五〕〔錢注〕張衡《東京賦》：龍輅充庭。

〔二八六〕〔錢注〕謝莊《宋明堂歌》：浹地奉渥，罄宇承秋靈。

〔二八七〕〔錢注〕《漢書·律曆志》：日月如合璧，五星如連珠。〔補注〕合璧，喻日月同升。五星連珠，指金、木、水、火、土五行星同時出現於一方。古人以此爲祥瑞。

〔二八八〕原注：其三。〔錢注〕《太平御覽》：應劭《漢官儀》曰：高祖在沛，隱芒碭山。每遊，上輒不欲令吕后知。常在深僻處，后亦常知其處。高祖問曰：『何以知之？』后曰：『君所居處，上有紫氣。』《藝文類聚》：《春秋演孔圖》曰：黄帝之將興，黄雲升於堂。

〔二八九〕〔錢注〕《史記·高祖紀》：高祖被酒，夜徑澤中，前有大蛇當徑。高祖醉，乃前拔劍擊斬蛇。後人來至蛇所，有一老嫗夜哭。人問何哭，嫗曰：『吾子白帝子也，化爲蛇當道，今爲赤帝子斬之，故哭。』

〔二九〇〕〔錢注〕《後漢書·光武紀》：王莽末，寇盜蜂起，光武避吏新野。宛人李通等以圖讖説光武云：『劉氏復起，李氏爲輔。』光武初不敢當，然獨念兄伯升素輕結客，必舉大事，且王莽敗亡已兆，遂與定謀，起於宛。光武初騎牛，殺新野尉，乃得馬。

〔二九一〕〔錢注〕《史記·高祖紀》：高祖常有大度，及壯試爲吏，爲泗水亭長。

〔二九二〕〔錢注〕《後漢書·光武紀》：更始至洛陽，遣光武行大司馬事，持節北度河，鎮慰州郡。進至邯鄲，故趙繆王子林詐以卜者王郎爲成帝子子輿，立爲天子，都邯鄲。光武以王郎新盛，乃北徇薊。王郎移檄購光武十萬户，而故廣陽王子劉接起兵薊中以應郎。城内擾亂，言邯鄲使者方到。於是光武趣駕南轅，至饒陽，官屬皆乏食，光武乃自稱邯鄲使者，入傳舍，傳吏方進食。

〔二九三〕〔補注〕《易·説卦》：『乾爲天，爲圜、爲君……坤爲地。』乾在地上，即天覆地載，稱頌帝王仁德廣被。

〔二九四〕〔補注〕《易・豐》：『豐亨，王假之，勿憂，宜日中。』孔穎達疏：『用夫豐亨無憂之德，然後可以君臨萬國，徧照四方，如日中之時，徧照天下，故曰宜日中也。』豐照，謂王者之德如中天之日，遍照天下。

〔二九五〕原注：其四。〔錢注〕《老子》：王侯自稱孤、寡、不穀。

〔二九六〕〔錢注〕張衡《西京賦》：五緯相汁，以旅於東井。〔補注〕五緯，金、木、水、火、土五星。

〔二九七〕〔錢注〕《雲笈七籤》：三尊者，道尊、經尊、真人尊。〔補注〕《書・舜典》：『歲二月，東巡守，至于岱宗，柴。望秩于山川，肆覲于東后。』三尊，當指道教所尊奉之元始天尊、靈寶天尊、道德天尊。錢注非。

〔二九八〕〔錢注〕王僧達《答延年詩》：南榮共偃曝。〔補注〕真質，仙質。偃曝，偃伏曝日，示恭謹。

〔二九九〕〔補注〕彌縫，縫合，補救。語本《左傳・僖公二十六年》：『桓公是以糾合諸侯，而謀其不協，彌縫其闕，而匡救其災。』

〔三〇〇〕〔錢注〕《集韻》：邐迤，旁行連延也。《楚辭》：高堂邃宇，檻層軒些。

〔三〇一〕原注：其五。〔錢注〕《老子》：玄之又玄，衆妙之門。

〔三〇二〕〔錢注〕（左川）謂東川。

〔三〇三〕〔補注〕《詩・大雅・靈臺》：『經始靈臺，經之營之。』經始，開始營建。

〔三〇四〕〔錢注〕曹植《七啓》：閑宫顯敞。

〔三〇五〕〔錢注〕《世説》：王戎云：『太尉神姿高徹，如瑶林瓊樹，自然是風塵外物。』〔按〕此即美言道觀中之林樹。

〔三〇六〕池，《全文》作『林』，涉上句『林』字而誤，從錢校據胡本改正。〔錢注〕《漢書・宣帝紀》：金芝九莖，産於函德殿銅池中。注：如淳曰：銅池，承霤也。《楚辭・招魂》：網户朱綴，刻方連些。

〔三〇七〕〔錢注〕任昉《述異記》：萍鄉西津有玉女岡，天當雨，輒先涌五色氣於石間，俗謂玉女披衣。〔按〕

此句疑指觀中神像，如《聖女祠》所云『無質易迷三里霧，不寒長著五銖衣』者。

〔三〇八〕原注：其六。〔錢注〕《三輔黄圖》：神明臺，武帝造，祭仙人處。上有承露盤，有銅仙人舒掌捧銅盤玉杯，以承雲表之露。以露和玉屑服之，以求仙道。

〔三〇九〕吴宫火熢，見本篇注〔一〇八〕。〔錢注〕《廣韻》：熢，舉火也。

〔三一〇〕〔錢注〕《漢書·地理志》：犍爲郡僰道縣，古僰侯國。《新唐書·地理志》：戎州本犍爲郡，治僰道縣。〔按〕此指元和初劉闢據蜀叛亂事，參序。

〔三一一〕〔錢注〕《雲笈七籤》：《太始經》云：湛湛空虚，於幽原之中，而生一氣焉。《文殊所問經》：云何劫濁，三災起時。更相殺害，饑饉疾病。〔補注〕《莊子·大宗師》：『彼方且與造物者爲人，而遊乎天地之一氣。』此『一氣』指天地萬物本原的混沌之氣。佛教謂劫末所起之三種災害：刀兵、疫癘、饑饉爲三災。又稱水、火、風爲『大三災』，見下注。

〔三一二〕壞，《全文》作『壤』，從錢校據胡本改正。〔補注〕壞，佛教所稱『四劫』（成、住、壞、空）之一，謂水、火、風等『大三災』毁滅衆生與世界之時期，凡歷二十小劫。化往，造化變遷。下句『成』亦四劫之一，指世界産生時期。成、壞均切道興觀之興廢。

〔三一三〕〔錢注〕木華《海賦》：豈徒積太顛之寶貝？李善注：《琴操》曰：紂徙文王於羑里，擇日欲殺之。於是太顛、散宜生、南宫适之屬，得水中大貝以獻紂，立出西伯。

〔三一四〕原注：其七。〔補注〕《左傳·成公十七年》：『初，聲伯夢涉洹，或與己瓊瑰食之。』杜預注：『瓊，玉；瑰，珠也。』

〔三一五〕〔補注〕長樂，即上文所謂『女道士長樂馮行真』；廬江，即上文所謂『廬江何真靖』。纘，繼也。

〔三一六〕〔錢注〕嵇康《琴賦》：飛英蕤於昊蒼。江淹《雜體詩·擬殷東陽仲文興矚》：青松挺秀萼。

〔三一七〕〔錢注〕《雲笈七籤》：春步七星，名曰步三綱；夏步七星，名曰躡六紀；秋步七星，名曰行六害；冬步七星，名曰登六紀。

〔三一八〕〔錢注〕《詩・生民》傳：武，迹也。〔補注〕《楚辭・離騷》：『忽奔走以先後兮，及前王之踵武。』

〔三一九〕〔錢注〕《玉篇》：址，基也。

〔三二〇〕〔錢注〕《華陽國志》：其卦值《坤》，故多斑綵文章。〔補注〕綺都，繁華之都邑，此指梓州。

〔三二一〕原注：其八。錦里，指成都，見本篇注〔五五〕。

〔三二二〕〔錢注〕《孝經鉤命決》：封於泰山，考績燔燎。禪於梁父，刻石紀號。

〔三二三〕〔錢注〕東方朔《十洲記》：月支國王遣使獻猛獸，使者曰：『臣國有常占，東風入律，百旬不休；青雲干呂，連月不散。當知中國時有好道之君。』〔補注〕干呂，猶入呂，指陰氣調和。古稱律爲陽、呂爲陰，故云。

〔三二四〕〔錢注〕《淮南子》：日經于泉隅，是謂高春。

〔三二五〕〔錢注〕孔稚珪《北山移文》：常綢繆於結課。〔補注〕道心，悟道之心。結課，結束考課。

〔三二六〕〔錢注〕陸機《漢高祖功臣頌》：帝疇爾庸。〔補注〕天爵，天子所封之爵位。疇庸，酬功。

〔三二七〕〔錢注〕王屮《頭陀寺碑》：道勝之韻，虛往實歸。〔補注〕勝韻，深妙之道理。

〔三二八〕原注：其九。〔錢注〕孫綽《遊天台山賦》：躡二老之玄蹤。〔補注〕《三國志・蜀志・許靖傳》：『申陳舊好，情義款至。』

〔三二九〕〔錢注〕《晉書・葛洪傳》：考覽奇書既不少矣，率多隱語，難可卒解。〔按〕此『隱語』當指道教經典之祕文。商隱於文宗大和三年入令狐楚幕前數年，曾在玉陽山學道，時年在十七八左右，故稱『弱齡』。

〔三三〇〕〔錢注〕《楚辭・離騷》：扈江蘺與辟芷兮，紉秋蘭以爲佩。又：既替余以蕙纕兮，又申之以攬茝。〔補注〕蕙纕，香草作的佩帶。

〔三三一〕〔錢注〕左思《蜀都賦》：其中則有鴻儔鵠侶，鶱鷺鵜鶘。〔按〕鴻儔鵠侶，喻高潔、傑出之輩。此指道侶。

〔三三二〕〔錢注〕宋玉《神女賦》：被華藻之可好兮。〔按〕華藻，美好之文辭，此指碑銘。

〔三三三〕〔錢注〕《通典》：開元二十九年，京師置崇玄館，諸州置道學，生徒有差，謂之道舉。舉送、課試與明經同。〔按〕充舉，疑即充當舉薦，聊作此文之意。

〔三三四〕原注：其十。顏延之《庭誥文》：如固不然，其誰與歸？

唐梓州慧義精舍南禪院四證堂碑銘并序〔一〕

聖敬文思和武光孝皇帝陛下〔二〕在宥七年〔三〕，尚書河東公作四證堂於梓州慧義精舍之南禪院，圖益州靜衆無相大師〔四〕、保唐無住大師〔五〕，與洪州道一大師〔六〕、西堂智藏大師四真形於屋壁〔七〕。化身作範〔八〕，南朝則閣號三休〔九〕；神足傳芳〔一〇〕，東蜀則堂名四證。乃今銓義，與古求徒〔一一〕。綵扎既新〔一二〕，睟容伊穆〔一三〕。爰命詞客，式揚道風。蓋惟麈玉柄於玄津〔一四〕，初流二諦〔一五〕；隱金椎於覺路〔一六〕，終駕一乘〔一七〕。理在無言〔一八〕，情殊有待〔一九〕。慧聞雲布〔二〇〕，誰争潤礎之功〔二一〕；禪際河流〔二二〕，匪競浮槎之遠〔二三〕。旁詢地志〔二四〕，遐考山經〔二五〕，昆陵未曰天齊〔二六〕，泰嶽徒稱日觀〔二七〕。定竺乾於身毒，郭璞之言有徵〔二八〕；證羅衛於華胥，王劭之書可信〔二九〕。雖復一緣既演〔三〇〕，五夢斯呈〔三一〕，闃寂雙林〔三二〕，崩騰八國〔三三〕。而心心授印〔三四〕，寧闕乾鵲之祥〔三五〕；頂頂傳珠〔三六〕，未待驪龍之寐〔三七〕。吾知之矣，代有人焉〔三八〕。

校注

〔一〕本文原載清編《全唐文》卷七八〇第一頁、《樊南文集補編》卷一〇。〔錢箋〕梓州，見《梓州道興觀碑銘》注〔一〕。本集《上河東公啓》：『於此州長平山慧義精舍經藏院特創石壁五間，金字勒上件經七卷。』馮氏曰：『《明一統志》：潼川州北長平山，岡長而平，州本唐梓州。按：唐趙蕤爲梓州郪縣長平山安昌巖人，可取證也。』趙明誠《金石録》：《唐四證臺記》，一作《四證堂碑》，李商隱撰，正書無姓名，大中七年十一月。〔按〕篇首云『聖敬文思和武光孝皇帝陛下在宥七年』，文當作於大中七年。據趙明誠《金石録》，其寫作之下限當在是年十一月之前。佛教謂參悟、修行得道爲『證』，四證，指碑銘所稱静衆無相大師、保唐無住大師、道一大師、西堂智藏大師。

〔二〕〔錢注〕宣宗徽號。見《爲滎陽公賀白相公加刑部尚書啓》『述成徽册』注。

〔三〕〔錢注〕《莊子》：聞在宥天下，不聞治天下也。在之也者，恐天下之淫其性也；宥之也者，恐天下之遷其德也。〔補注〕在宥，指任物自在，無爲而化。贊美帝王之仁政、德化。

〔四〕『静』字下《全文》脱『衆』字。〔錢校〕以下文推之，此處疑脱『衆』字。〔按〕錢校是，兹據補。〔錢注〕《漢書·地理志》：益州郡，武帝元封二年開。《神僧傳》：釋道僊，一名僧僊，居山二十八年，復遊井絡。隋蜀王秀作鎮岷絡，有聞王者，尋遣追召，全不承命。王親領兵仗，往彼擒之，忽雲雨雜流，雹雪崩下，乃遥歸懺禮，因又天明雨霽。王躬盡敬，便爲説法，重發信心，乃邀還成都之静衆寺，厚禮崇仰，舉國恭敬，號爲『僊闍梨』焉。按此則『静衆』當是寺名。又《傳》：釋無相，新羅國人也。是彼土王第三子。玄宗召見，隸於禪定寺，號無相，遂入深溪谷巖下坐禪。有黑犢二，交角盤礴於座下，近身甚急，毛手入其袖，其冷如冰，捫摸至腹，相殊不傾動。每入定，多是五日爲度。忽雪深，有二猛獸來，相自洗拭，裸卧其前，願以身施其食。二獸從頭至足嗅帀而去。往往夜間坐牀下，搦虎鬚毛。既而山居稍久，衣破髮長，獵者疑是異獸，將射之，復止。復搆精舍於亂墓間。成都縣令楊翌疑其幻惑，乃追至，命徒二十餘人曳之。徒近相身，一皆戰慄，心神俱失。頃之，大風卒起，沙石飛颺，直入廳事，飄簾捲幕，楊翌叩頭拜伏，懺畢風止，奉送舊所。嘗指浮圖前柏曰：『此樹與塔齊，塔當毀矣。』至會昌廢毀，正與塔齊。又言：『寺前二小池，左羹右飯。』齋施時少，則令淘浚之，果來供設。其神異多此類也。至德元年卒。按：下文叙玄宗内禪事，據傳正與同時，且與退從谷隱一段亦合，當即其人也。

〔五〕〔錢注〕按大川《五燈會元》，五祖下四世，益州保唐寺無住禪師，當即其人也。〔補注〕《五燈會元》卷二《益州無相禪師法嗣·保唐無住禪師》：『益州保唐寺無住禪師，初得法於無相大師。乃居南陽白崖山，專務宴寂。經累歲，學者漸至，勤請不已。自此垂誨，雖廣演言教，而唯以無念爲宗。』

〔六〕〔錢注〕《新唐書·地理志》：洪州屬江南西道。〔補注〕《五燈會元》卷三《南嶽讓禪師法嗣·江西馬祖道一禪師》：『江西道一禪師，漢州什邡縣人也。姓馬氏。本邑羅漢寺出家。容貌奇異，牛行虎視，引舌過鼻，足下有二輪文。幼歲依資州唐和尚落髮，受具於渝州圓律師。唐開元中，習禪定於衡嶽山中，遇讓和尚。同參六人，唯師密受心印……大曆中，隸名於鍾陵開元寺。時連帥路嗣恭聆風景慕，親受宗旨。由是四方學者，雲集座下……師入室弟子一百三十九人，各爲一方宗主，轉化無窮。師於貞元四年正月中登建昌石門山，於林中經行，見洞壑平坦，謂侍者曰：「吾之朽質，當於來月歸茲地矣。」……二月一日沐浴，跏趺入滅。元和中，謚大寂禪師。』

〔七〕智，《全文》作『知』，從錢校據胡本改正。〔按〕《五燈會元》亦作『西堂智藏禪師』。〔補注〕《五燈會元》卷三：『虔州西堂智藏禪師，虔化廖氏子。八歲從師，二十五具戒。』有相者覩其殊表，謂之曰：『骨氣非凡，當爲法王之輔佐也。』師遂參禮大寂，與百丈海禪師同爲入室，皆承印記……師元和九年四月八日歸寂。憲宗謚大宣教禪師，穆宗重謚大覺禪師。

〔八〕〔錢注〕《三身金光明最勝王經》：一切如來有三種身：化身、應身、法身。

〔九〕〔錢注〕《北史·序傳》：北朝自魏以還，南朝從宋以降。《法苑珠林》：梁祖登極之後，崇重佛教，造等身金銀像兩軀於重雲殿。侯景篡位，猶存供養。太尉王僧辯誅景，修復臺城。會元帝陷於江陵，江南無主，辯乃通款於齊，迎貞陽侯蕭淵明爲帝，遣女婿杜龕典衛宫闕。龕欲毁二像爲梃，先令數卒上三休閣，令壞佛項。椎鑿始舉，二像一時迴顧盻之。

〔一〇〕〔錢注〕王屮《頭陀寺碑》李善注：《瑞應經》曰：佛已神足適鬱單、日象。〔補注〕神足，猶高足。梁慧皎《高僧傳·義解一·竺道潛》：『凡此諸人，皆潛之神足。』錢注非。無住係無相法嗣，智藏爲道一入室，故云『神足傳芳』，參注〔五〕〔七〕。

〔一一〕〔錢注〕《莊子》：成而上比者，與古爲徒。

〔一二〕扎，錢注本作『札』。〔錢注〕《説文》：札，牒也。〔按〕綵扎既新，指佛經書卷之錦帙彩色鮮明如新。《爲馬懿公郡夫人王氏黄籙齋第二文》：『圖書不蠹，綵扎如舊，靈文若新。』可類證。

〔一三〕〔錢注〕王融《三月三日曲水詩序》：睟容有穆，賓儀式序。〔補注〕《文選·王屮〈頭陀寺碑文〉》：『象設既闢，睟容已安。』象設指佛像。睟容，温和慈祥之儀容。穆亦和也。

〔一四〕〔錢注〕《晉書·王衍傳》：每捉玉柄麈尾，與手同色。王屮《頭陀寺碑》：玄津重柙。〔補注〕玄津，佛法。

〔一五〕〔錢注〕梁昭明太子《令旨解二諦義》：所言二諦者，一是真諦，一是俗諦。真諦亦名第一義諦，俗諦亦名世諦。〔補注〕凡隨順世俗，説現象之幻有，爲俗諦；凡開示佛法，説理性之真空，爲真諦。二諦互相聯繫，爲大乘佛教基本原則之一。

〔一六〕〔錢注〕賈山《至言》：秦爲馳道於天下，道廣五十步，三丈而樹，厚築其外，隱以金椎，樹以青松。《法苑珠林》：返覺路於初心，僧祇之期難滿。

〔一七〕〔錢注〕沈約《内典序》：登四衢之長陌，遊一乘之廣路。〔補注〕《法華經·方便品》：『十方佛土之中，唯有一乘法，無二亦無三，除佛方便説。』一乘，謂引導教化一切衆生成佛之唯一方法或途徑。

〔一八〕〔錢注〕《維摩經》：時維摩詰默然無言。

〔一九〕有待，見《梓州道興觀碑銘》注〔二〇六〕。

〔二〇〕〔錢注〕梁昭明太子《講席將訖賦三十韻詩》：因兹闡慧雲。〔補注〕謂佛法如雲慧被衆生。

〔二一〕〔錢注〕《淮南子》：山雲蒸而柱礎潤。

〔二二〕〔錢注〕王屮《頭陀寺碑》李善注：《僧祇律》曰：如《大涅槃經》説，世尊向熙連禪河，力士生地，堅固林雙樹間。〔補注〕禪河，本指古印度之熙連禪河，傳説佛在涅槃前曾入此河沐浴，後因以謂修習禪定之境界。

〔二三〕見《爲度支盧侍郎賀畢學士啓》『恨非犯斗之星，暫經寥泬』注。

〔二四〕〔錢注〕《漢書·叙傳》：述《地理志》第八。〔按〕地志、山經皆泛指。

〔二五〕〔錢注〕《漢書·藝文志》：《山海經》十三篇。

〔二六〕〔錢注〕王嘉《拾遺記》：崑崙山有昆陵之地，其高出日月之上。《史記·封禪書》：齊所以爲齊，以天齊也。

〔二七〕〔錢注〕《後漢書·祭祀志》注：應劭《漢官》馬第伯《封禪儀記》曰：泰山東山名曰日觀。日觀者，鷄一鳴時，見日始欲出，長三丈許。

〔二八〕〔錢注〕《史記·大宛傳》：大夏在大宛西南，其東南有身毒國。《索隱》曰：身音乾，毒音篤。孟康云：即天竺也，所謂浮圖胡也。《山海經》：東海之内，北海之隅，有國名曰天毒。郭璞注：天毒即天竺國，貴道德，有文書金銀錢貨，浮屠出此國中。

〔二九〕劭，《全文》作『邵』，據《隋書》改。〔錢注〕《瑞應經》：菩薩下當世作佛，託生天竺迦維羅衛國，父王名曰静，夫人曰妙。迦維羅衛者，天地之中央。《隋書·王劭傳》：文帝受禪，拜著作郎。採人間歌謡，引圖書讖緯，依約符命，捃摭佛經，撰爲《皇隋靈感志》，合三十卷，奏之。按：《法苑珠林》：唐貞觀十三年十月，敕問法琳法師佛誕之日，對引王劭《齋誌》云云，似亦一證，但原書皆不得見耳。華胥，見《爲中丞滎陽公赴桂州至湖南敕書慰諭表》『載想大庭之養』注。

〔三〇〕〔錢注〕《法華經》：諸佛世尊，惟以一大事因緣，故出現於世。〔補注〕一緣，一種機緣或因緣。《法華經玄義》卷一上：『一根一緣，同一道味。』

〔三一〕〔錢注〕《過現因果經》：善慧投佛出家，白言世尊我昨得此五種奇夢：一者夢卧大海，二者夢枕須彌，三者夢諸衆生入我身，四者夢手執日，五者夢手執月。

〔三二〕〔錢注〕何遜《行經孫氏陵》詩：闃寂今如此。雙林，見本篇注〔二二〕。〔補注〕雙林，釋迦牟尼涅槃處。據《大般涅槃經》，佛在拘尸那城阿夷羅跋提河邊娑羅雙樹前入般涅槃。此處借指寺院。

〔三三〕〔錢注〕謝靈運《述祖德詩》：崩騰永嘉末。梁簡文帝《奉阿育王寺錢啓》：臣聞八國同祈，事高於法本。

〔三四〕〔錢注〕《傳燈録》：慧可云：『諸佛法印可得聞乎？』師曰：『法印匪從人得。』可云：『我心未寧，乞師與安。』師曰：『將心來，與汝安。』〔補注〕心印，謂不依賴言語，以心互相印證。《黄檗山斷際禪師傳心法要》：『自如來付法迦葉已來，以心印心，心心不異。』《壇經·頓漸品》：『師曰：吾傳佛心印，安敢違於佛經。』心心授印，謂無相傳授無住，道一傳授智藏，均以心印證，而不訴諸言語。

〔三五〕〔錢注〕張華《博物志》：故太尉常山張顥爲梁相。天新雨後，有鳥如山鵲，飛翔近地，市人擲之，稍下墮，民争取之，即爲一圓石。言縣府，顥令椎破之，得一金印，文曰『忠孝侯印』。《西京雜記》：陸賈云：乾鵲噪而行人至。〔按〕乾鵲，即喜鵲。《論衡·集虚》：『狌狌知往，乾鵲知來。』吴曾《能改齋漫録·辨誤一》：『鵲者，陽鳥，先物而動，先事而應。』二句蓋謂四禪師心心相授，與乾鵲授印之事迥不相涉。

〔三六〕〔錢注〕《虚空藏經》：虚空藏菩薩身二十由旬，頂上如意珠作紫金色。〔補注〕《祖庭事苑·雪竇祖英下》：『頂珠，佛頂珠，即世尊頂，圓如珠，常放光明，非今繪塑者别加首飾。』

〔三七〕〔錢注〕《莊子》：河上有家貧恃緯蕭而食者，其子没於淵，得千金之珠，其父曰：『夫千金之珠，必在九重之淵，而驪龍頷下，子能得珠者，必遭其睡也。』〔按〕二句謂四禪師頂珠相傳，本即天成，非取自驪龍頷下之珠。

〔三八〕〔補注〕代有人焉，即代代相傳，法嗣相繼。

惟無相大師表海遐封〔三九〕，辰韓顯族〔四〇〕。始其季昧〔四一〕，夙挺真機。見金夫以有躬〔四二〕，援寶刀而敗面〔四三〕。大師得因上行〔四四〕，豁悟迷塗〔四五〕。載驗土風，東國素稱君子〔四六〕；旋觀沙界〔四七〕，西方是有聖人〔四八〕。遂西謁明師，遇其堅卧，俄烘一指〔四九〕，誓續千燈〔五〇〕。火鼠衣光〔五一〕，燭龍引燄〔五二〕，熣如燈蠟〔五三〕，霅若煎膏〔五四〕。師乃引與之言，歎未曾有〔五五〕。退從谷隱〔五六〕，惟製草衣〔五七〕。曳屨用自牧之荑〔五八〕，結束引難圖之蔓〔五九〕。農夫乍去，或議裁縫〔六〇〕；薙氏云歸〔六一〕，方聞襞積〔六二〕。寧思天柱〔六三〕，詎學水田〔六四〕。鮮華不望於鬱泥〔六五〕，密緻那期於刻貝〔六六〕？加以峰危鳥道〔六七〕，林絶人蹊〔六八〕，粱罝之鹽，鄰殊莫致〔六九〕；鬱單之米〔七〇〕，界絶難通。於是橡栗無求〔七一〕，凫茈不掘〔七二〕，想餘糧於蓬堁〔七三〕，調美膳於苔垣〔七四〕。吞沙了異於羅旬〔七五〕，得塊返欣於重耳〔七六〕。昔平輿釋子，猶餌石帆〔七七〕；隴右沙門，尚餐松葉〔七八〕。比若斯等，方信莫同。章仇兼瓊〔七九〕，擁節内江〔八〇〕，分符右蜀〔八一〕。因其百請，始議一來。遇羯虜亂華〔八二〕，鑾旌外狩〔八三〕，局皇圖於巴、濮〔八四〕，指赤縣於犍、牂〔八五〕。猰㺄磨牙〔八六〕，鯨鯢奮鬣〔八七〕。上皇顯圖内禪〔八八〕，自恃真期，久披宸襟，徐叩妙鍵〔八九〕。無慚漢室，空禮清涼之臺〔九〇〕；有陋魏朝，徒建須彌之殿〔九一〕。道含九主〔九二〕，恩浸四生〔九三〕，獲永固於靈根〔九四〕，實仰資於圓智〔九五〕。

校注

〔三九〕〔補注〕《子華子·晏子問黨》：「且齊之爲國也，表海而負隅。」表海，臨海。遐封，遥遠之封域。新羅爲唐之屬國，唐高祖時封樂浪郡王、新羅王。

〔四〇〕〔錢注〕《後漢書·東夷傳》：韓有三種：一曰馬韓、二曰辰韓、三曰弁辰。〔補注〕《北史·新羅傳》：「新羅者，其先本辰韓種也。地在高麗東南，居漢時樂浪地。」

〔四一〕味，原注：疑。〔錢校〕似當作「妹」。〔按〕似是。

〔四二〕〔補注〕金夫，剛强之男子。或説指多金之男子。躬，身。語本《易·蒙》：「六三，勿用取女，見金夫，不有躬，無攸利。」

〔四三〕〔錢注〕《魏志·武帝紀》注：《曹瞞傳》云：乃陽敗面喎口。〔補注〕《穀梁傳·僖公元年》：「孟勞者，魯之寶刀也。」

〔四四〕〔錢注〕《梁書·庾詵傳》：夜中忽見一道人，自稱願公，容止甚異，呼詵爲上行先生，授香而去。〔補注〕《易·謙》：「天道下濟而光明，地道卑而上行。」上行，上升。此似指無相自新羅來中國學佛。

〔四五〕〔錢注〕沈約《八關齋詩》：迷途既已復，豁悟非無漸。

〔四六〕〔補注〕《左傳·成公九年》：「樂操土風，不忘舊也。」按：此「土風」指鄉土歌謡樂曲，而「載驗土風」之「土風」則指當地風俗。東國，東方之國，此指新羅。《國語·吴語》：「昔楚靈王……踰諸夏而圖東國。」《山海經·海外東經》：「君子國在其北，……其人好讓不争。」

〔四七〕〔錢注〕《金剛般若經》：諸恒河所有沙數，佛世界如是，寧爲多不？

〔四八〕〔錢注〕《列子》：西方之人有聖者焉，不治而不亂，不言而自信，不化而自行，蕩蕩乎民無能名焉。〔按〕西方聖人，指佛陀，即釋迦牟尼。

〔四九〕〔錢注〕《法苑珠林》：《法華經》云：若有發心欲得阿耨菩提者，能燃手指，乃至足一指供養佛塔，勝以國城、妻子及三千大千國土珍寶而供養者。

〔五〇〕〔錢注〕《法苑珠林》：如《菩薩本行經》云：佛言，我昔無數劫來，放捨身命於閻浮提作大國王。便持刀授與左右，敕令剜身作千燈處，出其身肉，深如大錢，以酥油灌中而作千燈。

〔五一〕〔錢注〕東方朔《神異經》：南方有火山，生不燼之木，晝夜火然，火中有鼠重百斤，毛長二尺餘，恒在火中。《史記·滑稽傳》：楚莊王有所愛馬死，優孟曰：『請爲大王六畜葬之，衣以火光，葬之於人腹腸。』

〔五二〕〔錢注〕《山海經》：西北海之外有神，人面蛇身而赤，直目正乘，其瞑乃晦，其視乃明，是燭九陰，是謂燭龍。

〔五三〕〔錢注〕燈，疑當作『然』。《説文》：爟，灼也。《晉書·周顗傳》：以所然蠟燭投之。

〔五四〕〔錢注〕《説文》：霅霅，靁電貌。《莊子》：膏火自煎也。〔按〕霅，此指光耀閃爍之狀。

〔五五〕〔錢注〕《過現因果經》：爾時王民龍天八部，見此奇特，歎未曾有。

〔五六〕〔錢注〕《水經注》：山棲遁逸之士，谷隱不羈之民，有道則見。〔補注〕《法言·問神》：『谷口鄭子真，不屈其志而耕乎巖石之下，名震于京師。』此『谷隱』即《神僧傳》所謂『遂入深溪谷巖下坐禪』。參注〔四〕。

〔五七〕〔錢注〕《後漢書·黨錮傳序》：『解草衣而致卿相。』〔按〕原作『解草衣而升卿相』。草衣，隱者之衣。此指以草編成之衣。

〔五八〕〔補注〕《易·謙》：『謙謙君子，卑以自牧。』牧，養。《詩·邶風·靜女》：『自牧歸荑，洵美且異。』荑，白嫩之茅草。此謂足下所履係自編之茅草鞋。

〔五九〕〔補注〕結束，扎縛，捆扎。《左傳·隱公元年》：『無使滋蔓，蔓，難圖也。』此謂捆縛用滋長難割之蔓草。

〔六〇〕〔錢注〕《周禮》縫人注：女工，女奴曉裁縫者。

〔六一〕〔補注〕《周禮·秋官·序官》：『薙氏，掌殺草。』按：薙氏，指除草之農民。

〔六二〕〔錢注〕《漢書·司馬相如傳》：《子虛賦》：襞積褰縐。注：襞積，即今之裙襵。此處用作動詞。二句謂有農夫見其穿草衣，乃爲之縫製布料僧衣。

〔六三〕〔錢注〕《吴越春秋》：禹傷父功不成，愁然沈思，乃案《黄帝中經歷》，蓋聖人所記，曰：在於九山東南天柱，號曰『宛委』。禹乃東巡，登衡嶽夢見赤繡衣男子，自稱玄夷蒼水使者，聞帝使文命於斯，故來候之。

〔六四〕〔錢注〕《括地志》：佛上山四望，見福田疆畔，因製七條衣割截之法於此，今袈裟衣是也。

〔六五〕〔錢注〕梁簡文帝《謝賚納袈裟啓》：奉宣敕旨，垂賚鬱泥細納袈裟一緣。〔補注〕鬱泥，鬱金草染出之顔色。此切上句水田衣。

〔六六〕緻，《全文》作『致』，從錢校據胡本改正。〔錢注〕潘岳《謝雉賦》：表厭躡以密緻。《梁書·婆利國傳》：有石名蚶貝羅，初采之柔軟，及刻削爲物，乾之，遂大堅彊。〔補注〕《詩·小雅·巷伯》：『萋兮斐兮，成是貝錦。』四句謂無相深谷坐禪，衣不求精緻華鮮。

〔六七〕〔錢注〕《南中八志》：鳥道四百里，以其險絶，獸猶無蹊，特上有飛鳥之道耳。

〔六八〕〔補注〕人蹊，人可以通行的小路。

〔六九〕罝，《全文》作『置』，據錢校改。〔錢注〕《白帖》：天竺國有梁罝鹽。揚雄《長楊賦》：遐方疏俗，殊鄰絶黨之域。

〔七〇〕〔錢注〕《南齊書·高逸傳論》：鬱單粳稻，已異閻浮，生天果報，自然飲食。

〔七一〕〔錢注〕《列子》：柱厲叔事莒敖公，自爲不知己者，居海上，夏日則食菱芡，冬日則食橡栗。〔補注〕橡栗，櫟樹之果實。《莊子·盗跖》：『晝拾橡栗，暮栖木上，故命之曰有巢氏之民。』

〔七二〕〔錢注〕《後漢書·劉玄傳》：王莽末，南方饑饉，人庶羣入野澤，掘鳧茈而食之。注：《爾雅》云：芍，鳧茈。郭璞曰：生下田中，苗似龍鬚而細，根如指頭，黑色，可食。〔按〕即今所謂荸薺。

〔七三〕〔錢注〕《淮南子》：昔容成之時，置餘糧於畝首。左思《魏都賦》劉逵注：《列仙傳》：昌容者，常山道人也，自稱殷王女，食蓬蔂根三百餘年，而顔色如年二十人。《漢書·賈山傳》：曾不得蓬顆蔽冢而託葬焉。注：顆，謂土塊。蓬顆，言塊上生蓬者耳。

〔七四〕〔錢注〕《魏書·胡叟傳》：春秋當祭之前，則先求旨酒美膳。《太平御覽》：《太平經》云：陶弘景，字通明，少絶肥羶，晚惟進餌苔、紫菜、生薑。〔補注〕苔垣，生長苔鮮之牆垣。

〔七五〕〔錢注〕《法苑珠林》：《羅旬踰經》云：佛在世時，有婆羅門子薄福相，師占之無相。年至十二，父母逐出，遂行乞食，乃到祇洹。佛以大慈，以手摩頂，頭髮即墮，袈裟著身。佛爲立名，名羅旬踰。時共五部，僧每出分衛，而羅旬踰所在之部，以空鉢還。佛知其意，使目連與羅旬踰俱各分爲一部，經歷過五百億國，遂不得食。目連即到佛所，佛鉢中尚有餘食。舍利弗白佛言，願乞餘飯與羅旬，鉢便入地百丈，舍利弗以道力手尋鉢即得，以還羅旬，適欲食之，便誤覆鉢，倒去飯食，皆散水中。羅旬還坐定意，自思念言，皆由罪報，應所當受。便自思惟，結解垢除，得羅漢道，即便食土而般涅槃。

〔七六〕〔補注〕《左傳·僖公二十三年》：『晋公子重耳之及于難也，晋人伐諸蒲城……遂奔狄……處狄十二年而行。過衛，衛文公不禮焉。出于五鹿，乞食于野人，野人與之塊，公子怒，欲鞭之。子犯曰：「天賜也。」稽首受而載之。』塊，土塊。

〔七七〕〔錢曰〕本事未詳。《漢書·地理志》：平輿縣屬汝南郡。《水經注》：所謂修修釋子，眇眇禪棲者也。左思《吴都賦》劉逵注：石帆生海嶼上，草類也。〔補注〕石帆爲珊瑚蟲之一種，呈樹枝形，骨骼爲角質，著生於海底礁石間。

〔七八〕〔錢注〕《太平廣記》：《宣室志》：僧契虚，本姑臧李氏子。自孩提好浮圖氏法，年二十，髡髮衣褐，居長安佛寺中。及祿山破潼關，玄宗西幸蜀門，契虛遁入太白山，採柏葉食之，自是絶粒。《後漢書・楚王英傳》注：精佛教者爲沙門。沙門，漢言息也。蓋息意去欲，而歸於無爲。隴右，見《爲湖南座主隴西公賀馬相公登庸啓》注〔一〕。

〔七九〕〔錢注〕《舊唐書・玄宗紀》：開元二十七年十二月，以益州司馬章仇兼瓊權劍南節度等使。

〔八〇〕〔錢注〕江統《函谷關賦》：終軍棄繻，擁節飛榮。《新唐書・地理志》：內江縣屬劍南道資州。〔按〕此『內江』非指內江縣，乃指流經成都一帶之內江，借指成都。

〔八一〕〔錢注〕〔右蜀〕謂西川。

〔八二〕〔錢箋〕此下三十七句，似明皇幸蜀，無相、無住兩僧並有保護之功，但正史不載。或係緇流附會其詞耳。《韻會》：羯，地名。上黨武鄉羯室，晋匈奴別部入居之，後因號爲羯。〔補注〕羯虜亂華，此以西晋末五胡之一羯族亂華，借指安史之亂。杜甫《詠懷古跡》之一：『羯胡事主終無賴。』亦以羯胡借指安祿山。

〔八三〕〔錢注〕《舊唐書・安祿山傳》：祿山營州柳城雜種胡人，以驍勇聞。天寶三載，爲范陽節度使，陰有逆謀。十四載，反於范陽。天下承平日久，人不知戰，朝廷驚恐。以高仙芝、封常清等相次爲大將以擊之。祿山令嚴肅，無不一當百，遇之必敗。十二月渡河。十五載正月，竊號燕國。五月，王師盡没，關門不守，明皇幸蜀。謝瞻《張子房詩》：鑾旌歷頹寢。

〔八四〕〔錢注〕班固《東都賦》：披皇圖，稽帝文。〔補注〕《左傳・昭公九年》：『巴、濮、楚、鄧，吾南土也。』孔穎達疏：『巴，巴郡……建寧郡南有濮、夷地。』揚雄《蜀都賦》：『東有巴賨，綿亘百濮。』古稱西南少數民族爲百濮。皇圖，此指唐王朝實際控制之版圖。

〔八五〕〔錢注〕《史記・孟子傳》：中國名曰赤縣神洲。左思《蜀都賦》：於前則跨躡犍、牂。李善注：《漢書・志》有犍爲郡、牂牁郡，並屬益州。

〔八六〕〔錢注〕《山海經》：南海之外有猰貐，狀如貙，龍首，食人。揚雄《長楊賦》：昔有彊秦，封豕其土，窫窳其民，鑿齒之徒，相與磨牙而争之。

〔八七〕〔錢注〕張衡《西京賦》：奮鬣被般。〔補注〕《左傳・宣公十二年》：『古者明王伐不敬，取其鯨鯢而封之，以爲大戮。』杜預注：『鯨鯢，大魚名，以喻不義之人吞食小國。』鯨鯢，猰㺄，此均喻指安、史叛鎮。

〔八八〕〔錢注〕《舊唐書・玄宗紀》：天寶十五載六月，將謀幸蜀，及行，百姓遮路乞留皇太子，願戮力破賊收復京城，因留太子。七月丁卯，詔以皇太子充天下兵馬元帥。庚辰，車駕至蜀郡。八月，靈武使至，始知皇太子即位。上用靈武册稱上皇，詔稱誥。

〔八九〕〔錢注〕《方言》：户鑰，自關而東，陳、楚之間謂之鍵。〔補注〕妙鍵，此指佛理開悟之機。

〔九〇〕〔錢注〕《魏書・釋老志》：漢明帝遣郎中蔡愔等，使於天竺，寫浮圖遺範。愔又得佛經四十二章，及釋迦立像。明帝令畫工圖佛像，置清涼臺。

〔九一〕〔錢注〕《魏書・釋老志》：太祖好黄老，頗覽佛經。天興元年，作五級佛圖、耆闍崛山及須彌山殿，加以繢飾。

〔九二〕〔錢注〕《史記・殷本紀》：伊尹處士，湯使人聘迎之，五反然後肯往，從湯言素王及九主之事。注：九主者，三皇五帝及夏禹也。或曰：九主謂九皇也。

〔九三〕〔錢注〕《慎子》：聖王在上位，天下無軍兵之事，故諸侯不私相攻，百姓不私相鬬也，則民得盡一生矣。聖王在上，則君積於德化，而民積於用力，故婦人爲其所衣，丈夫爲其所食，則民無凍餓，民得二生矣。聖王在上，則君積於仁，吏積於愛，民積於順，則刑罰廢而無夭遏之誅，民得三生矣。聖王在上，則使人有時，而用之有節，則民無厲疾，民得四生矣。《法苑珠林》：《般若經》云：一者卵生，二者胎生，三者溼生，四者化生。按：二義不同，故並存之。〔按〕四生，當指佛教所分世界衆生爲卵、胎、溼、化四生。徐陵《東陽雙林寺傅大士碑》：『梁高祖武皇帝紹隆三寶，弘濟四生。』

〔九四〕〔錢注〕《漢書・禮樂志》：華煜煜，固靈根。〔按〕錢注引《漢書・禮樂志》之『靈根』指神木之根，非本句所用。本句之『靈根』用《文選・張衡〈南都賦〉》：『固靈根於夏葉，終三代而始蕃。』李周翰注：『劉累自夏而遷於此，故云「固靈根於夏葉」，終於殷周秦三代，然後漢興乃蕃盛。』靈根，以靈木之根喻祖先。獲永固於靈根，謂李唐之祖業得以永固。

〔九五〕〔錢注〕《法苑珠林》：圓智湛照。〔補注〕圓智，指佛教圓融之智。

時無住大師尋休劍術〔九六〕，早罷鈐經〔九七〕，韜綦連之四弓〔九八〕，捨步陸之七箭〔九九〕。徑欣道在〔一〇〇〕，罔憚人遐。坎軻汾陰〔一〇一〕，飄飄益部〔一〇二〕。聿來胥會，默合玄符〔一〇三〕。本惟肅於尊顔〔一〇四〕，竟克諧於妙果〔一〇五〕。優孟之同楚相，不亦遼哉〔一〇六〕！丑父之類齊侯，竟何爲也〔一〇七〕？事雖可引，義則殊歸〔一〇八〕。宴坐窮巖〔一〇九〕，化行奥壤。頂輪降祉〔一一〇〕，肉髻開祥〔一一一〕。及將寓信衣〔一一二〕，乃誤因罷士〔一一三〕。經過九隧〔一一四〕，流落六羣〔一一五〕。彼既懸定於傳刀〔一一六〕，此亦熟驚於胠篋〔一一七〕。璧留曲阜，詎爲張伯所藏〔一一八〕；劍出豐城，豈是雷華可佩〔一一九〕。適來適去〔一二〇〕，悉見悉知〔一二一〕。故得大梵下從〔一二二〕，通仙右繞〔一二三〕。臂舒百福〔一二四〕，眉曜千光〔一二五〕。靈禽例散於覺花，瑞獸常銜於忍草〔一二六〕。寧止山神且屈，但送甘松〔一二七〕；藩后絶臨，空分沈水〔一二八〕。凡兹異迹，未可殫論。杜相國鴻漸、崔僕射旰〔一二九〕，並望切龍門〔一三〇〕，情殷荷擔〔一三一〕，留迷待指〔一三二〕，出病求攻〔一三三〕。克揚静衆之名，特峻保唐之號。蜀誠有矣〔一三四〕，楚亦宜然。

〔九六〕〔錢注〕《史記·刺客傳》：魯句踐已聞荆軻之刺秦王，私曰：『嗟乎！惜哉，其不講於刺劍之術也。』

〔九七〕〔錢注〕《隋書·經籍志》：《太公陰符鈐録》一卷。〔補注〕《後漢書·方術傳序》『鈐決之符』李賢注：『兵法有《玉鈐篇》』。

〔九八〕見《爲滎陽公賀幽州張相公狀》『綦連四弓』注。

〔九九〕〔錢注〕按《周書·陸通傳》，賜姓步六孤氏，然無七箭事。惟《齊書·武陵王曄傳》云：後於華林賭射，上敕曄疊破，凡放六箭，五破一皮，賜錢五萬。疑『步陸』或『武陵』之誤。

〔一〇〇〕〔錢注〕《莊子》：東郭子問於莊子曰：『所謂道惡乎在？』莊子曰：『無所不在。』

〔一〇一〕〔錢注〕《揚子》：方輪廣軸，坎軻其輿。《漢書·地理志》：河東郡有汾陰縣。

〔一〇二〕飆，《全文》作『遥』，從錢校據胡本改。〔錢注〕《後漢書·公孫述傳》：由是威震益部。

〔一〇三〕〔錢注〕揚雄《劇秦美新》：玄符靈契，黄瑞湧出。

〔一〇四〕〔錢注〕《法苑珠林》：《鴦崛魔經》云：汙染伽藍，不愧尊顔。

〔一〇五〕〔錢注〕《淨住子》：藉如此之勝因，獲若斯之妙果。〔補注〕妙果，佛果、正果。

〔一〇六〕〔錢注〕《史記·滑稽傳》：優孟者，故楚之樂人也。楚相孫叔敖善待之，病且死，屬其子曰：『我死必貧困，若往見優孟，言我孫叔敖之子也。』居數年，其子貧困，負薪逢優孟與言。優孟即爲孫叔敖衣冠，抵掌談語，歲餘，像孫叔敖。莊王置酒，優孟前爲壽，莊王大驚，以爲孫叔敖復生也，欲以爲相。優孟請歸與婦計之。三日，復來曰：『婦言楚相不足爲也，孫叔敖持廉至死，方今妻子窮困，負薪而食，不足爲也。』於是莊王謝優孟，封之寢丘四百户，以奉其祀。

〔一〇七〕〔補注〕《左傳·成公二年》：『齊師敗績，逐之，三周華不注……逢丑父與公易位。將及華泉，驂絓於木而止。丑父寢於轏中，蛇出其下，以肱擊之，傷而匿之，故不能推車而及……丑父使公下如華泉取飲，鄭周父御佐車，宛茷爲右，載齊侯以免。』

〔一〇八〕歸，錢注本作『塗』，未出校。

〔一〇九〕〔錢注〕《維摩詰經》：宴坐者，不干三界現身意，是爲宴坐。不起滅定，而現諸威儀，是爲宴坐。不舍道法而現凡夫事，是爲宴坐。心不住内，亦不在外，是爲宴坐。於諸見不動，而修行三十七道，是爲宴坐。不斷煩惱，而入涅槃，是爲宴坐。劉楨《處士國文甫碑》：潛心窮巖。

〔一一〇〕〔錢注〕《般若經》：如來頂上，烏瑟膩沙，高顯周圓，猶如天蓋，是三十二。

〔一一一〕〔錢注〕《楞嚴經》：世尊從肉髻中涌出百寶光，光中涌出千葉寶蓮。

〔一一二〕〔錢注〕《傳燈録》：達摩初至，人未知信，所以傳衣，以明得法。〔補注〕佛教禪宗師徒傳法，以法衣爲凭信，故稱信衣。

〔一一三〕〔錢注〕《國語》：罷士無伍，罷女無家。〔補注〕韋昭注：『罷，病也。無行曰罷。』《荀子·王霸》：『無國而不有賢士，無國而不有罷士。』

〔一一四〕〔錢注〕班固《西都賦》：九市開場，貨別隧分。〔補注〕《史記·魯周公世家》：『魯人三郊三隧。』裴駰集解引王肅曰：『邑外曰郊，郊外曰隧。』隧，猶今之遠郊區。九隧，泛言周圍郊畿之地。

〔一一五〕〔錢注〕王融《淨行頌》：六羣倘未一，七衆固恒齊。〔補注〕《莊子·在宥》：『今我願合六氣之精，以育羣生。』羣，羣有，猶衆生、萬物。

〔一一六〕〔錢注〕《晉書·王覽傳》：吕虔有佩刀，工相之，以爲必三公可服此刀。虔謂王祥曰：『卿有公輔之量，故以相與。』祥臨薨，以刀授覽。

〔一一七〕胠，《全文》作『袪』，據錢本及《莊子·胠篋》改。〔錢注〕《莊子》：將爲胠篋探囊發匱之盜而爲守備，則必攝緘縢，固扃鐍，此世俗之所謂知也。然而巨盜至，則負匱揭篋擔囊而趨，惟恐緘縢扃鐍之不固也。

〔一一八〕〔錢注〕《後漢書·鍾離意傳》注：《意別傳》曰：意爲魯相，出私錢修夫子車，身入廟，拭几席劍履。男子張伯除堂下草，土中得玉璧七枚，伯懷其一，以六枚白意。堂下牀首有懸甕，意發之，得素書，文曰：『後世修吾書，董仲舒；護吾車，拭吾履，發吾笥，會稽鍾離意。璧有七，張伯藏其一。』意即召問伯，果服焉。

〔一一九〕見《梓州道興觀碑銘》注〔八五〕。

〔一二〇〕〔錢注〕《莊子》：適來，夫子時也；適去，夫子順也。

〔一二一〕〔錢注〕《金剛經》：如來悉知悉見。

〔一二二〕〔錢注〕《釋迦譜》：佛往摩詰提國，第二夜四天王衆，第三夜帝釋衆，第四夜大梵衆，各下聽法。

〔一二三〕〔錢注〕孫綽《遊天台山賦》：肆覲天宗，爰集通仙。〔補注〕通仙，謂衆仙。

〔一二四〕〔錢注〕《法苑珠林》：《法華經》云：收佛舍利，作八萬四千寶塔，即於八萬四千塔前，然百福莊嚴臂七萬二千歲，而以供養。

〔一二五〕〔錢注〕《法華經》：世尊於靈山會上，爲諸大衆説二十八品，放眉間白毫相，光照三千大千世界。

〔一二六〕〔錢校〕常，胡本作『多』。〔錢注〕梁簡文帝《相宫寺碑》：雪山忍辱之草，天宫陁樹之花。

〔一二七〕〔錢注〕《神僧傳》：釋惠主，俗姓賈氏，始州永歸人。南山藏伏，惟食松葉，異類禽獸，同集無聲，或有山神送茯苓、甘松香來，獲此供養焉。

〔一二八〕〔錢校〕『絶』字疑誤。〔錢注〕王嘉《拾遺記》：軒轅黄帝詔使百辟羣臣受德教者，先列圭玉於蘭蒲席上，然沈榆之香，舂雜寶爲屑，以沈榆之膠，和之爲泥，以塗泥分別尊卑華戎之位也。《西京雜記》：羊勝《屏風賦》：藩后宜之，壽考無疆。

〔一二九〕〔錢注〕《舊唐書·杜鴻漸傳》：廣德二年，拜兵部侍郎、同中書門下平章事。永泰元年，劍南西川兵馬使崔旰殺節度使郭英乂，據成都，自稱留後。明年，命鴻漸以宰相兼充山、劍副元帥，劍南西川節度使，以平蜀亂。鴻漸酷好浮圖道，不喜軍戎。既至成都，懼旰雄武，乃以劍南節制表讓於旰。又《崔寧傳》：本名旰。朝廷因鴻漸之請，加成都尹，兼西山防禦使、西川節度行軍司馬，仍賜名曰寧。大曆二年，鴻漸歸朝，遂授寧西川節度使。寧在蜀十餘年，地險兵强，肆侈窮欲，將吏妻妾，多爲所淫汚。朝廷患之而不能詰。累加尚書左僕射。

〔一三〇〕〔錢注〕《蓮社高賢傳》：法師慧持至成都郫縣，居龍淵寺，大弘佛寺，升其堂者號登龍門。〔按〕《後漢書·黨錮傳·李膺》：『膺獨持風裁，以聲名自高。士有被其容接者，名爲登龍門。』爲『登龍門』所本，然此句自用《蓮社高賢傳》慧持事。

〔一三一〕〔錢注〕《法苑珠林》：如《善恭敬經》云：佛告阿難，若有從他聞一四句偈，或抄或寫，書之竹帛，所有名字於若干劫，取彼和尚、阿闍黎等，荷擔肩上，或時背負，或以頂戴，復將一切音樂之具，供養是師。作如是事，尚自不能具報師恩。〔補注〕《五燈會元》卷二《益州無相禪師法嗣·保唐無住禪師》：『唐相國杜鴻漸出撫坤維，聞師名，思一瞻禮，遣使到山延請。時節度使崔寧亦命諸寺僧徒遠出，迎引至空慧寺。時杜公與戎帥召三學碩德俱會寺中，公問曰……公與大衆作禮稱讚，踴躍而去。師後居保唐寺而終。』可爲『並望切龍門，情殷荷擔』二句參證。

〔一三二〕指，《全文》作『楯』，據錢校改。〔錢注〕崔豹《古今注》：黄帝與蚩尤戰於涿鹿之野，蚩尤作大霧，軍士皆迷路，於是作指南車以示四方，擒蚩尤。〔按〕此即指點迷津之意。

〔一三三〕〔補注〕《左傳·成公十年》：『晉侯……疾病，求醫于秦……醫至，曰：「疾不可爲也，在肓之上，膏之下，攻之不可，達之不及，藥不至焉，不可爲也。」』

〔一三四〕矣，錢注本作『之』，未出校。

惟洪州道一大師舌相標奇〔一三五〕，足文現異〔一三六〕。俯愛河而利涉〔一三七〕，靡頓牛行〔一三八〕；過朽宅以銜悲〔一三九〕，頻迴象眎〔一四〇〕。早從上首〔一四一〕，略動遐心〔一四二〕。攜仁壽之剃刀〔一四三〕，振天台之錫杖〔一四四〕。遄違百濮〔一四五〕，直出三巴〔一四六〕。拂衡嶽以徜徉〔一四七〕，指曹溪而悵望〔一四八〕。都遺喻筏〔一四九〕，盡滅化城〔一五〇〕。罷懸柝於頓門〔一五一〕，抗前旌於超地〔一五二〕。披荆西裹〔一五三〕，坐樹南康〔一五四〕，有感則通，無聞不聳。醫龜思遇〔一五五〕，哽虎求探〔一五六〕。化漢水之漁人〔一五七〕，奚求往哲？度青蘿之獵客〔一五八〕，肯愧前修？

〔一三五〕舌，《全文》作『古』，據錢校改。〔錢注〕《般若經》：如來舌相薄淨廣長，是二十六。〔補注〕《五燈會元》卷三《南嶽讓禪師法嗣第一世·江西馬祖道一禪師》：『容貌奇異，牛行虎視，引舌過鼻。』

〔一三六〕〔錢注〕《般若經》：如來兩足文同綺畫，是爲第四。〔補注〕《五燈會元》卷三《江西馬祖道一禪師》：『足下有二輪文。』

〔一三七〕〔錢注〕梁武帝《捨道歸佛文》：出愛河之深際。〔補注〕愛河，情欲。佛教謂其害如河之可以溺人，故稱。《楞嚴經》卷四：『愛河乾枯，令汝解脫。』《易·需》：『貞吉，利涉大川。』

〔一三八〕〔錢注〕《四十二章經》：僧行道如牛負深泥中，疲極不敢左右顧。

〔一三九〕〔錢注〕《法華經》：三界無安，猶如火宅。〔補注〕朽宅，佛教用以喻充滿衆苦之塵世。《法華經·譬喻品》：『國邑聚落有大長者……其家廣大，唯有一門。多諸人衆，……止住其中。堂閣朽故，牆壁頹落，柱根腐敗，梁棟傾危……欻然火起，焚燒舍宅。……長者諸子，若十、二十或至三十，在此宅中。……』

〔一四〇〕〔錢注〕《涅槃經》：譬如王者告一大臣，汝牽一象以示盲者，時彼衆盲，各以手觸。〔按〕佛教稱象教，佛像稱象設，佛祖之德稱象德，佛法稱象駕，此『象眎（視）』疑指道一大師之視。

〔一四一〕〔錢注〕《蓮社高賢·慧持傳》：徒屬三百，師爲上首。〔補注〕佛家稱一座大衆中之主位爲上首。亦以指寺院中之首座。

〔一四二〕〔補注〕《詩·小雅·白駒》：『毋金玉爾音，而有遐心。』遐心指與人疏遠之心。此句『略動遐心』謂避世遠俗之心。

〔一四三〕〔錢注〕《隋書·煬帝紀》：仁壽初，奉詔巡撫東南。是後高祖每避暑仁壽宫，恒令上監國。四年七月，高祖崩，上即皇帝位於仁壽宫。隋煬帝《入朝遣使參智顗書》：剃刀十口。〔補注〕《法苑珠林》卷十七引《佛本行經》：『佛告阿難：「汝往菩提樹金剛座西塔，取我七寶剃刀並浴金剛盆，我欲剃髮。」』《五燈會元》卷三《江西馬祖道一禪師》：『幼歲依資州唐和尚落髮，受具於渝州圓律師。』

〔一四四〕〔錢注〕《隋書·徐則傳》：晋王廣鎮揚州，知其名，手書召之。將請受道法，則辭以時日不便。其後夕中命侍者取香火，如平常朝禮之儀，至於五更而死。晋王下書曰：天台真隱東海徐先生，杖錫猶存，示同俗法，宜遣使人送還天台。

〔一四五〕〔補注〕遄違，急速離去。《左傳·文公十六年》：『麇人率百濮聚於選，將伐楚。』百濮，古稱西南少數民族，此指巴蜀。

〔一四六〕三巴，見《梓州道興觀碑銘》注〔一六三〕。

〔一四七〕〔錢注〕隋煬帝《重遣匡山參智顗書》：仰承已往衡山，至當稍久。〔補注〕《五燈會元》卷三《江西馬祖道一禪師》：『唐開元中，習禪定於衡嶽山中，遇讓和尚。同參六人，唯師密受心印。』

〔一四八〕〔錢注〕《傳燈録》：梁天監元年，有僧智藥，汎泊至韶州曹溪水口，聞其香，嘗其味，曰：『此水上流有勝地。』遂開山，立名寶林。乃云：『此去百七十年，當有無上法寶在此演法。』今六祖南華是也。〔補注〕曹溪，禪宗南宗別號。以六祖慧能在曹溪寶林寺演法而得名。柳宗元《曹溪大鑒禪師碑》：『凡言禪，皆本曹溪。』故云『指曹溪而悵望』。按：六祖大鑒禪師慧能法嗣有南嶽懷讓禪師，而道一大師則又讓禪師之法嗣，見《五燈會元》卷三。

〔一四九〕〔錢注〕《金剛經》：知我説法，如筏喻者，法尚應捨，何況非法。

〔一五〇〕〔錢注〕《法華經》：以方便力於險道中，化作一城。〔補注〕化城，一時幻化之城郭，佛教以喻小乘境界。佛欲使衆生均得大乘佛果，恐其畏難，先説小乘涅槃，猶如化城，衆生途中暫以止息，進而求取真正佛果。

〔一五一〕〔錢注〕梁簡文帝《賀洛陽平啓》：闕候罷柝。《傳燈録》：諸佛出世，爲一大事，故隨機小大，遂有三乘頓、漸以爲教門。〔補注〕頓門，指主頓悟之法門，即南宗禪。

〔一五二〕〔錢注〕《漢書·終軍傳》：驃騎抗旌。《唐類函》：如悟三空，終超十地。〔補注〕抗，舉。

〔一五三〕〔錢注〕《法苑珠林》：魏太山丹嶺寺釋僧照，以魏普泰年，行至棨山，見飛流下有穴孔，因穴而入，行可五六里，便得出穴。外有微徑，其東北上，可行數里，得石渠，闊三兩步，北有瓦舍三口，形甚古陋，西頭室裏有一沙門，端坐儼然，飛塵没膝。四望瞻眺，惟見茂林懸澗，非有人居，須臾之間，逢一神僧，年可六十，相見欣然，傾慰若舊。問所從來，答云：我同學三人，來此避世，一人外行未返，一人死來極久，似入滅定，今在是屋内，汝見之未？

〔一五四〕〔錢注〕干寶《搜神記》：南康郡南東望山，有三人入山，見山頂有果樹，衆果畢植，行列整齊如人行，甘子正熟。三人共食至飽，乃懷二枚，欲出示人，聞空中語云：『催放雙甘，乃聽汝去。』〔補注〕《五燈會元》卷三《江西馬祖道一禪師》：『始自建陽佛迹嶺，遷至臨川，次至南康龔公山。』『披荆西裹，坐樹南康』二句指此。釋迦牟尼曾到伽耶畢波羅樹下静坐思維四諦、十二因緣之理，最後達到覺悟。『坐樹』用此。

〔一五五〕〔錢注〕未詳。龜，疑當作『龍』。劉向《列仙傳》：馬師皇者，黄帝馬醫。有病龍下，垂耳張口，師皇鍼其脣，飲以甘草湯而愈。後一日，負之而去。

〔一五六〕〔錢注〕《晋書·郭文傳》：嘗有猛獸忽張口向文，文視其口中有横骨，乃以手探去之。猛獸明旦致一鹿於其室前。按：《太平廣記》引《神仙拾遺》與此事同。《晉書》諱『虎』作『獸』，而義山文反不諱，何耶？

〔補注〕探，探取。

〔一五七〕〔錢注〕《法苑珠林》：後梁南襄陽景空寺釋法聰，南陽新野人。初，聰住禪堂，每有白鹿白雀馴伏棲止。行住所及，慈救爲先。因見屠者驅豬百餘頭，聰三告曰：『解脱首楞嚴。』豬遂繩解去。諸屠大怒，將事加手，並佗然不動，便歸過悔罪，因斷殺業。又於漢水漁人牽網，如前三告，引網不得，方復歸心，空網而返。注：出唐《高僧傳》。

〔一五八〕〔錢注〕《法苑珠林》：周益州沙門釋僧崖，嘗隨伴捕魚，得已分者，用投諸水，謂伴曰：『殺非好業，我今舉體皆現生瘡，誓斷獵矣。』遂燒其獵具。時獵首領數百人，共築池塞，資以養魚。崖率衆重往彼觀望，忽有異蛇長一尺許，頭尾皆赤，須臾長大，乃至丈餘，圍五六尺，獽衆奔散，蛇便趣水，舉尾入雲，赤光徧野，久久乃滅。尋爾衆聚，具論前事，崖曰：『此無憂也，但斷殺業，蛇不害人。』勸停池堰，衆未之許。俄而隄防決壞，遂即出家，又焚身。後八月中，獽人牟難當者，於就嶠山頂行獵，搦箭弓弩，舉眼望鹿，忽見崖騎一青麖，獵者驚曰：『汝在益州已燒身死，今那在此？』崖曰：『誰道許誑人耳，汝能燒身不？射獵得罪也，汝當勤力作田矣！』便爾別去。注：出唐《高僧傳》。謝萬《蘭亭集詩》：青蘿翳岫。

智藏大師以松闕之英，梓潭之靈〔一五九〕，目廣青蓮〔一六〇〕，脣飴赤果〔一六一〕。自有來而致敬〔一六二〕，由無取以相歡〔一六三〕。緜邈星霜，留連几杖。初聞四句〔一六四〕，誠爲入室之賓〔一六五〕；末聽三幡〔一六六〕，了是無師之智〔一六七〕。遽援坐席〔一六八〕，令傳了經〔一六九〕。非取履於下邳，還稱可教〔一七〇〕；異服膺於泗水〔一七一〕，更謂不如。明牧前歸〔一七二〕，英人後感〔一七三〕，相紫階則生金吐義〔一七四〕，禮白塔則盡竹書名〔一七五〕。彼四大士者〔一七六〕，皆行貫迦維〔一七七〕，名高記莂〔一七八〕。且夫紛綸藻繪〔一七九〕，列慈氏之雲臺〔一八〇〕；合沓緗囊〔一八一〕，貯聖王之蓬閣〔一八二〕。

〔一五九〕〔錢注〕《初學記》：《輿地志》曰：歸美山有石城，高數丈，有二石夾左右，石形似松□如雙闕。《南康記》曰：梓潭，昔有梓樹巨圍，葉廣丈餘，垂柯數畝，吴王伐樹作船，使童男女挽之，船自飛下水，男女皆溺死，至今潭中有歌唱之音。注：已上虔州。〔補注〕《五燈會元》卷三《馬祖一禪師法嗣·西堂智藏禪師》：『虔州西堂智藏禪師，虔化廖氏子。』《新唐書·地理志》：虔州南康郡。虔化爲虔州屬縣。

〔一六〇〕〔錢注〕《法華經》：妙音菩薩目如廣大青蓮花葉。

〔一六一〕〔錢注〕《法華經》：如來甚希有，以功德智慧故，其眼長廣而紺青色，脣色赤好如蘋婆果。〔補注〕《五燈會元》卷三《西堂智藏禪師》：『八歲從師，二十五具戒。』有相者覩其殊表，謂之曰：『骨氣非凡，當爲法王之輔佐也。』

〔一六二〕〔錢注〕沈約《釋迦文佛像銘》：有來必應，如泥在鈞。

〔一六三〕〔錢注〕《法苑珠林》：文殊問經，佛説偈云：日月照諸華，無有恩報想，如來無所取，不求報亦然。

〔一六四〕四句，見本篇注〔一三一〕。

〔一六五〕室，《全文》作『實』，據錢校改。入室之賓，見《爲濮陽公上楊相公狀》『列王濛之對掌，宜屬劉惔』注。

〔一六六〕〔錢注〕孫綽《遊天台山賦》：消一無於三幡。李善注：三幡，色一也，色空二也，觀三也。〔按〕道家謂色、空、觀三者最易摇蕩人心，故以三幡爲喻。

〔一六七〕〔錢注〕《净住子》：何謂爲佛，自覺覺彼，無師大智，五分法身也。〔補注〕賈島《送賀蘭上人》：

『無師禪自解，有格句堪誇。』《五燈會元》卷三《西堂智藏禪師》：『師遂參禮大寂（道一禪師），與百丈海禪師同爲入室，皆承印記。』『初聞』數句指此。

〔一六八〕〔錢注〕《南史·陸厥傳》：時有王斌者，嘗敝衣於瓦官寺聽雲法師講《成實論》，無復坐處，惟僧正慧超尚空席，斌直坐其側。

〔一六九〕〔錢注〕《寶積經》：依趣於了義經，不依趣不了義經。〔補注〕了經，了義經。佛教謂真實之義、最圓滿之義諦爲了義。宗密《圓覺經略疏》卷七：『《大寶積經》云……若諸經中寅説世俗，名不了義；宣説勝義，名爲了義；宣説煩惱業盡，名爲了義。宣説厭離生死，趣求涅槃，名不了義；宣説生死涅槃，無二無別，名爲了義。宣説種種文句差別，名不了義；宣説甚深難見難覺，名爲了義。』《五燈會元》卷三《西堂智藏禪師》：『馬祖滅後，師唐貞元七年，衆請開堂。』

〔一七〇〕〔錢注〕《史記·留侯世家》：良嘗閒步遊下邳圯上，有一老父，衣褐，至良所，直墮其履圯下，顧謂良曰：『孺子，下取履！』良愕然，欲毆之。良爲其老，强忍，下取履。父曰：『履我！』良業爲取履，因長跪履之。父以足受，笑而去。良殊大驚，隨目之。父去里所復還，曰：『孺子可教矣。』

〔一七一〕〔補注〕《禮記·中庸》：『得一善，則拳拳服膺而弗失之矣。』服膺，衷心信奉。泗水，春秋時孔子曾在泗上講學授徒。《禮記·檀弓上》：『吾與女事夫子於洙泗之間。』《五燈會元》卷三《西堂智藏禪師》：『（馬）祖曰：子末年必興於世。』

〔一七二〕〔錢注〕謝瞻《王撫軍庾西陽集詩》：對筵曠明牧。〔補注〕明牧，賢明之牧守。疑指路嗣恭，大曆七年爲江西觀察使。《五燈會元》卷三《西堂智藏禪師》：『屬連帥路嗣恭延請大寂（道一禪師）居府，應期盛化。師回郡，得大寂付授衲袈裟，令學者親近。』

〔一七三〕〔錢注〕崔駰《達旨》：英人乘斯時也。

〔一七四〕〔錢注〕釋法顯《佛國記》：佛從忉利天上來向下，下時化作三道寶階，佛在中道七寶階上行。梵天王亦化作白銀階，在右邊執白拂而侍。天帝釋化作紫金階，在左邊執七寶蓋而侍。《太平御覽》：《魏志》曰：繁昌縣授禪石碑中生金，表送上，羣臣聲賀。

〔一七五〕〔錢注〕《梁書·扶南國傳》：西河離石縣有胡人劉薩阿遇疾暴亡，十日更蘇，說云：『見觀世音語云：「汝緣未盡，若得活，可作沙門。洛下、齊城、丹陽、會稽並有阿育王塔，可往禮拜。」語竟，如墮高巖，忽然醒悟。』因此出家，名慧達，遊行禮塔。李肇《國史補》：既捷，列書其姓名於慈恩寺塔，謂之題名。

〔一七六〕〔錢注〕梁簡文帝《同泰寺故功德正智寂師墓銘》：唯兹大士，才敏學優。〔按〕四大士，即上述無相、無住、道一、智藏四大師。

〔一七七〕〔錢注〕《魏書·釋老志》：釋迦，即天竺迦維衛國王之子。天竺其總稱，迦維別名也。

〔一七八〕〔錢注〕梁簡文帝《善覺寺碑》：穆貴嬪宿植達因，已于恒沙佛所，經受記莂。〔補注〕記莂，亦作記別，指佛爲弟子預記死後生處及未來成佛因果、國名、佛名等事。

〔一七九〕〔錢注〕陳琳《爲曹洪與魏文帝書》：遊睢、涣者學藻繢之綵。

〔一八〇〕〔錢注〕《法苑珠林》：西云彌勒，此云慈氏。雲臺，見《爲彭陽公上鳳翔李司徒狀》『雲臺議功』注。〔按〕此即上文所云圖益州静衆無相大師、保唐無住大師，與洪州道一大師、西堂智藏大師四真形於屋壁。

〔一八一〕〔錢注〕梁昭明太子《詠書帙詩》：幸雜緗囊用，聊因班女織。〔補注〕緗囊，淺黄色之書套。此指佛經書卷。

〔一八二〕〔錢注〕《法苑珠林》：《長阿含經》云：世間有轉輪聖王，成就七寶，有四神德。《後漢書·竇章傳》：學者稱東觀爲老氏藏室，道家蓬萊山。

我幕府河東公〔一八三〕，天瑞地寶，甘雨卿雲〔一八四〕。總海内之風流〔一八五〕，盛漳濱之模楷〔一八六〕。號鳴文苑〔一八七〕，陟降朝階〔一八八〕。自作我上都，統以京尹〔一八九〕，輦轂之下〔一九〇〕，紱冕所興〔一九一〕。本之以强宗近親〔一九二〕，因之以豪猾大俠〔一九三〕。丙吉爲相，出遇横屍〔一九四〕；袁盎免官，歸逢刺客〔一九五〕。公貞能盪蠱〔一九六〕，正可辟邪〔一九七〕。殷貨殖於五都〔一九八〕，無勞走馬〔一九九〕；屏椎埋於三輔〔二〇〇〕，何必問羊〔二〇一〕。託宿於天官，假道於雒宅〔二〇二〕。五年夏，以梁山蟻聚〔二〇三〕，充國鴟張〔二〇四〕，命馬援以南征〔二〇五〕，委鍾繇以西事〔二〇六〕。大張鄰援〔二〇七〕，尋覆賊巢。既而軍壘無喧，郡齋多暇〔二〇八〕。紗爲管帽〔二〇九〕，布是孫衾〔二一〇〕。神仙中人〔二一一〕，方其攜手〔二一二〕；風塵外物〔二一三〕，乃以關身〔二一四〕。夢裏題詩〔二一五〕，醉中裁簡〔二一六〕。臨池筆落〔二一七〕，動草琴休〔二一八〕。至於三堅八正之言〔二一九〕，四攝六通之説〔二二〇〕，則理超文外，照在機先。修竹長松，不曾形迹〔二二一〕；孤峰澮澗，未覺親疏〔二二二〕。鄙物物以肇端，自如如而取證〔二二三〕。讚同范泰〔二二四〕，律若張融〔二二五〕。王澄徒服其嘉言〔二二六〕，孟顗不知其慧業〔二二七〕。屬者以洪州三大師靈儀未集〔二二八〕，華構將成〔二二九〕，乃進牘求真〔二三〇〕，移書抒意。

〔一八三〕〔補注〕指東川節度使柳仲郢。河東爲柳氏郡望。

〔一八四〕〔補注〕《史記·天官書》：『若煙非煙，若雲非雲，郁郁紛紛，蕭索輪囷，是謂卿雲。卿雲，喜氣也。』

〔一八五〕見《獻相國京兆公啓》（昔師曠薦音）『衛玠談道，當海内之風流』注。

〔一八六〕〔錢注〕庾信《哀江南賦》：文詞高於甲觀，模楷盛於漳濱。〔按〕此以『漳濱』借指東川幕府係人材薈萃之所，如當年之鄴下風流。

〔一八七〕〔錢校〕號，疑當作『飛』。《後漢書》始有《文苑傳》。〔按〕號鳴與下句『陟降』對文，不必疑誤。

〔一八八〕〔錢注〕張衡《東京賦》：方將數諸朝階。〔按〕陟降朝階，疑指柳仲郢會昌朝屢任朝官事。仲郢會昌初三遷吏部郎中，爲李德裕所知，遷諫議大夫。又曾於會昌六年權知吏部尚書銓事。

〔一八九〕〔錢注〕《舊唐書·柳仲郢傳》：會昌中，李德裕奏爲京兆尹。班固《西都賦》：實用西遷，作我上都。張衡《西京賦》：封畿千里，統以京尹。〔補注〕《通鑑·會昌五年》：『（二月）李德裕以柳仲郢爲京兆尹。』

〔一九〇〕〔錢注〕司馬遷《報任少卿書》：僕賴先人緒業，得待罪輦轂下二十餘年矣。

〔一九一〕〔錢注〕班固《西都賦》：英俊之域，紱冕所興。

〔一九二〕〔錢注〕《後漢書·龐參傳》：參爲漢陽太守。郡人任棠者，有奇節。參到，先候之，棠不與言，但以薤一大本，水一盂，置户屏間，自抱孫兒，伏於户下。參思其微意，曰：『水者，欲吾清也。拔大本薤者，欲吾擊强宗也。抱兒當户，欲吾開户恤孤也。』《東觀漢記》：孝明皇帝以皇子立爲東海公，時天下墾田皆不實，詔下州郡檢覆，州郡各遣使奏其事。世祖見陳留吏牘上有書曰：『潁川、弘農可問，河南、南陽不可問。』因詰吏，時帝在幄後曰：『河南帝城多近臣，南陽帝鄉多近親，田宅逾制，不可爲準。』世祖令虎賁詰問，乃首服如帝言。

〔一九三〕〔錢注〕《史記·酷吏傳》：濟南瞯氏，宗人三百餘家，豪猾，二千石莫能制。於是景帝乃拜郅都爲濟南太守。又《季布傳》：滕公心知朱家大俠，意季布匿其所。

〔一九四〕見《爲濮陽公賀楊相公送土物狀》注〔五〕。

〔一九五〕〔錢注〕《漢書·袁盎傳》：盎病免家居，景帝時時使人問籌策。梁王欲求爲嗣，盎進説，其後語塞。梁王以此怨盎，使人刺殺盎安陵郭門外。

〔一九六〕〔補注〕《易·蠱》：『象曰：山下有風，蠱，君子以振民育德。』又：『九二，幹母之蠱，不可貞。』

貞蠱，謂整肅其事。

〔一九七〕〔錢注〕《急就篇》：射魃辟邪除羣凶。

〔一九八〕〔錢注〕班固《西都賦》：州郡之豪桀，五都之貨殖。《漢書・食貨志》：王莽於長安及五都立五均官，更名長安東西市令，及洛陽、邯鄲、臨菑、宛、成都市長皆爲五均司市稱師。

〔一九九〕〔錢注〕《漢書・張敞傳》：敞爲京兆尹，時罷朝會，過走馬章臺街，使御史驅，自以便面拊馬。

〔二〇〇〕〔錢注〕《漢書・百官公卿表》：右扶風與左馮翊、京兆尹是謂三輔。椎埋，見《梓州道興觀碑銘》注〔九九〕。

〔二〇一〕〔錢注〕《漢書・趙廣漢傳》：廣漢守京兆尹，滿歲爲真。善爲鉤距，以得事情。鉤距者，設欲知馬賈，則先問狗，已問羊，又問牛，然後及馬。參伍其賈，以類相準，則知馬之貴賤不失實矣。

〔二〇二〕〔錢注〕《舊唐書・柳仲郢傳》：改右散騎常侍，權知吏部尚書銓事。宣宗即位，李德裕罷相，出仲郢爲鄭州刺史。周墀入輔政，遷爲河南尹。《莊子》：假道於仁，託宿於義。〔補注〕《書・召誥》：『越三日戊申，太保朝至于洛，卜宅。』天官，指吏部；雒宅，指河南尹。

〔二〇三〕〔錢注〕謂蓬、果賊。詳《爲興元裴從事賀封尚書加官啓》注〔一〕、〔三〕。張載《劍閣銘》：巖巖梁山，積石峨峨。《魏志・董卓傳》注：華嶠《漢書》曰：恐百姓驚動，麋沸蟻聚爲亂。〔補注〕梁山，在今陝西南鄭縣境。張載《劍閣銘》李善注引揚雄《益州箴》：『巖巖岷山，古曰梁州。』按，此梁州爲山名。

〔二〇四〕〔錢注〕《後漢書・郡國志》：充國縣屬巴郡，分閬中置。鴟張，見《爲滎陽公賀幽州破奚寇上中書狀》『頗復鴟張』注。

〔二〇五〕見《上容州李中丞狀》『馬伏波遠征交阯』注。

〔二〇六〕〔錢注〕《魏志・荀彧傳》：彧曰：『鍾繇可屬以西事，則公無憂矣。』又《鍾繇傳》：太祖方有事山東，以關右爲憂，乃表繇持節督關中諸軍，委之以後事。

〔二〇七〕〔錢注〕援，去聲。

〔二〇八〕〔錢注〕謝靈運《齋中讀書詩》李善注：永嘉郡齋也。〔補注〕謝詩有句云：『臥疾豐暇豫，翰墨時間作。』此即『郡齋多暇』所本。

〔二〇九〕〔錢注〕《魏志·管寧傳》：寧常著皂帽、布襦袴、布裙。

〔二一〇〕〔錢注〕《史記·平津侯傳》：公孫弘以爲人臣病不儉節，爲布被，食不重肉。

〔二一一〕〔錢注〕《世説》：王右軍見杜弘治，歎曰：『面如凝脂，眼如點漆，此神仙中人。』又：孟昶嘗見王恭乘高輿披鶴氅，于時微雪，歎曰：『此真神仙中人！』

〔二一二〕〔補注〕《詩·邶風·北風》：『惠而好我，攜手同行。』

〔二一三〕見《梓州道興觀碑銘》注〔三〇五〕。

〔二一四〕〔錢注〕徐謙《短歌行》：榮辱豈關身。

〔二一五〕見《爲滎陽公上浙西鄭尚書啓》『空屬池塘之思』注。

〔二一六〕〔錢注〕《世説》：魏朝封晋文王爲公，備禮九錫，文王固謙不受。司空鄭沖馳遣信就阮籍求文。初，時在袁孝尼家，宿醉扶起，書札爲之，無所點定，乃寫付使。時人以爲神筆。

〔二一七〕〔錢注〕《晋書·王羲之傳》：張芝臨池學書，池水盡黑。

〔二一八〕〔錢注〕《酉陽雜俎》：舞草出雅州，人或近之歌，至抵掌謳曲，必動葉如舞也。《夢溪筆談》：高郵人桑景舒，性知音，尤善樂律。舊傳有虞美人草，聞人作《虞美人》曲，則枝葉皆動，他曲不然。景舒試之，誠如所傳。乃詳其曲聲，曰皆吴音也。他日取琴，試用吴音製一曲，對草鼓之，枝葉亦動，乃謂之《虞美人操》。《舊唐書·柳仲郢傳》：仲郢退公，布卷不舍晝夜，《九經》《三史》一鈔，魏、晋已來《南》《北史》再鈔，分門三十卷，號《柳氏自備》。《新唐書·藝文志》：《柳仲郢集》二十卷。

〔二一九〕〔錢注〕《維摩經》：起三堅法于六合中。王屮《頭陀寺碑》李善注：《大品經》説八正曰：正見、正思維、正語、正業、正命、正精進、正念、正定。

〔二二〇〕〔錢注〕《法苑珠林》：《菩薩藏經》云：何等爲四？所謂布施、愛語、利行、同事。如是名爲四類攝法。《般若經》：一神境通、二天耳通、三他心通、四宿住隨念通、五天眼通、六漏盡通。〔補注〕《舊唐書·柳仲郢傳》：「又精釋典，《瑜伽》《智度大論》皆再鈔，自餘佛書，多手記要義，小楷精謹，無一字肆筆。」

〔二二一〕曾，疑當作「會」。會，匹配。

〔二二二〕〔補注〕吴均《與顧章書》：「森壁争霞，孤峰限日，幽岫含雲，深谿蓄翠。」覺，較也。

〔二二三〕〔錢注〕《金剛經》：如如不動。〔補注〕《莊子·在宥》：「有大物者，不可以物；物而不物，故能物。」成玄英疏：「不爲物用而用於物者也。」道支《逍遥論》：「物物而不物於物，則遥然不我得。」此均指人對萬物之役使、支配，與本句義不符。本句「物物」指爲物所役使，故云「鄙物物」。王維《謁璿上人》詩序：「色空無得，不物物也。」即此義。如如，指永恒存在之真如。白居易《讀禪經》：「攝動是禪禪是動，不禪不動即如如。」又，佛教謂諸法皆平等不二之法性理體爲如如。慧遠《大乘義章》卷三：「諸法體同，故名爲如……彼此皆如，故曰如如。」此似取後義。

〔二二四〕〔錢注〕《宋書·范泰傳》：暮年事佛甚精，於宅西立祇洹精舍。

〔二二五〕〔錢注〕《南齊書·張融傳》：永明中，遇疾，爲《問律自序》曰：「吾昔嗜僧言，多肆法辨。」

〔二二六〕〔錢注〕《晉書·胡毋輔之傳》：澄嘗與人書曰：「彦國吐佳言，如鋸木屑，霏霏不絶，誠爲後進領袖也。」

〔二二七〕〔錢注〕《宋書·謝靈運傳》：會稽太守孟顗事佛精懇，而爲靈運所輕，嘗謂顗曰：「得道應須慧業，丈人生天當在靈運前，成佛必在靈運後。」

〔二二八〕〔錢注〕《淨住子》：所以垂形丈六，表現靈儀。〔補注〕洪州三大師，指洪州道一大師。靈儀，指遺像。

〔二二九〕〔錢注〕陸雲《歲暮賦》：痛華構之丘荒。

〔二三〇〕〔錢注〕謝莊《月賦》：抽毫進牘。〔補注〕真，寫真，畫像。

江西廉使大夫汝南公〔二三一〕，黄中秉德〔二三二〕，業尚資仁〔二三三〕。動之則瑶瑟瓊鐘，鏘洋清廟〔二三四〕；静之則明河亮月〔二三五〕，浩蕩華池〔二三六〕。遠應同聲〔二三七〕，函緘遺貌〔二三八〕。試殿中監〔二三九〕，魯郡鄒從古〔二四〇〕，家承作繪〔二四一〕，藝有傳神〔二四二〕。授以齋修，俾之雕焕〔二四三〕。情勞若病，思苦如癡。拂壁但見其塵驚〔二四四〕，倚柱不知於雷震〔二四五〕。妙分塗掌〔二四六〕，巧寫應身〔二四七〕。如安所洗之腸〔二四八〕，若見不沾之足〔二四九〕。詎同袁奮，畫一室之維摩〔二五〇〕；略等戴逵，寫五天之羅漢〔二五一〕。

〔二三一〕〔錢注〕似即周墀，見《爲汝南公賀元日朝會上中書狀》注〔一〕及《上江西周大夫狀》注〔一〕。〔按〕錢箋非。周墀任江西觀察使，在會昌四年至六年十一月。六年十一月，調任義成軍節度、鄭滑觀察等使。大中五年卒於劍南東川節度使任上，柳仲郢即代其職者。安得大中七年尚『遠應同聲，函緘遺貌』，自江西觀察使任上函寄道一圖像於東川乎？此『汝南公』乃周敬復。《舊唐書·宣宗紀》，大中四年，『十二月，以華州刺史周敬復爲光禄大夫、檢校左散騎常侍，兼洪州刺史、江南西道團練觀察使。』《文苑英華》卷三八五楊紹復《授周敬復尚書右丞制》云：『江南西道都團練使觀察處置等使、檢校右散騎常侍周敬復……可尚書右丞。』嚴耕望《唐僕尚丞郎表》謂周敬復大中七年前後由江西觀察遷右丞。據商隱此文，則大中七年敬復固仍在江西觀察任也。

〔二三二〕〔補注〕黄中，古以五色配五行五方，土居中，故以黄爲中央正色。心居五臟之中，故稱黄中。《易·坤》：『君子黄中通理，正位居體，美在其中，而暢於四支，發於事業，美之至也。』黄中爲内德，故云『黄中秉德』。

〔二三三〕〔錢注〕《宋書·蔡興宗傳》：以業尚素立見稱。庾信《奉和永豐殿下言志詩》：資仁一毀譽。〔補注〕業尚，學業品德。資仁，以仁爲資。

〔二三四〕〔錢注〕王儉《褚淵碑文》：鏘洋遺烈。〔補注〕鏘洋，金玉碰擊發聲。錢引王儉文係『德音』之義。《詩·周頌·清廟》：『於穆清廟，肅雝顯相。』

〔二三五〕〔錢注〕《樂府·七日夜女歌》：素月明河邊。嵇康《雜詩》：皎皎亮月。

〔二三六〕〔錢注〕《楚辭·離騷》：怨靈修之浩蕩兮。又《七諫》：黿鼉游乎華池。〔補注〕潘岳《河陽縣作》：『洪流何浩蕩。』錢引《離騷》之『浩蕩』爲荒唐之義。

〔二三七〕〔補注〕《易·乾》：『同聲相應，同氣相求。』

〔二三八〕〔錢校〕函，胡本作『亟』；遺，胡本作『道』。

〔二三九〕〔錢注〕《舊唐書·職官志》：殿中省，監一員，從三品。

〔二四〇〕〔錢注〕《新唐書·地理志》：兗州魯郡，屬河南道。

〔二四一〕〔補注〕《易·師》：『開國承家，小人勿用。』此言鄒氏係繪畫世家。

〔二四二〕〔錢注〕《晉書·顧愷之傳》：愷之善丹青，圖寫特妙。每畫人成，或數年不點目精，人問其故，答曰：『四體妍蚩，本無闕少於妙處，傳神寫照，正在阿堵中。』〔按〕《世説》作『本無關於妙處』。

〔二四三〕〔錢注〕謝惠連《秋懷詩》：丹青暫雕煥。〔補注〕齋修，齋戒修行。雕煥，猶雕繪。

〔二四四〕〔錢注〕《南史·齊江夏王鋒傳》：字宣穎，高帝第十二子也。年四歲，好學書，晨興不肯拂窗塵。先畫塵上，學爲書字。〔按〕圖四大師真形於屋壁，故云『拂壁塵驚』，狀其繪畫之迅疾有力。事未詳。

〔二四五〕〔錢注〕《世説》：夏侯太初嘗倚柱作書，時大雨，霹靂破所倚柱，衣服焦然，神色無變，書亦如故。

〔二四六〕〔錢注〕《高僧傳》：佛圖澄者，西域人也。本姓白，少出家，清真務學，誦經數百萬言。以永嘉四年來適洛陽，志弘大法。善念神咒，能役使鬼物，以麻油雜臙脂塗掌，千里外事皆徹見掌中，如對面焉。

〔二四七〕應身，見本篇注〔八〕。〔補注〕應身，指佛、菩薩爲度化衆生，隨宜顯現各種形象不同之化身。

〔二四八〕〔錢注〕《晉書·佛圖澄傳》：佛圖澄，天竺人也。腹旁有一孔，常以絮塞之，平旦至流水側，從腹旁孔中引出五臟六腑，洗之訖，還内腹中。

〔二四九〕〔錢注〕《魏書·釋老志》：統萬平，惠始自習禪至於没世，稱五十餘年，未嘗寢卧。或時跣行，雖履泥塗，初不汙足，色愈鮮白，世號之白脚師。

〔二五〇〕〔錢注〕本事未詳。《魏志·袁術傳》：術子燿，燿子奮。《後漢書·西域傳論》注：《維摩經》曰：維摩詰三萬二千師子坐，高八萬四千由旬，高廣嚴淨，來入維摩方丈室，包容無所妨礙。

〔二五一〕〔錢注〕《晉書·戴逵傳》：逵字安道，工書畫。《梁書·師子國傳》：晉義熙初，始遣獻玉像，歷晉、宋世在瓦官寺。寺先有徵士戴安道手製佛像五軀，及顧長康維摩畫圖，世人謂爲三絶。《修行本起經》：得一心者，萬邪滅矣，謂之羅漢。羅漢者，真人也。按：王維《六祖碑序》云：談笑語言，曾無戲論，故能五天重跡，百越稽首。『諸天』，釋典習見，『五天』之名未詳。〔按〕五天，疑指五天竺，古印度之區域分東天竺、南天竺、西天竺、北天竺、中天竺五部分。

況刹懸慧義，山聳長平〔二五二〕。花市分區〔二五三〕，香城轉軫〔二五四〕。龕流迴漢〔二五五〕，梯倚重霄〔二五六〕。桂處吴剛〔二五七〕，榆邊傳説〔二五八〕。轡迴羲仲〔二五九〕，則日欲摧輪〔二六〇〕；門啓蘇林〔二六一〕，則天堪倚杵〔二六二〕。

斯堂也〔二六三〕，爰初置臬〔二六四〕，靡託金材。或以篔簹〔二六五〕，參於棼橑〔二六六〕。如堪韜布，恐劉肇以裁筒〔二六七〕；苟可當篙，慮蔡邕而製笛〔二六八〕。公遂養之弘棟〔二六九〕，易之榮椽〔二七〇〕。黄楠可訪於下巢〔二七一〕，翠篠罔攀於清渭〔二七二〕。漸鴻得桷〔二七三〕，賀燕依梁〔二七四〕。望同老氏之春臺〔二七五〕，牢若文翁之石室〔二七六〕。本乎初念，逮彼成功，自一毛半菽之微〔二七七〕，至雕玉布金之麗〔二七八〕，皆不資官廩〔二七九〕，無取軍租〔二八〇〕。非飲馬之餘錢〔二八一〕，則遺盜之舊布〔二八二〕。將遺涪川習定〔二八三〕，鄭道降魔〔二八四〕。苟能浣爾之塵勞〔二八五〕，莫不涉子之閫奥〔二八六〕。

〔二五二〕見本篇題下注，即注〔一〕。

〔二五三〕〔錢注〕《成都古今記》：二月花市。

〔二五四〕〔錢注〕梁武帝《摩訶般若懺文》：同到香城，共見寶臺。〔補注〕香城，指佛國。

〔二五五〕〔錢注〕《廣韻》：龕，塔也。又云塔下室。左思《蜀都賦》：流漢湯湯。〔補注〕迴漢，指銀河。

〔二五六〕〔錢注〕《史記·大宛傳》注：《括地志》曰：天竺國在崑崙山南，佛上天青梯，今變爲石入地，惟餘十二磴。阮籍《詠懷詩》：翔風拂重霄。

〔二五七〕〔錢注〕《酉陽雜俎》：異書言月桂高五百丈，下有一人，常斫之，樹隨創隨合。人姓吴，名剛，學仙有過，謫令伐樹。

〔二五八〕〔錢注〕《初學記》：榆星。注：《古樂府》曰：天上何所有？歷歷種白榆。《莊子》：傅説乘東維，騎箕尾，而比於列星。

〔二五九〕〔錢注〕《楚辭·離騷》注：羲和，日御也。〔補注〕《書·堯典》：『乃命羲、和，欽若昊天，曆象日月星辰，敬授人時。』羲、和分指羲氏、和氏。傳説堯曾命羲仲、羲叔及和仲、和叔兩對兄弟分駐四方以觀天象製曆法，此句『羲仲』既云『轡迴』，明是日御，然日御名羲和非羲仲，恐誤記也。

〔二六〇〕摧，《全文》作『推』，從錢校據胡本改正。〔錢注〕《列子》：日出之初，大如車輪。〔按〕駕日車，故曰『輪』。

〔二六一〕〔錢注〕《太平御覽》：葛洪《神仙傳》曰：蘇仙公名林，字子元，周武王時人也。《樂府·神絃歌·宿阿曲》：蘇林開天門，趙尊閉地户。

〔二六二〕〔錢注〕《初學記》：《河圖挺佐輔》曰：百世之後，地高天下，不風不雨，不寒不暑，民復食土，皆知其母，不知其父。如此千歲之後，則天可倚杵，洶洶隆隆，曾莫知其終始。

〔二六三〕斯堂也，三字錢本脱。

〔二六四〕〔補注〕《周禮·考工記·匠人》：『置槷以縣，眡以景。』鄭玄注：『槷，古文臬假借字。於所平之地中央樹八尺之臬，以縣正之，眡之以其景。』置槷，設置測日影之表柱。此則指四證堂測量施工時。

〔二六五〕〔錢注〕左思《吴都賦》劉逵注：《異物志》曰：篔簹生水邊，長數丈，圍一尺五六寸，一節相去五六尺，或相去一丈。廬陵界有之。〔補注〕篔簹，大竹。

〔二六六〕〔錢注〕班固《西都賦》：列棼橑以布翼。《説文》：棼，複屋棟也。橑，椽也。

〔二六七〕〔錢注〕《晉書·王戎傳》：南郡太守劉肇，賂戎筒中細布五十端，爲司隸所糾，以知而未納，故得不坐，然議者尤之。〔按〕韜，藏。此承上『篔簹』言。

〔二六八〕〔錢注〕馬融《長笛賦》：裁已當簻便易持。李善注：簻，馬策也。《後漢書·蔡邕傳》注：張騭《文士傳》曰：邕告吴人曰：『吾昔常經會稽高遷亭，見屋椽竹東間第十六，可以爲笛。』取用，果有異聲。

〔二六九〕〔錢注〕盧諶《贈劉琨詩》：上弘棟隆。

〔二七〇〕〔錢注〕《戰國策》：趙獻棨椽，因以爲蘭臺。〔補注〕棨椽，經斫飾之屋椽。

〔二七一〕〔錢注〕《法苑珠林》：隋天台山瀑布寺釋慧達，姓王氏，襄陽人，晚爲沙門惠雲邀請，遂上廬嶽，造西林寺重閣七間，欒櫨重疊，光耀鮮華。初造之日，誓用黄楠，闔境推求，了無一樹，皆欲改用餘木，達曰：『誠心在此，豈更餘求？必其有徵，松變爲楠；若也無感，閣成無日。』衆懼其言，四出追求，乃於境内下巢山，感得一谷，並是黄楠。而在窮澗幽深，無由可出。達尋行崖壁，忽見一處晃有光明，窺見其中可得通道，唯有五尺餘，並天崖，遂牽曳木石，至於江首。途中灘覆，簰筏並壞，及至廬阜，不失一根。閣遂得成，弘冠前構。注：出唐《高僧傳》。

〔二七二〕〔錢注〕《史記·貨殖傳》：渭川千畝竹。《説文》：筱，箭屬，小竹也。潘岳《西征賦》：北有清渭濁涇。

〔二七三〕〔補注〕《易·漸》：『六四，鴻漸于木，或得其桷。』孔穎達疏：『鳥而之木，得其宜也。……之木而遇堪爲桷之枝，取其易直可安也。』桷，方形屋椽。

〔二七四〕〔錢注〕《淮南子》：大厦成而燕雀來賀。

〔二七五〕〔錢注〕《老子》：衆人熙熙，如享太牢，如登春臺。

〔二七六〕〔錢注〕《華陽國志》：文翁立文學精舍、講堂，作石室，一作玉室。永初後，太守陳留高眹更修立，又增造二石室。

〔二七七〕〔錢注〕劉峻《廣絶交論》：莫肯費其半菽，罕有落其一毛。

〔二七八〕〔錢注〕沈約《内典序》：範金琢玉，圖容寫狀。《經律異相》：須達多長者欲營精舍請佛住，有祇陀太子園，廣八十頃，可居，太子戲曰：『滿以金布，便當相與。』長者出金布八十頃，精舍告成。故曰祇樹給孤獨園。

〔按〕雕玉布金，謂四證堂雕飾華美，佛像金碧輝煌。錢引《經律異相》似與句意無涉。

〔二七九〕〔錢注〕《吴志·陸凱傳》：然坐食官廩，歲歲相承。

〔二八〇〕見《爲濮陽公上淮南李相公狀一》『魏尚莫計於收租』注。

〔二八一〕〔錢注〕《太平御覽》：《三輔決録》曰：項仲山飲馬渭水，日與三錢以償之。

〔二八二〕〔錢注〕《後漢書·王烈傳》：烈字彦方，以義行稱鄉里。有盜牛者，主得之，盜請罪曰：『刑戮是甘，乞不使王彦方知也。』烈聞而使人謝之，遺布一端。

〔二八三〕〔錢注〕《新唐書·地理志》：郪縣、涪城縣並屬梓州。《水經》：涪水出廣魏涪縣西北，南至小廣魏與梓潼合。《法苑珠林》：《西域傳》云：秫菟羅國有習定衆供養目連塔。〔補注〕習定，謂養静以止息妄念。《景德傳燈録·慧能大師》：『京城禪德皆云，欲得會道，必須坐禪習定，若不因禪定而得解脱者，未之有也。』

〔二八四〕〔錢注〕《蜀志·姜維傳》：於是引軍由廣漢郪道以審虚實。《宋書·夷蠻傳》：天魔降伏，莫不歸化。

〔二八五〕〔錢注〕《淨住子》：去諸塵勞，入歸信門。

〔二八六〕〔補注〕《三國志·魏志·管寧傳》：『娱心黄老，游志六藝，升堂入室，究其閫奥。』

又院有緇叟〔二八七〕，族高隴西〔二八八〕。頃據方壇〔二八九〕，時稱律虎〔二九〇〕；晚修圓覺〔二九一〕，世謂義龍〔二九二〕。石磬朝吟〔二九三〕，銅瓶夜滿〔二九四〕。不扃外户〔二九五〕，靡立中闌〔二九六〕。公喻以傳香〔二九七〕，假其譚柄〔二九八〕。且山、毛綜覈〔二九九〕，未挂支提〔三〇〇〕；許、郭輩流〔三〇一〕，偏遺梵行〔三〇二〕。斯固天機有裕〔三〇三〕，世網無纏〔三〇四〕。蠢裹縟於縑緗〔三〇五〕，可鋪舒於琬琰〔三〇六〕。

校注

〔二八七〕〔錢注〕《梁書・范縝傳》：捨縫掖，引緇衣。

〔二八八〕隴西，見《爲湖南座主隴西公賀馬相公登庸啓》注〔一〕。〔按〕此老僧當本李唐宗室。

〔二八九〕〔錢注〕《太平御覽》：王子年《拾遺記》曰：伏羲坐於方壇之上，聽八方之氣，乃畫八卦。〔補注〕方壇，佛家講經説法之法壇。

〔二九〇〕〔錢注〕《十國春秋》：釋贊□著述毘尼，時人謂之『律虎』。

〔二九一〕〔錢注〕《圓覺經》：如來圓覺，亦復如是。〔補注〕圓覺，指佛家修成圓滿正果之靈覺之道。

〔二九二〕〔錢注〕方夏《廣韻藻》：齊釋惠榮精於講辨，號曰『義龍』。

〔二九三〕〔錢注〕《法苑珠林》：東晋初，沙門帛道猷，或云竺道猷，聞天台石梁，終古無度，乃揭錫獨往，而趣石梁。將欲直度，不惜形命。夜宿梁東，便聞西寺磬聲經唄，又聞曰：『却後十年，當來此住，何須苦求？』

〔二九四〕〔錢注〕《高僧傳》：釋僧會，俗姓康氏。赤烏十年，初達建業，有司奏有胡人入境。孫權召會，詰問有何靈驗，會曰：『如來遷迹，忽逾千載，道骨舍利，神曜無方，請期七日，潔齋静室，以銅瓶加几，燒香禮請。』期畢寂然無應。更請三七日，日暮猶無所見。既入五更，忽聞瓶中鏗然有聲，果獲舍利。權即爲建塔。〔按〕石磬二句，形容老僧朝吟佛經、夜汲銅瓶之生活，未必有事。

〔二九五〕〔錢注〕徐陵《廣州刺史歐陽頠德政碑》：新垣既築，外户無扃。

〔二九六〕闈，《全文》作『圍』，從錢校據胡本改正。〔錢注〕《藝文類聚》：陳琳《宴會詩》曰：高會宴中闈。

〔二九七〕〔錢注〕庾肩吾《和太子重雲殿受戒詩》：傳香引上德，列伎進名臣。〔補注〕傳香，傳戒。佛教謂向信徒傳授戒律，舉行受戒儀式。

〔二九八〕〔補注〕譚柄，清談時所執之拂塵。按：二句似謂仲郢假之以慧義經舍住持之職事。

〔二九九〕〔錢注〕任昉《爲范尚書讓吏部封侯第一表》：在魏則毛玠公方，居晉則山濤識量。《晉書·山濤傳》：濤再居選職十有餘年，所奏甄拔人物，各爲題目，時稱『山公啓事』。《魏志·毛玠傳》：玠爲尚書僕射，典選舉。注：《先賢行狀》曰：玠雅量公方，在官清恪。其典選舉，拔貞實，斥華僞，進遜行，抑阿黨。《漢書·宣帝紀贊》：綜核名實。

〔三〇〇〕〔錢注〕《翻譯名義》：有舍利名塔，無舍利名支提。〔按〕支提，塔、刹之别名。此指刹。顔真卿《使過瑶台寺有懷圓寂上人》：『及爾不復見，支提猶岌然。』

〔三〇一〕〔錢注〕《後漢書·郭太許劭傳》：郭太性明知人，好獎訓士類。許劭少俊名節，好人倫，多所賞識。故天下言拔士者，咸稱許、郭。

〔三〇二〕〔錢注〕《維摩詰所説經》：示有妻子，常修梵行。〔補注〕梵行，清淨除欲之行。

〔三〇三〕〔錢注〕《莊子》：其耆欲深者，其天機淺。

〔三〇四〕〔錢注〕陸機《赴洛道中作》：世網嬰我身。

〔三〇五〕〔錢注〕陶潛《雜詩》李善注：《文字集略》曰：裛，坌衣香也。《説文》：縟，繁采色也。《北堂書鈔》：《晉中經簿》曰：盛書有縑帙、青縑帙、布帙、絹帙。梁昭明太子《文選序》：詞人才子，則名溢於縹囊；飛文染翰，則卷盈乎緗帙。

〔三〇六〕〔錢注〕《博雅》：鋪，布也。舒，展也。《竹書紀年》：桀伐岷山，岷山莊王女于桀二女，曰琬、曰琰。桀受二女，無子，斵其名于苕華之玉，苕是琬，華是琰也。〔補注〕琬琰，碑石之美稱。二句謂在淺黄色細絹上書寫繁采之碑文，並刻寫於碑石。《全唐文》『琰』省作『炎』，避嘉慶諱。

愚也中兵被召〔三〇七〕，上士聯榮〔三〇八〕，敢同譙郡之功曹〔三〇九〕，願作山陰之都講〔三一〇〕。何言此事，叨謂當仁。矧紅磴時尋〔三一一〕，多逢翠碣〔三一二〕；紫榛乍倚〔三一三〕，每見丹碑〔三一四〕。龍門慕新野之能〔三一五〕，江夏服盈川之富〔三一六〕。恨不疆埸俯接〔三一七〕，旗鼓親交〔三一八〕。貫其三屬之犀皮〔三一九〕，焚彼十重之鹿角〔三二〇〕。以靈才結課〔三二一〕，用逸思酬恩。來者難誣，前言不戲。庶使禰衡讀後〔三二二〕，重峻文科；王粲背時〔三二三〕，更昇鄉品〔三二四〕。其詞曰：

〔三〇七〕〔錢注〕《晉書·職官志》：至魏，尚書郎有中兵、外兵。〔補注〕魏置中兵曹掌畿内之兵。此處當指其被徵辟爲節度判官。

〔三〇八〕〔錢注〕《老子》：上士聞道，勤而行之。〔補注〕此句『上士』猶上客，謂己在幕僚中職位較高，得與上客比肩聯榮。

〔三〇九〕〔錢注〕《酉陽雜俎》：譙郡有功曹磵。天統中，濟南來府君出除譙郡，時功曹清河崔公恕，弱冠有令德。時春夏積旱，來公有思水色，恕獨見一青鳥於磵中，乍飛乍止，烏起，見一石，以鞭撥之，清泉涌出。

〔三一〇〕見《梓州道興觀碑銘》注〔二〇一〕。

〔三一一〕〔錢注〕謝靈運《入華子崗詩》：石磴瀉紅泉。

〔三一二〕〔錢注〕《後漢書·竇憲傳》注：方者謂之碑，圓者謂之碣。

〔三一三〕〔錢注〕何晏《景福殿賦》：綷以紫榛。

〔三一四〕〔錢注〕《水經注》：蔡邕以嘉平四年，奏求正定六經文字，靈帝許之。邕乃自書丹於碑。

〔三一五〕〔錢注〕《舊唐書·王勃傳》：絳州龍門人。王勃《梓州慧義寺碑銘》：爰有庾子山者，文場之俊客也。自黄旗東掃，青蓋西還，承有晉之衣纓，作大周之杞梓。嘉聲内振，健筆旁流。翠碣高懸，丹書未缺。瓊鐘俯徹，猶參吐鳳之音；石鏡傍臨，尚寫回鸞之跡。《周書·庾信傳》：南陽新野人。

〔三一六〕〔錢注〕《新唐書·宗室世系表》：後漢會稽太守高陽侯徙居江夏，遂爲江夏李氏。其後元哲徙居廣陵，元哲生善，善生邕。杜甫《八哀詩·贈祕書監江夏李公邕》：論文到崔、蘇，指盡流水逝。近伏盈川雄，未甘特進麗。《舊唐書·楊炯傳》：則天初，左轉梓州司法參軍，秩滿，選授盈川令。楊炯《梓州惠義寺重閣銘》：長平山兮建重閣，上穹窿兮下磅礴，紛披麗兮駢交錯，嚴色相兮沖寂寞。誰所爲兮天匠作。〔按〕二句蓋以曾在梓州任職或撰寫慧義寺碑銘之王勃、楊炯自喻，而以庾信、李邕喻柳仲郢，謂彼此欽慕推伏。《舊唐書·楊炯傳》：『説曰楊盈川文思如懸河注水，酌之不竭。』此即所謂『盈川之富』。

〔三一七〕埸，《全文》誤作『場』，據錢本改。〔補注〕《左傳·桓公十七年》：『疆埸之事，慎守其一，而備其不虞。』孔穎達疏：『疆埸，謂界畔也。』

〔三一八〕〔錢注〕《魏志·管輅傳》注：《輅别傳》曰：琅琊太守單子春欲得見輅，輅造之，問子春：『今欲與輅爲對者，若府君四坐之士邪？』子春曰：『吾欲自與卿旗鼓相當。』

〔三一九〕〔錢注〕《漢書·刑法志》：魏氏武卒，衣三屬之甲。注：如淳曰：上身一、髀褌一、脛繳一，凡三屬也。〔補注〕《周禮·冬官·考工記》：『函人爲甲，犀甲七屬，兕甲六屬，合甲五屬。』屬，量詞，特指成套之鎧甲。此云『貫』，似爲層、重之義。

〔三二〇〕〔錢注〕《魏志·徐晃傳》：太祖令曰：敵圍塹鹿角十重，將軍致戰全勝，多斬首虜。〔補注〕鹿角，軍營防御物，以帶枝之樹木削尖埋於營地周圍，以阻止敵人。

〔三二一〕〔錢注〕孔稚珪《北山移文》：常綢繆於結課。〔補注〕結課，終結考課。吕延濟注：『結課，考第也。』

〔三二二〕〔錢注〕《後漢書·禰衡傳》：黄祖長子射，嘗與衡俱遊，共讀蔡邕所作碑文，射愛其辭，還，恨不繕寫。衡曰：『吾雖一覽，猶能識之，惟其中石缺二字不明。』因書出之。射馳使寫碑還校，如衡所書，莫不歎伏。

〔三二三〕〔錢注〕《魏志·王粲傳》：粲與人共行，讀道邊碑，人問曰：『卿能暗誦乎？』曰：『能。』因使背而誦之，不失一字。

〔三二四〕昇，錢注本作『增』，未出校。〔錢注〕《世説》：温公初受劉司空勸進，母崔氏固駐之，嶠絶裾而去。迄於崇貴，鄉品猶不過也。

熙矣無上，怡然至真〔三二五〕。壽長滴海〔三二六〕，劫遠吹塵〔三二七〕。蒼茫去聖，造次求仁〔三二八〕。誰從多轍，自涉殊榛〔三二九〕。

婆斯南遊〔三三〇〕，達摩東止〔三三一〕。智劍拭土〔三三二〕，信珠澄水〔三三三〕。道在肝膽〔三三四〕，化行竹葦〔三三五〕。廬阜伸拳〔三三六〕，城安得髓〔三三七〕。

猗歟静衆，來隔天潯〔三三八〕。遺珪擲組〔三三九〕，燼指求心〔三四〇〕。柔管代毳〔三四一〕，掬土延陰〔三四二〕。薛含檀鉢〔三四三〕，露濯瓊針〔三四四〕。

鳴光天靈〔三四五〕，倉絲地望〔三四六〕。勢隔嚴道〔三四七〕，人同賨相〔三四八〕。梵衆來格〔三四九〕，魔軍内向〔三五〇〕。犀枕金爐〔三五一〕，冰崖雪嶂。

從容大寂〔三五二〕，挺拔曹溪〔三五三〕。情超地位〔三五四〕，意小天倪〔三五五〕。呦呦苑鹿，喔喔園雞〔三五六〕。融心露鏡〔三五七〕，刮膜横篦〔三五八〕。

末有西堂，克流英盼〔三五九〕。剪拂慧炬〔三六〇〕，貫穿戒綫〔三六一〕。金浦涵月〔三六二〕，瓊岩躍電〔三六三〕。雲母飄花，流黃舉扇〔三六四〕。

我公有命，咨爾丹青〔三六五〕。恢崇大厦〔三六六〕，寫載真形〔三六七〕。簷垂義網，户綴玄扃〔三六八〕。三生聚石〔三六九〕，九子垂鈴〔三七〇〕。

公實挺姿〔三七一〕，囊涵天壤〔三七二〕。捧日孤起〔三七三〕，横秋直上〔三七四〕。謝安麈尾〔三七五〕，王恭鶴氅〔三七六〕。灰琯迎和〔三七七〕，霜鐘進爽〔三七八〕。

六通勝範〔三七九〕，四證微筌〔三八〇〕。蜂音出妙〔三八一〕，鳥偈留玄〔三八二〕。傳真得果〔三八三〕，聚福成田〔三八四〕。遼遼鵬翣〔三八五〕，眇眇龜年〔三八六〕。

掩靄巴山〔三八七〕，繁華蜀國〔三八八〕。世界嚴静〔三八九〕，人天膈臆〔三九〇〕。崇基式固，芳音無斁〔三九一〕。長現優曇〔三九二〕，永觀摩勒〔三九三〕。

校注

〔三二五〕〔錢注〕《金剛般若經》：無上甚深微妙法。《翻譯名義集》：無著曰：大乘教者，至真之理也。〔補注〕無上，無上道。指如來所得之道，更無過上，故名。《法華經·方便品》：『正直捨方便，但説無上道。』又佛教稱大乘爲無上乘，謂爲至極之佛法。

〔三二六〕〔錢注〕《泥洹經》：一滴水者，喻一發微少善根。大海者，喻佛如來。

〔三二七〕〔錢注〕《法華經》：一塵爲一劫。〔補注〕佛教稱一世爲一劫，無量無邊劫爲塵劫。

〔三二八〕〔補注〕《論語·里仁》：『君子無終食之間違仁，造次必於是，顛沛必於是。』又《述而》：『求仁而得仁，又何怨？』

〔三二九〕〔錢注〕《漢書·司馬相如傳》：《上林賦》：隃絶梁，騰殊榛。注：殊榛，特立株枿也。〔按〕榛，草木叢生貌，有荒廢、荒蕪義。殊榛承上『多轍』，指殊異之荒途。

〔三三〇〕〔錢注〕《後漢書·西域傳論》注：《本行經》曰：釋迦菩薩觀我今何處成道，利益衆生。乃觀見宜於南閻浮提生。命諸同侣，波斯匿王等諸王中生，皆作國王。〔按〕婆斯，即波斯匿王，爲古中印度拘薩羅國國王，與釋迦牟尼同歲。時人稱釋迦爲日光，稱婆斯爲月光。

〔三三一〕〔錢注〕《舊唐書·僧神秀傳》：昔後魏末，有僧達摩者，本天竺王子出家，入南海，得禪宗妙法，齎衣鉢航海而來，至梁詣武帝。

〔三三二〕〔錢注〕《金光明經》：以智慧劍破煩惱城。拭土，見《梓州道興觀碑銘》注〔八五〕。

〔三三三〕〔錢注〕《智度論》：若清水珠入水即淨。

〔三三四〕〔錢注〕《莊子》：自其異者視之，肝膽楚越也。〔補注〕《莊子·知北游》：『東郭子問於莊子曰：「所謂道，惡乎在？」莊子曰：「無所不在。」』

〔三三五〕〔錢注〕《維摩詰經》：譬如甘蔗竹葦稻麻叢林。

〔三三六〕〔錢注〕《傳燈録》：江州刺史李渤問歸宗禪師云：『大藏教明得箇甚麽？』宗舉拳示之，李不會，宗云：『措大空讀萬卷書，拳頭也不識。』

〔三三七〕〔錢注〕《傳燈録》：達摩將没，命門人各言所得。達摩曰：『道副得吾皮，總持得吾肉，道育得吾骨。』最後，慧可禮拜，依位而立，師云：『汝得吾髓矣。』

〔三三八〕〔錢注〕謝莊《宋孝武宣貴妃誄》：散靈魄於天潯。〔補注〕天潯，天涯。静衆無相大師本新羅國人，故云『來隔天潯』。

〔三三九〕〔錢注〕左思《詠史詩》：臨組不肯紲，對珪不肯分。〔補注〕組，組帶；珪，玉製符信。無相本新羅王子，辰韓顯族。此言其舍棄人間富貴，悟道出家。

〔三四〇〕見本篇注〔四九〕。

〔三四一〕〔錢注〕見《梓州道興觀碑銘》注〔一九〕。〔按〕此句即上文『惟製草衣，曳履用自牧之萟，結束用難圖之蔓』意。管，係『菅』之訛。錢注恐非。

〔三四二〕掬，《全文》作『掏』，據錢校改。〔錢注〕《阿育王經》：佛在世時，入王舍城乞食，見二小兒，一名德勝，一名無勝，弄土爲戲，擁以爲城、舍宅、倉庫，以土爲麨，著於倉中。見佛相好，德勝歡喜，掬倉中土名爲麨者，奉上世尊。〔按〕意即上文『得塊返欣於重耳』。

〔三四三〕〔錢注〕《水經注》佛鉢青玉也，受三斗許。〔按〕意即上文『調美膳於苔垣』。

〔三四四〕〔錢注〕《傳燈録》：十五祖迦郫提婆尊者因謁龍樹，知是智人，令侍者以滿鉢水置於座前，提婆睹之，乃以針投契於龍樹，即爲法嗣。

〔三四五〕〔錢注〕《宋書·禮志》：元動上烈，融章未分，鳴光委緒，歇而罔藏。《蜀志·諸葛亮傳》注：《蜀記》曰：英哉吾子，獨含天靈。

〔三四六〕〔錢校〕倉絲，疑當作『蒼舒』。《北齊書·王晞傳》：殿下今日地望，欲避周公得耶？〔補注〕《左傳·文公十八年》：『昔高陽氏有才子八人：蒼舒、隤敳、檮戭、大臨、尨降、庭堅、仲容、叔達。』

〔三四七〕〔錢注〕《漢書·地理志》：蜀郡領嚴道縣。

〔三四八〕〔錢注〕王屮《頭陀寺碑》：金姿寶相，永藉閑安。〔補注〕寶相，佛之莊嚴形象。

〔三四九〕見本篇注〔一一二〕。〔補注〕梵衆，僧徒。格，至。

〔三五〇〕〔錢注〕《水經注》：菩薩到貝多樹下，東嚮而坐。時魔王遣三玉女從北來試，魔王自從南來試，菩薩以足指按地，魔兵却散，三女變爲老姥。

〔三五一〕〔錢注〕隋煬帝《答智顗遺旨書》：犀角如意，蓮華香爐，遠以垂别，輒當服之無斁，永充法事。

〔三五二〕〔錢注〕《傳燈録》：大梅常禪師初參大寂，問如何是佛，大寂云：『即心是佛。』〔按〕大寂，道一禪師謚號，見前注。

〔三五三〕曹溪，見本篇注〔一四八〕。

〔三五四〕〔錢注〕《南齊書·豫章文獻王傳》：自以地位隆重，深懷退素。

〔三五五〕〔錢注〕《莊子》：和之以天倪。〔補注〕天倪，自然之分際，自然之道。

〔三五六〕〔錢注〕《説文》：喔，雞鳴也。《楞嚴經》：我在鹿苑，及于雞園，觀見如來最初成道。〔補注〕《詩·小雅·鹿鳴》：『呦呦鹿鳴，食野之苹。』

〔三五七〕〔錢注〕《傳燈録》：身是菩提樹，心如明鏡臺。

〔三五八〕横，《全文》誤作『模』，從錢校據胡本改正。〔錢注〕《涅槃經》：有如盲人詣良醫，醫即以金錍刮其眼膜。

〔三五九〕〔錢注〕謝朓《和伏武昌登孫權故城詩》：俯仰流英盼。〔按〕西堂，指智藏大師。

〔三六〇〕〔錢注〕蕭子良《與南郡太守劉景蕤書》：燭昏霾於慧炬。〔補注〕慧炬，無幽不照之智慧。《涅槃經》：『汝於佛性猶未明了，我有慧炬，能爲照障。』

〔三六一〕〔錢注〕《增一阿含經》：阿那律尊者以凡常之法而縫衣裳，便作是念：得道阿羅漢，誰與我貫鍼？

〔三六二〕〔錢注〕梁簡文帝《與廣信侯重述内典書》：金池動月，玉樹含風。當於此時，足稱法樂。

〔三六三〕見《爲滎陽公桂州署防禦等官牒·段協律》注〔六〕。

〔三六四〕〔錢注〕《淮南子》：雲母來水。又：夏至而流黄澤。〔補注〕流黄，指絹。《樂府·相逢行》：『大婦織綺羅，中婦織流黄。』

〔三六五〕〔錢注〕《漢書·蘇武傳》：雖古竹帛所載，丹青所畫，何以過子卿？

〔三六六〕見本篇『況剎懸慧義』一段。

〔三六七〕〔錢注〕王延壽《魯靈光殿賦》：寫載其狀，託之丹青。

〔三六八〕〔補注〕《老子》：『玄之又玄，衆妙之門。』

〔三六九〕〔錢注〕袁郊《甘澤謡》：李源與圓觀爲忘言交。自荆江上，見婦人錦襠負甖而汲，圓觀曰：『是某託身之所。更後二十年，杭州天竺寺外與君相見。』是夕圓觀亡。後源詣餘杭，有牧豎歌曰：『三生石上舊精魂，賞月吟風不要論。慚愧情人遠相訪，此身雖異性常存。』

〔三七〇〕〔錢注〕《西京雜記》：趙飛燕女弟居昭陽殿，上設九金龍，皆銜九子金鈴。〔補注〕《南史·齊廢帝東昏侯紀》：『莊嚴寺有玉九子鈴。』

〔三七一〕〔錢注〕曹冏《六代論》：挺不世之姿。

〔三七二〕囊，《全文》作『褰』，據錢校改。〔錢注〕嚴遵《道德指歸論》：包裹天地，含囊陰陽。

〔三七三〕〔錢注〕《魏志·程昱傳》注：《魏書》曰：昱少時常夢上泰山，兩手捧日。昱私異之，以語荀彧。彧白太祖，太祖曰：『卿當爲我腹心。』昱本名立，太祖乃加『日』其上，更名昱也。

〔三七四〕〔錢注〕孔稚珪《北山移文》：霜氣横秋。〔補注〕謂其如清秋之鶚隼，横空直上。

〔三七五〕見《爲濮陽公上淮南李相公狀二》『謝安麈尾』注。

〔三七六〕見本篇注〔一二〕。

〔三七七〕〔錢注〕《後漢書·律曆志》：候氣之法，以木爲案，每律各一，從其方位，以葭莩灰抑其内端，案曆而候之，氣至灰去。

〔三七八〕〔錢注〕《山海經》：豐山有九鐘焉，是知霜鳴。

〔三七九〕六通，見本篇注〔二二〇〕。

〔三八〇〕筌，《全文》作『詮』，從錢校據胡本改正。

〔三八一〕〔錢注〕《酉陽雜俎》：東都龍門有一處，相傳廣成子所居也。天寶中，北宗雅禪師者於此建蘭若，庭中多古桐，披幹拂地。一年中，桐始華，有異蜂聲如人吟詠。禪師諦視之，具體人也，但有翅，長寸餘。

〔三八二〕〔錢注〕《法苑珠林》：《正法念經》云：生於天上作爲智慧鳥，能説偈頌。

〔三八三〕〔錢注〕《南史・到溉傳》：及卒，顔色如恒，手屈二指，即佛道所云得果也。

〔三八四〕〔錢注〕《淨住子》：能生善種，號曰福田。〔補注〕佛家以爲供養布施，行善修德，能受福報，猶播種田畝而有收穫，故曰福田。

〔三八五〕見《爲濮陽公賀牛相公狀》注〔三〕。

〔三八六〕〔錢注〕郭璞《遊仙詩》：借問蜉蝣輩，寧知龜鶴年？

〔三八七〕〔錢注〕陸雲《九愍》：雲掩靄而荒野。《水經注》：巴水出晋昌郡宣漢縣巴嶺山。〔按〕『巴山』泛指東巴一帶之山，猶《夜雨寄北》『巴山夜雨漲秋池』之巴山。

〔三八八〕〔補注〕此即《上河東公謝辟啓》『射洪奥壤，潼水名都，俗擅繁華』之意。

〔三八九〕〔錢注〕《法苑珠林》：其彌陀佛，亦有嚴静不嚴静世界，如釋迦佛。

〔三九〇〕〔錢注〕《廣韻》：腷臆，意不泄也。人天，見《梓州道興觀碑銘》注〔二三二〕。〔按〕人天偪臆，即《梓州道興觀碑銘》之『人天雜集』也。

〔三九一〕〔補注〕無數，無終，無盡。

〔三九二〕〔錢注〕《法華經》：佛告舍利弗，如是妙法，如優曇鉢花，時一現耳。

〔三九三〕〔錢注〕《雜阿含經》：時大王只有半箇訶摩勒果在手，令送寺中。〔按〕摩勒，即刻寫，亦即《上河東公啓》所謂『金字勒上件經』之『勒』。此指刻寫之碑銘。錢注非。

道士胡君新井碣銘并序〔一〕

梓潼帥所治城東北一里〔二〕，有宫曰紫極宫〔三〕，宫有道士曰胡君宗一。東都佐漢，尚書即諫於探籌〔四〕；南國仕梁，遊擊還聞於奉鏡〔五〕。既還閏紫府〔六〕，納陛丹臺〔七〕，遂擺落家聲〔八〕，而削除世系〔九〕。今乃玄元之遐冑〔一〇〕，玉皇之後昆〔一一〕。青骨緑筋，玄丘白誌〔一二〕，洞士之鬚面〔一三〕，處子之肌膚〔一四〕。舌響瓊鐘〔一五〕，骨摇金鏁〔一六〕。霞烘帔薄〔一七〕，籜嫩冠欹〔一八〕。開天上之文房〔一九〕，應收筆硯〔二〇〕；入人間之武庫，未見戈矛〔二一〕。其禀質之秀也如此。

校注

〔一〕本篇原載清編《全唐文》卷七八〇第七頁、《樊南文集補編》卷十。〔錢箋〕《雲笈七籤》：胡尊師名宗，自稱曰『欝』，居梓州紫極宫。嘗沿江入峽，道中遇神人授真仙之道。辨博賅贍，文而多能，齋醮之事，未嘗不冥心滌慮以祈感通。梓之連帥皆賢相重德，幕下盡皆時英碩才，如周相國、李義山，畢加敬致禮。其志亦泊如也。泊解化東蜀，顯跡涪陵，方知其蛇蟬之蜕，得道延永爾。餘見《梓州道興觀碑銘》注〔一〕。〔張箋〕編大中七年。〔按〕文云『尚書河東公作鎮之三載也』，柳仲郢大中五年鎮東川，此文當作於七年。《輿地記勝》潼川路潼川府載碑記曰：《道士胡君新井碣銘》，見《李義山集》。

〔二〕見《梓州道興觀碑銘》注〔一〕。

〔三〕見《爲濮陽公上陳相公狀三》注〔三〕。

〔四〕〔錢注〕《後漢書·胡廣傳》：廣遷尚書僕射。順帝欲立皇后，而貴人有寵者四人，莫知所建。議欲探籌以神定選。廣與尚書郭虔、史敞上疏諫，帝從之。

〔五〕〔錢注〕《梁書·王珍國傳》：珍國爲遊擊將軍，遷寧朔將軍。義師起，東昏召珍國，以衆還京師，入頓建康城。義師至，使珍國出屯朱雀門，爲王茂軍所敗，乃入城。仍密遣郄纂奉明鏡獻誠於高祖。按：奉鏡事與『胡』無涉，惟《梁書·武帝紀》云：永元三年十月，東昏遣征虜將軍王珍國率軍胡虎牙等，列陣於航南大路，一時土崩，珍國斬東昏，送首義師。文疑因此牽合。

〔六〕〔錢注〕《爾雅》：宫中之門謂之闈，其小者謂之閨。《抱朴子》：項曼都言：到天上，先過紫府，金牀玉几，晃晃昱昱。

〔七〕〔錢注〕《漢書·王莽傳》：朱户納陛。注：孟康曰：納，内也。謂鑿殿基際爲陛，不使露也。《唐類函》：《真人周君傳》曰：紫陽真人周義山，字委通。過羨門子，乞長生要訣。羨門子曰：『子名在丹臺玉室之中，何憂不仙？』〔按〕納陛，古代帝王賜給有殊勳之大臣或諸侯之『九錫』之一，鑿殿基爲登升之陛級，納于簷下，不使露而升。『還閨』二句，謂已入道而居宫觀。

〔八〕〔錢注〕陶潛《飲酒詩》：擺落悠悠談。

〔九〕〔錢注〕《魏志·管寧傳》注：傅子曰：寧著氏姓歌，以原本世系。〔按〕謂略而不叙其家聲世系。

〔一〇〕〔錢注〕《舊唐書·高祖紀》：乾封元年二月己未，次亳州，幸老君廟，追號曰太上玄元皇帝。《唐會要》：天寶二載正月十五日，加太上玄元皇帝號爲大聖祖玄元皇帝。

〔一一〕〔錢注〕《初學記》：《龜山元録經》曰：高上玉皇、上聖帝君、九天玉真，皆德空洞以爲宇，合二氣以爲名。〔按〕道教稱天帝曰玉皇太帝，簡稱玉帝、玉皇。李白《贈别舍人臺卿之江南》：『入洞過天地，登真朝玉皇。』後昆，子孫、後代。《書·仲虺之誥》：『垂裕後昆。』

〔一二〕〔錢注〕干寶《搜神記》：蔣子文常自謂己骨青，死當爲神。《酉陽雜俎》：白誌在腹，名在璚簡者；目有緑筋，名在金赤書者，皆上仙也。其次腹有玄丘，亦仙相。〔按〕誌，通『痣』。

〔一三〕〔錢注〕《初學記》：西涼武昭王《賢明魯顔回頌》：問一洞士，速于神機。

〔一四〕〔錢注〕《莊子》：藐姑射之山，有神人居焉，肌膚若冰雪，綽約若處子。

〔一五〕〔錢注〕《後漢書·盧植傳》：身長八尺二寸，音聲如鐘。

〔一六〕〔錢注〕《淨住子》：若善莊嚴，不解衆生肢節，得佛鉤鎖骨相。〔補注〕遍體骨節相連，謂之鏁骨。唐張讀《宣室志》卷七：『夫鎖骨連絡如蔓，故動摇肢體，則有清越之聲，固其然也。昔聞佛氏書言，佛身有舍利骨，菩薩之身有鎖骨。』故以得道之人聯結如鎖狀之骨節爲鎖骨。

〔一七〕〔錢注〕《新唐書·司馬承禎傳》：廬天台不出，睿宗命其兄承禕就起之，問其術，錫寶琴、霞文帔，還之。〔補注〕《太平御覽》道部十七引《太極金書》曰：『元始天帝被九色羅帔丹絳之裙，珠繡霞帔。』霞帔，神仙道流之服。

〔一八〕〔錢注〕《南齊書·明僧紹傳》：歸住江乘攝山，高祖遺竹根如意，筍籜冠。〔補注〕《史記·高祖本紀》：『高祖爲亭長，乃以竹皮爲冠。』《後漢書·輿服志》：『長冠，一曰齋冠。……初，高祖微時，以竹皮爲之。』此指道士冠。

〔一九〕〔錢注〕《梁書·江革傳》：任昉與革書云：此段雍府妙選英才，文房之職，總卿昆季。

〔二〇〕〔錢注〕《晉書·陸機傳》：君苗見兄文，輒欲燒其筆硯。

〔二一〕〔錢注〕《世説》：裴令公曰：『見鍾士季，如觀武庫，但睹矛戟。』〔補注〕武庫，喻學識淵博，幹練多能。《晉書·杜預傳》：『預在内七年，損益萬機，不可勝數。朝野稱美，號曰「杜武庫」，言其無所不有也。』

青囊藥聖〔二二〕，緗衮方神〔二三〕。華陽之洞裏茯苓〔二四〕，湯谷之肆中甘草〔二五〕。神憂智藏〔二六〕，鬼謝秋夫〔二七〕。以刮雲長者爲凶〔二八〕，以鍼孟德者爲忍〔二九〕。郭太醫四難之説〔三〇〕，無乃疏乎？徐從事九轉之方〔三一〕，既聞命矣。其造微之術也又如此。

校注

〔二二〕〔錢注〕王嘉《拾遺記》：周昭王夢有人衣服並皆毛羽，因名羽人。問以上仙之術，羽人乃以指畫王心，應手即裂。王乃驚寤，因患心疾，即却膳撤樂，移於旬日。忽見所夢者復來，語王曰：『先欲易王之心。』乃出方寸緑囊，中有續脈丸，補血精散，以手摩王之臆，俄而即愈。王即請此藥，貯以玉缶，緘以金繩。〔補注〕《晉書・郭璞傳》：『有郭公者，精於卜筮，璞從之受業。公以青囊中書九卷與之，由是遂洞五行天文卜筮之術。』

〔二三〕衮，《全文》作『扆』，據錢校改。〔錢注〕《北堂書鈔》：《華佗別傳》云：佗以緑縑爲書衮，中有祕要之方。

〔二四〕見《梓州道興觀碑銘》注〔二六三〕。

〔二五〕〔錢曰〕未詳。〔補注〕湯谷，或即暘谷、陽谷，神話傳説中日出、日浴之處。《楚辭・天問》：『出自湯谷，次于蒙汜，自明及晦，所行幾里？』《書・堯典》：『分命羲、仲，宅嵎夷，曰暘谷。』江淹《空青賦》：『陽谷之樹，崦嵫之泉，西海之草，炎洲之煙……皆咫尺八極，鏡見四荒。』《三洞珠囊》卷三：『甘草丸方，出《南嶽魏夫人傳》。』《黄庭内景經》務成子注叙曰：『扶桑大帝君命暘谷神仙王傳魏夫人。』《太平御覽》道部十三引《上元寶經》：『清虚王真人授南岳魏夫人穀仙甘草丸方。』

〔二六〕〔錢注〕《隋書・許智藏傳》：智藏以醫術自達。秦孝王俊有疾，上馳召之。後夜中夢其亡妃崔氏泣曰：

『本來相迎，比聞許智藏將至，其人若至，當必相苦，爲之奈何？』明夜，俊又夢崔氏曰：『妾得計矣，當入靈府中以避之。』及智藏至，爲俊診脈曰：『疾已入心，即當發癇，不可救也。』果如言。

〔二七〕〔錢注〕《南史·張融傳》：徐熙子秋夫，仕至射陽令。嘗夜有鬼呻，聲甚悽慘。秋夫問何須，答言姓某，家在東陽，患腰痛死。雖爲鬼，痛猶難忍，請療之。秋夫曰：『云何厝法？』鬼請爲芻人，案孔穴鍼之。秋夫如言，爲灸四處，又鍼肩井三處，設祭埋之。明日見一人謝恩，忽然不見。〔按〕上句『亡妃崔氏』亦鬼也，因對仗避複改『神』。

〔二八〕〔錢注〕《蜀志·關羽傳》：字雲長，嘗爲流矢所中，貫其左臂，醫曰：『矢鏃有毒，毒入于骨，當破臂作創，刮骨去毒。』便伸臂令醫劈之，言笑自若。

〔二九〕〔錢注〕《後漢書·華佗傳》：曹操積苦頭風眩，佗鍼，隨手而差。《魏志·武帝紀》：字孟德。

〔三〇〕四，《全文》作『兩』，據錢校改。〔錢注〕《後漢書·郭玉傳》：和帝時，爲太醫丞，醫療貴人，時或不愈。帝乃令貴人羸服變處，一鍼即差。問其狀，對曰：『夫貴者處尊高以臨臣，臣懷怖懾以承之，其爲療也，有四難焉：自用意，而不任臣，一難也；將身不謹，二難也；骨節不彊，不能使藥，三難也；好逸惡勞，四難也。』

〔三一〕〔錢注〕按《隋書·經籍志》所録徐氏方書甚多，撰者徐叔嚮、徐嗣伯、徐大山、徐文伯、徐悦、徐滔、徐奘諸人。此『從事』未知何指，抑別有人也。又有《太極真人九轉還丹經》一卷。

膺是美禄〔三二〕，以資玄遊。歎楚俗之醉稀〔三三〕，怨中山之醒早〔三四〕。歷城伏日〔三五〕，會稽暮春〔三六〕。麴枕凌晨〔三七〕，蓮篘落晚〔三八〕。覆景升之伯雅〔三九〕，倒季倫之接䍦〔四〇〕。比者解酲〔四一〕，多調琬涎〔四二〕；向來已渴〔四三〕，例用瓊漿〔四四〕。千鍾粗戒於初筵〔四五〕，百榼未成於荒宴〔四六〕。其寄情之遠也又如此。

校注

〔三二〕〔錢注〕《漢書·食貨志》：酒者，天下之美禄，帝王所以頤養天下。

〔三三〕〔錢注〕《楚辭·漁父》：世人皆醉我獨清，衆人皆醉我獨醒。

〔三四〕〔錢注〕干寶《搜神記》：狄希，中山人也。能造千日酒。州人劉玄石好飲酒，往求之。希飲之曰：『只此一杯，可眠千日也。』石至家醉死，家人葬之。經三年，希曰：『玄石必應酒醒。』往石家，命鑿塚破棺看之，方見開目張口，引聲而言曰：『快哉，醉我也！』

〔三五〕〔錢注〕《酉陽雜俎》：歷城北有使君林。魏正始中，鄭公慤三伏之際，每率賓僚避暑於此，取大蓮葉置硯格上，盛酒二升，以簪刺葉，令與柄通，屈莖上輪菌，如象鼻，傳噏之，名爲碧筩杯。

〔三六〕〔錢注〕王羲之《蘭亭集序》：永和九年，歲在癸丑，暮春之初，會于會稽山陰之蘭亭。

〔三七〕〔錢注〕劉伶《酒德頌》：捧罌承槽，銜杯漱醪，奮髯箕踞，枕麴藉糟。

〔三八〕見注〔三五〕。

〔三九〕〔錢注〕《後漢書·劉表傳》：字景升。馬總《意林》：《典論》曰：荆州牧劉表，跨有南土。子弟驕貴，以酒器名三爵：上者名伯雅，受九勝；中雅受七勝，季雅受五勝。

〔四〇〕〔錢注〕《晋書·山簡傳》：簡字季倫。餘見《爲濮陽公上漢南李相公狀》『山太守習池之宴』注。

〔四一〕醒，《全文》作『醒』，據文義及錢本改。〔錢注〕《世説》：劉伶病酒渴甚，從婦求酒，跪而呪曰：『天生劉伶，以酒爲名，一飲一石，五斗解醒。』

〔四二〕〔錢校〕涎，疑當作『液』。〔錢注〕王嘉《拾遺記》：王母薦穆王琬液清觴。〔按〕《拾遺記》卷三作『西王母薦清澄琬琰之膏以爲酒』，無『琬液』之文。疑『涎』爲『琰』之誤。

〔四三〕〔錢注〕《山海經》：北囂之山，有鳥焉，其狀如烏，人面，名曰『鵸鶋』。宵飛而晝伏，食之已暍。

〔按〕錢注引《山海經》與酒無涉，疑非，此當承上文用劉伶『病酒渴甚，從婦求酒』事。《楚辭·九思》有『吮玉液兮止渴』之句，或爲此句所本。

〔四四〕〔錢注〕《楚辭·招魂》：華酌既陳，有瓊漿些。

〔四五〕粗，《全文》作『初』，涉下『初』字而誤，從錢校據胡本改正。〔補注〕《詩·小雅·賓之初筵》：『賓之初筵，左右秩秩。』

〔四六〕〔錢注〕《孔叢子》：昔有遺諺：堯舜千鍾，孔子百觚，子路嗑嗑，尚飲十榼。古之聖賢無不能飲也。顔延之《五君詠》：韜精日沈飲，誰知非荒宴。

不横何筯〔四七〕，靡對朱杯〔四八〕。崑崙之禾〔四九〕，徒稱於商徹〔五〇〕；桄榔之麫〔五一〕，浪出於丹區〔五二〕。朱鳥含津〔五三〕，蒼龍鍊氣〔五四〕。用庖書爲外典〔五五〕，以《食蔬》爲空言〔五六〕。日彩九芒〔五七〕，便同業鼎〔五八〕；露華五色〔五九〕，已當僊盤〔六〇〕。其絶累之至也如此〔六一〕。

〔四七〕〔錢注〕《晉書·何曾傳》：食日萬錢，猶曰無下箸處。

〔四八〕〔錢注〕《漢書·朱博傳》：博爲人廉儉，不好酒色遊宴。自微賤至富貴，食不重味，案上不過三杯。

〔四九〕〔錢注〕《山海經》：海内崑崙之墟，在西北帝之下都，上有木禾，長五尋，大五圍。

〔五〇〕〔錢注〕商徵，猶言西域。

〔五一〕〔錢注〕《後漢書·西南夷傳》：句町縣有桄榔木，可以爲麪。〔補注〕桄榔，俗稱糖樹，肉穗花序之汁可製糖，莖中之髓可製澱粉。《太平御覽》木部九引《博物志》：『蜀中有樹名桄榔，皮裏出屑如麪，用作餅食之，謂之桄榔麪。』《南方草木狀》卷中：『桄榔樹似栟櫚，皮中有屑如麪，多者至數斛，食之與常麪無異。』

〔五二〕〔錢注〕丹區，猶言南邦。

〔五三〕〔錢注〕《黄庭内景經》：朱鳥吐縮白石源。注：朱鳥舌象，白石齒象，吐縮導引津液，謂陰陽之氣，流通不絶，故曰源。

〔五四〕〔錢注〕《雲笈七籤》：《老君存思圖》云：凡行道時所存，清旦先思青雲之色，帀滿齋堂中，青龍師子備守前後。次思青氣從師肝中出，如雲之昇，青龍師子在青氣中往復。弟子家合宅大小之身，仙童玉女，天仙飛仙，日月星宿，五帝兵馬，九億萬騎，監齋直事，三界官屬，羅列左右。〔補注〕《雲笈七籤》卷十四：《黄庭遁甲緣身經》曰：『夫肝者，震之氣，水之精，其色青，其神如龍。』

〔五五〕〔錢注〕《蓮社高賢·慧遠傳》：安師許令不廢外典。〔補注〕《易·繫辭下》：『庖犧氏始畫八卦。』孔穎達疏：《帝王世紀》：『太皡取犧牲以充庖廚，故號庖犧氏。』庖書，此指《易》。佛、道二家以儒經爲外典。

〔五六〕〔錢注〕《齊書·虞悰傳》：悰善爲滋味，和齊皆有方法。豫章王嶷盛饌享賓，謂悰曰：『今日肴羞，寧有所遺？』悰曰：『恨無黄頷臛，何曾《食蔬》所載也。』按：蔬，《南史》作『疏』。

〔五七〕彩，錢本作『色』，未出校，疑涉下『色』字而誤。〔錢注〕《真誥》：日有九芒，月有十芒，方諸有服日月法。〔按〕《真誥》卷九原文爲：東卿司命曰：『先師王君，昔見授太上上明堂玄真上經，清齋休糧，存日月在口中，晝存日，夜存月，令大如環。日赤色，有紫光九芒；月黄色，有白光十芒。存咽服光芒之液，常密行之無數。』

〔五八〕〔錢校〕業，疑當作『莘』。《史記·殷本紀》：阿衡（伊尹）欲干湯而無由，乃爲有莘氏媵臣，負鼎俎，以滋味説湯，至於王道。

〔五九〕〔錢注〕郭憲《洞冥記》：東方朔遊吉雲之地，曰：『其國俗以雲氣爲吉凶。若樂事，則滿室雲起，五色照人，著於草樹，皆成五色露珠甚甘。』帝曰：『吉雲露可得乎？』朔乃東走，至夕而返，得玄露青露，跪以獻。帝徧賜羣臣，得嘗者老者皆少，疾者皆愈。

〔六〇〕〔補注〕《左傳·僖公二十四年》：『晋公子重耳至曹，僖負羈乃饋盤飧寘璧焉。』

〔六一〕〔補注〕絶累，絶去牽累。以上皆言其辟穀導引之術。

至於直置形骸〔六二〕，混齊歌笑〔六三〕，或久留白社〔六四〕，或暫詣丹麾〔六五〕。遲迴而稍至牆東〔六六〕，倏忽而還居竈北〔六七〕。由來箕踞，禰正平未曰狂生〔六八〕；所過糞除，王彦伯齊稱道士〔六九〕。則固非一端可定，二教能拘〔七〇〕。諒不測於仙階〔七一〕，亦難論其鄉品〔七二〕。然而能持慈寶〔七三〕，不蠹玄樞〔七四〕，忽聞濟物之功，聊有寄言之路。尚書河東公作鎮之三載也〔七五〕，雨苗均惠〔七六〕，風草馳聲〔七七〕。郄元帥之《詩》《書》〔七八〕，那宜奪席〔七九〕；曹相國之黄、老〔八〇〕，未足争鞭〔八一〕。君忽唱曰，斯民也，凡帶城闉〔八二〕，畢趨宫井。且蠻沙易濫〔八三〕，賨壤多疏〔八四〕，不可家置銀牀〔八五〕，人開玉甃〔八六〕。其或踆烏未上〔八七〕，趙尊之户扇方扃〔八八〕；顧兔猶毚〔八九〕，曼倩之窗櫺未啓〔九〇〕。則詞人卧病〔九一〕，莫冀霑脣〔九二〕；窮子號冤〔九三〕，無容灑面〔九四〕。況北通上路，南際殊鄰〔九五〕，有渡漢之靈牛〔九六〕，有還燕之駿馬〔九七〕。少陽用事〔九八〕，抱瑩角以來思〔九九〕；畏景無陰〔一〇〇〕，踠奔蹄而至止〔一〇一〕。苟虧上善〔一〇二〕，或致中乾〔一〇三〕。

校注

〔六二〕〔錢注〕江淹《雜體詩·擬殷東陽仲文興矚》：直置忘所宰。《莊子》：修行無有而外其形骸。

〔六三〕〔錢注〕虞播《阮籍銘》：混齊榮辱。阮籍《詠懷詩》：歌笑不終宴，俯仰復欷歔。

〔六四〕〔錢注〕《晉書·董京傳》：京至洛陽，被髮而行，逍遥吟詠，常宿白社中。

〔六五〕〔錢注〕梁昭明太子《和武帝遊鍾山大愛敬寺》詩：谷虚流鳳管，野緑映丹麾。〔補注〕丹麾，指節度使府。

〔六六〕〔錢注〕《後漢書·逢萌傳》：王君公儈牛自隱，時人爲之論曰：『避世牆東王君公。』

〔六七〕還，《全文》作『遷』，從錢校據胡本改正。〔錢注〕《後漢書·向栩傳》：栩性卓詭不倫，恒讀《老子》，狀如學道。常於竈北坐板牀上，如是積久，板乃有膝踝足指之處。

〔六八〕〔錢注〕《後漢書·禰衡傳》：衡字正平。曹操聞衡善擊鼓，召爲鼓史。衡爲《漁陽參撾》，聲節悲壯，顔色不怍。孔融退而數之。見操説衡狂疾，今求得自謝。衡乃坐大營門，以杖捶地大駡。吏白：『外有狂生，坐於營門。』

〔六九〕〔錢校〕『彦』字衍，『齊』字下脱一字。〔錢注〕《漢書·第五倫傳》：倫自以爲久宦不達，遂將家屬客河東，變姓名，自稱王伯齊。載鹽往來太原、上黨，所過輒爲糞除而去，陌上號爲道士。

〔七〇〕〔錢注〕《梁書·徐勉傳》：以孔、釋二教，殊途同歸，撰《會林》五十卷。

〔七一〕〔錢注〕《雲笈七籤》：斯乃秉化自然，仙階深妙者也。

〔七二〕見《唐梓州慧義精舍南禪院四證堂碑銘》注〔三二四〕。

〔七三〕〔錢注〕《老子》：吾有三寶，持而寶之：一曰慈，二曰儉，三曰不敢爲天下先。

〔七四〕〔錢注〕《子華子》：户樞之不蠹，以其運故也。〔補注〕《吕氏春秋·盡數》：『流水不腐，户樞不螻，動也。』唐馬總《意林》卷二引作『户樞不蠹』。

〔七五〕〔補注〕柳仲郢大中五年出鎮東川，作鎮之三年，指大中七年。

〔七六〕〔補注〕《詩·小雅·大田》：『有渰萋萋，興雨祁祁。雨我公田，遂及我私。』

〔七七〕〔補注〕《論語·顔淵》：『子欲善而民善矣。君子之德風，小人之德草。草上之風，必偃。』

〔七八〕〔補注〕《左傳·僖公二十七年》：『冬，楚子及諸侯圍宋，宋公孫固如晋告急。先軫曰：「報施救患，取威定霸，於是乎在矣。」……於是乎蒐于被廬，作三軍，謀元帥。趙衰曰：「郤縠可。臣亟聞其言矣，説《禮》《樂》而敦《詩》《書》。《詩》《書》，義之府也；《禮》《樂》，德之則也。德義，利之本也……君其試之。」乃使郤縠將中軍。』

〔七九〕〔補注〕郄同郤。《廣韻·陌韻》：『郤，俗從𠫭。』

〔七九〕〔錢注〕《後漢書·戴憑傳》：憑舉明經，帝令羣臣能説經者，更相詰難，義有不通，輒奪其席以益通者。憑遂重坐五十餘席。

〔八〇〕〔錢注〕《史記·曹相國世家》：曹參爲齊丞相，其治要用黄、老術。故相齊九年，齊國安集，大稱賢相。

〔八一〕〔錢注〕《晋書·劉琨傳》：琨與范陽祖逖爲友，聞逖被用，曰：『吾枕戈待旦，志梟逆虜，常恐祖生先吾著鞭。』

〔八二〕〔錢注〕《説文》：闉，城内重門也。

〔八三〕〔錢注〕《宋書·夷蠻傳》：宜都、天門、巴東、建平、江北諸郡，蠻所居，皆深山重阻，人跡罕至焉。〔補注〕濫，鬆散。

〔八四〕〔錢注〕揚雄《蜀都賦》：東有巴賨，綿亙百濮。〔補注〕賨，古代西南地區少數民族。《華陽國志·巴志》：『閬中有渝水，賨民多居水左右，天性勁勇。』

〔八五〕〔錢注〕《樂府·淮南王篇》：後園鑿井銀作牀，金缾素綆汲寒漿。〔補注〕銀牀，井欄，此代指井。

〔八六〕〔錢注〕《初學記》：江逌《井賦》曰：穿重壤之十仞兮，搆玉甃之百節。〔補注〕甃，井壁。此指井。

〔八七〕〔錢注〕《淮南子》：日中有踆烏，而月中有蟾蜍。注：踆，猶蹲也，謂三足烏。〔按〕踆烏，指日。

〔八八〕〔錢注〕《樂府·神絃歌·宿阿曲》：蘇林開天門，趙尊閉地户。按：江淹《恨賦》李善注引司馬彪《續漢書》曰：『趙壹閉門却掃，非德不交。』又《後漢書·趙壹傳》『不道屈尊門下』注：尊謂壹也，敬之故號尊。未知《神絃曲》之趙尊即趙壹與？抑别一人也。《説文》：扇，扉也。

〔八九〕〔錢注〕《楚辭·天問》：厥利維何，而顧菟在腹？注：言月中有兔，何所貪利，居月之腹，而顧望乎？《説文》：毚，狡兔也。〔補注〕顧菟，古代神話傳説謂月中陰精積成兔形。亦以爲月之别名。毚，微。

〔九〇〕〔錢注〕《漢書·東方朔傳》：字曼倩。《漢武故事》：西王母降，東方朔於朱鳥牖中窺之。《説文》：櫺，楯間子也。

〔九一〕〔錢注〕似用相如消渴事。《史記·司馬相如傳》：相如常有消渴疾。

〔九二〕〔錢注〕《史記·秦始皇紀贊》：酒未及濡脣。

〔九三〕〔補注〕《左傳·宣公十二年》：『楚子伐蕭，還無社與司馬卯言，號申叔展。叔展曰：「有麥麴乎？」曰：「無。」「有山鞠窮乎？」曰：「無。」「河魚腹疾奈何？」曰：「目於眢井而拯之，若爲茅絰哭井則已。」明日蕭潰，申叔視其井，則茅絰存焉，號而出之。』杜注曰：『還無社，蕭大夫。』

〔九四〕〔錢注〕陸機詩：秋風夕灑面。

〔九五〕〔錢注〕張載《劍閣銘》：南通邛、僰，北達褒、斜。枚乘《上書重諫吴王》：游曲臺，臨上路，不如朝夕之池。揚雄《長楊賦》：遐方疏俗，殊鄰絶黨之域。〔補注〕上路，大路、通衢。殊鄰，異域。

〔九六〕〔錢注〕吴均《續齊諧記》：桂陽成武丁有仙道，忽謂其弟曰：『七月七日，織女當渡河去，吾已被召，與爾別矣。」弟問曰：「織女何事渡河？去當何還？」答曰：「織女暫詣牽牛，吾復三年當還。」明日，失武丁。至今曰『織女嫁牽牛』。〔補注〕《玉燭寶典》卷七：「陳思王《九詠》曰：乘迴風兮浮漢渚，目牽牛兮眺織女，交際兮會有期。」注曰：「牽牛爲夫，織女爲婦，雖爲匹偶，歲一會也。」漢，銀河。

〔九七〕〔錢注〕《戰國策》：郭隗先生曰：「古有以千金求千里馬者，涓人求之，馬已死，買其骨五百金。君大怒，涓人曰：「死馬且買之五百金，況生馬乎？」不期年，千里馬之至者三。」

〔九八〕見《爲濮陽公賀楊相公送土物狀》注〔五〕。

〔九九〕〔錢注〕《世說》：王君夫有牛，名八百里駮，常瑩其蹄角。〔補注〕《詩·小雅·無羊》：「爾羊來思，其角濈濈。爾牛來思，其耳濕濕。」

〔一〇〇〕〔錢注〕《左傳》注：夏日可畏。

〔一〇一〕〔錢注〕《後漢書·班固傳》：馬踠餘足。注：踠，猶屈也。〔補注〕《詩·小雅·庭燎》：「君子至止，鸞聲鏘鏘。」按：「畏景」二句，承上「靈牛」「駿馬」，謂夏日炎炎，牛馬將因乾渴無水而踠足。

〔一〇二〕〔錢注〕《老子》：上善若水。

〔一〇三〕〔補注〕《左傳·僖公十五年》：「亂氣狡憤，陰血周作，張脈僨興，外彊中乾。」

君乃於宮之西南，載攷《水經》〔一〇四〕，仍窮井德〔一〇五〕。一八四八，鮑侍郎遽爾虔辭〔一〇六〕；九二九三，鄭司農藹然深義〔一〇七〕。將就厥志，必求所同。時則有若我同僚六君子者〔一〇八〕：竇將軍之府内，玄甲朱旗〔一〇九〕；王太尉之幕中，紅蓮緑水〔一一〇〕。偕崇虛室〔一一一〕，並攝靈臺〔一一二〕。陰功共矢於三千〔一一三〕，久眎同期於八百〔一一四〕。倒夫筐篋〔一一五〕，竭以杼機〔一一六〕。君乃指此甘涼，畢其溝沼。煙移宋畚〔一一七〕，雷動劉鍬〔一一八〕。晉塊咸除〔一一九〕，涇泥盡漉〔一二〇〕。靡踰浹日〔一二一〕，遂洌寒泉〔一二二〕。復博采貞珉〔一二三〕，遐求怪璞〔一二四〕。混沌之鑿〔一二五〕，幾裂雲根〔一二六〕；樸屬之車〔一二七〕，爭馳風磴〔一二八〕。武都引鏡〔一二九〕，東海分橋〔一三〇〕。下壁立以呈堅〔一三一〕，上觚稜而顯巧〔一三二〕。方流與潔〔一三三〕，靈沼分清〔一三四〕。丹竈飛華〔一三五〕，寧有代僵之李〔一三六〕？赤簫遺響〔一三七〕，終無半死之桐〔一三八〕。隅落松門〔一三九〕，藩籬檜殿〔一四〇〕。未飛劫燼〔一四一〕，尚紐坤維〔一四二〕。武夷重讌於曾孫〔一四三〕，宣岳更歌於阿母〔一四四〕。亦永絶無禽之咎〔一四五〕，終微射鮒之虞〔一四六〕。君更以我輩數人，一時之彦〔一四七〕，具惟方臬〔一四八〕，盍議雕刊。疑余曾夢綵毫〔一四九〕，或呑文石〔一五〇〕。屢迴隆顧〔一五一〕，亟□斯文。八斗知慚〔一五二〕，四科奚取〔一五三〕？天長地久〔一五四〕，同銜寫琰之規〔一五五〕；古往今來〔一五六〕，無復結茆之困〔一五七〕。言之不足〔一五八〕，乃作銘云：

〔一〇四〕〔錢注〕《隋書·經籍志》：《水經》三卷，郭璞注。又《水經》四十卷，酈善長注。

〔一〇五〕〔補注〕《易·井》：『井養而不窮也。』孔穎達疏：『歎美井德，愈汲愈生，給養於人，無有窮已也。』

〔一〇六〕〔錢注〕《南史·臨川烈武王道規傳》：道規薨，義慶襲封臨川王。好文義。東海鮑照有辭章之美，引爲佐史國臣。照貢詩言志，義慶奇之，尋擢爲國侍郎。鮑照《井字謎》：二形一體，四支八頭。四八一八，飛泉仰流。《國語》：范文子曰：『有秦客廋辭於朝。』〔補注〕廋辭，隱語、謎語。

〔一〇七〕〔錢注〕《後漢書·鄭玄傳》：公車徵爲大司農，以病自乞還家。左思《吴都賦》『無異射鮒於井谷』劉逵注：《易·井卦》曰：九二，井谷射鮒。鄭玄云：九二，《坎》爻也。坎爲水，下直《巽》九三，《艮》爻也。艮爲山，山下有井，必因谷水，所生魚無大魚，但多鮒魚耳，言微小也。夫感動天地，此魚之至大；射鮒井谷，此魚之至小。故以相況。王粲《登樓賦》『畏井渫之莫食』李善注：《周易》曰：『井渫不食，爲我心惻。』鄭玄曰：謂已浚渫也，猶臣修正其身以事君也。

〔一〇八〕〔補注〕與商隱同在東川柳仲郢幕之同僚有崔福、張黯、鮮于位、張覿（見《樊南文集》及《補編》）、楊籌（字本勝，見《玉谿生詩》）、李仁范、崔涓等。

〔一〇九〕〔錢注〕《後漢書·竇憲傳》：憲拜車騎將軍，以執金吾耿秉爲副。與北單于戰於稽落山，大破之。遂登燕然山，刻石勒漢威德，令班固作銘。班固《封燕然山銘》：玄甲耀日，朱旗絳天。

〔一一〇〕〔錢注〕《南齊書·王儉傳》：儉薨，追贈太尉。《南史·庾杲之傳》：杲之字景行，王儉用爲衛將軍長史。蕭緬與儉書曰：『盛府元僚，實難其選。庾景行汎渌水，依芙蓉，何其麗也！』時人以入儉府爲蓮花池，故緬書美之。

〔一一一〕〔錢注〕《莊子》：虚室生白，吉祥止止。

〔一一二〕〔錢注〕《莊子》：靈臺者，有持而不知其所持而不可持者也。注：靈臺者，心也。〔按〕虚室、靈臺雖均有『心』義，然此二句之虚室、靈臺，則實指道觀中之室與臺也。攝，固也。

〔一一三〕〔錢注〕《太平廣記》：内修密行，功滿三千，然後黑籍除名，清華定録。〔補注〕吴筠《遊仙》詩之五：『豈非陰功著，乃致白日升。』《真誥》卷五：『積功滿千，雖有過故得仙。』《雲笈七籤》卷八九：《諸真語論》：天尊告聖行真士曰：『有三千善，則爲聖真仙曹掾。』

〔一一四〕〔錢注〕《老子》：有國之母，可以長久，是謂深根固柢，長生久視之道。《列子》：彭祖之智，不出堯舜之上，而壽八百。〔按〕眎，同視，活也。

〔一一五〕〔錢注〕《世説》：王右軍郗夫人謂二弟司空、中郎曰：『王家見二謝，傾筐倒庋；見汝輩來，平平爾，汝可無煩復往。』

〔一一六〕杼，《全文》作『抒』，據錢校改。〔錢注〕《説文》：滕，機持經者也；杼，機之持緯者。

〔一一七〕〔補注〕《左傳·宣公十一年》：『楚左尹子重侵宋，王待諸郔。令尹爲艾獵城沂，使封人慮事，以授司徒，量功命日，分財用，平板榦，稱畚築，程土物……事三旬而成，不愆于素。』

〔一一八〕〔錢注〕《晋書·劉伶傳》：伶常乘鹿車，攜一壺酒，使人荷鍤而隨之，謂曰：『死便埋我。』《爾雅》：鍬，謂之鍤。

〔一一九〕〔補注〕《左傳·僖公二十三年》：『晋公子重耳……過衛，衛文公不禮焉。出于五鹿，乞食于野人，野人與之塊。公子怒，欲鞭之。子犯曰：「天賜也。」稽首受而載之。』

〔一二〇〕〔錢注〕《漢書·溝洫志》：涇水一石，其泥數斗。《説文》：漉，浚也。〔按〕『煙移』四句，寫鑿井過程中鍬挖、畚運泥土。

〔一二一〕〔補注〕《國語·楚語下》：『遠不過三月，近不過浹日。』韋昭注：『浹日，十日也。』《周禮·天官·太宰》『挾日而斂之』鄭注：『從甲至甲謂之挾日，凡十日。』《釋文》曰：『挾字又作浹，同。』

〔一二二〕〔補注〕《易·井》：『井洌寒泉，食。』

〔一二三〕〔錢注〕《説文》：珉，石之美者。

〔一二四〕璞，《全文》作『瑑』。〔錢校〕『瑑』字字書所無，疑『璞』字之誤。〔按〕錢説是，兹據改。怪，奇也。

〔一二五〕〔錢注〕《莊子》：南海之帝爲儵，北海之帝爲忽，中央之帝爲渾沌。儵與忽相與遇於渾沌之地，渾沌待之甚善。儵與忽謀報渾沌之德曰：『人皆有七竅，以視聽食息，此獨無有，嘗試鑿之。』日鑿一竅，七日而渾沌死。

〔一二六〕〔錢注〕陸機《感時賦》：凝行雨於雲根。〔補注〕宋孝武帝《登樂山詩》：『屯煙擾風穴，積水溺雲根。』《天中記》：『詩人多以雲根爲石，以雲觸石而生也。』此『雲根』當指山石，承上二句『貞珉』『恠璞』。

〔一二七〕〔補注〕《周禮·考工記序》：『察車自輪始。凡察車之道，欲其樸屬而微至；不樸屬無以爲完久也，不微至無以爲戚速也。』鄭玄注：『樸屬，猶附著堅固貌也。』

〔一二八〕〔錢注〕鮑照《過銅山掘黄精詩》：既類風門磴，復象天井壁。〔補注〕風磴，山巖上之石級。

〔一二九〕〔錢注〕《華陽國志》：武都有一丈夫化爲女子，蜀主納爲妃，不習水土，無幾物故。蜀王遣五丁之武都擔土，爲妃作冢，蓋地數畝，高七丈，上有石鏡。

〔一三〇〕〔錢注〕任昉《述異記》：秦始皇作石橋於海上，欲過海觀日出處。有神人驅石去，不速，神人鞭之，皆流血。今石橋其色猶赤。〔按〕『武都』二句，蓋言其遠引武都之鏡石，復分東海之橋石也，仍承『博采貞珉，遐求恠璞』二句。

〔一三一〕〔錢注〕張載《劍閣銘》：壁立千仞。〔按〕此言井壁直而堅。

〔一三二〕〔錢注〕班固《西都賦》：設壁門之鳳闕，上觚稜而棲金爵。〔補注〕觚稜，宫闕上轉角處之瓦脊成方角稜瓣之形。此句似狀井欄之形。

〔一三三〕〔錢注〕顔延之《贈王太常詩》：玉水記方流。〔按〕《文選》李善注：『《尸子》曰：「凡水，其方折者有玉，其圓折者有珠也。」』方流，作直角轉折的水流。此謂玉水分與其潔淨。

〔一三四〕〔補注〕《詩·大雅·靈臺》：『王在靈沼，於物魚躍。』《文選·班固〈西都賦〉》：『神池靈沼，往往而在。』靈沼，池沼之美稱。

〔一三五〕〔錢注〕《抱朴子》：武都舞陽有丹砂井。江淹《别賦》：守丹竈而不顧。〔補注〕《抱朴子·仙藥》：『丹砂汁因泉漸入井，是以飲其水而得壽。』

〔一三六〕〔錢注〕《古樂府》：桃生露井上，李樹生桃旁。蟲來齧桃根，李樹代桃僵。

〔一三七〕〔錢注〕《太平御覽》：《白澤圖》曰：井神曰吹簫女子。《晋書·吕纂載記》：盜發張駿墓，得赤玉簫。〔按〕《太平御覽》妖異部二引《白澤圖》云：『故井之精名觀，狀如美女，好吹簫，以其名呼之，即去。』

〔一三八〕〔錢注〕枚乘《七發》：龍門之桐，高百尺而無枝，其根半死半生。魏武帝《猛虎行》：雙桐生井上，枝葉自相加。

〔一三九〕〔錢注〕《博雅》：隅，陬角也。聚落，尻也。謝靈運《入彭蠡湖口》詩李善注：顧野王《輿地記》曰：自入湖三百三十里，窮於松門，東西四十里，青松偏於兩岸。〔補注〕松門，當指道院之門，因植松，故云。隅落，指房屋之角落。牛僧孺《玄怪録·崔紹》：『崔、李之居，復隅落相近。』

〔一四〇〕〔錢注〕《太清記》：亳州太清宫有八檜，老子手植，根株枝榦皆左細。李唐之盛，一枝再生。

〔一四一〕見《梓州道興觀碑銘》注〔一〇五〕。

〔一四二〕坤維，指西南、蜀地屢見。

〔一四三〕〔錢注〕《史記·封禪書》：『祠武夷君用乾魚。』索隱曰：『顧氏案《地理志》云：建安有武夷山，溪有仙人葬處，即《漢書》所謂武夷君。是時，既用越巫勇之，疑即此神。今案：其祀用乾魚，不享牲牢，或如顧説。』陸羽《武夷山記》：武夷君於八月十五日置幔亭，化虹橋，通山下村人。是日太極玉皇太姥、魏真人、武夷君三座，空中告呼村人爲曾孫，命男女分坐會酒肴。須臾樂作，乃命行酒，令彭令昭唱人間可哀之曲。〔按〕商隱《武夷山》詩云：『只得流霞酒一杯，空中簫鼓幾時迴？武夷洞裏生毛竹，老盡曾孫更不來。』

〔一四四〕於，錢本作『夫』，未出校。〔錢注〕顔延之《赭白馬賦》：覲王母於崑墟，要帝臺於宣岳。《漢武内傳》：阿母今以瓊笈妙韞，發紫臺之文，賜汝八會之書，《五嶽真形》至珍且貴矣。

〔一四五〕〔補注〕《易·井》：『井泥不食，舊井無禽。』禽，獸也。

〔一四六〕〔補注〕《易·井》：『井谷射鮒，甕敝漏。』餘見本篇注〔一〇七〕。

〔一四七〕〔錢注〕陸雲《與楊彦明書》：清才俊類，一時之彦。

〔一四八〕臬，《全文》誤作『臭』，據錢校改。〔錢注〕《周禮》：匠人建國，水地以縣，置槷。注：於所平之地，中樹八尺之臬，以縣正之，眡之其景，將以正四方也。

〔一四九〕見《爲濮陽公涇原署晉田副使賓牒》注〔五〕。

〔一五〇〕〔錢注〕《西京雜記》：弘成子少時有人授以文石，吞之，遂大明悟，爲天下通儒。

〔一五一〕〔錢校〕隆，胡本作『降』。

〔一五二〕〔錢注〕《釋常談》：謝靈運嘗曰：『天下才有一石，曹子建獨占八斗，我得一斗，天下共分一斗。』

〔一五三〕見《上鄭州李舍人狀三》注〔三〕。

〔一五四〕〔錢注〕《老子》：天長地久。天地所以能長且久者，以其不自生，故能長生。

〔一五五〕寫琰，《全文》作『瀉炎』，據錢校改。〔錢注〕〔寫琰〕即勒石之意。唐玄宗《孝經序》『寫之琬琰，庶有補於將來』，可證也。注見《唐梓州慧義精舍南禪院四證堂碑銘》注〔三〇六〕。〔按〕炎，當因避清仁宗嘉慶諱（顒琰）而改，又因此誤『寫』爲『瀉』。

〔一五六〕〔錢注〕《淮南子》：往古來今謂之宙。

〔一五七〕見本篇注〔九三〕。結茅，即茅經。

〔一五八〕〔補注〕《禮記·樂記》：『言之不足，故長言之；長言之不足，故嗟嘆之；嗟嘆之不足，故不覺手之舞之、足之蹈之也。』

光芒井絡〔一五九〕，鬱勃天彭〔一六〇〕。於惟教父〔一六一〕，誕此仙卿〔一六二〕。聞□秦畤〔一六三〕，見臘嘉平〔一六四〕。黄寧虚位〔一六五〕，緑字題名〔一六六〕。

徐瓠留犀〔一六七〕，扁、桑分水〔一六八〕。虢驪趙夢〔一六九〕，齊痁秦痔〔一七〇〕。金繩續脈〔一七一〕，玉管捐髓〔一七二〕。蛇膽明眸〔一七三〕，虎鬚牢齒〔一七四〕。酕醄過市〔一七五〕，酩酊經壚〔一七六〕。潯陽傲令〔一七七〕，富渚狂奴〔一七八〕。三春竹葉〔一七九〕，九日茱萸〔一八〇〕。延年裸袒〔一八一〕，孟祖號呼〔一八二〕。龜咽存元，熊經養秀〔一八三〕。曠矣鼎彝，悠哉籩豆〔一八四〕。穢若食帶〔一八五〕，鄙同探鷇〔一八六〕。竹實雖繁〔一八七〕，山梁不鶂〔一八八〕。爰嗟繘井〔一八九〕，載隔鶱林〔一九〇〕。拜異疏勒〔一九一〕，穿殊漢陰〔一九二〕。膏融土脈〔一九三〕，乳瀵泉心〔一九四〕。匠得鳧舄〔一九五〕，工分鳳簪〔一九六〕。吾黨具來〔一九七〕，藩條是贊〔一九八〕。千尋建木〔一九九〕，萬丈絶岸〔二〇〇〕。華裾上榻〔二〇一〕，白珩素案〔二〇二〕。明月離雲，鉤星在漢〔二〇三〕。燕、齊賓客〔二〇四〕，楊、許師資〔二〇五〕。《養生》著論〔二〇六〕，《招隱》裁詩〔二〇七〕。玄中領悟〔二〇八〕，塵外襟期。共防綆短〔二〇九〕，同慮瓶羸〔二一〇〕。古有三巴，今分二蜀〔二一一〕。縈紆九折〔二一二〕，峥嶸七曲〔二一三〕。玄鶴華表〔二一四〕，仙人棋局〔二一五〕。我刻斯銘，永暾朝旭〔二一六〕。

校注

〔一五九〕〔錢注〕《史記·天官書》：填星，其色黄，光芒。《華陽國志》：華陽之壤，梁、岷之域，其國則巴、蜀矣，其分野輿鬼、東井。〔補注〕左思《蜀都賦》：『岷山之精，上爲井絡。』劉逵注：『《河圖括地象》曰：「岷山之地，上爲井絡，帝以會昌，神以建福，上爲天井。」言岷山之地，上爲東井維絡；岷山之精，上爲天之井星也。』

〔一六〇〕天彭，見《梓州道興觀碑銘》注〔五七〕。〔補注〕鬱勃，氣勢旺盛貌。

〔一六一〕〔錢注〕《老子》：故物或損之而益，或益之而損。人之所教，我亦教之。彊梁者不得其死，吾將以爲教父。〔補注〕教父，教戒之始。然下句云『誕此仙卿』，則『教父』似指道士胡宗一之父。或即本文首段所云『玄元之遐胄，玉皇之後昆』，指老子而言。

〔一六二〕卿，《全文》作『鄉』，據錢校改。〔錢注〕葛洪《枕中書》：墨翟爲太極仙卿，治馬跡山。〔按〕仙卿，猶仙官，指道士胡宗一。

〔一六三〕〔錢注〕《史記·封禪書》：秦襄公既侯，居西垂，自以爲主少皡之神，作西畤，祠白帝。其後文公作鄜畤，郊祭白帝焉。宣公作密畤於渭南，祭青帝。靈公作吴陽上畤，祭黄帝；作下畤，祭炎帝。獻公作畦畤櫟陽而祀白帝。

〔一六四〕見《梓州道興觀碑銘》注〔一六七〕。

〔一六五〕見《上鄭州李舍人狀二》『黄寧虚位』注。

〔一六六〕原注：其一。〔錢注〕《太平御覽》：《金書玉字上經》曰：骨命已定於玄閣，緑字已有生名仙籍故也。

〔一六七〕〔錢注〕《南史·張融傳》：徐熙好黄、老，隱於秦望山，留一瓠䡇與之曰：『君子孫宜以道術救世。』熙開之，乃《扁鵲鏡經》一卷，因精心學之，遂名震海内。〔補注〕犀，葫蘆之子。《詩·衛風·碩人》：『齒如瓠犀。』此指葫蘆内所含之物，即《扁鵲鏡經》。

〔一六八〕〔錢注〕《史記·扁鵲傳》：扁鵲少時爲人舍長，舍客長桑君過，間與語曰：『我有禁方，年老欲傳與公。』乃出其懷中藥予扁鵲：『飲是以上池之水，三十日當知物矣。』乃悉取其禁方書，盡與扁鵲。扁鵲以其言飲藥三十日，視見垣一方人，以此視病，盡見五藏癥結，特以診脈爲名耳。

〔一六九〕〔錢注〕《史記·扁鵲傳》：扁鵲過虢，虢太子死，扁鵲曰：『若太子病，所謂尸蹷者也。』乃使弟子子陽，厲鍼砥石，以取外三陽五會，有間，太子蘇。又：趙簡子疾，五日不知人。扁鵲入視病，出曰：『血脈治也而何怪！不出三日必間，間必有言也。』居二日半，簡子寤曰：『我之帝所甚樂。』

〔一七〇〕〔錢注〕《莊子》：秦王有病，召醫，破癰潰痤者得車一乘，舐痔者得車五乘。〔補注〕痁，瘧疾。《左傳·昭公二十年》：『齊侯疥，遂痁。』

〔一七一〕見本篇注〔一二二〕。

〔一七二〕捐，《全文》作『損』，旁注：疑。從錢校據胡本改正。〔錢注〕王嘉《拾遺記》：浮提之國獻神通善書二人。出肘間金壺四寸，中有黑汁如淳漆，佐老子撰《道德經》垂十萬言。及金壺汁盡，二人刳心瀝血以代墨焉，遞鑽腦骨，取髓代爲膏燭。及髓血皆竭，探懷中玉管，中有丹藥之屑，以塗其身，骨乃如故。

〔一七三〕〔錢注〕《晉書·顔含傳》：含嫂樊氏因疾失明，含盡心奉養。醫須蚺蛇膽，無由得之。含嘗晝獨坐，忽有一青衣童子持一青囊授含，開視乃蛇膽也。

〔一七四〕原注：其二。注見《梓州道興觀碑銘》注〔二五七〕。

〔一七五〕〔錢注〕《廣韻》：酕醄，醉也。《史記·刺客傳》：荆軻嗜酒，日與狗屠及高漸離飲於燕市。酒酣以往，高漸離擊筑，荆軻和而歌於市中相樂也。已而相泣，旁若無人。

〔一七六〕〔錢注〕《晉書·王戎傳》：戎常經黄公酒壚下過，顧謂後車客曰：『吾昔與嵇叔夜、阮嗣宗酣暢於此，竹林之遊，亦預其末。自嵇、阮云亡，吾便爲時之所羈紲。今日視之雖近，邈若山河。』酩酊，見《爲濮陽公上漢南李相公狀》『山太守習池之宴』注。

〔一七七〕〔錢注〕《宋書·陶潛傳》：潛字淵明，尋陽柴桑人也，爲彭澤令。〔補注〕《晉書·陶潛傳》：『郡遣督郵至縣，吏白應束帶見之。潛歎曰：「吾不能爲五斗米折腰，拳拳事鄉里小人邪！」』（《宋書》及《南史》本傳作『我不能爲五斗米折腰，向鄉里小人！』）

〔一七八〕〔錢注〕《後漢書·嚴光傳》：光少與光武同遊學。光武即位，隱身不見。帝令以物色訪之，至，舍於北軍。司徒侯霸與光素舊，遣使奉書。光口授曰：『懷仁輔義天下悦，阿諛順旨要領絶。』霸得書，封奏之。帝笑曰：『狂奴故態也。』除爲諫議大夫，不屈，乃耕於富春山。後人名其釣處爲嚴陵瀨焉。

〔一七九〕〔錢注〕張協《七命》：乃有荆南烏程，豫北竹葉。李善注：蒼梧竹葉青，宜城九醖酒也。

〔一八〇〕〔錢注〕《西京雜記》：宫内九月九日，佩茱萸，食蓬餌，飲菊華酒，令人長壽。

〔一八一〕〔錢注〕《南史·顔延之傳》：延之字延年。文帝嘗召延之，傳詔頻不見，常日但酒店裸袒挽歌，了不應對。

〔一八二〕原注：其三。〔錢注〕《晋書·光逸傳》：逸字孟祖。胡毋輔之與謝鯤、阮放、畢卓、羊曼、桓彝、阮孚閉室酣飲。逸將排户入，守者不聽，逸便於户下脱衣露頂於狗竇中窺之而大叫。輔之驚曰：『他人決不能爾，必我孟祖也。』

〔一八三〕〔錢注〕《抱朴子》：或問聰耳之道，曰：『能龍導虎引，熊經鼂咽，燕飛蛇屈鳥伸，天俛地仰，令赤黄之景，不去洞房，猿據兔驚，千二百至，則聰不損也。』〔補注〕鼂咽，猶鼂息，言呼吸調息如鼂。熊經，如熊攀樹而懸。均導引養生之法。

〔一八四〕〔補注〕鼎鼐，喻宰輔顯貴。籩豆，古代祭祀及宴會時常用之兩種禮器。竹製爲籩，木製爲豆。此借指禮儀制度。謂遠離仕宦及禮教。

〔一八五〕〔錢注〕《莊子》：蝍且甘帶。注：蝍且，蜈蚣；帶，蛇也。

〔一八六〕〔錢注〕《史記·趙世家》：公子成、李兑圍主父宫，主父欲出不得。探雀鷇而食之，三月餘餓死。〔補注〕鷇，由母哺食之幼鳥。

〔一八七〕〔錢注〕《詩・卷阿》箋：鳳凰之性，非梧桐不棲，非竹實不食。

〔一八八〕原注：其四。〔補注〕《論語・鄉黨》：『山梁雌雉，時哉時哉！子路共之，三嗅而作。』集解曰：『言山梁雌雉，得其時，而人不得其時，故歎之。子路以其時物，故共具之，非本意，不苟食，故三嗅而作起也。』此以『山梁』指雉。齅，嗅同。枚乘《七發》『山梁之餐，豢豹之胎，小飰大歠，如湯沃雪，此亦天下之至美也』，亦以『山梁』指雉。

〔一八九〕〔補注〕繘井，用繩汲井水。《易・井》：『汔至，亦未繘井，羸其瓶，凶。』孔穎達疏：『汲水未出而覆，喻修德未成而止，所以致凶也。』

〔一九〇〕騫，《全文》作『搴』，據錢校改。騫林，見《上鄭州李舍人狀二》『騫林合唱』注。

〔一九一〕〔錢注〕《後漢書・耿恭傳》：恭爲戊己校尉，以疏勒城旁有澗水可固，五月，乃引兵據之。匈奴遂於城下擁絶澗水。恭於城中穿井十五丈不得水，吏士渴乏，恭乃整衣服向井再拜，有頃，水泉奔出。

〔一九二〕見《上李尚書狀》『漢陰抱甕』注。

〔一九三〕〔錢注〕張衡《東京賦》：農祥晨正，土膏脈起。

〔一九四〕〔錢注〕《爾雅》：瀵，大出尾下。〔補注〕《爾雅》邢昺疏：『尾，猶底也。言源深大出於底下者名瀵。瀵，猶灑散也。』乳，指噴湧而出之乳狀泉水。又《説文》：瀵，水漫也。

〔一九五〕〔錢注〕《後漢書・王喬傳》：喬爲葉令，常自縣詣臺，臨至，輒有雙鳧從東南飛來，舉羅張之，但得一隻舄焉。

〔一九六〕工，《全文》作『上』，從錢校據胡本改正。〔原注〕其五。〔錢注〕《後漢書・輿服志》：太皇太后、皇太后簪上爲鳳皇爵，以翡翠爲毛羽。〔按〕《太平御覽》服用部二十引梁陽濟《泄井得金釵》詩，或與此句所云有關。

〔一九七〕來，《全文》作『采』，據錢校改。〔補注〕《論語・公冶長》：『吾黨之小子狂簡。』《詩・小雅・頍弁》：『豈伊異人，兄弟具來。』謂幕府同僚具來。

〔一九八〕〔補注〕漢代州刺史以六條考察州郡官吏，因以『藩條』指州刺史、節度使。此指梓州刺史、東川節度使柳仲郢。

〔一九九〕〔錢注〕《淮南子》：建木在都廣，衆帝所自上下，日中無影，呼而無響，蓋天地之中也。孫綽《遊天台山賦》：建木滅景於千尋。

〔二〇〇〕〔錢注〕郭璞《江賦》：絶岸萬丈，壁立赮駁。

〔二〇一〕上榻，見《上鄭州李舍人狀三》注〔四〕。

〔二〇二〕珩，《全文》作『桁』，從錢校據胡本改正。〔錢注〕《國語》：楚之白珩猶在乎？《梁書·郭祖深傳》：祖深常服故布襦，素木案，食不過一肉。〔補注〕珩，佩上横玉。

〔二〇三〕〔原注〕其六。〔錢注〕何晏《景福殿賦》：烈若鉤星在漢。李善曰：《廣雅》注：辰星或謂之鉤星。

〔按〕『千尋』六句均贊柳仲郢之風範氣度。

〔二〇四〕〔錢注〕《史記·封禪書》：自齊威、宣之時，騶子之徒論著終始五德之運，及秦帝，而齊人奏之，故始皇采而用之。而宋毋忌、正伯僑、充尚、羡門子高最後，皆燕人，爲方仙道，形解銷化，依於鬼神之事。騶衍以陰陽主運顯於諸侯，而燕、齊海上之方士傳其術不能通，然則怪迂阿諛苟合之徒自此興，不可勝數也。

〔二〇五〕〔錢注〕《太平廣記》：《神仙感遇傳》曰：貞白先生陶弘景得楊、許真書，遂登岩告静。撰《真誥隱訣》、注《老子》等書二百餘卷。《老子》：善人者，不善人之師；不善人者，善人之資。

〔二〇六〕〔錢注〕《晉書·嵇康傳》：康嘗修養性服食之事，以爲神仙禀之自然，非積學所得。至於導養得理，則安期、彭祖之倫可及，乃著《養生論》。

〔二〇七〕〔錢注〕左思有《招隱詩》。〔按〕淮南小山有《招隱士》，係招隱士出仕，與左思詩招人歸隱意正相反。此自指招歸隱。

〔二〇八〕見《梓州道興觀碑銘》注〔三七〕。

〔二〇九〕〔錢注〕《荀子》：短綆不可汲深井之泉。

〔二一〇〕〔原注〕其七。〔補注〕《易·井》：『汔至，亦未繘井，羸其瓶，凶。』羸，通『儡』，損毀。

〔二一一〕三巴、二蜀，並見《梓州道興觀碑銘》注〔一六三〕。

〔二一二〕〔錢注〕班固《西都賦》：步甬道以縈紆。《漢書·王尊傳》：王陽爲益州刺史，行部至邛郲九折坂，歎曰：『奉先人遺體，奈何數乘此險！』注：應劭曰：在蜀郡嚴道縣。

〔二一三〕〔錢注〕《漢書·司馬相如傳》注：峥嶸，深遠貌。《四川通志》：七曲山在梓潼縣北。〔補注〕《太平寰宇記》：劍南東道劍州梓潼縣，引《郡國志》云：『張惡子昔至長安，見姚萇謂曰：却後九年，君當入蜀，若至梓潼七曲山，幸當見尋。』

〔二一四〕〔錢注〕《搜神後記》：丁令威本遼東人，學道於靈虚山，後化鶴歸遼，集城門華表柱。有少年欲射之，乃飛，徘徊空中言曰：『有鳥有鳥丁令威，去家千年今始歸。城郭如故人民非，何不學仙冢纍纍。』遂高沖上天。

〔二一五〕見《爲濮陽公補顧思言牒》注〔四〕。

〔二一六〕〔原注〕其八。暾，《全文》誤『啍』，據錢校改。〔錢注〕《楚辭·九歌》：暾將出兮東方。注：始出，其形暾暾而盛大也。《説文》：旭，旦日出貌。

上河東公第二啓〔一〕

商隱啓：某聞周朝貝葉，列妙引於王褒〔二〕；梁日枳園，灑芳詞於沈約〔三〕。必資乎鴻筆麗藻〔四〕，刻乎貞金翠珉〔五〕，然後可以充足人天〔六〕，發揮龍象〔七〕。苟其曖昧〔八〕，即匪莊嚴〔九〕。爰託亨塗〔一〇〕，夙聞妙喻。雖從幕府〔一一〕，常在道場〔一二〕。猶恨出俗情微〔一三〕，破邪功少〔一四〕。二百日斷酒，有謝蕭綱〔一五〕；十一年長齋〔一六〕，多慚王奐〔一七〕。仰戀東閣〔一八〕，未歸西林〔一九〕。

近者財俸有餘，津梁是念〔二〇〕。適依勝絶，微復經營。伏以《妙法蓮華經》者，諸經中王，最尊最勝〔二一〕。始自童幼，常所護持〔二二〕。或公幹漳濱，有時疾瘵〔二三〕；或謝安海上，此日風波〔二四〕。恍惚之間〔二五〕，感驗非少。今年于此州長平山慧義精舍經藏院〔二六〕，特刱石壁五間，金字勒上件經七卷〔二七〕。既成勝果〔二八〕，思託妙音〔二九〕。

伏惟尚書有夫子之文章〔三〇〕，備如來之行願〔三一〕。不逢惠遠，已飛廬岳之書〔三二〕；未見簡棲，便制頭陀之頌〔三三〕。是敢右繞三匝〔三四〕，仰希一言。庶使鵝殿增輝〔三五〕，龍宫發色〔三六〕。流傳沙界〔三七〕，震動風輪〔三八〕。報恩於蓮目果脣〔三九〕，奪美於江毫蔡絹〔四〇〕。伏希道念，特降神鋒〔四一〕。瞻望旌幢〔四二〕，攜持磓斧〔四三〕，曝身布髮〔四四〕，以候還辭〔四五〕。無任懇迫之至，謹啓〔四六〕。

校注

〔一〕本篇原載《文苑英華》卷六六五第八頁、清編《全唐文》卷七七八第七頁、《樊南文集詳注》卷四。《英華》此爲《上河東公啓三首》之第二首（第一首係辭張懿仙啓，已見前），徐本從之。《全文》則三首分題。馮注本將三首中之後二首改題《上河東公啓二首》，此爲第一首，繫大中八年。〔張箋〕（編大中七年）案《乙集序》曰：『三年已來，喪失家道，平居忽忽不樂，始剋意事佛……是夕大中七年十一月十日夜。』又義山居東川，頗躭禪悦，於長平山慧義精舍經藏院，自出財俸，特創石壁五間，金字勒《妙法蓮花經》七卷，啓仲郢爲記文，見集中，亦當在是年。〔按〕《英華》將本篇、下篇及辭張懿仙之《上河東公啓》合題爲《上河東公啓三首》，顯因其同爲上柳仲郢之啓而合之，實則第一首辭張懿仙之啓係商隱『悼傷已來，光陰未幾』時所上，作於大中五年冬，已見該篇題注。本篇則大中七年請柳仲郢作記時所上，下篇乃謝仲郢撰《金字法華經記》而作，乃先後同時所上，張箋是。題則依《全文》分題。

〔二〕〔徐注〕周王褒《經藏願文》：盡天竺之書，窮貝多之葉。〔馮注〕《酉陽雜俎》：貝多樹葉，出摩伽陀國，西土用以寫經。長六七丈，經冬不凋。〔補注〕妙引，美妙之文辭。

〔三〕〔馮注〕梁沈約《枳園寺刹下石記》：晉故車騎將軍瑯琊王邵，於太祖文獻公清廟之北造枳園精舍，其始則芳枳樹籬，故名因事立。〔按〕『周朝』『梁日』二句，分切『經藏』與『精舍』。

〔四〕〔馮注〕郭璞《爾雅序》：英儒贍聞之士，洪筆麗藻之客。〔徐注〕《文心雕龍》：鴻筆之徒，莫不洞曉。劉峻《廣絶交論》：遒文麗藻，方駕曹、王。

〔五〕〔馮注〕謂刻之金石。

〔六〕〔馮注〕《隋書·經籍志》：釋迦在世教化四十九年，乃至天龍人鬼並來聽法，弟子得道，以百千萬億數。《因果經》：此生利益一切人天。《妙法蓮華經》：我此土安隱，天人常充滿。按：佛有十號，無上士、調御丈夫、天人師，皆佛之稱號也。習見諸經。《菩薩善戒經》：如來具足十種名號：如來、應供、正遍知、明行足、善逝、世間解、無上士、調御大夫、天人師、佛世尊。〔徐注〕《景德傳燈録》：佛年十九，欲出家，號人天師。〔按〕人天，佛教稱六道輪回中之人道與天道，亦泛指諸世間、衆生。《魏書·釋老志》：『人天道殊，卑高定分。』

〔七〕〔徐注〕《易》：六爻發揮，旁通情也。〔馮注〕《楞嚴經》：云何發揮，證知此心不生滅地。《維摩經》：菩薩勢力，譬諸龍象蹴踏，非驢所堪。《大般涅槃經》：如來亦名大象王，亦名大龍王。《大智度論》：那伽或名龍，或名象，是諸羅漢中最大力，以是故言如龍如象。水行中龍力大，陸行中象力大，故負荷大法者，比之龍象。

〔八〕〔徐注〕何晏《景福殿賦》：其奥祕則翳蔽曖昧。

〔九〕〔馮注〕《維摩經》：譬如寶莊嚴佛，無量功德，寶莊嚴土一切大衆，散未曾有。按：七寶莊嚴，功德之所。莊嚴，諸經習見。《法華經》中有《妙莊嚴王本事品》。〔按〕此『莊嚴』似指佛菩薩像端莊威嚴。《大唐西域記·摩揭國下》：『見觀自在菩薩妙相莊嚴，威光赫奕。』

〔一〇〕〔馮校〕『爰』字上當脱一『某』字。〔補注〕亨塗，大道。此指柳仲郢幕府。

〔一一〕〔徐注〕《東觀漢記》：衛青大克匈奴，武帝拜大將軍於幕中，因號幕府。〔馮注〕《史記·李牧傳》注：崔浩云：出征爲將帥，軍還則罷，理無常處，以幕帟爲府署，故曰幕府。

〔一二〕〔馮注〕《法華經》：佛出釋氏宫，坐於道場。《南史·庾詵傳》：宅内立道場，環繞禮懺，六時不輟。《翻譯名義集》：《止觀》云：道場，清淨境界。〔徐注〕惠忠禪師《安心偈》：直心真實，菩薩道場。《法苑珠林》：古德寺誥或名道場，即無生廷也。或名爲寺，或名精舍，或名清淨無極園，或名金剛淨刹，或名寂滅道場，或名遠離惡處，或名親近善處。〔按〕此『道場』即指佛寺。宋趙彦衛《雲麓漫鈔》卷六：『漢明帝夢金人，而摩騰竺法始以白馬陁經入中國，明帝處之鴻臚寺。後造白馬寺居之，取鴻臚寺之義。隋曰道場，唐曰寺，本朝則大曰寺，次曰院。』

〔一三〕〔馮注〕《景德傳燈録》：太子不如密多求出家曰：『我若出家，不爲俗事，當爲佛事。』

〔一四〕〔馮注〕《大般涅槃經》：出家修道，樂於閑寂，爲破邪見。晁氏《讀書志》：唐釋法琳撰《破邪論》二卷，辨傅奕所排毁。《法苑珠林》有《破邪篇》。

〔一五〕〔徐注〕《梁簡文帝集・答湘東王書》曰：吾自至都以來，意志忽怳。雖開口而笑，不得真樂，不復飲酒，垂二十旬。

〔一六〕〔馮注〕《毗羅三昧經》：佛説食有四種：旦，天食；午，法食；暮，畜生食；夜，鬼神食。佛斷六趣，故日午時，是法食時也。過此以後，同於下趣，非上食時。

〔一七〕〔徐注〕《南齊書》：王奂爲都督諸軍事、雍州刺史，上謂王晏曰：『奂於釋氏，實自專至。其在鎮，或以此妨務。』後有罪被收。奂聞兵入，還内禮佛未及起，軍人斬之。按：史但言奂奉佛，而無十一年長齋之文，蓋見他書。〔馮注〕沈約《枳園寺刹下石記》：尚書僕射奂，食不過中一十一載。按：《四十二章經》：沙門受佛法者，日中一食，樹下一宿，慎不再矣。《本起經》：佛答迦葉，古佛道法，過中不飯。《報恩經》云：夫八齋法，通過中不食。《毗婆沙論》云：夫齋者，過中不食。支僧載外國事曰：『奉佛道人及沙門到冬，未中前，飲少酒，過中，不復飯。』《法苑珠林》：食中有六者，其六中後不飲漿。沈約有《述僧中食論》，即此長齋之義。

〔一八〕見《爲絳郡公上崔相公啓》『望孫弘之東閤』注。〔按〕東閤，此指柳仲郢門下。

〔一九〕〔徐注〕《高僧傳》：沙門慧永居在西林，與慧遠同門遊好，遂邀同止。刺史桓伊以學徒日衆，更爲遠建東林寺。〔馮注〕《蓮社高賢傳》：法師慧永至尋陽，築廬山舍宅爲西林。按：傳中劉程之初解褐爲府參軍，性好佛理，乃之廬山，傾心自託遠公，劉裕旌其號曰『遺民』，遂於西林澗北別立禪坊。句當用此。然餘人亦皆不應徵辟。

〔二〇〕〔徐注〕《華嚴經贊》：苦海作津梁。〔馮注〕《佛説生經》：比丘言，佛道爲最正覺，吾等蒙度，以爲橋梁。《世説》：庾公嘗入佛圖見卧佛，曰：『此子疲於津梁。』《蓮社高賢傳》：雷次宗曰：『及今未老，尚可厲志成西歸之津梁。』〔補注〕津梁，喻濟渡衆生。

〔二一〕〔馮注〕《法華經》：如諸小王中，轉輪聖王最爲第一，此經亦復於衆經中最爲其尊。又如帝釋於三十三天中王，此經亦復於諸經中王。如佛爲諸法王，此經亦復諸經中王。《因果經》：我於一切天人之中，最尊最勝。《大般涅槃經》：最尊最勝，衆經中王。

〔二二〕〔徐注〕《法苑珠林》：先白衆僧曰：佛法難值，應共護持。〔馮注〕《法華經》：勤加精進，護持誦讀。

〔二三〕⿸疒爾，《全文》作『薾』，《英華》作『疹』，徐注本、馮注本作『疢』。〔按〕疹、疢、⿸疒尔、⿸疒爾音義並同，均疾病之義，『薾』爲疲倦、羸弱之義，『薾』字當是『⿸疒爾』字之誤，今改正。〔馮注〕劉楨詩：余嬰沉痼疾，竄身清漳濱。自夏涉玄冬，彌曠十餘旬。

〔二四〕〔徐注〕《世説》：謝太傅盤桓東山時，與孫興公諸人汎海戲，風起浪涌，孫、王諸人色並遽，便唱使還。太傅神情方王，吟嘯不言。舟人以公貌閑意説，猶去不止。既風轉急浪猛，諸人皆諠動不坐，公徐云：『如此將無歸。』衆人即承響而回。〔馮曰〕義山多疾。又如桂管歸途，破帆壞槳，頗非汎語。

〔二五〕〔徐注〕《老子》：道之爲物，惟恍惟惚。〔按〕恍惚，迷茫不可知之狀。蓋承上謂或罹疾或遇險，於恍惚迷茫中自有對佛理之感驗。

〔二六〕〔徐注〕《明一統志》：四川潼川州北有長平山，岡長而平。蓋即此所謂長平山也。州本唐梓州，爲東川節度使治所。《釋迦譜》：息心所棲，故曰精舍。《文選》有謝靈運《石壁精舍還湖中詩》，《謝靈運集》有《石壁立招提精舍詩》。〔馮注〕按唐趙蕤爲梓州郪縣長平山安昌巖人，可取證也。《高僧傳》：漢攝摩騰，中天竺人。明帝遣中郎蔡愔往天竺尋訪佛法，見摩騰，乃要還漢地。明帝於城西門外立精舍以處之，漢地有沙門之始也，今洛城西雍門外白馬寺是也。按：謝承《後漢書》，如趙昱、陳寔、周磐之流，皆有立精舍事，范書中亦屢見。謝靈運有石壁精舍，李善曰：今讀書齋是也。又有《石壁立招提精舍詩》，則皆禪理也。《史記·大宛列傳》注引《浮圖經》云：佛生處名祇洹精舍，在舍衛國南四里，是長者須達所起。諸經中習見。《通鑑》注：今儒釋肄業之地，通曰精舍。

〔二七〕〔徐注〕《白帖》：梁武帝於元光殿坐師子座講金字經。〔馮注〕金字經，見《梁書·武帝紀》。此義山所手勒者。《法華經》：此《法華經》，若自書，若使人書，所得功德，以佛智慧籌量，多少不得其邊。〔按〕金字，指以金粉書就之文字。金字書，則指佛教經文。元稹《清都夜境》詩：『閑開蕊珠殿，暗閱金字經。』勒，寫也。

〔二八〕〔馮注〕蕭子良《淨住子》：善則天人勝果。又：人天勝果，堪爲道器。《王僧孺集·禮佛文》：藉妙因於永劫，招勝果於兹地。

〔二九〕妙，《英華》作『其』，馮本作『圓』，均非。〔馮注〕《圓覺經》：諸菩薩承佛圓音，不因修習而得善利。按：徐氏以意改『妙音』。《法華經》：以一妙音演暢斯義。字亦習見。愚意必是『圓音』，兼取圓滿之義。《英華》缺，誤作『其』耳。〔按〕馮校非，《全文》正作『妙音』，非徐氏意改。然徐氏引《法華經》『妙音菩薩目如廣大赤蓮華』，以『妙音』爲菩薩名，亦非。此『妙音』蓋起下指倩柳仲郢所作之記文。

〔三〇〕〔補注〕《論語·公冶長》：『子貢曰：夫子之文章，可得而聞也；夫子之言性與天道，不可得而聞也。』

〔三一〕〔馮注〕《魏書·釋老志》：釋迦前有六佛，釋迦繼六佛而成道，處今賢劫。又言將來有彌勒佛，繼釋迦而降世。釋迦即天竺迦維國王之子，《本起經》説之備矣。按：佛皆稱如來，諸經言七佛，身並紫金色。徐陵《雙林寺傅大士碑》：七佛如來，十方並現。而凡專稱我佛如來者，釋迦牟尼佛也。《魏書·志》云：所謂佛者，本號釋迦文者，譯言能仁，謂德充道備，堪濟萬物也。《菩薩本起經》云：佛精念天下衆善，悼哀萬民，竟欲教之諸經，每言萬行具足，普度衆生，所謂行願也。〔補注〕行願，謂身心修養之境界。

〔三二〕〔馮注〕《高僧傳》：惠遠届潯陽，見廬峰清淨，足以息心。刺史桓伊復於山東立房殿，即東林是也。三十餘年，影不出山，迹不入俗。每送客，常以虎溪爲界。《蓮社高賢傳》：司徒王謐、護軍王默並遥致敬禮，王謐有書往反。又曰：宋武討盧循，設帳桑尾，遣使馳書於遠公，遺以錢帛。遠法師《廬山記》：《山海經》曰：廬江三天子都。有匡俗先生者，出自殷、周之際，隱遁避世，潛居其下。或云俗受道於仙人，而共遊其嶺，即巖成館，故時人謂爲神仙之廬。

〔三三〕〔徐注〕（《文選》注引）《姓氏英賢録》曰：王巾字簡栖，琅邪臨沂人也。有學業，爲《頭陀寺碑》，文詞巧麗，爲世所重。碑在鄂州，題云『齊國録事參軍瑯邪王屮製』，屮音徹。〔馮注〕按《困學紀聞》云：王巾字簡栖，《説文通釋》以爲王屮。王氏此條未下斷語。《文選》舊本及《藝文類聚》所引固皆作『巾』也。近何義門遂校改作『屮』，云古『左』字，蓋本之《説文》：『屮，𠂇手也，象形。』然不如且從舊。

〔三四〕敢，《全文》作『故』，據《英華》改。〔徐注〕《法華經》：右遶三匝，合掌恭敬。〔馮注〕凡菩薩以下，修敬佛世尊皆如是。

〔三五〕〔徐注〕鵝殿，即佛坐殿。多種經中皆有此名。《佛遊天竺本記》：達嚫國有迦葉佛伽藍，穿大石作之，有五重，最下者爲雁形、雁堂。毗舍離爲佛作堂，形如雁子。按：《爾雅》云：『舒雁，鵝。』鵝亦雁之屬也。〔馮注〕余檢《佛國記》：石室五重，最下作象形，次師子形、馬形、牛形，最上作鴿形。則未知孰是也。諸經云：世尊行步如鵝王。又：菩薩於菩提樹下，有五百青雀、五百白鵝等隨菩薩行。而《善時鵝王經》云：爾時鵝王以清淨心利益天衆，與諸鵝衆圍遶而往。見彼天衆，遊戲山林，或遊華園，或遊枝葉，蔭覆宫室，或於虚空坐寶宫殿云云。爾時鵝王昇七寶山，以美妙音説此偈頌，天衆心得清淨，白鵝王言於此天中，汝是天主。似可爲此句取證。而『鵝殿』二字，究無明據。徐説皆非也。《萬花谷》引《要覽》：毗舍離於大林爲佛作堂，形如雁子，一切具足。（按：徐氏誤作『雁字』）《雜寶藏經》有白鵝不親善鸛雀事，爾時鵝者，即我身是也，謂即是佛身。〔按〕佛教稱佛有三十二相，其一爲『鵝王』，其手指、足指之間有縵網似鵝之足，故名。鵝殿之爲佛殿，或因此。

〔三六〕〔徐注〕《法華經》：智積菩薩問文殊師利：仁往龍宫，所化衆生，其數幾何？復庵和尚《華嚴論贊》：龍樹菩薩發心入龍宫看藏。〔馮注〕《別行疏》：龍有四種，其四伏藏，守轉輪王大福人藏。〔補注〕《海龍王經·請佛品説》載，海龍王詣靈鷲山，聞佛説法，信心歡喜，欲請佛至大海龍宫供養。佛許之。龍王即入大海化作大殿，佛與諸比丘菩薩共涉寶階入龍宫，受諸龍供養，爲説大法。故稱佛寺爲龍宫，言其爲講經説法之所。

〔三七〕〔徐注〕《金剛般若經》：諸恒河所有沙數佛世界，如是，寧爲多否？《彌陀疏抄》：恒河在西域無熱河側，沙至微細，佛近彼河説法。〔馮注〕《法華經》：佛以恒河沙等三千大千世界爲一佛土。又：佛言我娑婆世界，自有六萬恒河沙菩薩，一一菩薩，多有六萬恒河沙屬眷，能於我滅後，護持誦讀，廣説此經。〔補注〕沙界，謂多如恒河沙數之世界。

〔三八〕〔馮注〕《立世阿毗曇論》：有大神通威德諸天，若欲震動大地，即能令動。若諸比丘有大神通及大威德，令地亦能震動。《樓炭經》：地深九億萬里，第四是地輪，第五水輪，第六風輪。《華嚴經》：金輪水際外有風輪。《翻譯名義》引《俱舍》云：世間風輪最居下，則知世界依風而住。〔補注〕風輪，佛教所謂四輪（風輪、水輪、金輪、空輪）之一。張説《唐陳州龍興寺碑》：『觀夫廣大無相者，虚空也，四輪倚之而住。』

〔三九〕〔徐注〕《法華經》：妙音菩薩，目如廣大青蓮華葉。又曰：如來甚希有，以功德智慧故，脣色赤好如頻婆果。按：佛氏有《報恩經》。〔馮注〕《楞嚴經》：縱觀如來青蓮花眼。

〔四〇〕〔馮注〕蔡絹，當用蔡邕題《曹娥碑》後『黄絹』之字，詳《爲舉人上翰林蕭侍郎啓》『人人虀臼』注，非用《後漢書》宦者蔡倫爲紙也。江毫，見《爲山南薛從事謝辟啓》『曾無綵筆』注。

〔四一〕特，馮注本作『得』，非。〔馮曰〕（神鋒）謂筆鋒也。

〔四二〕〔馮注〕《漢書·韓延壽傳》：建幢棨，植羽葆。《唐職林》：方鎮降拜，必遣内使持幢節就第宣命。

〔四三〕見《代僕射濮陽公遺表》『汚陛下之鈇鑕』注。

〔四四〕布，《全文》作『晞』，據《英華》改。〔馮注〕《後趙録》：天大旱，石虎詣佛圖澄祠稽顙曝露，二白龍降祠下，雨沛千里。《法苑珠林》：那伽羅曷國城東石塔，昔世尊值燃燈佛授記，敷鹿皮衣，布髮掩泥之地。按：《修行本起經》：儒童菩薩布髮著地，定光佛蹈之。《因果經》：善慧仙人脱鹿皮衣布地，不足掩泥，又解髮以覆之。普光如來即便踐之而坐。皆爲釋迦牟尼佛之前世。《佛祖統紀》：北齊文宣帝以沙門法上爲國師，帝布髮於地，令上踐之升座。洪容齋《續筆》：南唐後主淫於浮圖氏，歙人汪焕諫言：『梁武帝刺血寫佛經，散髮與僧踐，終餓死臺城。』梁武布髮，習見。

〔四五〕候，《英華》作『俟』。

〔四六〕〔馮曰〕按《舊書·傳》：『仲郢精釋典，《瑜伽》《智度大論》皆再鈔，自餘佛書，多手記要義。』故義山啓求撰記。

上河東公第三啓〔一〕

商隱啓：伏奉榮示，伏蒙仁恩，賜撰《金字法華經記》一首〔二〕。正冠薦笏，跪捧伏讀。聽儀鳳之簫管，祇恐曲終〔三〕；對仙客之棋枰，仍憂路盡〔四〕。欣榮羨慕，造次失常。

昨者爰託翠珉，將翻貝夾〔五〕。方資護念〔六〕，龘冀標題〔七〕。換骨惟望於一丸〔八〕，剜身止求于半偈〔九〕。豈謂尚書，載持夢筆，仰拂文星〔一〇〕，入不二法門〔一一〕，住第一義諦〔一二〕。儒童菩薩，始作仲尼〔一三〕；金粟如來，方爲摩詰〔一四〕。鋪舒于無上〔一五〕，藻輝于至真〔一六〕。而又以七喻之微〔一七〕，較五常之要〔一八〕，脗然合契〔一九〕，永矣同塗。既令弟子言《詩》〔二〇〕，又與聲聞受記〔二一〕。一佛出世〔二二〕，萬人所望〔二三〕。不知孱微，何以負荷！

便當刻之鳥篆〔二四〕，置彼龍宫〔二五〕。此則吹之以宋玉之風〔二六〕，照之以謝莊之月〔二七〕；彼則傳之於赤髭疏主〔二八〕，示之於白足禪師〔二九〕。然後負簦趨門〔三〇〕，前騶入厩〔三一〕。以鈐奴爲歡友〔三二〕，與車御爲良朋〔三三〕。冀必從公〔三四〕，以謝嘉命。過此而往，不知所圖。下情無任距躍感激歡喜信受之至〔三五〕！謹啓。

校注

〔一〕本篇原載《文苑英華》卷六六五第八頁、清編《全唐文》卷七七八第八頁、《樊南文集詳注》卷四。《英華》此爲《上河東公啓三首》之三，徐本從之。馮注本爲《上河東公啓二首》之二。〔按〕啓云：『伏奉榮示，伏蒙仁恩，賜撰《金字法華經記》一首。』則此篇爲謝仲郢賜撰《金字法華經記》而上，與上篇爲同時先後之作，當亦大中七年作。參上篇注〔一〕。

〔二〕〔馮校〕《英華》無『賜』字。〔按〕（殘）宋本《英華》有『賜』字，馮氏所據當是明本。

〔三〕〔徐注〕《書》：簫韶九成，鳳凰來儀。

〔四〕〔馮注〕虞喜《志林》：信安山石室，王質入其室，見二童子方對棋，看之。局未終，視其所執伐薪柯，已爛朽。遽歸鄉里，已非矣。按：又見《述異記》『晉時王質以伐木入山』。而《太平御覽》引之作《晉書》。《搜神後記》：嵩高山北有大穴，晉初，嘗有一人誤墮穴中。循穴而行，計可十餘日，忽曠然見明。又見草屋中有二人對坐圍棋，局下有一杯白飲，墜者飲之。歸洛下，問張華，華曰：『此仙館大夫，所飲者玉漿也。』《吴志·韋曜傳》：所志不出一枰之上，所務不過方罫之間。又曰：一木之枰，枯棋三百。〔徐注〕《説文》：棋局爲枰。〔補注〕任昉《述異記》卷上：『信安郡石室山，晉時王質伐木，至，見童子數人，棋而歌，質因聽之。童子以一物與質，如棗核，質含之，不覺飢。俄頃，童子謂曰：「何不去？」質起，視斧柯爛盡。既歸，無復時人。』

〔五〕昨，《全文》作『前』，據《英華》改。夾，徐注本、馮注本作『筴』。貝夾，見上篇注〔二〕。翻，寫。

〔六〕〔徐注〕《法華經》：教菩薩法，佛所護念。〔馮注〕《妙法蓮華經》：此《法華經》，現在諸佛之所護念。〔補注〕護念，佛教謂令外惡不入爲護，内善得生爲念。

〔七〕〔徐注〕《南史·宋宗室傳》：義康稠人廣坐，每標題所憶，以示聰明。〔補注〕標題，指標識於書畫器物上之題記文字。徐注引非其義。

〔八〕〔徐注〕《漢武内傳》：王母謂帝曰：『子但愛精握固，閉氣吞液，一年易氣，二年易血，三年易精，四年易脈，五年易髓，六年易骨，七年易筋，八年易髮，九年易形。』杜甫詩：相哀骨可换，亦遣馭清風。魏文帝詩：西山一何高，高高殊無極。上有兩仙童，不飢亦不食。與我一丸藥，光耀有五色。服藥四五日，身輕生羽翼。〔馮注〕换骨，即易骨，此則謂换骨神丹也。詩云『服藥四五日，身輕生羽翼』，斯换骨之類也。

〔九〕〔馮注〕《報恩經》：轉輪聖王向一婆羅門白言：『大師解佛法耶？爲我解説。』婆羅門言：『若能就王身上剜作千瘡，灌滿膏油，安施燈炷，然以供養者，吾當爲汝解説。』爾時大王作是事已，婆羅門即便爲王而説半偈，王聞法已，心生歡喜。又：大轉輪王見一切衆生，起大悲心，剜身千燈，求此半偈。〔按〕『一丸』『半偈』，均切題記。

〔一〇〕夢筆，見《爲山南薛從事謝辟啓》『曾無綵筆』注。文星，見《爲李貽孫上李相公啓》『文星留伏於筆閒』注。

〔一一〕〔馮注〕《維摩經》：維摩詰謂衆菩薩言：諸仁者，云何菩薩入不二法門？各隨所樂説之。又：諸菩薩各各説已，於是文殊師利問維摩詰，何等是菩薩入不二法門？時維摩詰默然無言。文殊師利歎曰：『善哉，善哉！乃至無有文字語言，是真入不二法門。』〔補注〕《維摩詰經·入不二法門品》：『如我意者，於一切法無言無説，無示無識，離諸問答，是爲入不二法門。』佛家謂平等而無差異之至道爲不二法門。唐裴漼《少林寺碑》：『空心、元粹、惠性、淹遠，傳不二法門，有甚深道業。』

〔一二〕〔徐注〕《十輪經》：諸佛、菩薩、辟支及四沙門果是七種人，名爲第一義。僧在家得勝果者亦名爲第一義。《法苑珠林》：梁武帝問達摩，如何是聖諦第一義？答曰：『廓然無聖。』〔馮注〕《楞伽經》：第一義者，聖智自覺所得，非言説妄想覺境界。梁昭明《解二諦義》：真諦，亦名第一義諦；俗諦，亦名世諦。《涅槃經》言，出世人所知，明第一義諦；世人所知，名爲世諦。《翻譯名義集》：《中觀論》云：諸佛依二諦爲衆生説法，一以世俗諦，二第一義諦。〔補注〕佛教謂最上至深之妙理爲第一義。《大乘入楞伽經・集一切佛法品》：『第一義者是聖樂處因言而入，非即是言。第一義者是聖智内自證境，非言語分別智境。言語分別不能顯示。』

〔一三〕〔徐注〕《造天地經》：寶曆菩薩下生世間，號曰伏羲；吉祥菩薩下生世間，號曰女媧；摩訶迦葉號曰老子，儒童菩薩號曰仲尼。〔馮曰〕《造天地經》，乃武后僞周時經目末卷斥爲僞經者，此豈斥削所遺者乎？宋羅璧《識餘三教》一條，引而辯之。陳善《捫蝨新語・學佛者不知孔子》一條，引永明壽禪師《萬善同歸論》曰：『《起世界經》云：佛言我遣二聖者往震旦行化，即下生老子、孔子是也。』其怪誕何足辯哉！《子史精華》引《辯正論》：太昊本應聲大士，仲尼即儒童菩薩。

〔一四〕〔徐注〕《發迹經》：淨名大士是往古金粟如來。《維摩經》：毗邪離大城中有長老，名維摩詰。〔馮注〕《淨名經妙義鈔》：梵言『維摩詰』，此云『淨名』。〔補注〕金粟如來，佛名，即維摩詰大士。維摩，意爲淨名。常以維摩詰泛指修大乘佛法之居士。二句蓋謂仲郢兼通儒、釋。

〔一五〕〔徐注〕《金剛般若經》：無上甚深微妙法。〔馮注〕《文殊師利般涅槃經》：爲説實義於無上道，得不退轉。〔補注〕佛教謂涅槃爲無上法，謂大乘爲無上乘（至極之佛法）。

〔一六〕〔馮注〕《千佛因緣經》：有發無上正真之道。《月明菩薩經》：願無上如來至真等正覺。字皆至多，偶引此耳。《翻譯名義集》：無著曰：『大乘教者，至真之理也。』〔徐注〕《法苑珠林》：故經中來至佛所云：南無無所著，至真等正覺，是名口業，稱歎如來德也。

〔一七〕〔徐注〕《法華經》：七喻：火宅、窮子、藥草、化城、繫珠、頂珠、醫子。載《教乘法數》。

〔一八〕要，徐注本、馮注本一作『典』。〔徐注〕《列子》：楊朱曰：『人肖天地之類，懷五常之性。』《漢書・禮樂志》：合五氣之和，導五常之行。按：佛書云：一不殺，配仁。慈愛好生曰仁，五行之木亦主於仁。仁則不殺，配仁也。二不盜，配智。邪正明了曰智，五行之水亦主于智。智則不盜，配智也。三不邪淫，配義。制事合宜曰義，五行之金亦主于義。義則不邪淫，故以不邪淫配義也。四不妄語，配信。真實不欺曰信，五行之土亦主于信，信則不妄語，故以不妄語配信也。五不飲酒，配禮。處事有則曰禮，五行之火亦主于禮。禮則妨于過失，故以不飲酒配禮也。〔馮注〕《魏書·釋老志》：佛有五戒：去殺、盜、淫、妄言、飲酒，大意與仁、義、禮、智、信同，名爲異耳。

〔一九〕〔徐注〕《莊子》：爲其吻合。〔補注〕《後漢書·張衡傳》：『驗之以事，合契若神。』

〔二〇〕〔馮注〕此用《論語》，言既是儒宗，又通釋典也。舊引（按：指徐注引）《隋書·經籍志》『釋迦謝世，弟子大迦葉與阿難等，追共撰述，爲十二部』者誤矣。〔補注〕《論語·八佾》：子夏問曰：『「巧笑倩兮，美目盼兮，素以爲絢兮。」何謂也？』子曰：『繪事後素。』曰：『禮後乎？』子曰：『起予者商也，始可與言《詩》已矣。』

〔二一〕受，《英華》注：集作『授』。〔馮注〕《法華經》：爾時慧命須菩提、摩訶迦葉等白佛言：『我等今於佛前聞授聲聞阿耨多羅三藐三菩提記，心甚歡喜。不謂於今忽然得聞希有之法，深自慶幸。』按：聲聞小果，非大乘希有之法。『弟子』『聲聞』，皆以自比。〔徐注〕《傳燈録》：因聲聞而悟者名聲聞果。《金剛經》：燃燈佛於我授記。

〔補注〕聲聞，佛家稱聞佛之言教，證四諦（苦、集、滅、道）之理的得道者，常指羅漢。

〔二二〕〔徐注〕《隋書·經籍志》：末法已後，衆生愚鈍，無復佛教，而業行轉惡，年壽漸短。經數百千載間，乃至朝生夕死。然後有大水火、大風之災，一切除去之。而更立生人，又歸淳樸，謂之小劫。每一小劫則一佛出世。〔馮注〕李燾《長編》：太宗尤重内外制之任，嘗謂近臣曰：『聞朝廷選一舍人，六親相賀，諺以爲一佛出世，豈容易哉！』按：雖末事，必唐時傳斯語也。

〔二三〕〔徐注〕《詩》：行歸于周，萬民所望。

〔二四〕〔馮注〕《晉書》：衛恒《四體書勢》：黄帝之史沮誦、倉頡，眺彼鳥跡，始作書契。〔補注〕鳥篆，篆體古文字，形如鳥之爪跡，故名。《後漢書·酷吏傳·陽球》『或鳥篆楹簡』李賢注：『八體書有鳥篆，象形以爲字也。』

〔二五〕龍宫，指佛寺，見上篇注〔三六〕。

〔二六〕〔徐注〕宋玉《風賦》：此大王之雄風也。

〔二七〕〔徐注〕謝莊《月賦》：委照以吴業昌。〔按〕謝莊《月賦》：『美人邁兮音塵闕，隔千里兮共明月。』

〔二八〕〔馮注〕《洛陽伽藍記》：佛耶舍，比名覺明，日誦三萬言，洞明三藏，於羅什法師共出《毗婆沙論》及《四分律》，爲人髭赤，時號爲『赤髭三藏』。按：《蓮社高賢傳》作佛馱邪舍，罽賓國婆羅門種也，善解《毗婆沙論》，時人號『赤髭論主』。

〔二九〕於，《全文》作『以』，據《英華》改。〔徐注〕《法苑珠林》：魏太武時，沙門曇始甚有神異，足不躡履，跣行泥穢中，奮足便淨，色白如面，俗號『白足阿練』也。

〔三〇〕見《爲同州任侍御上崔相國啓》『擁篲瞻門』注。

〔三一〕騶，《英華》作『芻』，馮本從之。〔按〕當作『騶』。前騶，官吏出行時在前面開路。

〔三二〕鈐，《全文》作『鉗』，《英華》作『鈐』，均誤，從馮校改。蓋『鈐』先形誤爲『鈐』，繼又誤爲音同之『鉗』也。〔馮注〕『鈐奴』，鈐下也，蓋給使於鈐閣者。『鈐奴』『車御』分承『門』『厩』。徐刊本作『鉗奴』，誤也。

〔三三〕〔徐注〕《晉書·胡毋輔之傳》：常過河南門下飲。河南騶王子博箕坐其傍，輔之叱使取火。子博曰：『我卒也，惟不乏吾事則已，安復爲人使？』輔之因就與語，薦之河南尹樂廣，召爲功曹。《南史·謝幾卿傳》：詣道邊酒壚，停車褰幔，與車前三騶對飲。〔馮曰〕甘爲執鞭。不必拘定何事。

〔三四〕〔徐注〕《詩》：無小無大，從公于邁。

〔三五〕〔徐注〕《左傳》：距躍三百，曲踴三百。注：距躍，超越也；曲踴，跳踴也。〔馮注〕《佛説賢首經》：踴躍歡喜。《金剛般若經》：衆生得聞是經，信解受持。凡踴躍、歡喜、信受之字，習見諸經。〔補注〕信受，信仰、相信并接受。《梁書・文學傳下・任孝恭》：『孝恭少從蕭寺雲法師讀經論，明佛理，至是蔬食持戒，信受甚篤。』

樊南乙集序〔一〕

余爲桂林從事日，嘗使南郡，舟中序所爲四六，作二十編〔二〕。明年正月，自南郡歸。二月府貶〔三〕。選爲盩厔尉〔四〕，與班縣令、武功劉官人同見尹〔五〕，尹即留假參軍事，專章奏〔六〕。屬天子事邊，康季榮首得七關；數月〔七〕，李玭得秦州〔八〕；月餘，朱叔明又得長樂州，而益丞相亦尋取維州〔九〕，聯爲章賀〔一〇〕。時同寮有京兆韋觀文、河南房魯〔一一〕、樂安孫朴、京兆韋嶠〔一二〕、天水趙璜〔一三〕、長樂馮顓、彭城劉允章〔一四〕。是數輩者，皆能文字。每著一篇，則取本去〔一五〕。是歲，葬牛太尉〔一六〕，天下設祭者百數。他日尹言：『吾太尉之薨，有杜司勳之誌〔一七〕，與子之奠文〔一八〕，二事爲不朽〔一九〕。』

十月，尚書范陽公以徐戎凶悍〔二〇〕，節度闕判官，奏入幕〔二一〕。故事〔二二〕，軍中移檄牒刺〔二三〕，皆不關決記室〔二四〕，判官專掌之。其關記室者，記室假，故余亦參雜應用〔二五〕。明年府薨〔二六〕，選爲博士，在國子監太學〔二七〕，始主事講經〔二八〕，申誦古道，教太學生爲文章〔二九〕。七月〔三〇〕，尚書河東公守蜀東川〔三一〕，奏爲記室。十月，得見吳郡張黯見代，改判上軍〔三二〕。時公始陳兵新作教場〔三三〕，閱數軍實〔三四〕。判官務檢舉條理〔三五〕，不暇筆硯。明年，記室請如京師，復攝其事〔三六〕。自桂林至是，所爲已五六百篇，其間可取者四百而已。

三年以來，喪失家道〔三七〕，平居忽忽不樂，始尅意事佛，方願打鐘掃地，爲清涼山行者〔三八〕，於文墨意緒闊略〔三九〕。爲置大牛篋〔四〇〕，塗逭破裂〔四一〕，不復條貫〔四二〕。十月，弘農楊本勝始來軍中〔四三〕，本勝賢而文，尤樂收聚殘刺，因懇索其素所有，會前四六置京師不可取者，乃强聯桂林至是所可取者〔四四〕，以時以類，亦爲二十編，名之曰《四六乙》〔四五〕。此事非平生所尊尚〔四六〕，應求備卒〔四七〕，不足以爲名，直欲以塞本勝多愛我之意〔四八〕。遂書其首。是夕大中七年十一月十日夜，火盡燈暗，前無鬼鳥〔四九〕，一如大中元年十月十二日夜時〔五〇〕。書罷，永明不成寐〔五一〕。

〔一〕本篇原載《文苑英華》卷七〇七第一頁、清編《全唐文》卷七七九第一八頁、《樊南文集詳注》卷七。

〔按〕據篇末記時，此序作于大中七年十一月十日夜。

〔二〕〔補注〕詳參前《樊南甲集序》『大中元年』一段。二十編，即前序所謂二十卷。

〔三〕〔補箋〕據《爲滎陽公與前浙東楊大夫啓》及此句，鄭亞貶赴循州當在大中二年二月二十三日。

〔四〕〔徐注〕《新書·地理志》：鳳翔府扶風郡，領盩厔縣。〔馮注〕《通典》：盩厔，漢縣。山曲曰盩，水曲曰厔。屬京兆府。〔補注〕《舊唐書·地理志》：『盩厔，隋縣，武德三年屬稷州，貞觀三年還雍州。』後曾改隸鳳翔府，旋復隸雍州京兆府。按：商隱大中二年三、四月間離桂林北歸，約九月中下旬抵長安。選補爲盩厔尉在返京後。

〔五〕功，《全文》《英華》均作『公』。〔徐曰〕疑作『功』。《新書·地理志》：京兆府京兆郡，領武功縣。《日知録》：南人稱士人爲官人。《昌黎集·王適墓志銘》：『一女，憐之必嫁官人，不以與凡子。』是唐時有官者方得稱官人也。杜子美《逢唐興劉主簿》詩云：劍外官人冷。〔馮注〕按《左傳》：『官人肅給。』後代史文，如《北齊書·

循吏・宋世良傳》：爲殿中侍御史，詣河北括户還，孝莊勞之曰：『若官人皆如此用心，便是更出一天下也。』《郎基傳》：州府官人。《酷吏・盧裴傳》：遷尚書左丞，伺察官人罪失，動即奏聞，朝士重跡屏氣。《隋書・王韶傳》：晋王廣鎮并州，除行臺右僕射，後進位柱國。文帝幸并州，詔謝曰：『臣比衰暮，殊不解作官人。』《許善心傳》：攝黄門侍郎，留守京師。煬帝先易留守官人，出除巖州刺史。《循吏・梁彦先傳》：四海之内，凡曰官人。《王伽傳》：官人無慈愛之心，不加曉示，致令陷罪。《酷吏・趙仲卿傳》：鞭笞長吏，官人戰慄。《舊書・高祖紀》：官人百姓，賜爵一級。《武宗紀》：赴選官人多京債。李衛公《論潞磁等州縣令録事參軍狀》云：官人皆由選擇，可委輯綏。○蓋官人本統内外貴賤，各隨其宜以稱之，其後乃於令長掾屬及赴選筮仕者習稱也。前人辨之未備，故詳引焉。班縣令或班姓而即令盩厔者。武公，徐氏疑作『武功』，武功屬京兆府，劉官人似官於武功者。《新書・表》有京兆武功劉氏，亦可舉稱，然皆未可定。《尚書・皋陶謨》：能官人。按：此最始者，其後隨宜稱用，不足詳引。〔按〕徐、馮説是，兹據改。盩厔與武功相鄰，同屬京兆府，兩縣之令、尉同謁京尹，自在情理之中。又，班，等同也。班縣令，即職位相等之縣令。武功，係縣令之籍貫。則當點爲『與班縣令武功劉官人同見尹。』《舊唐書》本傳謂『京兆尹盧弘正奏署掾曹』，《新唐書》同，馮譜、張箋已糾其誤。馮氏曰：『尹稱牛僧孺曰吾太尉，當是牛氏宗黨，與弘正必不合。』案《舊・紀》大中五年有京兆尹韋博罰俸事，或即其人歟？岑仲勉《平質》則謂在李拭、韋博之間，尚有一人曾任京尹，『博固許即樊南文之京尹，然仍待確證也。』

〔六〕〔徐注〕本傳：京兆尹盧弘正奏署掾曹，令典章奏。〔馮注〕本傳以尹爲盧弘正，誤，詳《年譜》。假參軍，假法曹參軍也，詳《偶成轉韻七十二句贈四同舍》詩（『手封狴牢屯制囚』句下）箋。

〔七〕月，《英華》注：集作『日』。非。

〔八〕〔馮箋〕按杜牧《題永崇西平王宅太尉愬院六韻》結云：『隴山兵十萬，嗣子握琱弓。』注曰：『今鳳翔李尚書，太尉長子。』其名其地其時皆合，必即此李玭也。可以略補愬傳之闕。《英華・授李玭鳳翔節度使制》：生王侯之大家，傳帶礪之盛業。〔按〕李玭大中三至四年在鳳翔節度使任，見《唐方鎮年表》。

〔九〕〔馮箋〕《舊書·杜悰傳》：李德裕鎮西川，吐蕃首領悉怛謀以維州城降，執政者與德裕不協，勒還其城。至是收復之，亦不因兵刃，乃人情所歸也。〔按〕杜悰會昌四年七月拜相，五年五月罷爲東川節度使。大中二年二月徙西川節度使，治益州，故稱『益丞相』。

〔一〇〕〔馮箋〕《舊書·宣宗紀》：大中三年正月，涇原節度使康季榮奏：吐蕃以秦、原、安樂三州及石門等七關之兵民歸國。詔靈武節度使朱叔明、邠寧節度使張君緒各出本道兵馬應接其來。六月，季榮收復原州、石門驛、藏木峽、制勝、六盤、石峽等六關訖，張君緒奏收復蕭關，敕於蕭關置武州，改安樂爲威州。七月，三州七關軍民，皆河、隴遺黎數千人，見於闕下。上御延喜門撫慰，令其解辮，賜之冠帶。八月，鳳翔節度使李玭奏收復秦州。九月，西川節度使杜悰收復維州。〔徐曰〕《詩集》中《偶成轉韻》云：『平明赤帖使修表，上賀嫖姚收賊州。』即此事也。〔按〕商隱爲收復三州七關所代擬之賀表今均佚。

〔一一〕〔徐注〕《宰相世系表》：（房）魯字詠歸。〔馮注〕《宰相世系表》『房魯字詠歸』者，玄齡之裔，然非河南。似非此人也。《文粹》有房魯《上節度使書》。《全唐詩話》：長安木塔院，有進士房魯題名處。似即其人。

〔一二〕〔馮曰〕韋嶠未必即韋蟾之誤，詳《詩集·和孫朴韋蟾孔雀詠》題注。〔按〕《新唐書·宰相世系表四上》有『韋嶠，秋官侍郎』，時代不合，顯非此韋嶠。

〔一三〕〔徐注〕《宰相世系表》：（趙）璜字祥牙。〔馮注〕《唐詩紀事》：開成三年登第。〔補注〕《唐故處州刺史趙府君墓誌》：『君諱璜，字祥牙。其先自秦滅同姓，降居天水……先君諱伉，自建中至元和，伯仲五人，登進士第，時號卓絶……君生三歲而孤，與兄璘、弟珪，年齒相差……嗜學工文，才調清逸……開成三年，禮部侍郎高公鍇獎拔孤進，君與再從兄璉同時登進士第，余（撰墓誌者趙璜之兄趙璘，時守衢州刺史）是時亦以前進士吏部考判高等……會昌末，始選授祕書省校書郎。宰相有以辭華上聞者，特除鄠縣尉。尚書韋公損節度武昌，奏監察、殿中二御史，皆掌書記。府罷，歷京兆府户曹、大理正、祕書丞，階至朝散大夫……及刺縉雲也，余前此自祠部郎守信安，浙河之東，封疆隣接……以咸通三年四月十一日，遭大病于郡廨，享年五十九。』又據《唐故進士趙君（珪）墓誌銘》，大中元年，『次兄京兆府鄠縣尉瓚，乞假護喪東歸』，與商隱此序對照，可推知至大中三年趙瓚仍任鄠縣尉，故與同屬畿縣之盩厔縣尉商隱熟悉，亦可進一步推知此處所列舉之韋、房等七人均爲京兆府之僚屬及畿縣令、尉。

〔一四〕〔馮注〕《新唐·劉伯芻傳》：孫允章，字蘊中。咸通中，爲禮部侍郎，後爲東都留守。〔補注〕《陝西金石志》一九有《故楚國夫人贈貴妃楊氏墓誌銘并序》，翰林學士、朝議郎、守尚書户部郎中知制誥賜紫金魚袋臣劉允章奉敕撰，時在咸通六年四月。

〔一五〕〔補注〕本，稿本、底稿。《南史·蕭藻傳》：『自非公宴，未嘗妄有所爲，縱有小文，成輒棄本。』

〔一六〕〔徐注〕《新書》：牛僧孺，字思黯。宣宗立，徙衡、汝二州。還，爲太子少師。卒，贈太尉。〔馮注〕《舊書·牛僧孺傳》：穆宗長慶三年，同平章事。敬宗時，封奇章郡公。後至大中初卒，贈太子太師，謚文貞。《新書·傳》：贈太尉，謚曰文簡。按：贈與謚二書不同。《北夢瑣言》又云：大中初卒，未賜謚。白敏中入相，乃奏定謚曰『簡』。無『文』字。《唐文粹》有李珏撰《牛僧孺神道碑》云：大中戊辰歲十月二十九日薨，己巳歲五月十九日葬。〔按〕據杜牧《唐故太子少師奇章郡開國公贈太尉牛公墓誌銘并序》，太尉自是贈官。己巳爲大中三年，故『是歲』即指大中三年。

〔一七〕〔徐注〕《新書》：杜牧，字牧之。歷黄、池、睦三州刺史。入爲司勳員外郎，常兼史職。人號爲『小杜』，以别杜甫云。〔馮注〕《舊書·杜牧傳》：遷司勳員外郎、史館修撰。《太平廣記》引《唐闕史》：牧在牛僧孺揚州幕，惟以宴遊爲事，出没倡樓。僧孺密教卒三十人，易服隨後潛護之。及徵拜御史，僧孺餞之，命侍兒取一小書簏，對牧發之，乃街卒密報，凡數十百，悉曰：『某夕杜書記過某家無恙。』牧慚泣拜謝，終身感焉。故爲誌極言其美。誌文見《文粹》。曰『吾太尉』，〔京兆尹〕當是牛氏宗黨。

〔一八〕〔徐曰〕〔奠文〕今不傳。

〔一九〕《英華》注：〔『事』下〕集有『文』字。

〔二〇〕〔徐注〕〔范陽公〕盧弘正。〔馮注〕〔十月〕四年十月，辨詳《年譜》。〔按〕此處『十月』承上文『是年』，自指大中三年十月。張氏《會箋》已正馮譜之誤，詳見《會箋》大中三年附考。盧弘正，應從《新書》作『盧弘止』。《新唐書·盧弘止傳》：『出爲武寧節度使。徐自王智興後，吏卒驕沓，銀刀都尤不法。弘止戮其尤無狀者。』此即所謂『徐戎凶悍』。

〔二一〕〔馮注〕是判官，非掌書記（按：兩《唐書》誤爲掌書記），詳《年譜》。〔按〕商隱在徐幕任判官，非掌書記。其《偶成轉韻七十二句贈四同舍》云：『廷評日下握靈蛇，書記眠時吞彩鳳。』書記即『四同舍』之一，其非自指甚明。戴偉華《唐方鎮文職幕僚考》謂商隱此序中之『判官』乃幕僚之通稱，非指職掌。然上文謂『徐戎凶悍，節度闕判官』，此『判官』顯爲判理軍政事務之僚屬，非職掌文牘之掌書記。下文謂『改判上軍』『判官務檢舉條理，不暇筆硯』，亦實指判官之職，非通稱。又，弘止奏辟商隱入幕在大中三年十月，而商隱由京赴幕已是閏十一月末或十二月初，《偶成轉韻》『臘月大雪過大梁』可證。

〔二二〕〔補注〕故事，舊例。

〔二三〕檄，《英華》作『易』。〔馮注〕《英華》只作『易』，徐刊本作『檄』，今從之。《晉書·葛洪傳》：洪所著移檄章表。《舊書·職官志》：諸司自相質問，其義有三：關、刺、移。關謂關通其事，刺謂刺舉之，移謂移其事於他司。〔補注〕移檄，官文書移與檄之合稱。《文心雕龍·檄移》：『故檄移爲用，事兼文武。』歐陽修《與陳員外書》：『凡公之事，上而下者，則曰符曰檄；問訊列對，下而上者，則曰狀；位等相以往來，曰移曰牒。』

〔二四〕〔補注〕關決，參與決策、參與處理。

〔二五〕〔補注〕假，告假。或解爲『假吏』之假，暫代也。應用，指駢體四六之文。《郡齋讀書志》別集類：『《樊南甲乙集》四十卷……皆表章啓牒四六之文。既不得志於時，歷佐藩府，自茂元、亞之外，又依盧弘正、柳仲郢，故其所作應用若此之多。』周煇《清波雜志》：『四六應用，所貴翦裁。』疑唐時已有此稱。參雜應用，或謂偶亦作駢文表狀書啓。現存商隱駢文，盧幕期間所作者僅《爲尚書范陽公賀吏部李相公啓》《爲度支盧侍郎賀畢學士啓》二首，此或即『參雜應用』者。

〔二六〕〔馮注〕弘正遷宣武節度使，仍遽卒於徐鎮。〔按〕馮譜謂弘止卒于大中六年，誤，當是五年，張氏《會箋》已正之，詳《會箋》大中三年附考。至於遷宣武節度，仍遽卒於徐鎮之説，係據《舊唐書·盧弘正傳》『鎮徐四年，遷檢校兵部尚書、汴州刺史、宣武軍節度、宋亳潁觀察等使，卒於鎮』及《新唐書·盧弘止傳》『徙宣武，卒于鎮』之記載而作出之推斷，張氏《會箋》亦贊同其説。

〔二七〕〔補注〕《新唐書·百官志三》：『國子監……掌儒學訓導之政，總國子、太學、廣文、四門、律、書、算凡七學。』『太學，博士六人，正六品上……掌教五品以上及郡、縣公子孫、從三品曾孫爲生者。五分其經以爲業，每經百人。』

〔二八〕始主事講經，《英華》注：集作『始復欲注書講經』。非。

〔二九〕太學生，《英華》注：集作『天下學生』，非。

〔三〇〕〔馮注〕（大中）六年七月。〔按〕馮注誤。張氏《會箋》已正爲大中五年七月。詳《會箋》大中五年『七月，河南尹柳仲郢爲梓州刺史東川節度使』條附考。

〔三一〕〔徐注〕（尚書河東公）柳仲郢。

〔三二〕〔馮注〕在徐已爲判官，此故求改也。又曰：判官稍高於掌書記。在徐幕已爲判官，而仲郢乃奏爲記室，義山必至洛情懇而奏改也，無仲郢私改之理。

〔三三〕《英華》注：集作『新練兵作教場』。非。

〔三四〕軍，《英華》作『兵』，非。〔馮注〕《左傳》：在軍，無日不討軍實而申儆之。又：歸而飲至，以數軍實。〔補注〕閱數軍實，檢閲軍隊，統計軍用器械糧餉。

〔三五〕〔補注〕檢舉條理，檢查治理。

〔三六〕〔補注〕謂復代理掌書記之職事。

〔三七〕〔補注〕《易·家人》：『父父、子子、兄兄、弟弟、夫夫、婦婦而家道正。』喪失家道，此指喪妻。商隱妻王氏卒于大中五年，故云『三年以來，喪失家道』。

〔三八〕〔馮注〕《太平御覽》引《水經注》：五臺山有五巒巍然，故曰五臺。晋永嘉三年，鴈門郡人五百餘家，避亂入此山，見山中人爲先驅，因而不返，遂寧巖野。往還之士，稀有望見其村居者。至詣尋訪，莫知所在，故俗人以爲仙者之都矣。中臺之山，山頂方三里，西北阪有一泉，水不流，謂之太華泉。蓋五臺之層秀。《仙經》云：此山名爲紫府，仙人居之。其九臺之山，冬夏常冰雪，不可居，即文殊師利嘗鎮毒龍之所。今多佛寺，四方僧徒，善信之士，多往禮焉。按：今本《水經注》脱去，而《寰宇記》引之，互有省節。今合校正一二字也。《寰宇記》『仙人居之』下，又有『内經以爲清涼山』句，其九臺之山，似訛『北』爲『九』耳。《元和郡縣志》：五臺山在代州五臺縣東北百四十里，道經以爲紫府山，内經以爲清涼山。當亦本酈注也。《華巖大疏》：歲積堅冰，夏仍飛雪，曾無炎暑，故曰『清涼』。《法苑珠林》：文殊將五百仙人往清涼之山，即斯地也。《通鑑》注：五峰頂無林木，有如壘土之臺，故曰五臺。〔徐注〕朱弁《曲洧舊聞》：代州清涼山清涼寺，始見于《華嚴經》，蓋文殊示現之地也。在五臺山之西五臺縣。

〔三九〕〔補注〕闊略，粗疏、不講究。

〔四〇〕大牛，《英華》注：集作『太平』。非。

〔四一〕〔補注〕塗逭，塗改。

〔四二〕〔補注〕條貫，整理。

〔四三〕〔徐注〕《宰相世系表》：（楊）籌，字本勝，監察御史。餘詳《詩集·楊本勝説於長安見小男阿衮》題注。

〔四四〕〔補注〕謂收集先前所作四六文棄置於京師無可取者（未收入《樊南甲集》者），以及自桂幕至今可取者（即上文所謂『其間可取者四百而已』）。

〔四五〕乙，《英華》作『一』，誤。名之曰，《英華》注：三字集作『爲』。

〔四六〕尊，《英華》作『專』，誤。

〔四七〕〔補注〕應求，應人之請求；備卒，應付倉卒之須。

〔四八〕〔補注〕多，稱賞。

〔四九〕〔馮注〕《荆楚歲時記》：正月，夜多鬼車鳥度，家家搥門打户，捩狗耳滅燈燭以禳之。門，一作『牀』。《嶺表録異》：有如鵂留，名鬼車，出秦中，而嶺外尤多。春夏之間，遇陰晦飛鳴，愛入人家，鑠人魂氣。或云九首，曾爲犬齧下一首，常滴血也。血滴之家，即有凶咎。〇前序言月明，此以無鬼鳥言非陰晦，亦月明時也。〔補注〕鬼鳥，即鬼車鳥。《酉陽雜俎》：『鬼車鳥，相傳此鳥昔有十首，能收人魂，一首爲犬所噬。秦中天陰，有時有聲，聲如力車鳴，或言是水雞過也。』李時珍《本草綱目·禽·鬼車鳥》：『鬼車鳥别名鬼鳥、九頭鳥、蒼鸆、奇鶬。』

〔五〇〕十（月），《英華》注：集作『十二』。非。句下注：是序前四六（即《樊南甲集》）之夕。

〔五一〕《英華》注：集作『書罷永歎，際明而不成寐』。

劒州重陽亭銘并序〔一〕

陪臣未嘗屢睹天子宫闕〔二〕，矧得舞殿陛下耶！然下國伏地讀甲乙丙丁詔書〔三〕，亦有以識天子理意，尺度堯、舜，不差毫撮〔四〕，於絶遠人意尤在。不然者，安得用江陵令〔五〕，使上水六千里，挽大小虎牙、灧澦、黄牛險，以治普安〔六〕？□令既爲侯，講天子意，三年大理。田訟斷休，市賈平，獄户屈膝，落民不識胥吏〔七〕，四方賓頗來繫馬靡牛〔八〕。□樹膚不生。乃大鏟險道，緄石見土〔九〕，其平可容《考工》車四軌〔一〇〕，建爲南北亭，以經勞餞。又亭東山，號曰重陽，以醉風日。南北經貫〔一一〕，若出平郡，無有噫□，□年，民恐即去，遮覲□□請留〔一二〕。□□東山，實在亭下。侯蔣氏，名侑〔一三〕，文曰：

仁之爲道，隆磊英傑。天簡其勞〔一四〕，羨以事物。爲君之□，□蔣是□〔一五〕。撮取不窮，如武有庫〔一六〕。蔣之有世，以仁爲歸〔一七〕。伯氏之宜，仲氏之思。厥弟承之，繩而不紈〔一八〕。以令爲侯，天子之德。汝侯爲理，劍有盈昃〔一九〕。君南臣北，父坐子伏〔二〇〕。飲牛漚菅〔二一〕，田訟以直〔二二〕。市正獄清〔二三〕，謁歸告休〔二四〕。朝雨滂沱〔二五〕，濕其峭頭〔二六〕。民樂以康，願有顯庸〔二七〕。

侯作南亭，北亭是雙。至於東山，乃三其功〔二八〕。摧險爲夷，大石是扛〔二九〕。亦既三年，民走乞留。伯氏南梁，重弓二矛〔三〇〕。古有魯、衛〔三一〕，惟我之曹。惟仁之歸，有世在下。其攄其超，尾馬鬣馬〔三二〕。惟蔣之融，由唐庬嘏〔三三〕。惟是亭銘，得其麤且〔三四〕。唐大中八年九月一日，太學博士河内李商隱撰〔三五〕。

〔一〕本篇原載清編《全唐文》卷七七九第二一頁，徐樹穀《李義山文集箋注》卷一〇據《全蜀藝文志》采入，馮浩《樊南文集詳注》卷八載此文，低二格書。〔馮注〕《舊書·志》：劍南道劍州普安郡，屬東川節度使。篇末附按又云：此文徐氏采之《全蜀藝文志》，而余取原書覆校者也。《金石録》無跋語。亭屢建屢圮，碑文必多剥落矣。今所登者，缺字尚少，詞義略見古趣。使果出義山手，何無矯然表異者乎？義山自稱，或曰玉谿，或曰樊南，其郡望則隴西，故他人稱之曰成紀。此書『河内』，雖合史傳，而準之文翰，則可疑也。徐刊本作『河南』，豈別有據，抑傳寫之訛歟？鄭氏《通志·金石略》亦載之，但作『大和八年劍州』，不言何人文、何人書，則更可疑矣。余頗疑碑文久漫漶，而楊用修爲補全之，恐未可篤信也。今且附列於此。又按：余疑用修爲補全者，更有可旁證也。《全蜀藝文志》，用修所最矜喜者，得漢《太守樊敏碑》於蘆山，漢《孝廉柳莊敏碑》於黔江也。序言二碑皆無銷訛，刻猶古剞，實則《柳碑》僅存其名，而未能追補矣。孝廉諱『敏』，何爲加『莊』字哉？《巴郡太守樊君碑》，趙氏《金石録》云：首尾完好，摘載其大略。至明弘治中，李一本磨洗出之，不可讀者過半。《通志·金石略》亦列之，而注曰：未詳。用修何以竟得一字無損之原刻哉？洪氏《隸釋》，《孝廉柳敏碑》有闕字，而文本不多，碑在蜀中。《巴郡太守樊敏碑》頗全，惟後共闕七字，碑在黎州，用修據此而補全之，則亦易矣。其所録字句，有與趙氏、洪氏異者，不備列。而顧亭林於《樊碑》云：重刻本，字甚拙惡。但未及考其何時所刻也。統爲核之，用修所云，何可盡信哉！〔按〕馮氏疑此篇原碑文久漫漶，而楊用修（慎）爲補全之，未可篤信，蓋以其出《全蜀藝文志》，而未及見《全唐文》之故。今知此篇既載《全唐文》，而《全唐文》所收義山文又本之《永樂大典》。《大典》所收又本之義山文集。（其文集所收此碑銘可能自碑拓出，故有多處闕字。）且《全唐文》所載本篇之文字，與徐、馮二氏據《全蜀藝文志》所録之文字幾全部相同。據此即可證此文絶非楊慎補全者。且文中提及蔣侑、蔣係弟兄分别擔任劍州刺史、興元節度使之職，與篇末所書年月及商隱寄幕東川之時間，時、地、人無一不合，絶非後世作僞或臆補者可得而爲。故此文之爲商隱所作殆無可疑。至于篇末署『太學博士河内李商隱撰』，馮注已指出『義山由太學博士出充梓幕，此仍書京職，而宋本《詩集》，亦首標太學博士李商隱義山，不及他銜者，重王朝，尊儒職也』，故是亦不足疑也。且《金石録》亦云：此碑，李商隱撰，正書，無姓名，大中八年也。則北宋時所見與《全唐文》《全蜀藝文志》所載正相吻合，更無可疑矣。

〔二〕〔馮注〕時在梓幕，故首曰陪臣。〔補注〕《左傳·襄公二十一年》『天子陪臣』杜預注：『諸侯之臣稱於天子曰陪臣。』東川節度使相當於古之諸侯，商隱爲東川幕僚，故自稱陪臣。曰『未嘗屢睹天子宫闕』，亦與商隱所歷京職（祕書省校書郎、正字、太學博士）爲時均甚短相合。

〔三〕〔馮注〕《漢書·紀》注：令有先後，故有令甲令乙令丙。〔徐注〕《玉海》：漢詔有制詔、親詔、密詔、特詔、優詔、中詔、手筆、下詔、遺詔。令有下令、著令、挈令及令甲、令乙、令丙。〔補注〕下國，此指東川方鎮。

〔四〕〔補注〕尺度，猶丈量、衡量。撮，本量器名，此泛指少量。《漢書·律曆志上》：『量多少者不失圭撮。』顔注引應劭曰：『四圭曰撮，三指撮之也。』

〔五〕〔馮注〕《舊書·志》：江陵縣，晉桓温所築城也。〔徐注〕《新書》：江陵府江陵郡領江陵縣。〔補注〕蔣侑在任劍州刺史之前爲江陵令。參詳下句注。

〔六〕〔徐注〕《水經注》：荆門在南，上合下開。闇徹山南有門，像虎牙，在北，石壁色紅，間有白文，類牙刑。并以物像受名。此二山，楚之西塞也。又：白帝城西有孤石，冬出二十餘丈，夏没，名灩澦堆。土人云：『灩澦大如象，瞿塘不可上；灩澦大如馬，瞿塘不可下。』人以此爲水候。又：黄牛山下有灘，名曰黄牛灘，南岸重嶺叠起，最外高崖間有色，如人負刀牽牛，人黑牛黄，成就分明，既人迹所絶，莫得究焉。此巖既高，加江湍紆迴，雖途逕信宿，猶望見此物，故行者謡曰：『朝發黄牛，暮宿黄牛。』《新書》：劍州普安郡領普安縣。〔馮注〕《水經注》：江水又東逕魚腹縣故城南，江中有孤石爲灩澦石，冬出水二十餘丈，夏則没，亦有裁出處矣。按：酈注止此。前明刊本又有小注曰：李膺《益州記》云：灩澦堆，夏水漲没數十丈，其狀如馬，舟人不敢進。又曰：猶豫，言舟子取途，不決水脈，故猶豫也。《樂府》作『淫豫』，《坤元録》作『冘豫』，此朱謀瑋注『箋』也，不可混引。《樂府詩集》：《淫豫歌》二首：灩澦大如馬，瞿塘不可下；灩預大如牛，瞿塘不可流。按：《寰宇記》：諺曰：灩澦大如樸，瞿塘不可觸。又有『如馬』『如鼇』『如龜』，共八句。范石湖《吴船録》引《舊圖》云：『灩澦大如象，瞿塘不可上，灩澦樸如馬。』共六句，皆非《水經注》之文。《水經注》：江水又東逕黄牛山下，有灘名曰黄牛灘。又：江水又東歷荆門、虎牙之間，荆門在南，虎牙在北。餘詳《詩集·荆門西下》及《風》『楚色分西塞』句下注。按：江水東下，蔣由江陵令遷劍州，溯江而上也。如馬、如牛、如樸六句，李肇《國史補》有之，『流』作『留』。〔按〕據下文『三年大理』之語，蔣侑自江陵令遷劍州刺史，當在大中六年。挽，挽舟也。

〔七〕〔補注〕落民，猶居民。《列女傳·楚老萊妻》：『老萊子乃隨其妻而居之，民從而家者，一年成落，三年成聚。』

〔八〕〔馮注〕縻，《説文》：牛轡也。按：縻、靡可通。見《易·中孚》卦。

〔九〕〔馮注〕《毛詩·小戎》篇傳曰：緄，繩也。

〔一〇〕〔馮注〕《周禮·冬官·考工記》：匠人涂度以軌，經涂九軌，環塗七軌，野塗五軌。〔按〕四軌，謂道路之寬可容四輛車並排行駛。

〔一一〕貫，《全文》作『貰』，非，據徐本改。〔補注〕經貫，南北向之道路，此猶經過。

〔一二〕〔徐校〕當謂『遮觀察使請留』，馮校同。

〔一三〕〔馮箋〕按《舊書·蔣乂傳》：乂常州義興人。子係、伸、偕、仙、佶。伸，大中末同平章事。《新書·傳》云：乂徙家河南。《新書·表》亦載之。此蔣侑頗似同族，無可考。

〔一四〕〔補注〕簡勞，檢視勞績。

〔一五〕〔馮校〕《全蜀藝文志》多一空格。

〔一六〕見《爲某先輩獻集賢相公啓》『武庫常開』注。

〔一七〕〔補注〕《論語·顔淵》：『子曰：克己復禮爲仁。一日克己復禮，天下歸仁焉。』此謂以仁爲指歸。

〔一八〕〔徐注〕《韻會》：絿，急也。〔馮注〕《廣韻》《集韻》（絿）並同『絿』。《詩》：不競不絿。傳曰：絿，急也。按：以韻論『絿』字疑有舛。

〔一九〕〔徐注〕《易》：日中則昃，月盈則食。〔馮注〕此謂當盈者盈，在昃者昃。〔補注〕劍，指劍州之民。盈昃，盈滿或虧缺。

〔二〇〕〔馮注〕《周易乾鑿度》：君南面，臣北面，父坐子伏，此其不易也。《周禮·地官》：大司徒，施十有二教。五曰以儀辨等，則民不越。鄭氏注曰：儀謂君南面，臣北面，父坐子伏之屬。

〔二一〕〔馮注〕《魏志·管寧傳》注引《高士傳》曰：寧鄰有牛暴寧田者，寧爲牽牛著涼處，自爲飲食，過於牛主。牛主大慚，若犯嚴刑。是以左右無鬭訟之聲。《左傳》：武城人拘鄫人之漚菅者，曰：『何故使吾水滋濁？』〔補注〕漚菅，水浸茅草使之柔韌。

〔二二〕田，徐本作『由』，誤。

〔二三〕〔徐注〕《漢書·曹參傳》：慎毋擾獄、市。〔補注〕獄，獄訟；市，市集交易。

〔二四〕〔馮注〕《唐類函》：李斐《漢書》曰：告，請也，言請休謁也。漢律，使二千石有予告，有賜告。顔師古曰：告或謂謝，謝亦告也。〇此似言政簡獄清，吏得以無事告休，非蔣告休也，觀下『三年』可知。〔徐注〕《白帖》：杜欽言於王鳳曰：今有司以爲予告得歸，賜告不得。夫三最予告也，或病滿賜告，詔恩也。〔補注〕謁歸，告假歸里；告休，告假休息。

〔二五〕滂沱，馮本作『滂滂』。〔徐注〕《詩》：崇朝其雨。

〔二六〕〔馮注〕《後漢書·獨行傳》：向栩似狂生，好被髮著絳綃頭。註曰：《説文》：綃，生絲也。此當作『幧』。《古詩》云：少年見羅敷，脱巾著幧頭。鄭氏註《儀禮》云：如今著幓頭，自頂中而前交額上，却繞髻也。《晋書·五行志》：太元中，人不復著帩頭，天戒若曰，頭者元首，帩者助元首爲儀飾者也。今忽廢之，若人君無輔佐也。《廣韻》：斂髮謂之幧頭。按：古詩《陌上桑》作『脱帽著帩頭』，則幧、帩通用。此似以言政簡吏閒，風雨應節。揚子《方言》：絡頭，帕頭也，幧頭也。〔補注〕帩頭，男子包髮之紗巾。

〔二七〕〔補注〕顯庸，猶顯明之功勞。《新唐書·韓愈傳》：『東巡泰山，奏功皇天。具著顯庸，明示得意，使永永年服我成烈。』

〔二八〕〔補注〕三其功，指建南、北亭及東山重陽亭。

〔二九〕〔馮注〕《説文》：扛，横關對舉也。《後漢書》：費長房令十人扛樓下酒器。〔補注〕扛，雙手舉重物，抬物。《説文》段注：『以木横持門户曰關。凡大物而兩手對舉之曰扛……即無横木而兩手對舉之，亦曰扛。即兩人以橫木對舉一物，亦曰扛。』

〔三○〕〔馮注〕按『南梁』不一地。《史記》：魏伐趙，戰於南梁。《通典》：『汝州，戰國時謂之南梁。』必非所用也。《隋書·志》：『巴西郡，梁置，南梁北巴州。』《北史·賀若敦傳》：『巴西人譙淹據南梁州。』此即唐時之閬州。皆係古名，非當時習稱者。唐人習稱梁州興元府曰『南梁』，如劉禹錫《彭陽唱和集後引》『開成元年，公鎮南梁』，又《山南西道節度使廳壁記》云『於是按南梁故事』，《山南西道驛路記》云『南梁人書事于牘』之類是也。重弓二矛，爲節鎮之儀，此必其兄鎮興元也。《舊書·傳》：蔣係，宣宗時吏部侍郎，改左丞，出爲興元節度使。○係爲乂之長子，與『伯氏』亦合，第侑非親兄弟耳。《詩》：二矛重弓。〔按〕據《唐方鎮年表》及《唐刺史考》，大中八年至十一年，蔣係任興元尹、山南西道節度使。馮浩《玉谿生詩箋注》將《行至金牛驛寄興元渤海尚書》詩繫於大中十年商隱罷東川幕隨柳仲郢還朝途中，顯誤。此當是大中八年之前封敖尚在興元任時商隱另有一次行經金牛驛至京或至興元之行程。此詩之繫年當改。

〔三一〕〔徐注〕《論語》：魯、衛之政，兄弟也。

〔三二〕〔徐注〕應瑒《慜驥賦》：鬱神足而不攄。張協《七命》：天驪之駿，逸態超越。《神異經》：西南大宛，宛丘有良馬，其大二丈，鬣至膝，尾委地，蹄如汗，腕可握，日行千里。〔馮注〕以天馬比其昆季，兄爲鬣，弟爲尾，如龍頭龍尾之評。徐刊本作『尾馬鬣馬』，今從《全蜀藝文志》原本也（按：馮本作『尾鬣馬馬』）。《法苑珠林》五十二卷中，有懷度道人云『馬馬』之字。

〔三三〕庬，《全文》作『龐』，據馮本改。徐本亦誤作『龐』。〔徐注〕成公綏詩：翼翼萬禩，明明顯融。龐（應作『庬』）音茫，厚也。《左傳》：民生敦龐（庬）。〔馮注〕庬，莫江切，厚也。《詩》：純嘏爾常矣。傳曰：嘏，大也。箋曰：予福曰嘏。《說文》：嘏，大遠也。古雅切。〔補注〕融，昌盛、顯明。

〔三四〕〔徐注〕毛萇《詩傳》：且，辭也。〔馮注〕下、馬、嘏、且叶韻，『且』字不可誤讀。

〔三五〕內，《全文》、徐刊本均作『南』，據馮本改。〔馮注〕義山由太學博士出充梓幕，此仍書京職，而宋本

《詩集》，亦首標太學博士李商隱義山。不及他銜者，重王朝，尊儒職也。《金石録》：此碑，李商隱撰，正書，無姓名，大中八年也。《全蜀藝文志》：碑在隆慶府東山之陽，石刻今存，亭圮。後宋治平中再建，明正德中又建。《四川通志》：重陽亭在劍門驛東鳴鶴山上，今圮。王阮亭《秦蜀後記》：劍州東南一里鶴鳴山，有李商隱《重陽亭記》。按：豈近時人重建歟？按：《四川通志》藝文類竟不收此。

爲舉人上翰林蕭侍郎啓〔一〕

某啓：某聞師曠之琴，不鼓之則無以召玄鶴〔二〕；楊羲之石，不用之即無以聘應龍〔三〕。物既有之，言亦猶是。伏惟侍郎學士，絪緼降秀，翕闢資華〔四〕。天上比方，但有文星矗爾〔五〕；人間擬議，未將太華爲然〔六〕。爰自妙齡，遂肩名輩。當時人物，何戢惟效於褚公〔七〕；邇日風流，杜乂難方於衛玠〔八〕。加以弘成與石〔九〕，郭璞傳毫〔一〇〕，涣水倘來，皆逢藻繢〔一一〕；荆峯若至，只有璆琳〔一二〕。合沓縑緗〔一三〕，縱横筆硯〔一四〕。《三都》作序，不勞皇甫士安〔一五〕；萬乘爲僚，只有東方曼倩〔一六〕。

況從近歲，且有外虞。傅介子在樓蘭國中，奇功未就〔一七〕；班仲升於玉門關外，報命猶賒〔一八〕。雖太平之業已隆，而震耀之威尚作〔一九〕。侍郎又綢繆武帳〔二〇〕，密勿皇闈〔二一〕。九天九地之兵，寧因舊學〔二二〕？七縱七擒之術，固已玄通〔二三〕。用視草之工〔二四〕，解按劍之怒〔二五〕。手爲天馬〔二六〕，心繪國圖〔二七〕。九重之中，暫煩前箸〔二八〕；萬里之外，輒散衡車〔二九〕。位誠在於論思〔三〇〕，功已參於鎮撫〔三一〕。圖書之府〔三二〕，鼎鼐之司〔三三〕。伊、咎懸遺恨之誠〔三四〕，夔、説貯妨賢之愧〔三五〕。載惟後命〔三六〕，夫豈踰時〔三七〕！

抑某又聞之，昔管仲經邦，賓客有二〔三八〕；周公待士，吐握皆三〔三九〕。丙丞相之車茵，寧彈醉客〔四〇〕？平津侯之賓館，不礙布衣〔四一〕。並脂粉簡編〔四二〕，冠纓圖史〔四三〕。後之披卷〔四四〕，皆若升堂〔四五〕。侍郎美譽旁流〔四六〕，高節彌折〔四七〕。擔簦者成市，躡蹻者如雲〔四八〕。此乃前賢後賢，不殊軌轍；往哲來哲，非異門牆。縱燕有黃金之臺〔四九〕，齊爲碣石之館〔五〇〕，料其棟宇，必已荒蕪〔五一〕。

若某者陋若左思〔五二〕，醜同王粲〔五三〕，鬚眉不及於崔琰〔五四〕，腰腹無預於鄭玄〔五五〕。若值庭蘭〔五六〕，固多慚德〔五七〕；如逢巖電〔五八〕，不望齊名〔五九〕。重以惠劣禰生〔六〇〕，專非董氏〔六一〕，殊顔回之易鑄〔六二〕，若宰我之難雕〔六三〕。徒欲萬卷咸披〔六四〕，且乏五行俱下〔六五〕。叨從歲賦〔六六〕，勉致文編〔六七〕。户户醬瓿，唯聞見辱〔六八〕；人人齏臼，不肯留題〔六九〕。再困於魚登〔七〇〕，一慚於雁序〔七一〕。然天付直氣，家傳義方〔七二〕，雖在顓蒙〔七三〕，不苟述作。《廣絶交》之論，抑有旨焉〔七四〕；移太常之書，非無爲也〔七五〕。

頃者曾干閽侍〔七六〕，獲拜堂皇〔七七〕，既容納之有加〔七八〕，遂希望之滋甚〔七九〕。爾後以毛傷垣彈〔八〇〕，鱗損任鉤〔八一〕，拔剌不遷〔八二〕，噞喁無暇〔八三〕，既乖受教，便以經時〔八四〕。今孝秀員來〔八五〕，風霜已積。秦人屢出，自欲焚舟〔八六〕；楚卒數奔，誰教拔旆〔八七〕？是以更持魚目，當夜肆以沽諸〔八八〕；復挈豚蹄，祝天時之未已〔八九〕。義誠多愧，志亦可憐。倘蒙猶枉鉛華〔九〇〕，更施丹雘〔九一〕，俾其恩地〔九二〕，不在他門。雖不及采椽〔九三〕，備枝梧於大厦〔九四〕；亦庶乎稊米〔九五〕，增流衍於神倉〔九六〕。與夫《九九》之能〔九七〕，猶或萬萬相遠〔九八〕。誠深詞切，聲急響煩。仰郭泰之龜龍〔九九〕，望仲尼之日月〔一〇〇〕。濡毫伏紙〔一〇一〕，億萬常心〔一〇二〕。干冒尊嚴〔一〇三〕，伏用戰灼〔一〇四〕。謹啓。

校注

〔一〕本篇原載《文苑英華》卷六六一第一〇頁、清編《全唐文》卷七七七第二〇頁、《樊南文集詳注》卷四。〔馮箋〕《新書·蕭鄴傳》：鄴及進士第，累遷監察御史、翰林學士。出爲衡州刺史。大中中召還翰林，拜中書舍人。以工部尚書同中書門下平章事。按：必即此人。《新書》言在官無足稱道，《舊書》無傳。《新書·表》：大中十一年七月，以兵部侍郎同平章事。此亦爲柳璧作，而以兄珪得第考之，則當在大中七、八年矣。〔張箋〕大中八年五月，翰林學士承旨蕭寘遷户部侍郎知制誥，依前充職（《翰苑羣書·重修學士壁記》）。而蕭鄴，《學士壁記》則載：『鄴，大中五年正月自考功郎中充翰林學士。七年六月十二日遷户部侍郎知制誥，依前充。』合之啓文，是二蕭並通也。然考之《仲郢傳》：『璧兄珪，大中五年登進士第。』而『璧於大中九年登進士第。』若蕭鄴則八年十二月已守本官判户部出院矣。此啓是應舉時代作，似與寘較合。〔岑曰〕鄉貢進士例於上年十月二十五日集户部，生徒亦以十月送尚書省，正月乃就禮部試（見《登科記考凡例》）。則干薦行卷之文，早應於秋、冬間試爲之，柳璧九年登第，此啓最遲是八年作，又未見於寘較合，張説仍未有以難馮氏也。（《翰林學士壁記注補》十一）〔按〕據《重修承旨學士壁記》：蕭鄴大中五年正月二十八日自考功郎中充，二月一日加知制誥，七月十四日遷中書舍人。六年七月二十七日加承旨；七年六月十二日遷户部侍郎、知制誥，並依前充；八年十二月十八日守本官，判户部出院。此啓爲柳璧應試前行卷投獻而作，據啓内『今孝秀員來，風霜已積』，作啓時約在初冬，時鄴尚未出院也。故蕭鄴、蕭寘均有可能。啓疑爲柳璧省父於東川時倩義山代作。

〔二〕〔馮注〕《韓子》：平公問師曠：『清商固宜悲乎？』師曠曰：『不如清徵。』師曠援琴一奏，有玄鳥二八，道南方來集於廊門之扈。再奏之，成行而列。三奏，延頸而鳴，舒翼而舞，音中宫商。公大悦，提觴而起，爲師曠壽。按：『二八』或作『二雙』，『廊門之扈』或作『廟門之外』，又或作『郭門』，當誤。《初學記》引《韓子》：師曠鼓琴，有玄鶴啣珠於中庭舞。〔徐注〕《瑞應圖》：玄鶴，王者知音樂之節則至。《白帖》：鶴滿三百六十歲則色純黑。

〔三〕〔徐注〕薛瑩《龍女傳》：震澤中洞庭山南有洞穴，梁武帝召問杰公，公曰：『此洞穴蓋東海龍王第七女掌龍王珠藏。若遣使通信，可得寶珠。』有甌越羅子春兄弟上書請通。帝命杰公問曰：『汝家制龍石尚在否？』答曰：『在。』謹齎至都，試取觀之，公曰：『汝此石能制徵風雨，召戎虜之龍，不能制海王珠藏之龍。昔桐柏真人教楊羲、許謐、茅容乘龍，各贈制龍石一片，今亦應在。』帝敕命求之於茅山華陽隱居陶弘景，得石兩片，公曰：『是矣。』《山海經》：應龍處南極，殺蚩尤，與夸父不得復上，應龍遂在地。故下數旱。旱而爲應龍狀，乃得大雨。〔馮注〕諸仙喻授楊羲事具《真誥》。〔按〕事又見《梁四公記》。

〔四〕〔徐注〕《易》：天地絪緼，萬物化醇。又：夫坤，其静也翕，其動也闢。〔馮注〕《易》：闔户謂之坤，闢户謂之乾。〔補注〕絪緼，指天地陰陽二氣交互作用之狀態。

〔五〕見《爲李貽孫上李相公啓》『文星留伏於筆間』注。

〔六〕〔馮注〕太華，華山也。非泰山、華山二嶽。

〔七〕〔徐注〕《南史·何戢傳》：戢字惠景，美容儀，動止與褚彦回相慕，時人號爲『小褚公』。

〔八〕〔徐注〕《南史·王儉傳》：儉常謂人曰：『江左風流宰相，惟有謝安。』蓋自況也。〔馮注〕《晉書·衛玠傳》：玠字叔寶，拜太子洗馬。京師人士，聞其姿容，觀者如堵。玠勞，疾遂甚，卒，時年二十七。時人謂衛玠被看殺。後劉惔、謝尚共論中朝人士，或問：『杜乂可方衛洗馬不？』尚曰：『安得相比，其間可容數人。』惔又云：『杜乂膚清，叔寶神清。』

〔九〕〔馮注〕《西京雜記》：弘成子少時，有人授以文石，大如燕卵，吞之，遂爲天下通儒。後成子病，吐出文石，以授五鹿充宗，又爲碩學也。

〔一〇〕見《爲山南薛從事傑遜謝辟啓》『曾無綵筆』注。

〔一一〕〔徐注〕《文選·陳琳〈爲曹洪與魏文帝書〉》：遊睢、涣者，學藻繢之綵。善曰：《漢書》：灌嬰，睢陽販繒者也。《陳留記》：襄邑，涣水出其南，睢水經其北。傳云：睢、涣之間出文章，故其黼黻絺繡，日月華蟲，以奉於宗廟御服焉。

〔一二〕〔徐注〕《莊子》：南方有鳥，其名爲鳳，以璆、琳、琅玕爲食。〔馮注〕《書·禹貢》：雍州，厥貢惟璆、琳、琅玕。《爾雅》：西北之美者，有崑崙墟之璆、琳、琅玕焉。荆峯，見《爲尚書渤海公舉人自代狀》『荆岑挺價』注。

〔一三〕〔馮注〕王子淵（褒）《洞簫賦》：薄索合沓。注曰：合沓，重沓也。《説文》：繒，帛也。縑，并絲繒也。緗，帛淺黄色也。《釋名》：緗，桑也，如桑葉初生之色也。縹猶漂，淺青色也。

〔一四〕〔徐注〕《高唐賦》：縱横相追。〔補注〕此即杜甫《詠懷古跡》其一『凌雲健筆意縱横』之『縱横』。

〔一五〕〔馮注〕《晋書·文苑傳》：左思賦《三都》成，自以其作不謝班、張，恐以人廢言，安定皇甫謐有高譽，思造而示之，謐稱善，爲其賦序。《皇甫謐傳》：謐字士安，自號玄晏先生。

〔一六〕〔徐注〕夏侯湛《東方朔畫贊》：大夫諱朔，字曼倩，平原厭次人也。又：戲萬乘若寮友。

〔一七〕〔馮注〕《漢書·傅介子傳》：介子與樓蘭王坐飲，陳物示之，飲酒皆醉。謂王曰：『天子使我私報王。』王起，隨介子入帳中屏語，壯士二人從後刺之，刃交胸，立死。遂持王首還詣闕，封介子爲義陽侯。

〔一八〕升，《英華》作『叔』，誤。〔馮注〕《後漢書·班超傳》：焉耆王廣、尉犂王汎及北鞬支等相率詣超。超吏士收廣、汎等於陳睦故城，斬之，傳首京師。更立元孟爲焉耆王。於是西域五十餘國悉皆納質内屬焉。餘見《代安平公遺表》『生入舊關，望絶班超之請』注、《爲濮陽公陳情表》『而班超攬鏡，不覺蕭衰』注。按：用傅、班二事，求之實事，未見符合者。大約回紇烏介自會昌間敗後，走保黑車子，朝臣銜命而往者，每有阻閡。而大中三年，吐蕃論恐熱與尚婢婢相攻殺，河西鄯、廓等州，赤地五千里，皆見史書。故此聯概言邊功未竟也。

〔一九〕〔馮注〕《左傳》：爲刑罰威獄，使民畏忌，以類其震曜殺戮。注：雷震電曜，天之威也，聖人作刑戮以象類之。〔徐注〕《漢書·叙傳》：天威震耀。

〔二〇〕〔馮注〕《史記》：上嘗坐武帳中。注：織成帳爲武士象。〔徐注〕《漢書·汲黯傳》：武帝嘗坐武帳中。孟康曰：今御武帳，置兵闌五兵於帳中也。〔補注〕綢繆武帳，猶運籌帷幄。

〔二一〕闈，《全文》作『圖』，據《英華》改。〔補注〕密勿，勤勉努力。

〔二二〕〔徐注〕《北堂書鈔》：《太公兵法》云：武王曰：『休息士衆，皆有處乎？』太公曰：『休兵頓息，如從九天之上向九地之下，獨往獨來，莫有見者。』《書·盤庚》：予小子，舊學于甘盤。〔馮注〕《玄女兵法》：凡行兵之道，天地大寶，得者全勝，失者必負。九地九天，各有表裏。三奇六壬，主威軍士。《玄女三宫戰法》：九天之上，六甲子也；九天之下，六癸酉也。子能順之，萬全可保。《孫子兵法》：善守者，藏於九地之下；善攻者，動於九天之上。《後漢書·皇甫嵩傳》：有餘者動於九天之上，不足者陷於九地之下。按：曰守、曰陷，隨所取義，故不同也。

〔二三〕〔馮注〕《蜀志》注：《漢晋春秋》曰：諸葛亮在南中，所在戰捷，生得孟獲，使觀於營陣之間，問曰：『此軍何如？』獲對曰：『向者不知虚實，故敗。今蒙賜觀看營陣，若祇如此，即定易勝耳。』亮笑縱使更戰。七縱七擒，而亮猶遣獲，獲止不去，曰：『公，天威也，南人不復反矣。』遂至滇池，南中平。蔡邕《郭有道碑》：於休先生，明德通玄。《老子》：微妙玄通，深不可測。

〔二四〕見《爲汝南公華州賀南郊赦表》『慚視草以無能』注。

〔二五〕〔徐注〕《説苑》：秦王按劍而坐。鮑照詩：天子按劍怒，使者遥相望。

〔二六〕〔徐注〕《真誥》：手爲天馬，鼻爲仙源。《集仙録》：楚莊王時，有乞食翁歌曰：清晨案天馬，來請太真家。乞食翁者，西域真人馬延壽，周宣王時人也。天馬，手也。以手按鼻下，杜絶百邪。

〔二七〕〔馮注〕《梁書·裴子野傳》：勑使撰《方國使圖》，廣述懷來之盛，自要服至于海表，凡二十國。

〔二八〕見《爲濮陽公陳許奏韓琮等四人充判官狀》「委以前籌」注。

〔二九〕散，《英華》作「敢」。〔徐校〕衡，疑作「衝」。《春秋感精符》：作衝車厲武將。《魏明帝紀》注：郝昭守陳倉城，諸葛亮起雲梯、衝車以臨城。〔馮注〕《春秋感精符》：齊、晋並争，吴、楚更謀，競作天子之事，作衡車厲武將，輪有刃，衡有劍，以相振懼。按：《御覽》引此本作「衡車」，乃徐氏采之而作「衡」，且曰文中「衡」字疑作「衝」，想刻本有異耳。然「衡」與「衝」義相類，如《御覽》引《東觀漢記》既云「王尋、王邑兵甲衝輣」，又云「或衡車撞城」；《淮南子》「所擊無不碎，所衝無不陷」，此類通用極多。〔按〕衝車，古代用以衝城攻堅之兵車。《淮南子·覽冥訓》：「大衝車，高重京。」高誘注：「衝車，大鐵著其轅端，馬被甲，車被兵，所以衝于敵城也。」作「輒敢衝車」不詞。「輒散衝車」者，常使敵之衝車喪失也。

〔三〇〕見《爲汝南公華州賀南郊赦表》「況臣嘗備論思」注。

〔三一〕〔徐注〕《左傳》：夫固謂君訓衆而好鎮撫之。箋：《舊書》：吐蕃寇涇原，命中使以禁軍援之。穆宗謂宰臣曰：「用兵有必勝之法乎？」（蕭）俛對曰：「兵者凶器，戰者危事，聖王不得已而用之。如或縱肆小忿，輕動干戈，使敵人怨結，師出無名，非惟不勝，乃自危之道也。固宜深慎。」帝然之。〔補注〕鎮撫，安撫。《左傳·昭公十五年》：「諸侯之封也，皆受明器以鎮撫其社稷。」此謂蕭侍郎位雖在於獻納論思，而功實兼有封疆大臣安撫邊鄙之績。

〔三二〕見《爲李貽孫上李相公啓》「文星留伏於筆間」注。

〔三三〕〔馮注〕《爾雅》：鼎絶大謂之鼐。《漢書·彭宣傳》：三公鼎足承君。《後漢書·明帝紀》：《易》曰：鼎象三公。

〔三四〕遺恨，《英華》作「遺帳」，注：集作「爲恨」。均非。徐本、馮本作「遺悵」。〔馮注〕謂不能早薦，故抱遺恨也。暗用史鰌（按：當作「魚」）事，見《代彭陽公遺表》「更陳尸諫」注。〔補注〕伊，伊尹；咎，皋陶。

〔三五〕〔徐注〕《説苑》：虞丘子謂楚莊王曰：「臣爲令尹，處士不升，妨羣賢路。」〔補注〕夔，舜時樂官；

説，傳説。

〔三六〕〔徐注〕《左傳》：齊侯將下拜，宰孔曰：且有後命。

〔三七〕〔馮曰〕以上數句，頌其將爲相。

〔三八〕〔馮注〕《管子》：管仲會國用三分，二在賓客，其一在國。

〔三九〕〔馮注〕《史記·魯世家》：伯禽代就封於魯，周公戒伯禽曰：『我一沐三捉髮，一飯三吐哺，起以待士，猶恐失天下之賢人。子之魯，慎勿以國驕人。』

〔四〇〕見《爲同州任侍御上崔相國啓》『丙茵多恕』注。

〔四一〕〔馮注〕《西京雜記》：平津侯營客館，招天下之士，其一曰欽賢館，次曰翹材館，次曰接士館。而躬身菲薄，所得奉禄，以奉待之。按：『不礙布衣』字，未及檢明。平津食故人高賀以脱粟，覆以布被事，亦詳《西京雜記》，似可旁證。餘已見《爲絳郡公上崔相公啓》『望孫弘之東閤』注。

〔四二〕〔徐注〕徐陵《王勱碑》：綱羅圖史，脂粉藝文。〔馮注〕《北堂書鈔》：桓範云：學者，人之脂粉也。〔補注〕脂粉，此指潤飾。

〔四三〕〔徐注〕《北史·崔浩傳》：國家積德，著在圖史。

〔四四〕〔徐注〕《南史·王藻傳》：書拱袂而披卷。

〔四五〕〔補注〕《論語·先進》：『由也升堂矣，未入於室也。』

〔四六〕旁，《英華》作『滂』。〔馮校〕一作『旁』，非。〔按〕作『旁流』可通，參見《爲絳郡公上史館李相公啓》『雨露旁流』校注。〔徐注〕《晋書·王羲之傳》：羲之少有美譽。

〔四七〕〔馮注〕《戰國策》：武安君曰：『主折節以下其臣。』〔徐注〕《漢書·田蚡傳》：非痛折節以禮屈之，天下不肅。

〔四八〕見《上尚書范陽公啓》『便當焚遊趙之簦，毀入秦之屩』二句注。〔馮注〕蹻、屩同。

〔四九〕見《爲白從事上陳許高尚書啓》『金臺結想』注。

〔五〇〕見《爲濮陽公陳許奏韓琮等四人充判官狀》『慕碣石之築宮』注。〔馮注〕《史記》注：碣石宮在幽州西三十里寧臺之東。　此豈以鄒衍齊人，不妨言齊，抑別有據耶？〔按〕對偶避複。上句已言燕，此不得不避複以改『齊』也。

〔五一〕〔徐注〕《易》：上棟下宇，以待風雨。《魏都賦》：崤、函荒蕪。

〔五二〕見《爲舉人獻韓郎中啓》『若某者雖陋若左思』注。

〔五三〕〔馮注〕《魏志》：蔡邕聞王粲在門，倒屣迎之。粲至，年既幼弱，容狀短小，一坐盡驚。邕曰：『此王公孫也，有異才，吾不如也。』又曰：劉表以粲貌寢，而體弱通侻，不甚重也。松之曰：貌寢，謂貌負其實也。通侻，簡易也。

〔五四〕見《爲山南薛從事謝辟啓》『崔琰之鬚眉』注。

〔五五〕見《爲山南薛從事謝辟啓》『鄭玄之腰腹』注。

〔五六〕見《爲河東公謝相國京兆公啓》『況安石之芝蘭』注。

〔五七〕〔徐注〕《書》：成湯放桀于南巢，惟有慚德。

〔五八〕〔馮注〕《晋書·王戎傳》：戎字濬沖，父渾。戎幼而穎悟，神彩秀徹，視日不眩。裴楷見而目之曰：『戎眼爛爛如巖下電。』戎年十五，少阮籍二十歲，而籍與之交，謂渾曰：『共卿言，不如共阿戎談。』

〔五九〕〔徐注〕《後漢書·黨錮傳》：范滂母曰：『汝今得與李、杜齊名，死亦何恨！』

〔六〇〕〔徐注〕『惠』與『慧』同。《後漢書》：禰衡字正平，少有才辯，嘗讀蔡邕所撰碑文，一覽識之。孔融《薦禰衡表》：目所一見，輒誦於口；耳所暫聞，不忘於心。性與道合，思若有神。

〔六一〕〔馮注〕《漢書·董仲舒傳》：下帷講論，弟子傳以久次相授業，或莫見其面。蓋三年不窺園，其精如此。

〔六二〕〔徐注〕《揚子》：或曰：『人可鑄與？』曰：『孔子鑄顔回矣。』

〔六三〕〔補注〕《論語·公冶長》：『宰予晝寢。子曰：「朽木不可雕也，糞土之牆不可杇也。」』

〔六四〕〔徐注〕《博物志》：蔡邕有書近萬卷，漢末年載數車與王粲。〔馮注〕《梁書·任昉傳》：聚書萬餘卷，率多異本。又《張纘傳》：纘好學，兄緬有書萬餘卷，晝夜披讀，殆不輟手。按：萬卷事屢見。《後漢書》：鄭康成博稽六藝，粗覽傳記，時睹祕書緯術之奥，凡所注著百餘萬言。梁昭明《十二月啓》：『萬卷常披，習鄭玄之逸氣。』似古以鄭氏爲首稱也。

〔六五〕〔徐注〕《後漢書·應奉傳》：奉字世叔，讀書五行俱下。

〔六六〕〔徐注〕元稹酬白居易詩：昔歲俱充賦。〔馮注〕歲賦，歲舉之進士也。《漢書·鼂錯傳》：以臣充賦，甚不稱明詔求賢之意。〔補注〕歲賦，猶歲貢。《漢書·食貨志》：『諸侯歲貢少學之異者於天子。』《漢書·蔡邕傳》：『臣聞古者取士，必使諸侯歲貢。』《新唐書·選舉志》：『由學館者曰生徒，由州縣者曰鄉貢，皆升於有司而進退之。』

〔六七〕〔馮注〕唐時應試者必以卷軸投諸先達貴人，冀其譽賞成名。此云『文編』是也。〔按〕即所謂『行卷』。商隱《與陶進士書》：『文尚不復作，況復能學人行卷耶？』程大昌《演繁露·唐人行卷》：『唐人舉進士必行卷者，爲緘軸，録其所著文以獻主司也。』

〔六八〕瓿，《英華》作『甌』，非。〔馮注〕《漢書·揚雄傳》：以爲經莫大於《易》，故作《太玄》。劉歆觀之，謂雄曰：『今學者尚不能明《易》，又如《玄》何？吾恐後人用覆醬瓿也。』

〔六九〕〔徐注〕《世説》：魏武帝嘗過曹娥碑下，楊修從。碑背上見題作『黄絹幼婦，外孫齏臼』八字。修曰：『黄絹，色絲也，於字爲「絶」；幼婦，少女也，於字爲「妙」；外孫，女子也，於字爲「好」；齏臼，受辛也，於字爲「辭」，所謂絶妙好辭也。』

〔七〇〕見《爲張周封上楊相公啓》『墱流十二，免使魚勞』注。〔補注〕魚登，猶魚化龍登龍門。困於魚登，喻應舉失利。

〔七一〕〔原注〕其長兄兩舉及第。〔徐注〕《禮記》：兄之齒雁行。〔馮注〕此知爲柳璧作。謂慚其兄珪之及第也。璧後至僖宗幸蜀，授翰林學士，累遷諫議大夫。

〔七二〕〔徐注〕《左傳》：教之以義方，弗納于邪。

〔七三〕〔補注〕顓蒙，愚昧。《漢書·揚雄傳》：『天降生民，倥侗顓蒙。』

〔七四〕〔馮注〕《南史·任昉傳》：昉好交結，獎進士友，時人慕之，號曰『任君』，言如漢之三君也。及卒，其子流離，不能自振，生平舊交，莫有收恤。西華冬月著葛帔練裙，道逢平原劉孝標，泫然矜之，乃著《廣絶交論》以譏其舊交。到溉見其論，抵几於地，終身恨之。

〔七五〕無，《英華》注：集作『敢』。〔徐注〕《漢書》：劉歆欲建立《左氏春秋》及《毛詩》《逸禮》《古文尚書》皆列於學官。哀帝令歆與五經博士講論其義，諸博士或不肯置對，歆因移書太常博士責讓之。

〔七六〕〔補注〕閽侍，守門之奴僕。

〔七七〕〔徐注〕《漢書·胡建傳》：（諸校）列坐堂皇上。注：室無四壁曰皇。〔補注〕堂皇，此指官吏治事之廳堂。

〔七八〕〔徐注〕《隋書·文四子傳》：詔曰：容納不逞。

〔七九〕〔徐注〕《南史·梁宗室傳》：更收士衆，希望非常。

〔八〇〕垣，《英華》作『崇』，注：集作『榮』。〔徐注〕《南齊書》：垣榮祖善彈，彈鳥毛盡而鳥不死。海鵠羣翔，榮祖登城西樓彈之，無不折翅而下。《南史》：垣榮祖字華先，崇祖從父兄也，善彈。登西樓，見翔鶴雲中，謂左右：『當生取之。』於是彈其兩翅，毛脱盡，墜地無傷，養毛生後飛去，其妙如此。案：二史所載，則『崇』作『榮』爲是。然二名截去『祖』字，又不著其姓，殊覺未安，不如云『垣彈』爲無弊也。〔按〕徐説是。依下句『任鉤』例，此句亦應標『垣』姓。《全文》正作『垣』。

〔八一〕〔馮注〕《莊子》：任公子爲大鉤巨緇，五十犗以爲餌，蹲乎會稽，投竿東海，期年不得魚。已而大魚食之。任公子得若魚，離而腊之，自制河以東，蒼梧以北，莫不厭若魚者。

〔八二〕拔刺，《全文》作『拔剌』，據《英華》及上下文義改，詳按語。〔馮注〕《易林》：一夫兩心，拔刺不深。此句頂『傷彈』，非『撥剌』之作『拔剌』也。不遷，疑『不遑』之訛。〔按〕與下句『無暇』對文，似作『不遑』是。然《上令狐相公狀一》云：『然猶摧頹不遷，拔刺未化。』與此處『毛傷』『鱗損』之意相近。而『拔刺』『噞喁』皆連綿字作對，作『拔刺』則與『噞喁』不對。故此二句宜作『拔刺不遷，噞喁無暇』。拔刺不遷，謂如魚躍而未登龍門也。

〔八三〕〔徐注〕左思賦：泝洄順流，噞喁沈浮。〔馮注〕《文子》：水濁則魚噞喁。《吴都賦》注：魚在水中羣出動口也。

〔八四〕〔徐注〕《古詩》：但感别經時。

〔八五〕員，《全文》作『爰』，據《英華》改。〔徐注〕『員』與『云』同。《隋書》：詔曰：四海之内，豈無孝秀？〔馮注〕周必大跋《文苑英華》曰：賦多用『員』字，非讀《秦誓》正義，安知今日之『云』字乃『員』之省文。〔補注〕孝秀，即孝廉、秀才之并稱，爲漢以來、隋唐以前薦舉人材之兩種科目。此借指鄉貢。

〔八六〕〔徐注〕《左傳》：秦伯伐晉，濟河焚舟，取王官，及郊，晉人不出。遂自茅津濟，封殽尸而還。〔補注〕濟河焚舟，示必死。雍陶《離家後作》：『出門便作焚舟計，生不成名死不歸。』用意與此二句類似。

〔八七〕〔徐注〕《左傳》：晉人或以廣隊不能進，楚人惎之，脱扃少進。馬還，又惎之，拔旆投衡乃出，顧曰：『吾不如大國之數奔也。』

〔八八〕〔徐注〕任昉《到大司馬記室牋》：維此魚目，唐突璵璠。注：魚目似珠。張協《雜詩》：魚目笑明月。〔馮注〕《文選》注：《雒書》曰：秦失金鏡，魚目入珠。《韓詩外傳》曰：白骨類象，魚目似珠。《周禮·司市》：夕市，夕時而市。販夫販婦爲主。桓譚《新論》：扶風邠亭部，言本太王所處，其人有會日，相與夜市。《説文》

亦云。

〔八九〕〔徐注〕《史記·滑稽傳》：淳于髡曰：『有穰田者，操一豚蹄，酒一盂，而祝曰：「甌窶滿篝，汙邪滿車，五穀蕃熟，穰穰滿家。」臣見其所持者狹而所欲者奢，故笑之。』

〔九〇〕〔徐注〕《洛神賦》：鉛華不御。

〔九一〕〔徐注〕《書》：若作梓材，既勤樸斲，惟其塗丹雘。〔補注〕枉鉛華、施丹雘，猶賜顔色、施恩澤。

〔九二〕〔馮注〕唐人稱師門爲恩地。

〔九三〕采，《英華》注：集作『衰』，疑作『榱』。〔徐注〕《韓子》：堯、舜采椽不刮，茅茨不翦。〔補注〕采椽，櫟木或柞木椽子。

〔九四〕〔馮注〕《史記·項羽本紀》：莫敢枝梧。注曰：梧音悟，枝梧猶枝捍也。小柱爲枝，邪柱爲梧，今屋梧邪柱是也。《淮南子》：大厦成而燕雀來賀。

〔九五〕〔徐注〕《莊子》：計中國之在海内，不似稊米之在太倉乎！〔補注〕稊米，小米，喻其細小。

〔九六〕〔徐注〕左思《吴都賦》：覵海陵之倉，則紅粟流衍。〔馮注〕《禮記》：季秋之月，藏帝藉之收于神倉。〔補注〕流衍，充溢。神倉，古時藏祭祀用穀物之處所。

〔九七〕能，徐本、馮本一作『推』，非。〔馮注〕《韓詩外傳》：齊桓公設庭燎，爲使人欲造見者，期年，而士不至。東野鄙人有以《九九》見者，曰：『夫《九九》薄能耳，而君猶禮之，況賢於《九九》者乎？』桓公曰：『善。』《漢書·梅福傳》：今臣所言，非特《九九》也。師古曰：《九九》算書，若今《九章》《五曹》之輩。〔徐注〕《管子》：虙戲作《九九》之數以合天道，而天下化之。《漢書·梅福傳》：上書曰：齊桓之時，有以《九九》見者，桓公不逆，欲以致大也。〔補注〕九九，算術乘法。上古時係由九九自上而下，而至一一。

〔九八〕〔馮注〕《漢書·鼂錯傳》：今陛下令行禁止之勢，萬萬於五伯。〔徐注〕木華《海賦》：萬萬有餘。

〔九九〕〔徐注〕蔡邕《郭有道碑》：先生諱泰，字林宗。望形表而影附，聆嘉聲而響和者，猶百川之歸巨海，鱗介之宗龜龍。

〔一〇〇〕〔補注〕《論語·子張》：「子貢曰：君子之過也，如日月之食焉。過也人皆見之，更也人皆仰之。」

〔一〇一〕〔徐注〕《晉書·劉琨傳》：臣俯尋聖旨，伏紙飲淚。

〔一〇二〕〔馮注〕庾信表：覩維新之慶，實倍萬恒情。

〔一〇三〕嚴，《英華》作「威」。

〔一〇四〕〔徐注〕《晉書·王濬傳》：上書曰：豈惟老臣，獨懷戰灼。

〔蔣士銓曰〕一二虛活處稍近古人，其餘俗調不可學也。（《評選四六法海》卷三）

爲某先輩獻集賢相公啓〔一〕

某啓：某竊覩貞觀朝書〔二〕，伏見文皇帝因夢吹塵，方求風后〔三〕；於畋問卜，始載磻溪〔四〕。事偉於王圖〔五〕，道光於帝載〔六〕，下惟敷衽〔七〕，上則虛襟〔八〕。纏綿圖緯之前〔九〕，窈窕天人之際〔一〇〕。崇基立極，四足雖斷於神鼇〔一一〕；開物成功〔一二〕，七竅仍沾於混沌〔一三〕。禹羞乘樺〔一四〕，舜恥彈琴〔一五〕。白烏已見於將雛〔一六〕，朱草仍聞於滯穗〔一七〕。共工、蚩尤之輩〔一八〕，與貳負同拘〔一九〕；豕韋、晉耳之徒〔二〇〕，與七騶共御〔二一〕。是以今上以貽謀負扆〔二二〕，相公以餘慶持衡〔二三〕。用十一德之資〔二四〕，贊七百年之祚〔二五〕。古猶今也〔二六〕，仁豈遠乎〔二七〕！

伏惟相公日觀同光〔二八〕，天球並價〔二九〕。揚鋒露鍔，則武庫常開〔三〇〕；散藻摛華〔三一〕，則文星鎮見〔三二〕。一言悟主〔三三〕，三接承恩〔三四〕。季孟伊、繇〔三五〕，友朋蕭、邴〔三六〕。漢皇發論，十萬常愧於淮陰〔三七〕；齊后推誠，一二皆歸於仲父〔三八〕。百度既已貞矣〔三九〕，九流又復清焉〔四〇〕。牆東竈北〔四一〕，隱淪者咸欲呈材〔四二〕；猿飲鳥言〔四三〕，僻陋者皆思入貢〔四四〕。莊生獻臂〔四五〕，楊子拔毛〔四六〕。《三百篇》之詩，更無諷刺〔四七〕；二百年之史，永絕譏嫌〔四八〕。斯乃百代可知，一言以蔽〔四九〕。豈立錐側管〔五〇〕，可折筆尋環〔五一〕。巍乎焕乎，盛矣美矣。

若某者剖心寡竅〔五二〕，對面多牆〔五三〕。小比焦螟，敢矜巢窟〔五四〕；微同觸氏，寧務戰争〔五五〕？徒以簪紱承家，階庭受訓〔五六〕，堂中得桂〔五七〕，已有前叨〔五八〕；幕下開蓮〔五九〕，仍當後忝〔六〇〕。所宜括囊無咎〔六一〕，綵服爲榮〔六二〕，絶方朔之上書〔六三〕，罷禰衡之投刺〔六四〕。直以措心賢路〔六五〕，誓志昌時，既慕義無窮，思有道則見〔六六〕。伏惟相公，霧能蔚豹〔六七〕，雷可燒龍〔六八〕。爲百氏之指南〔六九〕，作九州之木鐸〔七〇〕。任安、彦國，已在於厩中〔七一〕；揚子、馬卿，並歸於門下〔七二〕。而猶渴飢未副，影響無寧〔七三〕。請客者不解衾裯〔七四〕，當關者空存皮骨〔七五〕。此某所以淮山遠至〔七六〕，漢棧斯來〔七七〕，望姬旦之吐飧〔七八〕，冀張華之倒屣〔七九〕。以昇堂客衆，擁篲人多〔八〇〕，苟無斆蔑之言〔八一〕，難佐仲宣之陋〔八二〕。今輒以常所著文若干首上獻〔八三〕，伏惟少迴巖電〔八四〕，微駐台星〔八五〕，固無望於討論，庶或覩於指趣〔八六〕。儻蕭稂可刈〔八七〕，菅蒯無遺〔八八〕，蒙文宣一字之褒〔八九〕，得玄晏《三都》之序〔九〇〕，便若神巫去厲〔九一〕，司命添年〔九二〕。禱祝之誠，造次於是〔九三〕。門遥閶闔〔九四〕，路隔瀛洲〔九五〕。於人世存思〔九六〕，空移氣序〔九七〕；以塵中仰望，未見端倪〔九八〕。希陪上士之流〔九九〕，終預羣仙之末〔一〇〇〕。祈恩望德，乃百斯生。干冒威嚴，下情無任惶懼感激之至。謹啓〔一〇一〕。

〔一〕本篇原載《文苑英華》卷六五七第七頁、清編《全唐文》卷七七七第一八頁、《樊南文集詳注》卷四。《英華》題内無『某』字。〔徐箋〕《舊書·魏謩傳》：謩字申之，鉅鹿人。大中二年十月兼户部侍郎，尋以本官同平章事，兼集賢大學士。謩乃徵之五世孫也。〔馮箋〕《舊書·魏謩傳》：五代祖文貞公徵。謩大和七年登進士第。文宗以謩魏徵之裔，頗奇待之。至宣宗大中二年，爲御史中丞，兼户部侍郎。尋以本官同平章事，兼集賢大學士。十年，以本官平章事成都尹西川節度使。謩儀容魁偉，言論切直。上前論事，他宰相必委曲規諷，惟謩讜言無所畏避。宣宗每曰：『魏謩綽有祖風，名公子孫，我心重之。』然竟以語辭太剛爲令狐綯所忌，罷之。按《新書·紀》《表》，謩爲相，大中五年十月；罷相鎮蜀，十一年二月。此啓代柳玭作。求其以京職舉用。詳注中。其先頌文貞，非惟述其世德，亦實事宜然也。按：柳玭當於（大中）八、九年間由杜悰淮南幕省父東川，乃入都而獻此啓，故云然（按：指啓内『此某所以淮山遠至，漢棧斯來』句）也。〔按〕魏謩大中五年十月至十一年二月在相位（據《新書·宰相表》）。柳玭大中五年登進士第（《舊書·傳》），六年辟淮南幕。杜悰大中六年四月至九年七月在淮南節度使任。柳仲郢大中五年至九年在東川節度使任。柳玭如從淮南幕府至東川省父，然後入都獻此啓，只可能在大中七、八、九三年内（馮氏謂八、九年，乃因其將杜悰移鎮淮南繫於七年）。在此三年中，可能性最大者當屬大中九年七月杜悰罷鎮淮南，爲太子太傅、分司之後，柳仲郢内徵之前。故此啓最有可能之寫作時間爲大中九年秋。

〔二〕覩，《英華》作『觀』，注：集作『覩』。徐本從《英華》作『觀』。

〔三〕〔馮注〕《帝王世紀》：黄帝夢大風吹天下之塵垢皆去，又夢人執千鈞之弩，驅羊萬羣，帝寤而歎曰：『風爲號令執政者也。垢去土，「后」在也。千鈞之弩，異力者也。驅羊數萬羣，能牧民爲善者也。天下豈有姓風名后，姓力名牧者也？』依二占而求之，得風后於海隅，登以爲相；得力牧於大澤，進以爲將。

〔四〕〔徐注〕《史記·齊太公世家》：吕尚以漁釣干周西伯。西伯將出獵，卜之，曰：『所獲非龍非彲，非虎非羆。所獲霸王之輔。』於是西伯獵，果遇太公於渭之陽，載與俱歸，立爲師。《水經注》：渭水之右，磻溪水注之。谿中有泉，謂之兹泉，《吕氏春秋》所謂太公釣兹泉也。

〔五〕圖，《英華》注：集作『塗』。非。

〔六〕〔徐注〕《書》：咨四岳，有能奮庸熙帝之載。〔補注〕帝載，帝王之事業。

〔七〕〔徐注〕《離騷》：跪敷衽以陳辭兮。〔補注〕敷衽，解開襟衽，以示坦誠。

〔八〕〔徐注〕《晋書·涼後主傳》：汜稱疏曰：『虚襟下士，廣招英儁。』〔馮注〕《晋書·載記》：劉元海形貌非常，太原王渾虚襟友之，命子濟拜焉。按：此爲虚受之義。

〔九〕〔馮注〕《後漢書·光武帝紀》：李通以圖讖説光武云：『劉氏復起，李氏爲輔。』注曰：《圖》，《河圖》也。讖，符命之書。讖，驗也。按：讖緯之書，始於前漢之末，盛於東漢。〔徐注〕任昉序：圖緯著王佐之符。

〔一〇〕〔徐注〕董仲舒《賢良策》：天人相與之際，甚可畏也。〔馮注〕《漢書·儒林傳》：明天人分際，通古今之誼。按《説文》：窈，深遠也。《爾雅》：窕，閑也。《詩·周南》傳：窈窕，幽閑也。故曹攄詩『窈窕山道深』，皆取深遠之義。謝靈運詩：羅縷豈闕辭，窈窕究天人。

〔一一〕神，《英華》注：集作『巨』。〔馮注〕《列子》：天地亦物也，物有不足，故昔者女媧氏錬五色石以補其闕，斷鼇之足以立四極。〔徐注〕沈約碑文：崇基巖巖，長瀾瀰瀰。

〔一二〕〔徐注〕《易》：開物成務。〔補注〕開物，通曉萬物之理。

〔一三〕〔徐注〕《莊子》：儵與忽謀報混沌之德曰：『人皆有七竅，此獨無有，嘗試鑿之。』七日而混沌死。

〔一四〕檋，《英華》作『葦』，字通。徐本誤作『鞏』。〔徐注〕《史記·夏本紀》：禹陸行乘車，水行乘船，泥行乘橇，山行乘檋。〔馮注〕檋，音丘遥反，又音紀録反。〔補注〕《史記》裴駰集解引如淳曰：『檋車，謂以鐵如錐頭，長半寸，施之履下，以上山不蹉跌也。』張守節正義：『上山，前齒短，後齒長；下山，前齒長，後齒短也。』

〔一五〕〔補注〕《禮記·樂記》：『昔者舜作五絃之琴，以歌《南風》。』

〔一六〕烏，《英華》誤作『馬』。〔徐注〕孫柔之《瑞應圖》：白烏，宗廟肅敬則至。《晉書·樂志》：吴歌雜曲，一曰《鳳將雛》。〔補注〕白烏，白羽之烏，古以爲祥瑞之物。《東觀漢記·王阜傳》：『甘露降，白烏見，連有瑞應。』

〔一七〕〔徐注〕《詩》：彼有遺秉，此有滯穗。朱草，見《爲汝南公以妖星見賀德音表》『人知朱草之祥』注。〔補注〕滯，遺落、遺漏。

〔一八〕〔馮注〕《帝王世紀》：女媧氏末年，諸侯有共工氏，任智刑以强，霸而不王。《歸藏》：共工人面蛇身朱髮。《楚辭》注：共工名康回。《列子》：共工氏與顓頊争爲帝，怒而觸不周之山，折天柱，絶地維。《龍魚河圖》：黄帝時，蚩尤兄弟八十一人，並獸身人面、銅頭鐵額，食砂石子，威振天下。天遣玄女下授黄帝兵信神符，制伏蚩尤。

〔一九〕〔馮注〕《山海經·海内西經》：貳負之臣曰危危，與貳負殺窫窳，帝乃梏之疏屬之山，桎其右足，反縛兩手與髮，繫之於山上木，在開題西北。傳曰：漢宣帝使人上郡發盤石，石室中得一人，跣裸被髮反縛，械一足。以問羣臣，莫能知。劉子政按此言對之。〔徐注〕劉逵《吴都賦注》：漢宣帝擊磻石於上郡，陷，得石室，其中有反縛械人。劉向曰：『此貳負之臣也。』

〔二〇〕豕韋，見《賀相國汝南公啓》『刀机彭、韋』注。〔徐注〕《左傳》：晋文公名重耳。

〔二一〕騶，徐本作『雄』，誤。〔徐曰〕自此以上，謂太宗平亂、魏徵佐命之事。〔馮注〕《禮記》：季秋之月，天子乃教於田獵，以習五戎，班馬政，命僕及七騶咸駕。疏曰：天子馬有六種，種别有騶，又有總主之人，故爲七騶。按：此聯謂隋季、國初諸僭竊者皆削平臣服也。『七騶』，言歸我駕馭，作『七雄』者誤。

〔二二〕〔徐注〕《詩》：貽厥孫謀。《禮記》：天子負斧依南向而立。〔馮注〕《禮記》注曰：負之言背也。斧依，爲斧文屏風於户牖之間，於前立焉。『依』，本又作『扆』，同，於豈反。

〔二三〕〔徐注〕《易》：積善之家，必有餘慶。《漢書·郊祀志》：九世之帝，方明聖持衡樞。〔馮注〕《詩》：實維阿衡，實左右商王。箋曰：阿，依；衡，平也。伊尹，湯所依倚而取平，故以爲官名。按：《書·君奭篇》：伊尹於太甲時改曰保衡。阿衡、保衡皆公官。《漢書·王莽傳》：上書者八千餘人，咸曰：伊尹爲阿衡，周公爲太宰，宜采稱號，加公爲宰衡。〔補注〕持衡，執掌權柄爲相。

〔二四〕〔馮注〕《國語》：晋孫談之子周適周，事單襄公。襄公曰：周將得晋國，其行也文。夫敬，文之恭也；忠，文之實也；信，文之孚也；仁，文之愛也；義，文之制也；知，文之輿也；勇，文之帥也；教，文之施也；孝，文之本也；惠，文之慈也；讓，文之材也。此十一者，夫子皆有焉。被文相德，非國何取？及厲公之亂，召周子而立之，是爲悼公。〔徐注〕《後漢書·楊彪傳》：大會公卿，議曰：『高祖都關中十有一世，光武宫洛陽，於今亦十一世矣。』〔按〕馮、徐二氏解不同，馮解爲優。十一德指魏氏之德。魏徵謚『文貞』，故云文之十一德。

〔二五〕〔徐注〕《左傳》：成王定鼎于郟鄏，卜世三十，卜年七百。

〔二六〕〔補注〕《左傳·昭公十一年》：『今猶古也。』

〔二七〕〔補注〕《論語·述而》：『子曰：仁遠乎哉！我欲仁，仁斯至矣。』

〔二八〕見《爲安平公兖州謝上表》『高尋日觀』注。

〔二九〕〔徐注〕《書》：大玉、夷玉、天球、河圖，在東序。〔補注〕天球，玉名。《書·顧命》孫星衍注引鄭玄曰：『天球，雍州所貢之玉，色如天者。』又引馬融曰：『球，玉磬。』

〔三〇〕〔徐注〕《莊子》：天子之劍，以燕谿石城爲鋒，齊岱爲鍔。《史記·樗里子傳》：至漢，興武庫，正直其墓。《晋書·杜預傳》：朝野稱美，號曰『杜武庫』，言其無所不有也。〔馮注〕《漢書》：高祖七年，蕭何立前殿、武庫、太倉。

〔三一〕〔徐注〕班固《答賓戲》：摛藻如春華。

〔三二〕文星，見《爲李貽孫上李相公啓》「文星留伏於筆間」注。〔馮注〕《新書·藝文志》：魏謩有集十卷。又有《魏氏手略》二十卷。〔補注〕鎮見，常現。

〔三三〕〔徐注〕《漢書·車千秋傳》：特以一言寤意，旬月取宰相封侯，世未嘗有也。

〔三四〕三，《英華》誤「二」。〔徐注〕《易》：晝日三接。

〔三五〕〔徐注〕伊尹、咎繇。

〔三六〕〔徐注〕蕭何、邴吉。〔補注〕季孟、友朋，猶伯仲，相比並之意。

〔三七〕〔馮注〕《史記·淮陰侯傳》：上問曰：「如我將幾何？」信曰：「陛下不過能將十萬。」上曰：「於君何如？」曰：「臣多多而益善耳。」

〔三八〕〔馮注〕《韓非子》：齊桓公時，晋客至，有司請禮。桓公曰「告仲父」者三，而優笑曰：「易哉爲君，一曰仲父，二曰仲父。」桓公曰：「吾聞君人者勞於索人，佚於使人。吾得仲父已難矣，得仲父之後，何爲不易乎？」〔徐注〕《吴志·張昭傳》：孫策笑曰：「昔管子相齊，一則仲父，二則仲父，而桓公爲霸者宗。」

〔三九〕〔徐注〕《書》：百度惟貞。〔補注〕百度，百事、百種制度。貞，正。

〔四〇〕清，徐本作「諳」，非。〔徐注〕郭璞《爾雅序》：誠九流之津涉，六藝之鈐鍵。邢昺疏：案《漢書·藝文志》：儒家者流，出於司徒之官；道家者流，出於史官；陰陽者流，出於羲和之官；法家者流，出於理官；名家者流，出於禮官；墨家者流，出於清廟之官；從横家者流，出於行人之官；雜家者流，出於議官；農家者流，出於農稷之官。此九流之大旨也。〔馮曰〕謂其官方任才，非謂其博綜流略。詳見《爲絳郡公上崔相公啓》「以無偏無黨定九流」注。〔按〕馮注是。此「九流」非指各種學術思想流派，乃指官人之九品。

〔四一〕〔徐注〕《後漢書·逸民傳》：王君公儈牛自隱，時人語曰：避世牆東王君公。〔馮注〕《後漢書·獨行傳》：向栩常於竈北坐板牀上，如是積久，板乃有膝踝足指之處。郡禮請辟，公府辟皆不到。後特徵，到，拜趙相，徵拜侍中。

〔四二〕〔徐注〕桓譚《新論》：天下神人五，一曰神仙，二曰隱淪。〔馮曰〕此則謂隱逸者。

〔四三〕〔徐注〕《管子》：墜岸三仞，人之所大難也，而猿猱飲焉。《漢書·西域傳》：烏秅國，山居田石間，有白草，累石爲室，民接手飲。師古曰：自高山下谿澗中飲水，故接連其手如猿之爲。韓愈《送區册文》：小吏百餘家，皆鳥言夷面。〔馮注〕《水經注》：烏秅之西有縣渡之國，引繩而度，其民接手而飲，所謂猿飲也。《後漢書·度尚傳》：長沙太守抗徐初試守宣城長，悉移深林遠藪椎髻鳥語之人置於縣下。

〔四四〕〔徐注〕《左傳》：莒子曰：『僻陋在夷。』〔馮注〕《禮記·射義》：諸侯歲獻貢士於天子。〔補注〕《周禮·秋官·小行人》：『令諸侯春入貢，秋獻功，王親受之，各以籍禮之。』

〔四五〕〔徐注〕《莊子》：子輿曰：『浸假而化予之左臂以爲雞，予因以求時夜；浸假而化予之右臂以爲彈，予因以求鴞炙。』

〔四六〕〔徐注〕《列子》：禽子問楊朱曰：『去子體之一毛，以濟一世，汝爲之乎？』楊子曰：『世固非一毛之所濟。』〔馮注〕此極言無人不樂爲用也。

〔四七〕〔徐注〕《詩序》：上以風化下，下以風刺上。〔補注〕《文心雕龍·書記》：『詩人諷刺。』

〔四八〕〔徐注〕杜預《春秋序》：附於二百四十二年行事，王道之正、人倫之紀備矣。《後漢書·馬嚴傳》：閉門自守，猶復慮致譏謙。

〔四九〕以，《英華》作『可』，注：集作『以』。〔補注〕《論語·爲政》：『子曰：殷因於夏禮，所損益，可知也；周因於殷禮，所損益，可知也。其或繼周者，雖百世，可知也。』又：『子曰：《詩》三百，一言以蔽之，曰：思無邪。』

〔五〇〕〔徐注〕《莊子》：魏牟謂公孫龍曰：『子乃規規然而求之以察，索之以辯，是直用管闚天，用錐指地也，不亦小乎！』〔馮注〕《吕氏春秋》：無立錐之地。庾信《哀江南賦》：遂側管以窺天。

〔五一〕折箠，《全文》作『折齒』，馮本作『拆齒』，均非，據《英華》改。〔徐注〕《左傳》：鮑子曰：『汝忘君之爲孺子牛而折其齒乎，而背之也？』《晉書·羊祜傳》：祜年五歲時，令乳母取所弄金環。乳母曰：『汝先無此物。』祜即詣鄰人東垣桑樹間探得之。〔馮注〕按齒以錐言，環以管言。立錐則不可拆齒，側管則不可尋環。以喻無能贊美也。如東方朔《答客難》『以管闚天，豈能通其條貫』之意。尋環，猶循環。《戰國策》：必令其言如循環。『拆齒』，從《文苑英華》與《韻府》『錐』字所引。徐刊本作『折』。『折』，《英華》作『拆』。《佩文韻府》『錐』字下引此四句，亦作『折齒』，俟再校。此二句當有出處，未詳。〔補注〕折箠，語本《莊子·天下》：『一尺之捶，日取其半，萬世不竭。』捶、棰、箠並通，杖也。立錐，故不能如箠之折。『箠』誤爲『齒』，文義遂不可通。馮本據《英華》誤文（當是明刊本）作『拆』，亦非。徐注則益支離矣。《史記·高祖本紀論》：『三王之道若循環，終而復始。』

〔五二〕剖，《英華》注：集作『剞』。〔馮注〕《史記·殷本紀》：比干强諫紂，紂怒曰：『吾聞聖人心有七竅，剖比干，觀其心。』

〔五三〕〔徐注〕《書》：不學牆面。〔補注〕《書》孔傳：『人而不學，其猶正牆面而立。』《論語·陽貨》：『人而不爲《周南》《召南》，其猶正牆面而立也與！』

〔五四〕窟，徐本作『穴』。〔徐注〕《列子》：江浦之間，生麼蟲曰焦螟，羣飛而集於蚊睫。〔馮注〕《晏子》：景公問曰：『天下有極細乎？』晏子對曰：『有。東海有蟲，巢於蚊睫，再乳再飛，而蚊不爲驚，命曰焦冥。』

〔五五〕〔馮注〕《莊子》：戴晋人曰：『有國於蝸之左角者曰觸氏，國於蝸之右角者曰蠻氏，時相與争地而戰，伏尸數萬，逐北旬有五日而後反。』君曰：『噫！其虚言與？』

〔五六〕〔補注〕簪紱，冠簪與纓帶，喻顯宦。階庭受訓，事見《論語·季氏》：陳亢問於伯魚曰：『子亦有異聞乎？』對曰：『未也。嘗獨立，鯉趨而過庭。曰：「學《詩》乎？」對曰：「未也。」「不學《詩》，無以言。」鯉退而學《詩》。他日又獨立，鯉趨而過庭。曰：「學《禮》乎？」對曰：「未也。」「不學《禮》，無以立。」鯉退而學《禮》。聞斯二者。』此指父訓。

〔五七〕〔馮注〕《演繁露》：郄詵試東堂得第。東堂者，晉宮之正殿也。得桂，見《謝宗卿啓》『攀郄詵之桂樹』注。按：《儀禮·大射》：『皆俟於東堂。』故選士之地，稱以東堂。而晉時太極東堂實爲策問之所。唐時尚書省都堂亦謂之東堂，如《舊》《新書·宋璟傳》中所書者。故凡言省試，皆言『射策東堂』也。

〔五八〕〔馮注〕謂已得第。

〔五九〕用蓮幕事，屢見前。

〔六〇〕〔馮注〕謂已曾從事幕府。

〔六一〕括，《英華》作『結』，徐、馮本從之。〔徐注〕《易》：括囊無咎無譽。〔馮注〕《易》王弼注：括結否閉，賢人乃隱。〔補注〕括囊，結束袋口，喻緘口不言。

〔六二〕〔徐注〕《高士傳》：老萊子年七十，作嬰兒戲，著五色斑斕衣，取水上堂，跌仆卧地，爲小兒啼。〔馮注〕《孝子傳》：老萊子年七十，父母俱存，至孝蒸蒸，常著斑斕之衣。

〔六三〕〔徐注〕《漢書·東方朔傳》：武帝初即位，四方士多上書言得失，自衒鬻者以千數。朔初來上書，文辭不遜，高自稱譽，上偉之，令待詔公車。

〔六四〕見《爲舉人獻韓郎中啓》『更奉禰衡之刺』注。

〔六五〕〔徐注〕《漢書·劉向傳》：更生使其外親上言進望之等，以通賢者之路。〔馮注〕《漢書》：董仲舒《詣公孫弘記室書》：大開蕭相國求賢之路。

〔六六〕〔補注〕賈誼《新書·數寧》：『苟人迹之所能及，皆鄉風慕義，樂爲臣子耳。』《論語·公冶長》：『子謂南容，邦有道，不廢；邦無道，免於刑戮。』又《衛靈公》：『邦有道，則仕；邦無道，則可卷而懷之。』

〔六七〕見《爲柳珪上京兆公謝辟啓》『某藏豹不堅』注。

〔六八〕雷，《英華》作『燔』，注：集作『雷』。〔馮注〕《北夢瑣言》：魚將化龍，雷爲燒尾。《談苑》：士人初登第，必展歡宴，謂之『燒尾』。說者云：虎化爲人，惟尾不化，須爲燒去，乃得成人。又云：新羊入羣，抵觸不相親附，燒其尾乃定。又云：魚躍龍門化龍時，必雷電燒其尾乃化。按：唐人詩文，燒尾多言龍矣。而《老學庵筆記》：貞觀中，太宗嘗問朱子奢燒尾事，子奢以羊事對。

〔六九〕〔徐注〕《漢書·叙傳》：總百氏，贊篇章。崔豹《古今注》：黄帝與蚩尤戰於涿鹿之野，蚩尤作大霧，軍士皆迷路。帝作指南車。《蜀志》：許靖，字文休。南陽宋仲子與蜀郡太守書曰：『文休有當世之具，足下當以爲指南。』

〔七〇〕〔徐注〕《書》：每歲孟春，遒人以木鐸狥于路。《論語》：儀封人曰：『天將以夫子爲木鐸。』〔補注〕木鐸，以木爲舌之銅質大鈴，古代宣布政教法令時，巡行振鳴以引起注意。此取《論語》『以夫子爲木鐸』之意，謂魏謩乃上天以之爲宣揚政教者。

〔七一〕〔徐注〕《史記·田叔傳》：褚先生曰：『田仁故與任安相善，俱爲衛將軍舍人，居門下，家貧，無錢用以事將軍家監，家監使養惡齧馬。兩人同牀卧，仁竊言曰：「不知人哉，家監也！」任安曰：「將軍尚不知人，何乃家監也！」』《晉書·胡毋輔之傳》：輔之字彦國，擅高名，有知人之鑒。《王尼傳》：初爲護軍府軍士，胡毋輔之與王澄、傅暢、劉輿、荀邃、裴遐等迭欲解之，乃齎羊酒詣護軍門。門吏疏名呈護軍，護軍歎曰：『諸名士持羊酒來，將有以也。』尼時以給府養馬，輔之等入，遂坐馬厩下，與尼炙羊飲酒，醉飽而去，竟不見護軍。護軍大驚，即與尼長假，因免爲兵。〔馮注〕按《輔之傳》云：嘗過河南門下飲，河南騶王子博箕坐其傍，輔之叱使取火，博曰：『我卒也，惟不乏吾事而已，安能爲人使！』輔之因就與語，歎曰：『吾不及也！』薦之河南尹樂廣，擢爲功曹。其甄拔人物若此。既云『騶人』，則亦與『厩中』類矣。

〔七二〕〔徐注〕《漢書·揚雄傳》：雄年四十餘，自蜀來遊京師。大司馬王音奇其文雅，召以爲門下吏。《司馬相如傳》：字長卿，事景帝爲武騎常侍，非其好也。時梁孝王來朝，從游説之士鄒陽、枚乘、嚴忌夫子之徒。相如見而説之，因病免，客遊梁。

〔七三〕〔馮注〕《魏志·邴原傳》注：太祖聞原至，大驚喜，曰：『君遠自屈，誠副飢渴之心。』〔補注〕《書·

大禹謨》：『惠迪吉，從逆凶，惟影響。』孔傳：『吉凶之報，若影之隨形，響之應聲，言不虛。』二句謂其求賢若渴，士有所求，無不響應，汲汲然無有寧時。

〔七四〕〔徐注〕《詩》：抱衾與裯。請客，見《爲白從事上陳許李尚書啓》『賓驛初開』注。

〔七五〕存，《英華》作『有』。〔馮注〕《東觀漢記》：汝郁載病徵詣公車，臺遣兩當關扶入拜郎中。　此言其愛才好士請客，當關者皆疲於迎接也。

〔七六〕淮山，見《爲柳珪上京兆公謝辟啓》『成籍籍於淮山』注。

〔七七〕〔馮注〕《史記·高祖本紀》：漢王之國，去輒燒絶棧道。注：棧道，閣道也。險絶之處，傍鑿山巖，而施版梁爲閣。按：柳珪當於（大中）八、九年間由杜悰淮南幕省父東川，乃入都而獻此啓。故云然也。非至十年暮罷相鎮西川時。〔按〕詳注〔一〕按語。

〔七八〕見《爲舉人上翰林蕭侍郎啓》注〔三九〕。

〔七九〕〔徐注〕《後漢書》：蔡邕聞王粲在門，倒屣迎之曰：『此王公孫有異才，吾不如也。』案《晉書》：張華性好人物，誘進不倦，至於窮賤侯門之士有一介之善者，便咨嗟稱詠，爲之延譽。又《陸機傳》：陸機與弟雲俱入洛，造太常張華。華素重其名，如舊相識。曰：『伐吴之役，利獲二俊。』（張華）倒屣事未聞。

〔八〇〕〔徐注〕《史記》：鄒衍如燕，燕昭王擁篲先驅，列弟子之坐受業焉。〔補注〕《論語·先進》：『子曰：由也升堂矣，未入於室也。』《顔氏家訓·誡兵》：『仲尼門徒，升堂者七十有二。』

〔八一〕見《爲舉人獻韓郎中啓》注〔二六〕。

〔八二〕見《爲舉人獻韓郎中啓》注〔五三〕。

〔八三〕常，《英華》作『嘗』，通。

〔八四〕見《爲舉人獻韓郎中啓》注〔五八〕。

〔八五〕〔馮注〕《史記·天官書》：魁下六星，兩兩相比者名曰三能。三能色齊，君臣和。能音台。《晉書·天文志》：三台六星，三公之位也。在人曰三公，在天曰三台。

〔八六〕〔徐注〕《晉書·徐邈傳》：開釋文義，標明指趣。〔補注〕《論語·憲問》：『爲命，裨諶草創之，世叔討論之。』

〔八七〕〔徐注〕《詩》：洌彼下泉，浸彼苞稂。又：洌彼下泉，浸彼苞蕭。〔補注〕蕭，艾蒿；稂，莠草。

〔八八〕〔徐注〕《左傳》引《詩》曰：雖有絲麻，無棄菅蒯。〔補注〕菅蒯，茅草。

〔八九〕〔徐注〕《通鑑》：開元二十七年，追封孔子爲文宣王。《穀梁傳》：一字之褒，寵踰華衮；片言之貶，辱過斧鉞。

〔九〇〕見《爲舉人上翰林蕭侍郎啓》注〔一五〕。

〔九一〕厲，《英華》作『癘』，誤。〔馮注〕《莊子》：鄭有神巫曰季咸，知人之死生存亡、禍福壽夭，期以歲月旬日若神。按：厲是惡鬼。《左傳》：鬼有所歸，乃不爲厲。又，病也。《漢書·嚴安傳》：民不夭厲。《周禮》：男巫冬堂贈無方無算，春招弭以除疾病。女巫歲時祓除釁浴。劉向《説苑》：古者有災者謂之厲，君使有司弔死問疾憂以巫醫。

〔九二〕〔徐注〕《周禮·大宗伯》：以槱燎祀司中、司命。《莊子》：吾使司命復生子形。《史記·天官書》：斗魁戴匡六星曰文昌宫，一曰上將，二曰次將，三曰貴相，四曰司命，五曰司中，六曰司禄。《晉書·天文志》：司命主壽。《御覽》引《隨巢子》云：司命益年而民不夭。

〔九三〕〔補注〕《論語·里仁》：君子無終食之間違仁，造次必於是，顛沛必於是。

〔九四〕〔徐注〕《離騷》：吾令帝閽開關兮，倚閶闔而望予。注：閶闔，天門也。

〔九五〕〔徐注〕《漢書·郊祀志》：蓬萊、方丈、瀛洲三神山者，其傳在勃海中，去人不遠，蓋嘗有至者，諸僊人及不死之藥皆在焉。

〔九六〕〔徐注〕《雲笈七籤》有《老君存思圖》。〔補注〕存思，用心思索。《雲笈七籤》卷四三：『是故爲學之基，以存思爲首；存思之功，以五藏爲盛。』

〔九七〕〔徐注〕《南史·沈約傳》：約曰：『公自至京邑，已移氣序。』

〔九八〕〔徐注〕《莊子》：反覆終始，不知端倪。

〔九九〕〔徐注〕《老子》：上士聞道，勤而行之。

〔一〇〇〕〔徐注〕《集仙録》：羣仙畢集，位高者乘鸞，次乘麒麟，次乘龍。〔馮曰〕暮兼集賢，乃翰林之最尊者。而珪既辭使府，冀入詞垣，故數聯云爾。

〔一〇一〕〔馮曰〕按《新書·傳》：珪以藍田尉直弘文館，遷右拾遺。而給事中蕭倣、鄭裔綽謂珪不能事父，封還其詔。仲郢訴其子『冒處諫議爲不可，謂不孝則誣。請勒就養。』詔可。始，公綽治家埒韓滉，及珪被廢，士人愧悵。終衛尉少卿。據此，則未免躁進致累，蓋在此啓後也。然《舊書》並無之。《新書》所采，未必皆實，疑出愛憎之手，柳氏不至被此也。故爲辨之。

〔蔣士銓曰〕縱横之氣盡減，雕琢之辭可觀。（《評選四六法海》卷三）

爲京兆公乞留瀘州刺史洗宗禮狀〔一〕

臣得當管瀘州官吏百姓李繼等，及瀘州所管五縣百姓張思忠等〔二〕，并羈縻州土刺史韋文賞等狀稱〔三〕：前件官到任已來，勵精爲理〔四〕，多方以蘇疲病〔五〕。況郡連戎、僰，地接巴、黔〔六〕，作業多仰於茗茶〔七〕，務本不同於秀麥。宗禮□□□□□□□□□□□貊之邦，麤識囷倉之積〔八〕。伏冀宸嚴〔九〕，俯哀縣道〔一〇〕，特許量留宗禮更一二年。

〔一〕本篇原載清編《全唐文》卷七七二第一五頁、《樊南文集補編》卷一。〔錢箋〕本集京兆公，徐氏多以爲杜悰。按《新書·杜悰傳》，會昌中，同平章事。劉稹平，進左僕射，出爲劍南東川節度使，徙西川。《舊書·地理志》：劍南東川節度使，管梓、綿、劍、普、榮、遂、合、渝、瀘等州。文云『當管瀘州』，當爲東川時事。杜悰由東川徙西川，史無年月，馮氏據《通鑑考異》定爲大中二年二月。考義山於大中六（按：當依張氏《會箋》作五）年赴柳仲郢東川幕，是年冬，推獄西川，始見杜悰，故有《獻京兆公》諸啓。若悰鎮東川之日，義山方在桂管，何緣爲其作文？其可疑者此也。又本集《爲京兆公陝州賀南郊赦表》，馮氏以與杜悰事迹不符，箋爲韋温。然温傳亦無鎮東川事，似當別有一人。存以俟考。《新唐書·地理志》：瀘州瀘川郡，下。《舊唐書·職官志》：下州刺史一員，正四品下。〔吴廷燮《唐方鎮年表·劍南東川》〕大中十年至十二年，節度使韋有翼。引商隱此狀、侯圭《梓州東山觀音院記》《文苑英華·韋有翼授東川節度使制》。侯圭《梓州東山觀音院記》：十年秋，川主尚書韋公請居慧義般舟院。按仲郢入爲鹽鐵使，有翼自鹽鐵使出鎮，大中九年也。〔張箋〕考柳仲郢内召，在大中九年，已詳譜。而《舊·紀》大中十二年又有『崔慎由梓州刺史、劍南東川節度，代韋有翼，以有翼爲吏部侍郎』之文，則有翼鎮梓必在前，其爲代仲郢無疑。《全唐文》有《授有翼東川制》，而侯圭《梓州東山觀音院記》『十年秋，川主尚書韋公請居慧義院』云云，尤爲確證。然則此文洵爲代有翼者。其在梓府初罷，新舊交替時歟？〔按〕吴、張説是，此狀當係大中九年十一月，柳仲郢内徵之制已到東川、韋有翼已蒞東川任之時。

〔二〕〔錢注〕《新唐書·地理志》：瀘州領縣五：瀘川、富義、江安、合江、綿水。

〔三〕〔錢注〕《新唐書·地理志》：自太宗平突厥，西北諸蕃及蠻夷稍稍内屬，即其部落列置州縣。其大者爲都督府，以其首領爲都督、刺史，皆得世襲。大凡府州八百五十六，號爲羈縻云。納州都寧郡、薩州黄池郡、晏州羅陽郡、鞏州因忠郡、奉州、浙州、順州、思峨州、淯州、能州、高州、宋州、長寧州、定州，右隸瀘州都督府。《漢書·司馬相如傳》：蓋聞天子之於夷狄也，其義羈縻，勿絶而已。注：羈，馬絡頭也；縻，牛紖也。

〔四〕〔錢注〕《漢書·魏相傳》：宣帝始親萬機，厲精爲治。按：唐諱『治』作『理』。此下疑脱四字一句、六字一句。

〔五〕〔補注〕《左傳·成公十六年》：『奸時以動，而疲民以逞。』疲病，困窮。蘇，蘇息。

〔六〕〔錢注〕《元和郡縣志》：瀘州，春秋戰國時爲巴子國。秦并天下，爲巴郡地。武帝分置犍爲郡，今州即犍爲郡之江陽、符二縣地。《新唐書·地理志》：戎州本犍爲郡，治僰道縣；渝州本巴郡，并屬劍南道。又：黔州屬江南道。〔補注〕瀘州東北接連渝州，爲古巴郡地；東南連接黔中道地區，故云『地接巴、黔』。

〔七〕〔錢注〕《史記·高祖紀》：不事家人生産作業。《爾雅》：檟，苦荼。注：樹小如梔子，冬生葉，可煮作羹飲。今呼早采者爲荼，晚采者爲茗，一名荈，蜀人謂之苦荼。

〔八〕〔錢注〕《考工記》『匠人』疏：地上爲之，方曰倉，圜曰囷。

〔九〕〔錢注〕江淹《建平王之南徐州刺史辭闕表》：託慕宸嚴。

〔一〇〕〔錢注〕司馬相如《喻巴蜀檄》：亟下縣道。《漢書·百官公卿表》：縣有蠻夷曰道。

上任郎中狀〔一〕

伏以華省名曹〔二〕，南臺雜事，秩雖亞於獨坐〔三〕，事實同於二丞〔四〕。向非十九兄貌可窒邪〔五〕，名堪鎮俗〔六〕，即孰得允膺邦直〔七〕，顯副帝命〔八〕？在望實之猶歸〔九〕，固選倚而爲重。竊惟後命〔一〇〕，且踐中司〔一一〕。詎比晋臣，獨號一臺之妙〔一二〕；豈同梁代，先資八幅之祥〔一三〕？某被沐恩知，淹延歲序。徒嗟却掃〔一四〕，久曠升堂〔一五〕。望赤棒以兢魂〔一六〕，想絳紗而增戀〔一七〕。下情無任抃賀之至。

〔一〕本篇原載清編《全唐文》卷七七五第一三頁、《樊南文集補編》卷七。錢校據胡本題作《上考功任郎中狀》。〔錢箋〕本集有《爲同州任侍御憲上崔相國啓》，馮氏引《宰相世系表》「任憲，字亞司，高宗相雅相來孫，易定節度使迪簡子。」此狀有「華省名曹，南臺雜事」之語，或即其人與？《舊唐書·職官志》：吏部考功郎中一員，從五品上。〔張箋〕將本篇列入不編年文。云：詳彼啓似爲幕僚，此狀所言確爲京職。《唐郎官石柱題名》户部郎中、度支郎中、祠部郎中皆有任憲名，而考功郎中未載，其前後莅官無考，不能定爲何年作也。〔岑仲勉曰〕余按《全唐文》七七五收此篇，題無「考功」字，然今《郎官柱》考中欄甚殘泐，不能斷其誤否也。據《柱題名》憲歷官祠外、祠中（非度中，參拙著《郎官柱題名》）、户中、勳中，狀之「華省名曹，南臺雜事」，賀任氏以郎中兼侍御史知雜事也。其爲憲可無疑。循題名次序，狀應晚年所作。〔按〕岑説可從。商隱《爲同州任侍御憲上崔相國啓》作於大中三年八月至十一月間（詳該文注〔一〕），時任憲尚以侍御銜爲同州幕僚，則其歷任祠中、户中、勳中及以郎中兼侍御史知雜事必在其後。具體年月雖難詳考，然岑謂『狀應晚年所作』，則大體近是。據《郎官石柱題名》所載憲歷官祠外、祠中、户中、勳中等職，及新任以郎中兼侍御史知雜事推之，此狀當上於商隱東川幕罷歸來後，姑繫大中十年。題内不應有『考功』二字，郎中指尚書省左司郎中，詳注〔五〕。

〔二〕〔錢注〕潘岳《秋興賦》：獨展轉於華省。〔補注〕華省，清貴者之省署，此指尚書省。名曹，著名之官職，此指郎中。唐人好以他名標榜官稱，尚書丞郎、郎中相呼爲『曹長』，參《國史補》卷下。

〔三〕〔錢注〕《北堂書鈔》：《漢舊儀》曰：御史中丞，朝會獨坐，出討姦猾，内與尚書令、司隸校尉會同，皆專席，京師號之『三獨坐』也。〔補注〕御史臺之正副長官爲御史大夫、御史中丞。《通典》：侍御史號爲臺端，他人稱之曰端公，其知雜事者謂之雜端，最雄劇。此因侍御史知雜事佐中丞大夫以綜庶事，故云『秩亞獨坐』。

〔四〕〔錢注〕《舊唐書·職官志》：尚書省左右丞各一員。〔補注〕此句切『郎中』。《新唐書·百官志》：尚書省：『左丞一人，正四品上；右丞一人，正四品下。掌辯六官之儀，糾正省内，劾御史舉不當者……郎中各一人，從五品上；員外郎各一人，從六品上。掌付諸司之務，舉稽違，署符目，知宿直，爲丞之貳。』任憲所任之官職，當爲尚書左右丞之副貳左司或右司郎中，而非屬於吏部之考功郎中。如爲吏部之考功郎中，其職事（掌文武百官功過、善惡之考法及其行狀）何能『同於二丞』？惟是尚書左右丞之副貳左右司郎中，方可云『事實同於二丞』也。錢引胡本題作《上考功任郎中狀》，而文中用典，則無一切『考功』者，亦可證其誤。題當從《全唐文》。《郎官石柱題名》右司郎中無任憲，然左司郎中則下截殘闕，任憲所任殆左司郎中也。

〔五〕〔錢注〕《梁書·張緬傳》：遷御史中丞，權繩無所顧望，號爲勁直。高祖乃遣畫工圖其形於臺省，以勵當官。《説文》：窒，塞也。

〔六〕〔錢注〕何劭《贈張華詩》：鎮俗在簡約。〔補注〕謂任憲之名（憲）可抑制庸俗之世風。憲，法令。

〔七〕〔補注〕《詩·鄭風·羔裘》：『彼其之子，邦之司直。』司直，主正人之過者。此借指侍御史之職。西漢置丞相司直，助丞相檢舉不法。唐代大理寺有司直，六人，從六品上。又東宫官屬亦有司直。

〔八〕〔補注〕《書·舜典》：「帝曰：俞，咨禹，汝平水土，惟時懋哉！」帝俞，指皇帝之允諾、同意（任命）。

〔九〕〔錢校〕猶，疑當作「攸」。《晉書·温嶠傳》：願遠存周禮，近參人情，則望實惟允。〔補注〕望實，名望與實績。

〔一〇〕〔補注〕《左傳·僖公九年》：「齊侯將下拜，孔曰：且有後命。」後命，續發之任命。

〔一一〕〔錢注〕《後漢書·百官志》：御史中丞一人。注：丞故二千石爲之，或遷侍御史高第，執憲中司，朝會獨坐。〔補注〕謂將升登御史中丞之職。

〔一二〕〔錢注〕《晉書·衛瓘傳》：瓘拜尚書令，與尚書郎索靖俱善草書，時人號爲一臺二妙。〔按〕此就任憲「且踐中司」而言，謂其不同於晋臣之獨任尚書郎也。

〔一三〕〔錢校〕幅，胡本作「輻」。祥，《全文》作「詳」，據錢校改。〔錢注〕《梁書·樂藹傳》：藹，天監初，遷御史中丞。初，藹發江陵，無故於船得八車幅，如中丞健步避道者，至是果遷焉。

〔一四〕〔錢注〕江淹《恨賦》：敬通見抵，罷歸田里，閉關却埽，塞門不仕。〔補注〕却掃，閉門謝客，不復掃徑迎客。

〔一五〕〔補注〕《儀禮·鄉射禮》：「皆由其階，階下揖，升堂揖。」升堂，登上廳堂，謂登門拜謁。

〔一六〕〔錢注〕《北齊書·琅琊王傳》：魏氏舊制，中丞出，清道，與皇太子分路行。王公皆遥住車，去牛頓軛於地，以待中丞過。其或遲違，則赤棒棒之。

〔一七〕〔錢注〕《後漢書·馬融傳》：融常坐高堂，施絳紗帳，前授生徒，後列女樂。

未編年文

韓城門丈請爲子姪祭外姑公主文〔一〕

伏惟靈圓蓋垂慶〔二〕，方輿薦祉〔三〕。彩炯金沙〔四〕，芳流瑶水〔五〕。振馥掩蕙〔六〕，懷穠耀李〔七〕。前朝則稟謝成篇〔八〕，東漢則儀班問史〔九〕。後宫承露〔一〇〕，別殿相風〔一一〕。屏高雪透，簾虚霧蒙〔一二〕。武帝之黄金屋裏〔一三〕，阿母之碧綺疏中〔一四〕。方星婺對，比月娥同〔一五〕。魯館未築〔一六〕，堯親尚宴。吹管邀雲〔一七〕，投壺笑電〔一八〕。憑淑倚柔，含芳吐蒨〔一九〕。樓欲起而鳳來〔二〇〕，橋將横而鵲遍〔二一〕。

唐推姜姓，周重崔門〔二二〕。王子敬以筆劄取〔二三〕，何平叔以姿貌論〔二四〕。女愧前師〔二五〕，嬪慚後則〔二六〕。比神仙而作配，豈工容而校德〔二七〕？揚歷中外〔二八〕，便蕃寵榮〔二九〕。旁規不替〔三〇〕，內助無傾〔三一〕。劍分沈躍〔三二〕，桐半死生〔三三〕，機殘緯斷〔三四〕，琴怨絃驚〔三五〕。唐邑荒臺〔三六〕，沁園古木〔三七〕，往往遺翰〔三八〕，依依灺燭〔三九〕。皋平風緊〔四〇〕，川斜日速〔四一〕。雖有祭以呈文〔四二〕，終無城而驗哭〔四三〕。怨能感物，憂可傷人〔四四〕。膏肓語夜〔四五〕，瘠首藏春〔四六〕。五聲誰驗〔四七〕？九折非神〔四八〕。空留遺範，竟掩光塵〔四九〕。嗚呼哀哉！

某自辱嘉姻〔五〇〕，亟移年序〔五一〕。試種玉而有感〔五二〕，實坦牀之無譽〔五三〕。因依高義〔五四〕，俛仰清規〔五五〕。假華□之繩墨，保私門之鼎彝。恩重事著，德流慶垂。既歡琴瑟〔五六〕，亦賦《螽斯》〔五七〕。今則窀穸有期〔五八〕，聲容漸隔，表署古道〔五九〕，啓揚曲陌〔六〇〕。九醞斯在〔六一〕，八珍如昔〔六二〕。縱有寫於千辭，終難期於再覿〔六三〕。嗚呼哀哉！敢緣愛女，冀望遺靈〔六四〕。固將不昧，儻或來聽！

〔一〕本篇原載清編《全唐文》卷七八二第一頁、《樊南文集補編》卷一二。〔錢箋〕《新唐書・地理志》：韓城縣屬關内道同州。門丈，未詳何人。文中有『唐推姜姓，周重崔門』二語，考《新唐書・宰相世系表》，崔氏出自姜姓，此公主必下嫁崔氏者也。惟《宰相世系表》及《公主傳》所載諸崔尚主者甚多，今標題不載封邑，難以確指耳。《爾雅》：妻之母爲外姑。張箋亦置不編年文。〔按〕《新唐書・諸帝公主傳》，憲宗十八女，無嫁崔姓者；穆宗八女，亦無嫁崔姓者；敬、文、武諸帝女，皆不著下嫁駙馬姓氏。無從確考，置不編年文。

〔二〕〔錢注〕宋玉《大言賦》：方地爲輿，圓天爲蓋。

〔三〕〔補注〕薦祉，獻福。

〔四〕〔錢注〕曹植《遠遊篇》：夜光明珠，下隱金沙。

〔五〕〔錢注〕王融《三月三日曲水詩序》：穆滿八駿，如舞瑶水之陰。李善注：《穆天子傳》曰：天子觴西王母於瑶池之上。

〔六〕〔錢注〕《楚辭・離騷》注：蕙，香草也。〔補注〕振馥，散發香氣。掩，超過、蓋過。

〔七〕〔補注〕《詩・召南・何彼襛矣》：『何彼襛矣，唐棣之華。』鄭玄箋：『何乎彼戎戎者，乃栘之華。興者，喻王姬顏色之美盛。』穠，狀花之華美茂盛。

〔八〕見《請盧尚書撰李氏仲姊河東裴氏夫人誌文狀》『劉謝文采』注。

〔九〕〔錢注〕《後漢書・曹世叔妻傳》：班彪女也，名昭。兄固，著《漢書》，其八表及《天文志》未及竟而卒。和帝詔昭就東觀藏書閣踵而成之。帝數召入宮，令皇后貴人師事焉。〔補注〕『前朝』二句贊其文才。

〔一〇〕〔錢注〕宋玉《登徒子好色賦》：願王勿與出入後宮。《三輔黃圖》：神明臺，武帝造，祭仙人處。上有承露盤，有銅仙人舒掌捧銅盤玉杯，以承雲表之露。以露和玉屑服之，以求仙道。〔補注〕謂受帝之恩寵。

〔一一〕〔錢注〕謝莊《宋孝武宣貴妃誄》：別殿雲懸。《三輔黃圖》：郭延生《述征記》曰：長安宮南有靈臺，上有相風銅烏，遇風乃動。〔補注〕《拾遺記》：『少昊母曰皇娥，游窮桑之浦。有神童稱爲帝子，與皇娥讌戲泛於海。以桂枝爲表，結芳草爲旌，刻玉爲鳩置於表端，言知四時之候。今之相風，蓋其遺象。』此以『相風』切皇娥、公主。

〔一二〕〔錢注〕王嘉《拾遺記》：越王貢西施、鄭旦於吴，吴處以椒華之房，貫細珠爲簾幌，朝下以蔽景，夕捲以待月。二人當軒並坐，理鏡艷妝於珠幌之內，若雙鸞之在煙霧，沚水之漾芙蕖。

〔一三〕〔錢注〕《漢武故事》：帝爲膠東王，年數歲，長公主指問曰：『兒欲得婦否？』曰：『欲得。』指其女，『阿嬌好否？』笑對曰：『好。若得阿嬌，當作金屋貯之。』

〔一四〕〔錢注〕《漢武内傳》：阿母今以瓊笈妙韞，發紫臺之文，賜汝八會之書，《五嶽真形》至真且貴矣。又：西王母降，東方朔於朱鳥牖中窺之。《説文》：牖，門户疏窗也。

〔一五〕〔錢注〕《史記・天官書》：婺女。索隱曰：《爾雅》云：須女謂之務女。或作『婺』字。《淮南子》：羿請不死之藥於西王母，姮娥竊之，奔月宮爲月精。謝莊《宋孝武宣貴妃誄》：望月方娥，瞻星比婺。〔補注〕婺女，星宿名，即女宿，二十八宿之一。

〔一六〕〔補注〕《春秋・莊公元年》：『三月，夫人孫于齊。夏，單伯送王姬。秋，築王姬之館于外。冬……王姬歸于齊。』魯莊公主持周王姬之婚事，派大夫將王姬迎至魯國，在城外築館住下，然後送至齊國與齊侯成婚。後以『魯館』稱貴族女子出嫁時外住之所。《書·堯典》：『釐降二女于潙汭，嬪于虞。』宴，通晏。『魯館』二句，謂公主尚未下嫁。

〔一七〕〔錢注〕《南部煙花記》：簫一名吹雲筝。〔補注〕邀雲，猶遏雲、阻雲。《列子·湯問》：『薛譚學謳於秦青，未窮青之技，自謂盡之，遂辭歸。秦青弗止。餞於郊衢，撫節悲歌，聲振林木，響遏行雲。』

〔一八〕〔錢注〕《藝文類聚》：《莊子》曰：玉女投壺，天爲之笑則電。《太平御覽》：《神異經》曰：東王公與玉女投壺，脱誤不接，天爲之笑，開口流光，今電是也。按：本文云：每投千二百矯，矯出而脱誤不接，在天爲之笑。『矯』一作『梟』，『開口』二字是注文。

〔一九〕〔錢注〕《玉篇》：蒨，青葱之貌。

〔二〇〕〔錢注〕劉向《列仙傳》：蕭史，秦穆公時人也，善吹簫，能致孔雀、白鶴於庭。公女弄玉好之，公遂以女妻焉。日教弄玉作鳳鳴。居數年，吹似鳳聲，鳳皇來止其屋，公爲作鳳臺。夫婦止其上，不下數年。一旦皆隨鳳皇飛去。

〔二一〕〔錢注〕《白帖》：《淮南子》云：烏鵲填河成橋，渡織女。〔補注〕『樓欲起』二句謂公主將下嫁。

〔二二〕見注〔二〕引《新唐書·宰相世系表》。

〔二三〕〔錢注〕《晉書·王獻之傳》：字子敬，工草隸，善丹青，以選尚新安公主。筆劄，見《爲濮陽公補仇坦牒》注〔三〕。

〔二四〕〔錢注〕《魏志·何晏傳》：晏長於宫省，又尚公主，少以才秀知名。注：晏字平叔。《魏略》曰：晏性自喜，動静粉白不去手，行步顧影。〔補注〕二句謂駙馬崔某長於筆劄而姿容秀美。

〔二五〕〔錢注〕宋玉《神女賦》：顧女師，命太傅。

〔二六〕〔錢注〕謝朓《齊敬皇后哀册文》：貽我嬪則。

〔二七〕〔錢注〕班固《東都賦》：案六經而校德。〔補注〕《禮記·昏義》：『教以婦德、婦言、婦容、婦功。』婦容，指婦女端莊柔順之容態。婦功，指紡織、刺繡、縫紉等。

〔二八〕〔錢注〕左思《魏都賦》：優賢著於揚歷。〔補注〕《三國志·魏志·管寧傳》：『優賢揚歷，垂聲千載。』裴注：『《今文尚書》曰「優賢揚歷」，謂揚其所歷試。』本指顯揚賢者居官之治績，後多指仕宦之經歷。〔補注〕『揚歷』二句謂崔某歷官中外，屢受榮寵。

〔二九〕〔補注〕《左傳·襄公十一年》：『樂只君子，福禄攸同。便蕃左右，亦是帥從。』便蕃，頻繁、屢次。

〔三〇〕〔補注〕旁規，指妻子從旁之規勸。替，廢棄。

〔三一〕〔錢注〕《魏志·文德郭皇后傳》：在昔帝王之治天下，不惟外輔，亦有内助。

〔三二〕〔錢注〕鮑照《贈故人馬子喬詩》：雙劍將别離，先在匣中鳴。煙雨交將夕，從此遂分形。雌沉吴江裏，雄飛入楚城。餘見《梓州道興觀碑銘》注〔八五〕。

〔三三〕〔錢注〕枚乘《七發》：龍門之桐，高百尺而無枝，其根半死半生。〔補注〕二句謂公主辭世。

〔三四〕〔錢注〕庾信《思舊銘》：孀機嫠緯，獨鶴孤鸞。

〔三五〕〔錢注〕《漢書·郊祀志》：泰帝使素女鼓五十絃瑟，悲，帝禁不止，故破爲二十五絃。

〔三六〕〔錢注〕《漢書·東方朔傳》：館陶公主號竇太主，堂邑侯陳午尚之。又《地理志》：臨淮郡有堂邑縣。〔按〕此『唐邑』疑即篇首『唐推姜姓』之『唐』，本指唐堯，關合唐朝，故『唐邑』疑即指唐公主之封邑，與『堂邑』無涉。

〔三七〕〔錢注〕《後漢書·竇憲傳》：憲恃宫掖聲勢，遂以賤直請奪沁水公主園田，主畏逼不敢計。《漢書·地理志》：河内郡有沁水縣。〔按〕沁園，此指公主園林。

〔三八〕〔錢注〕曹植《柳頌序》：故著斯文，表之遺翰。

〔三九〕〔錢注〕《説文》：灺，燭㶳也。

〔四〇〕〔錢注〕司馬相如《哀二世賦》：注平皋之廣衍。

〔四一〕〔錢注〕陶潛《遊斜川詩序》：悲日月之遂往，悼吾年之不留。

〔四二〕〔錢注〕《梁書·劉孝綽傳》：孝綽三妹，並有才學，徐悱妻文尤清拔。悱，僕射徐勉子。爲晋安郡，卒，妻爲祭文，辭甚悽愴。勉本欲爲哀文，既覩此文，於是閣筆。

〔四三〕〔錢注〕《列女傳》：杞梁妻，齊杞梁殖之妻也。齊莊公襲莒，殖戰而死，杞梁之妻哭之，城爲之崩。

〔四四〕〔錢注〕孔融《論盛孝章書》：若使憂能傷人，此子不得復永年矣。

〔四五〕見《爲司徒濮陽公祭忠武押衙張士隱文》『昔夢膏肓之豎』注。

〔四六〕〔補注〕《周禮·天官·疾醫》：『春時有痟首疾。』痟首，頭痛病。

〔四七〕〔補注〕《周禮·天官·疾醫》：『以五氣、五聲、五色眡其死生。』五聲，病人之五種聲音，即呼、笑、歌、哭（或悲）、呻，醫者借以診察病情。

〔四八〕〔錢注〕《楚辭·九章》：九折臂而成醫兮。

〔四九〕〔錢注〕繁欽《與魏文帝牋》：冀事速訖，旋侍光塵。〔補注〕光塵，敬稱對方之風采。

〔五〇〕〔錢注〕潘岳《懷舊賦》：余十二而獲見於父友東武戴侯楊君……慨然懷舊而賦之曰：余總角而獲見，承戴侯之清塵，名余以國士，眷余以嘉姻。

〔五一〕〔錢注〕《陳書·高祖紀》：仰憑衡佐，亟移年序。

〔五二〕〔錢注〕干寶《搜神記》：楊公伯雍性篤孝，父母亡，葬無終山，遂家焉。山高無水，公汲水作義漿於坡頭，行者皆飲之。三年，有一人就飲，以一斗石子使種之，云：『玉當生其中，後當得好婦。』有徐氏者，女甚有行，時人來求，多不許。公乃試求，徐氏戲云：『得白璧一雙來，當聽爲婚。』公至所種玉田中，得白璧五雙以聘。徐氏大驚，遂以女妻公。

〔五三〕〔錢注〕《晋書·王羲之傳》：郗鑒使門生求女婿於導，導令就東廂徧觀子弟，門生歸曰：『王氏諸少並佳，然聞信至，咸自矜持。唯一人在東牀，坦腹食，獨若不聞。」鑒曰：『正此佳婿邪！』訪之，乃羲之也，遂以女妻之。

〔五四〕〔錢注〕《史記·信陵君傳》：勝所以自附爲婚姻者，以公子之高義，爲能急人之困。

〔五五〕〔錢注〕《魏志·邴原傳》注：《原別傳》曰：清規邈世。

〔五六〕〔補注〕《詩·周南·關雎》：『窈窕淑女，琴瑟友之。』

〔五七〕〔補注〕《詩·周南·螽斯》：『螽斯羽，詵詵兮，宜爾子孫，振振兮。』孔穎達疏：『此以螽斯之多，喻后妃之子。而言羽者，螽斯羽蟲，故舉羽以言多也。』《螽斯序》：『螽斯，后妃子孫衆多也。』

〔五八〕〔補注〕《左傳·襄公十三年》：『若以大夫之靈，獲保首領以歿於地，惟是春秋窀穸之事，所以從先君於禰廟者，請爲「靈」若「厲」，大夫擇焉。』杜預注：『窀，厚也；穸，夜也。厚夜猶長夜。春秋謂祭祀，長夜謂葬埋。』

〔五九〕〔錢注〕《漢書·原涉傳》：涉自以先人墳墓儉約，非孝也，乃大治起冢舍，周閣重門。初，武帝時京兆尹曹氏葬茂陵，民謂其道爲京兆阡，涉慕之，乃買地開道立表，署曰南陽阡，人不肯從，謂之原氏阡。〔補注〕表，墓表，即墓碑。道，墓前或墓室前之甬道。

〔六〇〕〔錢注〕陸機《答張士然詩》：回渠繞曲陌。

〔六一〕〔錢注〕張衡《南都賦》：酒則九醞甘醴，十旬兼清。李善注：《魏武集》：上九醞，奏曰：『三日一釀，滿九斛米止。』《廣雅》曰：醞，投也。

〔六二〕〔補注〕《周禮·天官·膳夫》：『珍用八物。』鄭玄注：『珍，謂淳熬、淳母、炮豚、炮牂、擣珍、漬、熬、肝膋也。』指八種烹飪法。此指各種珍饈美味。

〔六三〕〔錢注〕《爾雅》：覿，見也。

〔六四〕〔錢注〕蔡邕《祖德頌》：斯乃祖禰之遺靈。

爲潼關鎮使張琯補後院都知兵馬使兼押衙牒〔一〕

右件官，質茂松筠，誠高金石〔二〕，謙能養勇，義實輕生〔三〕。頃分職近關〔四〕，別屯要地〔五〕。時奮猿臂〔六〕，暫探虎雛〔七〕。既守禦而有經〔八〕，諒追奔之可犯〔九〕。況又秦中共事〔一〇〕，海内相從。酬知能誓於始終，于役不辭其暴露〔一一〕。脂車秣馬〔一二〕，昔嘗爲我以前驅〔一三〕；被甲執兵，今合撫予之後勁〔一四〕。仍榮心膂〔一五〕，兼總牙璋〔一六〕。事須補充押衙。

〔一〕本篇原載清編《全唐文》卷七七九第四頁、《樊南文集補編》卷九。〔錢箋〕潼關鎮使，周墀也，見《爲汝南公賀元日朝會上中書狀》注〔一〕。《舊唐書·地理志》：潼關防禦鎮國軍使，華州刺史領之。又《楊志誠傳》：大和五年，爲幽州後院副兵馬使。《通鑑·唐玄宗紀》注：押牙者，盡管節度使牙内之事。〔張箋〕置不編年文。且附考云：考文云：『況又秦中共事，海内相從。』又云：『脂車秣馬，昔嘗爲我以前驅；被甲執兵，今合撫予之後勁。』《新書·墀傳》：『武宗即位，以疾改工部侍郎，出爲華州刺史。』其前未嘗踐歷方鎮，與牒語不合。此潼關鎮使，當別是一人。本集之例，凡爲墀代作者，皆稱汝南公，標題固自不同也。何年所作無考。〔按〕張氏謂潼關鎮使非周墀，甚是。杜牧《唐故東川節度使檢校右僕射兼御史大夫贈司徒周公墓誌銘》述墀生平宦歷頗詳，亦未載其任華州刺史前曾歷方鎮。當別是一人。兹依張箋暫置不編年文内。

〔二〕〔錢注〕《荀子》：其誠可比於金石。〔補注〕《禮記·禮器》：『其在人也，如竹箭之有筠也，如松柏之有心也。二者居天下之大端矣。故貫四時而不改柯易葉。』

〔三〕〔補注〕《孟子·告子上》：『生，亦我所欲也；義，亦我所欲也。二者不可得兼，舍生而取義者也。』

〔四〕〔補注〕近關，此指離京城近之關隘。語本《左傳·襄公十四年》：『蘧伯玉遂行，從近關出。』句中近關指潼關。

〔五〕〔錢注〕《後漢書·荀彧傳》：此實天下之要地，而將軍之關河也。〔按〕此『要地』亦指潼關。

〔六〕〔錢注〕《史記·李將軍傳》：廣爲人長，猿臂，其善射亦天性也。

〔七〕見《爲滎陽公桂管補逐要等官牒·王公衡》注〔一〕。

〔八〕〔錢注〕《史記·孟子荀卿傳》：蓋墨翟，宋之大夫，善守禦，爲節用。

〔九〕〔錢注〕李陵《答蘇武書》：追奔逐北。

〔一〇〕〔錢注〕《漢書·高帝紀》注：秦中，謂關中，秦地也。

〔一一〕〔補注〕《詩·王風·君子于役》：『君子于役，不知其期。』《左傳·襄公三十一年》：『不敢輸幣，亦不敢暴露。』暴露，露天而處，無所遮蔽，即所謂露處野宿。

〔一二〕〔錢注〕曹植《應詔詩》：星陳夙駕，秣馬脂車。〔補注〕秣馬脂車，餵馬及爲車軸塗油脂，指準備作戰。

〔一三〕〔補注〕《詩·衛風·伯兮》：『伯也執殳，爲王前驅。』

〔一四〕〔補注〕《左傳·宣公十二年》：『軍行，右轅，左追蓐，前茅慮無，中權，後勁。』後勁，殿後之精兵。撫予後勁，指任後院都知兵馬使之職。

〔一五〕〔補注〕《書·君牙》：『今命爾予翼，作股肱心膂。』心膂（脊骨），喻主要輔佐。

〔一六〕〔補注〕《周禮·春官·典瑞》：『牙璋以起軍旅，以治兵守。』牙璋，古代用以發兵之兵符。

爲閑廐使奏判官韓勵改名狀〔一〕

右前件官名與再從叔故嬀州參軍自勵向下一字同〔二〕。伏以韓自勵頃因宦遊，歿于幽朔，羈孤未返〔三〕，親黨莫知。近始言歸，因之合族〔四〕。雖爲子之道，則慎更名于己孤〔五〕；而諸父之來〔六〕，固難舉諱于其側〔七〕。伏請改名融。謹録奏聞，伏聽勅旨。

〔一〕本篇原載《文苑英華》卷六四四第七頁、清編《全唐文》卷七七三第八頁、《樊南文集詳注》卷二。〔徐注〕《新書·百官志》：聖曆中，置閑廐使，以殿中丞、監承恩者爲之，分領殿中太僕之事，而專掌輿輦牛馬。自是宴游供奉，殿中丞、監皆不預聞。〔馮曰〕此狀未詳何年。〔張箋〕置不編年文。

〔二〕〔馮注〕《爾雅》：父之從父昆弟爲從祖父，父之從祖昆弟爲族父，再從叔即族父也。〔補注〕《新唐書·地理志》：河北道，嬀州嬀川郡。本北燕州，武德七年平高開道，以幽州之懷戎置。貞觀八年更名。

〔三〕〔徐注〕謝莊《月賦》：親懿莫從，羈孤遞進。〔補注〕《文選》李善注：『羈客孤子也。』

〔四〕〔徐注〕《禮記》：合族以食。〔馮注〕《禮記·大傳》：旁治昆弟合族以食，序以昭穆。《坊記》：君子因睦以合族。

〔五〕〔馮注〕《禮記》：君子已孤不更名。

〔六〕之，《英華》注：集作『具』。馮本從之。〔馮注〕《詩》：既有肥羜，以速諸父。又：豈伊異人，兄弟具來。《漢書・淮南王安傳》：武帝以安屬爲諸父。〔補注〕諸父，伯叔父。

〔七〕〔馮注〕《禮記》：妻之諱不舉諸其側。按：《詩・伐木》傳：天子謂同姓諸侯、諸侯謂同姓大夫，皆曰『父』。此同姓親親之辭，不謂其尊於我也。而後之凡云諸父者，則皆謂其與父同輩也。蓋兄弟當諱。《禮記・雜記》疏曰：父之兄弟於己爲伯叔，子與父同，是有諱也。此『諸父』承上『合族』，指自勵之兄弟，故己不可於其側稱名而犯所諱也。

爲同州張評事謝辟啓〔一〕

潛啓：伏奉榮示，伏蒙猥賜奏署，今月某日，敕旨授官。承命恐惶〔二〕，不知所措。某文乖綺繡，學乏縑緗〔三〕。負米東郊〔四〕，止勤色養〔五〕；獻書北闕〔六〕，未奉明恩。撫京洛之塵，素衣穿穴〔七〕；訪江湖之路，白髮徘徊〔八〕。大夫榮自山陽〔九〕，來臨沙苑〔一〇〕，固以室盈東箭〔一一〕，門咽南金〔一二〕，豈謂搜揚，乃加孱眇〔一三〕。府稱蓮沼〔一四〕，慚無倚馬之能〔一五〕；地號雲門〔一六〕，竊有化龍之勢〔一七〕。便居帷幄〔一八〕，遽別蓬蒿〔一九〕，袁生有望於樵蘇〔二〇〕，楚子永辭於藍縷〔二一〕。刻諸肌骨，知所依歸〔二二〕。伏惟特賜鑒察，謹啓。

〔一〕本篇原載《文苑英華》卷六五四第一頁、清編《全唐文》卷七七七第一〇頁、《樊南文集詳注》卷四。《文苑英華》題爲《爲同州張評事謝辟并聘錢啓二首》，徐本、馮本題爲《爲同州張評事潛謝辟并聘錢啓二首》。兹從《全唐文》與下篇《爲同州張評事謝聘錢啓》分題。〔徐注〕《舊書·地理志》：同州，上輔，隋馮翊郡，在京師東北二百二十五里。同州防禦長春宫使，同州刺史領之。〔馮箋〕按《太平廣記》引野史：會昌二年，鄭顥狀元及第，第二人張潛。《通鑑·大中十二年》：右補闕内供奉張潛疏論藩府羡餘，上嘉納之。時頗相合，不知即此人否？又按：初疑即祭文之張書記，亦王茂元婿，今細核必非也。未知何年所作。亦見《闕史》。此啓似在其未第時。〔張箋〕置不編年文。〔按〕《唐尚書省郎官石柱題名》司勳郎中、主客郎中有張潛，當是大中十二年以後所歷官。啓云『獻書北闕，未奉明恩』，似在會昌二年登第之前所上。又云『大夫榮自山陽，來臨沙苑』，此同州刺史似是由楚州刺史移刺者。然查《唐刺史考》，自大和初至大中末，未有自楚刺移刺同州者，故目前尚無法編年。

〔二〕惶，《英華》注：一作『懼』。

〔三〕〔徐注〕陸機《文賦》：藻思綺合，清麗芊眠，爛若縟繡，悽若繁絃。《初學記》：《范子》：計然曰：今富者綺繡羅紈，素綈冰錦。《後漢書·宦者傳》：自古書契多編以竹簡，其用縑帛者謂之爲紙。《北堂書鈔》：《晉中興書》曰：傅玄盛書有青縑袠。《説文》：緗，帛淺黄色也。蕭統《文選序》：飛文染翰，則卷盈乎緗帙。〔補注〕綺繡，喻文采華麗。縑緗，喻繁富之書籍。

〔四〕〔徐注〕《家語》：子路曰：『昔者由也爲親百里負米。』

〔五〕〔徐注〕《荀氏家訓》：荀顗色養烝烝，以孝聞。〔補注〕《論語·爲政》：『子游問孝。子曰：「今之孝者，是謂能養。」……子夏問孝，子曰：「色難。」」色養，謂和顔悦色奉養父母或承順父母顔色。

〔六〕〔徐注〕《漢書·高帝紀》：蕭何治未央宫，立東闕、北闕。師古曰：未央殿雖南嚮，而上書奏事謁見之徒，皆詣北闕。公車司馬亦在北焉。〔馮曰〕則是以北闕爲正門。

〔七〕〔徐注〕陸機詩：京洛多風塵，素衣化爲緇。〔馮注〕此謂遊京而久無知己。

〔八〕〔馮注〕潘岳《秋興賦序》：余春秋三十有二，始見二毛。以太尉掾兼虎賁中郎將，寓直于散騎之省。高閣連雲，陽景罕曜。僕野人也，譬猶池魚籠鳥，有江湖山藪之思。此謂無所之適，而抱遲暮之感，不必用此序也。〔補注〕江湖之路，謂歸隱之路。

〔九〕〔馮注〕《通典》：淮陰郡。晋安帝時立山陽郡，隋初廢。大唐爲楚州，或爲淮陰郡。理山陽縣。〔補注〕大夫，當指現任同州刺史帶御史大夫銜者。

〔一〇〕〔徐注〕《水經注》：洛水東逕沙阜北，俗名沙苑。在同州馮川縣南十二里，其處宜六畜，置沙苑監。〔馮注〕《元和郡縣志》：沙苑宜六畜，置沙苑監，在同州馮翊縣。〔補注〕杜甫《留花門》詩：『沙苑臨清渭，泉香草豐潔。』此以『沙苑』指同州。

〔一一〕〔馮注〕《爾雅》：東南之美者，有會稽之竹箭焉。

〔一二〕〔徐注〕《詩》：大賂南金。《晋書·薛兼傳》：兼，丹陽人，清素有器宇，少與同郡紀瞻、廣陵閔鴻、吴郡顧榮、會稽賀循齊名，號爲五儁。初入洛，司空張華見而奇之，曰：『皆南金也。』《顧衆》《虞潭傳》：衆，吴郡人；潭，會稽人。贊曰：顧實南金，虞惟東箭。〔馮注〕史臣曰：顧、紀、賀、薛等，並南金東箭，世胄高門。

〔一三〕〔補注〕孱眇，自謙淺陋愚昧。

〔一四〕用蓮幕事，屢見。

〔一五〕〔馮注〕《世説》：桓宣武北征，袁虎時從，被責免官。會須露布文，唤袁倚馬前令作。手不輟筆，俄得七紙。

〔一六〕〔馮注〕《寰宇記》：同州澄城縣雲門谷。《水經注》云：雲門谷水源出澄城縣界。按：此爲今本《水經注》之缺文，詳具《禹貢錐指》『漆沮既從』句下。

〔一七〕〔徐注〕《辛氏三秦記》：河津一名龍門，去長安九百里，水懸絶，黿魚之屬莫能上。江海大魚薄集龍門下，上則化爲龍矣，不得上，曝腮水次也。〔馮注〕《通典》：同州韓城縣有龍門山，即禹『導河至于龍門』是也。魚集龍門，上即爲龍，皆在此。

〔一八〕〔徐注〕《漢書》：高祖曰：『運籌帷幄之中，決勝千里之外，吾不如子房。』

〔一九〕〔徐注〕《三輔決録》：張仲蔚，扶風人，隱身不仕，所居蓬蒿没人。

〔二〇〕〔徐注〕應璩《與曹長思書》：幸有袁生，時步玉趾，樵蘇不爨，清談而已。〔補注〕樵蘇，砍柴刈草。此指日常生計。

〔二一〕藍，《全文》作『籃』，據《英華》改。《英華》注：集作『襤』。〔徐注〕《左傳》：若敖、蚡冒，篳路藍縷，以啓山林。〔馮注〕《左傳》注曰：藍縷，敝衣。疏曰：服虔云：言其縷破藍藍然。按：《史記》作『藍蔞』，後人承用，又作『襤褸』。《左傳》：楚子曰：先王熊繹，辟在荆山，篳路藍縷，以處草莽。

〔二二〕〔徐注〕《書》：我先王亦永有依歸。

爲同州張評事謝聘錢啓〔一〕

潛啓：錢若干，伏蒙仁恩賜備行李。重非半兩〔二〕，輕異五銖〔三〕。子母相權〔四〕，飢寒頓解〔五〕。細看銅郭〔六〕，徐憶牙籌〔七〕。雖云神有魯褒〔八〕，便恐癖如和嶠〔九〕。辨裝無闕〔一〇〕，通刺有期〔一一〕。感戴之誠〔一二〕，不知所喻。謹啓。

〔一〕本篇原載《文苑英華》卷六五四第一頁、清編《全唐文》卷七七七第一一頁、《樊南文集詳注》卷四。《文苑英華》連上篇合題《爲同州張評事謝辟并聘錢啓二首》。〔按〕與上篇同時作。不能定編何年，詳上篇注〔一〕。

〔二〕〔徐注〕《漢書·食貨志》：秦并天下，銅錢質如周錢，文曰『半兩』，重如其文。《武帝紀》：建元五年，罷三銖錢，行半兩錢。

〔三〕〔徐注〕《漢書·食貨志》：武帝時，有司言三銖錢輕，輕錢易作姦詐，迺更請郡國鑄五銖錢，周郭其質，令不可得摩取鋊。

〔四〕〔徐注〕《國語·周語》：景王將鑄大錢，單穆公曰：『古者天災降戾，于是乎量資幣，權輕重，以振救民。民患輕，則爲之作重幣以行之，于是乎有母權子而行；若不堪重，則多作輕而行之，亦不廢重，于是乎有子權母而行。』〔按〕謂國家鑄錢，以重幣爲母，輕幣爲子，權其輕重而使行，以利于民。

〔五〕〔徐注〕《後漢書·馮異傳》：光武謂諸將曰：『昨得公孫豆粥，飢寒俱解。』《西京雜記》：苦飢寒，逐彈丸。

〔六〕〔徐注〕《漢書》：武帝時民間鑄錢多輕，公卿請令京師鑄官赤仄。注：赤銅爲其郭也。〔馮注〕《漢書·食貨志》注：孟康曰：周匝爲郭，文漫皆有。〔補注〕銅郭，銅錢之邊郭。此指銅錢。

〔七〕〔徐注〕王隱《晋書》：王戎好治生，園田周遍天下。翁媪二人，常以象牙籌晝夜算計家資。

〔八〕云，《英華》注：集作『虞』。馮本從之。〔馮注〕《晋書·隱逸·魯褒傳》：《錢神論》曰：錢之爲體，爲世神寶。親之如兄，字曰『孔方』。失之則貧弱，得之則富昌。

〔九〕〔徐注〕《語林》：杜預道王武子有馬癖，和長輿有錢癖，已有《左傳》癖。〔補注〕《晋書・杜預傳》：『時王濟解相馬，又甚愛之，而和嶠頗聚斂，預常稱「濟有馬癖，嶠有錢癖。」』

〔一〇〕〔徐注〕《漢書・劉安傳》：特賜辦裝錢。〔馮注〕《漢書・兩龔傳》：王莽遣使迎龔勝，先賜六月禄直以辦裝。《後漢書・劉平傳》：詔徵平等，特賜辦裝錢。

〔一一〕〔徐注〕《世説》：禰正平自荆州北遊許都，書一刺，懷之漫滅而無所適。〔補注〕通刺，出示名刺以求延見。

〔一二〕〔徐注〕《吴志・朱桓傳》：除餘姚長，士民感戴之。

容州經略使元結文集後序〔一〕

次山有《文編》〔二〕，有《詩集》，有《元子》〔三〕，三書皆自爲之序。次山見舉於弱夫蘇氏，始有名〔四〕；見取於公浚楊公〔五〕，始得進士第〔六〕；見憎於第五琦、元載〔七〕，故其將兵不得授，作官不至達〔八〕。母老不得盡其養，母喪不得終其哀〔九〕，間二十年。其文危苦激切，悲憂酸傷於性命之際〔一〇〕。自《占心經》已下若干篇，是外曾孫遼東李惲辭收得之〔一一〕，聚爲《元文後編》。

次山之作，其綿遠長大，以自然爲祖〔一二〕，元氣爲根〔一三〕，變化移易之。太虚無狀〔一四〕，大賁無色〔一五〕，寒暑攸出，鬼神有職。南斗北斗，東龍西虎〔一六〕，方嚮物色〔一七〕，欻何從生？啞鐘復鳴〔一八〕，黄雉變雄〔一九〕，山相朝捧，水信潮汐〔二〇〕。若大壓然，不覺其興；若大醉然，不覺其醒。其疾怒急擊，快利勁果，出行萬里，不見其敵。高歌酣顔，入飲於朝，斷章摘句，如娠始生〔二一〕。狼子豽孫〔二二〕，競於跳走，翦餘斬殘，程露血脈〔二三〕。其詳緩柔潤，壓抑趨儒〔二四〕，如以一國買人一笑，如以萬世换人一朝。重屋深宫，但見其脊；牽綷長河〔二五〕，不知其載。死而更生，夜而更明，衣裳鐘石，雅在宫藏〔二六〕。其正聽嚴毅，不滓不濁，如坐正人，照彼佞者。子從其翁，婦從其姑。豎麾爲門，懸木爲牙〔二七〕，張蓋乘車，屹不敢入；將刑斷死，帝不得赦。其碎細分擘〔二八〕，切截纖顆，如墜地碎，若大咽餘〔二九〕。鋸取朽蠹，櫟蟒出毒〔三〇〕，刺眼楚齒〔三一〕，不見可視。顧顛踣錯雜，汙瀦傷損〔三二〕，如在危處，如出夢中〔三三〕。其總旨會源，條綱正目，若國大治，若年大熟。君君堯、舜，人人羲皇。上之視下，不知有尊〔三四〕；下之望上，不知有篡〔三五〕。辮頭鑿齒〔三六〕，扶服臣僕〔三七〕，融風彩露〔三八〕，飄零委落。耋老者在〔三九〕，童齔者蓄〔四〇〕。邪人佞夫，指之觸之，薰薰熙熙〔四一〕，不識其故。吁，不得盡其極也〔四二〕！

而論者徒曰：次山不師孔氏，爲非。嗚呼！孔氏於道德仁義外有何物？百千萬年，聖賢相隨於塗中耳。次山之書曰：『三皇用真而恥聖，五帝用聖而恥明，三王用明而恥察〔四三〕。』嗟嗟此書，可以無書〔四四〕。孔氏固聖矣，次山安在其必師之邪〔四五〕！

校注

〔一〕本篇原載《唐文粹》卷九三總六一二頁、清編《全唐文》卷七七九第一六頁、《樊南文集詳注》卷七。〔馮箋〕《新書·元結傳》：後魏常山王遵十五代孫。少不羈，十七乃折節向學，事元德秀，擢進士第。國子司業蘇源明見肅宗，問天下士，薦結可用。結上時議三篇，擢右金吾兵曹參軍，攝監察御史，出佐使府。代宗立，丐侍親歸樊上。授著作郎，益著書。久之，拜道州刺史。進授容管經略使，罷還京師，卒。〔按〕據顔真卿《唐故容州都督兼御史中丞本管經略使元君表墓碑銘》，大曆三年『轉容府都督兼侍御史、本管經略使……六旬而收復八州……大曆四年夏四月，拜左金吾衛將軍兼御史中丞，管使如故……七年正月朝京師，上深禮重，方加位秩，不幸遇疾……夏四月，薨於永崇坊之旅館。』本文爲元結《文集》之序，馮譜、張箋均未編年。按本文首段頗有借元結之身世遭遇以寄慨之意，據『母老不得盡其養，母喪不得盡其哀』等語，此序或作於商隱喪母之後（商隱母卒於會昌二年冬），具體作年難以詳考。

〔二〕〔馮注〕《新書·藝文志》：集類，元結《文編》十卷。《英華》載《文編序》曰：天寶十二年，漫叟以進士獲薦，名在禮部。會有司考校舊文，作《文編》納于有司。又曰：叟在此州，今五年矣。乃次第近作，合於舊編，分爲十卷，復命曰《文編》，時大曆三年也。

〔三〕〔馮注〕《元結傳》：作《自釋》曰：河南，元氏望也；結，元子名也；次山，結字也。少居商餘山，著《元子》十篇，故以元子爲稱。天下兵興，逃亂入猗玗洞，始稱猗玗子。後家瀼濱，乃自稱浪士。及有官，人以爲浪者亦漫爲官乎，呼爲漫郎。既客樊上，漫遂顯。當以漫叟爲稱。《藝文志》：儒家類，《元子》十卷。又《浪説》七篇，《漫説》七篇。小説家類，元結《猗玗子》一卷。按：顔魯公所撰墓碑，作《猗玗子》。是次山詩集，《志》不載，其《篋中集》一卷，乃選本，非此所指。

〔四〕舉，《文粹》作『譽』。〔按〕舉，薦也。〔徐注〕《元結傳》：國子司業蘇源明見肅宗，問天下士，薦結可用。《文藝傳》：蘇源明，京兆武功人，初名預，字弱夫。

〔五〕楊，馮本改作『陽』。〔馮注〕《元結傳》：禮部侍郎陽峻。按：《摭言》亦作『陽』，《文粹》作『楊』。楊、陽字古通，《吕覽》稱楊朱曰陽生。

〔六〕〔馮注〕《文編序》：陽公見《文編》，歎曰：『以上第污元子耳，有司得元子是賴。』明年，都堂策問羣士，竟在上第。〔徐注〕《元結傳》：天寶十二載，舉進士。禮部侍郎陽峻見其文，曰：『一第慁子耳，有司得子是賴。』果擢上第，復舉制科。

〔七〕〔徐注〕《新書》：第五琦，字禹珪，京兆長安人。乾元二年，進同中書門下平章事。元載，字公輔，鳳翔岐山人，拜同中書門下平章事。〔馮注〕《新書·表》：元載，寶應元年，同中書門下平章事。〔按〕元結見憎於第五琦、元載，不見於史籍及其他文獻記載。孫望《元次山集前言》推測元結永泰元年罷官去職可能與其時任宰相之元載及判度支、諸道鹽鐵轉運鑄錢等使之第五琦『見憎』有關。商隱《上崔華州書》云：『凡爲進士者五年。始爲故賈相國所憎。明年，病不試。又明年，復爲今崔宣州所不取。』《與陶進士書》云：『前年乃爲吏部上之中書……後幸有中書長者曰：「此人不堪。」抹去之。乃大快樂。』對照此數句，可見商隱蓋借元結之『見憎』於權貴以自抒憤鬱。

〔八〕〔周振甫箋〕肅宗立，元結攝領山南東道府，治襄州。代宗立，固辭歸去，此即『將兵不得授，作官不至達。』

〔九〕〔馮注〕《元結傳》：經略容管，身諭蠻豪，綏定八州。會母喪，人皆詣節度府請留，加左金吾衛將軍，民樂其教，至立石頌德。〔補注〕元結《讓容州表》：『爲國展效，死當不避，敢憚艱危？但以老母念臣疾疹日久……臣將就路，老母悲泣……臣欲扶持板輿南之合浦，則老母氣力艱於遠行。臣欲奮不顧家，則母子之情，禽獸猶有。』此即『母老不得盡其養。』大曆四年，以丁母憂，寄柩永州，懼亡母旅櫬歸葬無日，作《再讓容州表》。

〔一〇〕〔補注〕《易·乾》：『乾道變化，各正性命。』孔疏：『性者，天生之質，若剛柔遲速之別；命者，人所禀受，若貴賤夭壽之屬。』

〔一一〕〔文粹注〕是，句。〔按〕《文粹》編者蓋謂『是』字屬上，當點爲『自《占心經》以下若干篇是』。〔徐注〕《宰相世系表》有遼東李氏。〔馮曰〕惲辭無可考。〔按〕或謂本篇係《元文後編》之序。然題明標《元結文集》，恐非《後編》之序。此處言『自《占心經》以下若干篇，是外曾孫遼東李惲辭收得之，聚爲《元文後編》』，蓋謂此新編之《元結文集》，其中《占心經》以下若干篇，爲李惲辭新聚之《後編》，意本明白。因元結已爲《文編》作序，商隱爲新編《元結文集》所作之序，遂題『後序』。

〔一二〕〔徐注〕《老子》：人法地，地法天，天法道，道法自然。

〔一三〕〔徐注〕揚雄《解嘲》：大者含元氣。《老子》：玄牝之門，是謂天地根。〔補注〕《白虎通》：『地者，元氣所生，萬物之祖。』《漢書・律曆志上》：『太極元氣，函三爲一。』

〔一四〕〔徐注〕《莊子》：道不游太虛。《老子》：是謂無狀之狀。〔補注〕太虛，指宇宙。

〔一五〕〔徐注〕《易》：賁，無色也。〔補注〕《易・序卦傳》：『賁，飾也。』集合多種彩飾則無色。大賁無色，指其文章絢爛之極歸於平淡。或指其文章無一定色彩。

〔一六〕〔徐注〕《史記・天官書》：北斗七星，所謂璇、璣、玉衡，以齊七政。又：南斗爲廟，其北建星。〔馮注〕《史記・天官書》：衡殷南斗。又曰：北宫，南斗爲廟。又曰：東宫蒼龍。又曰：西宫，參爲白虎。〔補注〕南斗，即斗宿六星。東龍，指東方角、亢、氐、房、心、尾、箕七宿；西虎，指西方奎、婁、胃、昴、畢、觜、參七宿。

〔一七〕〔補注〕方嚮，同『方響』，古代磬類打擊樂器，由十六枚大小相同、厚薄不一之長方鐵片組成，分兩排懸於架上，以小鐵槌擊之。始創於梁，爲隋、唐燕樂中常用樂器。或云『方嚮』即方向。物色，形狀。

〔一八〕〔馮注〕《舊書・張文瓘傳》：虔威子文收，尤善音律，嘗裁竹爲十二律吹之，備盡旋宫之義。時太宗召文收於太常，令與祖孝孫參定雅樂。太樂有古鍾十二，近代惟用其七，餘有五，俗號啞鍾，莫能通者。文收吹律調之，聲皆響徹。

〔一九〕〔徐注〕《舊書・五行志》：高宗文明後，天下頻奏雌雞化爲雄，或半化未化，兼以獻之。則天臨朝之兆。〔馮注〕《爾雅》：鳪雉。注曰：黄色，鳴自呼。〔周振甫曰〕這是指元結的文章像方嚮復生，啞鐘復鳴，黄雉變雄，即這種拙樸的文章復鳴變雄，成爲一時的雄文了。

〔二〇〕〔徐注〕《初學記》：海口有朝夕，潮以逆河水。《韻府》：朝爲潮，夕爲汐。〔馮注〕王充《論衡》：水者，地之血脈，隨氣進退而爲潮。《抱朴子》：潮汐者，朝來也，夕至也。一月之中，天再東再西，故朝水再大再小。郭璞《江賦》：吐納靈潮，或夕或朝。〔周振甫曰〕這是指他的文章像山的主峯，水的潮汐，爲衆所擁護信從。

〔二一〕摘，《文粹》作『適』（疑本作『擿』，與『摘』同）。始，徐本作『如』，誤。

〔二二〕豽，《全文》作『豹』，據《文粹》改。〔徐注〕《左傳》：狼子野心。豽，本作『貀』。《説文》：漢律，能捕豺貀，購百錢。《異物志》：貀獸出朝鮮，似狸，蒼黑色，無前兩足，能捕鼠。〔馮注〕《爾雅》：狼，牡貛牝狼，其子獥。又：貀無前足。注曰：晋時得一獸，似狗，豹文，有角兩足。即此類也。〔郁賢皓曰〕『其疾』五句，形容元結文章的鋭利勁疾。

〔二三〕〔補注〕程，呈現。程露，猶呈露。此謂剪除多餘之支蔓，使文章之血脈呈露顯現。

〔二四〕〔馮注〕《説文》：儒，柔也。《北史·王晞傳》：武成本忿其儒緩，因奏事，大被訶叱，而雅步宴然。此『趨儒』意相近也。〔補注〕詳緩，安詳和緩。壓抑，沉着。

〔二五〕〔馮注〕《詩》：汎汎楊舟，紼纚維之。傳：紼，繂也。疏曰：繂竹爲索，所以維持舟者。繂是大絙。〔郁賢皓曰〕『重屋』二句，意謂元結文章深藏少露，含蓄深沉。

〔二六〕〔補注〕鐘石，樂器，鐘與磬。《管子·七臣七主》：『鐘石絲竹之音不絶。』或謂鍾石指糧食，六斛四斗爲一鍾，百斤爲一石。

〔二七〕〔補注〕牙，牙門旗竿。《後漢書·袁紹傳》：『拔其牙門。』李賢注：『《真人水鏡經》曰：「凡軍始出，立牙竿必令完堅，若有折，將軍不利。」牙門旗竿，軍之精也。』〔郁賢皓曰〕『豎麾』四句，謂元結文章氣象森嚴。

〔二八〕〔徐注〕《西京賦》：擘肌分理。

〔二九〕〔文粹注〕咽，上聲。

〔三〇〕〔馮注〕《爾雅·釋樂》郭注：敔如伏虎，背上有二十七鉏鋙，刻以木，長尺櫟之。《廣韻》：櫟，捎也。

《集韻》：擊也。按：「櫟」與「擽」通。〔補注〕《漢書·司馬相如傳上》：「射游梟，櫟蜚遽。」顔注引張揖曰：「櫟，捎也。」《文選·潘岳〈射雉賦〉》：「櫟雌妬異，倏來忽往。」徐爰注：「櫟，擊搏也。」

〔三一〕〔文粹注〕楚，去聲。〔補注〕楚，酸痛。

〔三二〕〔徐注〕《禮記》：汙其宫而豬焉。〔補注〕汙豬，污水聚積。

〔三三〕出，《全文》作「在」，據《文粹》改。

〔三四〕有，徐本作「其」。

〔三五〕有，徐本作「其」。

〔三六〕〔馮注〕《淮南子》：海外三十六國，南方鑿齒民。注曰：吐一齒出口下，長三尺。按：《南夷志》：黑齒金齒銀齒諸蠻，皆鑿齒之類。此以言遠方種類，非用《山海經》「大海之中，有人曰鑿齒，羿殺之」也。辮頭見《太尉衛公會昌一品集序》「望衣冠而有慕」注。

〔三七〕〔補注〕扶服，同「匍匐」。〔徐注〕《書》：我罔爲臣僕。

〔三八〕〔徐注〕《左傳·昭公十八年》：夏五月，火始昏見。丙子，風。梓慎曰：是謂融風，火之始也。《吕氏春秋》：東北曰融風。《洞冥記》：東方朔語武帝曰：吉雲之國，雲氣著草木，成五色露。江淹《雜體詩》：露彩方汎豔。〔馮注〕《淮南子》：距日冬至四十五日，條風至。注曰：艮卦風，一名融。《易緯》：立春，條風至。此以發生萬物言。〔補注〕融風，和風。

〔三九〕〔補注〕《左傳·僖公九年》：「以伯舅耋老，加勞，賜一級，無下拜。」杜預注：「七十曰耋。」

〔四〇〕〔補注〕《説文》：「男八月生齒，八歲而齔；女七月生齒，七歲而齔。」

〔四一〕〔補注〕薰薰，酒醉貌。《文選·張衡〈東京賦〉》：「君臣歡康，具醉薰薰。」吕延濟注：「君臣歡康盡醉，酒氣薰薰然。」熙熙，和樂貌。《老子》：「衆人熙熙，如享太牢，如春登臺。」

〔四二〕〔馮箋〕晁氏《讀書志》：結性耿介，自謂與世聱牙，豈獨其行事而然，其文辭亦如之。然其辭義幽約，譬古鐘磬，不諧於俚耳，而可尋玩。在當時，名出蕭、李下，至韓愈稱數唐之文人，獨及結云。

〔四三〕〔周振甫曰〕三皇講真淳，以聖德爲恥，因爲有了聖德的人，即有不道德的人，故以爲恥。五帝講聖德，以英明爲恥，聖德是講道德，英明是講智慧，道德高於智慧。三王講究英明，以察察爲恥。英明是智慧，察察是弄小聰明和權術，權術不如智慧。

〔四四〕書，《全文》作『乎』，據《文粹》改。〔補注〕可以無書，謂有元結此書，其他一切書均可不再有。

〔四五〕〔馮曰〕按本傳：『初爲文，瑰邁奇古。』此篇是矣。要以適意爲主。意緒可尋，則詞源易泝，凡所依據推演，讀古者自知之。

〔錢鍾書曰〕葛洪《〈關尹子〉序》……顯出唐宋人之手……序中一節云：『洪每味之：冷冷然若躡飛葉而遊乎天地之混溟，茫茫乎若履横校而浮乎大海之渺漠……』此中晚唐人序詩文集慣技，杜牧《李昌谷詩序》是其著例，牧甥裴延翰《樊川文集序》：『竊觀仲舅之文』云云，亦即是體。他如顧況《右拾遺吴郡朱君集序》、張碧《詩自序》、李商隱《容州經略使元結文集後序》、吴融《奠陸龜蒙文》，皆犖犖大者。（《管錐編》一四八《全晋文》卷一一六葛洪《〈關尹子〉序》）

李賀小傳〔一〕

京兆杜牧爲《李長吉集序》〔二〕，狀長吉之奇甚盡，世傳之。長吉姊嫁王氏者，語長吉之事尤備。長吉細瘦，通眉〔三〕，長指爪，能苦吟疾書，最先爲昌黎韓愈所知〔四〕。所與遊者，王參元〔五〕、楊敬之〔六〕、權璩〔七〕、崔植爲密〔八〕。每旦日出，與諸公遊，未嘗得題然後爲詩，如他人思量牽合以及程限爲意〔九〕。恒從小奚奴騎距驉〔一〇〕，背一古破錦囊，遇有所得，即書投囊中。及暮歸，太夫人使婢受囊〔一一〕，出之，見所書多，輒曰：『是兒要當嘔出心始已耳。』上燈與食，長吉從婢取書，研墨疊紙足成之，投他囊中。非大醉及弔喪日，率如此。過亦不復省〔一二〕。王、楊輩時復來探取寫去〔一三〕。長吉往往獨騎往還京雒，所至或時有著，隨棄之。故沈子明家所餘四卷而已〔一四〕。

長吉將死時，忽晝見一緋衣人，駕赤虬，持一版，書若太古篆或霹靂石文者〔一五〕，云當召長吉，長吉了不能讀，欻下榻叩頭，言：『阿㜷老且病〔一六〕，賀不願去。』緋衣人笑曰：『帝成白玉樓，立召君爲記。天上差樂〔一七〕，不苦也。』長吉獨泣，邊人盡見之〔一八〕。少之〔一九〕，長吉氣絶。嘗所居窗中〔二〇〕，勃勃有煙氣〔二一〕，聞行車嘒管之聲〔二二〕。太夫人急止人哭，待之如炊五斗黍許時〔二三〕，長吉竟死〔二四〕。王氏姊非能造作謂長吉者，實所見如此〔二五〕。

嗚呼，天蒼蒼而高也，上果有帝耶？帝果有苑囿宫室觀閣之玩耶〔二六〕？苟信然，則天之高邈，帝之尊嚴，亦宜有人物文彩愈此世者，何獨番番於長吉〔二七〕，而使其不壽耶？噫！又豈世所謂才而奇者，不獨地上少，即天上亦不多耶〔二八〕？長吉生二十四年〔二九〕，位不過奉禮太常中〔三〇〕，當世人亦多排擯毁斥之。又豈才而奇者，帝獨重之，而人反不重耶？又豈人見會勝帝耶〔三一〕？

〔一〕本篇原載《唐文粹》卷九九總六四六頁、清編《全唐文》卷七八〇第一七頁、《樊南文集詳注》卷八。〔馮

曰）長吉事蹟無多，而《宋史·藝文志》傳記類曰：李商隱《李長吉小傳》五卷。是誤『一』爲『五』也。〔按〕馮譜、張箋均未編年。篇首謂『京兆杜牧爲《李長吉集序》……世傳之』，杜牧序作於大和五年，商隱此傳當作於杜序已在文壇流傳相當一段時日之後。傳文中提及『長吉姊嫁王氏者，語長吉之事尤備』，本篇所述李賀平日行事及臨終時情景，即來自王氏姊所言。設王氏姊年長賀三歲，當生於貞元三年（公元七八七），至大中元年商隱赴桂幕時（八四七）年已六十一歲。大中年間商隱連續流寓桂幕、徐幕、梓幕，在長安時間甚少。且其時王氏姊是否仍健在亦未可知。故此傳以大和五年後至大中元年前一段時間所作之可能性較大。馮浩以爲長吉姊嫁王氏者，疑即嫁王茂元弟王參元（詳注〔五〕），則此文材料之來源當在開成三年商隱娶茂元女以後聞諸王氏姊者。故此傳作年之上限可推至開成三年以後。

〔二〕徐注本無『李』字。〔徐注〕《新書·文藝傳》：李賀字長吉，系出鄭王後。〔馮注〕《舊書·傳》：李賀字長吉，宗室鄭王之後。〔補注〕杜牧爲京兆萬年人，宰相杜佑之孫，《李賀歌詩叙》（即《李長吉集序》）末署『京兆杜牧爲其序』。

〔三〕〔補注〕通眉，兩眉相連。

〔四〕〔徐注〕《宰相世系表》：韓愈字退之，吏部侍郎，謚曰文。〔馮注〕《舊書·傳》：父名晋肅，以是不應進士，韓愈爲之作《諱辯》，賀竟不就試。〔補注〕《新唐書·李賀傳》：『七歲能辭章。韓愈、皇甫湜始聞未信，過其家，使賀賦詩，援筆輒就如素構，自目曰《高軒過》。二人大驚，自是有名。』張固《幽閒鼓吹》：『李賀以詩謁韓吏部，吏部時爲國子博士分司，送客歸，極困。門人呈卷，解帶讀之，首篇《雁門太守行》曰：「黑雲壓城城欲摧，甲光向日金鱗開。」却援帶，命邀之。』《高軒過》有『龐眉詞客感秋蓬』語，顯非七歲作。以詩謁韓愈事，據『時爲國子博士分司』語，當在元和二年，詳參錢仲聯《夢苕盦專著二種·李賀年譜會箋》。

〔五〕〔馮注〕按《文粹》作『參元』，本集《代僕射濮陽公遺表》云『季弟參元』矣。《新書》刊本或作『恭元』，誤矣。柳子厚《賀王參元失火書》云：『京城人多言足下家有積財，士之好廉名者，皆畏忌，不敢道足下之善。』亦與茂元家積財相合也。柳書當爲元和十年以前永州司馬時所作。然則參元應舉，久而不售矣。長吉姊嫁王氏者，疑即參元所娶也。《書史會要》工於翰墨類中有王參元。〔錢仲聯曰〕賀姊適參元，有可能。參元爲鄜坊節度使王棲曜之子，涇原節度使濮陽郡侯王茂元之弟。賀父晋肅爲邊上從事，疑即在鄜坊節度使幕府，由賓僚而成爲姻婭。而李商隱則爲茂元之婿，於參元爲姪婿，故有可能聞參元妻『語長吉之事』，而著小傳。馮説未可概斥爲附會也。（《李賀年譜會箋》）〔補注〕王參元於元和二年登進士第。曾爲武寧軍節度掌書記，時間在元和六年至十三年間，幕主李愿。

〔六〕〔徐注〕《新書》：楊敬之，字茂孝，元和初擢進士第，轉大理卿，檢校工部尚書，兼祭酒，卒。〔補注〕楊敬之二子戎、戴曾先後爲王茂元涇原幕僚屬，見詩集《奉和太原公送前楊秀才戴兼招楊正字戎》。

〔七〕〔徐注〕《舊書·權德輿傳》：子璩，中書舍人。〔補注〕權璩任中書舍人係宰相李宗閔所薦。又楊敬之曾坐李宗閔黨貶連州刺史。

〔八〕〔徐注〕《新書》：崔植字公修，祐甫弟廬江令嬰甫子也。祐甫病，謂妻曰：『吾殁，當以廬江次子主吾祀。』終服，補弘文生。長慶初，拜中書侍郎、同中書門下平章事。

〔九〕〔補注〕牽合，此謂勉强牽合題目作詩，以符合某種固定的程式規範。程限，即程式界限。

〔一〇〕驢，《全文》作『驢』，據《文粹》改。〔馮校〕陸龜蒙《笠澤叢書·書〈李賀小傳〉後》作『騎距驢』。《漢書·匈奴傳》：奇畜則橐駝驒奚。師古曰：驒奚，駏驉類。按：《廣韻》：駏驉，獸似驢也。故用之。或作『距驢』，誤。〔補注〕奚奴，北方少數民族之爲奴者。

〔一一〕〔馮校〕受，一作『探』，誤。

〔一二〕〔馮曰〕《新書·賀傳》多採此（段）文。〔補注〕省，記。

〔一三〕〔補注〕謂從錦囊探取詩稿並抄寫而去。

〔一四〕〔馮注〕《舊書·傳》：手筆敏捷，尤長於歌篇，其文思體勢，如崇巖峭壁，萬仞崛起。當時文士從而效之，無能彷佛者。其樂府詞數十篇，至於雲韶樂工，無不諷誦。《新書·志》：《李賀集》五卷。《宋史·志》：《李賀集》一卷，又《外集》一卷。〔補注〕杜牧《李賀歌詩叙》：『大和五年十月中，半夜時，舍外有疾呼傳緘書者……及發之，果集賢學士沈公子明書一通，曰：「吾亡友李賀，元和中義愛甚厚，日夕相與起居飲食。」賀且死，嘗授我平生所著歌詩，離爲四編，凡若干首。數年來東西南北，良爲已失去，今夕……閲理篋帙，忽得賀詩前授我者……子厚於我，與我爲賀集序。」

〔一五〕〔補注〕太古篆，遠古之篆文。道教符書多此類文字。霹靂石文，傳説中雷神打雷時用石斧，筆畫形狀如同石斧之文字即稱霹靂石文。

〔一六〕嬭，《文粹》作『穪』，誤。〔原注〕長吉學語時呼太夫人云。〔補注〕《玉篇》：『嬭』，齊人呼母也。

〔一七〕〔補注〕差，最也，頗也。

〔一八〕〔馮注〕《左傳》：『吴人踵楚，而邊人不備。』謂邊疆之人也。此則謂旁近之人。

〔一九〕〔馮校〕一無『之』字，誤。

〔二〇〕嘗，《文粹》作『常』。

〔二一〕勃勃，《文粹》作『敦敦』。〔補注〕勃勃，煙氣上升貌。

〔二二〕〔補注〕《詩·商頌·那》：『嘒嘒管聲，既和且平。』嘒，形容管聲清亮。

〔二三〕〔馮注〕《困學紀聞》曰：《天官書》云：『熟五斗米頃。』句本於此。

〔二四〕〔馮注〕《太平廣記》引《宣室志》：李賀卒後，夢太夫人鄭氏云：『上帝遷都於月圃，構新宫，名曰白瑶。召賀與文士數輩，共爲新宫記。帝又作凝虚殿，使賀輩纂樂章。』按：此種記載，無煩核實。

〔二五〕〔補注〕造作，假造、虚構。實所見如此，謂王氏姊親見李賀將死時情景。

〔二六〕〔馮校〕苑，一作『園』。

〔二七〕〔馮校〕番番，一作眷眷，誤。〔補注〕番番，頻擾，由一次又一次之義引申。

〔二八〕即，《文粹》作『耶』（連上句），馮本從之。

〔二九〕〔馮箋〕按《舊書·傳》：『卒年二十四。』據此文也。《新書·傳》作『二十七』，據杜牧所作《李賀詩集序》也。杜之序，作於大和五年辛亥，而曰『賀死後十五年矣』，則當卒於元和十二年丁酉矣。賀之生年，未可遽考，故卒年未定孰是。《新書·傳》云：『賀七歲能辭章，韓愈、皇甫湜始聞未信，過其家，使賦詩。賀援筆輒就，自目曰《高軒過》。』此蓋采自《唐摭言》也。然詩云：『龐眉書客感秋蓬，誰知死草生華風，我今垂翅附冥鴻。』其非七歲明矣。近人吴江沈絜箋注昌谷詩，而謂此篇正屬避嫌名不敢舉進士之時，賀年當一十有九。余以《高軒過》題下原注『韓員外愈、皇甫侍御湜見過』考之，韓於元和四年六月，改都官員外郎，守東都省；五年，爲河南令；六年行職方員外郎，至京師；七年兼國子博士；八年改郎中矣。皇甫之稱侍御，未可細考何時，《新書》所叙甚略，且錯亂，然有云：愈令河南，厚遇之。而賀集有《河南府試樂詞》，則並巒訪李，必元和四五年事，故詩曰『東京才子，文章鉅公』也，其爲賀非七歲尤明。則當作『二十七』爲是。〔按〕李賀卒時年二十七，今學界多從杜叙。

〔三〇〕〔馮校〕一無『中』字。〔馮注〕《舊書·傳》：補太常寺協律郎。《舊書·志》：太常寺屬奉禮郎二人，從九品上；協律郎二人，正八品上。賀當以奉禮升協律。〔按〕錢仲聯《李賀年譜會箋》謂賀元和五年爲奉禮郎，至八年春稱病辭官東歸鄉里。

〔三一〕〔馮箋〕陸龜蒙《笠澤叢書·書〈李賀小傳〉後》：吾聞淫畋漁者，謂之暴天物。天物不可暴，又可抉擿刻削露其情狀乎？使自萌卵至于槁死，不能隱，天能不致罰耶！長吉夭，東野窮，玉溪生官不挂朝籍而死，正坐是哉，正坐是哉！按：魯望云：内壹鬱，則外揚爲聲音，今讀其詩，初心非願隱逸也，斯亦假以自歎歟！〔按〕末段就長吉之才而奇及其不幸遭遇抒慨，自寓不遇之意即在其中。感慨淋漓，文勢亦夭矯騰挪，富於變化。

〔劉淮曰〕李義山作賀傳云：長吉將死時，忽見一緋衣人，召長吉赴玉樓作記云云。詳觀此語，甚不經，亦無病亂譫語耳。夫天一氣物，何以玉樓爲？必若召爲記，當時先韓吏部矣，萬萬無此理。蓋如『鬼才』等語，大率好事

者爲之，重以見賀才絶出云。（《李長吉詩集後序》）

〔焦竑曰〕義山既表長吉之作，而其自運幾與之埒。長吉氣韻，義山詞藻，所操者異，而總非食烟火人所能辦。（《李賀詩解序》）

〔劉士鏻曰〕（『未嘗得題然後爲詩』眉批）長吉詩多無題者，在集中。（『是兒要當嘔出心始已耳』眉批）真語。（『長吉將死時，忽晝見一緋衣人』眉批）事大奇。（『嗚呼……而使其不壽耶』眉批）長吉原非地上人，不過偶謫人間耳。（『又豈世所謂才而奇者……天上亦不多耶』眉批）有激之言。（『又豈才而奇者……又豈人見會勝帝耶』眉批）感尤深。（《增删古今文致》卷六）

〔方胥城曰〕借長吉作文，言下時有激昂意。直壯心不堪牢落耳。（同上）

象江太守〔一〕

滎陽鄭璠〔二〕，自象江得怪石六：其三聳而鋭上；又一，如世間道士存思，圖畫人肺胃肝腎，次第懸絡者〔三〕；又一，空中而隱外，若瘤瘿殃疝病不作物者〔四〕；又一，色紺冰而理平漫〔五〕，彈之好聲。

璠爲象江，三年不病瘴，平安寢食。及還長安，無家居〔六〕，婦兒寄止人舍下〔七〕。計輦六石〔八〕，道費俸六十萬。璠嗜好有意〔九〕，極類前輩人。

〔一〕本篇原載《唐文粹》卷一〇〇總六五二頁、清編《全唐文》卷七八〇第一八頁、《樊南文集詳注》卷八。《文粹》列『傳録紀事』類，與《華山尉》《齊魯二生》《宜都内人》統曰『五紀』。《全唐文》與下四篇列『紀事』。徐注本列『雜著』類，『紀事』，馮注本列『雜記』類。〔按〕雜記四題五篇非一時一地之作。本篇提及鄭瑶爲象江太守三年，還長安無家居之事，當爲瑶罷象州還京後作。象州屬桂州都督府，商隱或有可能在桂幕期間與鄭瑶結識，或得知其人。大中二年陳陶有《南海送韋七使君赴象州任》（據今人陶敏考證），韋某或即接替鄭瑶任象州刺史者。如推斷近是，則此文或有可能作於大中三年，彼時商隱自身亦窮困潦倒（見《偶成轉韻七十二句贈四同舍》《上尚書范陽公啓》），故於象江太守之『及還長安，無家居，婦兒寄止人舍下』之境況深有感焉。《太平廣記》卷四二九、《續玄怪録》卷四《張逢》謂『南陽張逢，貞元末薄遊嶺表，行次福州福唐縣横山店……見人問曰：「福州鄭録事名瑶，計程宿前店，見説何時發？」』時代與商隱相隔較久，疑非一人。〔馮注〕《舊書·志》：象州象山郡，屬嶺南道桂州都督府。又曰：非秦之象郡，秦象郡今合浦縣。按：象州在柳州東南約二百里矣。《元和郡縣志》：郭下陽壽縣有陽水。《太平寰宇記》：武仙縣有鬱林水。凡水之在象州者，皆可曰『象江』也。

〔二〕見注〔一〕按語。

〔三〕〔馮注〕《雲笈七籤》有《老君存思圖》。又《太乙帝君經》：求道者甘寒苦以存思。《真誥》：迴元者，太上更新之日也，常以其日思存古事。按：道書每以吉日思存，心願飛仙。而『古事』或作『吉事』，即指登仙也。疑『古』字誤。〔補注〕《雲笈七籤》卷四三：『是故爲學之基，以存思爲首；存思之功，以五藏爲盛。』存思，用心思索。懸絡，懸挂牽絡。

〔四〕癃瘻，《全文》作『瘻癃』，據《文粹》改。作，馮云『一作好』。〔馮注〕《説文》：癃，罷（疲）病也。又：瘻，頸瘤也。嵇康《養生論》：頸處險而瘻。張華《博物志》：山居多瘻，飲泉水之不流者也。《史記・倉公傳》：湧疝也，令人不得前後溲。又：病氣疝，難前後溲，蹶陰之絡結小腹，則腫痛。又：牡疝在鬲下，上連肺。《説文》：疝，腹痛也。《素問》：岐伯曰：病名心疝，少腹當有形也。按：癃瘻殃疝，皆比空中隱外，但癃係老病耳，殃則統言疾殃，尤不類。檢字書，疦，音血，《廣韻》，瘡裏空也。與『空中』頗合，似緣相近而有訛，然未可臆定。〔補注〕隱，宏大。空中而隱外，謂中空而外廓大。癃瘻，患粗脖子病。殃疝病，患小腸氣。不作物，不成樣子。

〔五〕〔文粹注〕冰，去聲。《全文》同。〔馮注〕紺冰，謂紺色而無光也。《吴越春秋》：干將鑄劍二枚，陽曰干將，陰曰莫邪，陽作龜文，陰作漫理。〔補注〕理，紋理。平漫，指紋理浸蝕剥落，模糊不清。

〔六〕〔馮校〕居，一作『召』，非。

〔七〕〔馮注〕《後漢書》：張禹以田宅推與伯父，身自寄止。按：今本《文粹》（居）作『召』，似歸後無家，故召婦兒同寄人舍下。徐刊本作『居』，俟再考定。〔按〕馮氏所據《文粹》字誤。四部叢刊影宋校明嘉靖刊本《文粹》及《全唐文》均作『居』，屬上句。《後漢書・第五倫傳》：『頡爲郡功曹，州從事……洛陽無主人，鄉里無田宅，客止靈臺中，或十日不炊。』此『寄止』即『客止』之義，客居、寄居也。

〔八〕〔補注〕輦，運。

〔九〕〔補注〕有意，謂意趣不同世俗。

華山尉〔一〕

陶生，有恒人，善養〔二〕，又善與人遊，又善爲官。會昌時，生病骨熱且死〔三〕。是年長安中進士爲陶生誄者數十人。生在時，吾已得之矣；及既死，吾又得之〔四〕。

〔一〕本篇原載《唐文粹》卷一〇〇總六五二頁、清編《全唐文》卷七八〇第一八頁、《樊南文集詳注》卷八。〔馮注〕尉，縣尉也。《舊書·志》：華州，初名華山郡，屬縣有華陰，其殆尉於此耶？〔按〕馮譜、張箋均未編年。徐氏疑此『華山尉』即《與陶進士書》之陶進士（書作於開成五年九月），馮氏以爲未可定。《與陶進士書》云：『後又得吾子於邑中。』邑中當即華陰縣，與陶生官華陰尉似合。本文作於『會昌時』陶生死後，視文中以追憶口吻叙『是年長安中進士爲陶生誄』之事，文似當作於大中年間。詳不可考。

〔二〕〔補注〕養，指養生。

〔三〕時，錢注本作『初』，未出校。〔補注〕骨熱，當即指今之所謂骨癆、骨結核。有發燒症狀。

〔四〕〔補注〕生在時，吾已得之，殆即指《與陶進士書》所謂『後又得吾子於邑中』；及既死，吾又得之，似指其『善與人遊』，以其死後爲其作誄者數十人一事而得之也。

齊魯二生[一]

程驤

右一人字蟠之，其父少良，本鄆盜人也[二]，晚更與其徒畜牝馬草羸一[三]，私作弓矢刀仗[四]，學發冢抄道[五]。常就迥遠坑谷無廬徼處[六]，依大林木，蚤夜偵候作姦[七]。李師古貪諸土貨，下令衈商[八]，鄆與淮海競[九]，出入天下珍寶，日日不絶[一〇]。少良致貲以萬數[一一]，每旬時歸，妻子輒置食飲勞其黨。後少良老，前所置食有大臠連骨[一二]，以牙齒稍脱落，不能食，其妻輒起請黨中少年曰：『公子與此老父椎埋剽奪十數年，竟不計天下有活人[一三]。今其尚不能食，況能在公子叔行耶[一四]？公子此去，必殺之草間，毋爲鐵門外老捕盜所狙快[一五]！』少良默憚之，出百餘萬謝其黨曰：『老嫗真解事，敢以此爲諸君别。』衆許之，與盟曰：『事後敗出[一六]，約不相引[一七]。』少良由是以其貲發舉貿轉[一八]，與鄰伍重信義，衈死喪，斷魚肉葱薤，禮拜畫佛，讀佛書，不復出里閈[一九]，竟若大君子能悔咎前惡者[二〇]，十五年死。

子驤率不知。後一日，有過，其母駡之曰：『此種不良，庸有好事耶[二一]？』驤泣，問其語，母盡以少良時事告之[二二]。驤號泣數日不食，乃悉散其財。踰年，驤甚苦貧，就里中舉負[二三]，給薪水灑掃之事[二四]。讀書日數千言。里先生賢之，時與饘糗布帛[二五]，使供養其母。後漸通《五經》、歷代史、諸子雜家，往往同學人去其師，從驤講授[二六]。又其爲人寬厚滋茂[二七]，動静有繩墨，人不敢犯。烏重胤爲鄆帥〔二八〕，喜聞驤，與之錢數十萬，令市書籍，驤復以其餘賚諸生。其里閭故德少良者，亦常來與驤孳息其貨〔二九〕。數年，復致萬金〔三〇〕。驤固不以爲己有，繩契管揵〔三一〕，雜付比近〔三二〕，用度耗費〔三三〕，了不勘詰，道益高。開成初，相國彭城公遣其客張谷聘之〔三四〕，驤不起。

劉叉〔三五〕

右一人字叉，不知其所來。在魏，與焦濛、閻冰、田滂善〔三六〕。任氣重義，大軀，有聲力〔三七〕。常出入市井〔三八〕，殺牛擊犬豕，羅網鳥雀。亦或時因酒殺人，變姓名遁去，會赦得出。後流入齊、魯，始讀書，能爲歌詩。然恃其故時所爲，輒不能俯仰貴人〔三九〕。穿屐破衣〔四〇〕，從尋常人乞丐酒食爲活。聞韓愈善接天下士〔四一〕，步行歸之。既至，賦《冰柱》《雪車》二詩〔四二〕，一旦居盧仝、孟郊之上；樊宗師以文自任，見叉拜之〔四三〕。後以争語不能下諸公，因持愈金數斤去，曰：『此諛墓中人所得耳，不若與劉君爲壽。』愈不能止，復歸齊、魯。

叉之行固不在聖賢中庸之列〔四四〕，然其能面道人短長，不畏卒禍，及得其服義，則又彌縫勸諫〔四五〕，有若骨肉。此其過人無限。

〔一〕本篇原載《唐文粹》卷一〇〇總六五三頁、清編《全唐文》卷七八〇第一九頁、《樊南文集詳注》卷八。

〔按〕馮譜、張箋均未編年。《程驤》一首提及『開成初，相國彭城公遣其客張谷聘之，驤不起』，則文當作於其後。

具體作年不詳。二文均提及鄆地、齊魯，其材料來源或與商隱居鄆州令狐楚幕有關。

〔二〕〔馮注〕《舊書·志》：河南道鄆州東平郡。

〔三〕草羸一，《文粹》作『草一羸』，誤。〔馮注〕羸，《文粹》作『羸』，當誤，徐刊本作『草羸一』，今酌從之。俟再考。《古今注》：驢爲牡，馬爲牝，生騾；驢爲牝，馬爲牡，生駏。按：羸善走。《漢書·霍去病傳》注曰：單于自乘善走騾。《匡謬正俗》：牝馬謂之草馬。惟充蕃字，常牧於草，故稱草馬。《淮南子》：馬爲草駒之時。高誘注曰：放在草中，故曰草駒，是知『草』之得名，主於草澤矣。《字典》：羸，《六書正譌》：俗作騾。按《爾雅》：牝曰騇。注曰：草馬名。《魏志》：杜畿課民畜，牸牛草馬。《北史·楊愔傳》：禿尾草驢。『草』爲牝畜之稱，今俗語猶然。

〔四〕仗，《文粹》作『杖』，通。〔補注〕《一切經音義》卷二三：『刀仗，人所持爲仗，仗亦弓、矟、杵、棒之總名也。』

〔五〕〔馮注〕《集韻》：『抄』與『鈔』同。《通俗文》：遮取謂之抄。按：鈔盜、鈔略，屢見史書。〔補注〕發冢，盜墓；抄道，攔路搶劫。

〔六〕〔馮注〕《漢書》注：如淳曰：所謂游徼循禁，備盜賊也。《史記·秦本紀》：周廬設卒甚謹。《後漢書·班固傳》：周廬千列，徼道綺錯。注曰：宿衛之廬周於宫也。前書曰：中尉掌徼巡京師。按：十里一亭，十亭一鄉，鄉有三老、嗇夫、游徼，秦制已然，不僅京都之周廬徼道也。〔補注〕廬徼，駐有巡邏守備兵丁之廬舍。

〔七〕〔補注〕《史記·游俠列傳》：『（郭解）以軀借交報仇，藏命作姦剽攻。』作姦，作不法之事。

〔八〕〔補注〕《新唐書·藩鎮淄青横海·李正已附李師古傳》：『李正已，高麗人……逐（侯）希逸出之，有詔代爲節度使……遂有淄、青、齊、海、登、萊、沂、密、德、棣十州……復取曹、濮、徐、兖、鄆，凡十有五州……因徙治鄆，以子納及腹心將守諸州……與（田）悦、李希烈、朱滔、王武俊連和，自稱齊王。興元初，帝下詔罪己，納復歸命……子師古、師道。師古以蔭累署青州刺史。納死，軍中請嗣帥，詔起爲右金吾衛大將軍、本軍節度使……元和初卒。」傳未載其貪土貨，下令衈商事。其異母弟師道傳中亦未言及此事。

〔九〕競，《文粹》作『近』。〔補注〕淮海，指揚州。

〔一〇〕日日，《全文》作『日月』，據《文粹》改。

〔一一〕貲，《全文》作『資』，據《文粹》改。

〔一二〕〔馮注〕《史記·絳侯世家》：召條侯賜食，獨置大胾，無切肉。韋昭曰：胾，大臠也。〔補注〕大臠，大塊肉。

〔一三〕竟，《文粹》作『意』，誤。〔馮注〕椎埋，謂發冢，見《爲尚書渤海公舉人自代狀》『盡絶椎埋之黨』注。剽奪，謂抄道。

〔一四〕行，《文粹》《全文》原注：胡浪反。〔補注〕叔行，叔輩。

〔一五〕毋，《文粹》作『無』。〔馮注〕《史記·留侯世家》：良與客狙擊秦皇帝博浪沙中。注曰：狙，伏伺也。〔補注〕鐵門，牢獄門；老捕盜，老資格之捕快；狙快，迅速襲擊捕獲。

〔一六〕〔補注〕敗出，敗露。

〔一七〕〔補注〕謂相約互不牽引，供出同黨。

〔一八〕貲，《全文》作『資』，據《文粹》改。發，馮注本作『廢』。〔馮注〕《史記·仲尼弟子列傳》：子貢好廢舉，與時轉貨貲。注曰：廢舉謂停貯也。物賤則買而停貯，值貴則逐時轉易貨賣，取貲利也。索隱曰：劉氏云：廢謂物貴而賣之，舉謂物賤而買之。《貨殖傳》：子貢廢著鬻財於曹、魯之間。注曰：著，讀音如貯。索隱曰：《漢書》亦作『貯』。按：《漢書》作『發貯』。師古曰：多有積貯，趣時而發。而《事文類聚》引《史記·貨殖傳》注，有『《漢書》作「發」，非』五字，疑今本《史記》索隱有脱文耳。注：趣時而發，鬻賣之也。〔按〕廢、發字通，《全文》《文粹》均作『發舉』，商隱當據《漢書》耳，今仍不改從《史記》。

〔一九〕〔補注〕閈，里門。里閈，猶里巷。

〔二〇〕竟，《文粹》作『意』，誤。

〔二一〕〔補注〕此種不良，似雙闕其父之名『少良』，故下文謂『母盡以少良時事告之』。

〔二二〕〔徐校〕時，一作『之』。

〔二三〕〔馮注〕舉負，舉債也。《説文》：債者負也。今俗負財曰債。

〔二四〕〔補注〕謂供給柴、水，爲人灑水掃地。

〔二五〕〔補注〕饘，厚粥。糗，炒米粉。

〔二六〕〔補注〕謂同學之人離開本師，跟隨程驤，聽其講授。

〔二七〕〔補注〕滋茂，本指生長繁茂。此謂樂於助人。

〔二八〕〔徐注〕《舊書》：烏重胤，潞州牙將，卒贈太尉。重胤出自行間，雖古之名將，無以加焉。〔馮注〕《舊書·傳》：烏重胤，穆宗時爲天平軍節度、鄆曹濮等州觀察使。〔補注〕《舊唐書·穆宗紀》：長慶二年十月，『戊辰，興元節度使烏重胤來朝，移授天平軍節度使。』又《文宗紀上》：大和元年五月，『丙子，以天平軍節度使……烏重胤爲橫海軍節度使。』

〔二九〕常，《全文》作『嘗』，據《文粹》改。〔補注〕孳息其貨，使其錢財生利。

〔三〇〕〔馮校〕致，一作『置』。

〔三一〕〔補注〕繩契，猶繩約、繩索。揵，同鍵。關揵，鎖鑰。《老子》：『善閉無關鍵而不可開，善結無繩約而不可解。』

〔三二〕〔補注〕謂隨便交給近旁之人。

〔三三〕耗費，《文粹》作『費耗』。

〔三四〕〔馮注〕張谷，劉從諫之厚遇者也。從諫爲使相。從諫父悟，封彭城郡王。後郭誼與張谷遣人至王宰軍，請殺稹以自贖，及誼斬劉稹時，并誅張谷。事見史書。

〔三五〕劉叉，《文粹》《全文》作『劉乂』，據《新唐書》卷一七六本傳改。〔馮曰〕《新唐書·韓愈傳》附《劉叉》，全據此文，然删節處，有未明豁者。

〔三六〕〔補注〕魏，指唐魏博鎮轄區。魏博鎮治魏州，領魏、博、貝、衛、澶、相六州。劉叉自稱彭城子，《唐才子傳》謂其河朔間人，或即魏博地區人。

〔三七〕聲，《全文》作『脣』，據《文粹》改。〔補注〕聲力，聲名氣力。

〔三八〕常，《文粹》作『嘗』。

〔三九〕〔補注〕謂不能俯事權貴。

〔四〇〕〔補注〕謂屐穿衣破。

〔四一〕〔徐校〕接，一作『友』。

〔四二〕〔補注〕二詩今存。

〔四三〕〔徐注〕《新書·韓愈傳》：盧仝居東都，愈爲河南令，愛其詩，厚禮之。仝自號玉川子。孟郊，字東野，湖州武康人。愈一見爲忘形交。郊爲詩有理致，最爲愈所稱。〔馮注〕《新書·樊澤傳》：樊澤，河中人，子宗師，學力多通解，著《春秋傳》《魁紀公》《樊子》凡百餘篇。韓愈稱宗師論議平正有經據，常薦其材云。

〔四四〕〔補注〕《論語·雍也》：『中庸之爲德也，其至矣乎！』又《子路》：『不得中行而與之，必也狂狷乎！狂者進取，狷者有所不爲也。』句意蓋謂叉爲狂狷者流。此取義於放縱不拘禮法。

〔四五〕〔補注〕《楚辭·招魂》：『朕幼清以廉潔兮，身服義而未沫。』服義，服膺正義。彌縫，設法遮掩。

宜都内人〔一〕

武后篡既久，頗放縱，耽内習〔二〕，不敬宗廟，四方日有叛逆，防豫不暇。時宜都内人以唾壺進，思有以諫者。后坐帷下，倚檀几與語〔三〕，問四方事。宜都内人曰：『大家知古女卑於男耶？』后曰：『知。』内人曰：『古有女媧〔四〕，亦不正是天子，佐伏羲理九州耳。後世孃姥，有越出房閤斷天下事者，皆不得其正。多是輔昏主，不然抱小兒。獨大家革天姓〔五〕，改去釵釧，襲服冠冕，符瑞日至，大臣不敢動，真天子也。然今者内之弄臣狎人〔六〕，朝夕進御者〔七〕，久未屏去，妾疑此未當天意。』后曰：『何？』内人曰：『女，陰也；男，陽也。陽尊而陰卑。雖大家以陰事主天，然宜體取剛亢明烈，以消羣陽，陽消然後陰得志也。今狎弄日至，處大家夫宮尊位〔八〕，其勢陰求陽也。陽勝而陰亦微，不可久也。大家始今日能屏去男妾，獨立天下，則陽之剛亢明烈可有矣。如是過萬萬歲，男子益削，女子益專〔九〕。妾之願在此。』后雖不能盡用，然即日下令誅作明堂者〔一〇〕。

〔一〕本篇原載《唐文粹》卷一〇〇總六三五頁、清編《全唐文》卷七八〇第二一一頁、《樊南文集詳注》卷八。

〔按〕馮譜、張箋均未編年。《玉谿生詩集》有《利州江潭作》，係爲武后母感龍而孕生武后之傳説而發，大中五年冬赴梓幕途中作。然與本篇在寫作時間上未必相關。〔徐注〕《新書·地理志》：峽州夷陵郡，領宜都縣。〔馮注〕《舊書·志》：山南東道硤州夷陵郡宜都縣。

〔二〕〔馮注〕武后事詳史書。躭内習者，如《左傳》『齊侯好内』。《史記·倉公傳》『病得之内』之義。〔按〕謂其躭於男寵，如後所言『作明堂』之薛懷義。

〔三〕几，《全文》《文粹》均作『机』，涉上『檀』字偏旁而誤。馮本改『几』，是，兹從之。《通鑑考異》引亦作『几』。

〔四〕〔馮注〕《帝王世紀》：女媧氏，亦風姓也。承庖犧制度，亦蛇身人首。一號女希，是爲女皇。《廣韻》：女媧，伏羲之妹。《史記》司馬貞《補三皇本紀》：太皡伏羲氏，風姓，蛇身人首，亦曰宓犧氏。崩，女媧氏代立，亦風姓，蛇身人首，號曰女希氏。蓋宓犧之後，已經數世，金木輪環，周而復始。特舉女媧，以其功高而充三皇也。女媧氏没，神農氏作。神農氏母，有媧氏之女。《帝王世紀》：女媧氏承庖犧制度，一號女希，是爲女皇。按：上古荒遠難稽，似其初以女媧爲氏，未嘗明言女身，乃有是爲女皇之説。《淮南子》《風俗通》皆云『伏羲之妹』，甚至僞造《三墳》，有『后女媧』三字，追誣神聖，可云無忌憚矣。《通鑑》『殺僧懷義』下注（《考異》）全引此條，而曰此蓋文士寓言。〔按〕古代神話傳説謂伏羲、女媧兄妹結爲夫婦，反映上古血族婚制度。女媧繼伏羲爲帝之傳説，與武后繼高宗而立之情況類似，故宜都内人舉以爲説。

〔五〕〔補注〕謂革李唐而建武周。按：天姓，《通鑑考異》引作『夫姓』。

〔六〕『今』下《文粹》無『者』字。

〔七〕進，馮注本作『侍』，未知何據。《文粹》亦作『進』。

〔八〕〔補注〕《禮記·郊特牲》：『玄冕齋戒，鬼神陰陽也。』孔疏：『鬼神陰陽也者，陰陽謂夫婦也。』此謂武則天之男寵處於夫之尊位。

〔九〕〔補注〕專，謂專擅權力。按：『萬萬歲』，《通鑑考異》作『萬萬世』。

〔一〇〕〔徐注〕《通鑑》：武皇命更造明堂、天堂，仍以懷義充使，懷義内不自安，言多不順，后陰使人毆殺之。〔馮注〕《舊書·薛懷義傳》：則天欲隱其迹，乃度爲僧。造明堂，懷義充使督作。又於北起天堂。證聖中，薛師恩漸衰，恨怒，焚明堂、天堂並爲灰燼，則天又令充使督作。後令太平公主令壯士縊殺之。

〔司馬光曰〕此蓋文士寓言。（《通鑑》卷二〇五《考異》）

斷非聖人事〔一〕

堯去子，舜亦去子〔二〕，周公去弟〔三〕，後世人以爲能斷，此絶不知聖人事者。斷之爲義，疑而後定者也；聖人所行無疑，又安用斷！聖人持天下以道〔四〕，民不得知；聖人理天下以仁義，民不得知。害去其身，未仁也；害去其家，未仁也；害去其國，亦未仁也；害去其天下，亦未仁也；害去其後世，然後仁也。宜而行之謂之義〔五〕。子不肖去子，弟不順去弟，家國天下後世，皆蒙利去害矣。不去則反宜。然而爲之，堯、舜、周公未嘗疑，又安用斷！故曰：斷非聖人事。

〔一〕本篇原載《唐文粹》卷四八總三五五頁、清編《全唐文》卷七八〇第二一頁。二書均置『析微』類。又載

《樊南文集詳注》卷八。〔按〕此篇及下篇均無可徵實，不能編年。馮譜、張箋亦均未編年。

〔二〕〔補注〕指堯不傳位於子而遜位於舜，舜不傳位於子而遜位於禹，事見《書·堯典》及《舜典》《大禹謨》，又見《史記·五帝本紀》。據《史記·五帝本紀》，堯子名丹朱，舜子名商均，皆不肖，故以帝位授舜、禹。

〔三〕〔補注〕指周公誅其弟管叔、放其弟蔡叔事。周武王崩，成王幼，周公攝政。管叔鮮與蔡叔度流言于國，謂『周公將不利于孺子』，周公避居東都。後成王迎周公歸，管、蔡懼，挾商紂子武庚叛。成王命周公討伐，誅殺武庚及管叔，流放蔡叔。事見《書·金縢》《史記·管蔡世家》。

〔四〕〔補注〕持，掌管、主持。

〔五〕〔補注〕韓愈《原道》：『博愛之謂仁，行而宜之之謂義。』古義、宜二字常通用。

讓非賢人事〔一〕

世以爲能讓其國、能讓其天下者爲賢，此絶不知賢人事者。能讓其國，能讓其天下，是不苟取者耳。湯故時非無臣也，然而卒佐湯，有升陑之役、鳴條之戰，竟何人哉？非伊尹不可也〔二〕。武故時非無臣也，然其卒佐武，有牧野之誓，白旗之懸，果何人哉？非太公望不可也〔三〕。苟伊尹之讓汝鳩、仲虺〔四〕，太公望之讓太顛、閎夭〔五〕，則商、周之命其集乎〔六〕？故伊尹之醜夏復歸，太公之發揚蹈厲〔七〕，當此時，雖百汝鳩、百仲虺，伊尹不讓也；百太顛、百閎夭，太公望亦不讓也。故曰：讓非賢人事。

校注

〔一〕本篇原載《唐文粹》卷四八總三五五頁、清編《全唐文》卷七八〇第二二頁，均置『析微』類。又載《樊南文集詳注》卷八。〔按〕無可徵實，不能編年。馮譜、張箋亦均未編年。《舊唐書》本傳謂『商隱能爲古文，不喜偶對，從事令狐楚幕，楚能章奏，遂以其道授商隱，自是始爲今體章奏』，《新唐書》本傳亦云『商隱初爲文瑰邁奇古，及在令狐楚府，楚本工章奏，因授其學。商隱儷偶長短，而繁縟過之。』然商歷事戎幕，固多駢體章奏書啓之作，仍時有古文如《上崔華州書》《别令狐拾遺書》《與陶進士書》及《樊南甲集序》《樊南乙集序》等，不能因二書之記敘而斷其古文均早期之作也。

〔二〕〔徐注〕《書序》：伊尹相湯伐桀，升自陑，遂與桀戰于鳴條之野。作《湯誓》。〔補注〕孔傳：『桀都安邑，湯升道從陑出其不意。陑在河曲之南。』孔疏：『陑，當是山阜之地……陑在河曲之南，蓋今潼關左右。』《太平寰宇記》謂陑即雷首山，在今永濟縣南。鳴條，在今山西安邑縣北。故時，舊時，指湯當時。

〔三〕〔徐注〕《書序》：武王戎車三百兩，虎賁三千人，與受戰于牧野，作《牧誓》。〔馮注〕《史記·周本紀》：以黄鉞斬紂頭，懸太白之旗。〔補注〕太公望，即吕尚。《史記·齊太公世家》載，吕尚窮困年老，釣于渭濱。文王出獵，遇之，與語大悦，曰：『自吾先君太公曰「當有聖人適周，周以興」，子真是邪？吾太公望子久矣。』故號之曰『太公望』，載與俱歸，立爲師。

〔四〕〔馮校〕《文粹》無『苟』字。〔按〕叢刊影明校宋本《文粹》有『苟』字。〔徐注〕《書序》：伊尹去亳適夏，既醜有夏，復歸于亳。入自北門，乃遇汝鳩、汝方，作《汝鳩》《汝方》。又：湯歸自夏，至于大坰，仲虺作誥。〔補注〕《史記·殷本紀》作『伊尹去湯適夏』，『女鳩』『女房』。二人爲湯之賢臣，所作《女鳩》《女房》爲《尚書》佚篇。仲虺，湯之賢臣，所作《仲虺之誥》，今存。

〔五〕〔徐注〕《書》：亦惟有若虢叔，有若閎夭，有若散宜生，有若泰顛，有若南宫括。〔補注〕《史記·周本紀》：『西伯曰文王……篤仁、敬老、慈少……太顛、閎夭、散宜生、鬻子、辛甲大夫之徒皆往歸之。』又，『帝紂乃囚西伯于羑里，閎夭之徒患之，乃求有莘氏美女、驪戎之文馬、有熊九駟、他奇怪物，因殷嬖臣費仲而之紂，紂大悦。』

〔六〕〔補注〕集，降。句意謂天命將不再降于商、周，使之繼夏、殷而立新朝。

〔七〕〔徐注〕《禮記》：發揚蹈厲，太公之志也。〔補注〕孔疏：『言武樂之舞，發揚蹈厲象太公威武鷹揚之志也。』《史記·樂書》『發揚蹈厲』張守節正義：『發，初也。揚，舉袂也。蹈，頓足蹋地。厲，顔色勃然如戰色也。』是『發揚蹈厲』本指舞蹈時動作之威武。此以形容精神奮發，意氣昂揚。

蝨賦〔一〕

亦氣而孕〔二〕，亦卵而成〔三〕。晨鳧露鵠〔四〕，不如其生〔五〕。汝職惟齧，而不善齧〔六〕。回臭而多〔七〕，跖香而絶〔八〕。

校注

〔一〕本篇原載《唐文粹》卷七總六一頁、清編《全唐文》卷七七一第一頁、《樊南文集詳注》卷八。〔按〕馮譜、張箋均不編年。商隱《驕兒詩》有『爺昔好讀書，懇苦自著述。顦顇欲四十，無肉畏蚤虱』之語，寓諷與此近似。《驕兒詩》作於大中三年春，此篇則無可徵實，難以編年。

〔二〕〔馮注〕初生以氣。〔補注〕《易·繫辭上》：『精氣爲物，遊魂爲變。』王充《論衡·自然》：『天地合氣，萬物自生。』王符《潛夫論·本訓》：『麟龍、鸞鳳、蝥賊、蝝蝗，莫非氣之所爲也。』氣，此指形成宇宙萬物最根本之物質實體。

〔三〕〔馮注〕相生似卵。

〔四〕鳧，《文粹》作『鷖』；鵠，《文粹》作『鶴』，通。〔徐校〕鳧一作鷖，非。鶴，古通作『鵠』。張協《七命》：晨鳧露鵠。善曰：《說苑》云：魏文侯嗜晨鳧也。蘇武《與李陵書》：晨鳧失羣，不足以喻疾。《藝文類聚》：《廣志》曰：晨鳧肥而耐寒，宜爲臛。〔馮注〕《詩》：鳧鷖在涇。《說文》：鳧屬。《韓詩外傳》：魏文侯嗜晨鳧。周處《風土記》：鳴鶴戒露。此鳥性警，至八月，白露降，流於草上，滴滴有聲，則高鳴相警，徙所宿處。

〔五〕如，《全文》作『知』，據《文粹》改。〔徐注〕《藝文類聚》：《吴録》曰：婁縣有石首魚，至秋化爲冠鳧，頭中猶有石也。師曠《禽經》：鶴以聲交而孕。張華注：雄鳴上風，雌承下風則孕。鮑照《舞鶴賦》：散幽經以驗物，偉胎化之仙禽。善曰：浮丘公《相鶴經》云：雄雌相視，目睛不轉，則孕。《正字通》：內典云：鶴影生。今俗言鶴雌雄相隨，如道士步斗，復其跡則孕。《淮南子》：牛馬之氣蒸不能生蝨，蝨之氣蒸，不能生牛馬，故化於外，非生於內也。《抱朴子》：夫蝨生於我，我非蝨之父母，蝨非我之子孫也。〔馮注〕《淮南八公相鶴經》：雄雌相視，目睛不轉，則孕。〔補注〕謂鶂鶴之生，不如蝨之易而繁多。

〔六〕〔徐注〕《説文》：蝨，齧人蟲也。《太平御覽》：《夢書》曰：蟣蝨爲憂，齧人身也。

〔七〕〔徐注〕《南史》：卞彬作《蚤蝨賦》，序曰：余居貧，布衣十年不製，一袍之縕，有生所託。爲人多病，起居甚疏，縈寢敗絮，不能自釋，澡刷不謹，澣沐失時，四體㲖㲖，加以臭穢，故葦席蓬纓之間，蚤蝨猥流，探揣擭撮，日不替手。〔補注〕回，顔回。謂顔回雖賢而貧，故臭而多蝨，備受咬齧。

〔八〕〔徐注〕沈括《筆談》：古人藏書辟蠹用芸。芸香草，今謂之七里香者是也。南人採置席下，能去蚤蝨。〔補注〕跖，盜跖。謂盜跖雖暴且富，然香而蚤蝨斷絶不生。〔徐箋〕：義山《蝨賦》，刺朝士也。《商君書》以仁義禮樂爲蝨。曰：六蝨成俗，兵必大敗。《御覽》：庾峻曰：今山林之士，利出一官，商君謂之六蝨，韓非謂之五蠹。故義山託以興刺。回賢而貧，貧故臭；跖暴而富，富故香。蝨惟回之齧，而不恤其賢；惟跖之避，而莫敢攖其暴，是以不善齧矣。世之虐煢獨而畏高明，侮鰥寡而畏彊禦者，何以異於此！義山殆深知蝨者。魯望偶有感於趨時之輩，朝衛暮霍，惟疏鬣奎蹄之間望走，以爲廣宮安室者，故作《後蝨賦》以矯之。蓋蝨惟去身就頭，故白變爲黑。苟常在衣中，則衣雖黑而蝨仍白矣。惟去頭就身，故黑化爲白。苟常在髮中，則髮雖白而蝨仍黑矣。彼趨時變色，棄瘠涵腴者，豈非恒德之賊乎！意各有存，辭遂相反，非真謂義山不知蝨也。

附　陸龜蒙《後蝨賦》并序

余讀玉谿生《蝨賦》，有就顔避跖之歎，似未知蝨，作《後蝨賦》以矯之。衣緇守白，髮華守黑。不爲物遷，是有恒德。小人趨時，必變顔色。棄瘠逐腴，乃蝨之賊。

〔王芑孫曰〕自古短篇，以魏孫諶《果然賦》爲最，凡十八字。其次則唐李商隱之《蝨賦》《蝎賦》凡三十二字。又其次則羅隱《秋蟲賦》凡四十六字，皆兩韻。漢以來一韻之賦甚多，顧無如是短者，即此亦見謀篇之道。

蝎賦〔一〕

夜風索索，緣隙憑壁〔二〕。弗聲弗鳴，潛此毒螫〔三〕。厥虎不翅，厥牛不齒〔四〕。爾今何功，既角而尾〔五〕？

校注

〔一〕本篇原載《唐文粹》卷七總六一頁、清編《全唐文》卷七七一第一頁、《樊南文集詳注》卷八。〔按〕馮譜、張箋均不編年。此賦亦無可徵實，難以繫年。〔徐注〕（蝎）本作『蠍』，省作『蝎』。《詩》：彼君子女，卷髮如蠆。箋：蠆，螫蟲也。尾末揵然。疏：《説文》：蠆，毒蟲也。《通俗文》云：蠆長尾謂之蠍，蠍毒傷人曰蛆，張烈反，字或作『蜇』。《莊子》：老聃曰：『其人知憯於蠆蠍之尾。』按：《晉書·庾峻傳》：唯有處士之名而無爵列于朝者，商君謂之六蝎。然則『六蝨』『六蝎』並出商君之書，義山所以賦此二物也。〔馮注〕《晉書·庾峻傳》：有朝廷之士，又有山林之士，此先王之宏也。秦塞斯路，利出一官。雖有處士之名，而無爵列於朝者，商君謂之六蝎，韓非謂之五蠹。時不知德，惟爵是聞。

〔二〕〔徐注〕《御覽》：《魏志》曰：彭城夫人夜之廁，蠆螫其手。《北史》曰：齊後主夜索蠍一斗，比曉時，得三升。〔補注〕杜甫《早秋苦熱相仍》：『常愁夜來皆是蝎，況乃秋後轉多蠅。』

〔三〕〔徐注〕陶弘景《名醫别録注》：蠍有雌雄，雄螫人，痛止一處；雌者痛牽諸處。段成式《酉陽雜俎》：鼠負蟲巨者化爲蠍，蝸能食之。方書中蠍螫者以蝸涎塗之，或以木椀合之，痛立止。〔馮注〕《漢書·陳萬年傳》：毒螫加於吏民。

〔四〕〔徐注〕《漢書》：董仲舒對策曰：夫天亦有所分予，予之齒者去其角，傅其翼者兩其足，是所受大者不得取小也。注：師古曰：謂牛無上齒則有角，其餘無角者則有上齒。傅，讀曰『附』，附著也，言鳥不四足。按：厥虎不翅，謂虎有四足則無翼也；厥牛不齒，謂牛有兩角則無上齒也。

〔五〕今，《文粹》《全文》均作『兮』，據《後村詩話》卷二所引改。〔徐箋〕《蠍賦》，刺處士也。葛洪曰：蠍前謂之螫，後謂之蠆。蓋前即其角，後即其尾也。凡物受大者不得取小，故虎無翅，牛無齒。而蠍既有角以螫人於前，又有尾以毒人於後，果何功而得此？揚子《法言》：或問酷吏，曰：『虎哉虎哉，角而翼者也。』《詩集·井泥篇》云：『猛虎與雙翅，更以角副之。』其即此『角而尾』之謂與？〔馮曰〕二首刺小人之陰毒傷人者，朝士處士，不必分説。〔按〕徐引《井泥》『猛虎』二句以參證誠是，然謂『刺處士』則拘。此蓋深慨陰毒害人之輩若得天助，既賦予其螫人之角，又賦予其刺人之尾。意殊憤憤，借問天以隱刺在上者賦予惡毒小人以重權，助其肆虐也。可與商隱《張惡子廟》『如何鐵如意，獨自與姚萇』，《咸陽》『自是當時天帝醉，不關秦地有山河』等句合參。

虎賦〔一〕

西白而金〔二〕，其獸惟虎〔三〕。何彼列辰，自虎而鼠〔四〕？善人瘠，讒人肥。汝不食饞〔五〕，畏汝之飢。

〔一〕《全唐文》《全唐文拾遺》《全唐文續拾》及《樊南文集詳注》《樊南文集補編》均未收本篇與下篇《惡馬賦》。載於《後村詩話》卷二，中華書局點校本第一〇六頁。同頁又載《蝎賦》《惡馬賦》，於《惡馬賦》之末有劉氏原注云：「已上三賦見《玉谿集》。」其下又節録商隱《與陶進士書》「夫所謂博學宏辭者……是我生獲忠肅之謚也」一段，謂「其論激矣」。〔按〕《蝎賦》已載《唐文粹》及《全唐文》，《虎賦》與《惡馬賦》當同爲商隱之佚賦。《新唐書·藝文志》及《宋史·藝文志》均著録商隱賦一卷，今《唐文粹》及《全唐文》均僅載《蝨賦》《蝎賦》二篇，可見必有遺佚。劉氏謂「已上三賦見《玉谿集》」，是必南宋時所見《玉谿集》中仍載《虎賦》與《惡馬賦》，其爲商隱所作無疑。《後村詩話》所載之《蝎賦》文字與《文粹》《全唐文》有個别不同（「爾兮何功」，《後村詩話》作「爾今何功」，似以《後村詩話》所録爲優），然係全文，則所録《虎賦》《惡馬賦》亦爲全璧。兹據補。《後村詩話》四集又載《後村大全集》。二佚賦作年均不詳。

〔二〕金，原作「今」，誤。〔補注〕班固《白虎通·五行》：「金在西方。」古以五行（木、火、土、金、水）配屬中央與四方，西方屬金。《吕氏春秋·孟秋》：「某日立秋，盛德在金。」高誘注：「盛德在金，金主西方也。」《漢書·五行志上》：『金，西方，萬物既成，殺氣之始也。』古又以五方與五色相配。《書·益稷》『以五采彰施於五色』孫星衍疏：『五色，東方謂之青，南方謂之赤，西方謂之白，北方謂之黑……地謂之黃。』《淮南子·時則訓》：『孟秋之月……天子衣白衣，乘白輅，服白玉，建白旗。』高誘注：『白，順金色也。』故曰『西白而金』，作『今』者，蓋『金』之聲誤，兹改正。

〔三〕〔補注〕《史記·天官書》：『參爲白虎。』西方七宿奎、婁、胃、昴、畢、觜、參總稱白虎。

〔四〕〔補注〕列辰，猶列宿。虎，指參宿；鼠，指虛宿。《淮南子·天文訓》『二十八宿』高誘注：『二十八宿：東方，角、亢、氐、房、心、尾、箕；北方，斗、牛、女、虛、危、室、壁；西方，奎、婁、胃、昴、畢、觜、參；南方，井、鬼、柳、星、張、翼、軫也。』列辰自虎而鼠，似指由西而北之方向。

〔五〕饞，疑當作『讒』。

惡馬賦〔一〕

彼騎而嚙，孰爲其主？彼芻而蹄〔二〕，孰爲其圉〔三〕？五里之堠〔四〕，十里之亭，癬燥飢渴〔五〕，不擇重輕。亭有饞吏，曝之爲腊〔六〕。又毒其吏，立死於櫪。

校注

〔一〕本篇載《後村詩話》卷二，中華書局點校本第一〇六頁。詳《虎賦》注〔一〕。作年不詳。

〔二〕〔補注〕芻，以草餵養。踶，踢。

〔三〕〔補注〕圉，養馬人。

〔四〕〔補注〕堠，古時築於路旁用以分界或計里數之土壇，每五里築單堠，十里築雙堠。

〔五〕〔補注〕癬燥，因患癬而焦燥。

〔六〕〔補注〕腊，乾肉。中華點校本誤『腊』爲『臘』。

佚句

馮浩輯李商隱文佚句

李涪《刊誤·釋怪》引李商隱文曰：『儒者之師曰魯仲尼，仲尼師聃猶龍，不知聃師竺乾，善入無爲，稽首正覺，吾師吾師。』

《通鑑考異》引《實録》註引《東觀奏記》云：『令狐相綯夢德裕曰：「某已謝明時，幸相公哀之，許歸葬故里。」……既而於帝前論奏，許其子蒙州立山尉曄護喪歸葬。又，是時柳仲郢鎮東蜀，設奠於荆南，命從事李商隱爲文曰：「恭承新渥，言還舊止。」又云：「身留蜀郡，路隔伊川。」』

《河南邵氏聞見後録》：李義山《樊南四六集》，載《爲鄭州天水公言甘露事表》云：『宰臣王涯等，或久服顯榮，或超蒙委任，徒思改作，未可與權。敷奏之時，已彰虚僞；伏藏之際，又涉震驚。』

《漫叟詩話》：嘗見曲中使柳三眠事，不知所出。後讀玉谿生《江之嫣賦》云：『豈如河畔牛星，隔歲止聞一過；不比苑中人柳，終朝剩得三眠。』注云：漢苑中有柳，狀如人形，一日三起三眠。（按：《彦周詩話》引此作『豈如河畔牛星，隔年祇聞一度；不及苑中人柳，終朝剩得三眠。』）

《野客叢書》：《張敞傳》『長安中浩穰』注，穰音人掌反，只此一音。李商隱作平聲用：『曲蒙恩澤，方尹浩穰。既殊有截之歡，合首無疆之祝。』

又：王勃云云一條，引李商隱曰：『青天與白水環流，紅日共長安俱遠。』馮浩按：未知果爲樊南筆否？

《演繁露》卷七：唐人舉進士必行卷者，爲緘軸，録其所著文以獻主司也。其式見《李義山集·新書序》（卷七），曰：『治紙工率一幅以墨爲邊準（程大昌注：今俗呼解行也），用十六行式（程注：言一幅解爲墨邊十六行也），率一行不過十一字（程注：此式至本朝不用）。』

又：『節將入界，每州縣須起節樓，本道亦至界首，衙仗前引，旌幢中行，大將打珂，金鉦鼓角隨後。』右出李商隱所撰《使範》。

《漁樵閒話》：李義山賦三怪物，述其情狀，真所謂得體物之精要也。其一物曰：臣姓猾狐氏，帝名臣曰巧彰，字臣曰九規，而官臣爲佞魖焉。佞魖之狀，領佩水漩，手貫風輪，其能以烏爲鶴，以鼠爲虎，以蚩尤爲誠臣，以共工爲賢主，以夏姬爲廉，以祝鮀爲魯，誦節義于寒浞，贊韶曼于嫫母。其一物曰：臣姓潛弩氏，帝名臣曰攜人，字臣曰銜骨，而官臣爲讒𩴾焉。讒𩴾之狀，能使親爲疏，同爲殊，使父膾其子，妻羹其夫。又持一物，狀若豐石，得人一惡，乃劓乃刻。又持一物，大如長篲，得人一善，掃掠蓋蔽。諂啼僞泣，以就其事。其一物曰：臣姓浪浮氏，帝名臣曰欲得，字臣曰善覆，而官臣爲貪魃焉。貪魃之狀，頂有千眼，亦有千口，鼠牙蠶喙，通臂衆手。常居于倉，亦居于囊。頰鉤骨箕，環聯琅璫，或時敗累，囚于牢狴，拳梏屨校，叢棘死灰。僥倖得釋，他日復爲。馮浩按：此見陶氏《説郛》、陳氏《秘笈》，皆以《漁樵閒話》爲蘇軾撰。余檢晁氏《讀書志》曰：《漁樵閒話》二卷，設漁樵問答，及史傳雜事，不知何人所爲。馬氏《通考》，亦引晁氏之語。是則後人爲之，謬託蘇公，適滋本書之不足信耳。故下引王氏一條爲互證焉。

《漁樵閒話録》（節録）：漁曰：李義山賦三怪物，述其情狀，真所謂能得體物之精要也。『其一物曰：

臣姓揩狐氏，帝名臣曰巧彰，字臣曰九尾，而官臣爲佞魃焉。佞魃之狀，領佩丰，手貫風輪，其能以烏爲鶴，以鼠爲虎，以蚩尤爲誠臣，以共工爲賢王，以夏姬爲廉，以祝鮀爲魯，誦節義於寒浞，贊韶曼於嫫姆。其一物曰：臣姓潛弩氏，帝名臣曰攜人，字臣曰銜骨，而官臣爲讒魗。讒魗之狀，能使親爲疏、同爲殊，使父膾其子，妻羹其夫。又持一物狀若豐石，得人一惡，乃鑱乃刻；又持一物，大如長篲，得人一善，掃掠蓋蔽。諂啼僞泣，以就其事。其一物曰：臣姓狼貪氏，帝名臣曰欲得，字臣曰善覆，而官臣爲貪魖。貪魖之狀，頂有千眼，亦有千口，鼠牙蠶喙，通臂衆手。常居於倉，亦居於囊。頰鈎骨箕，環聯琅璫，或時敗累，囚於牢狴。拳梏履校，蕠棘死灰。僥倖得釋，他日復爲。」嗚戲！義山狀物之怪，可謂中時病矣。

注：此節佚文録自中華書局出版之孔凡禮校點本《蘇軾文集·蘇軾佚文彙編卷七》附《漁樵閒話録》。整理者據明趙開美編《東坡雜著五種》本轉録，以《説郛》及《龍威祕書》本校勘。文字與馮浩所引録校定者不同。附録於後備參考。

《困學紀聞》：李義山賦怪物，言佞魃、讒魗、貪魃，曲盡小人之情狀，魑魅之夏鼎也。

又：商隱誌王仲元云：第五兄參元教之學。馮浩按：即《李賀小傳》之王參元。

楊伯嵒《臆乘》：《莊子》云：「雲氣不待族而雨族聚也，未聚而雨，言澤少也。」李義山《雪賦》云：「雲市飄蕩，當從於月；月窟淅瀝，合隨於雲。」市雪族雲，市亦奇字。

《明一統志》：桂林府形勝：「水環湘、桂，山類蓬、瀛。」唐李義山文。編著者按：商隱《爲滎陽公黄籙齋文》云：「況此府水環湘、桂，山類蓬、瀛。」此文現存，收入《樊南文集補編》卷一一。馮氏未見，故以爲佚句。錢注已指出。當删。

《謝華啓秀》：長溪清潯，流影不去。注曰：李義山。馮按：楊升菴所纂數條，皆見本集，此獨無之。

《西清詩話》：義山《雜纂》，品目數十，蓋以文滑稽者。其一曰殺風景，謂「清泉濯足，花上曬褌，背山起樓，燒琴煮鶴，對花啜茶，松下喝道。』馮按：《説郛》載《雜纂》一卷，爲類四十一。所云殺風景者，與此有異同也。余初擬刊文集之後，但其他可採用者甚少，而措語皆不雅馴，故不足附。編著者按：義山《雜纂》今所見傳本已非原本。《西清詩話》所引，其中『清泉濯足』『燒琴煮鶴』『對花啜茶』三則，今所見諸本均無。

史容《黄山谷外集詩注·次韻答柳通舍求田問舍》之詩『蛾眉見妬且障羞』，注引李義山《美人賦》：『枕有光而照淚，屏無影而障羞。』

《佩文韻府》一東『馮』字韻：李商隱《上河東公啓》：『棠猶念召，郲尚思馮。』馮按：袁宏《後漢紀》：馮魴拜郲令，郲賊圍縣舍，魴力戰，光武嘉之曰：『此健令也。』又『窺』字韻：李商隱啓：『竊仰洪鈞，來窺皎鏡。』又『豹』字韻引李商隱文：『學殊半豹，技愧全牛。』馮曰：愚以輯《佩文韻府》時，必徧徵古籍。今此注本既不得在京見《永樂大典》，復不能取《佩文韻府》字字搜尋。甚矣，老病里居之可歎也。志其三字，以鳴歉懷。

（以上自馮浩《樊南文集詳注》卷八所附『逸句』引録。商隱佚句之外的文字及馮氏按語、校語、注釋有删節。）

新輯佚句

《美人賦》 桂旗則左日右月，棠舟則鷁首燕尾。（晏殊《類要》卷一二）

《小園愁思賦》　寶鞭玉勒班騅滅没以飛來，翠幙白簾青雀龍邛而遥渡。（晏殊《類要》卷一三）

《令狐楚墓誥（疑當作『誌』）》　爲中書舍人兼翰林學士，司神聲而爲帝言。其深如混茫，其高大如天涯。（晏殊《類要》卷一六）

《杏花賦》　沈持進書讀二萬卷，鄭康成酒飲三百杯。（晏殊《類要》卷二九）

《孝賦》（按：《類要》作『義山録《孝賦》曰……』，故此賦是否爲義山作，尚待考。）　陳焦食而更思，死六日而重起，令威坑而未足（？），法（去？）千年而復歸。（晏殊《類要》卷三〇）

《閒賦》　我兮力以搏虎兮，彼區區于祝側究蠆。（晏殊《類要》卷三四）

〔編著者附識〕以上五則商隱佚句，係據陳尚君先生《晏殊〈類要〉研究》一文所提供之綫索檢閲輯出。陳文云：晏殊《類要》『引李商隱《樊南集》近三十則，有《閑賦》《杏花賦》《小園愁思賦》《美人賦》四賦殘文，他書未見。』特此標明，並致謝意。《令狐楚墓誥（誌）》殘文，陳文未及。

附録

李商隱文佚篇篇目

《才論》

《聖論》

《樊南甲集序》：『樊南生十六能著《才論》《聖論》，以古文出諸公間。』

《彭陽公墓誌銘》

商隱有《撰彭陽公誌文畢有感》詩。

《爲尚書渤海公舉人自代狀》

按：此篇有目無文。現題下之文係會昌六年所作《代京兆公舉人自代狀》，説見《爲尚書渤海公舉人自代狀》注〔一〕按語。

《奠牛僧孺文》

爲京兆尹賀收復三州七關及維州諸表

《樊南乙集序》：『尹即留假參軍事，專章奏。屬天子事邊，康季榮首得七關，數月，李玭得秦州，月餘，朱叔明又得長樂州，而益丞相亦尋取維州，聯爲章賀。……是歲，葬牛太尉，天下設祭者百數。他日尹言：「吾太尉之薨，有杜司勳之誌，與子之奠文，二事爲不朽。」』

《爲汝南公賀元日朝會上中書狀》

按：此篇有目無文。現題下之文係會昌二年四月賀上尊號文，説見《爲汝南公賀元日朝會上中書狀》注〔一〕引錢箋。

爲滎陽公與韋廛、李玭、裴元裕諸牒

《爲滎陽公論安南行營將士月糧狀》：『臣緣乍到，未敢抗論。已牒韋廛、李玭、并牒元裕，請詳物理，續具奏聞。』

《上韋舍人狀》

《上韋舍人狀》：『某淹滯洛下，貧病相仍，去冬專使家僮起居，今春亦憑令狐郎中附狀。』託令狐所附之狀今佚。

《紫極宮銘》

《上李舍人狀二》：『前者伏奉指命，令選紀紫極宮功績……章詞已立，點竄未工。』《上李舍人狀三》：『紫極刊銘，合歸才彦……牽彊以成，尤累非少。』

《爲八戒和尚謝復三學山精舍表》

《懷安軍碑記》

見《全蜀藝文志》。

李商隱文分體目録

表

篇目	繫年
代安平公華州賀聖躬痊復表	文宗大和八年正月十四五日
爲安平公謝除兗海觀察使表	大和八年三月末
爲安平公兗州謝上表	大和八年五月五日
代安平公遺表	大和八年六月十一日
爲彭陽公興元請尋醫表	文宗開成二年十月下旬
代彭陽公遺表	開成二年十一月十二日前
爲令狐博士緒補闕綯謝宣祭表	開成二年十二月
爲尚書濮陽公涇原讓加兵部尚書表	開成三年春夏間
爲濮陽公論皇太子表	開成三年九月上旬末
爲濮陽公奉慰皇太子薨表	開成三年十月下旬初
爲濮陽公陳情表	開成四年十月
爲濮陽公陳許謝上表	開成五年十一月
爲汝南公華州賀赦表	武宗會昌元年正月十日

爲京兆公陜州賀南郊赦表	會昌元年正月中旬
爲汝南公以妖星見賀德音表	會昌元年十一月十六七日
爲汝南公賀彗星不見復正殿表	會昌元年十二月末
爲汝南公賀元日御正殿受朝賀表	會昌二年正月二日
代僕射濮陽公遺表	會昌三年九月二十前
爲王侍御瓘謝宣弔并賻贈表	會昌三年九月下旬
爲懷州李中丞謝上表	會昌三年十一月初
爲河南盧尹賀上尊號表	會昌五年正月上旬
爲中丞滎陽公赴桂州至湖南敕書慰諭表	宣宗大中元年五月八日
爲滎陽公至湖南賀聽政表	大中元年五月中下旬間
爲滎陽公桂州謝上表	大中元年六月九日
爲滎陽公賀幽州破奚寇表	大中元年六月下旬
爲滎陽公奉慰積慶太后上謚表	大中元年七月
爲滎陽公賀老人星見表	大中元年八月底或九月初

（計一二七篇）

狀

上令狐相公狀一	文宗大和六年三、四月
爲彭陽公上鳳翔李司徒狀	大和七年七月初

爲濮陽公上鄭相公狀	開成三年春夏間
爲濮陽公上楊相公狀二	開成三年七月十二日前
爲濮陽公上漢南李相公狀	開成三年秋
爲濮陽公上楊相公狀	開成三年九月下旬
爲濮陽公上李相公狀二	開成三年九月下旬
爲濮陽公上陳相公狀一	開成三年九月下旬
爲濮陽公賀陳相公送土物狀	開成三年九月下旬
爲濮陽公賀楊相公送土物狀	開成三年九月下旬
爲濮陽公賀李相公送土物狀	開成三年九月下旬
爲濮陽公奏臨涇平涼等鎮准式十月一日起燒賊路野草狀	開成三年九月
爲濮陽公賀牛相公狀	開成三年九月末或十月初
爲濮陽公皇太子薨慰宰相狀	開成三年十月下旬初
爲濮陽公與周學士狀	開成三年十一月十六前
爲濮陽公涇原謝冬衣狀	開成三年冬
爲尚書濮陽公賀鄭相公狀	開成三年十二月末
爲濮陽公上陳相公狀三	開成三年
爲濮陽公上張雜端狀	開成三年春至四年春期間
爲濮陽公與丁學士狀	開成四年春

上河中鄭尚書狀　開成四年春
爲楊贊善奏請東都灑掃狀　開成四年
爲渤海公謝罰俸狀　開成四年
爲濮陽公上華州陳相公狀　開成五年正月至七月間
爲濮陽公上淮南李相公狀一　開成五年春夏間
爲濮陽公與蘄州李郎中狀　開成五年七月
爲侍郎汝南公華州謝加階狀　開成五年秋
爲弘農公上虢州後上中書狀　開成五年七八月間
爲弘農公虢州上後上三相公狀　開成五年七八月間
上華州周侍郎狀　開成五年七八月間
爲濮陽公上淮南李相公狀二　開成五年八月上中旬
爲濮陽公上淮南李相公狀三　開成五年八月下旬
上河陽李大夫狀一　開成五年九月中旬
上河陽李大夫狀二　開成五年九月下旬
上李尚書狀　開成五年十月十日
爲濮陽公陳許奏韓琮等四人充判官狀　開成五年十月
爲濮陽公許州請判官上中書狀　開成五年十月
爲濮陽公上賓客李相公狀一　開成五年十月

上李舍人狀二	會昌五年秋
上李舍人狀三	會昌五年秋
上李舍人狀四	會昌五年十月二十一日前
上孫學士狀	會昌五年
上江西周大夫狀	會昌五年歲末
賀翰林孫學士狀	會昌六年二月下旬
上李舍人狀五	會昌六年二月
上韋舍人狀	會昌六年三月後
上忠武李尚書狀	會昌六年四月
上河南盧給事狀	會昌六年三月後
上李舍人狀六	會昌六年夏
爲尚書渤海公舉人自代狀	會昌六年三至八月間
上李舍人狀七	會昌六年冬
爲滎陽公上李太尉狀	宣宗大中元年三月七日前
爲滎陽公謝除盧副使等官狀	大中元年三月七日前
爲滎陽公與昭義李僕射狀	大中元年三月七日前
爲滎陽公與汴州盧僕射狀	大中元年三月七日前
爲滎陽公謝集賢韋相公狀	大中元年三月七日前

爲滎陽公上河中崔相公狀一	大中元年三月七日前
爲滎陽公上河中崔相公狀二	大中元年三月七日前
爲滎陽公上西川崔相公狀	大中元年三月七日前
爲滎陽公上荆南鄭相公狀	大中元年三月七日前
爲滎陽公上淮南李相公狀	大中元年三月七日前
爲滎陽公與浙西李尚書狀	大中元年三月七日前
爲滎陽公與京兆李尹狀	大中元年三月七日前
爲滎陽公與河南崔尹狀	大中元年三月七日前
爲滎陽公與容州韋中丞狀	大中元年三月七日前
爲中丞滎陽公赴桂州長樂驛謝敕設饌狀	大中元年三月七日
爲中丞滎陽公謝借飛龍馬送至府界狀	大中元年三月上旬末
上度支盧侍郎狀	大中元年三月下旬
上漢南盧尚書狀	大中元年閏三月初
爲滎陽公謝荆南鄭相公狀	大中元年閏三月中旬
爲滎陽公上集賢韋相公狀一	大中元年閏三月二十八日
爲滎陽公上弘文崔相公狀一	大中元年閏三月二十八日
爲滎陽公上史館白相公狀一	大中元年閏三月二十八日
爲滎陽公上門下李相公狀一	大中元年閏三月二十八日

爲滎陽公赴桂州在道換進端午銀狀	大中元年四月中旬
爲滎陽公上史館白相公狀二	大中元年四五月間
爲滎陽公上衡州牛相公狀	大中元年五月上中旬
爲滎陽公進賀壽昌節銀零陵香麋靴竹靴狀	大中元年五月下旬
爲中丞滎陽公桂州上後上中書門下狀	大中元年六月九日
爲滎陽公桂州舉人自代狀	大中元年六月十日左右
爲滎陽公上集賢韋相公狀二	大中元年六月九日後
爲滎陽公上弘文崔相公狀二	大中元年六月九日後
爲滎陽公上史館白相公狀三	大中元年六月九日後
爲滎陽公上門下李相公狀二	大中元年六月九日後
爲滎陽公與度支盧侍郎狀	大中元年六月九日後
爲滎陽公與魏中丞狀	大中元年六月九日後
爲滎陽公端午謝賜物狀	大中元年六月中下旬
爲滎陽公論安南行營將士月糧狀	大中元年六月中下旬
爲滎陽公賀幽州破奚寇上中書狀	大中元年六月下旬
爲滎陽公賀幽州張相公狀	大中元年六月下旬
爲滎陽公與裴盧孔楊韋諸郡守狀	大中元年六七月間
爲滎陽公舉王克明等充縣令主簿狀	大中元年六七月間

爲滎陽公上集賢韋相公狀三	大中元年夏秋間
爲滎陽公上弘文崔相公狀三	大中元年夏秋間
爲滎陽公賀牛相公狀	大中元年七月
爲滎陽公與度支周侍郎狀	大中元年七月
爲滎陽公上門下李相公狀三	大中元年六月中旬至八月中旬
爲滎陽公上西川李相公狀	大中元年八月下旬
爲滎陽公上通義崔相公狀	大中元年八月下旬
爲滎陽公上僕射崔相公狀	大中元年八月下旬
爲滎陽公請不叙録將士狀	大中元年秋
爲滎陽公請不叙將士上中書狀	大中元年秋
爲滎陽公上僕射崔相公狀二	大中元年九月
爲滎陽公上李太尉狀	大中元年九月上旬
爲滎陽公謝賜冬衣狀	大中元年九月末或十月初
爲滎陽公進賀冬銀等狀	大中元年九月末或十月初
爲滎陽公進賀正銀狀	大中元年九月末或十月初
爲滎陽公上荆南鄭相公狀二	大中元年九月末或十月初
於江陵府見除書狀	大中二年正月初
上度支歸侍郎狀	大中二年六月

與白秀才狀　大中三年十一月
與白秀才第二狀　大中三年十一月
爲京兆公乞留瀘州刺史洗宗禮狀　大中九年十一月
上任郎中狀　大中十年後
爲閑厩使奏判官韓勵改名狀　不編年

（計一百五十一篇）

啓

爲韓同年瞻上河陽李大夫啓　文宗開成三年春夏間
爲濮陽公賀丁學士啓　開成三年八月十四日稍後
爲張周封上楊相公啓　開成三年秋冬間
獻舍人河東公啓　開成五年九十月間
獻華州周大夫十三丈啓　開成五年十月
爲濮陽公上四相賀正啓　開成五年十二月
獻舍人彭城公啓　武宗會昌元年
爲李貽孫上李相公啓　會昌四年四五月間
爲舍人絳郡公上李相公啓　會昌四年八月中旬
爲絳郡公上史館李相公啓　會昌四年八月至十一月間
爲白從事上陳許李尚書啓　會昌四年十月

篇名	繫年
爲絳郡公上崔相公啓	會昌五年春
爲絳郡公上李相公啓	會昌五年五月下旬或稍後
爲賀拔員外上李相公啓	約會昌六年
獻侍郎鉅鹿公啓	宣宗大中元年正月末至二月間
爲桂州盧副使謝聘錢啓	大中元年三月七日前
爲滎陽公賀太尉王司徒啓	大中元年六七月間
爲滎陽公上浙西鄭尚書啓	大中元年六七月間
爲滎陽公上陳許高尚書啓	大中元年六七月間
爲滎陽公與魏博何相公啓	大中元年秋
爲滎陽公上白相公杜相公崔相公韋相公鳳翔崔相公賀正啓	大中元年九月末或十月初
爲滎陽公賀白相公加刑部尚書啓	大中二年正月末或二月初
爲滎陽公賀韋相公加禮部尚書啓	大中二年正月末或二月初
爲滎陽公賀崔相公轉户部尚書啓	大中二年正月末或二月初
爲滎陽公上宣州裴尚書啓	大中二年二月上中旬間
爲滎陽公與浙東楊大夫啓	大中二年二月初
爲滎陽公上馬侍郎啓	大中二年中下旬之間
爲滎陽公與三司使大理盧卿啓	大中二年中下旬之間
爲滎陽公與前浙東楊大夫啓	大中二年二月二十一或二十二日

爲湖南座主隴西公賀馬相公登庸啓	大中二年六月上旬
賀相國汝南公啓	大中二年六月上旬
獻襄陽盧尚書啓	大中二年八月下旬
謝鄧州周舍人啓	大中二年八九月之間
謝座主魏相公啓	大中三年五月五日後
謝宗卿啓	大中三年五月五日後
上尚書范陽公啓	大中三年十月
上尚書范陽公第二啓	大中三年十月十一月間
上尚書范陽公第三啓	大中三年十月十一月間
爲尚書范陽公賀吏部李相公啓	大中四年春
爲度支盧侍郎賀畢學士啓	大中四年二月下旬
端午日上所知劍啓	疑大中四年五月五日
端午日上所知衣服啓	疑大中四年五月五日
上時相啓	大中五年暮春
上兵部相公啓	大中五年春夏之交
爲同州任侍御上崔相國啓	大中五年夏秋間
上河東公謝辟啓	大中五年七月
上河東公謝聘錢啓	大中五年七月

爲東川崔從事謝辟啓	大中五年七月
爲東川崔從事謝聘錢啓	大中五年七月
爲舉人獻韓郎中琮啓	大中五年七月
上河東公啓	大中五年冬
獻相國京兆公啓一	大中五年十二月二十四日
獻相國京兆公啓二	大中六年正月初
爲河東公謝相國京兆公啓	大中六年三月初
爲河東公謝相國京兆公第二啓	大中六年三月六日
爲柳珪上京兆公謝辟啓	大中六年三月六日後
爲柳珪上京兆公謝衣絹啓	大中六年三月六日後
爲柳珪上京兆公謝馬啓	大中六年三月六日後
謝河東公和詩啓	大中六年暮春
爲興元裴從事賀封尚書加官啓	大中六年三月
爲山南薛從事謝辟啓	大中六年三至七月間
爲河東公謝相國京兆公第三啓	大中六年四月下旬
爲河東公復相國京兆公啓	大中六年四月末
爲河東公復相國京兆公第二啓	大中六年五月初
爲河東公上西川白司徒相公賀冬啓	大中六年初冬

篇名	繫年
爲河東公上尚書侍郎給事賀冬啓	大中六年初冬
爲河東公上四相賀冬啓	大中六年初冬
爲河東公上翰林院學士賀冬啓	大中六年初冬
爲河東公上方鎮武臣賀冬啓	大中六年初冬
爲崔從事寄尚書彭城公啓	大中七年
上河東公第二啓	大中七年
上河東公第三啓	大中七年
爲舉人上翰林蕭侍郎啓	大中八年初冬
爲某先輩獻集賢相公啓	大中九年秋
爲同州張評事謝辟啓	不編年
爲同州張評事謝聘錢啓	不編年

（計七十六篇）

牒

篇名	繫年
爲大夫博陵公兗海署盧鄯巡官牒	文宗大和八年五月
爲濮陽公補保定尉張鴡巡官牒	文宗開成三年春至四年春間
爲濮陽公涇原署營田副使賓牒	開成三年春至四年春間
爲濮陽公陳許補王琛衙前兵馬使牒	開成五年十一月
爲濮陽公補盧處恭牒	開成五年十一月

篇名	編年
爲濮陽公補仇坦牒	開成五年十一月
爲濮陽公補顧思言牒	開成五年十一月
爲滎陽公桂州署防禦等官牒	宣宗大中元年六七月間
爲滎陽公桂管補逐要等官牒	大中元年六七月間
陳寧攝公井令牒	大中五年冬
周宇爲大足令牒	大中五年冬
爲潼關鎮使張瑄補後院都知兵馬使兼押衙牒	不編年

（計十二篇）

祝文

篇名	編年
爲安平公兗州祭城隍神文	文宗大和八年五月上旬末
爲懷州李使君祭城隍神文	武宗會昌三年十一月初
爲李懷州祭太行山神文	會昌三年十一月初
賽城隍神文	會昌四年夏
爲舍人絳郡公鄭州禱雨文	會昌五年春
爲中丞滎陽公桂州賽城隍神文	宣宗大中元年六月十四日
賽舜廟文	大中元年八月
賽越王神文	大中元年八月
賽北源神文	大中元年八月

賽靈川縣城隍神文　大中元年八月
賽荔浦縣城隍神文　大中元年八月
賽永福縣城隍神文　大中元年八月
賽曾山蘇山神文　大中元年八月
賽白石神文　大中元年八月
賽龍蟠山神文　大中元年八月
賽陽朔縣名山文　大中元年八月
賽海陽神文　大中元年八月
賽堯山廟文　大中元年八月
賽古欖神文　大中元年八月
爲中丞滎陽公祭全義縣伏波神文　大中元年八月
爲中丞滎陽公賽理定縣城隍神文　大中元年八月
賽蘭麻神文　大中元年八月
賽侯山神文　大中元年八月
賽建山神文　大中元年八月
賽石明府神文　大中元年八月
賽莫神文　大中元年八月
爲中丞滎陽公祭桂州城隍神祝文　大中元年八月二十七日

祭文（計二十七篇）

篇名	繫年
代李玄爲崔京兆祭蕭侍郎文	文宗開成二年秋
奠相國令狐公文	開成三年六月二十九日
祭韓氏老姑文	開成四年
爲濮陽公祭太常崔丞文	開成五年秋
爲司徒濮陽公祭忠武都押衙張士隱文	開成五年十一月
祭張書記文	武宗會昌元年四月二十日
爲李兵曹祭兄濠州刺史文	約會昌元年
爲李郎中祭竇端州文	會昌二年冬暮至三年春初間
祭徐姊夫文	會昌三年八月中旬前
祭徐氏姊文	會昌三年八月中旬前
祭處士房叔父文	會昌四年正月
祭裴氏姊文	會昌四年正月下旬
祭小姪女寄寄文	會昌四年正月二十五日
爲王從事妻万俟氏祭先舅司徒文	會昌四年二月
爲王秀才妻蘇氏祭先舅司徒文	會昌四年二月
祭外舅贈司徒公文	會昌四年二月

爲馮從事妻李氏祭從父文	會昌四年八月前
重祭外舅司徒公文	會昌四年八月
爲裴懿無私祭薛郎中兗文	會昌四年八月後
爲絳郡公祭宣武王尚書文	會昌五年
爲外姑隴西郡君祭張氏女文	會昌五年
爲滎陽公祭呂商州文	宣宗大中元年秋
爲滎陽公祭長安楊郎中文	大中元年九月
韓城門丈請爲子姪祭外姑公主文	不編年

（計二十四篇）

箴

太倉箴	文宗大和七年十月

（計一篇）

碑銘

刑部尚書致仕贈尚書右僕射太原白公墓碑銘并序	大中三年閏十一月初四後
梓州道興觀碑銘并序	大中六或七年唐
梓州慧義精舍南禪院四證堂碑銘并序	大中七年十一月之前
道士胡君新井碣銘并序	大中七年

劍州重陽亭銘并序　大中八年九月一日

（計五篇）

書

別令狐拾遺書　文宗開成元年

上崔華州書　開成二年正月十一至二十四日間

與陶進士書　開成五年九月三日

爲濮陽公與劉稹書　武宗會昌三年五月七日至十二日間

爲河東公上西川相國京兆公書　宣宗大中五年十二月十八日前

（計五篇）

序

太尉衛公會昌一品集序附鄭玄改本　宣宗大中元年九月中旬

樊南甲集序　大中元年十月十二日

樊南乙集序　大中七年十一月十日

容州經略使元結文集後序　不編年

（計四篇）

行狀

請盧尚書撰故處士姑臧李某誌文狀　武宗會昌三年冬
請盧尚書撰曾祖妣誌文狀　會昌三年冬
請盧尚書撰李氏仲姊河東裴氏夫人誌文狀　會昌三年冬

（計三篇）

黄籙齋文

爲馬懿公郡夫人王氏黄籙齋第三文　武宗會昌三年七月十五日
爲馬懿公郡夫人王氏黄籙齋文　會昌三年九月下旬
爲馬懿公郡夫人王氏黄籙齋第二文　會昌三年十月十四日
爲相國隴西公黄籙齋文　會昌五年
爲滎陽公黄籙齋文　宣宗大中元年六七月間
爲故鄜坊李尚書夫人王鍊師黄籙齋文　疑大中五年七月

（計六篇）

傳

李賀小傳　不編年

（計一篇）

雜文

象江太守　不編年

華山尉　不編年

齊魯二生　不編年

宜都内人　不編年

斷非聖人事　不編年

讓非賢人事　不編年

（計六篇）

賦

蝨賦　不編年

蝎賦　不編年

虎賦（新輯佚）　不編年

惡馬賦（新輯佚）　不編年

（計四篇）

佚句

李義山文集箋注序

（清）徐炯

自太極剖判，而奇耦已分。凡天下之物，必有對待，未有是奇而非耦者，其於文也何獨不然？『九州攸同，四隩既宅』，則見於《禹貢》；『覯閔既多，受侮不少』，則見於《邶風》；『巢隕諸樊，闔戕戴吴』，《左氏》造其端；『文堙棗野，武作《瓠歌》』，班史託其始。此皆屬對精切，聲病克諧，駢儷之文，濫觴於此矣。洎乎魏、晋，富麗爲工，踵事增華，兹風勿替。子建、孔璋、士衡、安仁之流，每作一篇，中間字句駢儷居半。至齊、梁而其體始純，其調益新。迄徐、庾而徵事彌博，設色彌豐。世或以紫鄭目之，而好之者終不絶也。唐初四傑，仍蹈斯軌。雖燕、許大手筆，亦不廢對偶。下迨元和，文體始一大變。遠紹周、秦，近宗西漢，以雄深雅健爲上。子瞻謂昌黎起八代之衰，非虚語也。

義山初亦學古文，不喜對偶，及佐令狐楚幕，楚能章奏，以其道授義山，自是始爲今體。香豊不如徐、庾，而體要獨存；宏壯不逮四傑，而風標獨秀。至於誄奠之辭，直與潘岳相伯仲。同時温庭筠、段成式皆能四六，實不及也。使義山專攻古文，度不能遠過孫樵、劉蜕。今集中略存數首，已見一斑。而《樊南甲乙》之製，獨能軼倫超羣，如此其美，乃知才人之技雖無適不可，亦當棄短之就長。廉頗喜用趙人，樂毅常思燕路，意之所向，殆不可强而違矣。

歲庚午，余典試閩中，得善本以歸。伯兄侍御見而悦之，因爲箋其指要，以注屬余。余竊不自揆，蒐討羣籍，句疏而字釋之，而以伯兄之箋分見於其下，釐爲十卷，藏諸篋衍以備遺忘。其間可疑者尚有二十餘條，事稍僻隱，未能悉考。友人以其適於時用也，請亟行之，余不獲已，遂以授剞劂。海内博物君子，儻惠而好我，正其謬而補其缺，當更爲續注以附其後云。

康熙戊子暢月，崑山徐炯書於花谿別墅。

李義山文集箋注提要（四庫提要集部别集類四）

《李義山文集箋注》十卷，通行本。國朝徐樹穀箋，徐炯注。樹穀字藝初，康熙乙丑進士，官至山東道監察御史。炯字章仲，康熙壬戌進士，官至直隸巡道，皆崑山人。考《舊書·李商隱傳》稱，有《表狀集》四十卷。《新唐書·藝文志》稱，李商隱《樊南甲集》二十卷、《乙集》二十卷、《玉溪生詩》三卷、《文》《賦》一卷。《宋史·藝文志》稱，李商隱《文集》八卷、《四六甲乙集》四十卷、《别集》二十卷、《詩集》三卷。今惟《詩集》三卷傳，文集皆佚。國朝吴江朱鶴齡始裒輯諸書，編爲五卷，而闕其狀之一體。康熙庚午，炯典試福建，得其本於林佶，採摭《文苑英華》所載諸狀補之，又補入《重陽亭銘》一篇，是爲今本。鶴齡原本雖略爲詮釋，而多所疏漏，蓋猶未竟之槀。樹穀因博考史籍，證驗時事，以爲之箋。炯復徵其典故訓詁，以爲之注。其中《上崔華州書》一篇，樹穀斷其非商隱作，近時桐鄉馮浩注本則辨此書爲開成二年春初作，崔華州乃崔龜從，非崔戎，故賈相國乃賈餗，非賈躭，崔宣州乃崔鄲，非崔羣，引據《唐書》紀、傳，證樹穀之誤疑。又《重陽亭銘》一篇，炯據《全蜀藝文志》採入，馮浩注本則辨其碑末結銜及鄉貫皆可疑，知爲舊碑漫漶，楊慎僞補足之，援慎僞補樊敏、柳敏二碑，證炯之誤信。又據《成都文類》採入《爲河東公上西川相國京兆公書》一篇，及逸句九條，皆足補正此本之疏漏。然《上京兆公書》乃案牘之文，本無可取，逸句尤無關宏旨，故仍以此本著於録焉。

樊南文集詳注序

（清）錢維城

余年十八九時，好讀李義山集，其詩則吴江朱長孺本也，其文則崑山徐藝初本也。

孟子稱誦詩讀書，必知其人，論其世。義山之爲人，史稱其『放利偷合』『詭薄無行』，朱氏論之詳矣。雖『涣丘之公』，或以爲褒譽之過；然以背令狐而即濮陽爲『偷合』，則彼背公私黨，不顧是非者，翻得稱志節乎？朱氏之言未必非平情之論也。且文與行雖爲兩途，能文之士未必無遺行，而學者表彰前哲，尊其文必先推其行。其有負俗之累，取譏當時，尤當揣其時局，或出於不得已之情，迫於無可奈何之勢，而白之於衆惡之中，使其行顯而文益光。況義山名不掛朝籍，徒以取憎於僉險之令狐綯，遂使終身抑鬱不得志以死，此千古才人所爲讀『九日尊前』之句而欷歔泣下者也。何忍吹毛索瘢，助之呵詆，以申令狐之憤而揚太牢之燄哉！朱氏縱有過情，要爲善善；湛園翻駁，吾無取諸。善乎孟亭馮侍御之言曰：『義山蹤迹名位，絶無與黨局。即綯惡其背恩，僅一家私事，不必各徇偏見，妄分牛、李。』真可謂義山知己矣。夫黨局不係乎名位，東漢鉤黨，太學諸生猶得持之。若義山僕僕書記，不過飢驅餬口耳。其慇憂世變，不忘忠愛，見於詩歌者，往往託爲神仙兒女隱約不可深解之辭，未嘗抵掌軒渠，高論國是，與昔之月旦品題臧否人倫者異矣，義山誠何心於黨事哉！侍御雅好李集，取朱氏、徐氏及凡諸家之爲箋疏者，盡抉其疏誤而訂正之。别立年譜，一以《祭姊文》爲主而定其生卒之歲；生卒既定，中間出處事實，犂然就班，隱語寓言，均可參悟，於今乃見李生真面目矣。書成，命其文集曰《樊南文集詳注》，屬予序。昔杜預爲《左傳釋例》，尚書郎摯虞甚重之，曰：『左丘明本爲《春秋》作傳，而《左傳》遂自孤行。《釋例》本爲傳設，其所發明，何但《左傳》，故亦孤行。』侍御養疾丘園，寄情墳典，聊資傳釋，以代草《玄》。豈特玉溪功臣，即以爲孟亭文集也可。爰繹其緒論以應之。其詩注大司寇香樹師別有序。

乾隆三十年，歲次乙酉，長至，茶山同學弟錢維城序。

樊南文集詳注發凡四條

（清）馮浩

李義山詩集三卷，唐、宋史志無異辭也。文集則義山自編《樊南甲集》《乙集》各二十卷，體皆四六，故《新唐書・藝文志》更有賦一卷、文一卷。《宋史・藝文志》於《甲》《乙》集四十卷外，更云《文集》八卷、《别集》二十卷。閲時漸久，數乃大增，何歟？迄於今集本竟不可得，不知海内藏書家猶有之否？吴江朱長孺從《文苑英華》《文粹》而彙輯之，偶漏狀之一體，玉峯徐章仲補之，又因顧俠君得《全蜀藝文志》中《劍州重陽亭銘》一首。而志中更有書一首，余又爲補采。余抱病里居，無由博搜羣籍。徐湛園曰：『幼曾於閩中徐興公書目見有義山文集。』今玉峯箋本得之林吉人，不知即興公架上否？愚亦未遑遠訪也。周必大跋《英華》有曰：『修書官於權德輿、李商隱輩或全卷收入。』是又若所取之過多者。然準之史志，甚悵寥寥，即《甲》《乙》集中所自負之作，已竟逸矣。徐氏刊本名《李義山文集》，余以四六尚居十之八，改標《樊南文集》，稍見當時手編之遺意。

徐氏刊本注則章仲炯爲之，箋則其兄藝初樹穀爲之，用心交勤矣。此外未見有他注本。宋王楙《野客叢書》有劉鍇註樊南序之名（鍇，真宗咸平二年擢進士，官至户部郎中、鹽鐵副使，與楊文公同時。而《談苑》及他書有作徐鍇者。觀不知『灰釘』一事，豈以博學之楚金乃有此耶？愚以爲當屬劉鍇，傳述歧異耳。《宋史・劉蟠傳》：子鍇。《續通鑑長編》：真宗大中祥符五年，有『先是直史館劉鍇』之名），今無可訪求矣。徐氏注頗詳，但冗贅訛舛之處迭出，余爲之删補辨正改訂者過半；至原箋創始誠難，而疏略太甚，余徧繙兩《書》《通鑑》，以知人論世之法，爲披霧掃塵之舉，或直而證之，或曲而悟之，或錯綜左右而交成之，或貫穿前後而會印之，用使事盡詳明，文尤精確。其無可徵定者，表一、狀一、啓六、祭文一，及無多雜著已耳。樊南生有知，或不訶其多事也乎！

徐刊本分類而仍凌亂，余既訂定年譜，並列詩文，故得於分類之中各寓按年之次；偶有不可編者，附之各體之末。

自來注家每曰『所釋故事，必求其祖』，究之孰副所言哉？况事有古人已用而後人用其所用者，豈數典必出於開山，成章盡由於鑿空歟？余所改注，蘄不違乎作者之意焉耳！乃知其援引精切，揮灑縱横，思若有神，文不加點，徐、庾而下，趙宋以來，誰復與之抗衡藝苑哉！其弗關輕重，未盡剖覈者，病夫之心液腹笥不足以完之也。未解者數條，請俟之博物君子。

桐鄉馮浩孟亭甫書

樊南文集補編序

（清）吴棠

同年生錢楞仙少司成，少躋通顯，壯年勇退，覃精博洽，海内宗之。同治壬戌，余承乏漕河，延君主講崇實書院。君循循善誘，條晰其良楛而殿最之，不及期年，士風丕變。公餘之暇，朝夕過從，飫聞緒論，益歎君之才有不盡於是者。而夷然沖澹，奬掖後學，爲尤不可及也。君於書無所不窺，隨手箋記，皆成條理。尤好樊南李氏之學，嘗以馮氏採本未盡賅備，因手録《全唐文》所收二百三篇，與哲弟篴仙廣文分任箋注之役。既有成書，間以示余。博而不雜，簡而能該，參伍鉤校，絶非苟作。諷玩再四，愛不去手，爰付手民，以廣流布。使士林讀之，知精能於藝文者，必根柢乎經史，其亦知所嚮往矣。

同治五年歲次丙寅秋八月，盱眙吴棠撰。

樊南文集補編序

（清）高錫蕃

稽文泉一册，半佚《太玄》擬《易》之經；訂昭諫八編，尚遺『秋雲如羅』之賦。自昔零珠錯落，斷璧沈霾，亶歸搜燼於炱餘，不致終淪於韋擿。然亦孤蘭之偶閟，匪如《唐棣》之都删，從未有網羅前聞，紬繹墜緒。叢殘失次，方嗟舊誥俄空；爛脱無嫌，頓喜全篇跳出。以云補亡，斯稱憙古已。《樊南甲集》編於大中元年丁卯商隱方爲鄭亞掌書記時，《乙集》則編於七年癸酉在盧弘正（編著者按：當爲柳仲郢）東川幕中，卷各二十，體皆四六。考《唐·志》而僅羸一卷之作，按《宋史》而遞增八卷之繁。嗣是崑體真傳，贋鼎易混；禮堂手寫，足本無聞。朱長孺彙收之，而尚待於徐補；顧俠君甄采之，而尤備於馮箋。世之吮素麟毫，妃青螺黛，莫不家藏緗帙，人握靈珠，謂可綜金鑰之樞鈐，匯玉溪之支派矣。然而河東有辟書之任，何以作奏偏稀？濮陽有重祭之文，何以前篇不録？安陽府君爲明德所自出，而未聞叙述清芬；令狐相公曾屢啓以陳情，而不復留存隻字。疑有瓊瑰之寶，莫垂竹帛之光，資攟摭於藝林，庶揄張於文苑。我同歲生楞仙太史榮躋甲觀，博覽丁函，《鳳髓龍筋》，早冠承明之鉅製；邛花巴竹，適滋思古之幽情。乃者芸館含香，蘭臺撰史，無雙席上，畢探中祕之奇；第七車邊，大發瑶華之采。嘗取《欽定全唐文》所收商隱駢體文（編著者按：《全唐文》所收商隱文，並非全爲駢體文）録之，視今本多至二百三首，釐爲四册，名曰《補編》。如窺豹斑而已得其全，譬探驪珠而悉騰其耀，信體裁之咸具，乃韜晦之必彰。緬惟顔魯公之佚篇，留氏補之於宋；蜀韋莊之遺集，毛氏補之於明。俾賸馥與殘膏，均霑後學；擬翼經而輔道，無愧功臣。據古方今，何多讓焉！猥以錫蕃幼躭疑異，汎涉羣書；壯學蟲雕，粗知偶句。卅載而編珠綴貝，敢言清麗爲文；千里而斷梗飄蓬，差同名宦不進。屬爲校正其字，弁言其端。嗟嗟！蜀水湘雲，總才人之落漠；恩牛怨李，亦季世之譏彈。而惟是上計淹車，芳華抛瑟，年年金綫，祇辦嫁衣；朵朵紅蓮，空妍府幕。僅得此筆花退豔，巢鳥餘痕，猶復香落溷中，偕李賀而泯没；劍埋獄底，俟雷焕而鋒銛。固由激傲恃才，干造物之所忌；亦屬蹇屯遭遇，極文士之同悲也。竊濡穎而欷然，願鋟梨而雪此。撏衣欲裂，君幸能拾獺之殘；托鉢誰依，我已覺抽蠶之盡。

道光二十有七年歲在丁未夏四月，烏程高錫蕃撰。（振倫按：《上令狐相公》七狀，是楚非綯，序中「令狐」二句微誤。）

樊南文集補編自序

（清）錢振倫

《樊南文集》原目不可見。《四庫全書》著録，乃崑山徐氏本，藝初爲箋，章仲爲注者也。其文皆採自《文苑英華》，凡一百五十首。厥後桐鄉馮氏注出，頗糾其箋注之誤，而於篇目無甚出入。其引明《文瀾閣書目》義山文集十册，崑山葉氏《菉竹堂書目》義山文集十一册，固疑其不止於此矣。振倫曩官京師，恭誦《欽定全唐文》七百七十一之七百八十二所收李義山文，較諸徐、馮注本多至二百三首，惜未知採自何書，曾手録之。咸豐改元，以憂返里，復偕弟振常分任箋注之役。嗣見阮文達所譔《胡書農學士傳》云：從《永樂大典》録出樊南佚文四百餘首，乃恍然於所由來。而數尚不合，亟從學士子次瑶孝廉乞得録本對校之，則即此二百三首，其間字句小有異同，亦藉以考定。《永樂大典》今存翰林院敬一亭，悔未及對校。又知文達所謂四百餘首者，或合徐本之百五十首約略言之，非此二百三首外，尚有佚文二百首爲《全唐文》所未採也。庚申，賊擾江、浙，倉卒渡江而北，平生書篋，悉付灰燼，而此本居然獨存。展卷重觀，如隔世事。所注間有未備，比因主講袁浦，同年吴仲宣漕帥富藏書，獲從乞借補注之，編爲十二卷。夫以振倫兄弟之譾陋，上方徐氏昆季，誠不可道里計，惟是頻年捃摭之功，不忍輕棄。今兹稿本粗定，尚冀有好事如馮氏者糾余之失，更合本集以成完書，則此編其猶嚆矢也已。

同治三年歲在甲子孟冬之月，歸安錢振倫書。

樊南文集補編凡例

（清）錢振倫

一　徐、馮注本雖由綴集而成，但行世已久，不得不謂之本集。是編有與相涉者，悉於題下注明，以便互勘。

一　文首標題，按其年月。有必不可通者，當爲傳抄之誤，今各疏所疑於下，不敢擅易原題。

一　文有箋注，例加於首見之篇，惟王茂元一生仕履，備詳於《外舅司徒公文》，非詳引史傳，則散見於前者，轉難稽核，故特立此變例。

一　帝虎、魯魚，書中恒有。是編如張佚誤『秩』，劉惔誤『恢』，尚易辨也。若雒陽之誤『維揚』，廣漢之誤『廣陵』，則似是而非，必經妄人臆改，兹就灼知者摘正之。此外未注諸條，固緣見書苦少，抑未必無點畫之譌也。

一　《祭韋太尉文》二首，確爲符載之作，故退一字别之。仍依原第録注其文，以備參考。

一　《玉谿生詩》題有《彭陽公誌文》，本集文中所述，有《才論》《聖論》《奠牛太尉文》；補編文中所述，有《紫極宫銘》；馮氏引《金石録》有《佛頌》；《全蜀藝文志》有《懷安軍碑記》《爲八戒和尚謝復三學山精舍表》，皆知其題而佚其文。近人孫梅《四六叢話》内載義山《修華嶽廟記》，云出《華嶽集志》，今附卷末，然亦未敢深信也。

一　馮氏《玉谿生年譜》，於無可取證之中，旁搜互勘，酌定年月，用心亦良苦矣。惟是編行狀等篇，爲馮氏所未見，故譜中不無臆斷而譌。今糾正數條，附於書後。

一　振倫家乏藏書，且罕知交。是編初創，武康王松齋孝廉誠曾爲蒐採數十條。及其將成，江山劉彦清農部履芬又爲删節數百條。但遺漏舛誤，終不能免。大雅君子續有見示，當别爲補注一卷，以志多聞之益。

李商隱文集歷代史志書目著録

《崇文總目·别集類》《玉谿生賦》一卷。《樊南四六甲集》二十卷、《乙集》二十卷。

《新唐書·藝文志四》李商隱《樊南甲集》二十卷、《乙集》二十卷。又《賦》一卷、《文》一卷。

《通志·藝文略》《玉谿生賦》一卷。《樊南四六甲集》二十卷，又《樊南四六乙集》二十卷。

《郡齋讀書志·李商隱》《樊南甲集》二十卷、《乙集》二十卷。又，《文集》八卷。

《直齋書録解題·别集類上》《李義山集》八卷。《樊南甲乙集》四十卷。又《玉谿生集》三卷，李商隱自號。此集即前卷中賦及雜著也。

《文獻通考·集》李商隱《樊南甲集》二十卷、《乙集》二十卷。又，《文集》八卷。

《宋史·藝文志七》《賦》一卷，又《雜文》一卷。《文集》八卷，又《四六甲乙集》四十卷、《别集》二十卷。

《唐才子傳·李商隱》《樊南甲集》二十卷、《乙集》二十卷。又《賦》一卷、《文》一卷。

《文淵閣書目·文集》《李商隱文集》一部，十册。塾本十一册。

《菉竹堂書目》卷三《李商隱文集》十一册。

《世善堂藏書目録》卷下《樊南集》四十八卷。

《稽瑞樓書目·小櫥叢書》《李義山文集》五卷。

《文瑞樓藏書目録·集部·唐人文集》《李商隱文集》十卷。

《鐵琴銅劍樓藏書目録》《李商隱文集》五卷。稽瑞樓精鈔本。馮氏藏本。原分三卷，此五卷本朱長孺得之重編者也。

存目文

《爲成魏州賀瑞雪慶雲日抱戴表》

本篇載《文苑英華》卷五六一賀祥瑞類。徐氏箋注本據以收入該書卷一。馮浩《樊南文集詳注》不收此文，於該書卷一之末加按云：『朱長孺編《義山文集》，而徐氏刊本從之，有《爲成魏州賀瑞雪慶雲日抱戴表》。』此表載《文苑英華》賀祥瑞類中。其上篇商隱《爲汝南公賀彗星不見表》；此篇題下缺書人名，亦並不書『前人』；其下篇則李嶠《賀雪表》。蓋一類中，又各以小類爲次也。《英華》有崔融《爲魏州成使君賀白狼表》，筆法正同。崔融於武后聖曆中，自魏州參軍入授著作佐郎，故其先有代魏州之作。而魏州地在河朔，中葉後，藩鎮擅命，至文宗、武宗時則何進滔父子竊據。魏州既爲節度治所，刺史乃其自領，安得更有他使君哉？其承上篇而誤收無疑，故竟削去。〔按〕馮氏考辨是。成魏州，即成大辨。《楊炯集》卷七有《唐贈荆州刺史成公神道碑》，云：『我大周叙洪範，作武成……制贈荆州刺史……長子司衛少卿兼檢校魏州刺史大辨。』崔融《爲魏州成使君賀白狼表》又見清編《全唐文》卷二一八。又《全唐文》卷六二六吕温有《爲成魏州賀瑞雪慶雲日抱戴表》。郁賢皓《唐刺史考》謂：『按吕温中唐時人，其時魏州刺史無姓成者。與成大辨時代亦不相及，疑作者名誤。』兹依馮考入存目文。

《爲柳州鄭郎中謝上表》

本篇載《文苑英華》卷五八五藩鎮謝官類。目録標李商隱，然卷五八五本文題下闕題作者姓名。徐氏箋注本收入該書卷一。清編《全唐文》卷七七二李商隱文中有此文。馮浩《樊南文集詳注》不收此文，於卷一之末加按語云：『此表見《文苑英華》藩鎮謝官表類第二卷中，其一類中又暗分刺史小類，略叙時代。』此表之上首，于邵《爲福建李中丞謝上表》，此首題下缺人名，下則李邕《淄州刺史謝上表》等十六首也。李商隱《爲安平公謝除兖海觀察表》在上卷，《爲安平公兖州謝上表》在下卷，皆不相接。故他書引此表句同上首作于邵也。衹因本集有紀象江太守鄭璠事，此表云：『二紀蠻陬，三提郡印，惟貞苦節，以奉休辰。』似與紀事有相近者，疑即一人，先後守象守柳。故《粤西文載》亦從徐刊本作義山。然柳州、象州地既異矣，表雖自述清廉，而云『渭水之陰，敝廬斯託』，與紀事云『還長安無家居』不細合。且由象州還長安，非由柳州也。玩其句調圓麗而短勁，乃中唐以前筆法，與樊南四六自異，則《英華》雖漏人名，未嘗錯簡。其十六首中有于邵《武州刺史謝上表》，則此首即于邵亦疑非是，況可强屬之商隱哉！余初因其誤，繼存其疑，今則斷其必非，而亦削之矣。〔按〕馮氏考辨是，今入存目文。郁賢皓《唐刺史考》謂鄭某刺柳約代宗時，似亦據《英華》置于邵《爲福建李中丞謝上表》之後而大略言之。

《爲貫常侍祭韋太尉文》

《爲西川幕府祭韋太尉文》

二篇載清編《全唐文》卷七八一李商隱文内，又載《全唐文》卷六九一符載文内。《文苑英華》卷九八六作符載文。錢氏《樊南文集補編》卷一二退一字録此二文，於其前加按語云：『考載本蜀人，二首之外，更有《上西川韋令公書》《上韋尚書書》《劍南西川幕府諸公寫真讚》《爲劉尚書祭韋太尉文》，足徵與韋皋同時也。再考《舊唐書·劉闢傳》，韋皋没於永貞元年八月，而義山生於元和中，年不相及，當係誤收。』〔按〕錢氏考辨是，兹入存目文。韋皋貞元元年至永貞元年鎮西川，符載在西川幕爲支使。《太平廣記》卷一九八引《北夢瑣言》：『唐符載字厚之，蜀郡人，有奇才……韋皋鎮蜀，辟爲支使。』此二文自爲永貞元年八月韋皋卒後符載所代擬。

《代諸郎中祭太尉王相國文》

本篇載清編《全唐文》卷七八二李商隱文内，又載《全唐文》卷六一〇劉禹錫文内。錢氏《樊南文集補編》卷一二收入此文，作商隱文。張采田《玉谿生年譜會箋》大和四年編年文中列此文，加按語云：『案此篇《全唐文》與劉禹錫互見，字句微有異同，而《劉賓客外集》亦載之，論文格似近夢得，或非義山之文也。』岑仲勉《玉谿生年譜會箋平質》丁失鵠謂此非商隱文，云：『按文云：「維大和四年月日，某官等敬祭於……元亮等（或早挹清塵，或晚承汎愛）。」』元亮即趙元亮，見《郎官柱》左中。諸郎中左中最高，故由元亮領銜，覈其時代正合。四年初禹錫方以郎中充集賢，必在與祭之列，所以由其秉筆。若商隱則是歲方居天平幕，無緣捉刀。倘謂千里外求教於年未弱冠之書生，南省中衮衮諸公，其能堪乎？故就事實論，可斷必非李文。瞿蜕園《劉禹錫集箋證》亦以爲此篇爲禹錫文，外集卷一〇本篇箋證云：『王播之卒，禹錫已有挽詩，見本集卷三十……且文中之玄亮等當是禹錫素交之崔玄亮，與商隱年輩不相接。惟據《玄亮傳》，大和四年（八三〇）已自太常少卿拜諫議大夫，與題中之諸郎中字又不相合，爲可異耳。』〔按〕祭文中『元亮』，岑、瞿説不同，岑説爲優。而此文非商隱作，岑説考辨甚精。兹入存目文。

《修華嶽廟記》

孫梅《四六叢話》云：商隱此記，《樊南甲乙集》無之，獨見於《華嶽全集》，爲諸家蒐羅之所不及。錢氏《樊南文集補編》據以收入，附於卷末『補遺』，并加按語云：『文中有「開成元年」句，考大和九年王茂元出鎮涇原，其明年即開成元年，義山正在茂元幕中，自涇至華，地亦不遠，此時地之相及者也。』惟唐自高祖至文宗，中隔太、高、中、睿、玄、肅、代、德、順、憲、穆、敬十二宗，内中宗、睿宗並高宗子，敬宗、文宗並穆宗子，以世數計之，實十二世，文云『闡皇風於五葉』，則當爲玄宗。《舊唐書·玄宗紀》，先天二年九月封華嶽神爲金天王，是年十二月改元開元，豈『開成』即『開元』之譌耶？至『元舅常英』，徧檢《新》《舊》二書《后妃》《外戚》諸傳，並無其人，『荀尚』等皆不可考。『征東』『立節』二將軍亦唐代所無，皆屬可疑。其文格簡樸，與義山諸作不類。以别無顯證，姑存之。〔按〕此篇據丁志軍先生考證，應爲北魏時代碑文。丁文載《安徽師範大學學報》二〇一〇年第一期。

李商隱梓幕期間歸京考

劉學鍇

『不揀花朝與雪朝，五年從事霍嫖姚』（《梓州罷吟寄同舍》）。從大中五年（八五一）冬到九年冬，李商隱在東川節度使（治梓州）柳仲郢幕府首尾生活了五個年頭。這是李商隱一生中寄幕時間最長的一次。在這長達五年的時間裏，商隱有没有回過長安？此前馮浩的《玉谿生年譜》、錢振倫的《玉谿生年譜訂誤》、張采田的《玉谿生年譜會箋》、岑仲勉的《玉谿生年譜會箋平質》都從未提出商隱梓幕期間曾回長安的問題。但細審商隱詩文及有關材料，卻發現在這五年中，商隱曾回過長安，而且在詩文中留下了回京的印跡。最初引起我對這一行蹤的思考的，是他的《留贈畏之》七律：

清時無事奏明光，不遣當關報早霜。中禁詞臣尋引領，左川歸客自回腸。郎君下筆驚鸚鵡，侍女吹笙弄鳳凰。空記大羅天上事，衆仙同日咏霓裳。

題下原注云：『時將赴職梓潼，遇韓朝回三首（按：「三首」二字系後人誤增之衍文）。』據『赴職梓潼』字，詩似當爲大中五年赴梓幕前夕所作。但詩中卻出現了『左川（即東川）歸客』的字樣，這就和題下注『時將赴職梓潼』發生了直接的矛盾。因爲按通常的理解，『左川歸客』只能是指從東川歸來的羈客。如果是大中五年將赴東川時作此詩，如何能在尚未成行的情況下忽又自稱『左川歸客』？如果是大中十年東川幕罷歸京之後作此詩，如何又在題下注中稱『時將赴職梓潼』？這種顯然的矛盾只有在一種情況下才能得到合理的解釋，這就是梓幕期間商隱曾回過長安，這首《留贈畏之》是商隱自長安返回梓州前贈給韓瞻的。但由於當時並未在商隱其他詩文中發現梓幕期間曾回長安的證據，因此只好將『左川歸客』解爲『左川思歸客』，並引王維《寒食汜上作》『廣武城邊逢暮春，汶陽歸客淚沾巾』之『歸客』爲證。但尚未赴梓即自稱『左川思歸客』，這解釋仍顯得相當勉强。

再次引發對這一問題的思考，是緣于被馮浩、張采田繫於梓州府罷歸途（馮譜繫大中十一年春，張箋繫大中十年春）的《行至金牛驛寄興元渤海尚書》：

樓上春雲水底天，五雲章色破巴箋。諸生個個王恭柳，從事人人庾杲蓮。六曲屏風江雨急，九枝燈檠夜珠圓。深慚走馬金牛路，驟和陳王白玉篇。

題内『興元渤海尚書』，馮浩據《舊唐書·封敖傳》『（大中）四年，出爲興元尹、山南西道節度使，歷左散騎常侍。十一年，拜太常卿』及《新唐書·封敖傳》『加檢校吏部尚書，還爲太常卿』之文，定爲封敖，將此詩繫于大中十一年商隱隨柳仲郢自東川還朝途次。張采田改繫大中十年春，同樣認爲『興元渤海尚書』是封敖。但封敖任山南西道節度使的時間下限，是否如馮譜所考遲至大中十一年或如張箋所考遲至大中十年，卻是絶大的疑問。因爲李商隱有一篇《劍州重陽亭銘并序》提供了大中八年九月山南西道節度使已是蔣係的證據。序云：『侯蔣氏，名侑』，銘云：『伯氏南梁，重弓二矛。古有魯衛，唯我之曹。』末署『大中八年九月一日，太學博士河南（内）李商隱撰』。據《舊唐書·蔣乂傳》：子係、伸、偕、仙、佶。又《蔣係傳》：『轉吏部侍郎，改左丞，出爲興元節度使，入爲刑部尚書。』《宣宗紀》：大中十一年十月，『以山南西道節度使、中散大夫、檢校禮部尚書、興元尹、上柱國、賜紫金魚袋蔣係權知刑部尚書』。以上記載與《劍州重陽亭銘并序》相互參證，可以確知，最遲在大中八年九月，山南西道節度使已是蔣係，至大中十一年十月方離任。因此，《行次金牛驛寄興元渤海尚書》這首詩絶不可能是大中十年（馮譜爲十一年）春梓幕罷歸途次所作，而只能是大中八年九月之前，封敖仍在山南西道節度使任上時所作。而大中五年商隱赴東川幕，時值深秋，有《悼傷後赴東蜀辟至散關遇雪》詩可證，與此詩『樓上春雲』語不合。這就説明，大中五年秋至大中八年九月之間的某個春天，商隱曾有一次『走馬金牛路』之行。金牛路爲蜀道之南棧，自今陝西勉縣而西，南至今四川劍門關口的一段棧道。從詩意看，詩人因『走馬金牛路』而行色匆匆，未能在山南幕參與封敖及幕僚的詩酒之會，故寄此詩以『騄和陳王白玉篇』。

真正可以作爲商隱梓幕期間曾有返京之行證據的，是他所寫的一篇向未編年的文章《爲同州張評事（潛）謝辟啟》（同時作的還有一篇《爲同州張評事謝聘錢啟》，不録）：

潛啟：伏奉榮示，伏蒙猥賜奏署，今月某日敕旨授官。承命恐惶，不知所措。某文乖綺繡，學乏縑緗。負米東郊，止勤色養；獻書北闕，未奉明恩。撫京洛之塵，素衣穿穴；訪江湖之路，白髮徘徊。大夫榮自山陽（楚州），來臨沙苑（同州），固以室盈東箭，門咽南金，豈謂搜揚，乃加孱眇。府稱蓮沼，慚無倚馬之能；地號雲門，竊有化龍之勢。便居帷幄，遽別蓬蒿。袁生有望于樵蘇，楚子永辭于藍縷。刻諸肌骨，知所依歸。伏惟特賜鑒察。謹啟。

這是商隱爲一個名叫張潛的士人代撰的謝辟啟。啟中提到奏署張潛爲同州從事（從『慚無倚馬之能』之語，可以推知當是擔任文字工作）的這位新任同州刺史，乃是『榮自山陽，來臨沙苑』。馮浩、張采田對此同州刺史缺考，故將此啟及謝聘錢啟均列於不編年文。據《隋唐五代墓誌彙編·洛陽卷》第十四册《唐故范陽盧氏滎陽鄭夫人墓誌》（大中十二年五月十二日）：『父曰祗德……自河南（少尹）爲汾州刺史……由汾州入爲右庶子。未數月，出爲楚州團練使……時以關輔亢沴，民窮爲盜，不可止，朝廷借公治馮翊……自馮翊廉問洪州……夫人即公長女也。』鄭祗德系宣宗女婿鄭顥（尚萬壽公主）之父，楚州即山陽，馮翊即同州。《東觀奏記》卷上：『大中五年，（白）敏中免相，爲邠寧都統。行有日，奏上曰：頃者陛下愛女下嫁貴臣郎婿鄭顥，赴昏楚州。』可證顥父鄭祇德大中五年已在楚州任。又據《唐人墓誌彙編・唐故承奉郎大理司直沈（中黄）府君墓誌銘》（大中十二年四月十五日）：『散騎鄭公祇德出刺山陽，持檄就門，辟爲從事，奏授廷評。才及期歲，丁先夫人憂。既除喪，復補大理司直……未暇考績，旋嬰痼疾，茶爾三年，奄然一旦，終於長安延康里，享年六十有七，時大中十二年歲次戊寅二月九日也。』郁賢皓《唐刺史考全編》據上述材料考鄭祇德刺楚州在大中五年至七年，而謂其刺同州約大中六年至八年。按《通鑑》大中九年十二月，『江西觀察使鄭祇德以其子顥尚主通顯，固求散地，甲午，以祇德爲賓客、分司』。可證鄭祇德刺同州的時間當在大中七至九年，方與其前後歷官之年相承接。祇德之由楚州遷同州，據上引《唐故范陽盧氏滎陽鄭夫人墓誌》，乃因其時『關輔亢沴，民窮爲盜，不可止』，故『朝廷借公治馮翊』。其具體時間正可從《通鑑》的有關記載中得到佐證。《通鑑》大中七年，『冬，十二月，左補闕趙璘請罷來年元會，止御宣政。上以問宰相，對曰：「元會大禮，不可罷，況天下無事。」上曰：「近華州奏有賊光火劫下邽，關中少雪，皆朕之憂，何謂無事！雖宣政亦不可御也。」』『有賊光火劫下邽，關中少雪』，正是《鄭夫人墓誌》所謂『關輔亢沴，民窮爲盜，不可止』。因此，鄭祇德之由楚州遷同州，當在大中七年冬。《唐闕史》：『會昌二年，禮部侍郎柳璟再司文柄，都尉（指鄭顥，後尚主爲駙馬都尉，故稱）以狀頭及第，第二人姓張名潛。』此張潛當即商隱爲其代撰謝啟之張評事潛。潛與祇德子顥爲同年進士，故祇德奏署張潛爲同州從事。祇德接到同州刺史的任命後，當自楚州赴京入謝，時約在大中八年春，其奏署張潛爲同州從事即在其時。同州、長安距梓州三千里，張潛絶不可能馳書數千里，請遠在梓州的商隱代撰此區區二謝啟。換言之，只有在下列兩種情況下，商隱方有可能爲張潛代撰謝啟。一是張潛時在梓州，或即梓府幕僚，但這在謝辟啟和謝聘錢啟中都無任何跡象，梓府幕僚中亦無張潛其人（時梓府幕僚中張姓者有大理評事張觀、掌書記張黯，無張濳），故這種可能性可以排除。另一種可能是鄭祗德奏署張濳爲同州從事，敕旨下時，商隱正好在長安，故張濳得以就便請商隱代撰謝啟。在排除了上一種可能以後，唯一能成立的只有後一種可能了。即鄭祗德奏署張濳爲同州從事時，商隱已從梓州回到了長安。如前所考，鄭祗德被任命爲同州刺史在大中七年冬，其由楚州回到長安並奏署張濳爲同州從事的時間約當大中八年春，商隱代撰之二謝啟即作於此時。

爲避免孤證之嫌，不妨再舉出一證，這就是商隱的《爲山南薛從事（傑遜）謝辟啟》：

傑遜啟：今月某日，伏蒙辟奏節度掌書記敕下。徒有長裾，曾無彩筆。初疑誤聽，久乃知歸。感激惝怳，不知所喻。某受天和氣，而鮮雄才，幸承舊族之華，遂竊名場之價。頃者湮淪孤賤，綿隔音塵。其後從事梓潼，經塗天漢。初筵末席，披霧睹天。自爾以來，常存夢寐，方思捧持杖履，廁列生徒，豈望便上仙舟，遽塵蓮府？尚書士林圭臬，翰苑龜龍，方殿大藩，將求記室，是才子懸心之地，詞人效命之秋。豈伊疏蕪，堪此選擢。思曾、顔之供養，念陳、阮之才華，自公友私，終榮且忝。伏以家室憂繁初解，山川跋涉未任，須至季秋，方離上國。撫躬泣下，尚遥郭隗之門；閉目夢遊，已入孔融之座。下情無任攀戀銘鏤之至。

這是爲新被山南西道節度使辟奏爲節度掌書記的薛傑遜代撰的謝辟啟。馮浩據啟内稱幕主爲『尚書士林圭臬，翰苑龜龍』，定此山南西道節度使爲封敖，云：『啟言赴梓中途，得叨宴飲，其後不久被辟。雖未能細定何年，當在大中三、四年間也。』張采田《會箋》謂封敖出鎮山南，實在大中四年，故編此啟于大中四年。按：謂此山南西道節度使爲封敖，可信，但編大中四年則非。因爲根據啟中所叙，薛傑遜先是在赴梓州爲東川幕府從事的途中經過興元，受到其時已在山南節度使任的封敖的款待，『自爾以來，懷恩莫極』，而後才受到封敖的奏辟。也就是説，薛傑遜自『從事梓潼，經塗天漢』，結識封敖，到此番被辟爲山南節度書記，其間有相當長的時間距離，封敖並非大中四年剛被任命爲山南西道節度使時辟奏傑遜爲書記，因此編大中四年顯然過早。此其一。其二，啟稱封敖爲『尚書』。據《舊唐書·封敖傳》：『（大中）四年，出爲興元尹、御史大夫、山南西道節度使。』可證其初出鎮時所帶憲銜爲御史大夫。《新唐書·封敖傳》：『大中中，歷平盧、興元節度使……蓬、果賊依阻雞山，寇三川，敖遣副使王贄（《通鑑》作王贄弘）捕平之，加檢校吏部尚書。』《通鑑》大中六年，『春，二月，王贄弘討雞山賊，平之。是時，山南西道節度使封敖奏巴南妖賊言辭悖慢，上怒甚。崔鉉曰：「此皆陛下赤子，迫於饑寒，盜弄陛下兵于溪谷間，不足辱大軍，但遣一使者可平矣。」乃遣京兆少尹劉潼詣果州招諭之……而王贄弘與中使似先義逸引兵已至山下，竟擊滅之』。可見，封敖加檢校吏部尚書是在大中六年二月雞山事平後。商隱有《爲興元裴從事賀封尚書加官啟》云：『伏承天恩，榮加寵秩。伏惟感慰。伏以蓬、果凶徒，遂爲通寇……尚書四丈機在掌中，兵存堂上……一舉而張角師殲，再戰而孫恩黨盡。』即叙因平雞山而加檢校吏部尚書事。可證薛傑遜被奏辟入山南幕，最早當在大中六年二月封敖加官之後，這時商隱早已在梓幕。其三，啟又云：『伏以家室憂繁初解，山川跋涉未任，須至季秋，方離上國。』説明作此啟時，薛傑遜既不在梓州，也不在興元，而是身在長安。這就和《爲同州張評事（潛）謝辟啟》一樣，有一個商隱作啟時身在何地的問題。如此時商隱身在梓州，薛傑遜必不可能馳書三千里請遠在梓州的商隱代作此啟；只有商隱身在長安，爲薛代作此啟，方合乎情理。從啟中提到薛曾『從事梓潼』的經歷看，薛很可能曾是商隱的梓幕同僚，因此二人早已結識。後薛因『家室憂繁』之事離梓幕回長安，而後又受封敖奏辟爲山南西道節度書記，其時商隱正好由梓州回長安，故有此代作。總之，這篇啟再次證明大中六年二月封敖加檢校吏部尚書後至大中八年九月之前封敖罷山南西道節度使這段時期，商隱曾回過長安，並爲薛傑遜撰此啟。還可以再提供一個證據，這就是商隱的一首詩《贈庾十二朱版》：

固漆投膠不可開，贈君珍重抵瓊瑰。君王曉坐金鑾殿，只待相如草詔來。

庾十二，指庾道蔚。原注：『時朱在翰林，朱書版也。』張采田《會箋》云：『考《翰苑群書·重修承旨學士壁記》：「（庾）道蔚大中六年七月十五日自起居舍人充。七年九月十九日加司封員外郎，九年八月十三日加駕部郎中知制誥，並依前充。十年正月十四日守本官出院，尋除連州刺史。」與《紀》不合（按《舊唐書·宣宗紀》，大中三年九月，起居郎庾道蔚充翰林學士）。《樊川集》有《庾道蔚守起居舍人充翰林學士》等制，杜牧于大中五年冬自湖州刺史召拜考功郎中知制誥，此制即其時所作。則道蔚充學士，自當以《壁記》爲定。道蔚十年正月十四始出院，此詩必義山初從東川歸時作也。』張氏考庾道蔚充翰林學士的時間，當以《壁記》爲定，甚是。但將《贈庾十二朱版》詩繫于大中十年正月十四道蔚出院稍前，且謂商隱正月十四前已自東川歸抵長安，則誤。據張氏《會箋》考證，柳仲郢內徵爲吏部侍郎的時間在大中九年十一月。但仲郢接到內徵的制書後，並未立即啟程返京，而是等待新任東川節度使韋有翼到任後方離任回京。商隱有《爲京兆公乞留瀘州刺史洗宗禮狀》，乃是韋有翼到任後商隱爲其代撰。則仲郢與商隱自梓州啟程還京，當遲至大中九年末甚至十年初。以梓州至長安二千九百里需時約五十天計算，其到京的時間當在大中十年二月末或三月初。據自梓回京途次所作《重過聖女祠》『一春夢雨常飄瓦』之句，其到京的時間當在暮春三月，其時庾道蔚早已出翰林院。這就證明，《贈庾十二朱版》不可能是大中十年正月十四日稍前所作，而是作于大中六年七月十五日以後到大中十年正月以前的某一年內。這又再次證明，在此期間商隱曾回過長安，否則不可能有《贈庾十二朱版》這首詩。

剩下的問題就是考證商隱究竟在什麽時候回過長安。不妨大致排一下商隱入梓幕後的工作經歷和詩文寫作時間表：

大中五年十月，商隱抵梓州，改任節度判官。當年十二月十八日，奉命差赴西川推獄。

大中六年年初返梓。其時東川節度書記『吴郡張黯……請如京師』，商隱乃以節度判官『復攝其事』，一身二任，工作十分繁忙。現存梓幕文章中，大中六年代攝節度書記期間所作的佔有很大比重。這一年的五月，還曾奉柳仲郢之命，至渝州界首迎送赴淮南節度使任的原西川節度使杜悰。

大中七年，仍在梓幕寫了不少文章。梓幕期間三篇精心結撰的長文《梓州道興觀碑銘并序》《唐梓州慧義精舍南禪院四證堂碑銘并序》《道士胡君新井碣銘并序》，至少有兩篇作于本年。此時商隱離開長安已有三年，一雙幼小的兒女遠離自己，寄養在長安，思歸念子的情結變得十分深重，詩中一再出現强烈的懷歸情緒：

萬里憶歸元亮井，三年從事亞夫營。——《二月二日》

三年苦霧巴江水，不爲離人照屋梁。——《初起》

江海三年客，乾坤百戰場。——《夜飲》

三年已制思鄉淚，更入新年恐不禁。——《寫意》

這一系列詩篇，一方面説明直到大中七年深秋，商隱仍然没有回過長安，另一方面也説明他的思歸情緒已經强烈到難以禁受的程度。正好這年十月，『弘農楊本勝（楊籌，字本勝，楊漢公子）始來軍中』，帶來了商隱的兒子衮師在長安的情況，商隱有《楊本勝説于長安見小男阿衮》詩：

聞君來日下，見我最嬌兒。漸大啼應數，長貧學恐遲。寄人龍種瘦，失母鳳雛癡。語甘休邊角，青燈兩鬢絲。

詩語淺情深，結聯於深夜的寂靜中現出詩人青燈映照鬢絲的身影，尤爲慘然。楊籌帶來的嬌兒『寄人龍種瘦，失母鳳雛癡』的消息無疑給商隱本已難制的思鄉之情再增添了無法承受的重量，商隱當時恨不得立即插翅飛回長安的心情完全可以想見。

幕主柳仲郢對商隱的處境、心情一直相當同情體貼。早在商隱剛到梓州不久，就打算將使府樂營中一位美貌歌妓張懿仙賜給商隱，以安慰商隱客中的寂寞，後因商隱婉辭而作罷。但商隱在婉辭此事的《上河東公啟》中所抒寫的『某悼傷已來，光陰未幾。梧桐半死，方有述哀；靈光獨存，且兼多病。眷言息胤，不暇提攜。或小於叔夜之男，或幼于伯喈之女。檢庾信荀娘之啟，常有酸辛；味陶潛通子之詩，每嗟漂泊。』這種極爲深摯的懷念亡妻、眷念兒女的感情，肯定給仲郢留下了深刻印象。大中六年暮春，商隱因遊梓州西溪觸景興感，寫下『不驚春物少，只覺夕陽多……鳳女彈瑶瑟，龍孫撼玉珂。京華它夜夢，好好寄雲波』（《西溪》）的詩篇，柳仲郢看到後，還寫了和詩（事見商隱《謝河東公和詩啟》）。在梓幕期間，仲郢與商隱常有詩文唱酬。可見仲郢不但同情商隱的境遇心情，而且關注其詩文的寫作。商隱在大中七年寫的一系列懷歸念子的詩篇，柳仲郢不會不看到，而增添對商隱的同情。在這種情況下，即使商隱自己因幕府工作繁忙不便提出回京探望兒女的要求，仲郢也勢必主動提出讓商隱回京（當然可以順便給一個差事，以便用奉使的名義回京）。

商隱現存梓幕期間大中七八兩年的編年文可以爲我們提供一個梓州、長安往返的時間上下限。《樊南乙集序》云：『三年已來，喪失家道，平居忽忽不樂……十月，弘農楊本勝始來軍中……因恳索其素所有（箋刺）……以時以類，亦爲二十編，名之曰《四六乙》……是夕大中七年十一月十日夜，火盡燈暗，前無鬼鳥。』可證直到大中七年十一月十日編定《樊南乙集》時，商隱尚羈居梓幕。而《劍州重陽亭銘》末署『大中八年九月一日太學博士河内李商隱撰』，可證大中八年九月一日商隱已在劍州。也就是説，商隱梓州、長安往返的時間當在大中七年十一月十日至八年九月一日這近十個月的時期内。據《舊唐書·地理志》，長安至梓州二千九百里（商隱《赴職梓潼留别畏之員外同年》亦云『京華庸蜀三千里』）。又據《通鑑·大中十二年》胡三省注：『唐制：凡陸行之程，馬日七十里，步及驢日五十里，車三十里。水行之程，舟之重者泝河三十里，江四十里，餘水四十五里。空舟泝河四十里，江五十里，餘水六十里。沿流之舟，則輕重同制，河日一百五十里，江一百里，餘水七十里。』梓州、長安往返，既有陸程，又有水程，以平均日行六十里計，單程約需五十天到兩個月，往返則約需四個月。從大中七年商隱一系列思鄉念子的詩篇看，其自梓返京的啟程時間很可能就在十一月十日編定《樊南乙集》後不久。其到達長安的時間約在大中八年正月。聯繫上文所考鄭祗德由楚州遷同州的時間及祗德到京後奏署張濳的時間，二者正好相合。因此，可以大體斷定《爲同州張評事（濳）謝辟啟》《謝聘錢啟》當作于大中八年正月商隱抵達長安後不久，而《爲山南薛從事（傑遜）謝辟啟》及《贈庾十二朱版》亦當爲同時先後之作。《爲山南薛從事謝辟啟》提到『須至季秋，方離上國』，也説明作啟在季秋之前的某個時節。考慮到商隱此次回京探望兒女，帶有明顯的照顧性質，他在京居住的時間不可能太長，大約仲春最多暮春之初即動身返梓。《行至金牛驛寄興元渤海尚書》詩有『樓上春雲水底天』之句，寫景切春暮，殆即自京返梓途中所作。因爲急於趕回梓州擔任幕職，商隱返梓時可能取駱谷路由長安至興元，再由興元西行經金牛道入蜀，故先已在興元見過封敖並拜讀其詩，未及賡和，即已續發，遂于金牛道上『驟和陳王白玉篇』，寄呈此詩。

回過頭來再看《留贈畏之》，並聯繫其他詩作，就更能證實此詩是大中八年由京返梓前留贈韓瞻之作，而非大中五年深秋赴職梓潼前所作。因爲大中五年赴梓前夕，其連襟韓瞻設宴相送，瞻子韓偓即席賦詩，商隱日後追憶此事，有《韓冬郎即席爲詩相送一座盡驚他日余方追吟連宵侍坐徘徊久之句有老成之風因成二絶寄酬兼呈畏之員外》。而《留贈畏之》詩中的『郎君下筆驚鸚鵡』即指『韓冬郎即席爲詩相送，一座盡驚』的情事。如果韓瞻設宴餞別是在商隱赴梓前夕（商隱走的那天，韓瞻一直送商隱到咸陽，商隱《赴職梓潼留别畏之員外同年》云：『京華庸蜀三千里，送到咸陽見夕陽』），那麽寫在餞行、送行之前的《留贈畏之》就不可能出現餞行時的情事，這正反過來證明《留贈畏之》是『韓冬郎即席爲詩相送』和韓瞻送行以後寫的詩，『郎君下筆驚鸚鵡』是商隱這位『左川歸客』對當年情事的追憶與感慨。又大中五年冬，韓瞻出爲普州刺史（普原作魯，從葉葱奇説改），商隱有《迎寄韓魯（普）州瞻同年》云：『積雨晚騷騷，相思正郁陶。不知人萬里，時有燕雙高。寇盜纏三輔（自注：「時興元賊起，三川兵出」），莓苔滑百牢。聖朝推衛索，歸日動仙曹。』尾聯預祝其平亂功成後歸朝，名動仙曹。而《留贈畏之》詩有『中禁詞臣尋引領』之句，又正是『聖朝』二句之意。這也證明《留贈畏之》當作于韓瞻自普州刺史回朝之後。韓瞻大中五年出刺，此時當已還朝（韓瞻還朝後曾任虞部郎中，後又出爲鳳州刺史）。

綜上考述，商隱由於思鄉念子情切，曾于大中七年仲冬由梓啟程返京，約八年初春抵京。在京期間，曾分别爲新奏署爲同州從事的張濬及山南西道節度書記薛傑遜代撰謝辟啟、謝聘錢啟共三首，又有《贈庾十二朱版》詩。約在大中八年仲春末或暮春初啟程返梓，行前往訪韓瞻，遇韓朝回，作《留贈畏之》。暮春末過金牛道。約是年夏抵梓。九月一日作《劍州重陽亭銘》。考出的這次歸京之行，涉及對三篇文章和三首詩的正確繫年，對舊説作了糾正。

由於這次回京，釋放了鬱結已久的思念家鄉和子女的情懷。回梓以後，大中八九兩年所作的詩中，没有再出現先前那種强烈而頻繁的思鄉情緒，甚至連罷幕時作的《梓州罷吟寄同舍》和歸京途次作的《籌筆驛》《重過聖女祠》中也没有出現思鄉的詩句（《因書》詩也只説『生歸話辛苦』而未言思家），這正從反面證明商隱在『三年已制思鄉淚』之後的確回過一次長安。